ein Ullstein Buch

ÜBER DAS BUCH:

Die ersten Stationen eines jungen Mannes auf dem Weg zum Ruhm werden hier so farbig und spannend geschildert, daß der Leser meint, mit Richard Bolitho zu segeln, zu kämpfen, zu leiden und zu siegen. Nichts wird dem Seekadetten und späteren Leutnant geschenkt. Gefechte gegen Piraten und Sklavenhändler vor den Küsten Afrikas, harter Zolldienst in der winterlichen Nordsee, die Suche nach einem Goldtransporter in der Karibik – eine Bewährungsprobe reiht sich an die andere. Am jähen Tod guter Freunde, am schweren Borddienst in Sturm oder Flaute, auch an einer ersten Liebe reift Richard Bolitho zu dem Mann heran, der den späteren Seehelden schon ahnen läßt. – Historisch genau, nautisch exakt und mit sozialem Engagement schildert Alexander Kent das rauhe Leben an Bord der alten stolzen Rahsegler, die im 18. Jahrhundert die Meere beherrschten.

DER AUTOR:

Alexander Kent kämpfte als Marineoffizier in der Schlacht um den Atlantik, im Mittelmeer und in der Normandie. Nach dem Zweiten Weltkrieg wandte er sich der Marinegeschichte zu und wurde mit seiner Romanserie um Richard Bolitho zum meistgelesenen Autor dieses Genres nach C. S. Forester. Seit 1958 sein erstes Buch erschien, hat er über dreißig Romane veröffentlicht, darunter auch zahlreiche moderne Seekriegsromane, von denen die meisten bei Ullstein vorliegen oder vorbereitet werden. Sie erreichten eine Weltauflage von 15 Millionen und wurden in bisher 14 Sprachen übersetzt. – Alexander Kent, dessen wirklicher Name Douglas Reeman lautet, ist aktiver Segler, lebte jahrelang an Bord seiner Yacht und wohnt heute in Surrey, England. Er ist Mitglied der Royal Navy Sailing Association und Governor der Fregatte »Foudroyant« in Portsmouth, des ältesten noch schwimmenden britischen Kriegsschiffes.

Alexander Kent

Der junge Bolitho

Die Feuertaufe/Strandwölfe
Kanonenfutter

Drei Romane in einem Band

ein Ullstein Buch

ein Ullstein Buch/maritim
Nr. 20913
Herausgegeben von
J. Wannenmacher
im Verlag Ullstein GmbH,
Frankfurt/M – Berlin
Titel der Originalausgaben:
Richard Bolitho – Midshipman/
Midshipman Bolitho and the »Avenger«/
Stand Into Danger
Neuauflage der Ullstein Bücher 3363,
3495 und 20144

Sonderausgabe

Umschlagentwurf:
Hansbernd Lindemann
unter Verwendung einer
Farbillustration von Chris Mayger

Printed in Germany 1988
Druck und Bindung:
Ebner Ulm
ISBN 3 548 20913 0

April 1988

CIP-Titelaufnahme
der Deutschen Bibliothek

Kent, Alexander:
Der junge Bolitho: 3 Romane in 1 Bd. /
Alexander Kent. – Sonderausg., Neuaufl.
d. Ullstein Bücher 3363, 3495 u. 20144. –
Frankfurt/M; Berlin: Ullstein, 1988
(Ullstein-Buch; Nr. 20913: Maritim)
Enth. u. a.: Die Feuertaufe [Einheitssacht.: Richard Bolitho – midshipman ‹dt.›]. Strandwölfe [Einheitssacht.: Midshipman Bolitho and the "Avenger" ‹dt.›]
ISBN 3-548-20913-0
NE: GT
Vw: Reeman, Douglas [Wirkl. Name] →
Kent, Alexander

Vom selben Autor
in der Reihe der
Ullstein Bücher

Die Feuertaufe (3363)
Klar Schiff zum Gefecht (3376)
Die Entscheidung (3402)
Zerfetzte Flaggen (3441)
Bruderkampf (3452)
Der Piratenfürst (3463)
Strandwölfe (3495)
Nahkampf der Giganten (3558)
Feind in Sicht (20006)
Der Stolz der Flotte (20014)
Eine letzte Breitseite (20022)
Kanonenfutter (20144)
Kanonenboot (20302)
Rendezvous im Südatlantik (20318)
Duell in der Tiefe (20339)
Finale mit Granaten (20423)
Wrack voraus! (20437)
Admiral Bolithos Erbe (20485)
Die Ersten an Land, die Letzten zurück (20511)
Unter stählernen Fittichen (20549)
Aus der Tiefe kommen wir (20574)
Der Brander (20591)
Ein Schiff soll sterben (20646)
Die Faust der Marine (20715)
Torpedo läuft! (20735)
Freiwillige vor! (20765)
Schnellbootpatrouille (20798)
Feindpeilung steht! (20857)
Der Eiserne Pirat (20893)

Alexander Kent

Die Feuertaufe

Richard Bolitho – Fähnrich zur See

Roman

Deutsch von Karl H. Kosmehl

ein Ullstein Buch

Für
John und Betty
Hamilton

Inhalt

I SM Linienschiff *Gorgon*

Es war zwar erst um die Mittagszeit, aber die dunklen Wolken jagten so tief über den Hafen von Portsmouth hinweg, daß man hätte meinen können, es sei bereits Abend. Seit Tagen wehte ein heftiger Ostwind, und draußen an der Reede, wo die Schiffe dicht beieinander vor Anker lagen, war das Wasser kabbelig und hatte weiße Schaumkronen; und in dem ungemütlichen Regen glitzerten die schaukelnden Schiffsrümpfe und die massigen Mauern der Hafenbefestigungen wie Metall.

Direkt auf dem Portsmouth Point erhob sich der festgefügte Bau des *Blue Post's Inn,* dem weder Regen noch Wind etwas anhaben konnten. Wie alle Kneipen und Gasthäuser in geschäftigen Hafenstädten war er im Lauf der Jahre mehrfach vergrößert und umgebaut worden, aber er sah immer noch wie eine richtige Seemannskneipe aus. Allerdings wurde er mehr als von anderen Seefahrern von den jungen Midshipmen* frequentiert, die wie Ebbe und Flut kamen und gingen; daher hatte er seine eigene Atmosphäre. Die Gaststube war niedrig und nicht besonders sauber, aber schon mehr als ein zukünftiger Admiral war durch ihre zerkratzten Türen ein- und ausgegangen.

Es war Mitte Oktober 1772, und Richard Bolitho saß eingeklemmt an einem der Tische im Speiseraum und hörte mit halbem Ohr das Stimmengewirr um ihn herum, das Geklapper der Teller und Gläser, den Regen, der an die kleinen Fenster prasselte. Die Luft war schwer von allerlei Gerüchen – Essen und Bier, Tabak und Teer, und dazu kam jedesmal, wenn sich die Türen öffneten, mit einem Chor von Flüchen und Schimpfworten ein Schwall salziger Luft hinein, der von draußen, wo die Schiffe lagen, herüberwehte.

Richard Bolitho streckte die Beine von sich und seufzte. Nach der langen und knochenbrecherischen Postkutschenfahrt von Falmouth, wo sein Elternhaus stand, und nach einer großen Portion Kaninchenpastete (ein Stammgericht des *Blue Post's Inn* für die »jungen Gent-

* Midshipmen hießen damals die Offiziersanwärter der englischen Kriegsflotte, also die Seekadetten und Fähnriche zur See, die auf den Kriegsschiffen ausgebildet wurden. Heute bezeichnet »Midshipman« die Rangstufe zwischen Naval Cadet (Seekadett) und Sub-Lieutenant (Unterleutnant); die Ausbildung findet vorwiegend an Land statt (d. Übs.).

lemen«) war ihm schläfrig zumute. Neugierig blickte er sich nach den anderen Midshipmen in seiner unmittelbaren Nähe um. Einige waren wirklich sehr jung, praktisch noch Kinder, höchstens zwölf Jahre alt. Trotz der Reserviertheit, die in Bolithos Charakter lag, mußte er lächeln. Auch er selbst war mit zwölf Jahren als Midshipman auf sein erstes Schiff gekommen. Und wie hatte ihn das Leben bei der Flotte seither verändert! Er konnte sich kaum noch vorstellen, wie er damals gewesen war. Vermutlich nicht viel anders als einer der Knaben dort an den Tischen; und denen würde es genauso ergehen, wie es ihm damals ergangen war: ängstlich würden sie sein, eingeschüchtert von der rauhen, fast feindseligen Atmosphäre an Bord eines Kriegsschiffes, und doch irgendwie entschlossen, sich nichts anmerken zu lassen; und stets fest davon überzeugt, daß die Existenz eines Midshipman allen anderen an Bord höchst gleichgültig sei.

Vier Jahre war das her. Es war immer noch schwer, damit fertig zu werden. Vier Jahre, in denen er reif geworden war und sich von dem Schiff, das ihn umgab, hatte formen lassen. Zuerst hatte er geglaubt, er würde all das, was da von ihm verlangt und gefordert wurde, niemals lernen. Den ganzen verwirrenden Komplex von Takelung, Wanten und Rahen. Die Meilen von Tauwerk jeder Stärke und Länge, die nötig sind, um ein Schiff in Bewegung zu bringen und es zu beherrschen. Segeldrill hoch oben auf den wie trunken schwankenden Rahen in Regen und Hagel, oder wenn es so heiß war, daß er manchmal fast ohnmächtig geworden und in die Tiefe, auf das Deck unten, hinabgestürzt wäre. Er hatte die ungeschriebenen Gesetze jener Welt zwischen den Decks gelernt, die Hierarchien und Regeln, die das Leben in dem überfüllten, turbulenten Milieu eines Kriegsschiffs überhaupt erst möglich machen. Er hatte nicht nur überlebt, er war sogar besser durchgekommen, als er es für möglich gehalten hatte. Allerdings nicht, ohne daß einige Beulen und Tränen den Weg markierten.

Heute, an diesem trübseligen Oktobertag, war er im Begriff, sich auf seinem zweiten Schiff zum Dienst zu melden. Es war die *Gorgon*, 74 Geschütze, und sie lag irgendwo im Solent* vor Anker.

Er beobachtete mit grimmigem Lächeln, wie ein kleiner Midship-

* Meerenge zwischen dem Festland und der Isle of Wight (d. Übs.).

man ein riesiges Stück gekochtes Schweinefleisch hinunterschlang. Das würde dem Kleinen noch leid tun. Bei diesem Wind hatte er bis zu seinem Schiff eine lange und höchst bewegte Bootsfahrt zurückzulegen.

Plötzlich mußte Bolitho an sein Elternhaus in Cornwall denken, an das große Haus aus grauem Stein unterhalb Pendennis Castle, wo er mit seinem Bruder und seinen beiden Schwestern aufgewachsen war. Übrigens lebten die Bolithos schon seit Generationen in diesem Haus. Als er auf Urlaub kam, war es anders gewesen, als er erwartet hatte, anders, als er es sich in Sturm und Hitze erträumt hatte. Erstens waren nur die Mutter und die Schwestern dagewesen, um ihn zu begrüßen. Sein Vater, Kapitän eines der *Gorgon* ungefähr ähnlichen Schiffes, segelte irgendwo im Indischen Ozean. Hugh, sein Bruder, war Senior Midshipman* auf einer Fregatte** im Mittelmeer. Nach dem Leben auf dem Linienschiff war Richard das Haus sehr still vorgekommen.

Seine neue Einberufung war ihm an seinem sechzehnten Geburtstag zugestellt worden: Er hatte sich auf dem allerschnellsten Wege nach Spithead zu begeben und sich dort an Bord Seiner Britannischen Majestät Schiff *Gorgon,* unter Kapitän Beves Conway, zum Dienst zu melden. Das Schiff wurde zur Zeit neu ausgerüstet.

Seine Mutter hatte versucht, ihren Kummer zu verbergen. Seine Schwestern reagierten mit Lachen und Weinen – wie es ihnen gerade in den Sinn kam.

Auf dem Weg zur Haltestelle der Postkutsche hatten ihm die Landarbeiter, an denen er vorbeikam, grüßend zugenickt. Aber zu wundern schienen sie sich nicht. Seit vielen, vielen Jahren ging immer wieder ein Bolitho aus dem Haus und an Bord dieses oder jenes Schiffes. Und mancher war nie zurückgekehrt.

Jetzt fing das alles für Richard Bolitho zum zweitenmal an. Er hatte sich geschworen, daß er gewisse Fehler nicht mehr machen würde, daß er gewisse Dinge, die er gelernt hatte und die wichtiger waren als alles andere, nie vergessen würde. Ein Midshipman war weder Fisch noch Fleisch. Er stand zwischen den Leutnants und dem eigentlichen Rück-

* dienstältester Midshipman auf dem betreffenden Schiff.

** Kriegsschiff mit 20 bis 50 Kanonen (d. Übs.).

grat der Besatzung, den Deckoffizieren*. An einem Ende des Schiffes, unnahbar und fern, gottähnlich, logierte der Kapitän. Mitten im ständigen Strom hin- und hereilender Mannschaften lag das enge, vollgestopfte Midshipmen-Logis. Die Mannschaft – Matrosen und Seesoldaten, Freiwillige und Gepreßte – waren zwischen die Decks gepfercht und doch zu jeder Zeit durch Rang und Dienstalter voneinander getrennt. Harte Disziplinarstrafen bildeten eher die Regel als die Ausnahme; der Dienst am Schiff bei jedem Wetter war gefährlich und forderte manches Menschenleben – das war selbstverständlich, man sprach nicht darüber.

Wenn die Landratten ein Schiff des Königs sahen, das von der Küste ablegte, alle Rahen frisch getakelt und von Matrosen wimmelnd, wenn sie das Krachen der Salutgeschütze hörten, dazu die lustigen Stimmen der Männer am Ankerspill, die einen alterprobten Shanty sangen, dann hatten sie keine Ahnung von jener anderen Welt tief unten im Schiffsraum. Und das war wahrscheinlich auch ganz gut so.

»Ist der Platz frei?«

Bolitho fuhr aus seinen Gedanken auf und blickte hoch. Ein Midshipman, blond und blauäugig, lächelte ihn an.

»Martyn Dancer«, fuhr der Neuankömmling fort. »Ich gehe an Bord der *Gorgon.* Der Wirt sagt, Sie sind vom selben Schiff.«

Bolitho stellte sich vor und rutschte auf der Bank ein Stück weiter, um Dancer Platz zu machen.

»Doch nicht Ihr erstes Schiff?«

Dancer lächelte trübe. »Beinahe. Ich war auf dem Flaggschiff, bis es ins Dock mußte. Meine Seedienstzeit beläuft sich auf drei Monate und zwei Tage.« Er bemerkte Bolithos überraschte Miene. »Ich habe spät angefangen. Mein Vater wollte mich nicht zur See gehen lassen.« Er zuckte die Achseln. »Aber schließlich habe ich doch meinen Willen durchgesetzt.«

Der junge Mann gefiel Bolitho. Gewiß, Dancer hatte seine Laufbahn spät begonnen. Er war ungefähr so alt wie Bolitho, und seine ruhige, kultivierte Stimme ließ darauf schließen, daß er aus einer guten Familie kam. Und sicherlich aus der Stadt.

* Steuermänner, Bootsmänner und Maaten (d. Übs.).

Dancer sagte eben: »Ich habe gehört, daß wir nach Westafrika segeln. Aber . . .«

Bolitho grinste.

»Das ist nur ein Gerücht unter anderen. Aber es wäre immerhin besser, als bei der Kanalflotte zu sein und ständig im Ärmelkanal hin und her zu rutschen.«

Dancer verzog das Gesicht. »Der Siebenjährige Krieg ist jetzt seit neun Jahren vorbei. Ich hätte doch gedacht, die Franzosen würden uns wieder auf den Leib rücken, und sei es nur, um ihre kanadischen Besitzungen wiederzukriegen.«

Bolitho wandte sich um und sah zwei invalide Matrosen auf den Wirt zugehen. Der beaufsichtigte gerade ein Küchenmädchen, das Suppe in Zinnschüsseln abfüllte.

Kein richtiger Krieg seit neun Jahren, das stimmte schon. Und doch gab es überall auf der Welt genug andere Konflikte, die nie abrissen: Aufstände und Piraterie; Kolonien, die gegen ihre neuen Herren revoltierten – solche Aktionen kosteten ebenso viele Opfer wie jede Seeschlacht.

»Schert euch weg!« sagte der Wirt grob. »Ich will hier keine Bettler.«

Der eine Matrose, dessen rechter Arm dicht unter der Schulter amputiert war, erwiderte ärgerlich: »Ich bin kein lausiger Bettler! Ich war auf der alten *Marlborough,* 74 Geschütze, Konteradmiral Rodney!«

Tiefe Stille im Eßraum; und Bolitho sah, daß einige der jüngeren Midshipmen die beiden Invaliden mit Furcht und Schrecken anstarrten.

Der zweite Mann rief besorgt: »Laß gut sein, Ted! Dieser Teufel gibt uns doch nichts.«

»Geben Sie ihnen alles, was sie brauchen!« sagte Dancer. Ärgerlich und verwirrt über seine Impulsivität schlug er die Augen nieder. »Ich bezahle.«

Bolitho blickte ihn an. Er war ebenso betroffen. Und ebenso beschämt.

»Gut gesprochen, Martyn«, sage er und legte ihm freundschaftlich die Hand auf den Arm. »Ich freue mich, daß wir Bordkameraden sind.«

Ein Schatten fiel zwischen sie und die qualmende Lampe. Der Einarmige sah sie lange an, sein Gesicht war sehr düster. »Danke, junge Herren.« Er streckte die Hand aus. »Viel Glück! Sie beide werden bestimmt mal Kapitäne.«

Er trat beiseite, als eine Kellnerin zwei dampfende Schüsseln mit Essen auf einen Nebentisch stellte, und fügte zu Nutz und Frommen aller Anwesenden noch hinzu: »Der eine oder andere sollte sich diesen Tag merken. Eine gute Lehre für euch.«

Der Wirt, ein großer, kräftiger Mann, trat auf die beiden Midshipmen zu. Langsam setzte die allgemeine Unterhaltung wieder ein.

»Jetzt will ich Ihr verdammtes Geld sehen. Und zwar gleich!« Wütend stierte er Dancer an. »Und anschließend . . .«

»Anschließend«, sage Bolitho ruhig, »werden Sie uns zwei Brandy bringen, Wirt.« Er beobachtete gelassen, wie in dem Mann die Wut hochstieg, und paßte den richtigen Moment ab, wie beim Abfeuern eines Neunpfünders. »Sie sollten lieber etwas auf Ihr Benehmen achten. Mein Freund hier ist glücklicherweise guter Laune. Aber seinem Vater gehört das meiste Land hier in der Gegend.«

Der Wirt schluckte. »Um Gottes willen, Sir! Ich habe doch nur Spaß gemacht! Ich bringe Ihnen den Brandy sofort. Den besten, den ich habe, und Sie werden hoffentlich nichts dagegen haben, daß er auf meine Kosten geht.« Mit plötzlich besorgtem Gesicht eilte er davon.

Verwirrt sagte Dancer: »Aber mein Vater ist doch Teehändler in der Londoner City! Ich bezweifle, daß er Portsmouth Point je im Leben gesehen hat.« Er schüttelte den Kopf. »Ich glaube, ich muß meinen Geist ordentlich schärfen, wenn ich mit Ihnen Schritt halten will, Richard!«

Bolitho lächelte bedeutsam. »Nenn mich Dick, wenn du nichts dagegen hast.«

Als sie eben ihren Brandy nippten, wurde die Tür zur Straße weit aufgerissen. Diesmal fiel sie nicht gleich wieder zu. Die Öffnung wurde von einem Leutnant in triefendem Ölzeug ausgefüllt. Sein Dreispitz war von Gischt und Regen völlig durchweicht.

»Alle Midshipmen der *Gorgon* sofort zum Bootshafen!« brüllte er heiser. »Draußen wartet eine Gang Matrosen, um eure Seekisten an Bord zu bringen.«

Mit wiegenden Schritten ging er zum Kamin und riß dem Wirt einen Becher Brandy aus der Hand. »Draußen bläst es wie verrückt.« Er hielt seine roten Hände über die wärmenden Flammen. »Helf uns Gott!«

Dann fiel ihm plötzlich etwas ein: »Wer ist hier der Dienstälteste?«

Bolitho sah, wie die jungen Leute im Raum ängstliche Blicke wechselten. Die Gemütlichkeit hatte sich in Panik verwandelt.

»Ich glaube, das bin ich, Sir«, sagte er. »Richard Bolitho.«

Der Leutnant musterte ihn mißtrauisch. »Na schön. Führen Sie sie zum Hafen, und melden Sie sich beim Bootsmannsmaat. Ich komme gleich nach.« Er hob die Stimme. »Und wenn ich da bin, ist gefälligst jeder einzelne Muttersohn abfahrbereit, verstanden?«

Der kleinste Midshipman sagte verzweifelt: »Mir wird schlecht, glaube ich.«

Jemand lachte, aber der Leutnant brüllte ihn an: »Ihnen wird schlecht, *Sir*! Sagen Sie gefälligst ›*Sir*‹, wenn Sie einen Offizier anreden, verdammt noch mal!«

Die Frau des Wirts sah zu, wie die Midshipmen Hals über Kopf in den Regen hinausstürzten.

»Sie nehmen sie ja 'n bißchen hart 'ran, Mr. Hope, Sir.«

Der Leutnant grinste. »Das haben wir alle durchmachen müssen, meine Liebe. Der Kapitän ist sowieso schwierig genug, wie die Dinge liegen. Wenn ich mit den neuen Midshipmen zu schlapp bin, dann verpaßt er *mir* 'ne Breitseite, das kann ich Ihnen garantieren!«

Draußen auf dem nassen Kopfsteinpflaster sah Bolitho zu, wie ein paar Matrosen die schwarzen Kisten auf Karren luden. Kräftig, wettergebräunt – sie sahen wie befahrene Seeleute aus; der Kapitän hatte vermutlich nicht das Risiko eingehen wollen, weniger verläßliche Mannschaften, die vielleicht desertierten, an Land zu schicken.

In ein paar Wochen, ja sogar ein paar Tagen, würde er diese Männer und noch viele andere genauer kennen. Er würde nicht, wie an Bord seines ersten Schiffes, in die alten Fehler verfallen. Inzwischen hatte er gelernt: Vertrauen war etwas, das man sich verdienen mußte, und nicht einfach eine Zugabe zur Uniform, die man trug.

Er nickte einem der älteren Männer zu. »Wir legen gleich ab.«

Der Mann grinste. »Ist wohl nicht Ihr erster Bordgang, Sir?«

Bolitho fiel neben Dancer in Gleichschritt. »Und der letzte auch nicht.«

Unten am Hafen fanden sie den Bootsmannsmaat im Windschutz der Mauer. Vor ihnen rollte der Solent seine endlose Folge kabbeliger Wogenkämme, und die paar Möwen hoben sich von dem bleiernen Himmel ab wie weiße Schaumfetzen.

Der Maat faßte an seinen Hut. »Ich schlage vor, Sie lassen alle Mann gleich an Bord gehen, Sir. Wir haben 'n ziemlichen Ebbstrom, und der Erste will, daß das Boot vor der Hundewache noch einen Törn macht.« Vertraulich senkte er die Stimme. »Er heißt Mr. Verling, Sir. Lassen Sie sich warnen. Er ist manchmal mit den jungen Herren 'n bißchen scharf. Sollen alles machen, was er macht – so gut sie können.« Er grinste schadenfroh. »Herrgott, sehen Sie diesen Haufen bloß an! Die verspeist er zum Frühstück.«

»Und ich Sie«, herrschte Bolitho ihn an, »wenn Sie nicht sofort mit Ihrem Geschwafel aufhören!«

Der Mann verschwand, und Dancer machte große Augen. »Die Sorte kenn' ich, Martyn«, sagte Bolitho. »Als nächstes soll ich ihm dann erlauben, daß er rasch mal einen Rum trinken geht.« Er grinste. »Und das würde dem Leutnant hier kaum recht sein, ganz zu schweigen von dem gewaltigen Mr. Verling.«

Da erschien auch schon der Leutnant an der Mauer, mit leicht glasigen Augen. »Marsch, ins Boot! Beeilt euch!«

Leise sagte Dancer: »Mein Vater hatte vielleicht doch recht.«

Bolitho wartete, bis die letzten über die steile Leiter in die stampfende Barkasse geklettert waren.

»Mir tut's nicht leid, daß ich wieder an Bord komme«, sagte er. Und zu seiner eigenen Überraschung stimmte das sogar.

Die Fahrt vom Bootshafen bis zu dem vor Anker liegenden Zweidecker dauerte fast eine Stunde. Dabei hatten diejenigen Midshipmen, die nicht zu heftig brechen mußten, ausreichend Zeit, sich ihre neue Heimat anzusehen, die beim Näherkommen immer höher und mächtiger hinter den unbarmherzigen Regenschauern aufragte.

Bolitho hatte sich bemüht, etwas über sein neues Bordkommando zu erfahren. Die Vierundsiebziger, wie diese massigen Zweidecker bei den Seeleuten hießen, bildeten den Kern der Flotte. In jeder großen Seeschlacht dominierten sie dort, wo am heftigsten gekämpft wurde. Aber er wußte aus Erfahrung, und hatte es auch von alten Seeleuten gehört, daß diese Schiffe untereinander so verschieden waren wie Salz und Sirup.

Während die Bootsgasten die Barkasse über die kabbelige See pullten, behielt er das Schiff im Auge. Er sah die himmelhohen Masten mit den dwars stehenden Rahen, den glänzend schwarzen, braun abgesetzten Rumpf mit der Doppelreihe geschlossener Stückpforten; die rote Nationalflagge am hohen Stern und die kleinere Bugflagge, zwei bunte Farbflecke auf dem grauen Hintergrund von See und Himmel. Die Männer an den Riemen wurden allmählich müde von ihrer schweren Arbeit, immer häufiger mußte der Maat den Takt angeben, um sie im Gleichschlag zu halten, und ständig brüllte und schimpfte der rotgesichtige Leutnant.

Jetzt zogen sie unter dem langen Bugspriet und dem Klüverbaum hindurch, von dem die hellvergoldete Galionsfigur fast bösartig auf die stumm dahockenden Midshipmen herabstarrte. Die Galion der *Gorgon* war ein großartiges, wenn auch erschreckendes Stück Holzschnitzerei: eine verschlungene Masse von Schlangenleibern, und darunter ein schönes, finsteres Frauenantlitz mit übergroßen Augen; rote Striche in den Lidwinkeln verstärkten noch den drohenden Ausdruck.

Und dann wurden sie alle zusammen, ein keuchender, strampelnder Haufen, ganz unzeremoniell an der Bordwand hochgeschoben und -gehievt, so daß ihnen das breite Achterdeck, auf dem sie schließlich landeten, vergleichsweise wie ein geschützter, ruhevoller Zufluchtsort vorkam.

»Sie sieht ganz ordentlich aus, Martyn«, sagte Bolitho. Geschwind überflogen seine Blicke die sauber ausgerichtete Reihe der Achterdeck-Neunpfünder, deren schwarze Rohre im Regen glitzerten; die Flaggenknöpfe waren frisch gestrichen, jedes Ende Tauwerk sorgfältig aufgeschossen und verstaut.

Oben in den Rahen und an den beiden Decksgängen, welche das Achterdeck mit dem Vorschiff verbanden, arbeiteten Matrosen. Unter den Decksgängen, in gleichmäßigen Abständen, standen die Achtzehnpfünder der Oberdeckbatterie, während auf dem nächstunteren

Deck die stärkste Kampfkraft des Schiffes armiert war: die Batterie der mächtigen Zweiunddreißigpfünder. Wenn es nötig war, konnte die *Gorgon* laut und nachdrücklich mitreden.

»Her zu mir!« brüllte der Leutnant. Die Midshipmen gehorchten eilig. Manche hatten jetzt schon Angst und fühlten sich völlig verloren. Andere paßten auf und bemühten sich, zu erfassen, was von ihnen verlangt wurde.

»Anschließend rücken Sie in Ihre Quartiere.« Der Leutnant mußte sich anstrengen, um das Rauschen des Regens, das ständige Sausen des Windes in der Takelung und den gerefften Segeln zu übertönen. »Vorher will ich Ihnen noch sagen, daß Sie jetzt an Bord eines der besten Schiffe in Seiner Majestät Flotte Dienst tun, ein Schiff mit hohen Anforderungen, das keine Schlappschwänze duldet. An Bord der *Gorgon* sind insgesamt zwölf Midshipmen – mit Ihnen, heißt das; und falls Muttersöhnchen dabei sind, tun sie gut daran, doppelt hart an sich zu arbeiten, sonst kriegen sie schweren Ärger. Sie werden auf den Geschützdecks und anderswo eingesetzt, bis Sie imstande sind, mit den Leuten zu arbeiten, ohne sich zu blamieren.«

Eben rannten einige Matrosen unter der Aufsicht eines Bootsmannsmaaten von recht hartgesottenem Aussehen vorbei, und Bolitho wandte sich nach ihnen um. Frisch vom Land, allem Anschein nach, dachte er. Aus dem Schuldturm, oder dem Gerichtsgefängnis, wo man sie, wenn die Flotte nicht so dringend Männer gebraucht hätte, bis zu ihrer Deportation in die neuen amerikanischen Kolonien hätte schmoren lassen. Der Menschenhunger der Kriegsmarine war unstillbar, und jetzt im Frieden war es sogar noch schwieriger, die Schiffe ausreichend zu bemannen. Was der Leutnant da gesagt hatte, stimmte eigentlich nicht, dachte Bolitho. Nicht nur die Midshipmen waren neu und ungeübt. Ein erheblicher Teil der Mannschaft war kaum besser.

Er kniff die Augen zusammen, in die der Regen sprühte, und hatte genügend Zeit, darüber zu staunen, was für eine Menge Menschen ein solches Schiff verschlingen konnte. Seines Wissens beherbergte die *Gorgon* eine Besatzung von über sechshundert Mann – Offiziere, Matrosen und Marine-Infanteristen – in ihrem dicken Siebzehnhunderttonnenbauch; und dabei sah man an Deck immer nur etwa dreißig Mann.

»He, Sie!«

Bolitho fuhr herum, als die Stimme des Leutnants in seine Gedanken schnitt.

»Hoffentlich langweile ich Sie nicht!«

»Entschuldigung, Sir!« antwortete Bolitho.

»Ich werde Sie im Auge behalten!«

Der Leutnant nahm Haltung an, denn von der Kampanje her näherte sich ein anderer Offizier. Das mußte, dachte Bolitho, der Erste Leutnant sein. Mr. Verling war groß und mager, und sein Gesicht war so verkniffen, daß er eher einem Richter beim Verkünden des Todesurteils glich als einem Offizier, der neue Offiziere an Bord begrüßen sollte. Seine schnabelartige Hakennase stach unter dem Dreispitz hervor, als spähe sie nach irgendwelchen Vergehen gegen die Bordroutine aus, und seine Blicke verrieten, als sie über die schwankende Reihe der wartenden Midshipmen glitten, weder Wärme noch Mitgefühl für die Neulinge.

Er sagte: »Ich bin der Dienstälteste an Bord.« Sogar sein Ton war scharf und abgehackt, jedes menschliche Gefühl wie weggehobelt. »Solange Sie an Bord sind«, fuhr er fort, »haben Sie Ihre diversen Pflichten jederzeit zu erfüllen. Ihre Ausbildung und die Vorbereitung auf das Leutnantsexamen werden Sie so in Anspruch nehmen, daß beides schließlich völlig im Vordergrund steht und jeder Müßiggang Ihnen egoistisch und sinnlos vorkommen wird.« Er machte eine Kopfbewegung zu dem anderen Offizier hin. »Mr. Hope ist Fünfter Leutnant und wird sich um Sie kümmern, bis Sie sich in der Wache eingewöhnt haben, der Sie zugeteilt sind. Mr. Turnbull, der Segelmeister*, erwartet selbstverständlich erstklassige Leistungen in Navigation und allgemeiner Seemannschaft.« Seine bohrenden Augen machten bei dem Kleinsten in der Reihe halt, jenem, dem in der Barkasse so schlecht geworden war, und der jetzt aussah, als würde es bei ihm gleich wieder losgehen.

»Und wie heißen Sie?«

»Eden, S-sir.«

»Alter?« Das Wort schnitt wie ein Messer.

»Z-zwölf, Sir.«

* der für die Navigation des Schiffes verantwortliche Deckoffizier (d. Übs.).

»Er stottert ein bißchen, Sir«, sagte Hope. In Gegenwart seines Vorgesetzten schien sich seine Schroffheit etwas gemildert zu haben.

»In der Tat. Ich hoffe, der Bootsmann wird ihm das abgewöhnen, bevor er dreizehn ist – *wenn* er so alt wird.«

Verling schien jetzt genug von der Begrüßung zu haben. »Lassen Sie wegtreten, Mr. Hope. Morgen werden wir Anker lichten, wenn der Wind so bleibt. Es ist noch viel zu tun.« Ohne die Abteilung eines weiteren Blickes zu würdigen, schritt er davon.

»Mr. Grenfell wird Sie unter Deck führen«, sagte Hope lässig. Grenfell war, wie sich zeigte, der dienstälteste Midshipman. Ein untersetzter, selten lächelnder Jüngling, etwa siebzehn Jahre alt, der sich jedoch, sowie Hope weg war, lockerte. »Kommt mit«, sagte er. »Mr. Hope ist ein gerechter Mann, aber seine Beförderung macht ihm Sorgen.«

Bolitho wußte Bescheid und mußte lächeln. Auf einem Linienschiff war die Beförderung immer schwierig, besonders wenn kein Krieg war, der die Rangliste ausdünnte. Als Fünfter Leutnant hatte Hope in der Offiziersmesse nur noch einen Dienstjüngeren; und so lange nicht die Leutnants über ihm befördert wurden, auf ein anderes Schiff kamen oder im Kampf fielen, würde er sich mit seinem Avancement schwer tun.

Dancer flüsterte ihm ins Ohr: »Auf dem Flaggschiff hatten wir einen Sechsten Leutnant, der war so verzweifelt, daß er Flöte spielen lernte, bloß weil die Frau des Admirals etwas für Flötenmusik übrig hatte.«

Schweigend folgten sie dem Messeältesten über die erste Niedergangstreppe ins Zwischendeck, und dann weiter ins nächsttiefere Deck. Je tiefer sie in den Bauch des Schiffes hinabstiegen, um so voller und enger schien es zu werden. Überall schattenhafte Gestalten, gesichtslos und unwirklich im Halbdunkel; mit gebeugten Köpfen duckten sie sich unter den Decksbalken und wichen dem sorgfältig weggestauten Geschirr für jedes einzelne, festverblockte Geschütz aus. Eine wahre Wand von Gerüchen stieg vor ihnen auf: Salzfleisch und Teer, Bilgewasser und zusammengepferchte Menschen; und dabei krachte und knirschte der feste Schiffsrumpf, der sie umschloß, wie ein lebendes Wesen, die Laternen an der Decke kreisten und warfen Schatten auf die mächtigen Balken und die Seeleute. Das Ganze wirkte wie ein riesiges Gemälde.

Das Midshipmen-Logis befand sich im Orlopdeck, also noch unter dem Geschützdeck, sogar unter der Wasserlinie. Das einzige Licht kam vom Niedergang her und von den schwingenden Laternen.

»Hier ist es«, sagte Grenfell beiläufig. »Außer uns wohnen auch noch die Steuermannsobermaaten hier.« Er zog eine Grimasse zu einem weißgestrichenen Wandschirm hin. »Die allerdings halten sich für was Besseres und wollen mit uns nichts zu tun haben.«

Bolitho warf einen Blick auf seine Kameraden. Unschwer konnte er sich ihre Gefühle vorstellen. Er erinnerte sich daran, was er selbst in seinen ersten Stunden an Bord durchgemacht hatte. Damals hätte er alles mögliche für ein freundliches Wort im rechten Augenblick gegeben.

»Sieht sehr gut aus«, sagte er. »Besser als in meinem vorigen Schiff.«

»Tatsächlich?« fragte der kleine Eden ungläubig.

Grenfell lächelte. »Kommt bloß darauf an, was ihr daraus macht.« Er wandte sich um, als eine winzige Gestalt durch die Tür stolperte. »Das ist euer Messejunge. Starr heißt er, und er redet nicht viel. Sagt ihm nur, was ihr braucht; ich arrangiere das dann mit dem Zahlmeister.«

Starr war sogar noch jünger als Eden. Zehn Jahre vielleicht, und klein für sein Alter. Er hatte das verkniffene Gesicht eines Kindes aus den Slums, und seine Arme waren dünn wie Stöcke.

»Wo kommst du her?« fragte Bolitho freundlich.

Der Junge sah ihn mißtrauisch an. »Aus Newcastle, Sir. Mein Alter war da Bergmann. Ist bei 'm Schlagwetter umgekommen.« Seine Stimme klang tonlos, als spräche er aus einer anderen Welt.

»Und dich bringe ich auch um, wenn du meine Hemden so behandelst wie das hier!«

Bolitho wandte sich nach dem Sprechenden um. Ein Midshipman, rot im Gesicht von Wind und Regen, trat unter den niedrigen Decksbalken. Er und Grenfell gehörten offensichtlich zu den drei Midshipmen, die vom letzten Schwung übriggeblieben waren und nun auf die Gelegenheit warteten, ihr Leutnantsexamen abzulegen.

Der junge Mann war schlechter Laune und sah aus wie jemand, der von Geburt an gewohnt ist zu befehlen – hübsch und arrogant.

»Sachte, Samuel«, sagte Grenfell. »Hier sind die Neuen.«

Dem anderen wurde anscheinend klar, daß er auf die verwirrten Neuankömmlinge etwas Rücksicht nehmen mußte.

»Ich bin Samuel Marrack. Signal-Midshipman und Kapitänsläufer.«

»Das hört sich ja sehr bedeutend an«, sagte Dancer.

Marrack war anscheinend beleidigt. »Ist es auch! Und wenn ihr vor unserem illustren Kapitän erscheint, dann am besten in einem sauberen Hemd.« Er führte mit seinem Hut einen raschen Hieb nach dem kleinen Diener und fügte hinzu: »Also merk dir das für die Zukunft, du Hund!« Damit warf er sich auf eine Seekiste. »Bring mir Wein!« befahl er. »Ich bin staubtrocken.«

Bolitho setzte sich neben Dancer und sah zu, wie die anderen, ziellos wie Blinde, ihre Seekisten auf- und zuklappten. Er hatte gehofft, auf eine Fregatte kommandiert zu werden wie sein Bruder; auf ein Schiff, das, frei von der drückenden unmittelbaren Befehlsgewalt eines Admirals, imstande war, größte Entfernungen in einem Drittel der Zeit zurückzulegen, welche die gewichtige *Gorgon* dazu brauchte. Auf einer Fregatte hätte er vielleicht die Abenteuer erleben können, von denen er so oft träumte.

Aber nun war seine Heimat die *Gorgon,* und er mußte das Beste daraus machen, solange die Königliche Marine es befahl. Ein Linienschiff.

II Kurs Afrika

»Alle Mann! Alle Mann aufentern zum Segelreffen!« Unaufhörlich schrillten die Bootsmannspfeifen, bis der Befehl um das ganze Deck gegangen war – es klang wie Dämonengekreisch in einem bösen, endlosen Traum, bis das ganze Schiff unter den trampelnden Füßen erzitterte, die Freiwache an Deck kam und sich in rasender Eile zur Musterung auf die Stationen verteilte.

Bolitho schüttelte Dancer so kräftig an der Schulter, daß dieser beinahe aus der Hängematte gefallen wäre.

»Raus, Martyn! Wir kürzen schon wieder Segel!«

Er wartete, bis Dancer Schuhe und Jacke übergestreift hatte, und dann rannten sie beide zum nächsten Niedergang. Drei, fast vier Tage ging es nun schon so. Seit dem Ankerlichten, seit das Schiff die Passage durch den Ärmelkanal mit Kurs auf den Atlantik begonnen hatte, wurden auf dem mächtigen Vierundsiebziger die Segel unaufhörlich gesetzt, gerefft, wieder gesetzt, wieder gerefft – es hörte überhaupt nicht auf. Müde Leiber zogen sich in den Wanten hinauf bis zu den vibrierenden Rahen; ständig hetzte und trieb sie die Stimme des Ersten vom Achterdeck. Auch das gehörte zu dem bösen Traum, denn Verling mußte, damit seine Orders inmitten der brüllenden Wogen zu verstehen waren, ein Sprachrohr benutzen, und dadurch wurde seine an sich schon scharfe Stimme noch fremdartiger und wie ein Stachel für die keuchenden Midshipmen.

Für die neuen Matrosen war es noch schlimmer. Ein Mishipman galt schon sehr wenig auf einem Schiff des Königs. Aber der einfache Matrose galt überhaupt nichts.

Ein Nachlassen der Disziplin konnte, etwa wenn das Schiff bei starkem Wind über Stag ging, verhängnisvoll sein, das wußte Bolitho ganz genau. Und doch machte es ihn krank, wenn er sah, mit welch unnötiger Brutalität ein Mann behandelt wurde, der bei seiner Arbeit hoch über Deck vielleicht nur vor lauter Angst nicht gleich begriff, was die da unten überhaupt von ihm wollten.

Es war genauso wie beim letztenmal. Die Sonne war noch nicht aufgegangen, aber irgendwo in den tieferen Wolkenlagen schimmerte ein bleicher Fleck von etwas hellerem Grau. Jedoch für jemanden, der in die Wanten hinauf mußte, war das Licht mächtig knapp. Ungeduldig traten die Leutnants von einem Fuß auf den anderen, während die Deckoffiziere und Maaten an jedem Mast ihre Namenslisten kontrollierten. Die Seesoldaten standen achtern in einem Haufen bei den Großmastbrassen und rutschten ständig mit ihren Stiefeln auf den nassen Planken aus; der Erste Leutnant rannte an der Reling auf und ab und schwenkte seine Sprechtrompete, um auf diese oder jene Einzelheit noch besonders hinzuweisen.

Bolitho spähte nach achtern zu dem großen doppelten Steuerrad, dessen Speichen vier Rudergasten umklammert hielten – wahrscheinlich, dachte er, lief noch eine starke Dünung gegen Ruder und Segel an. Neben ihm stand der alte Turnbull, der Segelmeister, formlos in seinem schweren Ölzeug; mit lebhaften Bewegungen der krebsroten Fäuste gab er seinen Maaten Anweisungen.

In Luv, bei den Finknetzen, stand ganz allein der Kapitän. Er hatte sich in seinen langen Bootsmantel gewickelt, aber sein Haar flog im Wind, als er zu den gerefften Toppsegeln emporblickte. Mehr Leinwand als diese und den Klüver konnte das Schiff bei solcher Brise nicht verkraften.

Während seiner ganzen Zeit an Bord der *Gorgon* hatte Bolitho den Kapitän noch nie aus solcher Nähe gesehen wie jetzt. Von weitem wirkte er sehr kühl und würdevoll, anscheinend unberührt von dem Durcheinander der schimpfenden Deckoffiziere.

Dancer knirschte mit den Zähnen. »O Gott, ich bin ganz steif vor Kälte!«

Leutnant Hope, der Verantwortliche für den Fockmast, schrie: »Entern Sie mit Ihren Leuten auf, Mr. Bolitho! Und mindestens zwei Minuten schneller als letztes Mal!«

Eine Pfeife schrillte, und es ging wieder los. Die leichtfüßigen Toppmatrosen preschten um die Wette die Webeleinen hoch; die Neuen, weniger Wagemutigen mußten von den Flüchen und nicht selten auch von den Stockschlägen der Deckoffiziere hinaufgejagt werden. Und über all dem Lärm ertönte Verlings Stimme, verzerrt und kaum noch menschenähnlich, die jeden einzelnen kontrollierte und steuerte.

»Noch mal an die Luvbrassen! Mr. Tergorren, in Ihrer Division ist ein Mann, der bummelt! Wo, zum Teufel, haben Sie Ihre Augen? Noch zwei Mann an die Kreuzbrassen!« Unablässig schallte seine Stimme über das Deck.

Hinauf an diesen rauhen, schwankenden Webeleinen und um die Püttingswanten herum, und dann hingen sie da oben über die Breite des Schiffsrumpfes hinaus, unter sich die schäumende See, und klammerten sich fest mit Fingern und Zehen, damit sie nicht abstürzten. Dann atemlos weiter zum Vortopp, wo andere Männer schon höherenterten, und noch höher, bis zur Marssegelrahe. Auf allen Rahen schwärmten sie aus, affengleich, bearbeiteten mit Nägeln und Fäusten die dicke, steifgefrorene Leinwand, um noch ein Reff zu stecken; und dabei tat jeder windgefüllte Segelbauch sein Bestes, um die Männer von ihrem luftigen Standplatz zu schleudern und in die See zu fegen. Tränen der Wut und Verzweiflung hatten sie in den Augen, und sie fluchten gräßlich, wenn das rauhe Tuch der Sturmsegel ihnen die Fingernägel abriß, und stießen ihre verängstigten Kameraden beiseite, die sich an ihnen festklammern wollten.

Bolitho hielt sich an einer Pardune und beobachtete, was sich in den anderen Masten abspielte. Es war fast geschafft, und das Schiff reagierte bereits auf den verminderten Druck der Segel. Weit unten, zwergenhaft in der Verkürzung, sah er die Deckoffiziere und die Matrosen des Achterdecks, welche die Fallen und Brassen festzurrten. Immer noch stand der Kapitän an Luv und beobachtete prüfend die Rahen. War er besorgt? fragte sich Bolitho. Bestimmt sah man es ihm nicht an.

»Belegen, Mr. Hope!« brüllte Verling. »Da sind anscheinend ein paar Krüppel in Ihrer Division! Sie sollten heute vormittag mal Extra-Segelausbildung ansetzen!«

Bolitho und Dancer rutschten an einem Backstag an Deck, wo Mr. Hope vor Wut kochte. »Diese gottverdammte Bande mache ich fertig!« knurrte er. Mit einem Blick auf die beiden fuhr er etwas ruhiger fort: »Und euch zwei auch, wenn ihr die Leute nicht schärfer antreibt!«

Dann ging er nach achtern, und Bolitho sagte: »Er ist gar nicht so schlimm, wie er tut. Komm, Martyn, wollen mal sehen, was der junge Starr uns zum Frühstück aufgehoben hat. Sinnlos, jetzt noch mal in die Hängematte zu klettern. Es wird doch gleich wieder ›Alle Mann‹ gepfiffen.«

Als sie atemlos in die feuchte, aber wenigstens sichere Midshipmen-Messe stürzten, erwartete sie dort ein dürrer, gravitätisch blikkender Mann im einfachen blauen Rock. Bolitho wußte bereits, daß es Henry Scroggs, der Kapitänsschreiber, war. Er hatte sein Logis nebenan bei der Steuermannsmaaten.

»Bolitho?« fragte Scroggs kurzangebunden. Eine Antwort wartete er nicht erst ab. »Melden Sie sich beim Kapitän. Mr. Marrack hat sich den Arm verletzt, und Mr. Grenfell ist auf Frühwache.« Unbewegten

Gesichts wartete er ein paar Sekunden und blaffte dann: »Na los, hopp-hopp, wenn Ihnen Ihr Leben lieb ist!«

Bolitho starrte ihn verwirrt an; ihm fiel ein, was Marrack über saubere Hemden gesagt hatte, und er wußte, wie unordentlich er gerade jetzt aussah.

»Komm, ich helfe dir beim Umziehen«, sagte Dancer.

»Keine Zeit!« fuhr der Schreiber dazwischen. »Nach Grenfell und Marrack sind Sie der Dienstälteste. Der Kapitän ist sehr scharf in solchen Dingen.« Er schwankte etwas, als das Schiff langsam überholte und eine kochende See auf das Oberdeck flutete. »Etwas Beeilung, rate ich Ihnen!«

Bolitho griff nach seinem Hut und sagte beklommen: »Also schön.« Dann duckte er sich unter die Decksbalken und machte sich auf den Weg.

Schwer atmend stand Bolitho vor einer weißgestrichenen Tür in der Kampanje. Im Vergleich zu den überfüllten Zwischendecksquartieren, in die sich soeben massenweise und polternd die schattenhaften Gestalten der Matrosen ergossen, die von der Arbeit in den Rahen zurückkamen, fand er es hier ausgesprochen ruhig. Neben der Tür, unter dem Lichtstrahl der Deckenlaterne, stand steif und starr ein Seesoldat Wache und blickte Bolitho dienstlich kalt entgegen. Dann rief er laut: »Signal-Midshipman, Sir!« und gab seiner Meldung weiteren Nachdruck, indem er mit seiner Muskete kräftig aufs Deck stampfte.

Die Tür ging auf, und Bolitho erblickte den Kapitänssteward, der ihm heftig winkte und die Tür gerade so weit offenhielt, daß er eintreten konnte. Genau wie der Lakai in einem vornehmen Haus, der nicht recht weiß, ob der Besucher willkommen ist oder nicht, dachte Bolitho.

»Wenn Sie hier warten wollen – Sir.« Aber vor dem »Sir« hatte er eine kleine Pause eingeschaltet.

Bolitho wartete. Es war eine elegante Diele, die zum Speiseraum des Kapitäns führte und die ganze Breite des Schiffsrumpfes einnahm. Gläser und Geschirr klirrten in einem geräumigen Mahagonischrank, und über der langen polierten Tafel schwang gleichmäßig, die Bewegungen des Schiffes auffangend, ein rundes Tablett mit Gläsern und Karaffen. Auf den Decksplanken lag ein Teppich mit einem sauberen

Muster aus schwarzen und weißen Karos, und die Neunpfünderkanonen an den beiden Schmalseiten waren züchtig mit buntem Chintz verdeckt. In der nächsten Zwischenwand öffnete sich eine Tür, und der Steward sagte: »Hier herein, bitte, Sir.« Er blickte Bolitho beinahe verzweifelt entgegen.

Die Kapitänskajüte. Bolitho stand im Türrahmen, den Dreispitz unter den Arm geklemmt, und staunte. Wieviel Platz der Kapitän hatte!

Die Kajüte war hochelegant: über die hohen Fenster im Heck des Schiffes zogen sich lange Streifen von Salz und getrocknetem Schaum, so daß sie in dem grauen Frühlicht fast wie Kathedralenfenster wirkten und den Raum noch größer erscheinen ließen.

Kapitän Beves Conway saß an einem großen Schreibtisch und blätterte gemächlich in einem Bündel Papiere. Ein Becher mit einem heißen Getränk dampfte neben seinem Ellenbogen, und im Schein der schwingenden Lampe sah Bolitho, daß er bereits korrekt angekleidet war: sauberes weißes Hemd, Kniehose; und sein blauer Uniformrock mit den weißen Aufschlägen lag sauber gefaltet auf einer Sitzbank, Dreispitz und Bootsmantel daneben. Nichts in der Erscheinung oder im Gesicht dieses Mannes deutete darauf hin, daß er eben von Deck kam, wo ein bitterkalter Wind wehte.

Er blickte auf und musterte Bolitho mit ausdrucklosem Gesicht.

»Name?«

»Bolitho, Sir.« In der geräumigen Kajüte kam ihm der Klang seiner eigenen Stimme ganz fremd vor.

»Gut.«

Der Kapitän wandte sich halb zu seinem Schreiber um, der durch eine andere kleine Tür eintrat. Im Licht der Lampe und in den schrägen Strahlen von den Kajütfenstern her fiel Bolitho auf, wieviel Wachsamkeit und Intelligenz aus Conways Profil sprach; doch seine Augen waren hart und verrieten nichts.

Er sprach kurz, abgehackt, dienstlich zu Scroggs, aber Bolitho konnte nur raten, worum es sich handelte.

Er blickte zur Seite und sah sich zum erstenmal in einem langen, goldgerahmten Spiegel. Kein Wunder, daß der Kajütsteward ein so besorgtes Gesicht gemacht hatte.

Richard Bolitho war groß für sein Alter und schlank. Sein Haar war so schwarz, daß sein wettergebräuntes Gesicht fast bleich dagegen wirkte. In seinem Peajacket, das er sich vor achtzehn Monaten gekauft und seitdem bei jedem Wetter getragen hatte, glich er mehr einem Vagabunden als einem Offizier des Königs. Er fuhr zusammen, als er plötzlich gewahr wurde, daß der Kapitän zu ihm sprach.

«Also, Mr. Midshipman, äh, Bolitho, auf Grund unvorhergesehener Umstände muß ich mich anscheinend auf Ihre Fähigkeiten bei der Unterstützung meines Schreibers verlassen, bis Mr. Marrack sich von seiner, äh, Verletzung erholt hat.« Er musterte Bolitho gleichmütig. »Was für Dienst tun Sie auf meinem Schiff?«

»Unteres Geschützdeck, Sir, und Segelausbildung in Mr. Hopes Abteilung.«

»Weder das eine noch das andere erfordern, daß Sie wie ein Dandy aussehen, Mr., äh, Bolitho; aber an Bord meines Schiffes haben alle Offiziere ein untadeliges Beispiel zu geben; und wohin dieses Schiff Sie auch trägt, Sie repräsentieren nicht nur die Königliche Marine, sondern Sie *sind* die Königliche Marine!«

»Ich verstehe, Sir«, setzte Bolitho an. »Wir waren in den Rahen zum Segelbergen, Sir, und . . .«

»Ja.« Über das Gesicht des Kapitäns flog der Schatten eines bitteren Lächelns. »Das habe ich befohlen. Ich war mehrere Stunden an Deck, bevor ich die Entscheidung traf, daß es tatsächlich nötig war.« Er zog eine schmale goldene Uhr aus der Hosentasche. »Gehen Sie in Ihr Logis im Orlopdeck und bringen Sie sich in Ordnung. Ich wünsche, daß Sie in zehn Minuten wieder achtern sind.« Er ließ die Uhr zuschnappen. »In genau zehn Minuten.«

Es wurden die kürzesten zehn Minuten, an die sich Bolitho erinnern konnte. Starr und Midshipman Dancer halfen ihm; der Pechvogel Eden, dem ausgerechnet in diesem Moment wieder schlecht wurde, lief ihm ständig zwischen die Beine; aber schließlich war er wieder auf dem Weg nach achtern und stand bald vor demselben Posten. In der Kajüte jedoch drängten sich bereits die Besucher: Leutnants mit Fragen und Meldungen über Sturmschäden. Der Steuermann, der, soweit Bolitho verstand, entweder für oder gegen die eventuelle Beförderung einer seiner Maate war. Major Dewar von der Marine-Infanterie, mit Kinnbacken so scharlachrot wie seine Uniform. Und sogar der Schiffszahlmeister, ein richtiges Wiesel von einem Mann. Sie alle sprachen beim Kapitän vor. Und das schon kurz nach Sonnenaufgang.

Ohne weitere Umstände wies der Schreiber Bolitho an einen kleinen Tisch bei den Heckfenstern, an die Spritzwasser und Regen klatschten. Draußen, hinter den dicken Glasscheiben, rollte die dunkelgraue See, und jede Woge hatte einen langen Schaumstreifen auf ihrem Kamm. Ein Schwarm Möwen umkreiste in lebhaftem Auf und Ab den hohen Achtersteven der *Gorgon*; offenbar warteten sie darauf, daß der Koch etwas Eßbares aus dem Fenster warf. Bolitho spürte, wie sich sein Magen zusammenzog. Da würden sie kein Glück haben, dachte er. Der Koch und der geizige Zahlmeister – beide würden kaum einen Krümel für die Möwen übriglassen.

Er hörte, daß der Kapitän mit Laidlaw, dem Schiffsarzt, das Frischwasserproblem erörterte, und speziell die Frage, ob die leeren Fässer gespült werden sollten, um sie zu desinfizieren.

Der Schiffsarzt war ein müde aussehender Mann mit tiefliegenden, von starken Brauen überhangenen Augen, der sich ständig etwas gebeugt hielt. Ob das daher kam, daß er zu lange auf kleinen Schiffen gefahren war, oder weil er sich dauernd über seine unglücklichen Opfer beugen mußte – darüber konnte Bolitho nur Vermutungen anstellen.

Er sagte eben: »Es ist ein übler Küstenstrich, Sir.« Und der Kapitän erwiderte scharf: »Das weiß ich, verdammt noch mal. Aber schließlich segle ich das Schiff und seine ganze Mannschaft nicht deswegen nach Westafrika, weil ich ausprobieren will, wie gut Sie Krankheiten heilen können.«

Der Schreiber beugte sich über den kleinen Tisch. Er hatte einen muffigen Geruch an sich, wie ungewaschenes Bettzeug.

»Sie können mit diesen Befehlen anfangen«, sagte er mürrisch, »je fünf Abschriften, sauber und lesbar, ordentlich geschrieben, oder Sie kriegen Ärger mit dem Kapitän.«

Bolitho wartete, bis Scroggs davongeschlurft war, und horchte dann zu der kleinen Gruppe hinüber, die beim Kapitän stand. Während er sich vorhin in aller Eile das frische Hemd übergestreift hatte, war ihm klargeworden, daß sich die Ehrfurcht, die er bei der ersten Begegnung mit dem Kapitän empfunden hatte, in Groll verwandelte. Conway hatte die Begründung für seinen unvorschriftsmäßigen Anzug als unwichtig, sogar als banal abgetan. Statt dessen hatte er seine eigene Person als Vorbild hingestellt – der untadelige Kapitän, immer im Dienst, niemals müde, der für jedes Problem auf Anhieb eine Lösung bei der Hand hatte.

Aber jetzt, da er die ruhige, gemächliche Stimme hörte, mit der der Kapitän so ganz nebenbei erwähnte, daß einige viertausend Meilen zu segeln waren, wie er Angaben über den zweckmäßigsten Kurs machte und Anordnungen über Verpflegung, Frischwasser und, was das Wichtigste zu sein schien, über die Ausbildung der Mannschaft traf – da konnte er nur staunen.

In dieser Kajüte, die ihm ein paar Minuten lang wie der Gipfel allen Luxus vorgekommen war, schlug der Kapitän seine eigenen, privaten Schlachten. Er konnte seine Sorgen, seine Verantwortung mit niemandem teilen. Ein Schauer überlief Bolitho. Für einen Mann, der auch nur eine Sekunde an sich selbst zweifelte, konnte diese große Kajüte sehr leicht zum Gefängnis werden.

Er erinnerte sich an seine Kindheit. Manchmal, wenn das Schiff seines Vaters – was freilich sehr selten und nur unter günstigen Umständen vorkam – in Falmouth vor Anker lag, hatte er seinen Vater dort besuchen dürfen. Wie anders war das gewesen! Seines Vaters Offiziere lächelten ihm freundlich zu; manche benahmen sich direkt unterwürfig ihm gegenüber. Wie änderte sich das, als er seinen Dienst als Midshipman antrat! Wie hochfahrend, wie unduldsam waren die Leutnants!

Scroggs stand wieder neben ihm. »Bringen Sie diese Order dem Bootsmann, und kommen Sie gleich zurück!« Er drückte ihm ein zusammengefaltetes Stück Papier in die Hand.

Bolitho nahm seinen Hut auf und ging eilig an dem großen Schreibtisch vorbei. Er war schon beinahe zur Tür hinaus, da ließ ihn die Stimme des Kapitäns erstarren.

»Wie, sagten Sie, war Ihr Name?«

»Bolitho, Sir.«

»Sehr schön. Ab mit Ihnen, und denken Sie an das, was ich gesagt habe!« Conway blickte auf seine Papiere nieder und wartete, bis die Tür sich geschlossen hatte.

Als er wieder auf- und den Schiffsarzt ansah, bemerkte er kurz:

»Wenn man einen neuen Midshipman zuhören läßt, weiß das ganze Schiff sofort, was man vorhat.«

Der Schiffsarzt sah ihn ernsthaft an. »Ich glaube, ich kenne die Familie dieses jungen Mannes, Sir. Sein Großvater war mit Wolfe vor Quebec.«

»Was Sie nicht sagen.« Conway studierte bereits das nächste Schriftstück.

»Er war Konteradmiral, Sir«, fügte der Schiffsarzt leise hinzu.

Aber Conway war in Gedanken schon ganz woanders, wie sein gelindes Stirnrunzeln andeutete.

Der Schiffsarzt seufzte. Kapitäne waren eben völlig unnahbar.

III Die *Athen*

Kurs Südwest und dann Süd, tagaus, tagein, unter fast pausenloser, knochenbrechender Arbeit. Endlich war die schwere, unbeholfene *Gorgon* aus dem engen, schwierigen Ärmelkanal heraus und nahm Kurs auf die berüchtigte Biskaya. Während dieser Zeit schlossen sich Bolitho und seine neuen Kameraden enger aneinander. Sie brauchten ihre vereinte Kraft, nicht nur im Kampf gegen die See, sondern auch, um sich innerhalb des Schiffs zu behaupten. Bolitho hatte einmal gehört, wie Turnbull, der Segelmeister, schwor, das sei für diese Jahreszeit das schlechteste Wetter, an das er sich erinnern könnte; und wenn das jemand sagte, der einige dreißig Winter bei der Königlichen Flotte verbracht hatte, so war das eine ernst zu nehmende Feststellung. Besonders jetzt, da Bolithos vorübergehende Arbeit in der Kapitänskajüte zu Ende war. Marracks Arm, den er sich bei jenem ersten Sturm verletzt hatte, war geheilt, und er tat wieder Dienst als Hilfs-Kapitänsschreiber. Und so hingen Bolitho und Dancer wieder zusammen im Vormast, sobald »Alle Mann« gepfiffen wurde, um Segel zu setzen oder zu reffen.

Wenn Bolitho ausnahmsweise Zeit fand, über sein Leben auf dem neuen Schiff nachzudenken, dann hatte er dabei eher seinen körperlichen als seinen seelischen Zustand im Sinn. Ständig verspürte er Hunger. Alle Knochen und Muskeln schmerzten vom ewigen Aufentern oder von der Schinderei bei der Geschützausbildung an den schweren Zweiunddreißigpfündern der unteren Batterie. See und Wind hatten sich etwas beruhigt, das Schiff zog unter fast vollen Segeln seinen Kurs nach Süden. Jetzt war die Mannschaft vorwiegend unter Deck beschäftigt und schwitzte Blut und Wasser beim Drill an den schweren, unhandlichen Kanonen. Daß es im unteren Geschützdeck am allerschlimmsten war, lag zu einem erheblichen Teil an dem Leutnant, der dort das Kommando hatte.

Grenfell, der dienstälteste Midshipman, hatte Bolitho bereits vor diesem gewarnt; und als aus langen Tagen noch längere Wochen wurden und das Schiff seinen Schnabel zwischen Madeira und der marokkanischen Küste hindurchschob, die beide nicht einmal der Ausguck im Mastkorb zu sehen bekam, erhielt der Name des Vierten Leutnants, Mr. Piers Tergorren, des Beherrschers der vierundzwanzig schwersten Geschütze an Bord, eine neue und ganz besondere Bedeutung.

Der Vierte war ein Mann von massivem Körperbau, mit schwärzlichem Kinn und strähnigem Haar, das eher zu einem Zigeuner oder Spanier gepaßt hätte als zu einem britischen Seeoffizier. Die Decksbalken über dem düsteren Geschützraum waren so niedrig, daß Tergorren ständig in die Knie gehen mußte, wenn er nach vorn oder achtern schritt, um das Laden und Ausrennen jedes einzelnen Geschützes zu kontrollieren. Er war groß, kräftig, aggressiv und hatte keine Geduld – ein harter und schwieriger Vorgesetzter. Selbst Dancer, der sich die größte Mühe gab, nicht aufzufallen, der übermäßige Anstrengungen zu vermeiden wußte und seine Kräfte in der Hauptsache fürs Essen und Schlafen aufsparte, hatte gemerkt, daß Tergorren einen Piek auf Bolitho hatte. Das war seltsam, dachte Bolitho, denn auch Tergorren stammte aus Cornwall, und zwischen engeren Landsleuten bestand gewöhnlich eine Bindung, die sogar die Wunden und Beulen der Disziplin vertragen konnte.

Infolge dieser Abneigung des Leutnants hatte Bolitho bereits dreimal Extradienst machen müssen, und bei einer anderen Gelegenheit war er bei schwerem Wind in die Vormastsaling geschickt worden und mußte so lange oben bleiben, bis der Wachoffizier ihn wieder abentern ließ. Aber diese Bestrafung, so hart und unfair sie sicherlich war, brachte eine andere Seite des Lebens auf See an den Tag: der junge

Eden kam mit einem Topf Honig, den ihm seine Mutter mitgegeben hatte und den er für eine besondere Gelegenheit aufhob. Tom Jehan, der Stückmeister, ein rechtes Ekel von Deckoffizier, der hinter dem Wandschirm hauste und nur selten geruhte, mit einem lumpigen Midshipman zu reden, brachte einen großen Becher Brandy aus seinen Privatbeständen, damit Bolitho wieder etwas Leben in seine froststarren Glieder bekäme.

Noch schwereren Zoll forderte das harte, endlose Exerzieren an Segeln und Geschützen. Vor Gibraltar fielen zwei Mann über Bord und ertranken, und ein dritter stürzte von der Großrah, brach sich das Rückgrat an einem Achtzehnpfünder und starb. Sein Leichnam wurde in seine Hängematte genäht, mit einer Kanonenkugel beschwert und, während die *Gorgon* in einer steifen Nordostbrise krängte, dem Meer übergeben – eine kurze, aber für die Neuen herzbewegende Zeremonie.

Und wie Risse im Metall zeigten sich weitere Folgen der ständigen Überanstrengung. Es gab Streit unter den Matrosen, manchmal harmlos, manchmal weniger harmlos. Ein Mann war auf den Bootsmannsmaat losgegangen, der ihn zum drittenmal in einer Wache in die Takelung schickte, um ein durchgescheuertes Tau zu spleißen. Die Folge war, daß er zur Bestrafung nach achtern gebracht wurde.

Bolitho war zwölfeinhalb gewesen, als er zum erstenmal eine Auspeitschung mitansah. Er hatte sich nie an den Anblick gewöhnen können, aber er wußte wenigstens, wie es dabei zuging. Die neuen jüngeren Midshipmen wußten das nicht.

Zuerst wurde gepfiffen: »Alle Mann achteraus zum Strafvollzug!« Dann wurde bei der Gangway eine Grating angeschlagen; inzwischen marschierten die Seesoldaten querschiffs über die Kampanje, und ihre scharlachroten Röcke mit den weißen Koppeln und gekreuzten Schulterriemen hoben sich scharf gegen den dunkelgrau verhangenen Himmel ab. Aus allen Niedergängen, aus jedem Winkel quoll die Mannschaft hervor, bis das Deck, die Wanten und sogar die Bootsgestelle dicht mit stummen Zuschauern besetzt waren.

Und dann schritt die kleine Prozession auf gewundenem Weg zu der angeschlagenen Grating. Voran Hoggett, der Bootsmann, und Beedle, der finstere Waffenmeister, dann Bunn, der Schiffsprofoß, mit dem

Delinquenten; der Schiffsarzt Doktor Laidlaw machte den Schluß. Auf dem Achterdeck, dessen ausgebleichte Planken mit Schaum und Sprühwasser getüpfelt waren, nahmen die Offiziere und Deckoffiziere, je nach Rang und Würden, ihre Plätze ein. In Lee, etwas abseits, bildeten die zwölf Midshipmen eine kurze Doppelreihe.

Der Oberkörper des Delinquenten wurde entblößt, dann band man ihn an der Grating fest. Sein muskulöser Rücken hob sich bleich vom geschrubbten Holz ab, das Gesicht war nicht zu sehen. Ernst und gemessen verlas der Kapitän die betreffenden Kriegsartikel und schloß mit dem Befehl: »Zwei Dutzend, Mr. Hoggett.«

Und so wurde, unter dem Stakkatowirbel eines einzelnen Trommlers, der während des ganzen Vorgangs starr nach oben in die Hauptrahe blickte, die Strafe vollzogen.

Der Bootmannsmaat, der die neunschwänzige Katze schwang, war von Natur aus kein brutaler Mensch. Aber er war von mächtigem Körperbau, und sein Arm war wie ein Eichenast. Außerdem wußte er genau, daß er sich, wenn er den Unglücksvogel schonte, möglicherweise an dessen Platz wiederfinden konnte. Nach acht Schlägen war der Rücken des Matrosen eine blutige Masse. Nach einem Dutzend war er kaum noch als eines Menschen Rücken zu erkennen. Und so ging es weiter. Immer ein kurzer Trommelwirbel, und gleich darauf das Klatschen der Peitsche auf dem nackten Rücken.

Eden, der jüngste Midshipman, wurde ohnmächtig, und der zweitjüngste, ein bleichgesichtiger Knabe namens Knibb, brach in Tränen aus; die anderen Midshipmen und nicht wenige der zuschauenden Matrosen waren starr und steif und stumm vor Entsetzen.

Es schien eine Ewigkeit zu dauern, bis Hoggett mit heiserer Stimme rief: »Zwei Dutzend, Sir!«

Bolitho bemühte sich, sehr langsam und tief ein- und auszuatmen, während der Mann von der Grating geschnitten wurde. Sein Rücken war zerfetzt wie von den Klauen eines Raubtieres, die Haut, soweit sie nicht aufgerissen war, schwarz von der Wucht der Peitschenschläge. Er hatte nicht ein einziges Mal geschrien, und einen Augenblick hatte Bolitho gedacht, er sei unter der Peitsche gestorben. Aber der Schiffsarzt zwängte die Kiefer des Mannes auseinander, nahm den Lederriemen heraus, auf den er gebissen hatte, und meldete: »Ohnmächtig, Sir.«

Dann winkte er seinen Sanitätsgasten, die den Mann hinunter ins Krankenrevier trugen. Das Blut wurde von den Decksplanken gewaschen, der Trommler und zwei junge Seesoldaten mit Pfeifen stimmten einen munteren Jig an, und nach kurzer Zeit war das normale Leben an Bord wieder im Gange.

Bolitho warf einen raschen Blick auf den Kapitän. Dessen Gesicht war vollkommen ausdruckslos, nur seine Finger trommelten einen kleinen Wirbel auf dem Degengriff, vielleicht im Takt des Jig.

Empört rief Dancer aus: »Was für eine Gemeinheit, einen Mann so zu behandeln!«

Der alte Segelmeister hörte das und knurrte: »Wart' nur, bis du 'ne Auspeitschung rund um die Flotte gesehen hast, Kleiner, da hast du erst richtig zu kauen!«

Doch als die Leute zum Mittagessen gingen – Salzfleisch und eisenharter Zwieback, mit einer Pinte kratzigem Rotwein zum Hinunterspülen –, da hörte Bolitho von niemandem ein Wort des Zornes oder der Beschwerde. Anscheinend galt auch hier wie an Bord seines vorigen Schiffes die Regel: Wirst du erwischt, wirst du bestraft. Das Vergehen bestand darin, daß man sich erwischen ließ.

Auch im Midshipmen-Logis fand man sich auf dieser Basis damit ab. Aus der anfänglichen Ängstlichkeit und Verwirrung, der allgemeinen Unsicherheit vor der Frage, was man tun müsse und wann man es tun müsse, hatte sich ein neuer Zusammenhalt, eine Härte entwickelt, von der sogar Eden etwas abbekommen hatte.

An erster Stelle standen Essen und Unterkunft; alles andere, auch die Unsicherheit der Reise und der ganze Dienstbetrieb mit allem, was sie auf Befehl taten, wurden allmählich weniger wichtig.

Der kleine Raum, der sich in die hohle Rundung des Schiffsrumpfes schmiegte, war ihr Zuhause geworden; dort zwischen der weißen Wandtür und den schwarzen Seekisten nahmen sie ihre primitiven Mahlzeiten ein, vertrauten sich gegenseitig ihre Geheimnisse und Ängste an und lernten Tag für Tag, der eine vom anderen.

Abgesehen von ein paar dürftigen Inseln, die sie gesichtet hatten, und zwei passierenden Schiffen schien die *Gorgon* den Atlantik für sich allein zu haben. Täglich versammelten sich die Midshipmen auf dem Achterdeck zum Navigationsunterricht unter Turnbulls wachsamen Augen. Jetzt bekamen Sonne und Sterne für manchen einen ganz neuen Sinn; und die Älteren fingen allmählich an zu glauben, ihre Beförderung zum Leutnant sei doch nicht mehr ganz so fern und unwahrscheinlich.

Nach einem besonders üblen Geschützexerzieren an den Zweiunddreißigpfündern schimpfte Dancer: »Der Mann hat den Teufel im Leib!«

Der kleine Eden überraschte alle, indem er sagte: »Er hat die G-gicht; *das* ist sein T-teufel, Martyn.« Sie starrten ihn verwundert an, und mit seiner dünnen, piepsenden Stimme fuhr Eden fort: »Mein V-Vater ist Apotheker in B-Bristol. Solche F-Fälle hat er oft zu b-behandeln.« Er nickte wichtig. »Mr. Tergorren t-trinkt mehr B-Brandy, als gut für ihn ist.«

Jetzt wußten sie etwas Neues über Tergorren und konnten das Verhalten des Vierten mit gesteigertem Interesse beobachten. Wenn Tergorren unter den mächtigen Decksbalken umherschlurfte, schwebte sein Schatten an den Luken vorbei wie ein massives Gespenst, und an jedem Geschütz wartete die Mannschaft auf sein Kommando: »Laden!«, »Ausfahren!« oder »Richten!«

Jedes Geschütz wog drei Tonnen, und fünfzehn Mann bildeten die Bedienung für zwei einander gegenüberliegende Geschütze mit der gleichen Nummer. Jeder Mann mußte genau wissen, was er zu tun hatte, und mußte es tun, was auch passierte, unter allen Umständen. Oft genug brüllte Tergorren: »Ich werde euch noch Blut abzapfen, aber das ist gar nichts gegen das, was euch im Ernstfall passiert – also bewegt euch gefälligst!«

Bolitho saß an dem Hängetisch im Midshipmen-Logis; in einer alten Austernschale flackerte eine Kerze und verstärkte das bißchen Licht, das von einem Niedergang herabfiel. Er schrieb an seine Mutter. Er hatte keine Ahnung, ob und wann sie den Brief lesen würde, aber es tröstete ihn, eine Verbindung mit seinem Elternhaus aufrechtzuerhalten.

Durch seine Sonderstellung als Turnbulls Assistent beim Navigationsunterricht, wo er jeden Tag die Seekarte des Steuermanns zu Gesicht bekam, wußte er, daß der erste Teil ihrer Reise fast geschafft war. Viertausend Meilen, hatte der Kapitän gesagt; und beim Studium der

Zickzacklinien auf der Karte, an den täglichen Eintragungen der Schiffsposition nach dem Sonneschießen am Mittag, verspürte er wiederum das erregende Vorgefühl, das sich einstellt, wenn das Schiff in Landnähe kommt. Sechs Wochen waren vergangen, seit sie in Spithead Anker gelichtet hatten. Ständig hatten sie kreuzen müssen, ständig die Segel gekürzt und wieder gesetzt. Auf der Seekarte sah der Kurs wie die Spur eines verwundeten Käfers aus. Eine schnelle Fregatte wäre inzwischen längst wieder auf Heimatkurs, dachte Bolitho neidisch.

Seine Hand mit der Feder blieb in der Luft hängen. Rufe vom oberen Deck drangen gedämpft bis zu ihm herunter. Er löschte die Kerze, barg sie sorgfältig in seiner Seekiste und legte den unvollendeten Brief unter das oberste seiner sauberen Hemden.

Als er aufs Oberdeck kam, kletterte er schnell zum Backbord-Decksgang hinüber, wo sich bereits Dancer und Grenfell an den Finknetzen festhielten. Aufmerksam spähten sie zum glitzernden Horizont.

»Land?« fragte Bolitho.

»Nein, Dick, ein Schiff!« Dancer grinste ihn an; sein Gesicht, das in dem hellen Sonnenschein noch gebräunter als sonst aussah, war voller Spannung. Man konnte sich jetzt kaum noch an den Regen und die bittere Kälte erinnern, dachte Bolitho. Die See war so blau wie der Himmel, und die leichte Brise war weder beißend noch drohend, sondern einfach frisch. Hoch über Deck leuchteten die Bram- und Marssegel wie bleiche Muschelschalen, und am Masttopp stand der Wimpel steif nach Backbord wie eine blutrote Lanze.

»Deck ahoi!« Alles starrte nach oben auf den kleinen schwarzen Fleck, den Ausguck im Masttopp. »Sie tut nich' antworten, Sir!«

Da erst merkte Bolitho, daß es mit dieser Begegnung etwas auf sich hatte. Der Kapitän stand mit verschränkten Armen an der Reling; sein Gesicht lag im Schatten, und dicht neben ihm beobachteten Midshipman Marrack und seine Signalgasten ihre Heißleinen und die bunte Reihe Flaggen an der Großrah, die das Signal »Welches Schiff?« bildeten.

Bolitho reckte sich so weit über die Finknetze hinaus, daß er im Gesicht und auf den Lippen das Sprühwasser der Fahrtwelle spürte. Dann sah er das Schiff, eine Schonerbark mit schwarzem Rumpf, die Segel ungebraßt vor dem Hintergrund des blendenden Horizonts; die Masten schwangen in der Dünung.

Bolitho ging weiter nach achtern und hörte Mr. Hope, den Wachoffizier, ausrufen: »Bei Gott, Sir, wenn der Kerl nicht auf unser Signal antwortet, hat er bestimmt nichts Gutes im Sinn!«

Verling wandte sich scharf zu ihm um; man sah es ihm an seiner Schnabelnase an, wie gereizt er war. »Wenn er wollte, Mr. Hope, könnte er vor dem Wind ausreißen und wäre in einer Stunde nicht mehr zu sehen!«

»Aye, Sir«, steckte Hope die Zurechtweisung ein. Der Kapitän ignorierte sowohl den Wortwechsel als auch die beiden Offiziere selbst. »Geben Sie dem Stückmeister Order, bitte«, sagte er. »Er soll ein Buggeschütz ausfahren und ihm einen Schuß vor die Nase setzen, so dicht wie möglich. Die müssen schlafen oder betrunken sein.«

Aber auf das Krachen eines einzelnen Neunpfünders geschah nichts weiter, als daß eine Anzahl Matrosen der *Gorgon* neugierig an Deck gerannt kam. Die Barkentine (wie man in südlichen Gewässern eine Schonerbrigg auch nennt) trieb weiter, ohne zu reagieren; ihre Vormarssegel standen beinahe back, die großen Segel am Haupt- und Kreuzmast zitterten im Dunst der Hitze.

Der Kapitän befahl kurz: »Segel kürzen und beidrehen, Mr. Verling! Und machen Sie das Achterdeckboot klar! Der Kerl gefällt mir nicht.«

Die Pfeifensignale schrillten und zwitscherten um das Hauptdeck, und innerhalb weniger Minuten drehte die *Gorgon* bei und legte ihren schweren Rumpf in den Wind; jedes Segel, jedes Tauende schlug und knallte in dem Durcheinander.

Dancer kam nach achtern zu Bolitho. »Denkst du . . .«

Er schwieg, als Bolitho ihn flüsternd unterbrach: »Sei still und bleib hier!«

Bolitho beobachtete, wie der Bootsmann Hoggett auf der gegenüberliegenden Seite eine Bootsbesatzung zusammenstellte und musterte, während die *Gorgon* beigedreht lag und in der leichten Brise knarrte und ächzte. Dann ließ Hoggett die Pinasse klarmachen und längsseits bringen.

Der Kapitän sprach mit Verling, aber bei dem dumpfen Schlagen der schlaffen Segel konnte Bolitho nicht verstehen, was er sagte. Auf einmal drehte sich der Erste blitzschnell um, und seine Schnabelnase schwenkte über das Deck wie eine Drehkanone.

»Befehl weitergeben: Mr. Tergorren führt das Enterkommando. Klar zum Ablegen!« Immer noch schwenkte seine Nase herum, während der Befehl von Mann zu Mann weitergegeben wurde. »Die beiden Midshipmen da! Waffen empfangen und mitfahren!«

Bolitho faßte an den Hut. »Aye, aye, Sir!« Er versetzte Dancer einen heimlichen Rippenstoß. »Ich wußte ja, er würde sich die greifen, die gerade in der Nähe waren!«

Dancers Augen glänzten vor Erregung. »Endlich mal was anderes«, grinste er.

Am Fallreep drängten sich die rasch zusammengeholten Rudergasten und die bewaffnete Entermannschaft und starrten über das blaue Wasser auf das etwa eine halbe Meile entfernte Schiff, das jetzt beinahe querab trieb. Mr. Hope rief: »Ich kann den Namen erkennen, Sir!« Aber es klang etwas zurückhaltend – er hatte Verlings Sarkasmus von vorhin noch nicht vergessen. In der schweren Dünung hatte er einen sehr unsicheren Stand, aber er behielt das Teleskop am Auge und ließ das Schiff nicht aus dem Blickfeld. »Kein Zeichen von Leben an Bord.«

Am Fallreep erschien Leutnant Tergorren. Jetzt, da er sich nicht wie in der niedrigen Batterie ständig bücken mußte, wirkte er noch größer und massiger. Mit einem raschen Blick musterte er das Prisenkommando.

»Daß mir keiner aus Versehen seine Pistole oder Muskete abfeuert!« sagte er grob. »Seid auf alles gefaßt.«

Dann blieb sein Blick auf Bolitho haften. »Und was Sie betrifft . . .«

Aber er unterbrach sich, als er die scharfe Stimme des Kapitäns vom Achterdeck vernahm: »Bemannen Sie Ihr Boot, Mr. Tergorren!« Seine Augen glänzten wie Glas in der hellen Sonne. »Wenn Fieber an Bord ist, will ich nichts damit zu schaffen haben. Ansonsten tun Sie, was Sie können, und beeilen Sie sich!«

Bolitho sah den Kapitän nachdenklich an. Er kannte ihn eigentlich nur von weitem, oder allenfalls von der Arbeit mit seinen Offizieren.

Und doch war er ziemlich sicher, daß Kapitän Conway nervös war, so nervös, daß er zu seinem Leutnant vor den Ohren der Mannschaft in so scharfen Ton sprach. Er wurde rot, als die kalten Augen auf ihm haften blieben.

»Sie da!« Der Kapitän hob die Hand. »Wie war doch gleich Ihr Name?«

»Bolitho, Sir.« Komisch – kein Mensch merkte sich den Namen eines Midshipman.

»Schön, also Bolitho. Wenn Sie Ihren Tagtraum ausgeträumt haben, beziehungsweise mit dem Gedicht an Ihre Liebste fertig sind, wäre ich Ihnen dankbar, wenn Sie ins Boot gingen.«

Ein paar Matrosen auf dem Decksgang feixten verstohlen, und Tergorren knurrte wütend: »Hab' ich mir doch gedacht, daß ich mit Ihnen auffalle!« Er versetzte Bolitho einen Stoß mit der Handfläche. »Wir sprechen uns noch!«

Aber als Bolitho erst im Boot saß, einem der 28-Fuß-Kutter der *Gorgon,* wandte er keinen Gedanken mehr an des Kapitäns Launen, an Tergorrens Feindseligkeit und an die Strapazen der sechs Wochen auf hoher See. Von der überfüllten Achterplicht, von den Männern und ihren Waffen, von Tergorrens massigem Schatten, der über den hart pullenden Ruderern schwankte, wandte er seinen Blick zurück. Wie riesig und unverwundbar die *Gorgon* von so einem niedrigen Boot aus wirkte! Über ihrem Spiegelbild in der leichtbewegten See wuchsen die Masten kraftvoll und schwarz in den Himmel – ein Symbol der Seemacht.

Bolitho konnte Dancer ansehen, daß er ebenfalls erregt war. Er war schlanker geworden seit damals im *Blue Post's Inn,* aber auch zäher und selbstsicherer.

»Ruft den Kerl an!« blaffte Tergorren. Er stand aufrecht im Boot, das heftig stampfte, doch das schien ihm gar nichts auszumachen.

Der Mann im Bug legte die Hände an den Mund. »Schiff ahoi!« Aber die einzige Antwort war das Echo seiner Stimme.

»Was hältst du davon?« flüsterte Dancer.

Bolitho schüttelte den Kopf. »Ich weiß nicht recht.«

Hoch über den schwitzenden Ruderern schwankten die Rahen an Groß- und Besanmast des Fremdlings müde knarrend in der Brise.

»Riemen an!«

Die Ruderer hielten das Boot auf der Stelle, und der Bugmann schleuderte einen Draggen hoch über das Schanzkleid des Schiffes.

»Belegen!« kommandierte Tergorren. Er blickte ein Weilchen aufmerksam auf das Schanzkleid, ob sich nicht doch noch jemand zeigte. Dann: »Entern!«

Der Bootsmann hatte nur erfahrene Matrosen ausgesucht; in ein paar Sekunden waren alle Mann über das sonnengedörrte Schanzkleid geklettert und standen dichtgedrängt unter den Segeln, die wie Eulenflügel flappten.

»Mr. Dancer!« befahl Tergorren. »Nehmen Sie die Luke im Vorschiff!« Er deutete auf einen der Bootsmannsmaaten – es war derselbe, der seinerzeit die Prügelstrafe an dem Matrosen vollstreckt hatte. »Thorne, Sie sorgen dafür, daß die Hauptluke sicher ist.« Zu Bolithos Überraschung zog er eine Pistole aus dem Gürtel und spannte sie sorgfältig. »*Mister* Bolitho, und ihr beide da – mit mir zum Achterdeck!«

Bolitho warf seinem Freund einen raschen Blick zu, aber der zuckte nur die Schultern und ging mit seinen zwei Mann zur Vorschiffsluke.

Jetzt lächelte keiner mehr. Die Barkentine war wie ein Gespensterschiff, verlassen und aufgegeben, die Mannschaft wie durch Zauber verschwunden. Er schaute zur *Gorgon* hinüber, aber auch die schien weiter weg zu sein – man fühlte sich ihres Schutzes nicht mehr sicher.

Tergorren knurrte: »Dieser blutiggottverdammte Kasten stinkt!« Er stand über einem Niedergang und spähte, den Kopf zur Seite geneigt, in das Dunkel. »Jemand da unten?«

Aber nur die See und das melancholische Knarren des unbemannten Ruders waren zu vernehmen.

Tergorren blickte zu Bolitho hin. »Gehen Sie runter!« Schon wandte sich Bolitho zum Gehen, aber Tergorren faßte ihn am Handgelenk und sagte wütend: »Mensch, machen Sie Ihre Pistole schußfertig, verdammt noch mal!«

Bolitho zog die schwere Waffe aus dem Gürtel und starrte sie ratlos an. »Und gehen Sie gefälligst nicht rückwärts die Leiter runter!« sagte der Leutnant noch.

Unterhalb des Sills blieb Bolitho einen Moment stehen, um seine

Augen an das Halbdunkel unter Deck zu gewöhnen. Jetzt, im Schiffsraum, hörte er die Geräusche, die man dort immer hört; aber es fiel ihm nicht ganz leicht zu glauben, daß es völlig normal war, was er da hörte: das Schlappen des Wassers in der Bilge, das Reiben und Klappern losen Gutes. Er roch Kerzentalg, modrige Luft, den fauligen Gestank des Bilgewassers, abgestandenes Essen.

Oben rief ein Mann: »Alles klar im Vorschiff, Sir!«, und er entspannte sich ein wenig. Gedämpft, aber unverkennbar hörte er Tergorrens stampfende Schritte oben auf den Decksplanken, der anscheinend ziellos hin- und herging. Vermutlich wußte er nicht recht, wie es weitergehen sollte. Immerhin, dachte Bolitho, hatte es Tergorren mächtig eilig gehabt, ihn allein, ohne einen zweiten Mann, unter Deck zu schicken. Vielleicht interessierte es den Leutnant, was es mit diesem merkwürdigen, verlassenen Schiff auf sich hatte; aber die Sicherheit seines Midshipman interessierte ihn ganz bestimmt nicht.

Bolitho stieß eine kleine Kajütentür auf und trat gebückt ein. Der Raum mit den tiefgezogenen Decksbalken war so niedrig, daß er in der Finsternis krumm wie ein Buckliger umherschleichen und sich mit den Händen festhalten mußte, damit das dümpelnde Schiff ihn nicht aus dem Gleichgewicht warf. Dicht vor seinem Kopf stieß seine tastende Hand an eine Laterne, die von der Decke hing. Sie war eiskalt. Jemand öffnete ein Oberlicht, und es wurde hell. Vom blendenden Sonnenlicht umrahmt, blickte Tergorrens massiges Gesicht auf ihn nieder.

»Was, zum Teufel, machen Sie da, *Mister* Bolitho?«

Aber er brach erschrocken ab, und als Bolitho seinem starren Blick folgte, sah er auch, warum. Hingestreckt in der Ecke lag ein Mann – oder was noch von ihm übrig war. Er hatte mehrere fürchterliche Hiebe mit einem Beil oder Entermesser über den Kopf bekommen; auch in Brust und Flanken hatte er mehrere Wunden. In dem Strahl vom Oberfenster sah es aus, als habe er die Augen vor dem plötzlich blendenden Licht zusammengekniffen und starre Bolitho durch die Schlitze voller Entsetzen an.

»Allmächtiger Gott!« stieß Tergorren endlich hervor. Und als Bolitho immer noch starr und steif neben dem Leichnam stehenblieb, kommandierte er grob: »An Deck mit Ihnen!«

In dem blendenden Sonnenlicht kam es Bolitho erst vor, als zitterten ihm die Hände, doch als er auf sie heruntersah, waren sie so ruhig wie sonst.

Tergorren befahl: »Übernehmen Sie das Ruder, Thorne! Und Sie, Mr. Dancer, gehen mit Ihren Männern durch die Hauptluke und durchsuchen das Schiff! Ihr anderen fangt endlich an, diese verdammten Segel zu bergen!«

Er wandte sich um, als Dancer meldete: »Die *Gorgon* nimmt wieder Fahrt auf, Sir.«

»Ja.« In angestrengtem Nachdenken runzelte der Leutnant die Stirn. »Sie wird bis auf Rufweite herankommen. Bis dahin will ich einigermaßen Bescheid wissen, was hier los ist.«

Es war, als setze man ein zerrissenes Buch wieder zusammen. Dancers Untersuchung ergab, daß die Barkentine Spirituosen geladen hatte, hauptsächlich Rum; aber im Laderaum war nichts mehr, nur in den Ecken standen ein paar leere Fässer aufeinandergestapelt. Auf der Steuerbordreling des Achterdecks, und auch an der Kompaßbussole, fanden sie eingetrocknetes Blut, außerdem Pulverschmauch von Pistolenschüssen.

Der einsame Leichnam in der Kajüte mußte der Kapitän sein; vermutlich war er unter Deck geeilt, um sich zu bewaffnen oder Wertgegenstände zu retten oder auch bloß, um sich zu verstecken. Sicher war nur, daß er brutal ermordet worden war.

Bolitho hörte, wie Tergorren zum Bootsmannsmaat sagte: »Muß eine Meuterei gewesen sein – die Schufte haben alle umgebracht, die nicht mitmachen wollten, und dann das Schiff aufgegeben.« Aber die beiden Boote der Schonerbark waren noch immer an Deck festgelascht.

Dann, als bereits die mächtige Segelpyramide der *Gorgon* achteraus heranglitt, entdeckte Heather, einer von Dancers Männern, etwas Neues. Kurz hinter dem Hauptladeraum hatte ein Geschoß die Schiffswand getroffen, und wenn der Rumpf in ein tieferes Wellental eintauchte, konnte man es noch in der Beplankung stecken sehen. Bolitho beugte sich über die Wanten hinaus und sah den schwarzen, scharfzackigen Fleck wie ein böses Auge glänzen.

Bedächtig sagte Tergorren: »Muß wohl ein Pirat oder so gewesen sein. Als die Barkentine nicht beidrehen wollte, hat er ihr einen Schuß verpaßt und sie dann geentert.« Er zählte die einzelnen Punkte an seinen spatelförmigen Fingern ab. «Zweitens die Mannschaft abgeschlachtet und über Bord geworfen. Haifische gibt's hier ja genug. Drittens die Ladung übernommen, und viertens wieder abgelegt.«

Nervös wandte er sich um, als Dancer fragte: »Aber warum haben sie das Schiff nicht selbst übernommen, Sir?«

»Darauf wollte ich gerade kommen«, sagte er ärgerlich. Er gab jedoch keine weiteren Erklärungen. Statt dessen legte er die Hände an den Mund und begann, seine Meldungen zur *Gorgon* hinüberzurufen.

Über den schmalen Streifen Wasser hörte Bolitho Verlings Antwort, die er durchs Sprachrohr gab: »Suchen Sie weiter, und bleiben Sie in Lee.«

Damit wollte er wahrscheinlich Zeit gewinnen, um sich in Seehandbüchern und Schiffsregistern über die Schiffahrt in diesen Gewässern zu informieren. Die *Athen* war offensichtlich kein neues Schiff und mußte im westindischen Rumhandel bekannt sein.

Bolitho erschauerte bei der Vorstellung, er könne plötzlich, allein auf sich gestellt, einem Angriff blutdürstiger, schwerbewaffneter Enterer ausgesetzt sein.

»Wir gehen wieder achtern unter Deck!« befahl Tergorren kurz. Er schritt zum Niedergang; Bolitho folgte ihm.

Obwohl er darauf vorbereitet war, erschütterte ihn der Anblick ebenso wie beim erstenmal. Er versuchte, dem Toten nicht ins Gesicht zu sehen, als Tergorren nach kurzem Zögern dessen Taschen zu durchsuchen begann. Logbuch und Seekarten der *Athen* waren nicht mehr da, wahrscheinlich hatten die Piraten sie über Bord geworfen; aber in einer Ecke der durchwühlten Kajüte, fast unter der Koje verborgen, fand Tergorren einen leinenen Briefumschlag. Er war leer, doch der Name des Schiffsagenten in Martinique war deutlich lesbar aufgedruckt. Besser als nichts.

Der Leutnant stellte einen umgeworfenen Stuhl wieder auf und setzte sich gewichtig hin, und noch im Sitzen streifte sein Kopf beinahe die Decksbalken. So blieb er einige Minuten und starrte auf den Leichnam. Das Nachdenken mußte ihn anstrengen; seine Miene war finsterer als je.

»Ich glaube, Sir«, sagte Bolitho, »es muß noch ein drittes Schiff dagewesen sein. Die Angreifer oder Piraten müssen seine Segel gesichtet haben und dann geflohen sein, weil sie wußten, daß man sich zunächst für dieses Schiff hier interessieren würde.«

Einen Augenblick lang dachte er, Tergorren hätte ihn überhaupt nicht gehört.

Dann aber sagte der Leutnant ganz sanft: »Wenn ich Ihre Hilfe brauche, Mr. Bolitho, werde ich Sie darum ersuchen.« Er blickte auf; seine Augen lagen im Schatten. »Sie mögen der Sohn eines Fregattenkapitäns sein und der Enkel eines Konteradmirals, aber für mich sind Sie ein Midshipman – das heißt, weniger als nichts.«

»Ich – ich bitte um Entschuldigung, Sir. Ich wollte Sie nicht beleidigen.«

»O ja, ich kenne Ihre Familie.« Tergorrens Atem ging schwer vor Erregung und unterdrückter Wut. »Ich habe Ihr feines Haus gesehen, und die Grabplatten an der Kirchenwand! Also, *ich* hatte keinen reichen Vater im Hintergrund, der mir half, und bei Gott, ich werde dafür sorgen, daß Sie an Bord keine Extrawurst gebraten kriegen, verstanden?« Er wandte sich ab und dämpfte seine Stimme, was ihn offensichtlich Anstrengung kostete. »Jetzt lassen Sie jemanden eine Leine herunterwerfen und den Leichnam an Deck hieven. Dann lassen Sie die Kajüte aufklaren – hier stinkt's wie unterm Galgen!«

Er faßte ans Stuhlbein. Getrocknetes Blut klebte daran, schwärzlich in dem einfallenden Sonnenlicht.

»Wahrscheinlich gestern«, murmelte er vor sich hin, »sonst wären die Ratten schon hiergewesen.« Dann knallte er sich seinen salzfleckigen Dreispitz auf den Kopf und stapfte aus der Kajüte.

Nachher, als Bolitho und Dancer am Schanzkleid standen und dem Leutnant nachblickten, der sich zur *Gorgon* hinüberrudern ließ, um Meldung zu erstatten, erzählte Bolitho seinem Freund etwas von dem, was sich zwischen ihm und Tergorren abgespielt hatte. Dancer sah ihn bedauernd an. »Ich wette, er wird deine Idee dem Kapitän als seine eigene unterschieben, Dick. Das sähe ihm ähnlich.«

Bolitho faßte seinen Freund am Arm. Tergorrens letzte Anweisungen, bevor er ins Boot gegangen war, fielen ihm ein: »Halten Sie das Schiff steuerfähig bis auf weitere Order, und schicken Sie einen guten Mann in den Ausguck!« Und dann hatte er, mit einer Geste zu dem

Leichnam hin der beim Ruder lag, noch gesagt: »Und werfen Sie *das* über Bord! Vermutlich wird der eine oder andere von euch ebenso enden.«

Später blickte Bolitho auf die leere Stelle, wo der Unbekannte gelegen hatte. Fühllos und leblos.

»Ich habe noch mehr Ideen«, sagte er und lächelte dabei, um seinen Ärger zu vergessen. »Wenigstens weiß ich jetzt, warum er mich nicht leiden kann.«

Dancer hatte seine eigenen Gedanken. »Weißt du noch – der arme Invalide im *Blue Post's Inn*?« Er machte eine Handbewegung über die paar Männer an Deck hin. »Er hat gesagt, wir würden beide Kapitäne werden – und, bei Gott, nun haben wir schon ein eigenes Schiff.«

IV »Klar Schiff zum Gefecht!«

Die Offiziersmesse der *Gorgon*, direkt unter der großen Kapitänskajüte gelegen, war voller Menschen, vom Schott bis zu den Heckfenstern. Um sie herum lagen die kleinen, weißgestrichenen Offizierskajüten. Die Messe diente als Gemeinschafts- und Speiseraum für die Leutnants, den Steuermann, die Offiziere der Marine-Infanterie, und den Schiffsarzt Laidlaw.

Aber jetzt, im roten Schein der untergehenden Sonne, der durch die Heckfenster einfiel und von den kreisenden Deckenlampen verstärkt wurde, bevölkerte so ziemlich alles die Offiziersmesse, was einen höheren Rang als den eines Maats innehatte, mit Ausnahme derjenigen, die gerade Schiffsdienst taten.

Bolitho und Dancer hatten an einem offenen Fenster an der Backbordseite Platz gefunden und spähten hoffnungsvoll nach einer Erfrischung aus. Aber wenn auch die Offiziersmesse ihren Raum für Dienstbesprechungen zur Verfügung stellen mußte, war sie jedoch anscheinend nicht geneigt, ihre ungebetenen Gäste auch noch zu bewirten.

Den ganzen Tag lang, während die *Gorgon* und ihr kleines Begleitschiff unter halb gerefften Segeln geistergleich dahinschlichen, hatten Bolitho und Dancer gegrübelt und spekuliert, wie es weitergehen würde, und was sie wohl dabei für eine Rolle zugeteilt bekämen. Endlich holte ein Boot sie ab und brachte sie auf die *Gorgon* zurück. Thorne, der Bootsmannsmaat, bemerkte dazu mit gerade soviel Ironie, wie er glaubte, riskieren zu können: »Ich hoffe, ich kann *zur Not* allein fertig werden, bis die jungen Herren zurückkommen, Sir.« Er hatte zehn Dienstjahre bei der Kriegsmarine hinter sich.

Nun beobachteten Bolitho, Dancer und die anderen Midshipmen, von den Leutnants und den Offizieren der Marine-Infanterie vornehm übersehen, die Tür beim Besanmast, der die Offiziersmesse vom Fußboden bis zur Decke durchlief. Es war wie im Theater, wenn man auf das Erscheinen des Hauptdarstellers wartet; oder bei Gericht auf Seine Lordschaft den Richter, welcher die Verhandlung eröffnen wird.

Bolitho sah sich, nicht zum erstenmal, in der Messe um. So sehr sie sich von der geräumigen Kapitänskajüte unterschied, war sie doch immer noch ein Palast gegen das Midshipmen-Logis und die Batterie. Selbst die winzigen Türen der Offizierskammern, hinter denen nur für eine Koje und ein Spind Raum war, ließen an etwas Persönliches und an eine Art Privatleben denken. Ein richtiger Tisch, und, hier und da zwischen den stehenden Männern, ein paar gute Stühle – das war schon etwas anderes als die aufgereihten schwarzen Seekisten an der ewig tropfenden Rumpfbeplankung des Orlopdecks.

Er wandte sich um und lehnte sich aus dem geöffneten Fenster. Blutrot in der Abendsonne, flog die Gischt vom Ruder ab; und am Horizont zog die Sonne einen breiten Streifen aus Millionen tanzender, blitzender Spiegel. Es war schwer, dabei an Mord und Gefahren zu denken, an den Erschlagenen in der Barkentine, die jetzt im Lee der *Gorgon* segelte.

Noch zwei Jahre, dachte Bolitho, dann stand auch ihm ein Anteil an einer Offiziersmesse wie dieser zu. Eine Sprosse die Leiter weiter hinauf.

Plötzlich sagte Dancer: »Sie kommen!«, und man hörte am Scharren der Füße, daß alle Haltung einnahmen.

Verling erschien als erster; er hielt die Tür auf, so daß Kapitän Conway eintreten konnte, ohne die gekreuzten Hände vom Rücken nehmen zu müssen.

Conway trat zum Tisch und sagte: »Die Herren können sich setzen, wenn sie wünschen.«

Fasziniert beobachtete Bolitho den Kapitän. Obwohl ihn die Leutnants, Deckoffiziere und Midshipmen eng umstanden, gelang es ihm doch, den Eindruck einer gewissen Distanz hervorzurufen. Er trug einen tadellos gebügelten, blauen Rock mit Goldknöpfen und weißen Aufschlägen, so neu, als käme er frisch vom besten Schneider Londons. Seine Kniehose und die Strümpfe sahen ebenso aus, und sein Haar war im Nacken mit einem ganz neuen Band zusammengebunden. Die Midshipmen pflegten solche Bänder für besondere Gelegenheiten aufzuheben. Bolitho zum Beispiel hatte sein langes schwarzes Haar in Kragenhöhe mit einem Ende Angelschnur gebunden.

»Achtung!« kündigte Verling kurz an. »Der Kapitän wünscht, Ihnen eine Eröffnung zu machen.«

Die ganze Messe schien den Atem anzuhalten; deutlich hörte man von draußen das Sausen der See und des Windes, das unregelmäßige Knarren des Ruders tief unten vor den Heckfenstern. Und Bolitho wurde sich mit Erstaunen darüber klar, daß sie viertausend Meilen weit gesegelt waren, ohne wirklich zu wissen, warum.

Gemessen sprach der Kapitän: »Ich habe Sie alle hierhergerufen, um Zeit zu sparen. Wenn ich zu Ende bin, werden Sie in Ihre Divisionen gehen und nach eigenem Ermessen den Leuten klarmachen, was wir vorhaben. Das ist meines Erachtens weit besser als alle schönen Reden vom Achterdeck hinunter.« Er räusperte sich und blickte in die erwartungsvollen Gesichter. »Ich habe Befehl, das Schiff an die Westküste Afrikas zu bringen und dort Patrouille zu fahren. Falls es im Verlauf des Auftrags wichtig oder wünschenswert erscheint, kommt auch der Einsatz von Matrosen und Marine-Infanterie bei einem Landeunternehmen in Frage. Seit ein paar Jahren bedrohen Piraten in wachsendem Maße diese Küste, und manches Schiff ist beschossen worden oder ganz verschwunden.«

Er sprach ohne jede Erregung, und Bolitho war es unbegreiflich, wie solche äußere Ruhe überhaupt möglich war. Da hatte dieser Mann eine Reise von mehreren tausend Meilen hinter sich und noch viele Meilen vor sich und trug dabei die Verantwortung für die Gesundheit und Führung einer ungeübten Mannschaft, wobei es außerdem vollkommen ungewiß war, was er am Ziel der Reise finden würde. Ein

Schiff zu kommandieren war wohl doch nicht so einfach, wie er es sich vorstellte.

Conway fuhr fort: »Nach den Berichten, die der Admiralität vorliegen, hat sich eine Piratenbande an der Küste von Senegal festgesetzt.« Sekundenlang hafteten seine Augen auf dem unruhigen Haufen der Midshipmen. »Welche Küste jetzt nicht ganz dreißig Meilen voraus in Lee liegt, wie mir Mr. Turnbull versichert.«

Der rotgesichtige Segelmeister lächelte grimmig und nickte. »Beinahe könnte man hinspucken, Sir.«

»Gewiß.« Der kurze Anflug von Humor war schon wieder vorbei. »Es ist meine Pflicht, diesen Schlupfwinkel zu entdecken; und ich beabsichtige, ihn zu zerstören und alle zu bestrafen, die für diese Verbrechen verantwortlich sind.«

Trotz der stickigen Hitze in der Messe erschauerte Bolitho – er erinnerte sich an die verwitterten Leichname einiger Seeräuber, die vor seiner Heimatstadt Falmouth in Ketten am Galgen baumelten.

»Natürlich«, sprach der Kapitän mit einem Anflug von Sarkasmus weiter, »haben Ihre Lordschaften in ihrer erhabenen Weisheit für diese Aufgabe einen Vierundsiebziger gewählt« – der Steuermann und ein paar von den Älteren nickten grinsend zu diesen Worten –, »ein Schiff, das zuviel Tiefgang hat, um dicht unter der Küste operieren zu können, und das zu langsam ist, um ein Piratenschiff auf hoher See fangen zu können! Immerhin haben wir jetzt die Barkentine. Mr. Tergorren hat sie inzwischen so weit in Ordnung gebracht, daß sie im Dienst des Königs zu verwenden ist.«

Mehrere Köpfe drehten sich nach dem massigen Leutnant um, und Conway fuhr fort: »Er hat mir berichtet, was er über das Schicksal dieses Schiffes festgestellt hat, und daß die Angreifer möglicherweise wegen des Auftauchens eines weiteren Schiffes geflohen sind. Da sich das vermutlich gestern abgespielt hat, können es durchaus unsere Bramsegel gewesen sein, die der Pirat gesichtet hat. Wenn es um diese Zeit war, und wenn man Wind und Strömung in Betracht zieht, kann die *Athen* durchaus so im Dunst gestanden haben, daß wir sie nicht sehen konnten, während wir selbst gegen die untergehende Sonne standen, so wie es jetzt wieder der Fall ist.«

Er zuckte die Achseln, als habe er genug von diesen Spekulationen.

»Sei dem, wie ihm wolle – sie haben ein friedliches Kauffahrteischiff beraubt und zweifellos die Mannschaft vor die Haie geworfen oder durch Drohungen gezwungen, sich ihnen anzuschließen, so daß diese Männer zusammen mit ihren Überwältigern hängen werden, wenn wir sie kriegen – und kriegen müssen wir sie!«

Verling merkte, daß der Kapitän Schluß machen wollte. »Irgendwelche Fragen?« erkundigte er sich.

Dewar, der Major der Marine-Infanterie, fragte unumwunden: »Mit was für Widerstand ist zu rechnen, Sir?«

Der Kapitän blickte ihn sekundenlang stumm an. »Ungefähr eine Meile vor der Küste liegt eine kleine Insel. Vor etwa vierhundert Jahren wurde sie entdeckt und war seitdem meistens besetzt: von den Holländern, den Franzosen und sogar von uns. Gegen Angriffe von der Küste her ist sie gut zu verteidigen. Die See dort ist voller Haie . . .« Er machte eine Pause, und sein Blick wurde ungeduldig.

»Noch Fragen?«

Hope, der Fünfte Leutnant, fragte zögernd: »Wieso gegen Angriffe von der Küste, Sir?«

Überraschenderweise lächelte Kapitän Conway ein bißchen. »Eine gute Frage, Mr. Hope. Ich freue mich, daß wenigstens einer aufgepaßt hat.« Er ignorierte sowohl Hopes freudiges Erröten als auch Tergorrens finstere Miene. »Aus einem einfachen Grund: die Insel ist als Sammelplatz für Sklaven zur Verschiffung nach Amerika benutzt worden.« Er spürte das plötzliche Unbehagen bei den Offizieren und fuhr unwillig fort: »Ein übles Geschäft, aber nicht direkt illegal. Die Händler sammeln dort ihre menschliche Ware, und jeder, der ihren Ansprüchen nicht genügt, geht zu den Haien. Diese ›Einrichtung‹ hindert auch eventuelle Freunde und Verwandte der Gefangenen, diese vor dem Höllenleben zu retten, das sie erwartet.«

Major Dewar warf seinem Leutnant einen Blick zu und murmelte grimmig: »Bei Gott, denen werden wir's zeigen, was? Sklaverei, so oder so, interessiert mich einen Dreck, aber Piraten sind für mich einfach Ungeziefer.«

Leise sagte Dancer: »Mein Vater hat oft gesagt, Sklaverei und Seeräuberei gehen Hand in Hand. Die einen leben von den anderen, oder wenn es ihnen in den Kram paßt, verbünden sie sich gegen die

Staatsmacht.«

Aufgeregt murmelte der kleine Eden: »Wartet b-bloß, bis die *Gorgon* euch über den Hals k-kommt!« Er rieb sich die Hände. »Wartet b-bloß ab!«

»Ruhe da drüben!« blaffte Verling. Gelangweilt ließ der Kapitän seine Blicke durch die Masse schweifen. »Wir werden beigedreht liegenbleiben und dann morgen dicht unter Land segeln. Die Küste hier ist sehr gefährlich; ich habe keine Lust, den Kiel auf ein Riff zu setzen. Unser neues Begleitschiff wird die Vorhut bilden. Bei Sonnenaufgang werden die Landekommandos eingeteilt.« Er schritt zur Tür. »Machen Sie weiter, Mr. Verling!«

Der Erste wartete, bis die Tür sich hinter dem Kapitän geschlossen hatte, und sagte dann: »Wegtreten auf Divisionen.« Dann wandte er sich an den Steuermannsmaaten: »Mr. Ivy, Sie übernehmen die *Athen* für diese Nacht. Ich schlage vor, Sie lassen sofort ein Boot klarmachen.«

Dancer seufzte. »Erst stiehlt Tergorren dir deine Idee, Dick, und nun werden wir auch noch unser erstes Kommando los.« Er grinste. »Aber ich muß sagen, ein bißchen sicherer fühle ich mich doch auf dieser dicken alten Dame!«

Auch der kleine Eden grinste. »Ich r-rieche Essen!« Eilends, als würden seine Füße von seinem Magen getrieben, verließ er die Offiziersmesse.

»Wir gehen auch, Dick!« Aber als sie auf dem Geschützdeck waren, hörten sie hinter sich Tergorrens Stimme: »Belegen! Ich habe Arbeit für Sie beide! Entern Sie zur Bramsegelrahe auf und sehen Sie nach, ob diese faulen Hunde richtig gespleißt haben, als wir an Bord der Prise waren!« Er warf ihnen einen kalten Blick zu. »Doch nicht etwa zu dunkel für Sie? Oder zu *gefährlich*?«

Dancer öffnete schon den Mund zu einer Entgegnung, aber Bolitho sagte rasch: »Aye, aye, Sir.«

»Aber gefälligst nicht schummeln!« rief der Leutnant hinter ihnen her.

Draußen fing es schon an dunkel zu werden. Bei den Webeleinen murmelte Bolitho vor sich hin: »Ob ich wohl jemals im Leben diese verdammte Höhenangst loswerde?«

Sie blickten zu dem schwarzen Kreuz und Quer der Takelung auf, zu dem großen Vormarssegel und zu dem Segel darüber. In dem schwindenden Abendlicht, das die Decksplanken schon nicht mehr erreichte, erglühte es in tiefem Rot.

»Ich gehe allein hinauf, Dick«, sagte Dancer. »Er merkt es schon nicht.«

Bolitho lächelte grimmig. »*Der* merkt das bestimmt, Martyn. Das will er ja gerade.« Er legte Hut und Rock ab und stopfte sie unter eine Klampe. »Also los! Wenigstens wird es uns Appetit machen.«

Achtern, bei dem mächtigen, doppelten Steuerrad, beobachteten die Rudergasten die schwingende Kompaßnadel und ließen die Speichen ganz leicht spielen. Mit ihren nackten Füßen standen sie wie angewachsen auf den Planken. Ruhelos schritt der Wachoffizier an der Luvseite auf und ab und warf gelegentlich einen Blick nach Lee, wo die einzige Laterne der Barkentine einen winzigen Reflex auf die Wasserfläche warf.

Kapitän Conway trat aus dem Achterkastell hinter das Ruder, die Hände, wie immer, auf dem Rücken gefaltet. Automatisch paßte er seine Körperhaltung den Schwankungen des Schiffes an. Der Erste Rudergänger stieß seinen Kameraden an und rief: »Südost bei Süd liegt an, Sir.«

Conway nickte und wartete, bis der Leutnant ebenso diskret wie eilig nach Lee hinübergewechselt war, damit der Kapitän die nötige Ruhe und Einsamkeit für seinen Abendspaziergang hatte.

Auf und ab, hin und zurück tappten seine Schritte auf den glatten Planken. Einmal verhielt er und warf einen kurzen Blick durch die Riggen auf die beiden schattenhaften Gestalten, die hoch oben auf der Bramsegelrahe hockten wie Vögel auf ihrer Stange. Aber im Weitergehen und Nachdenken über den nächsten Tag hatte er sie bald vergessen.

An diesem Morgen wurde die gesamte Mannschaft sehr früh aus den Hängematten gescheucht, und es gab ein hastiges Frühstück aus Hafergrütze und geröstetem Schiffszwieback, mit einem Krug Ale zum Anfeuchten. Jedoch ein älterer Matrose bemerkte dazu mit düsterer Miene: »So früh und so reichlich – das heißt, der Kapitän rechnet damit, daß was passiert.«

Und dann, als sich im Osten die ersten Spuren der Morgendämmerung bemerkbar machten und die Köche die Kombüsenfeuer löschten, kam das Pfeifsignal vom Achterdeck: »Alle Mann achteraus! Alle Mann achteraus, und klar Schiff zum Gefecht!«

Von der Kampanje her tönten die hektischen Wirbel der Trommeljungen, die Befehle und Beschimpfungen der Deckoffiziere und Maaten, und wieder eimal wurden die Männer der *Gorgon* zu einem Manöver getrieben, auf das sie gedrillt und geschliffen worden waren, bis alle Knochen schmerzten, im strömenden Regen und bei brennender Sonne, bis sie ganz genau wußten, wo jeder Mann, jedes Gerät, jedes Tauende, jedes Fall seinen Platz hatte, wenn es hieß »Klar Schiff zum Gefecht«.

Manche unter den erfahrenen Matrosen gaben sich diesmal mehr Mühe als sonst; vielleicht spürten sie, daß das heutige Exerzieren mehr zu bedeuten hatte, als es auf den ersten Blick schien. Andere, und besonders die ganz jungen wie Eden rannten so zappelig wie aufgeregte Kinder auf ihre Stationen und ließen sich weder durch die Flüche der nervösen Leutnants, noch durch die Beschimpfungen ihrer Kameraden beruhigen.

Bolithos Station war das untere Geschützdeck. Er fühlte, wie sein Herz klopfte, schneller als sonst. In dem niedrigen, fast finsteren Deck sah er die Matrosen geduckt um die mächtigen Zweiunddreißigpfünder herumkriechen, hörte unter ihren nackten Füßen den Sand knirschen, den die Schiffsjungen reichlich gestreut hatten, damit niemand während des Manövers ausrutschte oder hinfiel.

Vom Oberdeck her sickerte ein bißchen Licht durch den Niedergang, und er konnte erkennen, wie die Geschützmannschaften ihr Gerät kontrollierten und die Persennigen abnahmen, um ihr Gerät zu kontrollieren und die Blöcke der Zugleinen und die Handspeichen zu überprüfen.

Von oben konnte er das gedämpfte Quietschen der Taljen hören, als die Netze über das Deck gezurrt wurden, welche die Kanonen und ihre Bedienungen vor fallenden Spieren und Rahen schützen sollten. Wie oft hatten sie das während der Viertausend-Meilen-Reise geübt?

Oben trieb die mächtige Stimme des Bootsmanns die Matrosen an ihre Plätze; die Decksplanken über Bolithos Kopf erzitterten unter dem Getrampel ihrer eilenden Füße.

Unten, in der Finsternis, dröhnte Tergorrens Stimme: »Beeilung, ihr verdammte Bande! Das dauert schon viel zu lange!«

Im mittleren Geschützdeck befanden sich, abgesehen von den Matrosen, die zur Bedienung der doppelten Reihe von Zweiunddreißigpfündern nötig waren, zwei Leutnants (nämlich Tergorren, der den Oberbefehl führte, und sein Adjutant, der Sechste Leutnant Mr. Wellesley) sowie vier Midshipmen. Diese letzteren waren gleichmäßig über alle Geschützdivisionen verteilt. Sie sollten Befehle weiterleiten, notfalls selbständig Feuerbefehl erteilen und als Gefechtsläufer zum Achterdeck fungieren. Bolitho und Dancer waren auf der Backbordseite; ein mürrischer Jüngling namens Pearce und der kleine Eden hatten die Steuerbordbatterie.

In der Mitte des Decks stand Tergorren mit dem Rücken zum Hauptmast, die Arme verschränkt, und überspähte mit gesenktem Kopf seinen Bereich. Nicht weit von ihm stand ein Posten der Marine-Infanterie am Niedergang, ebenso wie an den anderen Luken. Diese Posten sollten verhindern, daß im Durcheinander des Gefechts einer, den der Kampfesmut verließ, etwa irgendwo im Schiffsrumpf Zuflucht suchte.

Wellesley, der Sechste, lief säbelrasselnd die Backbordseite ab, wo er bei jedem Geschütz gerade so lange stehenblieb, bis der Geschützführer meldete: »Feuerbereit, Sir!«

Endlich war alles ruhig, nur das leise Heben und Senken des Schiffs, das regelmäßige Quietschen der Blöcke, wenn die Kanonen gegen die Taljen arbeiteten, unterbrach die Stille.

Bolitho konnte die Spannung, die über dem ganzen Schiff lag, förmlich riechen. Er versuchte, nicht an das Midshipmen-Logis im Orlopdeck zu denken, das ebenfalls umgeräumt war. Dort befanden sich jetzt der Schiffsarzt und seine Sanitätsgasten. Laternen brannten, chirurgische Instrumente blinkten in ihren offenen Behältern. Jedesmal, wenn Kapitän Conway »Klar Schiff zum Gefecht« befohlen hatte, sah das Midshipmen-Logis so aus – kaum zu zählen, wie oft er es schon so gesehen hatte.

Tergorren schrie: »Mr. Wellesley! Warum dauert das so lange?«

Der Sechste rannte schlurfend zu ihm, stolperte über einen Ringbolzen und wäre beinahe lang hingefallen.

»Untere Batterie klar zum Gefecht, Sir!« Er verschluckte sich beinahe.

Auf dem Deck über ihnen gellte eine Pfeife, und jemand rief: »Klar zum Gefecht, Sir!«

Tergorren fluchte lästerlich. »Die haben uns schon wieder geschlagen, hol sie der Teufel!« Wütend fügte er hinzu: »Mr. Eden! Stellen Sie die Zeit fest! Aber marsch, marsch!«

Eden kam zurück und meldete keuchend: »Kompliment vom Ersten Leutnant, Schiff gefechtsklar in zwölf Minuten.« Er zögerte. »Aber ...«

»Was – aber?«

Der Junge schluckte. »Aber wir haben länger als alle anderen Divisionen gebraucht, Sir.«

Weitere Befehle wurden gepfiffen; die Signale der Bootsmannspfeifen schrillten wie die Stimmen der Vögel auf einem Moor in Norfolk.

»Stückpforten auf!«

Bolitho beugte sich vor, weil eine übereifrige Geschützmannschaft aus der Reihe tanzte. Es war erstickend heiß im unteren Deck, aber gleich würden sich alle Pforten mit einem Schlag öffnen, hier und auf dem nächstoberen Deck. Jetzt – die Luken gingen hoch, und sofort spürte er die kühle Luft einströmen, und die Männer in seiner nächsten Umgebung gewannen Persönlichkeit und Bedeutung; matt glänzten ihre nackten Oberkörper im fahlen Frühlicht. Er warf einen raschen Blick nach achtern und sah, wie Dancer ihm flüchtig zuwinkte.

Während der Morgenwache hatte die *Gorgon* ihren Kurs geändert und steuerte jetzt Ostsüdost, denn der Wind hatte sich etwas nach Norden gedreht und war so geblieben. Das Schiff krängte leicht, und da der Wind von Backbord achtern kam, zeigten die Geschützläufe in Bolithos Abschnitt etwas nach oben und blieben frei von Gischt. Er konnte die lebhaften weißen Wellenkämme sehen, und auch ein paar seltsame Fische, die aus dem Wasser sprangen und wie Seevögel, auf der Fahrtwelle hüpfend, das Schiff ein Stück begleiteten. Er lehnte sich weiter hinaus, blickte um die Mündung eines Geschützes herum und sah drüben etwas Dunkles auf dem Wasser – das mußte die

Athen sein. Er versuchte zu erraten, was an Deck geschah. Das Prisenschiff kam aus seiner geschützten Leeposition heraus und nahm einen Kurs, der es offenbar zwischen die *Gorgon* und das Festland bringen sollte – aber wo sich das Festland befand, das wußte er nicht.

»Können Sie Land sehen, Sir?« fragte ein junger Matrose. Er war ein gutaussehender Bursche, der von Devon an Bord gekommen war. Während der Nachtwachen und bei heißen Exerziermanövern hatte er erzählt, daß seine gesamte Familie für einen dortigen Gutsherrn arbeite. Ein harter Mann, der dazu neigte, die Töchter seiner Pächter und Tagelöhner zu mißbrauchen. Mehr hatte er ihm nicht anvertraut, aber Bolitho war sicher, daß er den Gutsbesitzer verprügelt hatte und dann geflohen war, um an Bord eines Schiffes, irgendeines Schiffes, zu gelangen und so der Strafe zu entgehen.

Bolitho antwortete: »Wir müssen ganz dicht heran sein, Fairweather. Da sind schon ein paar Seevögel. Die wollen sich wohl mal unser Schiff ansehen – würde mich nicht wundern.«

»Ruhe in der Batterie!« Tergorrens Wut schien sich über Offiziere und Matrosen gleichermaßen zu entladen.

Ein Mann schrie schmerzlich auf, als sein Geschützführer das Tauende sausen ließ; und von achtern her quäkte Wellesleys wenig imponierende Stimme: »He – schreiben Sie den Mann auf!«

Kein Mensch wußte, welchen Mann er meinte, und an wen der Befehl gerichtet war – nach Bolithos Schätzung wollte der Leutnant nur einen Anpfiff Tergorrens vermeiden.

Seltsam, hier unten kam man sich vor, als sei man vom ganzen übrigen Schiff abgeschnitten. Es wurde draußen heller, und auf der See malte sich ein Muster von Schwarz und Gelb, aber man konnte Himmel und Horizont noch nicht deutlich voneinander unterscheiden. Der quadratische Ausschnitt der Stückpforte in der dicken, eichenen Rumpfbeplankung wirkte wie der Rahmen eines Bildes; aber als das Licht stärker wurde und auf dem langen Rohr des Zweiunddreißigpfünders spielerisch entlanglief, schienen sie alle zu Teilen dieses Bildes zu werden. Jetzt bekam nämlich auch das Innere des Batteriedecks Farbe. Jetzt wurde der dunkelrote Anstrich der Innenseite des Schiffsrumpfes und eines Teils der Decksplanken unter ihren Füßen sichtbar. Warum ausgerechnet rot – das wußte jeder: auf dieser Farbe sah man das Blut der Toten und Verwundeten nicht so deutlich. Bolitho blickte über das abfallende Deck zur Gegenseite hinüber. Dort lagen die offenen Stückpforten noch im Dunkel, in das nur manchmal der Kamm einer Woge oder ein paar Schaumfetzen hineinblitzten.

Er blickte zu Tergorren hin. Der sprach ganz ruhig mit Jehan, dem Stückmeister. Dieser trug, wie immer, wenn er in seiner geliebten Pulverkammer arbeitete, dicke Filzschuhe, so daß er sich völlig lautlos bewegte. Eben verschwand er in der Luke, wo der Posten stand, und Bolitho überlegte sich, ob Dancer wohl daran dachte, daß er so ziemlich auf der gefährlichsten Stelle des ganzen Schiffes stand; denn genau unter seinen Füßen lagerte eine Unmenge Schießpulver, das bei einem Gefecht jederzeit in die Luft fliegen konnte.

Etwas wie ein Seufzer wurde in der Batterie laut, als sich die ersten Sonnenstrahlen durch die offenen Geschützpforten hineinwagten. Auf einen Geschützverschluß gestützt, beobachtete Bolitho, wie der Horizont immer wirklicher und greifbarer wurde: dort lag das Festland.

Aufgeregt fragte Fairweather: »Is' das Afrika?«

Der Geschützführer entblößte seine unregelmäßigen Zähne. »Kann dir ganz egal sein, wo du bist, mein Junge. Kümmer' dich um unsere alte Tante hier und füttere sie anständig, ganz egal, was kommt – mehr brauchst du nicht zu wissen!«

Ein Midshipman kam vom oberen Deck und sah sich nach Tergorren um. Das Bürschchen war Midshipman Knibb, nicht größer und nur einen Monat älter als der kleine Eden.

»Kompliment von Mr. Verling, Sir. Vorläufig noch nicht laden!«

»Was ist denn los?« blaffte Tergorren.

»Ausguck hat zwei Schiffe bei der Landspitze vor Anker gemeldet, Sir.«

Sein Selbstvertrauen wuchs in dem Bewußtsein, daß alle diese schattenhaften Gestalten ihm aufmerksam zuhörten und neugierig waren, was in der Oberwelt vor sich ging.

»Der Kapitän hat befohlen, daß die Barkentine Segel setzen und rekognoszieren soll, Sir.«

Der Geschützführer neben Bolitho gab seiner Mannschaft Erklärungen: »Ich kenne diese Gewässer, Jungs. Überall Riffe und Untiefen. Unser Kapitän hat bestimmt schon zwei gute Männer auf Lotstation, die regelmäßig die Tiefe nehmen. Wir müssen uns richtig in die Küste hineintasten.«

Bolitho hörte nicht weiter hin. Er dachte an die aufgegebene Barkentine und an den toten Mann in ihrer Kajüte. Ob wohl Tergorren deshalb so schlechter Laune war, weil ein anderer das Kommando über die *Athen* bekommen hatte?

Der Dritte Leutnant, Tergorrens unmittelbarer Vorgesetzter, kommandierte sie statt seiner, und Grenfell, der dienstälteste Midshipman, war sein Adjutant. Wenn alles gut ging, würde dieses bißchen Sonderverantwortung dem Midshipman auf dem Weg zu seiner Beförderung ein Stück weiterhelfen. Bolitho freute sich für ihn, wenn er ihn auch um seine Freiheit beneidete. Grenfell hatte sich seinerzeit alle Mühe gegeben, um ihm und den anderen unsicheren Neulingen den Anfang leichter zu machen. Es kam oft genug vor, daß sich Männer in Grenfells Stellung wie kleine Tyrannen benahmen.

Zwei Schiffe vor Anker, hatte Knibb gesagt. Piraten oder Sklavenhändler? Sie würden beide einen schönen Schreck kriegen, wenn die *Gorgon* aufkreuzte.

Dumpfes Fußgetrampel von oben, und das Quietschen von Taljen und Blöcken – die Segel wurden entsprechend der Kursänderung umgebraßt.

Er verließ die Stückpforte und stützte sich auf das große Spill, mit dem schwere Spieren oder Boote in Stellung gehievt wurden, und lauschte auf Tergorrens grobe Stimme, der mit Wellesley und Midshipman Pearce sprach. Auf der gegenüberliegenden Schiffsseite hoben sich jetzt die offenen Stückpforten schärfer ab, und einen Moment lang glaubte Bolitho, daß ihn seine Augen täuschten: das Land schien sich der *Gorgon* entgegenzustrecken, um sie zu grüßen – aber das war natürlich unmöglich, denn das Land lag ja, wie deutlich zu sehen, hier an seiner Seite. Doch plötzlich fiel ihm wieder ein, daß der Kapitän von einer Insel gesprochen hatte. Das mußte sie sein, und das Schiff steuerte in die Enge zwischen Insel und Festland hinein. Die ankernden Schiffe mußten direkt voraus liegen, so daß sie von den beiden Geschützdecks aus nicht zu sehen waren.

Tergorren sagte eben: »Seht mal, da steht ja eine Festung auf der Insel. Muß so alt sein wie Moses.« Er lachte glucksend. »Wartet bloß, bis ihr die schwarzen Weiber zu sehen kriegt. Manche sind so schön wie . . .« Er kam nicht weiter.

Bolitho sah etwas über die kabbelige, landein strömende See springen – erst dachte er, es sei ein Delphin, aber dann hörte er, weit weg, das Dröhnen einer Explosion. Die Linie der weiß beschäumten, anbrechenden Wellen war auf einmal nicht mehr da, und unter einem Chor von Schreien und Flüchen schlug eine große Kanonenkugel hart neben dem Schiffsrumpf ein.

Ungläubig brüllte der alte Geschützführer: »Diese Teufelsbande hat uns zuerst beschossen, bei Gott!«

Das ganze Schiff wurde lebendig. Ein Tohuwabohu von Befehlen . . . Eine Trompete gellte ein Signal für die Seesoldaten . . . Taljen knarrten, die Haltegiens der schweren Geschütze wurden angeholt, und dann kam der Ruf: »Alle Geschütze laden und klar zum Ausrennen! Steuerbordbatterie feuert zuerst!«

Tergorren starrte auf die Kniehose des Gefechtsläufers, die sich kreideweiß vom dunklen Niedergang abhob; anscheinend konnte er nicht glauben, was er da gehört hatte.

Aber dann stieß er einen Grunzer aus und brüllte: »Steuerbordbatterie klar zum Laden!«

Der Matrose Fairweather rannte hinter Bolitho her zur Gegenseite, wo die halbnackten Geschützbedienungen die mächtigen Pulverkartuschen und die Pfropfen in die Rohre rammten und die Geschützführer an den Halterungen standen und sich die Kugeln aussuchten, tastend ihre Rundung prüfend; mancher schliff sogar noch schnell eine rauhe Stelle nach, ehe er sie zum Einrammen und Bepfropfen an die wartende Mannschaft weitergab.

Nacheinander kamen die Handzeichen von den einzelnen Geschützen, und aller Augen waren auf den bulligen Leutnant gerichtet.

»Alles geladen, Sir!«

»Ausfahren!«

Die Männer warfen sich auf die Taljen und verholten die schweren Geschütze zu den offenen Stückpforten; jedes einzelne Haltegien protestierte quietschend wie ein Schwein, das zum Markt soll.

Eine Stimme gellte: »Steuerbord klar zum Feuern! Maximale Elevation, Abziehen bei steigendem Rumpf!«

Ein Deckoffizier versetzte einem Matrosen einen so heftigen Stoß gegen die Schulter, daß dieser hochsprang wie von einer Kugel getroffen.

»Wickel dir dein Halstuch um die Ohren, Mensch, wenn du nicht dein Leben lang taub sein willst!«

Er blinzelte Bolitho zu. Vermutlich war die Warnung für ihn bestimmt gewesen; aber sogar Midshipmen haben Anspruch auf ein bißchen Respekt.

»Klar zum Schuß!«

Das Schiff rollte unter dem Einfluß von Wind und Ruder, und hinter jeder Kanone kauerte der Geschützführer, das Auge über das lange schwarze Rohr zum Himmel und zur Festung gerichtet.

»Feuer!«

V Wechselndes Kriegsglück

Von Deck zu Deck wurde der Feuerbefehl weitergegeben. Jeder Geschützführer stieß seine Lunte ins Zündloch und sprang zur Seite. Nur ein Sekundenbruchteil, aber Bolitho, der zwischen zwei Zweiunddreißigpfündern stand, kam es wie eine Ewigkeit vor. Nur einen Augenblick – aber der wollte kein Ende nehmen – sah er das alles wie ein Gemälde, kristallklar, wie inmitten der Bewegung erstarrt: die nackten Rücken der Seeleute, die gebückt an den Taljen standen oder mit Handspeichen arbeiteten; die einzelnen Geschützführer, den Blick in grimmiger Konzentration nur auf die eigene Stückpforte und das Ziel gerichtet. Und durch jede der quadratischen Stückpforten sah man die Festung in der Sonne liegen, unter dem bleichen Himmel, über den auch nicht das kleinste Federwölkchen zog.

Und dann auf einmal war alles anders. Das untere Geschützdeck schien zu bersten, der Schiffsrumpf bockte, als hätte ihn eine Lawine gestreift. Ein Geschütz nach dem anderen rannte donnernd auf seiner Lagerung zurück, die Mannschaft stürzte sich darauf, um das Rohr mit dem Schwamm auszuputzen, die neue Pulverkartusche und die nächste mattglänzende Kugel hineinzurammen. Der Wind erfaßte den dikken Pulverqualm, trieb ihn in Wolken am Schiff vorbei, bis er die Festung einhüllte und den klaren Himmel mit braunem Nebel bedeckte.

»Entlüftungen stopfen! Ausputzen! Laden!« brüllte Tergorren. Aber seine Stimme klang, als käme sie durch einen Vorhang, denn die erste Salve hatte alle Trommelfelle bis fast zur Taubheit gelähmt.

Doch war deutlich zu sehen, wie das Abfeuern der Steuerbordbatterie auf die Männer wirkte. Die Nervosität der ersten Minuten war verflogen; statt dessen lag so etwas wie grimmige Wildheit in der Luft. Triumphierend grinsten sich die Geschützbedienungen an und schwenkten die Arme wie Kinder, die einander durch Gesten und Handzeichen aufregende Dinge mitzuteilen haben. Das war kein bloßes Geschützexerzieren wie sonst, das war Wirklicheit, ernsthaftes Schießen.

»Ausrennen!«

Aufs neue knarrten und quietschten die Haltegiens an beiden Decks, wütend stürzten sich die Mannschaften an die Taljen, jede wollte ihr Geschütz als erstes draußen haben.

»Jetzt werden sie eine andere Melodie pfeifen, beim Himmel!« rief Wellesley aufgeregt. Und Tergorren ergänzte knurrend: »Wer *sie* auch immer sein mögen, verdammt!«

Während die Mannschaften in Erwartung des Feuerbefehls über die elevierten Rohre starrten, hörte Bolitho oben das Trampeln der Matrosen beim Segelmanöver. Die *Gorgon* mußte einen großartigen Anblick bieten, aber dafür hatte wohl im Moment kaum jemand Sinn. Zweifellos mußte sie unter verkürzten Segeln und mit ihren in der Morgensonne blitzenden Kanonen schon dicht unter der Küste sein. Er hatte nicht die geringste Ahnung, wer das Schiff beschossen hatte, oder warum – aber das war ihm, wie er zu seiner eigenen Überraschung feststellte, auch ganz gleichgültig. In diesen kurzen Minuten war das ganze Schiff mit allen Männern darin zu einer Einheit geworden.

»Klar zum Feuern! Dasselbe Ziel!« Die Spannung war atemberaubend. »Feuer!«

Wieder schüttelte sich das Schiff wie im Fieberschauer, die Planken knirschten unter den Füßen im Rückstoß der Geschütze, deren auspuffender Qualm wie ein Vorhang an den Stückpforten hängenblieb.

Dancer rief: »Hoffentlich können sie auf dem Achterdeck sehen, was wir hier machen! Unsere Geschütze tragen bis zum Himmel!« Er hatte kaum ausgesprochen, da fuhr er zusammen: etwas schlug donnernd gegen den Schiffsrumpf; unmittelbar darauf ertönte von oben wildes Geschrei.

Bolitho nickte Dancer besorgt zu. Ein Treffer. Der Gegner, wer er auch sein mochte, erwiderte das Feuer.

Irgendwo begann eine Pumpe zu klappern. Vermutlich hatte eine erhitzte Kugel das Plankenwerk durchschlagen, und man brauchte Löschwasser, damit das Holz nicht Feuer fing.

Neben Bolitho hob ein Matrose die Hand zum Oberdeck hin. »Da kriegen die faulen Hunde auch mal was zu tun, eh?«

Aber keiner lachte; und Bolitho beobachtete, wie Wellesley sich mit hastigen, nervösen Bewegungen das Kinn rieb – als könne er überhaupt nicht glauben, daß jemand so vermessen sei, auf ein Schiff des Königs zu schießen.

»Alles geladen, Sir!«

Ein Melder tauchte am Niedergang auf und rief mit schriller Stimme. »Wir gehen über Stag, Sir! Backbordgeschütze feuerbereit machen!«

Fairweather spähte zu Bolitho herüber. Weiß blitzten seine Zähne in dem wirbelnden Pulverdampf. »Denen haben wir ordentlich eins verpaßt, Sir – jetzt kriegen die Backbordgeschütze auch mal 'ne Chance!«

Der Geschützführer warf einen raschen Blick auf das Verschlußstück und knurrte: »Quatsch – die haben uns geschlagen. Wir machen, daß wir wegkommen, du blöder Narr!«

Bolitho sah die Verwirrung in Fairweathers Miene und spürte, wie die unverblümten Worte des Geschützführers die Männer in seiner Hörweite beeindruckten.

Tergorren stapfte vorbei; sein Kopf senkte und hob sich beim Passieren der massiven Decksbalken.

»Klar bei den Geschützen! Fertigmachen zum Ausrennen!« Er hielt inne und blickte Bolitho an. »Was, zur Hölle, haben Sie hier zu glotzen?«

»Wir gehen über Stag, Sir!« Bolitho bemühte sich, ruhig zu sprechen, obwohl von Land aus weiter gefeuert wurde. Der geheimnisvolle Festungskommandant mußte reichlich Munition haben.

»Das haben Sie ja geradezu meisterhaft erkannt, Mr. Bolitho!« Tergorren mußte sich an einem Decksbalken festhalten, denn die *Gorgon* drehte sich eben schwerfällig in den Wind und krängte so steil, daß die See bis an die Stückpforten kam. »Der Schlachtenlärm war wohl zuviel für Sie?«

»Nein, Sir.« Ohne sich von Tergorrens Feindseligkeit beeindrucken zu lassen, fuhr Bolitho fort: »Wir segeln zu dicht unter Land, glaube ich. Wir sind genau in Reichweite der Festung.«

Die Männer, die zur Gegenseite hasteten, verhielten einen Moment und blickten zu den beiden hin. Der massige Leutnant und der schlanke Midshipman standen sich spreizbeinig gegenüber, Arme an den Seiten, wie zwei Duellanten.

Nervös sagte Wellesley: »Der Kapitän wird schon wissen, was am besten ist.«

Tergorren blitzte ihn wütend an. »Haben Sie es nötig, einem Midshipman Erklärungen zu geben?« Er blickte von einem zum andern. »An die Geschütze!«

Aber der Feuerbefehl für die Backbordseite kam nicht. Statt dessen gab es eine lange ungewisse Stille, nur gelegentlich von dem Getrampel der Matrosen auf dem Oberdeck unterbrochen, und vom Trillern der Signalpfeifen, das die Männer an die Brassen und Fallen rief, um das Schiff auf anderen Kurs zu bringen.

»Wie ich sagte«, murmelte der Geschützführer neben Bolitho düster. »Der Käpt'n nimmt Kurs auf See. Ist auch besser so, wenn Sie mich fragen.«

Während des langen, anstrengenden Geschützexerzierens hatte Bolitho nie Zeit gehabt zu merken, wie abgeschnitten man im unteren Batteriedeck war. Jetzt, als er die Matrosen und Offiziere unentschlossen und tatenlos an den Stückpforten stehen sah, wurde er von Minute zu Minute unsicherer und nervöser. Am Einfallswinkel der Sonnenstrahlen sah er, daß das Schiff sich vom Land entfernte, aber abgesehen davon hatte er keine Ahnung, was vor sich ging. Man war von der Oberwelt völlig isoliert – ein erniedrigendes Gefühl.

»Geschütze belegen!« Das Sonnenlicht fing sich an der weißen

Kniehose des Läufers im Niedergang. »Und alle Offiziere zum Achterdeck, Sir.«

Bolitho sagte leise zu Dancer: »Ich glaube, das hat der Kapitän von Anfang an befürchtet, Martyn.«

Dancer blickte finster. »Aber daß er vor so einem verdammten Piraten ausreißt, hätte ich nicht gedacht!«

»Immer noch besser, als wenn man kein Schiff mehr hat und schwimmen muß, nicht wahr?« versuchte Bolitho ihn aufzuheitern. »Ich für meine Person weiß jedenfalls, was mir lieber wäre.«

Das untere Geschützdeck war der direkten Feindeinwirkung nicht ausgesetzt gewesen und unversehrt geblieben; aber oben auf dem Achterdeck sah es wüst aus. Bolitho blinzelte in das grelle Sonnenlicht. Zwei große Löcher klafften im Kreuzbramsegel. Blutige Streifen auf den Decksplanken gaben Kunde von Verwundung und Tod. Er starrte über das Schanzkleid und sah das Land im schimmernden Dunst versinken. Schon waren die Insel und das Fort nicht mehr vom Festland zu unterscheiden, und die ankernden Schiffe waren an der Landspitze, welche die *Gorgon* ein paar Stunden vorher so zuversichtlich umrundet hatte, ebenfalls nicht mehr auszumachen. Von der Barkentine war überhaupt nichts zu sehen.

Besorgt fragte Dancer: »Wo ist die *Athen*, was meinst du?«

»Sie liegt auf ablaufendem Kurs und b-behält die K-Kerls im Auge«, vermutete der kleine Eden.

Dancer nickte: »War schon ein Glück, daß wir die erwischt haben.« Sie unterbrachen ihr Gespräch, als Verling die Matrosen von den Neunpfündern wegtreten ließ und die Offiziere näher heranwinkte. Seine Schnabelnase kontrollierte, wer da war und wer noch kommen mußte; und dabei sah er nicht gereizter aus als sonst auch, fand Bolitho.

Kapitän Conway kam von Luv herüber, nahm an der Achterdeckreling Aufstellung und blickte hinunter zu den Achtzehnpfündern, wo die Mannschaften ihr Gerät überprüften und die Kugelfender nachfüllten. In der Luft lag der beißende Geruch von Pulver, heißem Metall und verbranntem Holz.

»Alles da, Sir«, meldete Verling. Der Kapitän wandte sich um und sah sie nachdenklich an. Er stand mit dem Rücken an der Reling und stützte die Hände auf das polierte Holz.

»Wir halten Kurs landab und werden etwas weiter unten vor der Küste Anker werfen. Wie Sie wissen, sind wir beschossen worden, und zwar mit einer Selbstsicherheit, die mir nicht gefällt.« Er sprach ruhig und gelassen; damals bei der Verkündung der Prügelstrafe hatte er mehr Bewegung gezeigt. »Der Feind ist gut ausgerüstet, und unsere Artillerie, soweit sie eingesetzt wurde, hat ihn nicht sonderlich beeindruckt. Aber ich wollte sichergehen. Ich mußte Bescheid wissen, mit was für einem Gegner wir es zu tun haben.«

Die Gesichter derjenigen, die während des kurzen Gefechts auf dem Oberdeck gewesen waren, verrieten Bolitho, daß noch etwas nachkommen würde.

Im gleichen gelassenen Ton fuhr Kapitän Conway fort:

»Vor ein paar Monaten wurde gemeldet, daß eine Brigg unserer Kriegsflotte, die in diesen Gewässern operierte, überfällig und vermutlich in Verlust geraten war. Zu der betreffenden Zeit herrschten hier sehr schlimme Wetterverhältnisse, und mehrere Kauffahrer hatten ebenfalls Schiffbruch erlitten.« Er blickte zum Wimpel am Mastknopf hoch, und seine Augen glänzten in der hellen Sonne. »Als wir heute früh die Landspitze umrundeten, war die *Athen* uns erheblich voraus. Die Ausguckposten meldeten zwei Schiffe vor Anker. Und in Lee der Insel können durchaus noch weitere Schiffe liegen.« Jetzt erst wurde seine Stimme hart. »Aber das eine Schiff war die *Sandpiper*, Brigg Seiner Majestät, vierzehn Geschütze. Ihretwegen muß der Kapitän der *Athen* angenommen haben, daß alles klar ging und daß der Kapitän der *Sandpiper* bereits getan hatte, was unser Auftrag war.«

Dancer hielt den Atem an, als der Kapitän fortfuhr: »Die Brigg war der Köder, und den hätten auch wir geschluckt, wenn wir nicht auf die *Athen* gestoßen wären. Wir wären direkt unter die Kanonen des Forts gesegelt, und da wir weder schnell noch wendig genug sind, um rasch wieder klarzukommen, wären wir vernichtet worden. Wie die Dinge liegen, muß die *Athen* mehrere Volltreffer bekommen haben. Ich bezweifle, daß von ihrer Besatzung noch jemand am Leben ist.«

Tiefe Stille ringsum. Bolitho dachte an den Gefechtslärm im Unterdeck; und daran, wie aufgeregt sie gewesen und wie wichtig sie sich vorgekommen waren. Er dachte an Midshipman Grenfells verschlossenes Gesicht, hinter dem ein wärmeres und freundlicheres Gemüt verborgen war, als viele annahmen. Und all das war geschehen, ohne daß vom Achterdeck her auch nur ein Wort nach unten gedrungen war. Gewiß, es hätte nichts genutzt, niemand hätte helfen können. Und doch . . .

Gemessen redete der Kapitän weiter. »Als wir die *Athen* übernahmen, vermutete Mr. Tergorren, daß die Piraten flohen, weil sie ein anderes Schiff gesichtet hatten. Jetzt kann man sagen, daß dieses Schiff höchstwahrscheinlich die *Gorgon* war und das Piratenschiff deshalb verschwand, weil es nicht als das erkannt werden sollte, was es ist: ein gekapertes britisches Kriegsschiff. Stellen Sie sich vor, meine Herren, was für Unheil dieses Schiff *im Namen unseres Landes* angerichtet haben mag!« Er spie diese Worte aus, als wären sie Gift. »Kein Kapitän eines friedlichen Schiffes würde einem Fahrzeug gegenüber Mißtrauen hegen, das so offensichtlich britisch ist und im Dienste des Königs steht. Das ist nicht mehr Seeräuberei, das ist hinterlistiger Mord!«

Mr. Verling nickte. »Einfache Sache, Sir. Wer dieses Geschmeiß auch kommandiert, er muß sich eines sehr scharfen Verstandes erfreuen.«

Der Kapitän schien ihn gar nicht zu hören. »Vielleicht ist doch noch jemand von unserem Prisenkommando am Leben.« Er blickte auf das geronnene Blut zu seinen Füßen. »Wir werden es wahrscheinlich nie erfahren. Wie dem auch sei, unsere nächste Aufgabe ist, ihnen die Brigg wieder wegzunehmen, und möglichst genau festzustellen, was da vor sich geht.«

Bolitho warf einen verstohlenen Blick auf die anderen. *Die Brigg wieder wegzunehmen*. Einfach so.

»Heute nacht muß ein Überfall unternommen werden. Wir haben Neumond, und das Wetter ist im Moment günstig für uns. Die Marine-Infanterie wird für Ablenkung sorgen. Ich wünsche unbedingt, daß das Fahrzeug wieder in unsere Hände kommt, damit die Schande, die es erlitten und verursacht hat, ausgelöscht wird!«

Im Niedergang erschien der Schiffsarzt, und der Kapitän wandte sich zu ihm um. »Nun?«

»Der Ausguckposten ist tot, Sir.« Laidlaws Augen unter den überhängenden Brauen waren ausdruckslos. »Hat sich das Rückgrat gebrochen.«

»Aha.« Der Kapitän wandte sich wieder den schweigenden Offizieren zu. »Das war der Mann, der die *Sandpiper* zuerst gesichtet hat. Die ersten Geschosse der Festungsartillerie, die dicht über uns hinweggingen, müssen ihn vom Mast gefegt haben.« Das war auch derselbe Mann gewesen, der neulich ausgepeitscht worden war. Der Schiffsarzt mußte das wissen. Bolitho blickte gespannt zu ihm hinüber – würde er das erwähnen? Anscheinend hatte der Kapitän einen trockenen Mund – er leckte sich die Lippen.

Es war sehr heiß auf dem Achterdeck, aber im Lauf des Tages würde es noch schlimmer werden. »Mr. Verling wird Sie instruieren«, fuhr er fort. »Zwei Boote werden die Operation ausführen. Mit dreien oder mehr hätten wir weniger Chancen.« Er verließ das Achterdeck mit den Worten: »Machen Sie weiter.«

Verling wartete, bis er weg war. Dann sagte er: »Zwei Leutnants und drei Midshipmen.« Er warf Tergorren einen kalten Blick zu. »Sie übernehmen das Kommando. Suchen Sie sich die richtigen Männer aus. Nur erfahrene Seeleute. Das ist keine Arbeit für Kuhbauern.«

Eden flüsterte: »Was b-bedeutet das, Dick?« Neben den anderen sah er besonders winzig aus. Der brummige Midshipman namens Pearce sagte: »Wir entern die Brigg im Dunkeln und schneiden denen die Hälse ab, ehe sie uns dieselbe Freundlichkeit erweisen.« Mit rauher Stimme fügte er hinzu: »Der arme John Grenfell! Wir sind miteinander aufgewachsen, in derselben Stadt.«

»Gehen Sie wieder an Ihren Dienst«, sagte Verling. »Die Männer können vom Achterdeck abtreten und alles aufklaren und belegen. Geben Sie ihnen ordentlich zu tun. Ich wünsche kein Gejammer und Geheul über das, was passiert ist.«

Sie wandten sich zum Gehen, und jeder hatte seine eigenen Gedanken darüber, wie schnell man tot sein konnte.

Tergorren sagte: »Dreißig Mann werden gebraucht.« Er hielt ein, als Midshipman Pearce dazwischenrief: »Melde mich freiwillig, Sir!«

Tergorren betrachtete ihn unbewegt. »Mr. Grenfell war ja Ihr Freund. Das hatte ich vergessen. Wie schade.«

Es wurde Bolitho fast übel bei seinem Anblick. Trotz allem, was geschehen war, sogar angesichts der Möglichkeit, selbst verwundet zu werden oder zu fallen, fand Tergorren noch Spaß daran, den grimmig blickenden Pearce zu verhöhnen.

»Abgelehnt!«, sagte er kurz. Sein Blick haftete auf Eden. »*Sie* sind einer der Midshipmen, die das Glück haben, mitmachen zu dürfen.« Er lächelte, als Eden erbleichte. »Eine echte Chance, sich zu bewähren.«

»Er ist der jüngste, Sir«, wandte Bolitho ein. »Andere haben mehr Erfahrung, und . . .« Er sah die Falle, die sich vor ihm öffnete, und brach ab.

Tergorren drohte ihm mit dem Finger. »Ach ja, das habe ich auch vergessen. Daß unser Mr. Bolitho ständig Angst hat, jemand könnte ihn an die Wand drücken, ihm Ruhm und Ehre stehlen, so daß er vor seiner hochedlen Familie nicht ganz so groß dasteht!«

»Das ist eine Lüge, Sir, und unfair obendrein!«

Tergorren hob die Schultern. »Finden Sie? Spielt keine Rolle. Sie kommen auch mit, und der kluge Mr. Dancer ebenfalls.« Er stemmte seine riesigen Hände in die Hüften und blickte vom einen zum anderen. »Der Erste Leutnant hat gesagt, nur erfahrene Seeleute sollen eingeteilt werden. Aber wir brauchen auch erfahrene Midshipmen für die Führung des Schiffes. Bei so einer Enteraktion darf man nicht zu viel und nicht zu wenig Leute mitnehmen.«

Er zog seine Taschenuhr. »In einer Stunde Musterung des ganzen Kommandos. Mr. Hope ist mein Stellvertreter. Melden Sie sich bei ihm, wenn Sie fertig sind.«

Als sie abtraten, murmelte Dancer bitter: »Besser Hope als Wellesley. Der ist ja ein richtiger Schlappschwanz.«

Sie schlenderten zum Luvdecksgang und dachten dabei an Grenfell und die anderen, die in der zerstörten Barkentine den Tod gefunden hatten.

Heftig sagte Eden: »Ich . . . Ich habe k-keine Angst! W-wirklich nicht!« Er sah sie jammervoll an, mit Augen, die fast so groß waren wie sein Gesicht. »Es ist n-nur, daß ich nicht mit Mr. T-tergorren fahren möchte. D-der jagt uns alle in den T-tod!«

Dancer blickte auf ihn hinunter und versuchte zu lächeln. »Wir sind ja bei dir, Tom. Und vielleicht wird es auch gar nicht so schlimm.« Er wandte sich rasch zu Bolitho um. »Du hast doch so etwas schon mal mitgemacht. Wie geht das vor sich?«

»Blitzschnell. Überraschung ist die Hauptsache.« Bolitho starrte durch die Netze über die glitzernde Weite des Wassers und auf den im Dunst liegenden Landrücken. Seine Kameraden sah er nicht an. Wovon sollte er ihnen schon erzählen? Von den furchtbaren Schreien und Flüchen der Männer, die sich mit Entersäbeln und Messern, mit Beilen und Piken schlugen? Wie es war, wenn man so dicht am Feind kämpfte, daß man seinen Atem und seinen Haß fühlte? Das war kein Seegefecht, bei dem der Feind einfach aus einem anderen Schiff bestand. Hier kämpften Menschen aus Fleisch und Blut.

»Ich versteh' dich schon, auch wenn du nichts sagst«, warf Dancer hin. Seine Stimme klang ruhig. »Hoffen wir, daß wir Glück haben.«

Unten im Orlopdeck waren Pearce und zwei andere Midshipmen dabei, die Seekisten und die schäbigen Stühle wieder an ihren Ort zu schaffen, nachdem der Arzt mit seinen Sanitätsgasten Instrumente und Arzneien weggebracht hatte.

An einem der großen Schotten der *Gorgon* stand immer noch Grenfells Kiste, und darüber hingen sein Paradehut und sein Dolch.

»Er hat immer gesagt, daß er es nicht bis zum Leutnant schaffen wird«, sagte Pearce. »Jetzt bestimmt nicht mehr.«

Bolitho dreht sich um, als Midshipman Marrack ins Logis kam, makellos wie stets im frischen Hemd.

»Laßt sein Zeug in Ruhe«, sagte Marrack kurz. »Vielleicht lebt er doch noch.« Er warf seinen Rock über einen Stuhl und fuhr fort: »Wenn ihr das gesehen hättet! Die *Athen* hatte überhaupt keine Chance. Sie war gerade am Segelkürzen, um längsseits der Brigg zu gehen, da fing die Festungsartillerie an zu feuern.« Er starrte ins Leere. »Sie bekam ein paar Treffer und machte 'ne Schildkröte. Ich sah noch ein paar Männer schwimmen. Dann kamen die Haie.« Er konnte nicht mehr weitersprechen.

»Ich habe mal was über die *Sandpiper* gelesen«, sagte Dancer zu Bolitho.

»Eins ist sicher«, fuhr Marrack fort, »der Kapitän wird nie zulassen, daß ein Schiff des Königs in Feindeshand bleibt, ganz egal, was es kostet, es rauszuhauen.«

Er wühlte in seiner Kiste und brachte ein Lederetui zum Vorschein.

»Nimm meine Pistolen, Dick. Sie sind besser als jede anderen an Bord. Mein Vater hat sie mir geschenkt.« Er wandte sich ab, als ob er ärgerlich wäre, daß seine bessere Natur die Oberhand bekommen hatte. »Da kannst du mal sehen, was ich für Vertrauen in dein Überleben habe!«

Der kleine Schiffsjunge kam ins Logis gestolpert. »Entschuldigung die Herren, aber der Vierte Leutnant sucht Sie und schreit Mord und Brand!«

»Dieser Tergorren«, sagte Dancer mit noch mehr Bitterkeit als sonst. »Der kleine Tom hat völlig recht. Dieser verdammte Schinder ist viel zu voll von sich selbst für meinen Geschmack!«

Sie eilten zum Niedergang und merkten erst oben, daß der kleine Eden nicht bei ihnen war. Er stand noch vor Grenfells Kiste und starrte auf den Dolch, der im Takt der Schiffsbewegung leicht hin und her schwang.

»Na los, Tom«, sagte Bolitho freundschaftlich. »Wir haben vor Sonnenuntergang noch eine Menge zu tun!«

Und nach Sonnenuntergang erst recht, fügte er in Gedanken hinzu.

VI Auge in Auge

»Ruhe! Achtet auf euren Schlag!« zischte Hope, der Fünfte der *Gorgon*, in der Finsternis und streckte seinen mageren Hals suchend vor, als wolle er den Mann herausfinden, der mit seinem Riemen ins Wasser geplatscht hatte.

Bolitho, der neben ihm hockte, drehte sich um und spähte achteraus. Nur hier und da verriet ein auffliegender Fetzen weißer Gischt oder ein phosphoreszierendes Leuchten an den Riemen die Position des zweiten Kutters. Es war sehr finster und nach der Hitze des wolkenlosen Tages erstaunlich kalt. Das war auch ganz gut, dachte er, denn sie hatten einen langen Weg hinter sich. Die Boote waren noch vor Sonnenuntergang ausgesetzt und bemannt worden. Dann segelte die *Gorgon* unter mehr Leinwand weiter, und die Männer des Enterkommandos waren auf sich selbst angewiesen. Mit langen, ruhigen Ruderschlägen näherten sie sich nun der Landzunge.

Es war so plötzlich dunkel geworden, als ob ein Vorhang fiele, und Bolitho machte sich Gedanken darüber, was wohl im Kopf des Leutnants vorgehen mochte. Seit er damals die Tür des *Blue Post's Inn* aufgerissen und sie angeblafft hatte, war tatsächlich eine lange Zeit verflossen. Ihm fiel auch wieder ein, was Grenfell über Hopes Beförderungssorgen gesagt hatte. Diese Erinnerung stimmte ihn traurig. Grenfell war nicht mehr am Leben, und Hope würde tatsächlich um einen Platz aufrücken, wenn der Kapitän den Leutnant, der die *Athen* kommandiert hatte, offiziell für tot erklärte.

Eden, den Kopf bis fast zum Dollbord hinuntergeneigt, lehnte sich an ihn.

»Noch eine ziemliche Strecke, bis wir da sind, Tom«, sagte Bolitho beruhigend.

Es war ein unheimliches Gefühl. Unruhig jumpte der Kutter in der auflandigen Strömung; die Riemen hoben und senkten sich an beiden Borden wie bleiche Knochen, lautlos, denn sie waren an den Duchten mit dick gefetteten Lappen umwickelt.

Voraus markierte ein dunkelblauer Streifen die Grenze zwischen Meer und Himmel. Bolitho spürte die Nähe des Landes so stark, daß er beinahe die Erde zu riechen meinte.

Im Bug hockte, über den Steven und eine bösartig aussehende Drehkarronade gebeugt, ein Mann mit der Lotleine, dessen Aufgabe es war, den Weg der Boote über Sandbänke und verborgene Riffe zu ertasten.

Turnbull, der Segelmeister, hatte den beiden Leutnants erklärt, es sei am besten, sich möglichst dicht unter der Küste einzuschleichen, so daß sie nach Umrundung der Landspitze irgendwo zwischen dem Strand des Festlandes und den ankernden Schiffen sein würden.

Das hatte sich alles so einfach angehört. Aber jetzt, als ein Mann sein Entermesser klirrend auf die Bootsplanken fallen ließ und Hope wütend zischte: »Bei Gott, Kerl, ich laß dich peitschen, bis du ohnmächtig wirst, wenn ich noch mal was von dir höre!«, kam es Bolitho nicht mehr so einfach vor.

Er warf einen Blick auf Hopes Profil – ein Schatten vor dem weißen Schaum, den die Riemen außenbords aufwarfen. Ein Leutnant. Ein Mann, der wußte, daß Tergorren dicht hinter ihm war, und sich darauf verließ, daß er, Hope, den Weg zu finden imstande war.

Dreißig Mann. Reichlich für ein Preßkommando oder zur Bedienung einiger schwerer Geschütze. Aber katastrophal wenig, um ein Schiff unter ungünstigen Umständen und ohne Überraschungsmoment zu überfallen!

Ein kräftiger Strudel drückte den Bootskörper zur Seite, und der Mann an der Ruderpinne mußte mit voller Kraft gegenhalten, um das Fahrzeug wieder auf Kurs zu bringen. Wieder fühlte sich die Luft anders an, und die See sah lebhafter aus.

»Wir sind um die Landspitze, Sir«, meinte Bolitho.

Hope drehte sich hastig nach ihm um, sagte dann aber: »Ja. Sie wissen natürlich Bescheid. Sie sind ja in Cornwall aufgewachsen, und da gibt es eine Menge solcher Felsen.« Es kam Bolitho vor, als mustere ihn der Leutnant aufmerksam durch die Dunkelheit. »Aber bis zur Küste ist es noch ein langer Pull.«

Bolitho zögerte. Er wollte den flüchtigen persönlichen Kontakt mit dem Offizier nicht gefährden. »Werden die Seesoldaten die Batterie attackieren, Sir?«

»Ja. Ein verrückter Plan.« Hope wischte sich die aufsprühende Gischt vom Gesicht. »Der Kapitän wird so nahe wie möglich an die Seeseite der Insel herankreuzen und ein Landekommando absetzen. Mit möglichst viel Krach. Das ist was für Major Dewar – wenn der was sagt, dröhnt die ganze Offiziersmesse!«

Flüsternd gaben die Ruderer eine Meldung vom Bug her weiter: »Fahrzeug vor Anker Steuerbord voraus, Sir!«

Hope nickte. »Fall ab ein Strich Backbord.« Er drehte sich um, weil er wissen wollte, ob das zweite Boot die Kursänderung mitmachte. »Das muß das erste sein. Die Brigg liegt ein paar Faden weiter.«

Ein Mann seufzte – wahrscheinlich mehr wegen der Aussicht, noch vierhundert Meter weiter das schwere Ruder pullen zu müssen, und nicht so sehr, weil vielleicht der Tod schon auf ihn wartete.

»Wahrschau!« Der Mann im Bug warf die Leine weg und ergriff einen Bootshaken. Die Riemen gerieten ein paar Sekunden aus dem Takt, denn etwas Großes und Schwarzes, wie ein schlafender Wal, erhob sich drohend vor dem Kutter, stieß an die Riemenblätter und verursachte einen furchtbaren Krach – wenigstens kam es ihnen so vor.

Zitternd murmelte Eden: »Dick, d-das ist ein Stück von der B-Barkentine!«

»Ja.«

Bolitho roch die verkohlten Planken, er konnte sogar ein Stück von der Heckreling der *Athen* erkennen, ehe es wieder in die Finsternis zurückglitt.

Das unerwartete Auftauchen des Wrackteils beeindruckte die Matrosen mächtig. Ein leises Grollen war zu vernehmen, und trotz ihrer Müdigkeit legten sie sich kräftiger in die Riemen.

Leise sagte Hope: »Das sind hartgesottene Männer, Bolitho. Die sind schon lange auf der *Gorgon*, und sie hatten eine Menge Freunde unter den Männern vom Prisenkommando.« Gespannt richtete er sich auf – die Masten und Rahen eines vor Anker liegenden Fahrzeugs schwangen langsam vorbei. »Da ist sie! Kein Laut mehr, sonst holt euch der Satan!«

Bolitho starrte auf das dunkle Schiff. Längsseits der *Gorgon* hätte es sich recht winzig ausgenommen. Hier auf See, von dem niedrigen Kutter aus, kam es ihm riesengroß vor.

Hope dachte laut: »Kleine Fregatte höchstwahrscheinlich. Keine englische. Dazu stehen die Masten zu schräg.« Er schien vollkommen in seine Gedanken versunken zu sein. »Dieser Satan hat sich anscheinend eine ganze Flotte zusammengeräubert.«

Hope stand auf und stütze sich auf Bolitho. Der fühlte, wie sich die Finger in seine Schulter gruben, und konnte sich vorstellen, wie dem Leutnant jetzt zumute war. »Wenn ich bloß auf meine Uhr sehen könnte!« stieß er leise hervor. Der Bootsmannsmaat grinste. »Da könnten Sie den Hunden da oben auch gleich Alarm geben, Sir.«

»Aye«, seufzte Hope. »Wir müssen eben beten, daß Major Dewar und seine Bullen pünktlich sind.«

Er spähte über das Schandeck und prüfte den Wirbel der Strömung und den Wind in seinem Gesicht. Das Resultat schien ihn zu befriedigen. »Riemen hoch!«

Tropfend hoben sich die Riemen aus dem Wasser und verharrten bewegungslos. Mit der Strömung trieb der Kutter jetzt lautlos voran.

Nun sah Bolitho die vor Anker liegende Brigg. Sie schwojte langsam, mit dem Heck seewärts, und die vergoldeten Fenster der Kapitänskajüte hoben sich etwas heller von dem schwarzen Schiffsrumpf ab. Mit Mühe und Not konnte er ihre beiden Masten ausmachen, und die beschlagenen Segel, die dunkleren Schräglinien der Wanten; und dann versank alles wieder in der Nacht.

Bolitho versuchte, sich in die Situation derer an Bord zu versetzen. Sie hatten die Barkentine geentert und genommen, hatten ihre Ladung geplündert und die Mannschaft niedergemacht. Als ein großes Kriegsschiff in Sicht kam, hatten sie abgedreht und waren hierher zurückgekommen, um sich ihre Prise näher anzusehen. Das Auftauchen der *Gorgon* vor der Küste mochte wohl allerlei Spekulationen verursacht haben, aber vermutlich fühlten sie sich unter den Geschützen des alten Forts hinreichend sicher. Das Fort stand schon ein paar hundert Jahre an dieser Stelle, wie der Kapitän gesagt hatte. Es hatte mehrmals den Herrn gewechselt, aber immer nur durch Staats- oder Handelsverträge, niemals durch gewaltsame Eroberung. Ein paar Mann hinter diesen geschickt plazierten Geschützen, ein paar heißgemachte Kanonenkugeln – alles andere war leicht. Selbst wenn Kapitän Conway mehrere kleine, schnell bewegliche Schiffe unter seinem Kommando gehabt hätte und zehnmal so viele Männer, wäre die Festung kaum zu nehmen gewesen. Und in Friedenszeiten war es sehr zweifelhaft, ob Admiralität und Parlament der Ansicht gewesen wären, dieses stecknadelkopfgroße Stückchen Afrika lohne eine ausgewachsene Belagerung mit allen Risiken, die dabei drohten. Aber andererseits erwarteten sie von Kapitän Conway, daß er etwas unternahm. Für den Anfang zum Beispiel, daß er die Brigg zurückeroberte.

Ein silbriger Lichtstrahl lief plötzlich die Fockmastwanten der Brigg hinauf, und Hope zischte: »Das ist die Bugankerwache – kontrolliert das Ankertau.« Ebenso unvermittelt verlöschte die Laterne wieder.

Der Strom trieb den Kutter schräg auf das Heck der Brigg zu. Hope mußte sich darüber klar sein, daß ihm keine Zeit mehr blieb. Ruhig befahl er: »Riemen ein! Achtung, der Bugmann!« Mit dumpfem Rumpeln wurden die Riemen in die Duchten gezogen; aber Bolitho wußte aus Erfahrung, daß dieses Geräusch, das hier unten in der kühlen Brise ohrenbetäubend schien, auf dem Vorderkastell der Brigg kaum zu hören sein würde.

Eden flüsterte: »Was wird Mr. T-tergorren machen?«

Unter der Spannung lief ein eiskalter Schauer über Bolithos Rükken. Er hörte, wie Hope möglichst leise seinen Degen aus der Scheide zog; gebückt spähte er zur Kampanje der Brigg hinauf, die langsam und stetig aus der Nacht über dem Boot aufstieg. Er antwortete Eden: »Sobald wir geentert haben, wird er vom Bug her angreifen, die Ankertrosse kappen und . . .«

»Fertig, Jungs!« rief Hope.

Von See her, weit draußen, kam das Krachen einer Explosion. Ein dunkelroter Schein breitete sich glitzernd auf dem Wasser aus, so daß jede einzelne Welle der Dünung wie Seide schimmerte. Dann noch eine Explosion, und noch eine.

»Dewars Soldaten haben schon angefangen«, rief Hope. Er strauchelte und fiel beinahe, als der Kutter achtern gegen die Brigg stieß und der Bugmann seinen Draggen über die Reling des Fremdlings schleuderte.

»Los, Jungs!« Hopes Ruf kam nach der gespannten Stille wie ein Donnerschlag. »Drauf!«

Unter wildem Geschrei enterten die Männer über den Schiffsrumpf und die offenen Stückpforten auf und strömten in hellen Haufen an Deck. Ein paar stießen auf ein locker aufgelaschtes Enternetz, aber es wurde durchschnitten, ehe noch Alarmrufe aus dem Schiffsinnern ertönten, und, von Hope und dem Bootsmannsmaat angeführt, überschwemmten die Männer das fremde Deck.

Es war eine Szene wie aus der Hölle. Die britischen Matrosen rasten über das Deck; wild erglühten ihre Gesichter im roten Schein der Explosion.

Zwei Gestalten rannten ihnen von der Back entgegen, und ein Pistolenschuß krachte. Ein Matrose stürzte mit einem Schrei auf die Planken; ein anderer stach den einen Verteidiger mit seinem Entersäbel über den Haufen und versetzte dem Fallenden noch obendrein einen Hieb in den Nacken.

Noch mehr Schüsse: die Kugeln schlugen dröhnend in die Planken oder zischten ins Meer. Die Mannschaft der Brigg drängte sich durch die beiden Luken, und eine Anzahl von Hopes Männern fiel unter einer unregelmäßigen Salve von Pistolen und Musketen.

»Bringt die Drehbasse vom Kutter!« brüllte Hope. Er bekam einen

Mann zu fassen, der von einer Musketenkugel getroffen war, und ließ ihn aufs Deck niedergleiten; dabei keuchte er: »Wo bleibt denn dieser verfluchte Tergorren?«

Das Vorschiff der Brigg wimmelte jetzt von bleichen Männern, die auf dem Deck, wo sie sich auskannten, Deckung nahmen und auf das weichende Enterkommando feuerten.

Verzweifelt sagte Hope: »Wenn wir nicht zum Nahkampf kommen, sind wir erledigt!«

Die Pistole in der Linken, den krummen Säbel in der Rechten, brüllte er: »Nahkampf, Jungs!«, rannte über das Deck und warf sich auf die nächste Schützengruppe. Einem Gegner jagte er eine Pistolenkugel in die Brust und hieb einem anderen den Säbel ins Gesicht. Angstvolle Schreie zeugten von seinem Erfolg. Unter Flüchen und Hurras folgten die Enterer seinem Beispiel und hieben wie wild auf alles ein, was sich bewegte.

Bolitho feuerte Marracks beide Pistolen in den dichtgedrängten Haufen ab und steckte sie sich wieder ins Koppel. Er riß seinen Entersäbel heraus und parierte damit ein Rundholz, mit dem ein Gegner wie mit einer Lanze nach ihm stieß.

Mitten in Schrecken und Gefahr kam ihm die Erinnerung an seinen ersten Enterangriff. Da hatte ihm ein Leutnant seinen Fähnrichsdolch weggenommen und verächtlich gesagt: »Das ist bloß Spielzeug. Für solche Arbeit braucht man eine Männerwaffe.« Und dann mußte er an Grenfell denken. Der hatte seinen Dolch auch nicht mitgenommen, sondern ihn an der Bordwand der *Gorgon* hängen lassen.

Er sah das Gesicht seines Gegners über sich; der Kerl brüllte wie der Leibhaftige, aber Bolitho konnte nicht ausmachen, in welcher Sprache. Er spürte einen heftigen Schlag seitlich am Kopf und sah, wie der Arm des Mannes in die Höhe ging; bleich glänzte der Säbel gegen den schwarzen Himmel.

Bolitho drehte sich weg und stieß seinen Entersäbel nach oben. Ein schmerzhafter Hieb traf seinen Arm, aber er merkte, wie der Mann stürzte, seinen Säbel fallen ließ und vom Strudel der keuchenden, kämpfenden Gestalten verschluckt wurde.

Bolitho hörte einen schrillen Schrei und sah Eden halb liegend auf dem dunklen Deck herumtasten, und über ihm stand ein Kerl, der seine Muskete wie eine Keule schwang. Im Blitz eines Pistolenschusses glühten die stieren Augen des Mannes auf, aber sein wütendes Gesicht verzerrte sich zu einer Maske tödlichen Schreckens, als ihn die Kugel zu Boden schmetterte. Bolitho riß Eden hoch und hieb nach einer rennenden Gestalt, aber seine Klinge fuhr nur durch leere Luft.

»Da ist das Drehgeschütz!« rief Hope – eben wurde die Schienenlafette mit der kleinen Karronade übers Deck gezogen. »Schnell! Zurück!«

Sie brauchten keine weitere Aufforderung. Parierend und um sich hauend, kämpften sich die Überlebenden zur Kampanje durch und zerrten die Verwundeten mit sich, so gut es ging.

»Hinlegen, Jungs!« kommandierte Hope. Er hieb einen Angreifer mit seinem Entersäbel nieder, eben als der Bootsmannsmaat eine Lunte an die Drehbasse hielt, die inzwischen in Stellung gebracht war.

Der Mann, den Hope eben niedergestochen hatte, mußte eine geladene Pistole bei sich gehabt haben, denn als die Drehbasse eine Ladung gehacktes Blei in die Schattenmasse der Angreifer jagte, fiel die Pistole an Deck und ging los, obschon ihr Besitzer bereits tot war. Die Kugel traf den Leutnant in die Schulter, und er sank lautlos neben dem qualmenden Geschütz nieder.

Als ihre Ohren sich von dem bösartigen Krachen der Karronade erholt hatten, hörte Bolitho die Schreie der Feinde, die in die tödliche Salve hineingelaufen waren. Kein Wunder, daß die Seeleute dieses Geschütz »die Sense« nannten.

Dann vernahm Bolitho von Steuerbord die bekannte grobe Stimme des Leutnants Tergorren, das Trappeln und Stampfen von Füßen und das Hurra der Mannschaft des zweiten Bootes.

Das war für die Besatzung der Brigg mehr als genug. Haifische oder nicht – sie sprangen über Bord, ohne auf die Schreie und Flüche ihrer Kameraden zu achten, die so schwer verwundet waren, daß sie nicht ebenfalls fliehen konnten.

Tergorren schritt nach achtern und blieb nur einmal kurz stehen, um einem Mann, der ins Rigg klettern wollte, einen Belegnagel über den Schädel zu hauen.

»Kümmert euch um Mr. Hope!« rief er den Männern beim Geschütz zu. Der Belegnagel in seiner Hand, mit dem er den Befehl unterstrich, sah aus wie eine mißgestaltete Faust.

»Zwei Mann ans Ruder! Mr. Dancer, geben Sie weiter: Ankertau kappen!« Er neigte sich etwas rückwärts, um in die Takelung zu spähen. »'n paar Mann rauf, Marssegel setzen! Los, Beeilung! Sonst laufen wir auf, Kinder!«

Bolitho kniete neben dem verwundeten Leutnant und merkte, daß diesen vor Schmerzen die Kräfte verließen. »Das war tapfer von Ihnen, Sir!« sagte er.

Mit zusammengebissenen Lippen entgegnete Hope: »Ging ja nicht anders.« Er versuchte, Bolithos Arm zu klopfen. »Eines Tages werden Sie begreifen, was ich meine.«

Tergorren stand drohend über ihnen. »Mr. Eden! Kümmern Sie sich um den Leutnant!« Dann sah er Bolitho. »Ach, Sie sind auch noch da?« Er zuckte die Schultern. »Na schön, gehen Sie mit nach oben und treiben Sie die faulen Hunde an!«

Die Brigg krängte bereits in der ablandigen Brise; ihre eilig gelösten Marssegel flatterten krachend wie Musketenfeuer, als sie von dem gekappten Ankertau freikam.

»Ruder gegen!«

Ein paar Kugeln pfiffen über das Schiff – niemand wußte, wer sie abgefeuert hatte.

»Vorsegel los!« Tergorren schien überall zu sein. »Auf Steuerbordkiel!«

Bolitho hielt sich an den Wanten fest und starrte voraus, wo immer noch das Feuer brannte, das die Seesoldaten bei ihrem Ablenkungsmanöver entfacht hatten. Winzige Laternenlichter glitten hin und her, und Bolitho begriff, daß diese zu dem anderen Schiff gehörten, das bereits beträchtlich achteraus lag. So lange der Bootstörn um die Landspitze herum mit all seiner Spannung und seiner Angst gedauert hatte – die eigentliche Aktion hatte knapp zwanzig Minuten in Anspruch genommen. Unglaublich – und als er daran dachte, wie nahe er dem Tod gewesen war, lief ihm noch nachträglich eiskalter Schweiß die Wirbelsäule hinab. Er rutschte an einer Pardune hinunter. An Deck brüllte Tergorren schon wieder seine Befehle.

Dancer kam ihm entgegengerannt: »Mein Gott, ich habe mir Sorgen um euch gemacht. Ich dachte schon, wir würden überhaupt nicht eingreifen!«

Er wandte sich um, denn ein Mann schrie: »Sir! Da unten ist ein ganzer Haufen britischer Seeleute eingesperrt!«

»Kümmmert euch drum!« befahl Tergorren. »Die sind sicher von der alten Besatzung.« Er faßte den Mann beim Arm. »Aber alle Gefangenen, gesund oder von mir aus auch tot – die will ich an Deck sehen!«

Er beugte sich zur Bussole hinunter. »Recht so, der Rudergänger! So hoch an den Wind, wie ihr könnt. Ich will aus dem Schußfeld der Batterie bleiben.«

»Aye, aye, Sir.« Die Männer am Ruder ließen das Rad leicht und geschickt spielen. »Voll und bei, Sir! West zu Süd.«

Aus der Großluke stolperten einige Gestalten ins Freie. Selbst in der Dunkelheit spürte Bolitho, daß sie auch dann noch kaum an ihre Befreiung glauben konnten, als die Matrosen ihnen an Deck halfen.

Einer kam unsicheren Schrittes zum Achterdeck und legte grüßend die Hand an die Stirn. »Steuermannsmaat Starkie von der *Sandpiper*, Sir.« Er schwankte und wäre umgefallen, wenn Bolitho ihn nicht gestützt hätte.

»Der Dienstälteste?«

»Aye, Sir. Kapitän Wade und die anderen Offiziere sind gefallen.« Er schlug die Augen nieder. »Es war die reine Hölle, Sir.«

»Möglich.«

Tergorren trat zum Großmast und starrte auf das schlagende Marssegel. »Nehmt ein paar von diesen Männern zur Hilfe und setzt das Bramsegel, dann die Fock. Ich brauche mehr Seeraum.«

Er wandte sich wieder dem Steuermannsmaat zu. »Mr. Starkie«, befahl er, »übernehmen Sie achtern das Kommando. Sie sind ja dafür qualifiziert.« Langsam mustere er ihn von oben bis unten, als könnten seine Augen die Finsternis durchdringen. »Allerdings anscheinend nicht so sehr dafür, ein Schiff Seiner Majestät zu verteidigen, he?«

Ohne eine Antwort abzuwarten, rief er nach Dancer und brach dann wie ein Pflug durch die verwirrt herumstehenden, befreiten Gefangenen.

Der Bootsmannsmaat kontrollierte den Kompaß und sagte böse: »Der braucht nicht so zu reden! Wir hatten überhaupt keine Chance.«

Mit einem anerkennenden Blick auf Bolitho fuhr er fort: »Ihr habt gut gekämpft. Diese Hunde hier machten schon ihre Späße darüber, wie sie euer Schiff in die Falle locken würden.«

»Aber was sind denn das überhaupt für Kerle?«

Starkie stieß einen tiefen Seufzer aus. »Piraten, Korsaren – nennen Sie sie, wie Sie wollen; aber ich sage Ihnen, schlimmere habe ich nie gesehen, und ich fahre mein Leben lang zur See.«

Eben wurde Leutnant Hope von zwei Mann zur Kajütsluke gebracht; und Bolitho betete im stillen, er möge kräftig genug sein, um durchzukommen. Eine Anzahl Männer waren gefallen; ein Wunder, daß es nicht noch mehr waren.

»Sie haben uns als Bedienung für die *Sandpiper* an Bord behalten«, fuhr Starkie fort. »Wie Galeerenskalven haben sie uns behandelt, wie den letzten Dreck. Ihre eigenen Leute reichten gerade für die Geschützbedienung aus. Aber sie waren genug, um uns unter Druck zu halten, das kann ich Ihnen sagen!«

Eden trat herzu. »W-waren auch M-midshipmen dabei?«

»Zwei. Nur zwei. Mr. Murray ist beim Angriff gefallen. Mr. Flowers, der war ungefähr so alt wie Sie – tja, den haben sie später umgebracht.« Er wandte sich ab. »Aber lassen wir das jetzt. Ich mag nicht mehr daran denken.«

Tergorren kam wieder nach achtern. Er war beinahe leutselig. »Sie steuert sich gut, Mr. Starkie. Erstklassiges Schiffchen. Und vierzehn Geschütze, wie ich sehe.«

Eden mischte sich ein. »Mr. Starkie s-sagt, Sir, diese Piraten sind das Schlimmste, w-was er je gesehen hat.«

Tergorren musterte immer noch mit schräggeneigtem Kopf die Brigg, deren Segeln flappten und knallend gegen die Masten schlugen, bis das Schiff wieder auf Kurs lag.

»Ach, tatsächlich? Das andere Piratenschiff hat Anker gelichtet.« Er sah Starkie an. »Wohin mag es wollen, was denken Sie?«

Starkie hob die Schultern. »Die wollen sich irgendwo nördlich von hier mit einem anderen Schiff treffen. Nach dem hat Kapitän Wade gesucht, als wir angegriffen wurden.«

»Aha.« Tergorren ging nach achtern an die Heckreling. »In einer Stunde oder so fängt es an, hell zu werden. Dann können wir der *Gor-*

gon signalisieren. Schicken Sie einen guten Mann in den Ausguck. Vielleicht erwischen wir den Kerl und können ihn baumeln lassen.« Ärgerlich wandte er sich Eden zu. »Na, was haben Sie hier herumzuglotzen? Beim Kampf haben Sie nichts getaugt, wie ich höre. Haben wohl nach Ihrer Mama gejault, was? War keiner da zum Händchen halten, was?«

»Nicht so laut, Sir«, sagte Bolitho, »die Leute hören zu.«

»Und Sie hol' der Teufel für Ihre Unverschämtheit!« Tergorrens Stimmungen wechselten offenbar wie Gewitterböen. »Ich verbitte mir das!«

Aber Bolitho blieb fest. »Mr. Eden ist beim Entern niedergeschlagen worden, Sir.« Er fühlte, daß ihn seine Vorsicht verließ und er im Begriff war, seine ganze Zukunft zu ruinieren. Aber er hielt Tergorrens brutalen Hohn gegen jemanden, der sich nicht wehren konnte, einfach nicht mehr aus. »Wie Sie sich erinnern werden, Sir, waren wir stark in der Minderzahl. Wir hatten auf Ihre Unterstützung gerechnet.«

Tergorren starrte ihn an, als träfe ihn der Schlag. »Wollen Sie –«, er zupfte nervös an seiner Halsbinde –, »wollen Sie etwa andeuten, ich hätte zu spät geentert?« Er beugte sich vor, bis sein Gesicht nur ein paar Zoll von Bolithos Gesicht entfernt war. »Ja? Wollen Sie das?«

»Ich habe nur sagen wollen, daß Mr. Edens Verhalten einwandfrei war, Sir. Er hatte seine Waffe verloren, und schließlich ist er erst zwölf Jahre alt, Sir.«

Sie starrten einander an, blind und taub für alles, was um sie herum geschah.

Dann nickte Tergorren ganz langsam. »Na schön, Mr. Bolitho. Sie werden mit in den Ausguck gehen, bis ich Gegenbefehl gebe. Bei der Rückkehr zum Schiff werde ich Sie wegen grober Insubordination in Arrest legen lassen.« Er nickte nochmals. »Wollen mal sehen, wie Ihrer feinen Familie das gefällt – he?«

Bolitho fühlte sein Herz wie einen Hammer gegen seine Rippen schlagen. Er mußte es sich wieder und wieder vorsagen: Er will, daß ich ihn schlage. Er will, daß ich ihn schlage. Dann hätte Tergorren seine Absicht voll erreicht; und für Bolitho wäre es das Ende gewesen.

»Sonst noch was, Sir?« Seine eigene Stimme klang ihm so fremd, daß er sie kaum erkannte.

»Nein. Einstweilen nicht.« Der Leutnant fuhr herum, und die Männer, die starr und stumm, wie hypnotisiert, zugehört hatten, stoben bei der plötzlichen Bewegung auseinander wie erschreckte Kaninchen.

Dancer blieb an Bolithos Seite, bis dieser an den Marswanten haltmachte. »Eine Gemeinheit war das«, sagte er wütend. »Am liebsten hätte ich ihn zu Boden geschlagen, Dick.«

»Ich auch.« Bolitho schwang sich an einer Webeleine hoch und starrte zur Großrahe empor. »Und das wußte er auch ganz genau.«

Unsicher entgegnete Dancer: »Mach dir nichts daraus. Immerhin haben wir die Brigg genommen. Das muß uns Kapitän Conway doch schließlich zugutehalten.«

»Hoffentlich«, erwiderte Bolitho. »Mehr haben wir auch nicht zu bieten.« Er kletterte hoch. »Geh, Martyn, sonst stellt er auch mit euch noch was an.«

Da hörten sie auch schon Tergorrens Stimme, die ihn im Dunkel suchte. »Wenn Sie fertig sind, Mr. Dancer, dann suchen Sie gefälligst einen Koch. Er soll in der Kombüse Feuer machen. Diese Kerls sehen aus wie Vogelscheuchen, und Dreck kann ich nicht leiden!«

»Sofort, Sir«, rief Dancer zurück.

Er blickte an den schwarzen Wanten hoch, aber Bolitho war schon verschwunden.

VII Mr. Starkies Bericht

Richard Bolitho hielt sich an einer Pardune fest und beobachtete den Himmel. Zögernd erschien, dicht über dem Horizont, ein etwas hellerer Streifen. Kaum mehr als ein grauer Schimmer – aber in ein paar Stunden würde es so heiß sein, daß einem fast das Hirn kochte.

Er fühlte das Vibrieren und Schwanken des Mastes, als die *Sandpiper* willig auf die sich füllenden Segel reagierte. Wie mochte es wohl den Verwundeten gehen? Besonders Leutnant Hope – würde er sich erholen oder seiner Verletzung erliegen?

Unten auf dem engen Achterdeck und am Großmast konnte er mit Mühe ein paar Gestalten erkennen. Es kam ihm vor, als steige Essensgeruch aus der Kombüse herauf, und sein Magen zog sich schmerzhaft zusammen. Er wußte gar nicht mehr, wann er zuletzt gegessen hatte, und immer wütender wurde er auf Tergorren, der ihn jetzt, zu allem anderen, hier oben auch noch hungern ließ.

In einem hatte der Leutnant recht gehabt. Wenn die Kunde von dem Geschehen bis in Bolithos Elternhaus gedrungen war, dann würde Tergorrens Feindseligkeit und Unfairneß dabei nicht zur Sprache kommen. Seine Eltern würden genau das zu hören kriegen, was sie nach Tergorrens Absicht hören sollten, nämlich daß sich ihr Sohn einer Insubordination gegen seinen vorgesetzten Offizier schuldig gemacht hatte.

Er hörte ein Keuchen und sah Dancer, der sich neben ihm auf die Saling heraufzog.

»Sei lieber vorsichtig, Martyn!« sagte er besorgt.

Dancer schüttelte den Kopf. »Ist schon in Ordnung, Dick. Mr. Starkie hat mich raufgeschickt. Er macht sich Sorgen um den Leutnant.«

Bolitho sah ihn bestürzt an. »Um Mr. Hope? Geht's ihm schlechter?«

»Nein.« Bolitho griff nach dem Stag, denn die Brigg krängte heftig in einer plötzlichen Bö. »Tergorren macht ihm Kummer.« Er grinste. »Mir allerdings nicht – da müßte ich lügen.«

Bolitho streckte seine schmerzenden Glieder. Ihm tat alles weh, und sein Gesicht war ganz klamm von der salzigen Feuchte.

»Mr. Starkie denkt, Tergorren hat das Fieber«, sprach Dancer weiter.

Sie glitten miteinander an Deck hinunter und fanden den Bootsmannsmaat bei den Rudergasten stehen.

»Gleich geht die Sonne auf«, sagte er hastig. »Ich verstehe das nicht. Er ist wie besessen, da unten in der Kajüte. Ich weiß nicht, was werden soll, wenn es irgendwelche Schwierigkeiten gibt.« Er wandte sich ab; seine Stimme wurde spröde. »Nochmals Gefangenschaft – das halte ich nicht aus. Nicht nach allem, was wir durchgemacht haben, bei Gott nicht!«

»Wir gehen zu ihm hinunter. Aber ich bin kein Arzt«, erwiderte Bolitho und faßte Dancer beim Arm.

In der winzigen Kajüte, wo der letzte Kapitän der *Sandpiper* sein bißchen Privatleben und eine Menge Sorgen gehabt hatte, fanden sie Tergorren am Tisch sitzen. Sein Oberkörper war auf die Tischplatte gesunken, das Gesicht lag in den gekreuzten Armen. Die Kajüte stank nach Schnaps oder billigem Rotwein; bei jeder Bewegung der Brigg rollte unter der Koje polternd eine Flasche hin und her, und im Schein der einzigen Lampe sah Bolitho in einem Gestell vor dem Schott noch eine ganze Reihe solcher Flaschen.

Grimming murmelte Dancer: »Anscheinend hat Mr. Tergorren seinen privaten Himmel gefunden.«

Bolitho lehnte sich über den Tisch. »Ich versuche, ihn wachzukriegen. Halt du dich raus.« Er faßte den Leutnant unter den Achseln, wuchtete ihn hoch und setzte ihn so hin, daß die Stuhllehne ihn im Rücken stützte. Er dachte, Tergorren sei schlicht betrunken; aber Dancer rief: »Mein Gott, Dick, der sieht ja aus wie der Tod!«

Tergorren war erschreckend bleich; sein sonst so wetterrotes Gesicht war fleckig grau, und als er mühsam die zitternden Lider hob, war sein Blick so verwirrt wie unter der Einwirkung eines schweren Schocks.

Er wollte etwas sagen, aber seine Sprache war so behindert, daß er eine ganze Weile krächzen mußte, um sich die Kehle freizumachen.

»Sind Sie krank, Sir?« Dancer versuchte, ein Grinsen zu verbergen, und Bolitho fuhr rasch fort: »Mr. Starkie macht sich große Sorgen um Sie, Sir.«

»So, macht er?« Tergorren versuchte aufzustehen, sank aber laut stöhnend in den Stuhl zurück. »Geben Sie mal die Flasche da her!« Unbeholfen, als ob seine Finger Klauen wären, umfaßte er die Flasche und tat einen langen, verzweifelten Zug.

»Weiß nicht, was mit mir los ist.« Er war kaum zu verstehen. »Glieder gehorchen mir nicht.« Er rülpste und versuchte nochmals, aufzustehen. »Muß an Deck.«

Bolitho und Dancer hievten ihn hoch, und die drei schwankten und stolperten ein paar Sekunden wie in einem makabren Tanz. »Den hat's aber richtig erwischt«, murmelte Dancer. »Blutfieber nennt unser alter Doktor das. Er fällt ja ganz auseinander!«

Als sie sich den Niedergang zur Hauptluke hinaufarbeiteten, sah Bolitho, daß Eden in der Tür der anderen kleinen Kajüte stand – dort hatte man Hope hingeschafft – und ihnen nachblickte.

»Faß mal mit an, Tom! Wir müssen ihn an Deck schaffen.«

»D-der sieht aber wirklich f-furchtbar aus!« sagte Eden freudestrahlend.

An Deck war die Luft wie Wein nach dem scheußlichen Gestank in der Kajüte. Starkie kam ihnen eilig vom Ruder her entgegen. »Hat er wirklich das Fieber?«

»Er hat G-gicht, Mr. Starkie«, piepste Eden. »H-hab' ich ja die g-ganze Zeit gesagt. Er hat M-medizin gegen die Schmerzen genommen, w-wahrscheinlich eine Überdosis.«

Alle starrten den winzigen Midshipman an, der sich da plötzlich als ein Born medizinischer Weisheit erwies – der einzige, den sie hatten.

»Ja – aber was sollen wir denn bloß machen?« Starkie schien völlig ratlos zu sein.

Eden musterte den zusammengesunkenen stöhenden Mann und erwiderte: »W-enn wir wieder auf dem Schiff sind, wird ihn der D-doktor b-behandeln. Hier können wir g-gar nichts machen.« Er verzog das Gesicht. »G-geschieht ihm g-ganz recht.«

»Das mag ja sein«, sagte Starkie und blickte zu Dancer hinüber, der den Leutnant am Rock festhielt, weil er eben beinahe über die Reling ins Meer gefallen wäre. »In Kürze werden wir ihn aber sehr nötig brauchen.«

Verwundert blickte Dancer ihn an. »Wieso denn? Wir können doch der *Gorgon* signalisieren, und der Kapitän wird schon wissen, was zu tun ist.«

Starkie warf ihm einen trüben Blick zu. »Sie haben es nicht gemerkt. Der Wind hat nach Nordost gedreht. Ihr Schiff würde den ganzen Tag brauchen, um auf unsere Position zu kreuzen – das heißt, wenn Ihr Kapitän überhaupt weiß, was hier los ist.«

»Aber was hindert uns, Kurs auf die *Gorgon* zu nehmen?« beharrte Dancer.

»Ich bin ja nur Bootsmannsmaat«, erwiderte Starkie, »und froh, wieder in Freiheit und in Sicherheit zu sein; aber ich kenne die Kriegsmarine, und ich kenne die Kapitäne. Die *Sandpiper* liegt in günstiger Position, den Feind anzugehen, oder ihm wenigstens bis zu seinem Schlupfwinkel zu folgen.« Er hob die Schultern. »Aber ohne Offiziere – da weiß ich nicht so recht. Für nutzloses Heldentum kriegt man in keiner Flotte eine Belohnung.«

»Wir segeln also nicht zur *Gorgon*?« fragte Eden. Er sprach so leise, daß ihn alle erstaunt ansahen.

Bolitho fiel auf, daß er vor lauter Angst nicht einmal mehr stotterte. »Komm mal her zu mir, Tom«, sagte er. Er nahm den Knaben beim Arm und fragte ganz ruhig: »Was hast du mit Mr. Tergorren angestellt?«

Eden starrte das Deck an; seine Hände zuckten nervös. »Ich wußte, daß er sich selbst k-kuriert und sich M-medizin in den Wein tut. Auf einer Flasche in seiner K-kajüte steht's drauf. *Vinum Antimonii* – was mein V-vater immer bei G-gicht veordnet. Und da hab ich eine g-große Dosis in eine von seinen W-weinflaschen geschüttet. Er m-muß alles ausgetrunken haben, und noch eine ganze Flasche B-brandy obendrein«, schloß er verzweifelt.

Bolitho starrte ihn entsetzt an. »Du hättest ihn umbringen können«.

»A-aber ich dachte doch, wir k-kommen auf unser Schiff, verstehst du. Es sollte ihm d-doch bloß mal so r-richtig dreckig gehen, weil er so g-gemein zu dir war, und zu m-mir auch.« Er schüttelte traurig den Kopf. »Und nun sagst du, wir s-segeln noch nicht zur *G-gorgon* zurück?«

Bolitho holte tief Atem. »Sieht jedenfalls so aus.«

Dancer stützte den Leutnant, der vom Schanzkleid wegtaumelte. »Zwei Mann her!« rief er. »Der Leutnant muß wieder in seine Kajüte geschafft werden.«

»Bin bloß neugierig, was jetzt werden soll«, sagte Bolitho.

Wie eine Antwort darauf kam ein Ruf vom Ausguck: »Deck ahoi! Segel in Lee voraus!«

Sie stürzten an die Reling, aber in Lee lag das Meer noch in tiefem Schatten.

Bitter sagte Starkie: »Also liegen wir diesem Satan genau im Wind. Der steht genau zwischen uns und unserer Sicherheit.«

»Wie gut kennen Sie diese Küste?« fragte Bolitho, und es war, als stelle sich diese Frage ganz von selbst, ohne sein Zutun.

»Gut genug.« Starkie blickte starr auf den Kompaß nieder, wie um seine Gedanken zu sammeln. »Eine schlechte Küste, wenn man versuchen will, schneller als eine Fregatte zu sein.«

Bolitho dachte an die *Gorgon*, die sich südlich zur Position der *Sandpiper* befand. Vielleicht wußte der Kapitän noch nicht einmal, daß sie die Brigg genommen hatten, sondern glaubte, sie sei zusammen mit der Fregatte entkommen.

Eben sagte Starkie: »Wir hatten monatelang nach den Piraten gesucht; und Käpt'n Wade hatte von einem Genueser Handelsschiff gehört, daß sich in diesen Gewässern ein solches Schiff herumtreiben soll. Damals dachte der Käpt'n, es wäre nur ein kleines Schiff und tauge wahrscheinlich nicht viel. Doch dieser Pirat versteht sein Geschäft, glauben Sie mir! Er soll halb Franzose, halb Engländer sein; aber eins ist sicher: er hat sich mit irgendwelchen algerischen Korsaren zusammengetan, die vom Mittelmeer gekommen sind, um hier sowohl Sklavenschiffe als auch ehrliche Kauffahrer auszurauben.«

Mit einem Seitenblick auf Dancer fragte Bolitho gelassen weiter: »Sind es viele?«

»Reichlich genug. Als sie die *Sandpiper* aufbrachten, waren sie gerade knapp an Leuten, aber jeden Tag kommen neue hinzu. Ganz egal, aus welchem Land und von welcher Rasse sie sind, Hauptsache, sie treten zum Islam über. Die Fregatte haben sie vor Oran aufgebracht. Sie war ein spanisches Schiff. Jetzt kommandiert sie dieser Jean Gauvin. Der ist regelrecht verrückt und hat vor nichts Angst. Früher saßen senegalesische Händler in dem Fort, aber ein algerischer Korsar, ein gewisser Raïs Haddam, hat es ihnen weggenommen. Der hat auch unsere Offiziere umbringen lassen. Ganz langsam, und vor der gesamten Mannschaft. Es war fürchterlich anzusehen und anzuhören.«

Niemand sagte etwas dazu, und Bolitho sah, wie sich in Starkies gebräuntem Gesicht der Schrecken widerspiegelte, so lebhaft, als sei eben erst geschehen, was er da berichtete.

»Wir waren direkt unterhalb der Festung vor Anker gegangen. Es war ein schöner Tag, und die Mannschaft war vergnügt. Warum auch nicht – in einem Monat würden wir auf dem Heimweg sein. Die Fregatte lag dicht bei uns, sie führte die spanische Flagge. Und auf dem Fort wehte die Flagge einer Handelsgesellschaft.« Starkie erschauerte. »Eigentlich hätte Käpt'n Wade Verdacht schöpfen müssen. Aber er war erst dreiundzwanzig und dienstgradmäßig eigentlich nur Leutnant. Wir setzten die Boote aus und gingen an Land, um dem Gouverneur der Insel unseren Besuch zu machen. Aber wir wurden sofort umzingelt, und die Batterie des Forts feuerte ein paar Schüsse rund um die *Sandpiper*, um der Wache zu zeigen, daß Widerstand zwecklos war. Nachdem dann das Abschlachten und Foltern vorbei war, hielt dieser algerische Korsar, Raïs Haddam, uns paar Überlebenden eine Ansprache. Wenn wir das Schiff bedienten, würde er uns vielleicht leben lassen.« Er blickte zu Seite. »Gauvin war auch dabei, und als ein Midshipman zu protestieren versuchte, gab er Befehl, ihn zu töten. Sie haben ihn unten am Strand lebendig verbrannt.«

»Mein Gott!« flüsterte Dancer.

»Aye.« Starkie blickte an ihm vorbei auf die dunkle See. »Dieser Haddam hat sich den Abschaum der Menschheit unter seiner Flagge zusammengeholt.«

Bolitho nickte. »Raïs Haddam. Ich habe von ihm gehört – mein Vater und seine Freunde haben von ihm gesprochen. Seit Jahren machte er die algerische Küste unsicher, und jetzt hat er anscheinend sein Tätigkeitsfeld verlegt.« Er blickte zum bleichen Himmel hinauf. »Ich habe nie gedacht, daß ich mit dem einmal persönlich zusammengeraten würde.«

Trübe sagte Starkie: »Keine Zeit für Verteidigungsvorbereitungen.«

Bolitho blickte in die Gesichter der Umstehenden und sah nur Verzweiflung und Niedergeschlagenheit. Dancer war zu neu bei der Kriegsmarine, um etwas anderes zu empfinden. Starkie war von seiner Gefangenschaft her noch zu deprimiert, um mit Rat und Tat von Nutzen zu sein.

»Dann müssen wir uns eben zum Angriff vorbereiten«, sagte Bolitho möglichst gelassen.

Er dachte an Tergorren, der dank Edens schlimmem Streich vor Schmerzen und Trunkenheit nicht zu gebrauchen war. An Hope, der eine Pistolenkugel in der Schulter hatte und kaum noch atmete. An die Matrosen – manche waren von der plötzlichen Befreiung noch verwirrt, die anderen noch erschöpft von dem heißen Kampf auf eben diesem Deck.

»Gauvins Schiff hat vierundzwanzig Kanonen gegen unsere vierzehn kleinen Quäker!« rief Starkie erschrocken aus.

Dancer fragte: »Als sie mit der *Sandpiper* die Barkentine nahmen – was wurde da aus der Mannschaft?«

»Abgeschlachtet wie Schweine«, antwortete Starkie grimmig, »und dann über Bord!«

»Soviel also zum Negativen«, sagte Bolitho. »Und jetzt: was können wir gegen Gauvin ausrichten?«

Er ging nach Luv hinüber; das Sprühwasser prasselte ihm auf Hände und Gesicht. Dancer trat zu ihm.

»Er wird wissen, daß die *Gorgon* südlich von uns steht. Und er wird annehmen, daß wir wieder zu ihr wollen.«

Bolitho blickte zu Starkie hinüber – ob man sich wohl auf sein Gedächtnis verlassen konnte?

»Wenn wir kreuzen, Mr. Starkie – wie dicht können wir an die Landspitze heran?«

Starkie riß vor Schreck die Augen weit auf. »Zu dieser verfluchten Insel zurück, meinen Sie?«

»Ich meine: auf sie zu. Das ist etwas anderes.«

»Sehr gefährlich. Sie müssen das doch wissen, wenn Sie die Landspitze umrundet haben. Da sind massenhaft Riffe, und viele stehen noch nicht mal auf der Karte.«

Im halben Selbstgespräch sagte Bolitho: »Vor Cornwall liegen ein paar Inseln – die Scillys heißen sie. Ein Bristoler Kauffahrer wurde dort im letzten Krieg von einem französischen Kaperschiff gejagt. Der Kaper war viel schneller, aber der Kapitän des Kauffahrers kannte die Küste und die Inseln sehr gut. Er segelte geradewegs über ein Riff, und der Franzmann hinterher. Riß sich den ganzen Kiel weg. Nicht ein einziger Mann wurde gerettet.«

Starkie blickte ihn verwirrt an. »Sie wollen Kurs durch das Riff steuern? Das ist es, was Sie von mir verlangen?«

Ein schwacher Sonnenstrahl schoß über die Takelung. Das Bramsegel schimmerte wie ein goldenes Kruzifix.

»Haben wir denn eine andere Möglichkeit?« fragte Bolitho ernst. »Gefangenschaft oder vielleicht den Tod, weil er ein Exempel statuieren will, oder . . .« Seine Worte blieben in der Luft hängen.

Starkie nickte entschlossen. »Wahrscheinlich krepieren wir so und so, aber bei Gott, das ist eine Chance, die den Versuch wert ist.« Er rieb sich die rauhen Hände. »Dann wollen wir mal ›Alle Mann‹ pfeifen und die Segel kürzen zum Überstaggehen. Aber wenn der Wind umspringt, laufen wir auf Legerwall auf.« Unvermittelt stieß er ein tiefes kurzes Lachen aus, das sein zerfurchtes Gesicht für einen Augenblick wieder jung erscheinen ließ. »Bei Gott, Mister – wie Sie auch heißen mögen –, wenn Sie mal Kapitän sind, möchte ich nicht mit Ihnen fahren. Würde nicht lange dauern, und meine Nerven wären beim Teufel!«

Bolitho lächelte melancholisch, denn es wurde langsam heller, und er sah jetzt auf Deck die dunklen Flecken, wo die Männer gekämpft hatten und gestorben waren, und die gesplitterten Einschläge der Drehbasse. Er warf Eden einen bedeutsamen Blick zu. »Sieh nach, wie es Mr. Hope geht. Versuch, ihm ein bißchen Brandy zu geben.« Und als der Knabe zusammenzuckte: »Aber nicht aus Mr. Tergorrens Flasche, wenn ich bitten darf!«

Als Eden sich schon zum Achterdeck wandte, fügte er noch hinzu: »Und sieh nach, ob du eine britische Flagge findest. Dieser Pirat soll sehen, daß die *Sandpiper* wieder unter den richtigen Farben segelt!«

Dancer blickte ihn stumm an. Dann sagte er leise zu Starkie: »So habe ich ihn noch nie erlebt. Er will kämpfen, das ist klar.«

Der Bootsmannsmaat ging zur Leereling hinüber und spuckte in das milchige Bugwasser. »Na, mein Junge, wenn Gauvin diese Flagge sieht, dann reicht das zum Kampf. Die sieht er nämlich gar nicht gern.«

Eden kam mit einer Leinwandrolle zurück. »Hab' eine gefunden, Dick. Hinter den B-brandyflaschen in der K-kajüte.«

»Wie sind die Leutnants zuwege?« fragte Starkie gespannt. Vielleicht hoffte er, daß doch noch jemand anders die Verantwortung übernehmen würde.

Eden schob die Lippen vor. »Mr. Hope atmet ein b-bißchen besser. Mr. Tergorren geht's d-dreckig.«

Starkie seufzte. »Na schön. Pfeifen wir ›Alle Mann an die Brassen‹. Wenn schon, denn schon. Hat keinen Sinn, die Sache noch lange aufzuschieben.«

Bolitho faßte die Achterdeckreling und sah zu, wie die Männer an die Brassen und Falleinen rannten. Ihre Bewegungen waren unregelmäßig und ruckhaft, als ständen sie noch unter dem Schock und wären ihrer selbst nicht recht sicher.

Es war wie ein Traum. Ein Traum von Piraten, von tapferen jungen Offizieren im Kampf gegen die Feinde des Vaterlandes.

Aber sehr schnell wurde ein Alptraum daraus. Nur der erste Teil stimmte: eine kleine Brigg, eine mutlose Mannschaft und ein paar halbe Knaben als Führer.

Er dachte an seinen Vater und an Kapitän Conway, die mit Ruhe und Zuversicht auf ihre Geschütze und auf ihre seemännische Erfahrung vertrauen konnten.

Er rief: »Flagge setzen, Mr. Eden!« Sogar diese dienstlich formelle Anrede war etwas ganz Neues für ihn. Und dann: »Klar zum Überstaggehen!«

VIII Über das Riff

»Kurs Südsüdost, Sir. Voll und bei.«

Bolitho faßte in die Finknetze und beobachtete aufmerksam, wie die *Sandpiper* ihr Leeschanzkleid steil aus der See hob. Sprühwasser und Schaumfetzen flogen über Deck. Matrosen waren dabei, mehr Segel zu setzen, und Bolitho blickte zur Großrah empor, die sich wie der Bogen einer riesigen Armbrust spannte.

»Der Wind frischt ein bißchen auf«, sagte Starkie ganz heiser vor Erregung. »Aber er kommt stetig aus Nordost. Bis jetzt jedenfalls«, fügte er grimmig hinzu.

Bolitho hörte kaum hin. Er beobachtete, wie die Brigg arbeitete, wie sie sich mit jeder anbrandenden, weißbemützten Welle hob und dann wieder ins Wellental hinabschmetterte.

Seit dem Überstaggehen, seit die vergoldete Galionsfigur wieder landwärts zeigte, spürte er, daß die Stimmung im Schiff anders war. Selbst die Männer der Stammbesatzung, von denen viele noch eiternde Wunden und grausame Verletzungen von der Gefangenschaft her aufwiesen, tauschten wohlgemute Zurufe und taten ihr Bestes, um jeden Quadratzoll Leinwand zu setzen, den die Brigg tragen konnte, ohne daß die Masten brachen. Nur wenn sie auf das Achterdeck blickten, wurden sie unsicher. Vielleicht, dachte Bolitho, hofften sie immer noch, dort ihren jungen Kapitän an der Reling zu sehen, als könnten sie durch solch eine unsinnige Hoffnung ihre bösen Erinnerungen verdrängen.

Über das Klingen und Sausen von Leinwand und Wind hinweg hörte er Dancers Stimme: »Sie fliegt wie ein Vogel, Dick!«

Er nickte. Tief tauchte der Bug in die hoch anrollenden Wellen, und wie ein festes weißes Laken breitete sich der Schaum über den Schiffsschnabel.

»Aye.« Er blickte achteraus. »Siehst du die Fregatte?« Er packte Dancer erregt beim Arm. »Da ist sie! Und auch sie setzt mehr Segel.« Im aufsteigenden Morgenlicht, vor dem jetzt die Finsternis mehr und mehr auf die offene See wich, konnte er Mars- und Bramsegel des feindlichen Schiffes ausmachen, deren Umrisse sich änderten, als es ebenfalls auf den anderen Bug ging und, die Verfolgung aufnehmend, direkt hinter ihnen herkam. Er zeigte auf die Flagge im Topp der Brigg, die sich leuchtend gegen den trüben Himmel abhob.

»Mr. Starkie hat anscheinend recht. Unser Gegner ist wütend.«

Vorgeneigt, um die steile Krängung des Decks auszugleichen, schritt Starkie nach Luv hinüber.

»Ich halte sie so dicht vorm Wind, wie ich riskieren kann. Noch ein Strich mehr, dann läßt sie sich nicht mehr steuern.«

Bolitho nahm ein Fernglas aus der Halterung und richtete es auf das Land. Als er im Gewirr der vibrierenden Wanten und Falleinen einen Stützpunkt suchte, sah er, wie die bleichen Gesichter einiger Matrosen sich ihm zuwandten – was mochten sie wohl denken, jetzt, da die Brigg Kurs auf die Küste nahm, ausgerechnet dorthin, wo ihre Leiden und Demütigungen begonnen hatten?

Da bekam er die Landspitze ins Blickfeld, die aus der kochenden Brandung wie der Schnabel einer römischen Galeere herausragte. Wie anders war der Anblick vom Kutter aus gewesen, und wie lange war das her! Er mußte sich zusammenreißen, um sich darüber klarzuwerden, daß es erst gestern gewesen war.

Die See war rauher geworden und, vom böigen Wind getrieben, wirbelte sie durch ein Kollier von Klippen, die alles zu vernichten drohten, was in ihre Nähe geriet.

Ein dumpfer Krach; als Bolitho sich nach der Fregatte umblickte, sah er einen dunklen Rauchschwaden, den eine Bö vor sich hertrieb.

»Das ist nur ein Versuchsschuß«, sagte Starkie, »die Fregatte segelt viel zu unruhig, um uns auf diese Entfernung zu treffen.«

Bolitho antwortete nicht und beobachtete, wie die mächtige Fock der Fregatte flatterte und stieß, als der Kapitän das Schiff durch den Wind gehen ließ. Es war noch nicht ganz auf dem anderen Bug, da hatten sich die Focksegel schon wieder gestrafft, und es krängte so stark, daß die Stückpforten auf der Leeseite die Wasseroberfläche schnitten.

»Sie kommt achterlich querab auf, Dick«, sagte Dancer.

»Ja. Sie will uns den Wind abschneiden.« Er starrte so angestrengt auf die Fregatte, daß ihm das Wasser schmerzhaft in die Augen schoß. »Aber das bedeutet, daß sie dichter als wir an der Küste sein wird, wenn wir die Landspitze passieren.«

Dancer starrte ihn an. »Können wir da wirklich durch?«

Starkie hatte das gehört und rief: »Nächstens werden Sie noch verlangen, daß wir auf dem Wasser wandeln wie der Herr Jesus!« Er faßte mit ins Steuerrad und half den Rudergasten, den Gegendruck zu verstärken. »Kurs halten, verdammt noch mal!«

Noch ein Krachen. Diesmal sah Bolitho den Schaum fedrig über die Wellenkämme sprühen: die Kugel flippte achtern vorbei.

Ein Blick auf die Sechspfünder der *Sandpiper*. Sehr nützlich für einen raschen Überfall auf ein feindliches Kauffahrteischiff oder bei der Verfolgung von Piraten und Schmugglern.

Aber gegen eine Fregatte waren sie nutzlos.

»Schick noch einen guten Mann in den Ausguck, Martyn.« Er taumelte, als das Deck in einem plötzlichen Wellental ins Schüttern geriet. »Vielleicht kommt die *Gorgon* in Sicht.«

Aber von dem mächtigen Vierundsiebziger war weit und breit keine Spur zu sehen. Nur die Fregatte, die sie verfolgte, und auf der Gegenseite der Bucht tauchte eben die Insel auf.

Wie gestern lag sie bleich und seltsam still in der Morgensonne; nur schwer konnte man glauben, was alles dort passiert war. Starkie hatte vorhin berichtet, daß die Insel auch jetzt noch voller Sklaven war, arme Teufel, Männer und junge Mädchen, welche die Händler aus allen möglichen Gegenden Afrikas hingeschafft hatten. Und in absehbarer Zeit würden viele von ihnen auf dem Weg nach Amerika und Indien sein. Wenn sie Glück hatten, mochten sie dort ein halbwegs erträgliches Leben führen, nicht wie Gefangene, sondern eher wie abhängige Diener. Aber die weniger Glücklichen würden wie Tiere leben müssen. Wenn sie nichts mehr taugten, würde man sie einfach umkommen lassen.

Bolitho hatte gehört, daß man Sklavenschiffe, ähnlich wie die Rudergaleeren, schon von weitem an ihrem furchtbaren Gestank erkannte: der charakteristische Geruch, der entsteht, wenn viele Menschen auf engstem Raum zusammengepfercht sind und sich nicht bewegen, nicht sauberhalten können.

Bäng. Eine Kanonenkugel zischte über das Schiff und fuhr durch das Vormarssegel wie eine eiserne Faust.

»Das war schon näher!« Starkie hatte die Daumen im Gürtel und ließ die Fregatte nicht aus den Augen. »Sie kommt jetzt schneller auf.«

»Deck ahoi! Brecher in Lee voraus!«

Starkie eilte zur Reling und griff nach einem Fernglas. »Aye, da sind sie. Die erste Reihe der Riffe.« Er wandte sich nach den Rudergasten um. »Luv an einen Strich!«

Das Rad knirschte und die Oberbramsegel flappten protestierend.

»Süd zu Ost, Sir!«

»Recht so!«

Bolitho merkte an der schwieriger werdenden Fahrt und an dem wütenden Erzittern jeder Spiere und jedes Segels, daß sie jetzt in flacheres Wasser kamen und dabei eine starke Gegenströmung kreuzten.

»Wir sollten lieber Segel kürzen«, sagte Starkie. Bolitho blickte ihn an und sagte beschwörend: »Wenn wir das tun, erwischt er uns, bevor es für *ihn* gefährlich wird!«

»Wie Sie meinen«, erwiderte der Bootsmannsmaat ungerührt.

Da kam Eden den Niedergang hochgeklettert; ängstlich suchten seine Augen achtern nach dem Feind.

»Mr. Hope verlangt nach d-dir, Dick.« Er duckte sich, als eine Kugel aus dem Buggeschütz der Fregatte dicht vorbeiflog und eine Fontäne hochjagte wie von einem blasenden Wal.

Bolitho nickte. »Ich gehe rauf. Rufen Sie mich, wenn sich was tut.«

Durch das Fernrohr beobachtete Starkie die vorderste Brecherlinie.

Dadurch, daß er das Schiff eine Kleinigkeit hatte abfallen lassen, zeigte das Bugspriet mit seinem auf- und abschwankenden Klüverbaum fast genau auf die gefahrverkündende Brandung.

»Keine Sorge«, rief er über die Schulter, »Sie werden's schon merken.«

Unten tastete sich Bolitho zu der winzigen Kajüte hin. Mit unnatürlich glänzenden Augen lag Hope auf dem Rücken in der Koje. Bolitho beugte sich über ihn.

»Der Vierte ist krank, höre ich?« flüsterte Hope. Sein Gesicht war aschgrau. »Hol ihn der Teufel, warum hat er so spät eingegriffen?« Seine Gedanken schweiften ab; undeutlich murmelte er: »Meine Schulter! O Gott, sie werden mir den Arm abnehmen, wenn wir wieder auf dem Schiff sind.« Schmerz und Verzweiflung schienen ihn dann wieder zur Besinnung zu bringen. »Werden Sie's schaffen?«

Bolitho zwang sich ein Lächeln ab. »Wir haben einen guten Steuermann an Deck, Sir. Und Mr. Dancer und ich bemühen uns, wie alte Seeleute auszusehen.«

Die feuchte Luft in der Kajüte erzitterte von einem neuen dumpfen Krach, und Bolitho spürte, wie der Schiffsrumpf in allen Fugen bebte: eine Kugel hatte längsseits ganz nahe eingeschlagen. Zu nahe.

»Sie können sich doch nicht mit einer Fregatte in ein Gefecht einlassen!« keuchte Hope.

»Wollen Sie, daß ich die Flagge streiche, Sir?«

»Nein!« Er schloß die Augen und stöhnte vor Schmerzen. »Ich weiß nicht. Ich weiß nur, daß ich an Deck sein müßte und Ihnen helfen – irgendwas tun. Statt dessen . . .«

Bolitho konnte jetzt noch besser verstehen, wie verzweifelt der Leutnant war. Der Fünfte stand ihm näher als die anderen Offiziere. Hope hatte zwar immer so getan, als seien ihm die Midshipmen außerdienstlich ganz gleichgültig, und hatte sich sogar bemüht, äußerlich möglichst hart zu erscheinen; das streifte manchmal sogar die Grenze der Brutalität. Aber in dem ständigen Zusammensein hatte sich doch herausgestellt, daß seine unfreundliche Kritik manchmal notwendig und oft sogar wohltätig war, ganz im Sinne seines Lieblingsausspruchs: »*Dieses Schiff braucht Offiziere, keine Kinder.*«

Und nun lag er da, hilflos und gebrochen. Ruhig sagte Bolitho: »Ich komme mir Ihren Rat holen, so oft ich kann, Sir.«

Aus der blutbefleckten Koje streckte sich ihm eine Hand entgegen und faßte die seine. »Danke.« Hope konnte kaum noch richtig sehen. »Gott sei mit Ihnen.«

»Hallo da unten!« Das war Dancer. »Die Fregatte rennt ihre Steuerbordgeschütze aus!«

»Ich komme!« Bolitho rannte zur Kampanjeleiter. Er dachte an Hope und an all die anderen.

In der kurzen Zeit, die er unten gewesen war, hatte das Sonnenlicht das Meer erreicht und glitzerte nun auf allen Wogenkämmen.

Starkie rief ihm zu: »Der Wind hat um einen Strich gedreht. Hat nicht viel zu sagen. Aber die Fregatte kommt auf, schätze ich.« Er reichte Bolitho das Fernrohr. Die Fregatte segelte knapp eine Meile backbords achteraus. Sie hatte stark aufgebraßt, um möglichst viel Wind zu bekommen; ihre Steuerbordgeschütze drohten dicht über der schaumigen Wasserlinie wie eine Reihe schwarzer Zähne.

Ihre Kontur veränderte sich etwas, als sie einen Strich nach Luv drehte; das Sonnenlicht blitzte auf den Waffen und Fernrohren, und am Großmast wehte eine mächtige schwarze Flagge. Bolitho konnte sogar den Namen lesen, der auf der wettergebeizten Platte unter dem Schiffsschnabel stand: *Pegaso*. Als sie noch unter spanischer Flagge fuhr, hatte sie vermutlich so geheißen.

»Sie feuert!«

Die Stückpforten spuckten eine Reihe gelbroter Flammen aus, aber die Breitseite kam zu früh; sie peitschte die See weit hinter dem Heck der *Sandpiper*; ein paar Kugeln fegten heulend über das Achterdeck dahin.

»Kursänderung, Mr. Starkie!« rief Bolitho. »Zwei Strich nach Luv, wenn Sie können.«

Starkie öffnete schon den Mund, um zu protestieren, aber er überlegte es sich anders. Seine Blicke hingen an einigen kaum überspülten Klippen, die an Steuerbord achteraus blieben. Die hatte die *Sandpiper* zwar vermieden; aber das bedeutete, daß sie jetzt mitten zwischen den Riffen war. Wie eine Fliege im Spinnennetz.

»An die Brassen! Hol an!« Dancer sprang zu Hilfe. »Hievt, Jungs!«

Hoch über dem stampfenden Schiffsrumpf brummte und knarrte

jede Want, jedes Segel, als der Bug langsam herumschwang und dann Richtung auf den nächsten Fetzen Land nahm.

Noch eine holprige Breitseite von der Fregatte; die Kugeln hüpften harmlos achtern übers Wasser, und ein Matrose ließ sogar ein schüchternes Hurra los – er begriff wohl nicht, in welcher Gefahr er sich befand.

Bolitho brüllte: »Hol mir den besten Geschützführer, schnell, Martyn! Schnell!«

»Südost zu Süd, Sir«, sang der Rudergänger aus. Er begriff jetzt überhaupt nichts mehr.

»Recht so.«

Starkie drehte sich kurz um und erblickte den grauhaarigen alten Seemann in geflickter Hose und kariertem Hemd, der nach achtern gerannt kam und grüßend die Fingerknöchel an die Stirn tupfte.

»Taylor, Sir.«

»Schön, Taylor; holen Sie sich Ihre zwei verläßlichsten Geschützbedienungen und bemannen Sie die beiden hintersten Sechspfünder an Steuerbord.«

Taylor blinzelte – war dieser Midshipman nun tatsächlich verrückt geworden? Schließlich befand sich der Feind doch an der anderen Seite!

Bolitho sprach rasch; er hatte nur die Fregatte und die Peilung der *Sandpiper* im Sinn, sonst war sein Hirn völlig leer. Er versuchte, sich an alles zu erinnern, was er gelernt hatte, was man ihm von seinem zwölften Lebensjahr an bis zum heutigen Tage eingeprügelt hatte. »Doppelte Ladung. Ich weiß, es ist ein Risiko. Aber wenn ich Feuerbefehl gebe, müssen Sie die Fregatte in den Bug treffen.«

Langsam nickte Taylor. Er fuhr mit seinem teerigen Daumen durch die Luft. »Aye, Sir. Versteh schon, was Sie vorhaben, Sir.« Er hoppelte hinweg, brüllte ein paar Namen und kontrollierte dabei schon die beiden achteren Sechspfünder.

Bolitho blickte Starkie in die Augen. »Ich will halsen und wieder raus aus den Riffen. Dann kommt die Fregatte bestimmt hinterher – sie hat den Wind unter ihren Rockschößen, sehr günstig für sie.«
Grimmig nickte Starkie dazu. »Aber für ein paar Minuten haben wir sie vor unseren Kanonen. Sehr viel ist ja nicht mit den Dingern los,

aber immerhin . . .«

Er lächelte, und das wurde ihm so schwer, daß ihm die Lippen dabei eiskalt wurden. »Und sie wird bestimmt nicht darauf gefaßt sein, daß wir zurückschießen. Nicht ausgerechnet jetzt.«

Starkie spähte voraus wie ein Wanderer, der seinen Weg sucht. »Ich glaube, ich weiß eine Durchfahrt. Nicht sehr breit.« Er wedelte mit der Hand zweifelnd durch die Luft. »Mit der Tiefe, das weiß ich nicht recht. Zwei Faden*, soweit ich es beurteilen kann.«

Dumpfe Geräusche an Steuerbord verrieten Bolitho, daß Taylor und seine Männer ihre Geschütze bald klar haben mußten.

Plötzlicher Kanonendonner machte ihm begreiflich, daß die Fregatte immer noch entschlossen war, die *Sandpiper* lahm zu schießen und dann zu entern. Halblaut murmelte er: »Diesmal noch nicht, mein Freund.« Starkie ließ das Teleskop sinken, als die Kugeln der Fregatte über die Masten hinwegheulten und ein paar Taue und ein paar Blöcke an Deck schleuderten. Die *Sandpiper* ruckte heftig: sie hatte ihren ersten Treffer erhalten.

Starkie rief: »Klar zum Halsen, wenn Sie soweit sind!« Er wischte sich den strömenden Schweiß mit dem Unterarm von der Stirn.

»Fier auf die Brassen! Hol dicht!« Bolitho nickte zu den beiden Geschützmannschaften hinüber. *»Ausrennen!«*

Er preßte die Hände hinter seinem Rücken zusammen, bis er ruhiger wurde. Dancer und ein paar Matrosen an den Pardunen und Heißleinen starrten ihn an, als wollten sie ihr Schicksal von seinem Gesicht ablesen.

Er hörte, wie der alte Geschützführer sagte: »Denkt dran, Jungs. Wenn wir halsen, kommen wir in Lee von diesem Miststück. Aber wenn das Schiff mit der Backbordseite hochgeht, habt ihr den richtigen Schußwinkel.«

Für kurze Zeit ließ der Wind etwas nach, und währenddessen erstarben die Geräusche der Wellen und der Segel. Mitten in Bolithos dahinrasende Gedanken drang ein anderer Laut: unten in seiner Kajüte stöhnte Tergorren wie ein todwunder Stier. In ihrer verrückten, hoffnungslosen Situation kam ihm die »Unpäßlichkeit« des Leutnants

* 1 Faden = 1,829 m (Maß für die Wassertiefe, d. Übs.).

vollends unwirklich vor.

Er riß sich zusammen und war wieder da. »Rund achtern! Fier auf!«

Die *Sandpiper* legte sich wie trunken nach Lee, ihr Bugspriet hob sich steil und fiel dann schmetternd in die kabbelige See, aber sie reagierte wieder auf Segel und Ruder. Doch sie machte dabei einen unbeschreiblichen Krach, so daß ein Einzelschuß des Buggeschützes der Fregatte fast in dem donnernden Schlagen der Segel, dem protestierenden Kreischen der Taljen und dem Baßgebrumm der saitenstraff gespannten Takelung unterging. Die Männer holten die Brassen mit solcher Kraft an, daß ihre Körper fast parallel zum Deck lagen. Andere eilten ihren Kameraden an den Fallen und oben in den Masten zu Hilfe und rissen die quietschenden Rahen noch weiter herum, daß sich die Segel füllten und hart wie Panzer im Wind standen.

Bolitho versuchte, nicht nach den Riffen und auch nicht nach Starkie hinzusehen, der ein Stück die Wanten aufgeentert war, um die Passage durch die Brecher besser abschätzen zu können. Aus der von dem Zufallstreffer der *Pegaso* geschwächten Takelung fielen noch ein paar abgeschorene Enden an Deck und trafen Taylor, den alten Geschützführer, aber dessen eisenharte Schultern zuckten nicht einmal.

Weiter, immer weiter schwang die Brigg herum; Masten und Rahen knarrten laut, als sie auf den anderen Bug ging; in Lee schwemmte die schäumende See über das Schanzkleid, von dem aus man eben noch den Blick auf den Feind gehabt hatte.

Wumm! Eine Kugel schnitt durch die Wellenkämme und schlug wütend in den Schiffsrumpf. Schreckensschreie ertönten.

»An die Pumpen!« Bolitho hörte sich zwar Kommandos schreien, aber er kam sich wie ein Zuschauer vor, den das alles gar nichts anging. Eiskalt beobachtete er, wie der Gegner am Heck drehte – oder so sah es wenigstens durch die scharfe Kursänderung der *Sandpiper* aus.

»Jetzt!« Seine Stimme ging in dem allgemeinen Lärm unter, und er brüllte mit äußerster Lautstärke: »Ziel bekannt! Feuer!«

Eben schwang das Focksegel der *Pegaso* herum – ihr Kapitän mußte sich entschlossen haben, ebenfalls zu halsen und der Brigg zu folgen.

Bolitho wußte, daß Taylor hinter einem der beiden Geschütze kauerte, aber er konnte jetzt nicht hinsehen. Er hörte das Zischen der

Lunte, und doch fuhr er vor Schreck zusammen, als das Geschütz krachend losging. Drüben schüttelte sich die Fock der *Pegaso*, und ein mächtiges Loch erschien wie durch Zauber in der Leinwand. Unter dem Andruck des Windes und der zusätzlichen Belastung durch die plötzliche Kursänderung riß das Segel nach allen Richtungen weiter ein und ging völlig in Fetzen.

»Sie halst immer noch, Sir!« brüllte Starkie.

Die Stimme des Ausgucks schnitt wie eine Säge durch Bolithos Gedanken: »Brecher an Backbord, Sir!«

Aber sein einziger Gedanke war: Das geht schief! Der Doppelschuß hatte zwar die Fock zerstört, aber einer Fregatte unter vollen Segeln machte das nichts aus. Waren beide Schiffe erst einmal klar von den Riffen (und komischerweise zweifelte er nicht im geringsten daran, daß Starkie das schaffen würde), konnte der Pirat sie ohne weiteres überholen und entern.

Taylor rannte zum zweiten Geschütz. Sein Gesicht war vor Konzentration ganz verzerrt. Auf die wütenden Zeichen seines teerigen Daumens hebelte hier ein Matrose seine Handspeiche, holte ein anderer eine Talje an.

Er kauerte sich hinter das Rohr, die Augen zu schmalen Schlitzen zusammengekniffen, und flüsterte heiser: »So . . . Sachte! Na komm schon, meine Kleine!«

Die Lunte zündete, und mit knirschendem Krachen schleuderte der Rückstoß das Geschütz innenbords; wie erstickender, dichter Nebel wirbelte der Pulverrauch ins Schiff. Gebannt starrte Bolitho hin. Es schien eine Ewigkeit zu dauern – in Wirklichkeit waren es nur Sekunden. Und dann, als der sorgfältig gezielte Schuß den Bug der Fregatte traf, rissen der straffgefüllte Klüver und das Stagsegel wie alte Lumpen von oben bis unten auseinander.

Die Wirkung zeigte sich im selben Augenblick. Es hatte die *Pegaso* mitten in der Halse erwischt; die Segel waren sowieso durcheinander, das Schiff rollte hilflos in einem tiefen Wellental, und als es dem Ruder wieder gehorchte, waren die Stückpforten unter Wasser.

Bolitho hörte Rufe in Lee, und als er mit staubtrockener Kehle hinrannte, sah er eine algenbewachsene Klippe an der Bordwand der *Sandpiper* entlanggleiten, nur einen oder zwei Meter entfernt. In diesen Sekundenbruchteilen erkannte er ganz deutlich die abgeschliffene Form des Felsens, und sogar ein paar winzige schwarze Fische, die es trotz Wind und Strömung fertigbrachten, unbeweglich im Schutz des Riffes stehenzubleiben – dieses Riffes, das einem Schiff so schnell den Kiel herausreißen konnte, wie man von einer Orange einen Streifen Schale ablöst.

Er warf einen raschen Blick zu Dancer hinüber. Der war totenblaß und hatte die Augen weit aufgerissen; er lehnte sich weit über Bord, um die Fahrt des Gegners zu beobachten, und war vom Sprühwasser völlig durchweicht.

Die *Pegaso* schwankte wie von einer Gegenbö getroffen, und als sie sich wieder aufrichtete, knickte die Bramstenge des Hauptmastes ab und stürzte hinunter an Deck; zwischen den Wanten baumelte ein Gewirr von Takelage und Segelfetzen. Ungläubig schrie Starkie: »Sehen Sie das? Sie muß auf ein Riff gelaufen sein!« Er krächzte vor Aufregung und Erschütterung. »Voll aufgelaufen, bei Gott!«

Bolitho konnte die Augen nicht abwenden. Die Fregatte mußte genau in dem Moment, als sie beim Halsen die Kraft ihrer Vorsegel verloren hatte, auf die Klippe geknallt sein. Um diese paar Meter war es gegangen. Er konnte sich gut vorstellen, was jetzt da drüben für ein Durcheinander herrschte, wie die Männer in den Schiffsraum schwärmten, um das Ausmaß der Havarie festzustellen.

Wenn der Schaden so groß war, daß ein Mast abknickte, dann mußte die Fregatte auch erheblich leckgeschlagen sein, dachte er. Und trotzdem kam sie noch weiter auf, er sah es, seine Augen schmerzten in den flirrenden Sonnenreflexen; da leckte aus dem Buggeschütz eine gelbrote Flammenzunge heraus, und er spürte, wie die Kugel hinter ihm vorbeiheulte und krachend ins Achterdeck schlug wie die Axt eines Riesen.

Tauwerk und Splitter wirbelten über das ganze Deck. Er sah, wie drei Matrosen gegen das Schanzkleid geschmettert wurden; ihre Schreie verloren sich im Wind, und aus ihren zuckenden Leibern schoß das Blut an Deck und zeichnete unheimliche Muster auf die Planken.

Noch eine Kugel – sie schlug in flachem Winkel gegen die Rumpfbeplankung und prallte ab, auf die See hinaus; das Schiff bäumte sich wie ein Pferd, das seinen Reiter abwerfen will.

»Zu den Verwundeten!« brüllte Bolitho. »Mr. Eden soll sie unter Deck schaffen!«

Auf einmal mußte er an Edens Vater in seiner kleinen Offizin denken, wo er Gicht und Magenbeschwerden kurierte. Was der wohl gedacht hätte, wenn er jetzt sehen könnte, wie sein zwölfjähriger Sohn versuchte, einen stöhnenden Matrosen zur Kampanjeleiter zu zerren, wo jeder Fußbreit Wegs von Blut und Schmerzen gezeichnet war!

Verzweifelt sagte Dancer: »Die wollen uns entern!« Aber er zuckte nicht einmal, als eine Kanonenkugel übers Achterdeck flog und ein weiteres Loch in das schon ganz pockennarbige Segel riß. »Das haben wir von unserer ganzen Anstrengung!« schimpfte er.

Bolitho sah sich um. Der Kampfeswille, das Zielbewußtsein der Männer schwanden schnell dahin. Und wer konnte es ihnen verdenken? Die *Pegaso* hatte jede Bewegung der *Sandpiper* mitgemacht; sie hatte sich keineswegs überraschen lassen. Sie war aus dem Riffgürtel heraus, und schon sah er die Säbel und Messer in den Händen der Feinde blitzen, die von den Kanonen weg zur Reling rannten, bereit zum Entern. Ihm fiel ein, was Starkie über das Schicksal seiner Offiziere berichtet hatte: Folter und schließlich ein qualvolles Ende.

Er zog seinen Entersäbel und brüllte: »Alle Mann an Steuerbord!« Ungläubig, verzweifelt und stumpf starrten sie ihn an.

Er sprang in die Luvwanten und schwang seinen Entersäbel zur *Pegaso* hinüber. »Die sollen uns nicht ohne Kampf kriegen!«

Kleine Einzelzüge traten aus dem Gesamtbild heraus. Ein Mann der *Sandpiper* zog sein Messer und wetzte es an seinem hornigen Handballen, den Blick starr auf die Fregatte gerichtet. Einer kam von Backbord herüber und sah einem anderen in die Augen, wahrscheinlich sein bester, einziger Freund. Kein Wort. Aber seine Miene sprach deutlicher als alle Worte. Eden stand am Niedergang, kalkig weiß im Gesicht, und schon trocknete eines Mannes Blut an seinem Hemd; bald würde auch sein eigenes Blut dort fließen und gerinnen. Dancer. Wie Gold glänzte sein Haar in der Sonne, er schob das Kinn vor, nahm einen Entersäbel vom Deck hoch und stützte sich darauf. Mit der anderen Hand kniff er sich wie mit Klauen in den Oberschenkel, damit ihm der Schmerz die Angst vertreibe.

Ein Mann, der schon beim Entern der Brigg verwundet worden war, lehnte an einem Sechspfünder; sein Bein war dick verbunden, aber mit geschäftigen Händen lud er Pistolen und gab sie an die Kameraden weiter.

Ein Geheul wie von einer Hundemeute tönte von dem dichtbemannten Deck der *Pegaso* herüber, als sie weiter aufkam und die Schatten ihrer Masten und Rahen über das Wasser hin schon bis zur Brigg reichten, wie um sie einzufangen und zu verschlingen.

Bolitho blinzelte sich den Schweiß aus den Augen. Ungläubig starrte er auf die offenen Stückpforten der Fregatte. Dort zwängte sich doch ein Mann heraus? Und dann noch einer – sie klammerten sich beide an das schwarze Rohr, und auch aus den anderen Stückpforten krochen Männer wie Ratten aus der Gosse.

Starkie brüllte: »Die geben das Schiff auf, Sir!« Er faßte ihn beim Arm und drehte ihn zu den Netzen hin. »Sehen Sie sich das bloß an!«

Wortlos stand Bolitho neben ihm. Immer mehr Männer sprangen aus den Stückpforten ins Meer und wurden weggewirbelt wie Holzspäne im Strudel einer Wassermühle.

Gauvin, der grimmige Kapitän der *Pegaso*, mußte Wachen an jedem Niedergang postiert haben; schon bei der irrsinnigen, aussichtslosen Verfolgung mußte er gewußt haben, daß das Leck im Rumpf seines Schiffes tödlich war.

Starkie beobachtete, wie sich der Bug der Fregatte unter dem Gewicht der einströmenden Wassermassen senkte, und wie auf dem Oberdeck, als schließlich auch der letzte begriff, was los war, ein wahres Pandämonium ausbrach. »Hier, ziehen Sie Ihren Rock an!« sagte er zu Bolitho. Seine Stimme war vor Erregung ganz rauh. Er half ihm sogar beim Anziehen und zupfte den Kragen mit den weißen Belägen zurecht.

Er deutete zur *Pegaso* hinüber, die abzudrehen begann, weil die schwache Ruderkraft dem Druck des einströmenden Wassers nicht mehr gewachsen war.

»Er soll Sie sehen – und das ist hoffentlich noch eine Extrastrafe für seine Untaten!«

Bolitho starrte ihn verständnislos an, da fuhr er fort: »Er soll wissen, daß er von einem Midshipman geschlagen worden ist! Von einem *Knaben*!«

Bolitho wandte sich ab. Seine Ohren waren voll von den Geräuschen der Selbstvernichtung eines Schiffes, das unter vollen Segeln hilflos herumgeworfen wird. Er hörte, wie die Geschütze aus ihren Halterungen gerissen wurden und schmetternd in das Schanzkleid der anderen Seite schlugen; wie die Spieren an Deck stürzten und die kopflose Mannschaft unter Tauwerk und Leinwand begruben.

Verfremdet hörte er seine eigene Stimme: »Segel kürzen, Martyn. Laß ›Alle Mann‹ pfeifen!«

Er fühlte, wie die Matrosen ihm auf die Schulter klopften, sah sie ihm zulachen und zuwinken. Nicht wenige weinten.

»Deck ahoi!« Sie hatten den einsamen Mann im Masttopp ganz vergessen. »Segel steuerbord voraus, Sir.« Eine ganz kleine Pause, dann: »Das ist die *Gorgon*!«

Bolitho winkte »Verstanden« zum Ausguck hinauf und wandte sich wieder nach Luv, wo die Fregatte am Kentern war. Um sie herum war die See voller Treibgut und Trümmer und auf- und niedertauchenden Köpfen. Aber dort, wo die Sonne nicht hinschien, jenseits der Dünung, sah er eine plötzliche Bewegung im Wasser; die messerscharfen Rückenflossen der Haie zogen schon ihre Kreise um das sinkende Schiff. Über eine Meile bis zu nächsten Küste. Sehr zweifelhaft, ob einer der Schwimmer sie erreichen würde.

Er hob das Fernrohr, um nach der *Gorgon* Ausschau zu halten; die Augen wurden ihm feucht, als er ihren plumpen, schwarzen, braun abgesetzten Rumpf erblickte und die turmhohe Segelpyramide die nächste Landspitze umrunden sah.

Noch eine Sekunde, dachte er, und er würde zusammenbrechen und seine Gefühle vor den Umstehenden nicht mehr verbergen können.

Da - eine Bullenstimme: »Was, zum Teufel, ist hier los?« Leutnant Tergorren tauchte mit halbem Leib aus der Niedergangsluke empor; mit seinem verquollenen, grauen Gesicht, den von Wein und Schlimmerem verklebten Haaren, sah er wie ein dem Grab entstiegener Leichnam aus.

Bolitho verspürte eine irrsinnige Erleichterung. Ihm war, als müsse er zugleich lachen und weinen; der wüste Anblick dieses Mannes, der sich während des ganzen Kampfes hilflos in seiner Koje gewälzt hatte, gab ihm den Rest.

Mit bebender Stimme antwortete er: »Ich bitte um Entschuldigung, daß wir Sie gestört haben, Sir.«

Tergorren starrte ihn an und versuchte, mit seinen wütenden, blutunterlaufenen Augen wenigstens nicht zu schielen.

»*Gestört?*«

»Aye, Sir. Aber wir hatten ein Seegefecht.«

Gelassen sagte Starkie: »Holt Mr. Eden. Ich fürchte, dem Leutnant wird wieder schlecht!«

IX Ehrlos

Kapitän Beves Conway stand am offenen Heckfenster und schützte seine Augen mit der Hand gegen die blitzenden, wild flimmernden Sonnenreflexe. Vor dem Fenster der Kapitänskajüte dümpelte die rückeroberte Brigg in der Dünung, ihre bräunlichen Segel bewegten sich kaum; träge stand sie über ihrem Spiegelbild im Wasser.

In den paar Stunden nach dem abenteuerlichen Durchbruch der *Sandpiper* durch das Riff und der Vernichtung der Fregatte war der Wind abgeflaut, bis er nur noch wie ein Hauch über das Wasser wehte und die schwere *Gorgon* ohne Fahrt in der Dünung lag.

Drüben am Horizont war die Küste gerade noch sichtbar. Wie ein fahlgelber Pinselstrich lag sie da und schien in der glühendheißen, wabernden Luft ständig ihre Form zu verändern. Einzelheiten waren nicht mehr zu unterscheiden.

Conway wandte sich langsam um und betrachtete eingehend die Männer, die am Schott beieinanderstanden.

Tergorren, massig, mit blutunterlaufenen Augen, schwankte im langsamen Rollen der Dünung; immer noch war sein Gesicht aschfarben. Die drei Midshipmen und der Steuermannsmaat Mr. Starkie standen etwas abseits.

Verling, der Erste Leutnant, war ebenfalls dabei; seine Nase drückte Mißbilligung aus, als der Kapitänssteward diesen Männern in ihren schmutzigen, zerrissenen Uniformen Madeira kredenzte.

Der Kapitän nahm ein wunderbar geschliffenes Glas von einem Tablett und hielt es in das einströmende Sonnenlicht.

»Ihre Gesundheit, meine Herren.« Er blickte einem nach dem anderen ins Gesicht. »Ich brauche nicht zu betonen, wie außerordentlich zufrieden ich bin, daß die *Sandpiper* wieder bei der Flotte ist.« Er wandte sich einen Augenblick ab und horchte auf die von der Brigg herüberklingenden Hammerschläge. Schiffszimmerleute reparierten dort die Schäden, die das Geschützfeuer der *Pegaso* angerichtet hatte. »Später werde ich sie mit Depeschen für den Admiral nach Gibraltar schicken.« Eine Sekunde lang blieb sein Blick auf Tergorren hängen. »Ein vor Anker liegendes Fahrzeug zu entern, ist niemals leicht. Ein derartiges Unternehmen, in dessen weiterem Verlauf obendrein noch durch geschicktes und entschlossenes Handeln eine feindliche Fregatte vernichtet wurde, ist der besonderen Beachtung Ihrer Lordschaften wert.«

Tergorren starrte auf einen Punkt, der irgendwo über der linken Schulter des Kapitäns liegen mußte.

»Besten Dank, Sir.«

Die Augen des Kapitäns glitten zu den Midshipmen hinüber. »Dadurch, daß Sie das alles durchgestanden haben, sind Sie der Möglichkeit, Ihre Erfahrungen in der Praxis zu verwerten, ein gutes Stück nähergekommen – ein Vorteil nicht nur für Ihre Karriere, sondern für die Marine überhaupt.«

Bolitho warf einen raschen Blick auf Tergorren. Immer noch starrte der Leutnant an die Kajütendecke, und dabei sah er aus, als sei in Kürze wieder ein heftiger Anfall von Erbrechen fällig.

Im gleichen sachlichen Ton fuhr der Kapitän fort: »Bei Sonnenaufgang, als Sie in den Riffgürtel einfuhren, kreuzten wir etwas weiter südlich. Ganz zufällig stießen wir auf eine schwere Dhau*, die bis ans Schandeck mit schwarzem Elfenbein beladen war.«

»Sklaven, Sir?« rief Starkie erregt aus. Der Kapitän warf ihm einen kalten Blick zu. *»Sklaven.«* Er machte eine Geste mit seinem Glas. »Ich ließ das Fahrzeug entern, und es liegt jetzt hinter der nächsten Landzunge vor Anker.« Er lächelte dünn. »Die Sklaven habe ich zum Festland gebracht und dort abgesetzt – ob ich ihnen damit einen Gefallen getan habe, weiß ich allerdings nicht.« Das Lächeln war

* arabisches Fahrzeug mit Lateiner-Segel (d. Übs.).

schon wieder weg.

»Wir haben viel Zeit versäumt und viele gute Männer verloren. Man bräuchte eine Armee, um die Insel zu belagern, und selbst dann wäre es zweifelhaft, ob ein Sturmangriff Erfolg hätte.«

Der Posten der Marine-Infanterie auf dem Gang meldete durch die geschlossene Tür: »Schiffsarzt, Sir!« Der Steward eilte zur Tür und ließ Doktor Laidlaw ein, der sich noch im Gehen die Hände sorgfältig an einem Tuch abwischte.

»Ja?« fragte der Kapitän ungehalten.

»Sie wünschten Bericht, Sir. Mr. Hope schläft. Ich habe die Kugel entfernt; und wenn er auch zeitlebens Beschwerden haben wird, braucht der Arm doch nicht abgenommen zu werden.«

Bolitho lächelte Dancer und Eden befreit zu. Jetzt erst war der ganze Alptraum vorbei, und selbst wenn Tergorren verschwieg, daß er an der Vernichtung der Piraten nicht beteiligt gewesen war, konnte das die Befriedigung nicht verderben, die Bolitho empfand. Aber Starkie, das sah er deutlich, starrte Tergorren haßerfüllt an.

Der Kapitän schloß seine Ansprache mit den Worten: »Bei Sonnenaufgang werden wir – vorausgesetzt, daß der Wind wieder auffrischt, was, wie mir Mr. Turnbull versichert, der Fall sein wird –, Kontakt mit unserer neuen Prise aufnehmen. Ich beabsichtige, die *Sandpiper* bei Sonnenaufgang loszuschicken, damit sie die Dhau auf die Festung zujagt. Selbstverständlich wird die *Gorgon* die Aktion nach besten Kräften unterstützen.«

Bolitho trank seinen Madeira, ohne darauf zu achten, daß der Kapitänssteward mehrmals nachgeschenkt hatte. Auf seinen leeren Magen wirkte der Wein rasch – er fühlte sich ganz leicht im Kopf und wie angesäuselt.

Eines war ganz klar: der Kapitän hatte nicht die Absicht, die Piraten auf der von ihnen besetzten Insel ungeschoren zu lassen. Mit der zurückeroberten *Sandpiper* hatten sich seine Möglichkeiten wesentlich erweitert, und die Wächter auf den Zinnen der Festung mußten genau gesehen haben, wie die Brigg ihr einziges größeres Schiff in die Riffe gelockt hatte.

»Verstanden?« bellte Verling.

Bolitho rief: »Sie werden denken, wir jagen eine Ladung Sklaven, und werden nur auf die *Sandpiper* feuern und sich um die Dhau gar nicht kümmern, nicht wahr, Sir?«

Der Kapitän warf ihm einen nachdenklichen Blick zu und wandte sich dann an Tergorren: »Und was denken Sie, Mr. Tergorren?«

Der Leutnant schien aus einem Traum zu erwachen. »Jawohl, Sir. Das heißt . . .«

»Sehr richtig«, nickte der Kapitän. Er trat ein paar Schritte zurück und sah sich die Brigg eine ganze Weile sehr eingehend an. Dann sprach er weiter: »Mr. Starkie wird sich auf sein Schiff begeben und sich bereithalten, den Offizier, welchem ich zwecks Beförderung der Depesche das Kommando der *Sandpiper* übertrage, nach besten Kräften zu unterstützen.« Er wandte sich um und fuhr mit ernstem Blick auf Starkie fort: »Wäre ich der Ansicht, daß Sie an dem Verlust der *Sandpiper* irgendwelche Schuld tragen, sei es durch Nachlässigkeit oder durch Mangel an Mut, so ständen Sie, das versichere ich Ihnen, jetzt nicht hier, und Ihre Beförderungschancen wären gleich Null.« Er lächelte, aber das schien ihm so schwerzufallen, daß er einen Moment lang wie ein alter Mann aussah. »Sie haben sich«, fuhr er fort, »jedoch im Gegenteil ausgezeichnet verhalten, Mr. Starkie. Ich wünschte, ich könnte Sie unter meinem Kommando behalten. Aber ich denke, wenn Sie mehr Autorität und Verantwortung bekommen, wird die Mühe, die Sie sich im Dienst geben, besser belohnt werden.«

Ein flüchtiges Nicken, dann: »Machen Sie weiter, meine Herren!« Sie waren entlassen. Etwas benommen gingen sie. Der Kapitän war bereits in ein Gespräch mit Verling und dem Schiffsarzt vertieft.

Bolitho schüttelte Starkies rauhe Hand und rief: »Ich freue mich für Sie! Ohne Ihre Geschicklichkeit, und wenn Sie nicht auf eine Idee eingegangen wären, die jeder andere für total verrückt gehalten hätte, ständen wir nicht hier!«

Starkie blickte ihm lange und forschend ins Gesicht, als suche er dort die Erklärung für etwas, das er nicht verstand.

»Und wenn *Sie* nicht wären, dann läge ich noch in Eisen und wartete auf meinen Tod.« Er wandte sich um. Eben kam Tergorren auf dem Weg zur Offiziersmesse den Niedergang herab. Starkies Augen wurden bitter. »Ich wollte schon meine Meinung sagen. Aber da Sie schwiegen, dachte ich, es ist besser, wenn ich den Mund halte. Er ist ein ehrloser Mensch.«

»Es ist n-nicht recht, Dick«, stotterte Eden. »Er s-steckt alle Anerkennung ein.« Ihm kamen fast die Tränen vor Empörung. »Steht einfach d-da und l-läßt sich l-loben!«

Dancer lächelte. »Ich glaube, der Kapitän weiß mehr, als er sagen will. Ich habe ihn genau beobachtet. Er denkt, so ist der Sieg mehr wert, als wenn er mit Neid und Schande befleckt wird.« Er grinste Eden verschmitzt an. »Und mit übereifrigen Midshipmen, die ihre Vorgesetzten vergiften.«

Bolitho nickte. »Ganz meine Meinung. Aber jetzt wollen wir essen gehen. Mir ist alles recht – sogar eine Schiffsratte.«

Sie wandten sich zum Niedergang und standen starr. Eine Gestalt in schlechtsitzender Leutnantsuniform versperrte ihnen den Weg.

»Nichts zu tun, was?« fragte der Mann. »Midshipmen sind auch nicht mehr das, was sie zu meiner Zeit waren.«

Sie drängten sich um ihn, und Bolitho rief: »John Grenfell! Wir dachten, du bist tot!«

Grenfell ergriff seine Hand, aber sein Gesicht war grimmig ernst. »Als die *Athen* unterging, kriegten ein paar von uns irgendwelche treibenden Spieren zu fassen. Wir machten daraus ein kleines Floß – wir wußten ja überhaupt nicht, was los war.« Er schlug die Augen nieder. »Die meisten kamen um – die Glück hatten, im Kanonenfeuer, und die anderen holten sich die Haie. Der Dritte Leutnant, und – ach, so viele vertraute Gesichter. Vor unseren Augen wurden sie in Fetzen gerissen.« Er schüttelte sich, als wolle er die schreckliche Erinnerung abwerfen. »Aber wir trieben an Land, und als wir die Küste entlanggingen, hielt die *Gorgon* in Lebensgröße aufs Land zu; außerdem kam Dewar mit seinen Bullen und einer Dhau voller kreischender Sklaven, mit einer arabischen Mannschaft und zwei portugiesischen Händlern, die so verschreckt waren, daß sie glaubten, ihre letzte Stunde sei gekommen.« Er zupfte an seinem geliehenen Uniformrock. »So mache ich also Dienst als Sechster Leutnant ohne Patent. Wird mir nichts schaden, wenn ich zum Examen dran bin.« Er schaute in die Ferne. »Aber für diese Chance habe ich einen Preis bezahlt, den ich liebend gern zurücknehmen würde, wenn das möglich wäre.«

»Immerhin lebst du und bist in Sicherheit«, sagte Bolitho leise.

Starkie gähnte. »Ich könnte ein Jahr lang schlafen.« Und mit einem lächelnden Blick auf Grenfell fügte er noch hinzu: »Sir.«

Grenfell kam bis zum Niedergang mit. »Am besten schlaft ihr alle eine Weile. Ich habe das Gefühl, morgen wird es ziemlich heiß werden – in mehr als einer Hinsicht.«

Mr. Turnbulls Wetterkenntnis hatte ihn nicht verlassen. Schon nach der Hundewache* kam ein Wind auf, der die Segel füllte, und beide Schiffe hatten wieder Fahrt. Eine Stunde später wehte ein frischer Nord, und als die Männer aus dem brutheißen, nach Schweiß stinkendem Schiffsraum kamen und auf dem Achterdeck antraten, fanden sie die Luft so erfrischend wie ein Tonikum.

Die Leutnants und die Offiziere der Marine-Infanterie standen an der Treppe zur Kampanje und blickten gespannt auf den Kapitän, der sich mit Verling und dem Segelmeister beriet.

Deckoffiziere liefen die Reihen der angetretenen Mannschaften entlang, hakten ihre Musterrollen ab und riefen Namen auf. Vom unteren Batteriedeck her vernahm Bolitho das Kreischen des Schleifsteins, an dem die Geschützführer die Entermesser und -beile schärften. Wie jedesmal erschauerte Bolitho bei dem bloßen Geräusch.

Ein Ruf vom Ausguck: »Deck ahoi! Fahrzeug vor Anker Backbord voraus!«

Dancer hatte zu den Segeln der *Sandpiper* hinübergeblickt. Gelblichweiß standen sie vor dem zunehmendem Licht; von Schußlöchern und Flicken war jetzt nichts zu sehen.

Dallas, der Zweite, hatte die Brigg für den Angriff übernommen. Ein Mann, von dem Bolitho so gut wie nichts wußte. Während seiner ganzen bisherigen Zeit an Bord hatte er allenfalls ein paar Kommandos von ihm vernommen. Aber sicher hatte der Kapitän Vertrauen zu Leutnant Dallas; sonst hätte er ihn nicht ausgesucht. Außerdem zeigte es, daß er mit Tergorrens Mitwirkung an der *Sandpiper*-Aktion nicht besonders zufrieden war.

Als Bolitho sich von Starkie verabschiedete, der zur Brigg hinübergerudert wurde, hatte der Steuermannsmaat mit verständnisinnigem

* die unbeliebteste Wache, von Mitternacht bis vier Uhr früh (d. Übs.).

Grinsen nach achtern geblickt, wo der Kapitän gemessenen Schrittes auf und ab ging.

»So wird man Fregattenkapitän*, junger Freund – man muß eben seine Leute kennen!«

Sie rannten den Decksgang hinunter. Verling wartete schon bei den Leenetzen und klopfte ungeduldig mit einem Fuß auf die Decksplanken.

»Drei Midshipmen werden für die Aktion benötigt.« Er runzelte die Stirn, als Marrack zum Sprechen ansetzte. »Nein – Sie nicht. Sie werden für die Signalgruppe gebraucht.« Seine kalten Augen blieben auf Bolitho haften. »Und Sie – Sie sind eben erst von einer Aktion zurück an Bord; Sie kann ich nicht einteilen.« Er wandte sich dem immer so mürrisch blickenden Midshipman vom unteren Batteriedeck zu. »Mr. Pearce und . . .«

Bolitho warf Dancer einen raschen Blick zu – der nickte ganz kurz. »Mr. Dancer und ich möchten uns freiwillig melden, Sir«, rief er dazwischen. »Wir waren sehr dicht an der Insel. Das könnte von Nutzen sein.«

Verling lächelte frostig. »Jetzt, da Mr. Grenfell seinen Fuß auf die unterste Stufe der Promotionsleiter gesetzt hat, sind Sie drei, abgesehen von Mr. Marrack, die Dienstältesten. Da werde ich Ihnen wohl gestatten müssen, mitzumachen.«

Kühn trat Eden aus der Reihe der Midshipmen. »S-sir! Ich melde mich ebenfalls f-freiwillig!«

Verling musterte ihn von oben bis unten. »Stottern Sie mich gefälligst nicht an, Sie Würstchen! Treten Sie zurück ins Glied, und halten Sie den Mund!«

Geschlagen, bevor er überhaupt angetreten war, schlich sich Eden in die Reihe zurück.

Verling, anscheinend befriedigt, nickte. »Sowie wir beigedreht haben, werden die Boote ausgesetzt. Alle Seesoldaten und sechzig Matrosen gehen an Bord dieser schwimmenden Hölle da drüben.«

Dancer flüsterte: »Der Kapitän setzt jeden Mann ein, den er entbehren kann.«

* Qualifikation zum Führen eines Kriegsschiffes mit 20 oder mehr Geschützen (d. Übs.).

»Mr. Dancer!« knurrte Verling. »Fünf Tage Extradienst nach Rückkehr – wenn Sie's erleben. Halten Sie gefälligst den Mund!«

Der Kapitän kam herbeigeschlendert, lässig wie bei einem Spaziergang an Land. »Alles klar, Mr. Verling?«

»Aye, Sir.«

Der Kapitän blickte flüchtig auf die drei Midshipmen, die noch vorgetreten dastanden. »Nehmen Sie sich zusammen«, sagte er. Dann, mit einem Blick auf den Ersten: »Mr. Verling hat den Oberbefehl; er erwartet das Äußerste von Ihnen – und ich auch.« Er beugte sich etwas vor und hielt nach dem kleinen Eden Ausschau. »Sie, äh, Mr. äh, werden vielleicht von Nutzen sein, wenn Sie dem Schiffsarzt mit Ihren neuentdeckten und, äh, überraschenden Kenntnissen assistieren.«

Weder bei ihm noch bei Verling war auch nur die Andeutung eines Lächelns zu sehen.

Als die Übernahme von Männern und Waffen beendet war, brach schon die Nacht an.

Bereits in einiger Entfernung von der großen Dhau roch Bolitho den Gestank der Sklaverei. Aber als die Matrosen und Seesoldaten an Bord waren und in den Schiffsraum hinabkletterten, sich vor den grob behauenen Decksbalken bückten und zwischen allerlei Unrat und zerschlagenen Handfesseln herumstolperten, warf er sie fast um.

Major Dewar hatte seine Unteroffiziere in gleichmäßigen Abständen längsseits postiert, um die Mannschaften durch Zurufe und Stöße an ihre richtigen Plätze zu dirigieren, wo sie bis zum eigentlichen Angriff zu bleiben hatten. Ganz gut, dachte Bolitho, daß Eden nicht mitgekommen war. Bei diesem Gestank und dieser Enge hätte er sich bestimmt während der ganzen Fahrt übergeben.

Mehrere Drehgeschütze wurden aus dem Kutter an Bord gehievt und am Schanzkleid unter dem hohen Heckaufbau festgemacht. Ein wenig roch es auch nach Rum. Vermutlich hatte es der Kapitän für zweckmäßig gehalten, den Männern vor dem Angriff eine Erfrischung zu bewilligen.

Bolitho und die beiden anderen Midshipmen meldeten auf dem Achterdeck, daß sich alle Matrosen und Seesoldaten unter Deck befanden, zusammengepreßt wie Schweinefleisch im Faß.

Die Marine-Infanteristen in ihren dunkelroten Röcken waren im

Schiffsraum kaum zu erkennen; nur die Koppel und die gekreuzten Schulterriemen leuchteten weiß im Halbdunkel.

Hoggett, der Bootsmann der *Gorgon* (sein Spitzname war »Lederlunge«), hatte Segel und Ruder der Dhau unter sich. Bolitho hörte einen Matrosen gehässig murmeln: »Der Saukerl würde sich auf so 'nem verdammten Sklavenschiff richtig zu Hause fühlen!«

Verling kommandierte: »Anker auf und Fahrt aufnehmen, Mr. Hoggett! Vielleicht treibt der Wind den Gestank aus dem Schiff.«

Eine schattenhafte Gestalt erschien auf dem Achterdeck. Verling wandte sich um: »Alles klar, Mr. Tergorren?«

»Der kommt also auch mit, hol ihn der Teufel!« brummte Dancer.

»Anker ist auf, Sir!«

Die Dhau hatte weder Ruderpinne noch Rad; zwei Mann steuerten sie vom Heck aus mit einem langen Handruder. Knarrend und quietschend stiegen die seltsam geformten Lateiner-Segel am Mast empor, und die Männer fluchten, weil sie mit der ungewohnten und für ihre Begriffe primitiven Takelage nicht klarkamen. Verling hatte einen kleinen Bootskompaß mit, den er jetzt dem Bootsmann übergab.

»Wir werden uns Zeit lassen«, sagte er. »Bleiben Sie klar von der Küste. Ich möchte lieber vermeiden, daß unsere Aktion so endet, wie die Fregatte geendet hat – eh, Mr. Tergorren? Das muß ja ein ziemlich unangenehmer Moment gewesen sein.«

Und Tergorren antwortete mit einer Stimme, als habe er einen Kloß im Mund: »Jawohl, Sir, das war es.«

Verling ließ die Sache auf sich beruhen. »Mr. Pearce«, befahl er, »geben Sie der *Gorgon* Lichtsignal!«

Kurz öffnete Pearce den Schieber der Signallaterne, und Bolitho sah das Licht blinken. Jetzt wußte der Kapitän Conway, daß sie unterwegs waren. Vor dem Reflex des Laternenlichts auf dem Kompaß hob sich Verlings Adlerprofil ab – plötzlich war Bolitho froh, daß der Erste das Kommando hatte.

Was würde wohl Tergorren zu ihm sagen, wenn sie wieder miteinander sprachen? Ob er wohl weiter so tat, als sei die Vernichtung der *Pegaso* sein Verdienst, oder ob er zugab, daß . . .

Verlings Stimme zerriß seine Gedanken. »Wenn Sie nichts zu tun haben, Mr. Bolitho, dann schlage ich vor, Sie schlafen bis auf weiteren

Befehl. Andernfalls finde ich schon reichlich Beschäftigung für Sie, selbst auf dieser Badewanne von einem Schiff!«

Im Schutz der Dunkelheit grinste Bolitho bis an die Ohren.

»Aye, aye, Sir! Danke, Sir!«

Er lehnte sich an eine altertümliche Bronzekanone und stützte das Kinn auf die Knie. Dancer hockte sich neben ihn, und miteinander starrten sie zu den winzigen bleichen Sternen empor, vor denen die mächtigen Segel der Dhau wie Vogelschwingen standen.

»Also auf ein Neues, Martyn.«

Dancer seufzte. »Hauptsache, wir sind zusammen.«

X Ein Name, den man sich merkt

»Der Wind hat noch einen Strich gedreht, Sir!«

Die grobe Stimme des Bootsmanns veranlaßte Bolitho, Dancer mit einem Rippenstoß zu wecken. Verling und Tergorren beugten sich über den Kompaß. Oben am Mast flatterte der zerfetzte Wimpel in der aufkommenden Bö. Der Himmel wurde schon bleicher; mühsam, mit schmerzenden, verkrampften Muskeln rappelte Bolitho sich hoch.

»Auf alle Fälle sind wir klar vom Festland«, lautete Verlings gleichmütiger Kommentar. Schwarz hob sich sein ausgestreckter Arm vom dämmrigen Himmel ab. »Da! Ich sehe Brandung unterhalb der Landspitze!« Der Arm schoß herum. »Midshipmen unter Deck, die Mannschaften wecken! Meine Hochachtung an Major Dewar, und bestellen Sie ihm, wir segeln hart unter der Küste. Ich will keinen Seesoldaten oder Matrosen an Deck sehen, außer auf meinen ausdrücklichen Befehl!«

Eine Talje quietschte, und Bolitho sah, wie eine große Flagge am vordersten Lateiner-Segel hinaufstieg. Bei Tageslicht hätte Bolitho erkennen können, daß sie schwarz war, ebenso wie die, welche auf der *Pegaso* geweht hatte. Trotz seiner Spannung überfiel ihn ein Frösteln.

»Los, Martyn! Beeil dich!« Er rülpste vor unterdrücktem Brechreiz und bedeckte Mund und Nase mit dem Ärmel, als er in den geräumigen Schiffsraum hinabkletterte. Im düsteren Schein einer einsamen Laterne sahen die zusammengepferchten Matrosen und Seesoldaten auch nicht viel anders aus als eine Ladung Sklaven. Eiskalt lief es ihm den Rücken hinunter: wenn diese Aktion schiefging, würde es den Überlebenden nicht besser ergehen als den Sklaven, die Kapitän Conway freigelassen hatte. Zwar rekrutierte Raïs Haddam, der Korsar, zahlreiche weiße Söldner für seine Schiffe, aber er hielt nicht viel von ihnen. Wenn auch nur die Hälfte von dem stimmte, was man sich von ihm erzählte, war es mehr als wahrscheinlich, daß er sich an den britischen Matrosen, die ihm als Gefangene in die Hände fielen, für die freigelassenen Sklaven schadlos halten würde.

Dewar grunzte, als er die Meldung entgegennahm. »Wird auch Zeit. Mir tun alle Knochen so weh wie einer kranken Kuh.«

Dancer hustete. »Bin ganz schön froh, daß wir an Deck waren, Sir.«

Die Seesoldaten wechselten belustigte Blicke, und Dewar sagte: »Verwöhnte junge Teufel! Mich stört nur die Unbequemlichkeit. Der Gestank ist auch nicht schlimmer als auf einem Schlachtfeld.« Er grinste in Dancers grünlich-bleiches Gesicht. »So nach ein paar Tagen, wenn die Krähen schon fleißig an der Arbeit waren – eh?«

Er erhob sich und stand gebückt unter den Decksbalken. »Marine-Infanterie - Achtung! Sergeant Halse - Waffeninspektion!«

Bolitho stieg an Deck. Zu seiner Überraschung war es bereits so hell, daß er voraus die Küste sehen konnte und den tanzenden Schaum zwischen ein paar bösartigen Klippen.

»Eine Leeküste«, murmelte Dancer. »Wenn der Erste auch nur eine Stunde länger gebraucht hätte, wäre es verdammt schwierig, da klarzukommen.«

»Sir! Da steht einer an der Landspitze!«

Verling hob das Fernrohr ans Auge. »Ja. Aber jetzt ist er wieder außer Sicht. Wahrscheinlich ein Ausguckposten. Er kann zwar nicht auf die Insel hinüber, aber vielleicht hat der Korsar eine Art von Signalsystem eingerichtet«, murmelte er nachdenklich.

Die mächtigen Segel flappten laut im Wind, und die primitive Takelung sah aus, als wolle sie jeden Moment in Stücke gehen. Aber sie mußte wohl doch stärker sein, als es den Anschein hatte. Hoggett gab den Rudergasten eine kurze Anweisung, und Bolitho staunte, wie elegant die Dhau nach Steuerbord abfiel und dicht an den gefährlich nahen Klippen vorbeiglitt – in knappen zwanzig Fuß Abstand. Die Dhau segelte sich tatsächlich gut. Kein Wunder, dachte er mit einem flüchtigen Lächeln; arabische Seeleute fuhren diesen Schiffstyp schon seit Hunderten von Jahren, lange bevor man von solchen Schiffen wie der *Gorgon* auch nur zu träumen wagte.

»Da ist die Festung«, sagte Pearce und verzog das Gesicht. »Mein Gott, von dieser Seite sieht sie um einiges größer aus!«

Aber noch lag die Dunkelheit wie ein Tuch über ihr; nur der obere Turm und die Zinnen bekamen das erste schwache Licht.

Ein Kanonenschuß – eine Sekunde lang glaubte Bolitho, die Männer in der Festung hätten Kapitän Conways List durchschaut und nähmen die Dhau unter Feuer.

Er duckte sich, als die Kugel hoch oben vorüberrauschte und in einem Fächer aus schäumendem Wasser zwischen den Klippen verschwand.

»Das war die *Sandpiper*, Sir! *Sie* hat auf uns gefeuert!« Aufgeregt deutete ein Matrose nach Backbord und stieß dabei Verling beinahe in die Rippen.

Verling setzte das Glas ab und musterte den Mann kalt von oben bis unten. »Danke sehr. Ich habe nicht angenommen, daß es der liebe Gott persönlich war.«

Ein zweiter Schuß krachte, und diesmal schlug die Kugel kurz vor dem Bug der Dhau ein, genau auf Kurs.

Verling lächelte säuerlich. »Lassen Sie etwas abfallen, Mr. Hoggett! Ich weiß, daß Mr. Dallas einen ausgezeichneten Geschützführer auf der *Sandpiper* hat; aber wir wollen doch lieber nicht zu viel riskieren.«

Der Mann am Ruder hielt etwas schärfer auf die Insel zu, und die Dhau legte sich hart über.

»Das, äh, Heckgeschütz – Feuer frei!«

Verling ging etwas beiseite, als einige Matrosen, die sich an der alten Bronzekanone zu schaffen gemacht hatten, die Lunte in das trichterförmige Zündloch stießen und dann rasch wegsprangen. Das alte Bronzerohr war ziemlich ausgeleiert, aber der Schuß krachte unerwartet laut.

»Das reicht«, sagte Verling. »Beim nächsten Schuß zerplatzt das Ding und fliegt uns um die Ohren, fürchte ich.«

Jetzt er sah Bolitho die Brigg. Hart gebraßt, krängte sie mächtig, und im Frühlicht türmten sich ihre Segel zu einer einzigen bleichen Pyramide auf.

Wieder blitzte ein Geschütz, und Bolitho zuckte zusammen, als die Kugel dicht an ihrer Wasserlinie aufschlug und die Matrosen wie die unters Schanzkleid geduckten Seesoldaten mit Spritzwasser durchweichte.

Ärgerlich sagte Verling: »Mr. Dallas will es zu gut machen. Noch ein paar solche Dinger, und er kann was erleben! Später natürlich – wenn wir zurück sind«, sagte er mit einem leichten Lächeln zum Bootsmann.

Dancer spähte übers Schanzkleid und raunte Bolitho zu: »Der Erste hat Angst. Ich habe noch nie erlebt, daß er einen Scherz macht.«

»Horcht mal!« Verling hob die Hand. »Eine Trompete! Jetzt haben wir sie endlich wachgekriegt.« Er wurde ernst. »Teilen Sie die Leute ein, Mr. Tergorren. Sie wissen ja Bescheid. Weiter östlich ist so eine Art Mole, direkt unterhalb der Festung. Da sollen die Händler ihre Sklaven ausladen, heißt es, und von dort werden sie mit Booten auf die seegehenden Schiffe gebracht.«

Er legte seinen Hut aufs Deck und musterte die Umstehenden mit raschen Blicken.

»Legt alles ab, was nach Uniform aussieht, und laßt euch überhaupt so wenig wie möglich sehen. Befehl an die Marine-Infanterie: Unten bleiben und Angriffssignal abwarten – *ganz egal, was passiert!*«

Die Brigg holte schnell auf; mehrere ihrer agilen Sechspfünder feuerten, und hier und da spritzte eine Kugel gefährlich dicht bei der Dhau ins Wasser.

Jetzt erschütterte ein mächtiges Krachen die Luft, und Sekunden später sah Bolitho, wie eine Fontäne dicht am Bugspriet der *Sandpiper* zum Himmel aufschoß.

Die Segel der Brigg flappten, als Leutnant Dallas noch dichter heranging und dabei die Flagge an der Gaffel hissen ließ, um den Feind noch mehr zu reizen.

Sofort blitzte es an mehreren Stellen hinter der Brustwehr der alten Festung auf. Aber die Schüsse waren ungenau; die spritzenden Einschläge, ebenso heftig wie der erste, lagen weit ab von der Brigg.

Wahrscheinlich, dachte Bolitho, waren die Geschützbedienungen noch halb im Schlaf, oder sie konnten nicht glauben, daß sich so ein zierliches Schiffchen, das außerdem erst vor wenigen Tagen im Bereich eben dieser Kanonen geentert worden war, noch näher herantrauen würde.

Er biß sich auf die Lippen, als eine schwere Kugel genau zwischen den beiden Masten der Brigg hindurchflog. Es war ein Wunder, daß kein Mast getroffen wurde, jedoch mehrere Enden gerissener Takelung wehten im Wind wie Lianen im Urwald.

Dicht an seinem Ohr vernahm er Verlings Stimme: »Glotzen Sie nicht dauernd auf die *Sandpiper*! Richten Sie Ihre Augen und Ihre Gedanken nach vorn! Vielleicht irren wir uns mit der Einfahrt. Vielleicht ist Mr. Starkies Gedächtnis doch nicht so zuverlässig.«

Bolitho warf einen verstohlenen Blick auf Verling. Jetzt, da der Leutnant seinen Hut nicht aufhatte, der normalerweise als Gegengewicht zu seiner Nase wirkte, glich diese mehr denn je einem Geierschnabel. Und noch etwas fiel ihm auf: Verlings Gesicht trug den Ausdruck äußerster Konzentration und Entschlossenheit – aber es war auch das Gesicht eines Mannes, dem jetzt alles gleichgültig geworden war.

Bolitho blickte weg. Er hatte diesen Ausdruck schon einmal gesehen – auf dem Gesicht eines Straßenräubers, der auf dem Schinderkarren zum Galgen gefahren wurde.

Behutsam tastete sich das Sonnenlicht über das Land und spielte auf den Festungsmauern. Hinter den verwitterten Zinnen sah man ein paar spähende Köpfe, und dann erblickte Bolitho am Fuß der entfernteren Mauer so etwas wie einen Flaggenmast.

Verling hatte ihn bereits gesehen. »Die Einfahrt.« Er drehte sich zu Hoggett um. »Das da drinnen muß ein Mast sein. Da liegt schon ein Schiff. Auch eine Dhau, höchstwahrscheinlich.« Er wischte sich mit dem Ärmel den Schweiß von seinem hageren Gesicht. »Halten Sie darauf zu.«

Tergorren eilte nach achtern; nur unter Schwierigkeiten konnte er seinen massigen Körper hinter einem Haufen Reservesegel und Fischereigerät verbergen, die überall auf dem schmutzigen Deck herumlagen.

»Alles klar, Sir.«

Bolitho blickte ihn fest an; Tergorren zuckte mit keiner Wimper.

Trotz? Mißachtung? Es war schwer, im Antlitz dieses Mannes eine Gemütsbewegung zu entziffern. Sogar seine gesunde Gesichtsfarbe kehrte langsam wieder, und Bolitho fragte sich, was wohl passieren würde, wenn Tergorren vor dem Angriff Zeit fand, etwas zu trinken.

»Die *Sandpiper* geht über Stag, Sir. Anscheinend will sie nochmals feuern.«

Bolitho hielt den Atem an, als zwei Kugeln zu beiden Seiten des schlanken Rumpfes der Brigg einschlugen, während sie mit gefierten Rahen durch den Wind ging, um die Dhau abzufangen. Die Geschütze auf den Mauern erglänzten im ersten Sonnenschein, und Bolitho stellte sich vor, wie die Festungsbesatzung sich über die Brigg lustig machte. Sie mochte ja ein kleines Schiff sein, aber jetzt, der Gewalt der Piraten entrissen, war sie eine schwer zu schluckende Herausforderung. Und außerdem war sie trotz allem ein Symbol für die Macht der größten Flotte der Welt. Doch der starken Festungsartillerie gegenüber war sie so hilflos wie ein lahmes Pferd.

»Männer auf dem Landungssteg, Sir«, meldete Pearce, der im Bug neben einem Drehgeschütz kniete. »Sie beobachten uns.«

Hoggetts verwittertes Gesicht wurde auf einmal ganz hart. Die nächsten Minuten waren entscheidend. Merkten die Piraten, was gespielt wurde, so hatte man sehr bald das Artilleriefeuer der Festung um die Ohren. Und ein paar Sekunden später lag die Insel zwischen ihnen und dem offenen Meer, dann konnten sie nicht mehr weg. Laut rumpelten ihm die Eingeweide im Leib, und er warf Dancer einen raschen Blick zu. Sein Freund atmete sehr heftig und fuhr erschrocken auf, als Bolitho ihn bei der Schulter faßte und an Deck niederzog.

Bolitho versuchte zu lächeln. »Wenn die dein blondes Haar sehen, dann wissen sie, daß wir wahrscheinlich nicht als Freunde kommen!«

Er wandte sich um, als Verling knurrte: »Gut, daß Sie das sagen. Daran hätte ich selbst denken sollen.« Aber dann blickte er wieder voraus; seine Gedanken waren schon viel weiter als die Dhau.

Wieder donnerten die Geschütze, aber es klang gedämpfter, denn die Brigg war jetzt durch einen Vorsprung der Festungsmauern verdeckt.

Näher, immer näher. Über der Stelle, wo Bolitho lag, tauchte die Turmspitze auf, und er versuchte mühsam, sich die trockenen Lippen zu lecken. Kannte der Feind die Dhau? War sie schon einmal hiergewesen?

Er blickte Verling an, der mit untergeschlagenen Armen neben den beiden Rudergängern stand. Einer von diesen war ein Neger; es gab mehrere Neger unter den Matrosen der *Gorgon*. Dadurch würde die kleine Gruppe echter wirken, dachte Bolitho; und Verling – jeder Zoll ein Sklaventreiber, das konnte man wahrhaftig sagen. »Laß fallen Großsegel!« kommandierte er.

Die Masse von geflickter Leinwand und Lederschlingen rauschte zu Boden und versank im Schiffsraum, und auf einmal lag das Deck in der hellen Sonne.

Am Kopf der Mole standen ein Dutzend Männer oder noch mehr. Regungslos sahen sie zu, wie die Dhau den brüchigen Steindamm umrundete. Jenseits der Mole befand sich ein hoher, grottenartiger Felseinschnitt, direkt unterhalb der Festungsmauer. Dort lagen mehrere Schiffe vor Anker; und das größte, eine der ihrigen sehr ähnliche Dhau, lag noch außerhalb, denn ihre Masten waren zu hoch für die Einfahrt gewesen.

Dreißig Fuß. Noch zwanzig. Dann stieß einer der Männer auf der Mole einen Ruf aus, ein anderer kam die Stufen hinuntergerannt und spähte mißtrauisch in das Innere der Dhau.

Gepreßt rief Verling: »Anlegen! Sie haben uns erkannt!« Damit riß er seinen Degen aus der Scheide und sprang mit seinen langen Beinen vom Heckaufbau hinunter auf die Mole, noch ehe Hoggett und seine Leute das lange Ruder herumdrücken konnten.

Jetzt schien alles auf einmal zu geschehen. An Bug und Schanzkleid flogen die Persennige von den Drehgeschützen, und eine Salve fuhr krachend in die Gruppe auf der Mole. Die vordersten fielen, wanden sich schreiend unter einem Hagel von gehacktem Blei, und die weiter hinten Stehenden wurden vom Heckgeschütz reihenweise niedergemäht.

Bolitho merkte plötzlich, daß seine Beine ihn hinter dem Leutnant her auf die Mole getragen hatten, obwohl er sich nicht erinnern konnte, daß und wie er über das Schanzkleid gesprungen war. Matrosen quollen aus allen Luken, sprangen mit wildem Hurrageschrei von Bord und stürmten auf die Hafeneinfahrt zu. Musketenfeuer empfing sie von der Mauer her, und einige fielen bereits, ehe sie zwanzig Meter zurückgelegt hatten.

Aber das Überraschungsmoment tat seine Wirkung. Vielleicht waren die Insassen der Festung auch sorglos und träge geworden. Zu oft hatten sie wahrscheinlich mit angesehen, wie verängstigte, verprügelte Sklaven über diese Mole getrieben wurden. Auf viele von ihnen wirkte die wilde Attacke der Matrosen, das tödliche Blitzen der Entersäbel und -beile so lähmend, daß sie sich von den Männern der *Gorgon* ohne Widerstand niedermachen ließen.

»Mir nach, Leute!« brüllte Verling – seine mächtige Stimme brauchte kein Sprachrohr. »Auf sie!«

Sie stürmten unter dem Bogengang hindurch und an einigen kleineren Booten vorbei; von der Festung her kam Musketenfeuer – die Besatzung schien jetzt begriffen zu haben, was vorging.

Keuchend, fluchend, atemlos fanden sich die attackierenden Seeleute schließlich zwischen zwei Wänden eingezwängt und kamen nicht mehr voran, weil sich ihnen von den oberen Mauern mehr und mehr Verteidiger entgegenwarfen.

Bolitho kämpfte Degen an Degen mit einem wüsten Riesen, der bei jedem wilden Hieb seiner schweren Klinge aus vollem Hals schrie und fluchte. Etwas glitt an seinen Rippen entlang, und er hörte einen Matrosen, es war Fairweather, hinter sich keuchen: »Nimm *das*, du Hund!« Was ihn berührt hatte, war Fairweathers Pike gewesen, die dem Matrosen fast aus den Händen gerissen wurde, als der Korsar mit einem lauten Schrei über die Treppenbalustrade in die Tiefe stürzte.

Aber rechts und links fielen Matrosen im Kampf. Bolitho spürte, wie seine Schuhe an hingestreckte Arme und Beine stießen, als er sich Schulter an Schulter mit Dancer und Hoggett weiter vorkämpfte. Schon waren Entersäbel und Degen schwer wie Blei in ihren Fäusten. Ein Mann sank seitwärts nieder und geriet unter die Füße der Kämpfenden. Bolitho konnte nur einen Blick auf ihn werfen: es war Midshipman Pearce. Blut rann aus seinem Mund; die Augen waren schon starr und sahen nichts mehr.

Schluchzend, vom Schweiß halb geblendet, hieb Bolitho seinen Degen einem Mann an den Kopf, der einem verwundeten Matrosen den Todesstoß versetzen wollte. Der Mann taumelte zur Seite; Bolitho bekam festen Stand und jagte seine Klinge in die Achselhöhle des Piraten.

»Durchhalten, Leute!« schrie Verling. Er blutete an Hals und Brust und wurde durch eine Meute kreischender, säbelschwingender Piraten fast von der Hauptmasse seiner Truppe abgedrängt.

Bolitho hörte Dancer schreien und drehte sich um. Dancer war in einer Blutlache ausgeglitten und hatte seinen Entersäbel verloren, der klirrend außer Reichweite rutschte. Er wälzte sich herum und starrte mit schreckgeweiteten Augen auf einen Kerl in flatterndem, weißem Gewand, der sich mit erhobenem Scimitar auf ihn stürzte.

Bolitho mußte erst einen Angreifer niederhauen, ehe er an Dancer herankam. Da wurde er zurückgestoßen: Tergorren brach wie ein Stier durch die Menschenmasse und hieb dem Piraten seinen Säbel quer übers Gesicht, das sich vom Ohr bis zum Kinn spaltete.

Und dann übertönte ein Trompetensignal den Kampfeslärm, und Bolitho vernahm die wohlbekannte, mächtige Stimme von Major Dewar, der kommandierte: »Marine-Infanterie zur Attacke, marsch!«

Bolitho zerrte seinen Freund aus dem Getümmel heraus; sein ganzes Inneres zog sich bei so viel Wut und Haß und Kampfgetöse zusammen.

Verlings kühner Angriff hatte einen ganz bestimmten Zweck gehabt: die Hauptmasse der Piraten sollte aus der Festung herauskommen, um die Einfahrt vor der anstürmenden Mannschaft der Dhau zu verteidigen. Was die im Bauch des Schiffes versteckten Seesoldaten empfunden haben mußten, als sie hörten, wie ihre Tischgenossen und Freunde dort oben zusammengeschlagen wurden, während sie selbst auf das Signal zum Vorgehen warteten – das konnte sich Bolitho kaum ausmalen.

Aber jetzt kamen sie. Ihre roten Uniformröcke mit dem weißen Lederzeug glänzten in der Sonne; Verling schwenkte den Degen, um seine Leute von der Treppe zurückzurufen, und Major Dewar brüllte: »Erstes Glied – Feuer!«

Die Musketensalve fegte durch die dichtgedrängten Piraten auf den Stufen; und als die Seesoldaten ihre Gewehre neu luden und die Ladestöcke in einem einzigen Doppeltakt hinab- und wieder hinauffuhren, trat das nächste Glied durch die Lücken, kniete nieder, zielte und feuerte.

Das war mehr als genug. Kopflos flohen die Verteidiger durch den Eingang ins Innere.

Dewar hob den Degen. »Bajonett pflanzt auf! Marine-Infanterie – zur Attacke, marsch-marsch!« Und die Männer vergaßen alle Disziplin und rasten brüllend auf den Eingang zu.

»Hurra! Hurra!« Atemlos, blutend, senkten die Matrosen ihre Waffen und ließen die Seesoldaten vorbeistürmen.

Dancer sagte: »Wir wollen George beiseite schaffen.« Gemeinsam zerrten sie Pearces hingestreckten Leichnam in den Schatten der Mauer. Blicklos waren seine offenen Augen in den Himmel gerichtet; die schreckliche Starre des Todes lag bereits wie Eis über seinem Antlitz.

Hoggett brüllte: »Hier durch, Sir!« Er deutete auf ein großes, eisenbeschlagenes Tor. »Alles voller Sklaven!«

Noch zitternd stand Bolitho auf und faßte seinen krummen Entersäbel fester. Tergorren blickte zu ihm hinüber und fragte kurz: »Sind Sie in Ordnung?«

»Aye, Sir«, antwortete Bolitho mit unsicherer Stimme.

»Schön«, nickte Tergorren, »nehmen Sie ein paar Mann und folgen Sie den Seesoldaten . . .« Er brach ab. Ein Ton wie ferner Donner rollte über die Bucht auf das Festland zu. Dann – Krachen von berstendem Eisen und fallenden Steinen.

Verling wickelte einen Fetzen Tuch um sein blutendes Handgelenk und zog den Knoten mit den Zähnen fest. »Die *Gorgon* ist da«, sagte er, mehr nicht.

Eine Breitseite nach der anderen feuerte das Linienschiff in die Festungsmauern. Die Verteidiger merkten wenig von diesem Bombardement; aber sie wurden in der Festung von den brüllenden Seesoldaten zusammengehauen, und draußen warteten zwei intakte Kriegsschiffe – das reichte ihnen.

Oben auf den Stufen erschien Major Dewar. Sein Hut war weg, und er hatte einen tiefen Hieb über dem einen Auge. Aber er meldete freudig grinsend, die Verteidigung sei zusammengebrochen.

Zum Beweis seiner Worte sank die schwarze Fahne flatternd am Turm herab wie eine sterbende Krähe, und unter wildem Hurrageschrei stieg dafür ein Schiffswimpel der *Gorgon* auf.

Noch halb von Sinnen nach dem wilden Kampf, stiegen sie die Stufen zur hohen Brustwehr empor, wo sich die unbemannten Kanonen ohnmächtig und ziellos auf das blaue Wasser richteten. Überall lagen Tote und Sterbende, aber es war auch mancher Rotrock dabei.

Bolitho und Dancer standen an der Mauer und blickten auf die Schiffe hinunter. Die Kontur der kleineren Brigg verschwamm bereits im Frühdunst, aber die *Gorgon* stand klar und prachtvoll vor dem blauen Himmel und näherte sich gravitätisch der Insel; die erschöpften Toppgasten refften die Segel, aber sie fanden Zeit, ihren Kameraden auf der Mauer zuzuwinken und Hurra zu rufen, wenn ihre Stimmen auch nicht zu hören waren.

Es war sehr still, und Bolitho sah, daß Dancer weinte – die Tränen suchten sich ihren Weg durch Schweiß und Schmutz auf seinen Wangen.

»Ist ja alles gut, Martyn«, sagte er.

»Ich denke an George Pearce«, entgegnete Dancer, »ebenso hätte es mich erwischen können. Oder dich.«

Bolitho wandte sich ab. Der mächtige Anker der *Gorgon* fiel eben klatschend in das spiegelglatte Wasser.

»Ich weiß«, sagte er leise, »aber wir leben noch, und dafür müssen wir dankbar sein.«

Verlings Schatten vereinte sich mit dem ihren. »Verdammt faule Bande!« Er sah in die Gesichter der beiden. »Denkt ihr, ich kann alles allein machen?« Mit einem müden Lächeln blickte er an ihnen vorbei auf das Schiff. »Aber ich weiß schon, wie euch zumute ist.« Wie ein Schatten fiel der angespannte Ausdruck von seinen scharfen Zügen ab. »Hätte selbst nicht gedacht, daß ich die alte Dame noch einmal wiedersehen würde.«

Unvermittelt wandte er sich ab; und schon brüllte er seine Befehle in die Gegend. Nachdenklich blickte Bolitho ihm nach. »Da kannst du's mal wieder sehen. Man kennt einen Menschen doch niemals ganz genau.«

Sie stießen sich von der Mauer ab. Müde, aber gehorsam sammelten sich Matrosen und Seesoldaten unter der Flagge.

Als Verling die Männer anredete, klang seine Stimme nicht anders als sonst.

»Bringt euch in Ordnung. Und merkt euch eins, aber merkt es euch gut: Ihr seid von der *Gorgon*. Das ist eine Verpflichtung, für deren Erfüllung ihr lebt, was schwer ist.« Ein ganz kurzer Blick auf Bolitho. »Oft genug passiert es, daß man sogar dafür stirbt. Jetzt legt die Gefangenen in Eisen und kümmert euch um unsere Verwundeten. Und anschließend . . .« Er schaute zu der ruhig wehenden Flagge auf und über sie hinaus in den blauen Himmel, schien sich zu wundern, daß er beides noch sehen konnte . . ., »werden wir uns denen widmen, die nicht so viel Glück hatten wie wir.«

Gegen Abend waren die meisten Verwundeten auf die vor Anker liegende *Gorgon* überführt. Die Gefallenen waren an der Mauer begraben; und Bolitho hatte gehört, wie ein alter Seemann, auf seinen Spaten gelehnt, sagte: »Um diesen Ort wird noch oft und oft gekämpft werden, schätze ich – deshalb werden die armen Kerls nächstes Mal von hier die beste Aussicht haben.«

Abendliche Schatten verdeckten die Spuren, welche die Kanonenkugeln der *Gorgon* gerissen hatten. Bolitho und Dancer standen Seite an Seite an der Backbordreling und blickten in die letzten Sonnenstrahlen, die um die tief hängende Flagge über der Mauerkrone spielten. Man hatte überall sorgfältig gesucht, aber keine Spur von Rais Haddam gefunden. Vielleicht hatte er entkommen können, oder er war überhaupt nicht in der Festung gewesen. Die gefangenen Piraten wollten über ihn nichts aussagen, und schon gar nichts über seinen Aufenthalt. Sie hatten mehr Angst vor Haddam als vor den Siegern. Von denen konnte ihnen nichts Schlimmeres passieren, als daß sie gehängt wurden.

Das alles muß Kapitän Conway nun auseinandersortieren, dachte Bolitho, und vor Müdigkeit fielen ihm die Augen zu. Die Sklaven mußten aufs Festland gebracht werden. So viele Dinge . . .

Hinter sich hörten sie Schritte; sie wandten sich um und rissen sich zusammen, denn es war der Kapitän, der bei ihnen stehenblieb und zum Sprechen ansetzte. Er war untadelig gekleidet. Als ob nichts gewesen, als ob kein Mann gefallen wäre.

Unbewegt sah er sie an: »Der Erste Leutnant hat mir berichtet, daß Sie sich sehr gut gehalten haben. Freut mich zu hören.« Sein Blick schweifte ein wenig ab. »Er hat mir berichtet, daß besonders Sie, Mr.

Bolitho, beim Kampf die besten Eigenschaften eines Offiziers der Königlichen Flotte an den Tag gelegt haben. Ich werde dem Admiral entsprechend berichten.«

Er nickte kurz und schritt nach achtern.

Dancer drehte sich um, aber sein Lächeln schwand, als er sah, daß Bolitho sich über die Reling beugte und daß seine Schultern krampfhaft zuckten.

Aber Bolitho weinte nicht etwa – er konnte nur sein Lachen nicht unterdrücken. Beruhigend legte er Dancer die Hand auf den Arm. Zwischendurch gelang es ihm, Dancer zu erklären, warum er so lachen mußte.

»Es hat sich was geändert, Martyn. *Jetzt weiß der Kapitän endlich, wie ich heiße!*«

Alexander Kent

Strandwölfe

Richard Bolithos gefahrvoller Heimaturlaub

Roman

Deutsch von Walter Klemm

ein Ullstein Buch

Allen Midshipmen
aus Vergangenheit und
Gegenwart gewidmet

Inhalt

I Heimaturlaub

Schwankend und mit lautem Räderklappern kam die Postkutsche auf dem Hof des Gasthauses zum Stehen, und die kleine Gruppe müder Passagiere stieß Seufzer der Erleichterung aus. Es war Anfang Dezember des Jahres 1773, und Falmouth lag wie ganz Cornwall unter einer dichten Decke von Schnee und Matsch. Die Kutsche mit ihren vier von der raschen Fahrt dampfenden Pferden wirkte in dem schwachen Nachmittagslicht völlig farblos, so sehr war sie mit Schlamm bespritzt.

Midshipman* Richard Bolitho sprang herab, dann blieb er stehen und starrte einige Zeit bewegungslos auf das ihm vertraute alte Gasthaus und die verwitterten Gebäude dahinter. Die Fahrt war mühselig gewesen: lediglich fünfundfünfzig Meilen von Plymouth bis hierher, aber sie hatten zwei volle Tage dafür gebraucht. Der Kutscher war sehr weit landeinwärts gefahren, beinahe bis zum Bodmin-Moor, um den über die Ufer getretenen River Fowey zu umgehen; auch hatte er sich wegen der schlechten Straßen strikt geweigert, bei Nacht zu fahren. Nach Bolithos Meinung fürchtete er sich jedoch mehr vor Straßenräubern als vor den wetterbedingten schlechten Wegverhältnissen. Die *Gentlemen* fanden es nämlich sehr viel bequemer, Kutschen auszurauben, die auf schlammigen, ausgefahrenen Wegen steckengeblieben waren, als einen Schußwechsel mit den scharfäugigen Wachen auf des Königs Landstraßen zu riskieren.

Doch dann vergaß er die Reise, die geschäftig die Pferde ausspannenden Knechte und die Mitreisenden, die in die einladende Wärme des Gasthauses strömten, und genoß den Augenblick der Heimkehr.

Es war genau ein Jahr und zwei Monate her, seit er Falmouth verlassen hatte, um in Spithead an Bord der *Gorgon* zu gehen, eines Linienschiffes mit vierundsiebzig Geschützen. Jetzt lag sie in Plymouth zur dringend notwendigen Überholung und Instandsetzung, und er, Richard Bolitho, war zum wohlverdienten Urlaub nach Hause gekommen.

Er reichte seinem Reisegefährten die Hand, als dieser jetzt zu ihm in den naßkalten Wind herabkletterte; Midshipman Martyn Dancer war am selben Tag an Bord der *Gorgon* gekommen wie er

* Seekadett bzw. Fähnrich zur See

selbst und ebenfalls siebzehn Jahre alt.

»So, Martyn, wir sind am Ziel!«

Bolitho lächelte, froh darüber, daß Dancer mit ihm gekommen war. Das Haus der Dancers lag in London und war völlig verschieden von dem der Bolithos, die seit Generationen Seeoffiziere waren. Dancers Vater dagegen war ein reicher Teehändler in der Londoner City. Aber auch wenn ihre Welten meilenweit auseinanderlagen, so stand ihm Martyn doch ebenso nahe, als sei er sein leiblicher Bruder.

Als die *Gorgon* vor Plymouth geankert hatte und die an Bord gekommene Post verteilt wurde, stellte Dancer fest, daß seine Eltern im Ausland weilten. Er schlug sofort vor, Bolitho solle mit ihm nach London kommen, aber der stets wachsame Erste Offizier der *Gorgon,* Mr. Verling, hatte kalten Tones gesagt: »Ich denke, das lassen Sie lieber. Allein in dieser Stadt – Ihr Vater würde mich dafür zur Rechenschaft ziehen!«

So hatte Dancer bereitwillig Bolithos Einladung angenommen, was diesem insgeheim lieber war, brannte er doch darauf, seine Familie wiederzusehen und sich ihr mit all den Veränderungen vorzustellen, die vierzehn Monate harten Dienstes bei ihm bewirkt hatten. Genau wie sein Freund, war auch er magerer geworden – soweit dies überhaupt noch möglich war – und vor allem selbstsicherer. Auch war er dankbar dafür, daß er alle Stürme und Gefechte überlebt hatte.

Der Kutscher berührte grüßend seinen Hut, nahm die Münzen, die Bolitho ihm in die Hand drückte, und sagte:

»Seien Sie unbesorgt, Sir. Ich passe auf, daß der Wirt die Kisten zu Ihrem Haus bringen läßt.« Dabei zeigte er mit dem Daumen auf die bereits hell erleuchteten Fenster des Gasthauses. »Jetzt werde ich mich für ein Stündchen zu den Mitreisenden setzen, dann geht's weiter nach Penzance.« Im Weggehen rief er: »Viel Glück, die jungen Herren!«

Bolitho blickte ihm sinnend nach. So viele Bolithos waren hier schon ein- oder ausgestiegen, auf dem Weg zu Schiffen, die sie in ferne Länder bringen sollten, oder von weiter Reise heimgekehrt.

Manch einer von ihnen war niemals mehr zurückgekommen.

Er warf seinen blauen Umhang über die Schultern und sagte: »Laß uns gehen, das bringt das Blut wieder in Bewegung!«

Dancer nickte zähneklappernd. Genau wie Bolitho, war er

sonnengebräunt, und beide konnten sich nach gut einem Jahr an Afrikas Küsten noch nicht mit dem schroffen Klimawechsel abfinden.

Als sie jetzt durch den Schneematsch schritten, vorbei an der alten Kirche und den uralten Bäumen, mochten sie kaum glauben, daß sie all das wirklich erlebt hatten: die Jagd nach Seeräubern, die Zurückeroberung der Brigg *Sandpiper,* mit der sie dann nach einer hitzigen Verfolgung durch gefährliche Riffe ein Piratenschiff vernichtet hatten. Männer waren gefallen, andere hatten Verwundungen erlitten: das Los der Seeleute überall in der Welt. Bolitho hatte im Nahkampf Mann gegen Mann gestanden, hatte töten müssen und einen Fähnrichskameraden beim Angriff auf die Festung von Sklavenhändlern fallen sehen*. Sie waren keine Knaben mehr, sie waren gemeinsam zu jungen Männern geworden.

»Da ist es.« Bolitho wies auf das große graue Haus, viereckig, unbeugsam und fast von der gleichen Farbe wie die niedrig dahinjagenden Wolken und das Vorland dahinter.

Durch das Gartentor ging es den breiten Weg zum Eingang hinauf, und Bolitho brauchte nicht einmal zu dem massiven Ring des Türklopfers zu greifen; denn schon flog die Tür auf, und Mrs. Tremayne, die Haushälterin, lief ihm entgegen, das rote Gesicht strahlend vor Freude.

Sie schloß ihn in die Arme und drückte ihn an sich. Ihr Geruch nach frischem Leinen, Lavendel, nach Küche und geräuchertem Speck weckte noch mehr alte Erinnerungen in ihm. Sie war über fünfundsechzig und genauso ein Teil des Hauses wie dessen Grundmauern.

Sie wiegte ihn in ihren Armen wie ein Kind, obwohl er einen ganzen Kopf größer war als sie.

»Oh, junger Master Dick, was haben sie dir angetan?« Sie brach beinahe in Tränen aus. »So dünn wie ein Schilfrohr, wohl nichts zu essen gekriegt, aber ich werde dir bald wieder Fleisch auf die Knochen bringen.«

Nun entdeckte sie Dancer und entließ Bolitho widerstrebend aus ihren Armen. Der grinste verlegen, aber erfreut über ihre Anteilnahme. Sie war allerdings noch viel stärker gewesen, als er damals, im Alter von zwölf Jahren, zum ersten Mal zur See gegangen war.

* siehe Ullstein Buch Nr. 3363, A. Kent: DIE FEUERTAUFE

»Dies ist mein Freund Martyn Dancer. Er bleibt über Weihnachten bei uns.«

Alle wandten sich um, als Bolithos Mutter auf der Treppe erschien.

»Und Sie sind uns herzlich willkommen!«

Dancer betrachtete sie hingerissen. Er hatte während der langen Seewachen oder während der wenigen ruhigen Augenblicke unter Deck schon viel von Harriet Bolitho gehört. Aber sie war doch ganz anders als in seiner Vorstellung. Sie schien viel zu jung, um Richards Mutter zu sein, viel zu zerbrechlich, um so oft allein gelassen zu werden in diesem großen Steinhaus unter dem Vorland von Pendennis Castle.

»Mutter!«

Bolitho lief zu ihr, und sie umarmten sich lange. Noch immer beobachtete Dancer Richard, seinen Freund, den er so genau zu kennen glaubte, der gewöhnlich seine Gefühle hinter einem unbeteiligten Gesicht und dem ruhigen Blick seiner grauen Augen verbarg. Richard, dessen Haar so schwarz war wie sein eigenes blond, der zwar Bewegung zeigte über den Tod eines Freundes, im Kampf aber ein Löwe wurde, er wirkte hier mehr wie ihr Freier als ihr Sohn.

Endlich sagte sie ruhig zu Dancer: »Wie lange könnt ihr bleiben?«

Die Frage war beherrscht ausgesprochen, aber er spürte die Spannung darin.

Bolitho erwiderte für ihn: »Vier Wochen, vielleicht länger, wenn . . .«

Sie streckte die Hand aus und streichelte sein Haar.

»Ich weiß, Dick, *wenn*. Die Marine muß dieses Wort erfunden haben.«

Sie hakte beide jungen Männer unter.

»Aber du bist wenigstens zu Weihnachten zu Hause und hast einen Freund mitgebracht. Das ist gut. Dein Vater ist noch in Indien.« Sie seufzte. »Und ich fürchte, Felicity bleibt mit dem Regiment ihres Mannes in Canterbury.«

Bolitho betrachtete sie ernst. Er hatte nur an sich selbst gedacht, an seine Heimkehr, an seinen Stolz über das Vollbrachte. Seine Mutter dagegen hatte allem allein gegenübergestanden, wie es so oft das Los der Frauen war, die in die Familie Bolitho einheirateten.

Seine Schwester Felicity, jetzt neunzehn, war glücklich gewesen über die häufigen Besuche eines jungen Offiziers der hiesigen Garnison. Während Bolithos Abwesenheit hatte sie ihn geheiratet und das Elternhaus verlassen.

Daß sein einziger Bruder Hugh nicht zu Haus sein würde, hatte Bolitho erwartet. Hugh war vier Jahre älter, des Vaters Augapfel und tat zur Zeit Dienst als Leutnant auf einer Fregatte.

Ein wenig verlegen fragte er: »Und Nancy? Geht es ihr gut, Mutter?«

Ihr Gesicht erhellte sich und ließ sie noch jünger erscheinen.

»Ja, Dick, es geht ihr gut. Sie ist augenblicklich unterwegs und macht einen Besuch, trotz des Wetters.«

Dancer fühlte sich seltsam erleichtert. Er hatte viel gehört von Nancy, dem jüngsten Familienmitglied. Sie mußte ungefähr sechzehn sein und wohl eine Schönheit, nach der Mutter zu schließen.

Bolitho sah seines Freundes Gesichtsausdruck und bemerkte: »Das ist eine gute Nachricht.«

Seine Mutter blickte von einem zum anderen und lachte. »Aha, ich verstehe.«

»Ich bringe Martyn in sein Zimmer, Mutter.«

Sie nickte und sah ihnen nach, als sie die Treppe hinaufstiegen, vorbei an den Porträts längst verblichener Bolithos.

»Als wir vom Postboten hörten, daß die *Gorgon* in Plymouth eingelaufen sei, da wußte ich, daß du nach Hause kommen würdest, Dick. Ich hätte es Kapitän Conway niemals verziehen, wenn er mir diese Freude verweigert hätte.«

Bolitho sah den Kommandanten vor sich, zurückhaltend, von beeindruckender Ruhe in allen Gefahrensituationen. Er konnte sich ganz und gar nicht vorstellen, daß er auf Frauen hörte.

Dancer betrachtete eingehend eines der Porträts im Treppenhaus.

»Mein Großvater Daniel«, erklärte Bolitho. »Er war mit Wolfe in Quebec. Muß ein großartiger alter Herr gewesen sein. Manchmal weiß ich nicht mehr genau, ob ich ihn wirklich kannte, oder ob es nur Erinnerung ist an das, was mein Vater mir über ihn erzählt hat.«

Dancer grinste. »Er sieht recht verwegen aus, und Konteradmiral war er auch!« Damit folgte er Bolitho über den Treppenabsatz und hörte, wie der Wind Hagel gegen die Fenster peitschte. Es wirkte alles so seltsam nach den ständigen Bewegungen an

Bord, den Geräuschen und Gerüchen eines mit Menschen überfüllten Kriegsschiffes.

Es war immer dasselbe mit den Fähnrichen. Stets waren sie hungrig, stets wurden sie gejagt, in alle Richtungen gehetzt. Jetzt würde er, wenn auch nur für ein paar Tage, Frieden finden, und wenn es nach Mrs. Tremayne ging, auch einen vollen Magen.

Bolitho öffnete eine Tür. »Eins der Mädchen wird dein Gepäck heraufbringen, Martyn.« Er zögerte ein wenig, seine Augen blickten so grau drein wie die See jenseits des Vorlandes. »Ich bin froh, daß du mitgekommen bist. Einige Male«, er zögerte erneut, »während der letzten Monate dachte ich, daß ich niemals mehr nach Hause kommen würde. Daß auch du jetzt hier bist, macht es erst vollkommen.«

Er wandte sich abrupt ab, und Dancer schloß leise die Tür hinter ihm.

Er wußte, was Bolitho hatte ausdrücken wollen, und war gerührt darüber, daß er es ihm gegenüber ausgesprochen hatte.

Dann trat er an eines der Fenster und blickte durch das triefende Glas. Im trüben Winterlicht wirkte die bewegte, mit weiß leuchtenden Schaumkronen bedeckte See sehr einsam.

Dort draußen lag sie und wartete auf ihre Rückkehr.

Er lächelte und begann sich zu entkleiden.

Nun, sie sollte nur warten!

»So, Martyn, was hieltest du von deinem ersten freien Abend?«

Die beiden Fähnriche saßen mit ausgestreckten Beinen vor dem prasselnden Kaminfeuer, die Augen fielen ihnen fast zu von der Hitze und dem üppigsten Mahl, das Mrs. Tremayne seit langem zubereitet hatte.

Dancer hob sein Glas, sah zu, wie der Flammenschein durch den rubinfarbenen Portwein changierte, und lächelte zufrieden.

»Sieht einem Wunder verdammt ähnlich.«

Es war ein sehr ausgedehntes Mahl gewesen, und Bolithos Mutter sowie seine jüngere Schwester Nancy hatten sich alle Mühe gegeben, die beiden zum Erzählen zu bringen. Bolitho ertappte sich bei der Vorstellung, wie viele Erzählungen dieser Tisch wohl schon mit angehört hatte, einige sicherlich ein wenig ausgeschmückt, aber alle wahr und erlebt.

Nancy hatte aus diesem Anlaß ein neues Kleid getragen, das

offensichtlich in Truro angefertigt worden war: »Das Neueste aus Frankreich.« Es war tief ausgeschnitten, und obwohl ihre Mutter einige Male die Stirn gerunzelt hatte, ließ es sie eher jünger wirken als leichtfertig.

Sie glich ihrer Mutter viel stärker als ihre Schwester, die mehr nach der Bolitho-Seite schlug. Nancy hatte das gleiche, leicht hervorbrechende Lächeln, mit dem Harriet seinerzeit Kapitän James Bolitho so bezaubert hatte, daß er das schottische Mädchen zur Frau nahm.

Auf Dancer hatte Nancy großen Eindruck gemacht, und Bolitho schien es, als beruhe dies auf Gegenseitigkeit.

Draußen war es ruhiger geworden, der Hagel ging allmählich in Schnee über. Die Ställe und anderen Gebäude waren bereits mit einer dicken, glitzernden Schicht bedeckt. Niemand würde heute nacht mehr weit kommen, dachte Bolitho und bedauerte den Kutscher auf seinem Wege nach Penzance.

Wie still das Haus wirkte. Die Dienstboten waren schon lange zu Bett gegangen, nur die beiden Freunde saßen noch träumend oder ihr Garn spinnend vor dem Kamin.

»Morgen gehen wir zum Hafen hinunter, Martyn, wenn mir auch Mr. Tremayne gesagt hat, daß im Augenblick so gut wie nichts auf Reede liegt, was des Ansehens wert sei.«

Die männliche Hälfte der Familie Tremayne war Butler und Faktotum im Haus und wie alles andere Personal recht alt. Obgleich der Siebenjährige Krieg schon vor zehn Jahren zu Ende gegangen war, waren die vielen Lücken, die er in den Dörfern und Siedlungen hinterlassen hatte, immer noch fühlbar. Manch junger Mann war in den Kämpfen gefallen, anderen hatte es draußen in der Welt besser gefallen als in ihrer engen, ländlichen Heimatgemeinde, und sie waren nicht mehr zurückgekehrt. In Falmouth wurde man entweder Seemann oder Landarbeiter, so war es seit alters her.

»Vielleicht ist es morgen klar genug, daß wir reiten können?«

»Du kannst reiten?«

»Wir fahren in London nicht immer nur Kutsche, oder was glaubst du?«

Ihr Gelächter verstummte abrupt, als zwei laute Schläge von der Eingangstür durch das Haus dröhnten.

»Wer ist um diese Zeit noch unterwegs?« Dancer war schon aufgesprungen.

Bolitho hob die Hand. »Warte!« Er trat an einen Schrank und nahm eine Pistole heraus. »Wir wollen lieber vorsichtig sein, selbst hier.«

Zusammen öffneten sie die große Doppeltür; der kalte Wind umfing ihre überhitzten Körper wie ein Leichentuch.

Bolitho erkannte den Jagdhüter seines Vaters, John Pendrith, der dicht beim Haus eine Kate bewohnte. Es war ein mürrischer Mann von mächtigem Körperbau, gefürchtet von den Wilderern, deren es nicht wenige gab.

»Tut mir leid, wenn ich störe, Sir.« Er gestikulierte vage mit seiner langläufigen Flinte. »Aber da ist einer aus der Stadt gekommen, und der alte Reverend Walmsley sagte, am besten sollte ich zu Ihnen gehen.«

»Komm herein, John.«

Bolitho schloß die Tür hinter ihm. Der späte Besuch des riesigen Jagdaufsehers wie auch dessen geheimnisvolles Gehabe beunruhigten ihn etwas.

Pendrith nahm dankend ein Glas Brandy an und wärmte sich am Feuer. Dampf stieg von seinem dicken Überrock auf wie von einem Zugpferd.

Was auch geschehen sein mochte, es muß etwas Wichtiges sein, wenn Pfarrer Walmsley es für nötig hielt, mitten in der Nacht einen Boten zu schicken.

»Dieser Bursche hat eine Leiche gefunden, Sir, unten am Strand. Sie hat wohl schon einige Zeit im Wasser gelegen.« Trübe blickte er auf. »Es ist Tom Morgan, Sir.«

Bolitho biß sich auf die Lippen. »Der Zolleintreiber?«

»Aye. Er ist umgebracht worden, bevor man ihn ins Wasser warf, sagt der Junge.«

Im Treppenhaus waren Geräusche zu hören, dann kam Bolithos Mutter herabgeeilt, in einen grünen Samtumhang gehüllt; fragend sah sie Bolitho an.

»Ich mache das schon, Mutter«, sagte Bolitho beruhigend. »Sie haben Tom Morgan am Stand gefunden.«

»Tot?«

Pendrith antwortete grob: »Ermordet, Madam.« Zu Bolitho gewandt, erklärte er: »Sehen Sie, Sir, die Soldaten sind nämlich weg und der Friedensrichter ist in Bath, also wandte sich der alte Reverend an Sie.« Er schnitt eine Grimasse. »Schließlich sind Sie ein Offizier des Königs, Sir.«

Dancer rief: »Sicherlich ist da noch sonst wer zuständig?«

Aber Bolithos Mutter zog schon an der Klingelschnur, das Gesicht blaß, doch entschlossen.

»Nein. Sie kommen immer zu uns. Ich lasse Corker zwei Pferde satteln. Du begleitest sie, John.«

Bolitho sagte ruhig, aber bestimmt: »Ich möchte lieber, daß er hier bei dir bleibt, Mutter.« Er drückte ihren Arm. »Es geht schon in Ordnung, wirklich. Ich bin nicht mehr der kleine Junge, der mit einer Stulle in der Tasche zur See gegangen ist. Das ist vorbei.«

Seltsam, wie leicht ihm die Umstellung fiel. Vor ein paar Minuten hatte er noch ins Bett gehen wollen. Jetzt war er hellwach, jeder Nerv gespannt und bereit, plötzlicher Gefahr zu begegnen. Aus Dancers Gesichtsausdruck ersah er, daß es diesem genauso ging.

Pendrith ließ sich vernehmen: »Ich habe den Jungen zurückgeschickt, er sollte bei dem Leichnam bleiben. Sie kennen die Stelle, Sir, es ist die kleine Bucht, wo Sie und Ihr Bruder im Dory* gekentert sind und eine gehörige Tracht Prügel dafür bezogen haben!« Er grinste vielsagend.

Ein Dienstmädchen erschien und nahm die Anweisung entgegen, Corker, den Kutscher, zu wecken.

Bolitho sagte: »Wir haben keine Zeit, die Uniformen anzuziehen, Martyn. Laß uns gehen, wie wir sind.«

Sie hatten irgendwelche Zivilkleider angezogen, die sie in Kisten und Schränken fanden. In einem Haus, das seit Generationen das Heim von Seeoffizieren war, gab es genug überzählige Röcke und Kniehosen.

In einer Viertelstunde waren sie abmarschbereit, die schläfrige Entspannung war wacher Gespanntheit gewichen. Wenn die Marine ihnen nichts anderes vermittelt hatte, das auf alle Fälle hatten sie gelernt. Die einzige Möglichkeit, auf einem Kriegsschiff am Leben zu bleiben, war stete Wachsamkeit.

Draußen hörte man jetzt das Klappern von Pferdehufen, und Bolitho fragte: »Wer ist der Junge, der den Toten gefunden hat, John?«

Pendrith hob die Schultern. »Der Sohn vom Schmied.« Er tippte mit dem Finger an die Stirn. »Er ist nicht ganz richtig im Kopf.«

* einfaches, aber stabiles Fischerboot

Zum Abschied küßte Bolitho seine Mutter auf die Wange. Ihre Haut war eiskalt.

»Geh' ins Bett, ich bin bald zurück. Morgen schicken wir jemanden zum Richter nach Truro oder zu den Dragonern.«

Sie waren draußen und zu Pferde, bevor der wirbelnde Schnee ihren Ritt nur noch schwieriger machen konnte.

Man sah kaum Lichter im Ort, die meisten Bewohner waren längst im Bett.

Dancer rief: »Wahrscheinlich kennst du die Leute hier fast alle, oder sie kennen dich, wie? Das ist der Unterschied zwischen hier und London!«

Bolitho steckte das Kinn in den Kragen und trieb sein Pferd durch das Schneegestöber. Daß Pendrith sich noch an den Vorfall mit dem Dory erinnerte ... Sein Bruder Hugh und er hatten miteinander gewetteifert. Hugh war damals Midshipman gewesen, während er selbst auf sein erstes Schiff wartete. Ihr Vater war außer sich vor Wut, bei ihm etwas ganz Ungewöhnliches, und zwar nicht so sehr wegen des Unfalls, als vielmehr wegen der Angst, die ihre Mutter ausgestanden hatte. Es stimmte, sie waren beide verprügelt worden, damit sie den Vorfall so schnell nicht vergaßen.

Bald hörten sie die See, die zischend und donnernd gegen das felsige Vorland brandete. Alles wirkte unter diesem Schneemantel unheimlicher. Seltsame Gestalten ragten in der Dunkelheit auf, während die Bäume ihre weiße Last abwarfen, was Geräusche verursachte wie die Schritte eines hervorstürmenden Wegelagerers.

Es dauerte eine volle Stunde, bis sie die kleine Bucht gefunden hatten, die kaum mehr war als eine Spalte in dem massiven Fels, mit einem winzigen, abschüssigen Stück Sandstrand. Der Sohn des Schmieds wartete auf sie mit einer Laterne, summte vor sich hin und stampfte in dem eiskalten, nassen Sand frierend von einem Fuß auf den anderen.

Bolitho stieg ab. »Halte mein Pferd, Martyn.« Das Tier war unruhig, wie Pferde oft in Gegenwart des Todes.

Der Leichnam lag mit ausgestreckten Armen und offenem Mund auf dem Rücken.

Bolitho zwang sich, neben dem toten Zöllner niederzuknien.

»Lag er so, Tim?«

»Aye, Sir.« Der Junge kicherte. »Ich suchte nach ...« Er hob die Schultern. »Irgendwas.«

Bolitho wußte Bescheid über den Schmied des Ortes. Seine Frau hatte ihn schon seit langem verlassen, und er schickte seinen schwachsinnigen Sohn stets aus der Hütte, wenn er sich mit einer seiner zahlreichen Besucherinnen vergnügte. Es hieß, er hätte den Jungen in einem Wutanfall so geschlagen, daß er schon als Säugling den Verstand verlor.

Der Bursche fügte noch hinzu: »Seine Taschen sind leer, Sir. Nicht eine Münze drin.«

»Ist das der Mann, Dick?« rief Dancer.

Bolitho stand auf. »Aye. Seine Kehle ist durchgeschnitten.«

Die Küste Cornwalls war berüchtigt für ihre Schmuggler, aber die Zollbeamten wurden bei ihren Bemühungen, sie aufzustöbern und gefangenzunehmen, selten angegriffen. In Abwesenheit des Friedensrichters bedeutete dieser Zwischenfall, daß sie sich um Hilfe nach Truro oder sonstwohin wenden mußten.

Bolitho erinnerte sich an des Jagdaufsehers Worte und sagte zu Dancer: »Nun, mein Freund, wir haben wohl doch nicht völlig dienstfrei.«

Dancer beruhigte die nervösen Pferde. »Es schien mir auch zu schön, um wahr zu sein.«

Bolitho befahl dem Jungen: »Geh ins Wirtshaus und bestell dem Wirt, er soll ein paar Leute wecken. Wir brauchen auch einen Karren.« Er wartete, bis der Schwachsinnige seine Worte begriffen hatte. »Kannst du das behalten?«

Der Junge nickte ruckartig. »Ich denke schon.« Er kratzte sich den Kopf. »Ich warte hier schon lange, Sir.«

Dancer reichte ihm etwas Geld herunter. »Das ist für deine Mühe, Tim.«

Als der junge Bursche von dannen stolperte, wobei er vor sich hin schwatzte, rief Bolitho ihm nach: »Aber gib's nicht deinem Vater!«

Dann sagte er: »Binde die Pferde lieber fest und hilf mir. Wir haben auflaufendes Wasser, der Leichnam wird sonst in einer halben Stunde fortgeschwemmt.«

Sie zogen den aufgedunsenen Körper den schrägen Strand hinauf, und Bolitho dachte an andere Männer, die er hatte sterben sehen, schreiend und fluchend, in der Hitze und dem Lärm des Gefechtes. Das war schrecklich genug. Aber so zu sterben wie dieser Mann, allein und verängstigt, um dann wie

Abfall ins Meer geworfen zu werden, das schien ihm noch weit schrecklicher.

Bis endlich Unterstützung gekommen war, sie den Leichnam in die Kirche geschafft und sich danach im Wirtshaus gestärkt hatten, dämmerte bereits der Morgen.

Die Reiter und ihre Pferde waren bei der Heimkehr so leise wie möglich, aber Bolitho wußte, daß seine Mutter sie trotzdem hören und erwarten würde.

Als sie herbeieilte, um sie zu begrüßen, sagte er in bestimmtem Ton: »Nein, Mutter. Geh lieber wieder ins Bett!«

Sie betrachtete ihn seltsam und lächelte dann. »Wie gut, wieder einen Mann im Haus zu haben«, sagte sie.

Bolitho und Dancer traten durch die Vordertür ein und stampften Schnee und Schlamm von den Stiefeln. Ihre Gesichter und Hände prickelten vor Kälte nach dem scharfen Ritt über das Vorland.

Es hatte fast aufgehört zu schneien; hier und da ragte Ginster oder sonstiges Gestrüpp aus dem Schnee wie Seegras aus einer zerrissenen Matratze.

Bolitho bemerkte leise: »Wir haben Besuch, Martyn.«

Schon im Hof hatte er die Kutsche gesehen und die beiden prächtigen Pferde, die von Corler und dem Stallknecht betreut wurden. Das Wappen am Wagenschlag hatte er als das Sir Henry Vyvyans erkannt, eines reichen und mächtigen Landedelmannes, dessen ausgedehnte Besitzungen etwa zehn Meilen westlich von Falmouth lagen. Außerdem war er ein höchst geachteter Landvogt.

Sir Henry stand vor dem prasselnden Kaminfeuer und sah Mrs. Tremayne zu, die einen Krug Punsch bereitete. Sie hatte hierfür ihr eigenes Rezept mit sorgfältig abgestimmten Zugaben von Zucker, Gewürzen und geschlagenem Dotter.

Vyvyan war eine eindrucksvolle Erscheinung: groß, breitschultrig, mit einer mächtigen Hakennase. Beherrschend in seinem Gesicht war jedoch eine schwarze Klappe über dem linken Auge. Von der Stirn über die Augenhöhle bis zum Wangenknochen zog sich eine fürchterliche Narbe. Das Auge mußte wie mit einer riesigen Klaue herausgerissen worden sein. Als Bolitho noch klein war, hatte er vor diesem Mann schreckliche Angst gehabt.

Das unversehrte Auge fixierte jetzt die beiden Fähnriche, dann sagte Vyvyan mit dröhnender Stimme: »Freut mich, Sie wiederzusehen, mein Junge, auch Ihren Freund.« Er blickte Bolithos Mutter an, die am Fenster saß. »Sie müssen stolz auf ihn sein, Madam.«

Bolitho wußte, daß Vyvyan seine Zeit nicht mit zwecklosen Besuchen vertrödelte. Er galt bei vielen als rätselhaft, obgleich seine schnelle Ahndung von Wegelagerei und Straßenraub auf seinen Ländereien bekannt und allgemein respektiert war. Man sagte, er habe sein Vermögen erworben, indem er Franzosen und Spanier kaperte, andere wiederum deuteten Sklavenhandel und

Rumschmuggel an. Vielleicht hatten sie auch alle unrecht, dachte Bolitho.

Seltsam, wie unwirklich ihnen bereits der Tod des Zollbeamten erschien, während sie über die ausgefahrene Küstenstraße galoppiert waren. Es war jetzt zwei Nächte her, seit sie mit dem Schwachsinnigen bei der Leiche gestanden hatten. Jetzt, bei blauem Himmel, von dem der Wind die letzten Wolken und somit auch die Schatten von den verschneiten Hängen gefegt hatte, kam ihnen alles nur wie ein böser Traum vor.

Vyvyans tiefe Stimme fuhr fort: »Deshalb sagte ich mir, Madam, da Richter Roxby und seine Familie sich in Bath amüsieren, da das Militär sich auf unsere Kosten eine schöne Zeit macht – wer anderer als ich selbst soll nach Falmouth hinüber und die Mühe und die Verantwortung für diesen Fall auf sich nehmen? Ich sehe es als meine Pflicht an, zumal der arme Tom Morgan einer meiner Pächter war. Er wohnte am Rand von Helston, ein kräftiger, zuverlässiger Mann. Man wird ihn sehr vermissen, besonders seine Familie.«

Bolitho beobachtete seine Mutter, sah die Erleichterung in ihrem ebenmäßigen Gesicht. Sie war froh darüber, daß Sir Henry gekommen war, um Recht und Ordnung wiederherzustellen, den umlaufenden Gerüchten den Boden zu entziehen. Bolitho hatte während seines zweitägigen Urlaubs schon eine Menge gehört – Erzählungen über Schmuggler, Gruselgeschichten über Hexerei in einigen der kleinen Fischerdörfer. Offensichtlich war sie auch darüber erleichtert, daß Vyvyan und nicht ihr jüngster Sohn die Verantwortung tragen mußte.

Sir Henry nahm jetzt den Krug kochendheißen Punsch von Mrs. Tremayne entgegen und sagte anerkennend zu ihr: »Gott soll mich strafen, Madam, aber wenn Mrs. Bolitho nicht eine so gute Freundin wäre, würde ich Sie nach Vyvyan Manor locken. In der ganzen Grafschaft gibt es niemanden, der einen so wunderbaren Punsch brauen kann wie Sie.«

Dancer räusperte sich. »Was sind Ihre Absichten, Sir?«

»Alles schon erledigt, mein Sohn.« Er sprach fröhlich und beiläufig wie jemand, der gewohnt ist, Entschlüsse zu fassen und sofort auszuführen. »Sobald ich von der Sache hörte, schickte ich einen Boten nach Plymouth. Der kommandierende Admiral dort ist ein Freund von mir.« Sein eines Auge blinzelte Dancer zu. »Ich habe gehört, daß Ihre Leute kürzlich gegen das Schmugglerpack vorgegangen sind.«

Bolitho stellte sich den großen Zweidecker *Gorgon* vor, der jetzt in Plymouth mit wahrscheinlich schneebedeckten Decks im Dock lag. Deshalb würden die Reparaturen sicherlich länger dauern als vorgesehen, so daß Kapitän Conway möglicherweise seinen jüngeren Offizieren Urlaubsverlängerung gewähren würde. Schließlich konnten nach dem Auslaufen Jahre vergehen, bis die *Gorgon* wieder nach England kam.

Vyvyan fügte hinzu: »Der Admiral wird ein Schiff schicken, das sich mit der Angelegenheit befassen soll. Ich will nicht, daß hier ein Mörder sein Unwesen treibt, nicht an *meiner* Küste!«

Bolitho fiel ein, daß ein Teil von Vyvyans Ländereien bis an die See reichte, vom gefürchteten Kap Lizard bis in die Nähe der Manacles: eine gefährliche, grausame Küste. Ein Schmuggler, der dort seine Ware anlanden und Vyvyans rauher Justiz trotzen wollte, mußte wirklich viel Mut besitzen.

Er wandte sich seiner Mutter zu, als diese jetzt leise sagte: »Ich bin Ihnen dankbar, daß Sie diese Mühe auf sich nehmen, Sir Henry.« Sie wirkte blaß, wohl weil das von draußen reflektierte Schneelicht auf ihr Gesicht fiel.

Vyvyan betrachtete sie liebevoll. »Wäre nicht Ihr Mann, Madam, ich hätte Sie mir geangelt, obwohl ich nur ein übel zugerichteter alter Schurke bin.«

Sie lachte. »Das werde ich ihm erzählen, wenn er zurückkommt. Vielleicht gibt er dann die Seefahrt endlich auf.«

Vyvyan trank den letzten Schluck Punsch und lehnte ein weiteres Glas, das Mrs. Tremayne ihm anbot, mit einer Handbewegung ab.

»Danke, nein, ich muß weiter. Sagen Sie bitte diesem Tölpel von Kutscher, er soll sich fertigmachen!« Dann wandte er sich wieder Mrs. Bolitho zu: »Lassen Sie das lieber bleiben, Madam. England wird bald wieder jeden Seemann brauchen. Weder die spanischen Dons noch der französische Hof werden Ruhe geben, bevor sie nicht noch einmal gegen uns blankgezogen haben.« Er lachte laut. »Sollen sie!« Dann, die Fähnriche musternd: »Mit Burschen wie diesen da können wir nachts ruhig schlafen, denke ich!«

Er umarmte Mrs. Bolitho zum Abschied, klopfte den Fähnrichen kräftig auf die Schulter und stampfte hinaus in die Halle, wo er mit Stentorstimme nach seinem Kutscher rief.

Dancer grinste. »Sein Mann muß wohl taub sein.«

Bolitho fragte eifrig: »Ist schon Essenszeit, Mutter? Wir sind halb verhungert!«

Sie lächelte beiden freundlich zu: »Gleich gibt es etwas. Sir Henrys Besuch kam dazwischen.«

Zwei weitere Tage voll interessanter Erlebnisse verstrichen, und nichts störte ihren Urlaub von Disziplin und täglicher Bordroutine.

Dann berichtete der Postbote, der im Haus auf einen heißen Trunk Station machte, ein Schiff sei vor der Reede von Carrick gesichtet worden.

Der Wind hatte beträchtlich gedreht, deshalb mußte es mindestens eine Stunde dauern, bis das einlaufende Schiff seinen Ankerplatz erreicht hatte.

Bolitho fragte den Postboten, was für ein Schiff es sei, und dieser erwiderte mit einer Grimasse: »Ein Schiff des Königs, Sir, dem Aussehen nach ein Kutter.«

Ein Kutter. Vielleicht einer, wie der Zoll sie benutzte, oder, noch besser, unter Marinekommando.

Rasch fragte er: »Wollen wir gehen und ihn uns anschauen?«

Dancer suchte bereits nach seinem Überrock. »Ich bin fertig.«

Bolithos Mutter hob abwehrend die Hände. »Kaum von See zurück, und schon willst du dir wieder Schiffe ansehen! Genau wie dein Vater!«

Die Luft war schneidend kalt wie Eis, aber als sie die Stadt durchquert und den Hafen erreicht hatten, glühten sie vor Eifer und Anstrengung. Gutes und reichliches Essen, regelmäßiger Schlaf und viel Bewegung hatten bei beiden Wunder bewirkt.

Zusammen standen sie auf dem Anlegesteg und beobachteten das langsam zum Ankerplatz kreuzende Schiff. Es war etwa 75 Fuß* lang, bei der stattlichen Breite von über 20 Fuß**, und hatte einen einzigen Mast, einen plumpen, runden Bug und ein recht schwerfälliges Aussehen. Bolitho wußte jedoch, daß gut geführte Kutter dank ihrer großen Segelfläche bis zu fünf Strich an den Wind gehen konnten, und das bei jedem Wetter. Dieser hier

* ca. 25 m
** ca. 7 m

führte ein gewaltiges Großsegel, ein Rahsegel im Topp und vorne Fock und Klüver. Außerdem konnte er noch mehr setzen, sogar Leesegel, wenn erforderlich.

Der Kutter drehte jetzt langsam in den Wind, zügig verschwanden die Segel, während die Besatzung ihn klarmachte zum Ankern. Die rote Flagge und ein Wimpel im Topp boten den einzigen Farbkontrast gegen den bleiernen Himmel. Bolitho hatte dasselbe erregende Gefühl, das ihn immer erfüllte, wenn er einen Teil seiner eigenen Welt sah, und mochte dieser auch noch so klein sein.

Mochte der Kutter auch plump und schwerfällig aussehen, ohne die schimmernden Geschütze und die stolzen Galionsfiguren größerer Kriegsschiffe, so war er doch Repräsentant des Königs.

Er sah den Anker ins Wasser klatschen, sah das übliche Getümmel an den Taljen der Davits beim Ausschwenken der Jolle.

Über das bewegte Wasser hinweg hörten sie das Stimmengewirr und malten sich die Szene an Bord aus. In diesem Schiffskörper von siebzig Fuß Länge drängte sich wahrscheinlich eine Besatzung von sechzig Seelen, obwohl man sich schlecht vorstellen konnte, wie sie es fertigbrachten, auf solch engem Raum zu schlafen, zu essen und zu arbeiten. Diesen Platz mußten sie noch teilen mit Ankertross, Wasser, Proviant, Pulver und Munition. Das ließ jedem nur ein paar Quadratzoll für seine eigene Bequemlichkeit.

Die Jolle war zu Wasser gelassen worden, und Bolitho sah das Schimmern einer weißen Kniehose unter blauem Rock, als der Kommandant einstieg, um an Land zu fahren.

Nachdem das Schiff an seinem Tau entsprechend Wind und Strömung eingeschwoit war, konnte Bolitho den Namen auf dem überhängenden Heck lesen: *Avenger* – der Rächer. Der ermordete Zöllner hätte das zu schätzen gewußt, dachte er grimmig.

Zuschauer hatten sich angesammelt, um den Ankömmling in Augenschein zu nehmen, aber es waren nicht sehr viele. Die Küstenbewohner blieben bei einem Kriegsschiff immer etwas argwöhnisch, auch wenn es nur klein war.

Bolitho schritt nach vorn, als das Boot an der Treppe festmachte. Ein stämmiger Seemann kam auf ihn zu und grüßte.

»Mr. Midshipman Bolitho, Sir?«

Dancer grinste. »Selbst in Zivil wirst du erkannt, Dick!«

Der Seemann fügte hinzu: »Mein Kommandant wünscht Sie zu sprechen, Sir.«

Erstaunt gingen sie zur Anlegertreppe, während der Dreispitz und die Schultern des Kommandanten der *Avenger* über den nassen Steinstufen erschienen.

Bolitho starrte ihn verblüfft an. »Hugh!«

Sein Bruder musterte ihn ungerührt. »Aye, Richard.« Dann nickte er Dancer kurz zu und befahl seinem Bootssteurer: »Fahren Sie zum Schiff zurück und sagen Sie Mr. Gloag, ich werde signalisieren, wenn ich das Boot brauche.«

Bolitho betrachtete ihn verwirrt und mit gemischten Gefühlen. Hugh diente seiner Meinung nach auf einer Fregatte. Er hatte sich verändert, seit sie sich das letzte Mal gesehen hatten. Die Linien um seinen Mund waren schärfer geworden, seine Stimme hatte den strengen Ton des Befehlsgewohnten, aber der Rest war unverändert. Das schwarze Haar war wie sein eigenes und wie das auf einigen Porträts im Hause über dem Kragen adrett mit einer Schleife zusammengebunden. Hughs ruhige Augen wirkten angestrengt nach den langen Stunden der Seefahrt; er trug dieselbe überhebliche Selbstsicherheit zur Schau, deretwegen sie sich schon früher oft in die Haare geraten waren.

Sie fielen nebeneinander in Schritt, Hugh drängte sich an den Zuschauern vorbei, ohne sie eines Blickes zu würdigen.

Unterwegs fragte er: »Geht es Mutter gut?« Die Worte klangen jedoch unbeteiligt, als seien seine Gedanken nicht bei der Sache.

»Sie freut sich bestimmt sehr über deinen Besuch, Hugh. Das wird eine wirkliche Weihnachtsüberraschung für sie.«

Hugh wandte sich an Dancer. »Ihr habt wohl allerhand erlebt auf der alten *Gorgon*?«

Bolitho verbarg ein Lächeln. Da war er wieder, der Stachel, diese Andeutung von Zweifel in der Frage.

Dancer nickte. »Sie haben davon gelesen, Sir?«

»Einiges.« Hugh beschleunigte seinen Schritt. »Auch habe ich den Admiral in Plymouth gesehen und euren Kommandanten gesprochen.« Am breiten Eingangstor blieb er stehen, sein Blick prüfte das Haus, als sähe er es zum erstenmal. »Ich kann es euch ebensogut schon jetzt sagen. Ihr seid meinem Kommando unterstellt, bis diese Angelegenheit hier geklärt ist oder bis meine Fehlstellen an Bord aufgefüllt sind.«

Bolitho starrte ihn an, wütend über Hughs Schroffheit. Vor allem tat es ihm um Dancer leid.

»Fehlstellen?«

Hugh musterte ihn kühl. »Aye. Ich mußte letzte Woche meinen Ersten Offizier und einige gute Leute an Bord einer Prise lassen. In der Marine sind Ersatzoffiziere und Seeleute knapp, wovon ihr natürlich nichts wißt. An Afrikas Küsten mag die Sonne scheinen, hier aber herrscht eisige Wirklichkeit.«

»Hast du uns angefordert?«

Hugh hob die Schultern. »Euer Kommandant hat mir gesagt, daß ihr beide hier seid. Verfügbarkeit und Ortskenntnis entschieden den Rest. Er billigte die Versetzung.«

Das frohe Gesicht seiner Mutter, als sie eintraten, versöhnte Bolitho ein wenig.

Dancer sagte leise: »Es kann ganz lustig werden, Dick. Dein Bruder hat das Auftreten eines erfahrenen Offiziers.«

Widerwillig stimmte Bolitho zu: »Das hat er, weiß Gott!«

Dann sah er, daß Hugh seine Mutter ins angrenzende Zimmer führte. Als sie wieder herauskam, lächelte sie nicht mehr.

»Es tut mir so leid, Dick, und noch mehr für dich, Martyn.«

Dancer erwiderte mit fester Stimme: »Das dürfen Sie nicht sagen, Madam. Wir sind beide gewöhnt, Unerwartetes hinzunehmen.«

»Trotzdem . . .«

Sie wandte sich um, als Hugh wieder eintrat, ein Glas Brandy in der Hand.

»Trotzdem, meine Lieben«, fuhr Hugh an ihrer Stelle fort, »ist es eine ernste Angelegenheit und lediglich die Spitze des Eisberges. Gott allein weiß, was dieser Tor Morgan vorhatte, als er umgebracht wurde; aber kein Zöllner sollte Alleingänge unternehmen.« Sein Blick heftete sich auf Bolitho. »Es geht um weit Schlimmeres als Schmuggel. Zuerst glaubten wir, es läge an dem schlechten Wetter. Wracks sind schließlich nichts Ungewöhnliches an dieser Küste.«

Bolitho fröstelte es. *Das* war es also: Strandräuberei. Das schlimmste aller Verbrechen.

Sein Bruder fuhr in seinem knappen Ton fort: »Aber zu viele wertvolle Ladungen sind hier in letzter Zeit verlorengegangen: Silber und Gold, Spirituosen und kostbare Gewürze. Genug, um eine ganze Stadt zu versorgen oder eine Armee zu finanzieren.« Er hob die Schultern, als sei er der Vertraulichkeiten müde. »Meine Aufgabe ist es, diese Mörder zu finden und den Behörden zu übergeben. Das Warum und Wozu ist nicht die Sache eines Offiziers des Königs.«

Seine Mutter sagte heiser: »Aber Strandräuber! Wie können sie nur hilflose Seeleute anlocken und ausplündern . . .«

Hugh lächelte. »Sie sehen den Landadel unter den an Privatstränden angetriebenen Wracks reiche Beute halten, Mutter. Da geht die Vernunft schnell zum Teufel.«

Dancer protestierte: »Aber es ist ein ungeheurer Unterschied, ob ein Schiff durch Unfall strandet oder absichtlich ins Verderben gelockt wird, Sir!«

Hugh blickte weg. »Möglich. Aber nicht für die Strandwölfe, diese Hyänen, die von Wracks leben.«

Dancer sagte: »Die Nachricht von Ihrer Ankunft wird sich wie ein Lauffeuer verbreiten, Sir.«

Hugh nickte. »Ich werde ein paar Hände schmieren und Versprechungen machen. Einige werden mir Informationen zukommen lassen, nur damit die *Avenger* sonstwohin verschwindet.«

Bolitho sah seinen Freund an. Diese Seite der Marine war ihnen fremd: daß ein Kommandant gegen Bestechungsgelder Informationen sammelte und dann völlig frei und unabhängig seine Entscheidungen traf, ohne erst den Segen der Vorgesetzten abwarten zu müssen.

Die Tür flog auf, Nancy rannte durch den Raum und schlang ihre Arme um des Bruders Hals.

»Hugh! Das ist ja wirklich ein Familientreffen!«

Hugh hielt sie von sich ab und musterte sie eingehend.

»Langsam! Du bist jetzt eine Lady – na, wenigstens beinahe.« Schnell wurde er wieder dienstlich. »Wir laufen mit der Tide aus. Ich schlage vor, Dick geht zum Hafen hinunter und ruft ein Boot.« Sein Ton wurde hart. »Bitte keine Einwände, Mutter. Ich pflege meine Entscheidungen rasch zu treffen. Aber wir werden Weihnachten zusammen verleben, wenn ich es einrichten kann.«

Als Bolitho die Tür schloß, um in seinem Zimmer zu packen, hörte er noch die Stimme seiner Mutter.

»Aber warum bloß, Hugh? Du warst doch gern auf deinem Schiff! Jeder sagte, daß dein Kommandant sehr zufrieden mit dir war.«

Bolitho zögerte. Er haßte heimliches Lauschen, aber er mußte wissen, was sich ereignet hatte.

Hugh erwiderte kurz: »Ich habe die *Laertes* verlassen, weil man mir dieses Kommando anbot. Die *Avenger* ist nicht groß, aber ich bin mein eigener Herr. Ich kann den Zollkuttern und ihren Besatzungen Gewicht und Autorität verleihen, kann völlig nach eigenem Ermessen entscheiden und handeln. Ich bedaure den Wechsel kaum.«

»Aber warum hast du dich so schnell entschieden?«

»Nun, Mutter, es war die beste Lösung, wenn du es genau wissen willst. Ich hatte Streit . . .«

Bolitho hörte seine Mutter aufschluchzen und wäre am liebsten zu ihr geeilt.

Hugh fügte hinzu: »Eben Ehrenhändel.«

»Hast du jemanden im Duell getötet? Oh, Hugh, was wird dein Vater sagen?«

Hugh lachte kurz. »Nein, ich habe ihn nicht getötet. Nur ein bißchen geritzt.«

Er mußte sie in die Arme genommen haben, denn ihr Schluchzen klang ruhiger und gedämpft.

»Und Vater muß es nicht erfahren, wenn du es ihm nicht erzählst.«

Dancer erwartete Richard oben auf dem Treppenabsatz. »Was ist los?«

Bolitho seufzte. »Mein Bruder hat ein hitziges Temperament. Ich glaube, er war in ein Duell verwickelt.«

Dancer lächelte. »In St. James wird alle Augenblicke jemand im Duell verletzt oder getötet. Der König hat es zwar verboten«, er hob die Schulter, »aber das Duellieren geht trotzdem weiter.«

Sie halfen sich gegenseitig beim Wiedereinpacken der Seekisten. Mrs. Tremayne wäre dabei doch nur in Tränen ausgebrochen, auch wenn sie ihr versprochen hätten, bald wiederzukommen.

Als sie die Treppe hinuntereilten, war Hugh schon verschwunden.

Bolitho küßte seine Mutter zum Abschied. Dancer nahm ihre Hand und sagte mit bewegter Stimme: »Selbst wenn ich niemals mehr zurückkehre, Madam, schon dieser eine Besuch war ein großes Geschenk für mich.«

Sie hob den Kopf. »Danke, Martyn, Sie sind ein guter Junge.

Paßt auf euch auf, alle beide!«

Zwei Seeleute warteten bereits am Portal, um die Kisten an Bord zu tragen.

Bolitho lächelte in sich hinein. Hugh war sich also seiner Sache sicher gewesen, wie immer. Er hatte alles unter Kontrolle.

Als sie den Platz vor dem Gasthaus überquerten, rief Dancer plötzlich: »Schau, Dick, die Postkutsche!«

Sie blieben stehen und starrten hinüber, als *ihre* Kutsche auf dem Kopfsteinpflaster polternd an ihnen vorbeischaukelte, während der Postillion ein schmetterndes Hornsignal ertönen ließ.

Sie fuhr zurück nach Plymouth, Kutscher und Wachmann waren sogar noch dieselben wie auf der Herfahrt.

Bolitho seufzte tief. »Wir gehen am besten so schnell wie möglich an Bord. Ich fürchte, Mrs. Tremaynes Kochkünste haben meinen Diensteifer erheblich gedämpft.«

Sie wandten sich wieder der See zu und trabten mit hängenden Köpfen zum Anlegesteg.

Nach einer bewegten Fahrt zu der vor Anker liegenden *Avenger* stellte Bolitho überrascht fest, daß der Kutter für seine geringe Größe relativ stabil lag. Der steife Wind zwang ihn, seinen Hut festzuhalten; einen Augenblick blieb er vor dem engen Niedergang stehen, betrachtete interessiert den stämmigen Mast und das breite Deck, das in dem grauen Licht wie Metall glänzte. Das Schanzkleid hatte auf beiden Seiten Stückpforten für zehn Sechspfünder, während vorn im Bug und achtern im Heck zusätzliche Sockel für Schwenkgeschütze montiert waren. Klein mochte der Kutter sein, aber bestimmt kein Schwächling im Kampf, entschied er.

Eine Gestalt löste sich aus dem geschäftigen Gedränge arbeitender Seeleute und trat den beiden Fähnrichen entgegen. Es war ein Riese an Größe und Umfang, mit einem von Wind und Wetter gebräunten Gesicht, so daß er mehr wie ein Spanier wirkte als wie ein Brite.

Mit dröhnender Stimme sagte er: »Hab' schon von Ihnen gehört.« Er streckte eine große, narbenbedeckte Hand aus: »Andrew Gloag, kommissarischer Segelmeister und Steuermann.«

Bolitho stellte Dancer vor und verglich die beiden dabei: der schlanke, blonde Fähnrich und die gewaltige, unerschütterliche Gestalt Gloags im geflickten blauen Rock. Seinem Namen nach konnte er aus Schottland stammen, jetzt sprach er jedoch unverfälschten Devonshire-Dialekt.

»Die jungen Herren gehen wohl besser nach achtern.« Gloag schielte zur Küste hinüber. »Wir gehen bald Anker auf, wie ich den Kommandanten kenne.« Er grinste, wobei er mehrere Zahnlücken entblößte. »Hoffentlich sind Sie ihm nicht zu ähnlich. Noch ein paar von derselben Sorte könnte ich kaum verkraften!« Lachend schob er sie zum Niedergang. »Gehen Sie hinunter und sehen Sie nach Ihren Sachen.« Er fuhr herum und brüllte durch die hohlen Hände: »Lebhaft da, du fauler Schuft! Beleg' die Leine, oder ich zieh' dir das Fell über die Ohren!«

Bolitho und Dancer kletterten atemlos die kurze Niedergangstreppe hinunter und tasteten sich zu einer kleinen Kabine im Heck weiter, wobei sie mehrfach mit dem Kopf an die niedrigen Decksbalken stießen. Die *Avenger* schien sie mit ihren Geräuschen und Gerüchen zu umfangen, einige wohlvertraut, andere jedoch fremdartig anmutend. Sie wirkte mehr wie ein Lastprahm als ein Kriegsschiff. Offenbar war sie eine Klasse für sich, ebenso wie Andrew Gloag, dessen gewaltige Stimme mühelos durch Wind und Holz drang. Als Steuermannsmaat und kommissarischer Steuermann würde er vermutlich niemals auf dem Achterdeck eines Schiffes wie der *Gorgon* kommandieren, aber hier war er König.

Es fiel Bolitho schwer, sich Gloag bei der Zusammenarbeit mit Hugh vorzustellen. Plötzlich fiel ihm sein Bruder wieder ein, und er fragte sich wie schon so oft, weshalb er ihm im Grunde immer fremd blieb.

Hugh war irgendwie verändert, härter und selbstsicherer, falls dies überhaupt noch möglich war. Genauer gesagt, er wirkte nicht glücklich.

Dancer schob seine Seekiste in eine freie Ecke und setzte sich darauf. Sein Kopf reichte selbst jetzt noch bis fast zu den Decksbalken.

»Was hältst du von allen, Dick?«

Bolitho lauschte auf das Knarren und Ächzen des Holzes, das Klappern und Klatschen nassen Tauwerks in der Takelage über ihren Köpfen. Bald würde es noch lebhafter werden, wenn sie erst einmal den Schutz der Reede verlassen hatten.

»Strandräuberei und Schmuggel, ich glaube, die beiden gehen immer Hand in Hand, Martyn. Der kommandierende Admiral in Plymouth muß jedoch mehr wissen als wir, wenn er so bereitwillig die *Avenger* schickt.«

»Ich hörte deinen Bruder sagen, er habe seinen Ersten Offizier verloren, weil er ihn auf eine Prise überstellen mußte, Dick. Da möchte ich bloß wissen, was aus dem letzten Kommandanten des Kutters geworden ist.« Er lächelte. »Dein Bruder scheint ein besonderes Geschick zu haben, die Leute loszuwerden.« Das Lächeln verschwand. »Tut mir leid, Dick. Das war taktlos von mir!«

Bolitho berührte Dancers Arm. »Nein. Du hast recht, das ist so seine Art.«

Riemen klatschten längsseits ins Wasser, begleitet von weiteren Flüchen und Drohungen Gloags.

»Die Jolle legt wieder ab.« Bolitho zog eine Grimasse. »Hugh kommt an Bord.«

Es dauerte länger als erwartet, bis Hugh völlig durchnäßt vom sprühenden Gischt, grimmigen Gesichts und in unverkennbar schlechter Laune eintraf.

In der Kabine warf er sich auf eine Bank und schnauzte: »Wenn ich an Bord komme, erwarte ich, von meinen Offizieren empfangen zu werden.« Er starrte die Fähnriche wütend an. »Dies ist kein Linienschiff, wo für jede nebensächliche Aufgabe zehn Mann zur Verfügung stehen. Dies ist . . .« Er fuhr herum, als ein verängstigter Seemann zu ihnen hereinblickte. »Wo, zum Teufel, haben Sie gesteckt, Warwick?« Er wartete die Antwort nicht ab. »Bringen Sie Brandy und heißes Wasser dazu.« Der Mann verschwand blitzartig.

In etwas ruhigerem Ton fuhr Hugh fort: »Ihr müßt auf jedem Kriegsschiff, auch wenn es noch so klein ist, immer ein gutes Beispiel geben.«

Bolitho sagte: »Tut mir leid. Ich dachte, da wir deinem Kommando nur attachiert sind . . .«

Hugh lächelte. »Attachiert, gepreßt, freiwillig, ist mir alles gleich. Ihr seid meine Offiziere, bis etwas anderes befohlen wird. Hier wartet Arbeit auf euch!«

Er blickte auf, als Gloag durch die Tür trat, den gewaltigen Körper vornübergebeugt, als wäre er bucklig.

»Setzen Sie sich, Mr. Gloag. Wir trinken noch ein Glas, bevor wir Anker auf gehen. Alles in Ordnung an Deck?«

Der Steuermann nahm seinen verbeulten Hut ab, und Bolitho sah zu seiner Überraschung, daß Gloags Schädel völlig kahl war. Er sah aus wie ein braunes Ei, während das Haar im Nacken und auf den Wangen so dick wuchs wie ein Pelz, als wolle es das Manko wettmachen.

Hugh fuhr fort: »Du wirst die Pflichten des stellvertretenden Kommandanten übernehmen, Richard. Mr. Dancer wird dir dabei helfen. Zwei Hälften ergeben ein Ganzes.« Er lächelte über seinen Witz.

Gloag schien die gespannte Atmosphäre zu spüren und polterte dazwischen: »Ich habe gehört, daß Sie beide das Kommando auf einer Brigg übernommen haben, als Ihre dienstältesten Offiziere krank oder verwundet waren?«

Dancer nickte mit leuchtenden Augen. »Aye, Sir. Auf der *Sandpiper*. Dick kommandierte sie wie ein altgedienter *Offizier.«*

Hugh unterbrach: »Hier ist Brandy.« Halb zu sich selbst fügte er hinzu: »Wir brauchen hier an Bord keine Heldenversammlung, besten Dank!«

Bolitho blinzelte seinem Freund zu. Sie hatten immerhin einen kleinen Sieg über Hughs Sarkasmus davongetragen.

Er fragte: »Was Neues von den Schmugglern, Mr. Gloag?«

»Oh, allerhand. Sie transportieren Spirituosen und Gewürze, Seide und mehr solchen Blödsinn für Leute mit zuviel Geld. Mr. Pyke sagt, wir werden sie bald an den Hammelbeinen fassen.«

Dancer sah ihn an. »Pyke?«

Hugh schob Becher über den niedrigen Tisch. »Pyke ist mein Bootsmann. War früher beim Zoll, bevor er vernünftig wurde und des Königs Rock anzog.« Er hob sein Glas. »Willkommen an Bord, meine Herren!«

Der verängstigte Seemann namens Warwick, der zugleich Messesteward war, brachte eine Lampe herein und hängte sie vorsichtig an einen Decksbalken.

Bolitho setzte gerade sein Glas an die Lippen, als er sah, daß Dancer ihm einen Wink mit den Augen gab. Er blickte in die angezeigte Richtung und sah einen dunklen Fleck auf Hughes weißem Strumpf. Solche Flecken hatte er während des letzten Jahres zu oft gesehen, um ihn nicht sofort als Blut zu erkennen. Im ersten Augenblick glaubte er, Hugh sei verwundet oder hätte sich beim Anbordkommen das Schienbein gestoßen. Dann merkte er jedoch, daß dieser seinem Blick mit einem Gemisch aus Trotz und Beschwörung begegnete.

Getrappel von Füßen war über ihnen zu hören, und Hugh stellte sein Glas vorsichtig auf den Tisch.

»Ihr werdet Wache um Wache gehen. Sobald wir aus der Bucht sind, segeln wir südwärts und gewinnen Seeraum. Ich habe ein paar Informationen, aber noch nicht genügend. Wir setzen keine Lichter, unnötiger Lärm ist zu vermeiden. Meine Leute kennen ihre Arbeit, die meisten von ihnen sind ehemalige Fischer oder Berufsseeleute, gewandt wie die Katzen. Ich will diese Schmuggler oder Strandräuber so schnell wie möglich und gleich mit Stumpf und Stiel ausrotten, bevor ihr Beispiel Schule macht. Ähnliches hat es in dieser Gegend schon früher gegeben, sogar in Kriegszeiten. Der Schwarzhandel blühte in beiden Richtungen, hat man mir erzählt!«

Gloag griff nach seinem Hut und ging gebückt aus der Tür. »Ich mache alles klar zum Auslaufen, Sir.«

Hugh blickte Dancer an. »Gehen Sie mit. Lernen Sie von ihm.

Die *Avenger* ist keine *Gorgon.*« Als Dancer zur Tür ging, während sein Schatten im Licht der schwankenden Laterne hin und her huschte, fügte Hugh halblaut hinzu: »Und auch keine *Sandpiper*, um das gleich klarzustellen.«

Zum erstenmal allein miteinander, musterten sich die Brüder prüfend.

Bolitho schien es, als könne er durch Hughs Maske der verächtlichen Abwehr hindurchsehen. Es war nicht nur die krampfhafte Wahrung seiner Autorität, was beim ersten, wenn auch vielleicht nur vorübergehenden eigenen Kommando des Einundzwanzigjährigen verständlich gewesen wäre. Da war noch etwas anderes, eine deutlich spürbare Unruhe und abwehrende Härte in seinen Augen.

Er brauchte nicht lange zu warten.

Hugh begann zu sprechen, beiläufig zunächst: »Du hast den Fleck gesehen? Schade, aber es ließ sich nicht vermeiden. Ich kann mich darauf verlassen, daß du dichthältst?«

Bolitho paßte seinen Ton dem seines Bruders an und sagte mit gleichgültigem Gesicht: »Mußt du das erst fragen?«

»Nein. Tut mir leid.« Hugh griff zum Brandy und schenkte sich geistesabwesend nochmals ein. »Es war eben eine Angelegenheit, die ich unbedingt noch erledigen mußte.«

»Hier in Falmouth?« Bolitho beugte sich vor, fast wäre er aufgesprungen. »Denkst du denn gar nicht an Mutter?«

Hugh seufzte. »Es war zum Teil ihretwegen. Ein Narr, der sich wegen einer anderen Affäre rächen wollte.«

»Dieselbe Affäre, deretwegen du die *Laertes* verlassen mußtest?«

»Ja.« Sein Blick schweifte in die Ferne. »Er wollte Geld. Also beantwortete ich seine Beleidigungen auf die einzig ehrenhafte Weise.«

»Du hast ihn provoziert und dann umgebracht?« Richard wartete auf ein Zeichen von Schuldbewußtsein.

Doch Hugh zog nur seine Uhr und hielt sie unter die Lampe.

»Der zweite Teil deiner Frage ist richtig. Dieser verdammte Schuft!«

Bolitho schüttelte den Kopf. »Eines Tages wirst du's zu weit treiben.«

Hugh lächelte zum erstenmal. Er schien erleichtert, wie befreit, daß er jetzt das Geheimnis mit jemandem teilte.

»Aber bis zu diesem traurigen Tag, mein Junge, ist noch allerhand Arbeit zu verrichten. Somit begib dich also an Deck und scheuch' die Leute auf. Wir wollen Anker lichten, bevor es dunkel wird. Sonst landen wir noch deinetwegen als zersplittertes Wrack auf dem St. Anthony Head!«

Das Wetter hatte sich erheblich verschlechtert. Als Bolitho durch die Niedergangsluke an Deck stieg, schüttelte der Wind ihn wie mit Fäusten. Gestalten hasteten geschäftig hin und her, das Platschen ihrer nackten Füße auf den nassen Decksplanken erinnerte an eine Herde von Seehunden. Trotz des scharfen Windes und des sprühenden Gischtes trugen die Männer nur ihre karierten Hemden und weite weiße Hosen. Kälte und Nässe schienen ihnen nichts anzuhaben.

Bolitho duckte sich und sprang zur Seite, als die Jolle eingeschwenkt wurde und die Männer an den Davits noch zusätzlich mit eisigem Wasser begoß. Er sah den Bootsmann Pyke, der das Einsetzen leitete, bis das Boot an seinen Klampen festgezurrt war. Man konnte ihn sich gut als Zöllner vorstellen. Er hatte einen verschlagenen, listigen Blick und war völlig anders als jeder Bootsmann, den Bolitho bisher kennengelernt hatte.

Es würde einige Zeit dauern, bis er sich hier eingelebt hatte, dachte er. Überall prüften die Männer das Tauwerk auf den Belegnägeln, nahmen es ab, als erwarteten sie, es gefroren zu finden.

Es würde frühzeitig dunkel werden. Bereits jetzt war das nächstliegende Land undeutlich und verschwommen, die Mauern von Pendennis und St. Mawes formlos und kaum zu erkennen.

Gloag rief: »Drei Mann an die Pinne! Sie wird tanzen wie 'ne Pastorentochter, sobald wir freikommen, Jungs!«

Jemand lachte; das war ein gutes Zeichen. Gloag mochte gefürchtet sein, wurde aber offensichtlich auch geachtet.

Dancer sagte rasch: »Hier kommt unser Kommandant, Dick.«

Bolitho wandte sich um, als sein Bruder an Deck erschien. Trotz des Wetters trug er weder Überzieher noch Ölzeug. Die Aufschläge seines Offiziersrocks leuchteten sehr weiß in dem trüben Halbdunkel, und der Dreispitz saß verwegen schief.

Bolitho legte grüßend die Hand an den Hut. »Der Master sagt, wir sind klar zum Ankerlichten, Sir.« Er war selbst überrascht, wie leicht ihm der förmliche Ton fiel. Aber es war die Marine, die jetzt sprach, nicht der Bruder zum Bruder.

»Danke. Lassen Sie kurzstag hieven und schicken Sie die Leute auf Station. Wir setzen Großsegel und Fock, sobald der Anker freigekommen ist; mal sehen, wie sie das verträgt. Sobald wir frei vom Land sind, will ich Fock und Toppsegel setzen.«

»Gerefft, Sir?«

Die Augen Hughs ruhten einen Augenblick auf ihm. »Abwarten.«

Bolitho lief nach vorn in den plumpen Bug. Es schien unglaublich, daß die *Avenger* so viel Zeug fahren konnte, und das an einem einzigen Mast und bei diesem Wind!

Er lauschte auf das metallische Klicken der Pallen, als die Männer ihr ganzes Gewicht in die Spillspaken legten. Er stellte sich vor, wie der Anker, mit seinen Flunken im Boden eingegraben, darauf wartete, herausgebrochen zu werden. In Augenblicken wie diesen malte er sich das oft aus.

Er schreckte aus seinen Gedanken, als sein Bruder mit scharfer Stimme rief: »Mr. Bolitho! Mehr Leute ans Großsegel! Das wird harte Arbeit!«

Gloag schlug seine riesigen Hände zusammen wie Bretter. »Wind hat einen Strich geschralt, Sir!« Er grinste in den peitschenden Gischt, von seinem Gesicht strömte das Wasser. »Soll uns nur recht sein.«

Bolitho kletterte über ungewohnte Geschütztaljen und dickes Tauwerk, vorbei an ihm fremden Seeleuten und Unteroffizieren, bis er ganz vorn am Steven war. Er sah die gespannte Ankertrosse, die durch die Klüse hereinpolterte, als sich jetzt mehr Leute in die Handspaken legten. Auf beiden Seiten des Vorderstevens schäumte der Gezeitenstrom vorbei, als sei die *Avenger* schon in voller Fahrt.

Der Bootsmann kam nach vorn und stellte sich neben ihn. »Die richtige Nacht für unsere Zwecke, Sir!« Er erklärte es nicht weiter, sondern beschrieb einen alles umfassenden Kreis mit seiner Faust. Dann schrie er: »Ist kurzstag*, Sir!«

Nun schien alles auf einmal zu passieren, als der Anker allmählich auf und nieder** kam und die Leute sich auf das Großsegel warfen, als hinge von dessen gewaltigem Baum ihr Leben ab. Bolitho mußte zur Seite springen, als das Vorsegel plötzlich freibrach und sich donnernd aufbäumte, aber sofort wieder von

* mit straff gespannter Ankertrosse
** mit senkrechter Ankertrosse

den Männern zusammengeschlagen und unter Kontrolle gebracht wurde.

Pyke rief nach achtern: »Anker ist frei, Sir!«

Die Wirkung war überraschend. Großsegel und Fock füllten sich knallend, die *Avenger* legte sich unter dem Druck von Wind und Strom ruckartig auf die Seite und schien seitwärts in ihr sicheres Verderben zu gleiten.

Gloag brüllte heiser: »Schoten dicht, Mr. Pyke, lebhaft!«

Bolitho fühlte sich plötzlich überflüssig und im Wege, als die Männer jetzt hierhin und dorthin sprangen, blind gegenüber dem Spritzwasser, das gurgelnd und schäumend über die Leereling rauschte.

Und dann, ebenso plötzlich, war alles vorüber. Die *Avenger* lag höher am Wind als jedes Schiff, das er bisher gesehen hatte, nachdem das riesige Großsegel und die flossenförmige Fock dichtgeschotet waren, wie Gloag befohlen hatte, und zwar so dicht, daß sie beinahe mittschiffs standen. Bolitho suchte sich einen Weg durch das Getümmel der arbeitenden Seeleute nach achtern, bis er an die lange Ruderpinne kam, an der drei Männer breitbeinig standen, weder Segel noch Kompaß aus den Augen lassend. Schaum wirbelte unter dem Heck hervor, und Bolitho sah, daß Dancer ihm vom Vordeck aus zugrinste – wie ein Schuljunge mit einem neuen Spielzeug.

Hugh blickte ihn ebenfalls an, die Lippen zu einem Strich zusammengepreßt.

»Nun?« Hughs Frage war zugleich auch eine Drohung.

Bolitho nickte. »Ein Klasseschiff, Sir! Sie fliegt wie ein Vogel!«

Der Bootsmann stapfte an die Luvreling und starrte zu der verschwommenen Küstenlinie hinüber.

»Aye, Mr. Bolitho. Und ich wette, ein paar Teufel beobachten diesen Vogel jetzt ganz genau!«

Das Land schob sich rasch vorbei, und Bolitho sah, wie der Gischt von den Kämmen der Brecher gepeitscht wurde und in langen Streifen davonstob, als sie sich jetzt der gefährlichen Landzunge näherten.

Pyke schrie durch die trichterförmig gehaltenen Hände: »Klar zum Aufentern!« Er blickte in des Kommandanten starres Gesicht, als erwarte er einen Widerruf seiner Forderung nach noch mehr Tuch. Als dieser jedoch nichts sagte, fügte er herzhaft hinzu: »Und einen Extraschluck für denjenigen, der als erster wieder unten ist!«

Bolitho versuchte, sich jeden Teil des jetzt rasch dunkler werdenden Decks einzuprägen, bis er glaubte, es auch bei völliger Dunkelheit den eifrigen Seeleuten gleichtun zu können in diesem Gewirr von Tauwerk und Blöcken, die dem Schiff erst das Leben verliehen.

Hugh und Master Gloag schienen zufrieden, als sie die arbeitenden Seeleute und die Segelstellung beobachteten und gelegentlich einen Blick auf den Kompaß warfen. Was für einen Riesenschritt ich doch noch vor mir habe, dachte Bolitho: vom Fähnrichslogis zu einem Platz auf dem Achterdeck. Sein Bruder war mit einundzwanzig Jahren schon auf einem ganz anderen Niveau. In wenigen Jahren hatte er dieses erste, winzige Kommando vielleicht schon vergessen und kommandierte wahrscheinlich seine eigene Fregatte. Die *Avenger* jedoch spielte für ihn trotzdem eine lebenswichtige Rolle, vorausgesetzt, daß er sich aus weiteren Affären heraushielt und seinen Degen privat in der Scheide ließ.

»Mr. Bolitho!«

Hughs Stimme schreckte ihn auf.

»Ich habe vorhin gesagt, daß ich an Bord keine Passagiere brauche! Also bewegen Sie sich gefälligst und schicken Sie mehr Leute nach vorn. Wir setzen den Klüver, sobald die Toppsgasten oben sind.«

Als die Dämmerung allmählich tiefer Dunkelheit wich, warf sich die *Avenger* gegen die steiferen Kämme der offenen See. Stampfend schleuderte ihr Bug ganze Bretter aus Gischt beiseite, wenn er sich von der schwindelnden Höhe eines Wogenkammes in das tiefe Wellental stürzte. Schließlich ging sie über Stag und wies mit ihrem Steven nach Süden.

Stunde um Stunde trieb Hugh seine Besatzung an, bis sie zum Umfallen müde war. Das nasse, gefrierende Segeltuch, eisenhart und unnachgiebig, machte den Fäusten der vom Salzwasser geblendeten Männer schwer zu schaffen, und das ständige Donnern der prallen Segel übertönte sogar das Toben der See. Das Kreischen der Blöcke, wenn das aufgequollene Tauwerk durchgeholt wurde, das Stampfen der Füße an Deck, ein gelegentlicher Kommandoruf vom Achterdeck, alles zusammen vereinigte sich zu einem gewaltigen Chor der Anstrengung.

Selbst der jugendliche Kommandant des Kutters mußte schließlich zugeben: zuviel war zuviel. Zögernd und widerstrebend befahl er, Toppsegel und Klüver für den Rest der Nacht zu bergen.

Schließlich kroch die Freiwache keuchend und zerschunden zu einer kurzen Atempause unter Deck. Manch einer von ihnen schwor, er werde nie wieder den Fuß an Bord setzen, sobald sie erst im Hafen waren. Doch das schworen sie immer. Und gewöhnlich kamen sie dann doch wieder zurück.

Andere waren zu erschöpft, um überhaupt noch denken zu können, und ließen sich in ihrem Logis einfach fallen. Dort lagen sie dann inmitten des im Brackwasser hin und her schwappenden Gemisches aus nassen Kleidungsstücken und losem Tauwerk, bis der nächste Ruf ertönte: »Alle Mann an Deck zum Segelbergen!« Darauf brauchten sie nie lange zu warten.

Als Bolitho endlich in seiner Behelfskoje lag, hin und wieder hochgeschleudert vom wilden Stampfen des Schiffes, dachte er daran, wie sich der Urlaub wohl gestaltet hätte, wenn er Dancers Einladung nach London gefolgt wäre.

Ein Lächeln spielte um seine Lippen, bevor er in tiefen Schlaf fiel. Das wäre ein Unterschied wie Tag und Nacht gewesen.

IV Keine andere Wahl

Leutnant Hugh Bolitho saß festgekeilt in einer Ecke der niedrigen Kabine, einen Fuß gegen ein Spant gestemmt, um sich zu halten. Die *Avenger* lief rollend und stampfend, mit Geklapper und Geknarre durch einen dichten Vorhang aus Hagel und Schnee vor dem Wind nach Süden.

Die beiden Fähnriche, Master Gloag und Pyke, der verschlagen blickende Bootsmann, vervollständigten die Versammlung. Die Luft in dem engen Raum war schwer von Dunst, Feuchtigkeit und dem scharfen Geruch nach Brandy.

Bolitho glaubte vergessen zu haben, wie sich ein trockener Faden auf dem Leib anfühlte. Zwei Tage und Nächte lang, während die *Avenger* an der Küste Cornwalls entlanggekreuzt war, hatte er kein einziges Mal mehr als ein paar Minuten geschlafen. Hugh schien niemals zu ruhen. Er rief ständig zu besonderer Wachsamkeit auf, obgleich nur ein Verrückter bei diesem Wetter unterwegs sein konnte. Jetzt, nachdem sie das gefürchtete Kap Lizard mit seinem Kranz gefährlicher Riffe gerundet hatten, lagen sie in Lee der Küste beigedreht. Obgleich es stockdunkel und kein Land in Sicht war, spürten sie dessen Nähe, empfanden das Land nicht als Freund, sondern als tückischen Feind, der darauf wartete, ihnen den Kiel herauszureißen, wenn sie auch nur einen einzigen Fehler machten.

Bolitho war beeindruckt von seines Bruders äußerlicher Ruhe, der Art und Weise, wie er seine Pläne ohne das geringste Anzeichen von Unsicherheit formulierte. Er stellte fest, daß Gloag dem Urteil seines Kommandanten völlig vertraute, obwohl er doch alt genug war, um dessen Vater zu sein.

Hugh sagte jetzt: »Ich hatte beabsichtigt, einen Landungstrupp auszubooten oder selbst an Land zu gehen, um diesen Informanten zu treffen. Das Wetter hat mir aber einen Strich durch die Rechnung gemacht. Ein Boot würde schwerlich die verabredete Stelle finden, und damit entfiele das Überraschungsmoment.«

Bolitho blickte Dancer an, ob dieser wohl ebenso befremdet war wie er selbst. Informanten, heimliches Rendezvous im Dunkeln, es war eine völlig andere Marine, als sie beide kannten

Pyke warf abrupt dazwischen: »Ich kenne das Terrain gut, Sir. Es ist die Bucht, wo Morgan erledigt wurde. Wie geschaffen für das Anlanden von Schmuggelware.«

Hughs Blick blieb neugierig an Pyke haften. »Glauben Sie, daß Sie sich mit dem Kerl treffen könnten? Schließlich hätte die Warterei hier keinen Zweck, wenn die Vögel ausgeflogen wären. Eben das soll er uns verraten.«

Pyke spreizte die Hände. »Ich kann es versuchen, Sir.«

»*Versuchen* reicht nicht, verdammt!«

Bolitho beobachtete Hugh. Wieder ging sein Temperament mit ihm durch, und er sah die beinahe physische Anstrengung, die es ihn kostete, sich zu zügeln.

Ruhiger fügte er hinzu: »Sie wissen, was ich meine?«

»Aye, Sir. Wenn wir an Land kommen, ohne das Boot leckzuschlagen, erreichen wir auch seine Hütte.«

Hugh nickte lebhaft. »Gut. Dann rudern Sie so schnell wie möglich mit dem Landetrupp hinüber, finden Sie heraus, was der Mann weiß, aber bezahlen Sie ihn noch nicht. Wir müssen sichergehen.« Er blickte seinen Bruder an. »Du, Richard, gehst mit Mr. Pyke. Die Anwesenheit meines – äh – Stellvertreters gibt der Sache mehr Gewicht.«

Gloag rieb sich den kahlen Schädel. »Dann gehe ich jetzt an Deck und peile den Strom ein. Schließlich wollen wir Ihren Bruder nicht schon bei seinem ersten Einsatz verlieren.« In sich hineinkichernd, ging er nach oben.

Sein Kichern brach ab, als eine Stimme an Deck rief: »Brecher in Lee voraus, Sir!« Das war Truscott, der Stückmeister, der allein Wache schob, während seine Vorgesetzten über Strategie und Taktik grübelten.

Hugh knurrte wütend: »Hier gibt's einfach zu viele Riffe. Gehen Sie an Deck, Mr. Dancer. Lassen Sie die Jolle aussetzen und mustern Sie den Landungstrupp. Sehen Sie zu, daß alle bewaffnet sind, aber stellen Sie sicher, daß keine einzige Schußwaffe geladen ist. Ich will nicht, daß irgendein übereifriger Idiot aus Versehen vorzeitig feuert.« Seine Augen blitzten böse. »Sie sind mir persönlich dafür verantwortlich!«

Danach entspannte er sich ein wenig. »Mehr können wir im Augenblick nicht tun. Die Leute behaupten, daß eine Ladung Schmuggelgut in der nächsten Bucht, nordwestlich von hier, abgeworfen worden sei. Angeblich soll sie dort liegenbleiben, bis jeder glaubt, die *Avenger* sei verschwunden.« Er schlug mit der Faust auf den Tisch. »Sie erzählen zwar eine ganze Menge, aber nichts von wirklichem Wert.«

Pyke grinste. »Das klingt aber echt, Sir. Ich werde auf alle Fälle die Hundertfüßler mitnehmen.«

Wieder rief eine Stimme von oben: »Boot ist klar, Sir! Mr. Gloag läßt fragen, ob der junge Herr sich beeilen könnte?«

Hugh nickte. »Sofort.« Er ging hinauf an Deck.

Bolitho spürte die nasse Kälte bis in die Knochen. Das bequeme Leben zu Hause hatte ihn bereits verwöhnt, dachte er reumütig. Müde und ausgelaugt von See und Wind, hatte er einen ausgesprochenen Tiefpunkt.

Er blickte hinunter zu dem hin und her geschleuderten Boot. Es war so dunkel, daß er nicht einmal dessen Umrisse ausmachen konnte, er sah lediglich einen wild stampfenden Schemen in einem Bett aus weißem, leuchtendem Gischt.

Dancer eilte herbei und ergriff ihn am Arm. »Ich würde gern mit dir gehen, Dick!«

»Das wäre mir auch lieber. Ich fühle mich zwischen diesen Leuten wie ein Anfänger.«

Sein Bruder Hugh kam über die schlüpfrigen Decksplanken zu ihnen.

»Weg mit euch! Steigen Sie ein, Bootsmann!« Er wartete, bis Pyke über die Reling gestiegen und verschwunden war, und fügte rasch hinzu: »Halte die Augen auf. Ich bleibe beigedreht liegen, wenn es geht, auf jeden Fall bin ich bei Hellwerden in der Nähe. Wenn die Informationen stimmen, haben wir eine Chance.«

Bolitho schwang sich über das Schanzkleid und wartete, bis seine Augen sich an die Dunkelheit gewöhnt hatten. Ein falscher Schritt, und er mußte weggeschwemmt werden, wie ein Holzsplitter im Mühlbach.

Das Boot legte ab und schor frei von der *Avenger*, bevor er wieder zu Atem gekommen war; Pyke führte die Ruderpinne und spähte über die Köpfe der Männer an den Riemen hinweg, als suche er einen Weg durch die Reihe der anstürmenden Brecher.

Um sich abzulenken, fragte Bolitho: »Was sind eigentlich Hundertfüßler, Mr. Pyke?«

Der Schlagmann grinste, seine Zähne leuchteten weiß in der Dunkelheit. »Hier, Sir!« Er trat nach etwas, als er sich beim nächsten Schlag in den Riemen legte.

Bolitho bückte sich und ertastete zwei enorme Draggen, Suchanker, aber eine Sonderanfertigung, die er noch nie gesehen hatte:

ihre zahllosen Flunken sahen aus wie Insektenbeine.

Pyke wandte den Blick nicht von der Küstenlinie, als er jetzt sagte: »Die Schmuggler versenken gewöhnlich ihr Schmuggelgut und warten, bis die Luft rein ist. Dann bergen sie es, wenn an Land alles klar zur Übernahme ist. Meine Hundertfüßler baggern auch das kleinste Bündel vom Grund herauf.« Humorlos lachte er vor sich hin. »Ich habe schon allerhand heraufgeholt während meiner Zeit beim Zoll.«

Der Bugmann rief: »Land voraus, Sir!«

Das Boot glitt vorwärts, der Gischt zischte zwischen den Riemenblättern hindurch und über die ohnehin völlig durchnäßten Seeleute.

»Laß laufen.«

Eine große Felstafel glitt an ihrer Steuerbordseite vorüber und erstickte das Tosen der Brandung wie eine ungeheure Tür.

Mit einem heftigen Stoß lief das Boot auf festem Sand auf. Die Leute sprangen fluchend ins Wasser, um die Wucht des Aufpralls zu dämpfen, während andere das Boot am Bug zwischen kleineren Felsblöcken hindurchzogen.

Bolitho versuchte, sein Zähneklappern zu unterdrücken. Er mußte sich darauf verlassen, daß Piyke genau wußte, was er tat. Dies hier war also die Bucht, aber für Bolitho hätte es das Ende der Welt sein können.

Pyke musterte ihn in der Dunkelheit. »Nun, Sir?«

»Sie kennen dieses Geschäft besser als ich.«

Bolitho war es klar, daß einige der Männer lauschten und sie beobachteten, aber es war weder der Ort noch der rechte Zeitpunkt, seine Würde auf Kosten der Sicherheit zu wahren. Er war zwar der stellvertretende Kommandant der *Avenger*, aber andererseits erst ein junger Fähnrich.

Pyke grunzte, zufrieden oder verächtlich, das ließ sich nicht feststellen.

Dann rief er: »Zwei Mann bleiben beim Boot! Ladet jetzt eure Waffen.« Dann deutete er aufwärts in die Dunkelheit. »Ashmore, du beziehst dort oben Posten. Paß auf, daß sich kein neugieriger Halunke in der Gegend herumtreibt.«

Unsichtbar fragte Ashmore aus dem Dunkel: »Und wenn einer auftaucht, Sir?«

»Dann schlag ihm den Schädel ein, zum Teufel!«

Pyke schnallte seinen Gürtel fest. »Der Rest kommt mit uns.«

Zu Bolitho sagte er: »So eine Nacht wie diese ist genau richtig.«

Der Schnee wirbelte um sie herum, als sie sich einen steilen, gewundenen und schlüpfrigen Pfad aufwärtstasteten. Als Bolitho einmal anhielt, um an einer besonders steilen und glatten Stelle seinem Nachfolger die Hand zu reichen, sah er weit unter sich die See, die in endloser Reihe anstürmenden, schwarzen, leuchtend weiß gekrönten Brecher.

Plötzlich dachte er an seine Mutter. Es kam ihm völlig unwirklich vor, daß sie nur etwa zwölf Meilen von ihn entfernt sein sollte; immerhin war es ein gewaltiger Unterschied zwischen der Vogelfluglinie und dem Zickzackkurs der *Avenger* bis in diese Bucht.

Pyke schien unermüdlich. Seine langen, hageren Beine trugen ihn mit einer Geschwindigkeit und Sicherheit aufwärts, als täten sie das jeden Tag.

Bolitho versuchte, die Kälte und den ihn blendenden Schneeregen zu ignorieren. Es war wie ein Weg ins Nirwana.

Er prallte gegen Pykes Rücken, als dieser plötzlich innehielt und zischte: »*Leise!* Irgendwo dort oben muß die Hütte stehen.«

Bolitho griff nach seinem Degen und spitzte die Ohren.

Pyke nickte. »Ja, hier entlang.« Er eilte weiter auf dem Pfad, der nun allmählich flacher wurde.

Kurz darauf schimmerte wie ein heller Felsblock die Hütte aus dem Schneeregen. Sie war kaum größer als ein normales Zimmer, hatte sehr niedrige Wände, ein Strohdach und kleine, blinde Fenster.

Bolitho überlegte, wer wohl hier in der Einsamkeit wohnen mochte. Es mußte ziemlich weit sein bis zur nächsten Siedlung oder gar bis zu einem Dorf.

Pyke studierte die kleine Hütte mit beruflichem Interesse. Zu Bolitho sagte er: »Der Mann heißt Portlock und ist sich für nichts zu schade: Wildern, Spitzeln für die Anwerber, Schmuggel – er faßt alles an, was Geld bringt.« Pyke lachte kurz auf. »Wie der's all die Jahre fertiggebracht hat, dem Henker zu entgehen, ist mir ein Rätsel.« Er seufzte. »Robins, gehen Sie eine halbe Kabellänge* weiter und passen Sie gut auf. Coote, Sie stellen sich auf die Rückseite der Hütte. Da ist zwar keine Tür, aber man kann nie wissen.« Er blickte Bolitho an. »Klopfen Sie lieber.«

* ca. 92 m

»Ich denke, wir sollen leise sein?«

»Nur zu Anfang. Bis hierher sind wir wohl unbemerkt gekommen.« Leise näherte er sich der Hütte. »Wenn wir aber jetzt beobachtet werden, Mr. Bolitho, muß es offiziell aussehen, sonst wird der redselige Mr. Portlock bald wie ein Fisch aufgeschlitzt.«

Bolitho nickte. Er lernte ständig dazu.

Dann zog er seinen Degen und schlug nach kurzem Zögern kräftig mit dem Griff gegen die Tür.

Zunächst passierte nichts, man hörte lediglich das Prasseln des Schneeregens, das keuchende Atmen der Seeleute.

Nach einer ganzen Weile rief eine Stimme: »Wer ist da, mitten in der Nacht?«

Bolitho schluckte. Er hatte nach Pykes Beschreibung eine grobe Männerstimme erwartet, aber es war eine weibliche, noch dazu klang sie jung und verängstigt.

Er spürte die Spannung der Seeleute und rief mit fester Stimme: »Im Namen des Königs, öffnen Sie, Madam!«

Langsam und zögernd wurde die Tür aufgemacht, das spärliche Licht einer trüben Laterne warf einen schwach orangefarbenen Schimmer über ihre Füße.

Pyke schob sich ungeduldig durch die Tür und rief: »Einer von euch bleibt draußen!« Er schnappte sich die Laterne, schwenkte sie suchend durch den Raum und sagte: »Wie eine verdammte Gruft!«

Bolitho hielt den Atem an, als das Innere der Hütte sichtbar wurde.

Selbst bei dieser dürftigen Beleuchtung sah er, daß sie vor Schmutz starrte. Alte Fässer und Kisten lagen unordentlich auf dem Boden herum, während Treibholz und anderes Strandgut an den Wänden und rund um den fast erloschenen Kamin wie eine Barrikade aufgeschichtet waren.

Bolitho warf einen Blick auf das Mächen, das die Tür geöffnet hatte. Es trug kaum mehr als Lumpen und war trotz des kalten Fußbodens aus festgestampfter Erde barfuß. Ihm wurde fast übel. Sie mußte ungefähr in Nancys Alter sein, überlegte er.

Ein Mann, der wohl Portlock sein mußte, stand an der hinteren Wand und sah genauso aus, wie Bolitho ihn sich vorgestellt hatte: brutal, grobgesichtig, einer, der für Geld alles tun würde.

Der Kerl rief jetzt mit heiserer Stimme: »Ich hab' nichts getan! Wer gibt euch das Recht, hier mitten in der Nacht einzudringen?«

Als niemand antwortete, wurde er kühner und reckte sich hoch auf.

»Was für ein Offizier sind Sie eigentlich?«

Er starrte Bolitho so haßerfüllt an, daß dieser die Wut des Mannes fast körperlich zu spüren glaubte.

»Das lasse ich mir nicht gefallen, nicht von so einem grünen Jungen!«

Pyke huschte hinüber wie ein Schatten. Sein erster Schlag warf Portlock keuchend auf die Knie, der zweite schleuderte ihn zu Boden, wo er auf der Seite liegenblieb. Ein roter Blutfaden lief über sein Kinn.

Pyke war nicht einmal außer Atem. »Nur damit wir uns richtig verstehen!« Er trat zurück und balancierte auf den Fußballen, während Portlock sich stöhnend vom Boden erhob. »In Zukunft wirst du einen Offizier des Königs mit Respekt behandeln, gleichgültig, wie alt er ist, verstanden?«

Bolitho hatte das Gefühl, daß ihm die Führung entglitt. »Sie wissen genau, warum wir hier sind.« Er sah, wie sich der Blick des Mannes in Sekundenschnelle von Wut in Unterwürfigkeit wandelte.

»Ich mußte doch ganz sichergehen, junger Herr.«

Bolitho wandte sich angeekelt ab. »Oh, stellen Sie ihm in Gottes Namen schon Ihre Fragen«, sagte er zu Pyke.

Er blickte nach unten, weil eine Hand seinen Arm berührte. Es war das Mädchen, das seinen durchnäßten Rock befühlte, wobei es leise vor sich hinsummte wie eine Mutter, die ihr Kind im Arm hält.

»Zurück, Mädchen!« rief ein Seemann scharf. Zu Bolitho gewandt, sagte er heftig: »Diesen Blick kenne ich, Sir. So gierig, wie wenn sie die Gehenkten noch am Galgen fleddern!«

Pyke fügte hinzu: »Oder die Unglücklichen, die das Pech hatten, hier zu stranden!«

Portlock sagte: »Von alldem weiß ich nichts, Sir!«

»Wir werden ja sehen.« Pyke betrachtete ihn kalt. »Ist die Ladung noch hier?«

Portlock nickte, wobei er den Bootsmann wie ein verängstigtes Kaninchen anstarrte. »Aye.«

»Gut. Und wann soll sie abgeholt werden?« Sein Ton wurde

schärfer. »Lüg' nicht!«

»Morgen früh, bei Niedrigwasser.«

Pyke blickte Bolitho an. »Ich glaube ihm. Bei Niedrigwasser ist es leichter, die Ware auf den Haken zu bekommen.« Er zog eine Grimasse. »Außerdem sind die Zollboote dann gezwungen, im tieferen Wasser zu bleiben.«

Bolitho sagte: »Dann rufen wir wohl besser die Leute wieder zusammen.«

Pyke aber beobachtete Portlock noch immer. Schließlich sagte er: »Du bleibst hier.«

Portlock protestierte. »Aber mein Geld! Man hat mir versprochen . . .«

»Verdammt sei dein Geld!« Bolitho konnte sich nicht bebeherrschen, obwohl er merkte, daß Pyke ihn amüsiert betrachtete. »Wenn du uns verrätst, geht es dir genauso dreckig wie denen, die du jetzt an uns verraten hast!«

Er blickte das Mädchen an, sah den blauen Fleck auf seiner Wange, den Ausschlag um den Mund. Als er aber die Hand tröstend ausstreckte, schreckte sie zurück und hätte ihn wohl angespuckt, wäre nicht ein stämmiger Seemann dazwischengetreten.

Pyke verließ die Hütte und wischte sich dabei das Gesicht ab. »Sparen Sie sich Ihr Mitleid, Mr. Bolitho. Abschaum zeugt Abschaum.«

Bolitho fiel neben Pyke in Schritt. Die funkelnden Geschütze und hellen Segelpyramiden eines Linienschiffes schienen ihm weiter entfernt denn je. Dies hier war Verkommenheit auf ihrer untersten Stufe, wo selbst die kleinste Regung von Anstand als Schwäche ausgelegt wurde.

Er hörte sich selbst sagen: »Dann bringen wir's schnell hinter uns. Ich habe genug von diesem Ort.«

Der Schneeregen umwirbelte sie in dichten Flocken wie zur Begrüßung, und als Bolitho noch einmal zurückblickte, war die Hütte bereits in dem weißen Gestöber verschwunden.

»Hier können wir genausogut warten wie woanders.« Pyke rieb sich die Hände und hauchte sie an. Es war das erste Zeichen von Unbehagen, das er sich anmerken ließ.

Bolitho fühlte, wie seine Füße in Schneematsch und halbgefrorenem Gras einsanken, und bemühte sich, nicht an Mrs. Tremaynes heiße Suppe oder an ihren köstlichen Schlummerpunsch zu denken. Zwei Stunden lang hatten sie sich jetzt in der grimmigen Kälte einen Weg über die Klippen erkämpft, ständig vom eisigen Wind bedroht, der sie ins Dunkel hinabschleudern wollte, und völlig auf Pykes Führung angewiesen.

Dieser sagte unvermittelt: »Dort unten liegt die Bucht. Nichts Besonderes, aber gut geschützt. Ein paar große Felsbrocken versperren den Zugang für alle, bis auf die Neugierigsten. Bei Niedrigwasser ist der Strand fest und stark abfallend.« Er nickte nachdrücklich. »Dann werden sie kommen. Oder in der nächsten Nacht.«

Einer der Seeleute seufzte, und der Bootsmann knurrte böse: »Was hast du denn erwartet – 'ne warme Hängematte und ein großes Bier?«

Bolitho nahm sich zusammen, um nicht ebenfalls zu klagen, und setzte sich auf einen Erdhügel. Zu beiden Seiten lagerte sich die kleine Gruppe der Seeleute, sieben an der Zahl, so gut es ging. Drei weitere waren irgendwo hinter ihnen bei der Jolle. Keine große Streitmacht, wenn es zum Kampf kommen sollte. Andererseits waren sie alle Berufsseeleute, hart, diszipliniert und kampfbereit.

Pyke zog eine Flasche aus der Rocktasche und reichte sie Bolitho. »Brandy.« Er schüttelte sich vor lautlosem Lachen. »Den hat Ihr Bruder vor einiger Zeit einem Schmuggler abgenommen.«

Bolitho trank einen tüchtigen Schluck aus der Flasche. Es brannte wie Feuer und verschlug ihm fast den Atem, war aber im Augenblick gerade das Richtige.

Pyke sagte: »Reichen Sie sie ruhig weiter, wir müssen hier ziemlich lange warten.«

Bolitho hörte, wie die Flasche von Hand zu Hand ging und das beifällige Grunzen der Leute nach jedem Schluck.

Doch alles Unbehagen war sofort vergessen, als jemand plötzlich ausrief: »Ich habe einen Schuß gehört!«

Pyke ergriff die Flasche und steckte sie wieder in seine Rocktasche. »Aye! Ein kleines Kaliber.« Besorgt starrte er in die Dunkelheit. »Kam von einem Schiff irgendwo dort draußen. Muß in Seenot sein.«

Bolitho fröstelte es noch mehr. Diese Küste war geradezu übersät mit Wracks: Schiffe aus der Karibik, aus dem Mittelmeer, von überall her. Unzählige Seemeilen hatten sie hinter sich gebracht, und dann, auf dem letzten Teil der Reise, vor Cornwall ...

Felsen, die ihnen den Kiel herausrissen, von Brandung umtobte, scharfe Klippen, die auch dem ausdauerndsten Schwimmer die Rettung verwehrten.

Und jetzt, nach allem, was er gehört hatte, auch noch Strandräuber, diese Mordgesellen!

Vielleicht hatten sie sich getäuscht? Aber noch während er in diesem Gedanken Trost suchte, ertönte ein zweiter Knall von der offenen See her, und das Echo brach sich an den Felsen ringsum.

Ein Seemann flüsterte aufgeregt: »Hat sich höchstwahrscheinlich verirrt, den Lizard mit Land's End verwechselt. Ist schon öfter vorgekommen, Sir.«

Pyke grunzte: »Arme Teufel.«

»Was machen wir?« Bolitho versuchte, in Pykes Gesicht zu lesen. »Wir können sie doch nicht ihrem Schicksal überlassen!«

»Ist noch nicht gesagt, daß sie auf Grund geraten werden, und wenn, ob sie sinken. Vielleicht setzen sie sich bei Porthleven auf oder treiben wieder frei.«

Bolitho wandte sich ab. Pyke war es wohl völlig gleichgültig, er hatte nur Interesse an seiner Aufgabe, möglichst rasch das Schmuggelgut zu finden und zu bergen.

Er malte sich das unbekannte Schiff aus. Möglicherweise hatte es Passagiere, vielleicht kannte er sogar einige von ihnen ... Er stand auf. »Gehen wir auf die andere Seite der Bucht, Mr. Pyke. Wir können genausogut auf der Landspitze gegenüber warten. Wahrscheinlich kommt das Schiff bald in Sicht.«

Pyke sprang auf. »Das ist zwecklos, sage ich Ihnen!« Er schien außer sich vor Ärger. »Was passieren soll, passiert. Der Captain hat uns klare Befehle gegeben, wir müssen ihm gehorchen!«

Bolitho fühlte, daß alle ihn ansahen.

»Robins, gehen Sie zum Boot und sagen Sie den Leuten dort, was wir vorhaben. Finden Sie hin?«

Robins hätte nur zu verneinen brauchen, Unwissenheit vorschützen können, und das Ganze wäre vorüber gewesen, bevor es angefangen hatte. An die Namen der anderen Leute konnte er sich kaum erinnern.

Aber Robins antwortete munter: »Aye, Sir, ich finde schon den

Weg.« Er zögerte. »Und dann, Sir?«

Bolitho zögerte. »Bleiben Sie dort. Wenn ihr die *Avenger* bei Tagesanbruch sichtet, müßt ihr hinüberpullen und meinem – äh – dem Kommandanten melden, was wir vorhaben.«

Es war geschehen. Er hatte Hughs Befehle mißachtet, Pyke übergangen und es auf sich genommen, nach dem Schiff in Seenot Ausschau zu halten. Sie hatten nur ihre Waffen, nicht einmal einen von Pykes Hundertfüßlern, um das Schiff in tieferes Wasser zu lotsen.

Pyke sagte verächtlich: »Folgt mir also. Aber ich möchte klarstellen: Ich bin absolut dagegen!«

Sie schlugen einen anderen schmalen Pfad ein, jeder in seine Gedanken versponnen.

Bolitho dachte an die Brigg *Sandpiper,* auf der er zusammen mit Dancer ein Piratenschiff gestellt hatte, das doppelt so groß war wie sie selbst. Wieder wünschte er, daß sein Freund jetzt bei ihm wäre.

Als sie gerade um einen Felsvorsprung kletterten, rief ein Seemann mit vor Erregung heiserer Stimme: »Dort, Sir, Lichter!«

Bolitho starrte verblüfft hinüber, obgleich er etwas Ähnliches schließlich erwartet hatte: zwei Laternen bewegten sich, weit voneinander entfernt, auf dem abfallenden Vorland. Die eine stand fast völlig still, die andere schaukelte langsam auf und nieder.

Pyke sagte: »Sind auf Ponys gebunden, ich kenne das. Der Kapitän da draußen hält sie für Ankerlichter.« Er spuckte die Worte förmlich aus. »Und die Bucht für einen sicheren Ankerplatz.«

Bolitho sah die Szene so deutlich vor sich, als wäre er selbst an Bord. Einen Augenblick vorher herrschte wohl noch Zweifel, Unsicherheit, Panik. Dann sichteten sie die beiden Ankerlichter: scheinbar Menschen, andere Schiffe, die in der Bucht sicher vor Anker lagen!

Während es in Wirklichkeit nichts dort gab als Felsklippen; und die Menschen, die auf sie warteten, hielten Messer und Keulen in Händen.

Er sagte: »Wir müssen so schnell wie möglich zu diesen Lichtern! Vielleicht kommen wir noch rechtzeitig.«

Pyke erwiderte: »Sie sind wohl verrückt? Dort lauert zweifellos eine ganze Armee von diesen Teufeln! Was für Chancen hätten wir gegen sie?«

Bolitho blickte ihn an, wunderte sich selbst über den Klang seiner Stimme. Denn er sagte vollkommen ruhig, obwohl er am ganzen Körper zitterte: »Vielleicht gar keine, Mr. Pyke. Aber wir haben keine andere Wahl!«

Als sie begannen, über die Felsen zur Bucht hinab zu klettern, schien sogar die Nacht den Atem anzuhalten.

»Wie lange bis zur Dämmerung?«

Pyke blickte kurz auf. »*Zu* lange.«

Bolitho griff nach seiner Pistole und fragte sich, ob sie trotz der Nässe funktionieren würde. Pyke hatte seine Gedanken erraten. Denn wider besseres Wissen hatte er gehofft, daß die Morgendämmerung die *Avenger* heranbringen würde, um ihnen zu helfen.

Er dachte an Hugh, was der wohl an seiner Stelle getan hätte. Bestimmt hätte er einen Plan bereit gehabt.

Äußerlich ruhig sagte er: »Ich brauche zwei Mann. Wir halten auf die Lichter zu. Sie, Mr. Pyke, steigen mit dem Rest der Leute auf diesen Hügel und lenken die Kerle ab.«

Pyke starrte ihn an. »Sie kennen diesen Strand nicht! Da gibt's keinen Zoll Deckung. Die werden Sie niedermähen, bevor Sie zwei Schritte gemacht haben.«

Bolitho wartete, fühlte, wie ihm das nasse Hemd an der Haut klebte. Aber in Kürze würde er vielleicht noch viel kälter sein.

Pyke spürte des anderen Verzweiflung, aber auch seine Entschlossenheit, das Unmögliche zu versuchen.

Abrupt sagte er: »Babbage und Trillo sind am besten geeignet. Sie kennen diese Küste, aber zum Sterben ist das kein Grund.«

Der eine, der Babbage hieß, zog sein schweres Entermesser und fuhr mit dem Daumen prüfend über die Klinge. Der zweite, Trillo, war klein und drahtig und bevorzugte ein gefährlich aussehendes Enterbeil.

Beide verließen die kleine Gruppe ihrer Kameraden und traten zu dem Fähnrich. Sie waren gewohnt zu gehorchen, Protest war nutzlos.

Bolitho sah Pyke an. »Danke!«

Der grunzte nur, dann rief er den anderen zu: »Folgt mir, Leute!« An Bolitho gewandt, sagte er: »Ich werde tun, was ich kann.«

Bolitho zog seinen Hut in die Stirn und schritt zwischen den

Felsblöcken hindurch auf den nassen, festen Sand hinaus, in der einen Hand den Degen, in der anderen die schwere Pistole.

Hinter sich hörte er die Schritte der beiden Seeleute; das Geräusch wurde jedoch beinahe übertönt von seinem eigenen Herzklopfen.

Plötzlich sah er das nächstgelegene Licht und erkannte darunter die schattenhaften Umrisse eines angepflockten Pferdes; etwas weiter entfernt stand ein zweites Tier mit einer langen Stange auf dem Rücken, an deren einem Ende ebenfalls eine Laterne befestigt war.

Es schien unmöglich, daß irgend jemand auf so einen plumpen Trick hereinfallen würde, doch Bolitho wußte aus Erfahrung, daß die Ausgucksleute auf Schiffen oft nur das sahen, was sie gern sehen wollten.

Jetzt entdeckte er mehrere Silhouetten, die sich vom hellen Hintergrund der schäumenden Brecher abhoben. Sein Herz sank. Es mußten mindestens zwanzig bis dreißig Leute sein.

Da schallte das dünne Knallen von Pistolenschüssen herunter in die Bucht: Pyke und seine Leute taten das Ihrige. Er hörte erschreckte Schreie vom Strand her, das Geklirr von Stahl, als jemand zwischen den Felsen seine Waffe fallen ließ.

»Jetzt!« rief Bolitho. »So schnell wir können!«

Er raste auf das Pferd zu und schlug die Laterne herunter, die noch brennend auf den nassen Sand fiel. Das Pferd scheute und schlug verängstigt aus, als weitere Schüsse über ihre Köpfe pfiffen.

Bolitho hörte seine beiden Gefährten schreien, sah Babbage mit dem Entermesser einen Angreifer niedermähen, bevor er weiterstürmte, um die nächste Laterne von der Stange zu kappen.

Eine Stimme rief: »Schießt diese Schweine über den Haufen!« Jemand anderer schrie schmerzerfüllt auf, als eine verirrte Kugel ihn traf.

Gestalten schwärmten nach allen Seiten aus, rückten langsam und vorsichtig näher, verwirrt durch Pykes Störfeuer vom Hügel herab.

Einer sprang Bolitho an, und er feuerte, sah, wie der Mann mit verzerrtem Gesicht hintenüberfiel, als die Kugel ihn voll traf.

Andere drängten nach, kühner geworden, als sie feststellten, daß ihnen nur drei Mann gegenüberstanden.

Bolitho kreuzte mit einem Gegner die Klinge, während Babbage, mit seinem schweren Entermesser hackend und stechend, allein zwei Mann in Schach hielt.

Bolitho spürte des Gegners Haß, fand aber noch Zeit zu hören, daß Trillo einen wilden Schrei ausstieß, als er von zahllosen Hieb- und Stichwaffen niedergemäht wurde.

»Jetzt bist du dran, verdammter Zollschnüffler!« keuchte sein Gegner.

Benommen, Geist und Körper schon eingestimmt auf den unvermeidbaren Tod, war Bolitho erstaunt über seine plötzliche Wut. Sterben war *ein* Ding, aber für einen Zöllner gehalten zu werden, ein anderes; er empfand es als äußerste Beleidigung.

Mit absoluter Klarheit erinnerte er sich wieder an das, was sein Vater ihm über Selbstverteidigung beigebracht hatte. In einer letzten Anstrengung drehte er sein Handgelenk und wand so dem Gegner die Klinge aus der Hand. Als der Mann vornüber an ihm vorbeistolperte, schlug er ihm den Degen mit voller Wucht ins Genick.

Dann traf ihn etwas seitlich am Kopf, und er brach in die Knie; undeutlich nahm er noch wahr, daß Babbage mit zischend geschwungener Klinge über ihm stand, um ihn zu verteidigen. Dann umfing ihn Dunkelheit, und er fühlte, wie seine Wange auf dem nassen Sand aufschlug, erwartete den Todesstoß.

Gleich mußte es soweit sein. Durch die schmerzende Benommenheit seines Hirns drangen Rufe und Pferdegetrappel. Sein letzter Gedanke galt seiner Mutter, die ihn hoffentlich so nicht zu sehen bekam.

V Der Köder

Bolitho öffnete stöhnend und sehr langsam die Augen. Der Schmerz durchzuckte ihn vom Kopf bis zu den Fußsohlen.

Er versuchte, sich zu entsinnen, was vorgefallen war; als die Erinnerung daran langsam zurückkehrte – zugleich mit den Schmerzen in seinem Kopf –, starrte er verwirrt und benommen um sich.

Er lag auf einem dicken Fell vor einem prasselnden Kaminfeuer, noch in seiner verschmutzten Uniform, die in der starken Hitze dampfte.

Jemand kniete neben ihm, und er sah die sauberen, aber verarbeiteten Hände eines Mädchens, die seinen bandagierten Kopf anhoben.

Das Mädchen sagte leise: »Bleiben Sie liegen, Sir«, und über die Schulter rief es: »Er ist wach!«

Bolitho hörte eine wohlbekannte, dröhnende Stimme und sah Sir Henry Vyvyan sich über ihn beugen, das einzige Auge auf ihn gerichtet, während er sagte: *»Wach,* Mädchen? Er wäre uns fast draufgegangen!«

Sir Henry rief nach einigen unsichtbaren Dienstboten und fügte etwas leiser hinzu: »Gott verdammich, Junge, das war eine haarsträubende Dummheit. Noch eine Sekunde, und diese Schurken hätten Sie in Stücke gehackt!« Er drückte dem Mädchen ein großes Glas in die Hand. »Gib ihm hiervon zu trinken!« Dann, während Bolitho versuchte, das heiße Getränk zu schlucken, schüttelte er nochmals den Kopf. »Was hätte ich bloß Ihrer Mutter gesagt?«

»Was ist mit den anderen, Sir?« Bolitho erinnerte sich wieder an Trillos Schrei, vermutlich seinen letzten auf dieser Erde.

Vyvyan hob die Schultern. »Nur einer ist tot. Ein wahres Wunder.« Es klang, als könne er es immer noch nicht fassen. »Eine Handvoll Männer gegen diese Horde Teufel!«

»Ich danke Ihnen, Sir. Sie haben uns das Leben gerettet.«

»Nicht der Rede wert, Junge.« Vyvyan lächelte, und die Narbe in seinem Gesicht wirkte dadurch noch grimmiger. »Ich lief mit meinen Leuten zum Strand, weil ich den Kanonenschuß gehört hatte. Wir waren ohnehin draußen. Schließlich ist die Marine nicht als einzige hinter diesen Verbrechern her.«

Bolitho lag still und blickte zu der hohen Decke hinauf. Er sah, wie das Mädchen ihn mit blauen Augen und besorgt gerunzelten Stirn beobachtete.

Also hatte Vyvyan alles gewußt. Hugh hätte das in Betracht ziehen sollen. Ohne Sir Henry wären sie jetzt alle tot gewesen.

»Und das Schiff, Sir?« fragte er.

»Gestrandet, aber bis zum Morgen besteht keine Gefahr. Ich habe Ihren Bootsmann hingeschickt, er paßt auf.« Sir Henry tippte sich mit dem Finger vergnügt an die riesige Nase. »Das wird ein hübsches Bergegut, schätze ich.«

Die Tür wurde einen Spaltbreit geöffnet, und eine grobe Stimme meldete: »Die meisten sind entkommen, Sir. Zwei haben wir umgelegt, aber der Rest verschwand zwischen den Felsen und in Höhlen. Bis Anbruch der Dämmerung sind sie bestimmt schon meilenweit weg.« Er kicherte. »Einen von ihnen haben wir trotzdem geschnappt.«

Vyvyans Stimme klang nachdenklich. »Ohne das Schiff und die Notwendigkeit, diesen Seeleuten zu helfen, hätten wir wahrscheinlich die ganze Bande erwischt.« Er rieb sich das Kinn. »Immerhin wird wenigstens einer am Galgen baumeln und diesen Schurken zeigen: Der alte Fuchs schläft nicht!«

Die Tür schloß sich geräuschlos.

»Tut mir leid, Sir. Ich habe das Gefühl, daß alles meine Schuld war.«

»Unsinn! Sie haben nur Ihre Pflicht getan und ganz richtig gehandelt. Ihnen blieb gar keine andere Möglichkeit.« Grimmig fügte er hinzu: »Aber mit Ihrem Bruder werde ich Klartext reden, darauf können Sie sich verlassen!«

Die Erschöpfung, die Hitze des Feuers und die Wirkung des Getränkes ließen Bolitho bald in einen tiefen Schlaf fallen. Als er wieder erwachte, war es bereits Morgen, und fahles Winterlicht fiel durch die Fenster von Vyvyan Manor.

Er befreite sich von zwei dicken, schweren Decken und stand vorsichtig auf; in einem Wandspiegel stellte er fest, daß seine Erscheinung mehr einem Opfer als einem Sieger glich.

Vom Flur her beobachtete ihn Vyvyan durch eine offene Tür und fragte: »Fertig, Junge? Mein Butler meldet mir soeben, daß Ihr Schiff vor der kleinen Bucht geankert hat. Aber lassen Sie sich Zeit. Ich war selbst den größten Teil der Nacht auf und weiß, wie Ihnen zumute ist.« Er grinste. »Immerhin ist nichts gebrochen, nur werden Sie ein paar Tage lang Kopfschmerzen haben.«

Bolitho zog seinen Rock an und setzte den Hut auf. Er bemerkte, daß beide gesäubert und ein Riß im Ärmel sorgfältig geflickt worden war. Ein Säbelhieb mußte seinen Arm um Haaresbreite verfehlt haben.

Es war ein heller, kalter Morgen. Der Schneematsch hatte sich überall in Harsch verwandelt, am blaßblauen Himmel stand keine einzige Wolke. Wäre die Nacht genauso klar gewesen, dann hätte man auf dem Schiff sicherlich die Gefahr erkannt, und die Schmuggler hätten in aller Ruhe die Ladung vom Meeresgrund geborgen.

Wenn ... wenn ... Aber diese Überlegungen waren jetzt gegenstandslos.

Vyvyans Wagen setzte Bolitho auf der schmalen Küstenstraße über dem Vorland ab, und zu seinem Erstaunen sah er dort Dancer und ein paar Seeleute auf ihn warten und weiter unten ein auf den Strand gezogenes Boot.

Wie anders alles bei Tageslicht wirkte! Er erwartete beinahe, noch Leichen herumliegen zu sehen, aber der Strand war so glatt wie Seide, und draußen vor der Bucht lag die *Avenger* fast bewegungslos vor Anker.

»Dick! Gott sei Dank, daß du lebst!« Dancer lief ihm entgegen und ergriff ihn am Arm. »Aber du siehst schrecklich aus!«

Bolitho lächelte mit schmerzverzerrtem Gesicht. »Danke.«

Zusammen stiegen sie den steilen Pfad hinunter, und Bolitho sah mehrere stämmige Männer die beiden Laternen und einige weggeworfene Waffen untersuchen. Ob es Zöllner oder Vyvyans Leute waren, konnte er nicht erkennen.

Dancer bemerkte: »Der Captain hat uns geschickt, dich abzuholen, Dick.«

»Wie ist seine Laune?«

»Erstaunlich gut. Ich glaube, das Schiff, das du gewarnt und dadurch vor den Felsen bewahrt hast, hat viel damit zu tun. Es sitzt eine Meile von hier entfernt auf Strand. Dein Bruder überredete die Besatzung, auszusteigen, und schickte dann eine Prisenbesatzung an Bord. Ich bin überzeugt, der Kapitän war so froh über die Rettung ihres Lebens, daß er nicht weiter über den Verlust von Schiff und Ladung nachdachte.«

Einige Seeleute verstauten gerade Pykes Hundertfüßler im Heck des Bootes.

Dancer erklärte: »Wir haben den Meeresgrund damit abgesucht, aber nichts gefunden. Die Schmuggler müssen noch im Lauf der Nacht gekommen sein, nachdem Vyvyans Leute die Strandräuber vertrieben hatten.«

Das andere Boot der *Avenger* lag schon längsseits, als Bolitho an Bord zurückkehrte. Robins, den er zur Jolle hinuntergeschickt hatte, hatte gute Arbeit geleistet. Der arme Trillo war ihr einziger Verlust.

Mit in die Seite gestemmten Armen, den Hut wieder in demselben kühnen Winkel über dem einen Ohr, beobachtete ihn Hugh, als er über die Reling kletterte.

»Ganz der kleine Tausendsassa, wie?« Er schritt über das breite Deck und reichte ihm die Hand. »Du Idiot! Aber es war mir im selben Augenblick klar, daß du meine Befehle nicht mehr befolgen würdest, als ich das Notsignal hörte. Ich hatte meine Prisenbesatzung an Bord, bevor sie das Wort *Messer* auch nur aussprechen konnten.« Er lächelte. »Feine kleine holländische Brigg, unterwegs nach Cork mit Spirituosen und Tabak. Das bringt einen guten Preis.«

»Sir Henry sagte, die Strandräuber seien alle entkommen, bis auf einen.«

»Strandräuber, Schmuggler, ich glaube, es sind alles dieselben Leute. Pyke hat ein paar von ihnen angeschossen, die werden vielleicht irgendwo auftauchen. Kein Gericht in Cornwall wird einen Schmuggler verurteilen, aber bei Strandräubern ist es etwas anderes.«

Bolitho blickte seinen Bruder an. »Der Verlust des Schmuggelgutes ist mein Verschulden. Aber ein paar Fäßchen Brandy gegen den Wert eines Schiffes und der Menschen darauf – ich konnte nicht anders handeln.«

Hugh nickte ernst. »Das wußte ich. Aber Brandy war es wohl nicht. Meine Leute fanden in einer Höhle versteckt geöltes Packmaterial. Diese versenkte Ladung bestand bestimmt nicht aus Getränken, mein lieber Bruder, sondern aus guten französischen Musketen, wenn du mich fragst.«

Bolitho starrte ihn an. »Musketen?«

»Aye. Für irgendwelche Rebellen in Irland oder Amerika – wer will das schon sagen? Jemand, der in diesen unruhigen Zeiten Waffen zu liefern hat, kann viel Geld verdienen.«

Bolitho schüttelte den Kopf, bedauerte es aber sofort. »Das

geht über mein Begriffsvermögen.«

Sein Bruder rieb sich die Hände. »Mr. Dancer, sagen Sie dem Master, er soll Anker lichten. Wenn Waffen die Köder sind, die wir brauchen, dann werden wir eben welche beschaffen.«

Dancer beobachtete ihn vorsichtig. »Und wo geht es hin, Sir?«

»Nach Falmouth natürlich. Ich werde doch jetzt nicht zum Admiral zurückfahren, wenn es hier anfängt, interessant zu werden.« Er blieb am Niedergang stehen. »Waschen Sie sich und ziehen Sie sich anständig an, Mr. Bolitho. Immerhin hatten Sie eine ruhigere Nacht als mancher andere.«

Die *Avenger* kehrte nach Falmouth zurück, ohne daß sich irgend etwas Ungewöhnliches ereignete. Sobald sie vor Anker lagen, fuhr Hugh Bolitho an Land. Gloag und die Fähnriche bereiteten die Übernahme von Ladung vor und wehrten die Neugierigen ab, darunter auch diejenigen, die offensichtlich geschickt worden waren, um so viele Information wie möglich zu ergattern.

Bolitho sah bald an jeder Ecke und hinter jedem Faß einen Schmuggler. Die Nachricht vom Auflaufen eines Schiffes und von Vyvyans Jagd nach den Strandräubern war der *Avenger* vorausgeeilt; die Spekulationen überschlugen sich fast.

Als der junge Kommandant des Kutters zurückkehrte, war er ungewöhnlich guter Laune.

In der kleinen Messe berichtete er: »Alles geschafft. Ich habe mit verschiedenen Leuten in der Stadt gesprochen und das Gerücht in die Welt gesetzt, daß die *Avenger* auslaufen und im Kanal auf die Suche nach einem zweiten Waffenschmuggler gehen wird. So erfahren die hiesigen Schmuggler, daß wir von der Übernahme der Waffen wissen, auch wenn wir selbst keine mehr entdeckt haben.« Er blickte vergnügt von Gloag zu seinem Bruder und dann zu Dancer. »Nun, begreift ihr? Ein beinahe perfekter Plan.«

Gloag rieb sich seinen kahlen Schädel wie immer, wenn er seine Zweifel hatte. Dann antwortete er:

»Ich begreife wohl, daß niemand genau über weitere Waffenlieferungen informiert sein kann, Sir. Natürlich werden die Franzosen weiterliefern, solange sie hier Käufer vermuten. Aber wo sollen *wir* solch eine Ladung herbekommen?«

»Brauchen wir gar nicht.« Hughs Lächeln wurde breiter. »Wir

werden nach Penzance segeln und dort eine Ladung eigener Waffen löschen, sie auf Lastwagen verladen und auf dem Landweg zur Garnison nach Truro schicken. Der Kommandeur von Pendennis hat zugesagt, mir eine verlockende Ladung Musketen, Schießpulver und Munition zur Verfügung zu stellen. Auf dem Weg nach Truro wird dann bestimmt jemand versuchen, sich der Ladung zu bemächtigen. Bei dem derzeitigen Straßenzustand werden sie der Versuchung kaum widerstehen können.«

Bolitho warf ein: »Wäre es nicht besser, dem Admiral in Plymouth vorher mitzuteilen, was du vorhast?«

Hugh starrte ihn an. »Ausgerechnet du stellst diese Frage, das ist köstlich! Du weißt genau, was dann geschieht: Entweder sagt er nein, oder die Entscheidung dauert so lange, bis das ganze Land weiß, was wir vorhaben. Nein, wir werden es rasch anpacken und –«, er lächelt kurz –, »es diesmal auch gut zu Ende bringen.«

Bolitho blickte sinnend auf den Tisch nieder. Ein Hinterhalt, die Vorfreude auf rasche und leichte Beute, die in Panik übergeht, wenn die Angreifer merken, daß sie selbst in der Falle sitzen, diesmal ohne die Chance, zwischen Felsen oder in Höhlen zu entwischen . . .

Hugh fuhr fort: »Ich habe einen Boten nach Truro geschickt. Die Dragoner müßten jetzt zurück sein, und ihr Oberst ist ein alter Freund von Vater. Dies hier wird ihm genausoviel Spaß machen wie eine Sauhatz!«

In dem plötzlich eintretenden Schweigen wurde es Bolitho bewußt, daß er an den toten Trillo dachte. Hier waren sie, munter und geschäftig, während man ihn schon begraben und vergessen hatte.

Dancer sprach in die Stille hinein: »Es müßte klappen, Sir. Viel hängt natürlich von der Wachsamkeit unserer Leute ab, die auf einen Überfall gefaßt sein müssen.«

»Genau. Und von einem guten Teil Glück. Aber wir verlieren nichts, wenn wir es versuchen. Sollte alles schiefgehen, dann werden wir ein solches Wespennest aufstochern, daß bestimmt irgend jemand Verrat übt, und sei es auch nur, um uns loszuwerden.«

Ein Boot knirschte längsseits, Minuten später trat Pyke ein.

Er nahm mit anerkennendem Kopfnicken ein Glas Brandy entgegen und sagte: »Die Prise ist in den Händen des Zollvorstehers, Sir. Alles geregelt.« Er blickte Bolitho an und fügte hinzu: »Dieser Informant Portlock ist übrigens tot, Sir. Irgend jemand hat zu viel geredet.«

Hugh fragte: »Noch jemand ein Glas Brandy?«

Bolitho blickte ihn wütend an. Hugh wußte es bereits, mußte von Anfang an gewußt haben, daß man den Mann umbringen würde.

»Was wurde aus dem Mädchen?«

Pyke betrachtete ihn noch immer. »Die ist weg. Gut, daß wir sie los sind. Wie ich schon sagte: Abschaum zeugt Abschaum.«

Wespennest, hatte sein Bruder gesagt. Es schien sich jetzt schon zu rühren.

Über ihren Köpfen glaste es, und Hugh kündigte an: »Ich fahre an Land und esse zu Hause, Richard.«

Er blickte Dancer an. »Haben Sie Lust, mitzukommen? Ich denke, mein Bruder bleibt am besten an Bord, bis er seinen Verband los ist. Mutter bekommt sonst Zustände, wenn sie unseren Helden sieht.«

Dancer warf einen Blick auf Bolitho. »Nein danke, Sir, ich bleibe hier.«

»Gut. Paßt auf, daß die Wachen stark genug sind. Heute nacht wird's allerhand Gerede geben in den Kneipen von Falmouth, davon bin ich überzeugt.«

Als er nach oben ging und die beiden Fähnriche allein ließ, sagte Bolitho: »Du hättest ruhig mitfahren sollen, Martyn. Nancy hätte sich gefreut.«

Dancer lächelte wehmütig. »Wir kamen zusammen, und so soll es auch bleiben. Nach der gestrigen Nacht denke ich außerdem, du brauchst eine Leibwache, Dick!«

Gloag kehrte von der Verabschiedung seines Kommandanten zurück und ergriff sein Glas wieder. In seiner Faust wirkte es wie ein Fingerhut.

»Gern wüßte ich ja«, er blickte sie grimmig an, »was geschieht, wenn sie herausbekommen, was wir planen? Wenn sie schon jetzt Augen und Ohren zwischen uns haben?«

Bolitho starrte ihn an, aber Dancer antwortete zuerst.

»Dann, Mr. Gloag, fürchte ich, wird der Verlust von Regierungswaffen und Munition mehr Erklärungen benötigen, als wir geben können.«

Gloag nickte ernst. »Das ist auch meine Ansicht.« Er nahm

einen Schluck und leckte sich die Lippen. »Könnte sehr unangenehm werden.«

Bolitho überlegte, was der Admiral in Plymouth und sein eigener Kommandant auf der *Gorgon* wohl dazu sagen würden.

Die Karrieren von James Bolithos beiden Söhnen konnten dann ein sehr rasches Ende finden.

VI Klarer Auftrag

Bolitho wanderte auf der hohen Mole auf und ab und beobachtete den Betrieb im Hafen von Penzance. Abgesehen von der bitteren Kälte hätte es Frühling sein können, überlegte er. Die Fischerboote und kleinen Küstenfahrzeuge, die Dächer und Kirchturmspitzen der Stadt jenseits des Hafens schienen ihm alle unnatürlich bunt zu leuchten.

Er sah hinab zur *Avenger*, die an der Mole lag. Aus diesem Blickwinkel wirkte sie noch weniger wie ein Kriegsschiff. Ihr breites Deck war voll unordentlichem Tauwerk und geschäftigen Seeleuten. Hier und da sah er jedoch auch eine bewegungslose Gestalt, die trotz der scheinbar aufgelockerten Atmosphäre wachsam nach herumlungernden Verdächtigen Ausschau hielt.

Selbst ihr Auslaufen war sorgfältig geplant worden. Die Ladung geliehener Waffen und Munition war bei völliger Dunkelheit an Bord gehievt worden, während Pyke mit mehr als zwanzig Mann Anlegebrücke und Straße bewachte, um sicherzustellen, daß niemand etwas von ihrer Tätigkeit merkte.

Dann war die *Avenger* ausgelaufen und unter Vermeidung des örtlichen Schiffsverkehrs in die offene See gesegelt, bevor sie bei Helligkeit Penzance angesteuert hatte.

Hugh war jetzt an Land und hatte wie üblich nichts über sein Ziel noch sonst welche Erklärungen verlauten lassen.

Bolitho beobachtete die vorbeikommenden Männer und Frauen, Seeleute und Fischer, Händler und Müßiggänger. Hatte das Gerücht schon die Runde gemacht? Plante jemand bereits den Hinterhalt für Hughs fingierten Waffentransport?

Dancer kam vom Kutter heraufgeklettert und stellte sich händereibend neben ihn. Die Kälte war empfindlich.

»Alles scheint friedlich, Martyn«, sagte Bolitho.

Sein Freund nickte fröhlich. »Dein Bruder hat an alles gedacht. Der Zollmeister war hier und hat mir gesagt, daß Lastwagen geschickt würden, um unser kostbares Gut zu übernehmen.« Sein Mund verzog sich zu einem breiten Grinsen. »Ich wußte bisher nicht, daß die Marine sich überhaupt auf derartige Spielchen einläßt.«

Ein Seemann rief: »Kommandant kommt, Sir!«

Bolitho winkte dem Mann dankend zu. Er hatte die freundliche Art und Weise, wie Vor- und Achterschiff miteinander umgingen, schätzengelernt; dabei hätte man erwarten sollen, daß auf einem so überfüllten Schiff die Trennung besonders scharf sein würde.

Hugh Bolitho, den Degen umgeschnallt und sehr selbstsicher wirkend, stieg rasch die Gangway hinunter an Deck, in respektvollem Abstand gefolgt von den Fähnrichen.

Er grüßte zum Achterschiff hin und zur lebhaft wehenden Flagge und sagte dann: »Die Lastwagen werden gleich eintreffen. Es hat alles gut geklappt, die ganze Stadt summt von Gerüchten über unseren Beutezug an guten Musketen, Pulver und Munition.«

Er ließ den Blick rasch über die Bündel von Musketen schweifen, die bereits unter des Stückmeisters wachsamen Augen vom Laderaum an Land gehievt wurden. Dann sog er prüfend die Luft ein und bemerkte: »Guter Tag für unser Vorhaben. Sie werden alles beobachten, vielleicht gerade in diesem Augenblick. Bestimmt versuchen sie, festzustellen, ob die Ladung wirklich an Land und in sichere Hände überwechselt, oder ob es sich nur um eine Finte handelt.«

Gloag, der zugehört hatte, sagte bewundernd: »Sie haben einen hellen Kopf, Sir, darüber besteht kein Zweifel. Ich sehe Sie schon auf Ihrem eigenen Flaggschiff, und das in nicht allzu weiter Ferne!«

»Vielleicht.« Hugh strebte dem Niedergang zu. »Die Wagen werden vom Augenblick ihrer Ankunft bis zur Beendigung des Beladens unter Bewachung sein, und eine Abteilung Zöllner wird sie zusätzlich begleiten.« Sein Blick blieb auf Dancer haften. »Sie übernehmen das Kommando. Der oberste Zollbeamte weiß, was er zu tun hat, aber ich möchte, daß ein Marineoffizier den Trupp kommandiert.«

Bolitho sagte rasch: »Ich mache das, Sir. Es scheint mir nicht gerecht, Dancer zu schicken. Schließlich ist es mein Verschulden, daß er überhaupt hier sein muß.«

»Die Sache ist erledigt.« Hugh lächelte. »Außerdem wird alles vorbei sein, bevor es richtig angefangen hat. Ein paar blutige Köpfe und der Anblick der Dragoner werden genügen. Sir Henry Vyvyan kann hinterher so viele Räuber aufhängen wie ihm behagt!«

Als Hugh unter Deck verschwand, sagte Dancer: »Es ist keine große Angelegenheit, Dick. Wir haben auf der alten *Gorgon* weit

Schlimmeres durchgemacht, und schließlich kommt es uns später für unser Examen zugute, wenn der verdammte Prüfungstag einmal heranrückt.«

Bis Mittag waren die Wagen beladen. Wieder hatte Hugh Bolitho gut vorausgeplant. Die Arbeit verursachte nicht genug Wirbel, um die Vorbereitungen fingiert erscheinen zu lassen, aber genug, um den Stolz eines jungen Kommandanten über seinen großartigen Fang zu dokumentieren.

Wenn alles klappte, mochte Gloag mit seinem Kompliment recht behalten. Das Prisengeld für den gestrandeten Holländer und die Vernichtung einer Bande Schmuggler und Strandräuber würden außerdem viel dazu beitragen, Hughs andere Probleme zu beseitigen.

»Du da! Nimm mir meine Tasche ab!«

Bolitho wandte sich um und sah, wie einer der Seeleute einem langen, schlaksigen Mann in blauem Rock und Hut auf den Kutter hinüberhalf. Der Matrose schien ihn gut zu kennen und sagte grinsend: »Willkommen an Bord, Mr. Whiffin, Sir. Wieder zurück?«

Bolitho ging eilig nach achtern und überlegte dabei, wo er diesen Namen schon einmal gehört hatte. Er war jetzt seit zehn Tagen an Bord und kannte die Namen und Aufgaben der meisten Leute, aber Whiffins Stellung war ihm bisher verborgen geblieben.

Der große Mann musterte ihn gelassen, das Gesicht ernst und ausdruckslos.

»Whiffin, Zahlmeister und Sekretär«, stellte er sich vor.

Bolitho legte grüßend die Hand an den Hut. Natürlich, das war es. Diese Kutter hatten meistens einen Sekretär an Bord, der mehrere Aufgaben zugleich erfüllte. Er war Zahlmeister, Schreiber des Kommandanten und mitunter sogar Hilfsarzt. Whiffin machte durchaus den Eindruck, als beherrsche er dies alles. Bolitho fiel ein, daß sein Bruder einmal beiläufig erwähnt hatte, er habe Whiffin mit diesem oder jenem Auftrag an Land geschickt. Nun war er jedenfalls wieder zurück.

»Kommandant an Bord?« Whiffin musterte Bolitho neugierig. »Sie sind also der Bruder.«

Wo Whiffin auch gewesen sein mochte, er schien bemerkenswert gut informiert zu sein.

»Achtern.«

»Gut. Ich suche ihn gleich auf.«

Er warf noch einen forschenden Blick auf Dancer und ging dann nach unten, wobei er sich mit der Geschicklichkeit eines Wiesels den engen Niedergang durchwand.

Dancer spitzte die Lippen zu einem lautlosen Pfiff. »Ein seltsamer Mann.«

Kurz darauf rief der Bootsmannsmaat der Wache: »Kommandant möchte Sie sprechen, Sir!«

Bolitho lief zum Niedergang und überlegte dabei, ob sich durch Whiffins Rückkehr etwas am Plan geändert habe. Vielleicht sollte doch er und nicht Dancer die Wagen begleiten?

Sein Bruder blickte kurz auf, als Bolitho die Messe betrat. Whiffin saß neben ihm und füllte die Luft mit Rauchschwaden aus einer langen Tonpfeife.

»Sir?«

»Eine kleine Planänderung, Richard.« Hugh lächelte kurz. »Ich möchte, daß du den obersten Zollbeamten aufsuchst. Gib ihm diesen Brief und laß dir eine Quittung dafür ausstellen.«

Bolitho nickte. »Verstehe, Sir.«

»Das bezweifle ich, macht aber nichts.«

Bolitho warf einen Blick auf die Adresse auf dem versiegelten Umschlag und stieg wieder hinauf an Deck. Hier nahm er Dancer beiseite und sagte: »Für den Fall, daß ich bis zu deiner Abfahrt nicht zurück bin, wünsche ich dir schon jetzt viel Glück, Martyn.« Er schlug ihm lächelnd auf die Schulter, erstaunt über seine plötzliche Rührung. »Und sei vorsichtig!«

Dann stieg er über die Gangway zur Mole hinauf und schlug den Weg zur Stadt ein.

Es dauerte mehr als eine Stunde, bis er den Zolloffizier gefunden hatte. Der schien nicht bei bester Laune zu sein, vielleicht wegen der Mehrarbeit, die ihm aufgebürdet wurde, vielleicht auch, weil er den Empfang des Briefes quittieren sollte, als traue man ihm nicht.

Als Bolitho endlich zum Hafen zurückkehrte, schien sich nichts verändert zu haben, wenigstens auf den ersten Blick. Als er jedoch näherkam und den mächtigen Mast mit den festgemachten Segeln der *Avenger* vor sich hatte, stellte er fest, daß die Wagen schon abgefahren waren.

Noch während er an Deck stieg, sagte Truscott, der Stückmeister: »Sie werden unten erwartet, Sir.«

Schon wieder? Es hörte wohl nie auf. Er war und blieb ein Fähnrich, gleichgültig, was Hugh für ihn vorgesehen hatte.

Dieser saß genauso am Tisch, wie er ihn verlassen hatte, als habe er sich inzwischen überhaupt nicht bewegt. In der Luft hingen noch die Rauchschwaden, Whiffin war wohl eben erst gegangen.

»Du bist ja rasch wieder zurück, Richard.« Es klang geistesabwesend. »Gut. Sage Mr. Gloag, er soll alles zum Ablegen klarmachen. Wir sind knapp an Leuten, also paßt auf, daß jeder weiß, was er zu tun hat.«

»Die Wagen sind weggefahren!«

Sein Bruder betrachtete ihn ein paar Sekunden lang. »Ja, bald nach deinen Aufbruch.« Er hob eine Augenbraue. »Was wundert dich daran?«

»Stimmt etwas nicht?« Bolitho gab nicht nach, auch als er das Aufblitzen von Ungeduld in seines Bruders Augen bemerkte.

»Whiffin hat Neuigkeiten mitgebracht, sie bereiten einen Hinterhalt vor. Die Wagen werden zunächst ostwärts nach Helston fahren, dann nordöstlich in Richtung Truro. Whiffin hat seine Zeit an Land gut genützt und ein paar Guineas in die richtigen Hände gesteckt. Wenn alles klargeht, wird der Überfall zwischen hier und Helston stattfinden. Die Küstenstraße liegt günstig im Bereich von mindestens einem Dutzend Höhlen und kleinen Stränden. Die *Avenger* wird jetzt auslaufen und sich zur Unterstützung bereithalten.«

Bolitho wartete auf weitere Informationen. Sein Bruder erklärte alles knapp und zuversichtlich, doch mit einem seltsamen Unterschied: Es klang, als spräche er seine Gedanken laut aus, um sich selbst zu überzeugen.

Bolitho fragte weiter: »Der Brief, den ich übergeben habe, war für die Dragoner bestimmt?«

Hugh lehnte sich an die holzgetäfelte Wand und sagte bitter: »Es wird keine Dragoner geben. Sie kommen nicht.«

Bolitho verschlug es die Sprache. Er sah wieder das Gesicht seines Freundes Dancer vor sich, als sie Abschied genommen hatten. Er rief sich Hughs Bemerkung ins Gedächtnis zurück, daß die *Avenger* knapp an Leuten sei. Es war geplant, daß zehn Leute Dancer begleiten sollten, dazu würden dann noch ein paar Zöllner stoßen. Doch die Dragoner von Truro, hervorragend ausgebildet und kampferprobt, waren als Hauptmacht vorgesehen gewesen.

Die Tatsache, daß Hugh mehr Seeleute geschickt hatte als ursprünglich geplant, zeigte, daß er dies alles schon seit geraumer Zeit gewußt hatte.

Bolitho sprach es aus: »Du hast es gewußt, genauso wie du über den Tod des Informanten Portlock Bescheid wußtest.«

»Ja. Wenn ich es dir gesagt hätte, was wäre die Folge gewesen?« Er blickte zur Seite. »Du hättest es Dancer erzählt und ihn zu Tode erschreckt, bevor er überhaupt losmarschiert wäre.«

»So wie es jetzt aussieht, schickst du ihn möglicherweise in seinen Tod.«

»Sei nicht so unverschämt!« Hugh stand auf, wobei er sich wegen der niedrigen Decksbalken automatisch bückte. »Und so widerlich selbstgerecht!«

»Ich könnte hinter ihnen herreiten«, flehte er, wußte aber im selben Augenblick, daß es umsonst war. »Es gibt andere Möglichkeiten, die Schmuggler zu fangen – zu einem anderen Zeitpunkt.«

»Die Sache ist entschieden. Wir laufen mit der Ebbe aus. Der Wind hat gedreht und steht günstig für uns.« Leise fügte Hugh hinzu: »Beruhige dich, wir schaffen es schon.« Und als Bolitho zur Tür ging: »Mr. Dancer ist dein Freund, und wir beide sind Brüder. Für alle anderen aber sind wir Vorgesetzte mit einem klaren Auftrag, den es auszuführen gilt.« Er nickte. »Also los, ja?«

Achtern an der Heckreling versuchte Bolitho, die Dinge nüchtern zu sehen, wie sein Bruder sie sah, während die dezimierte Besatzung begann, die Festmacheleinen einzuholen. Es wäre eine Kleinigkeit gewesen, die Lastwagen zurückzurufen. Ein schneller Reiter konnte sie in weniger als zwei Stunden einholen. Aber Hugh würde seinen Plan auf keinen Fall aufgeben, wie gering auch ohne die Hilfe der Dragoner die Aussicht auf Erfolg sein mochte. Eher brachte er Dancer und zwei Dutzend seiner eigenen Leute in Lebensgefahr.

Fast direkt gegen den Wind auslaufend, verließ die *Avenger* in aller Ruhe den Hafen. Bolitho beobachtete seinen Bruder, der am Kompaß stand, und versuchte, dessen wahre Gefühle zu ergründen.

Gloag ließ sich vernehmen: »Zum Teufel mit dieser klaren

Sicht, Sir. Wir werden nicht vor der Dunkelheit über Stag gehen können.« Seine Stimme klang ungewöhnlich besorgt. »Die Zeit läuft uns davon.«

Nun durchschaute Bolitho seines Bruders Maske, als dieser sich vom Kompaß abwandte und in scharfem Ton erwiderte: »Behalten Sie Ihren Pessimismus für sich, Mr. Gloag! Ich bin nicht in Stimmung dafür!«

Er ging nach unten, und Bolitho hörte, wie er die Tür seiner Kabine ins Schloß warf. »Sturm im Anzug«, bemerkte der Master zu niemandem im besonderen.

Die Dunkelheit hatte sich bereits über Mounts Bay gesenkt, als Hugh Bolitho wieder an Deck erschien.

Er nickte Gloag und den Rudergängern zu und sagte: »Mr. Pyke und der Stückmeister sollen sich um die Boote kümmern, sie bewaffnen und klarmachen zum sofortigen Aussetzen.« Er blickte auf den schwach erleuchteten Kompaß. »Rufen Sie alle Mann an Deck und gehen Sie auf Ostkurs, bitte.«

Während das Kommando gepfiffen wurde und die Seeleute auf ihre Stationen eilten, kam Hugh herüber zu seinem Bruder, der neben den Rudergängern stand.

»Es wird eine klare Nacht, Dick. Der Wind hat aufgefrischt, aber noch besteht kein Grund zum Reffen.«

Bolitho hörte kaum hin. Er sah den Weg des Kutters vor sich, als sei er selbst ein Seevogel hoch oben in den Lüften.

Aus der Karte wußte er, daß der neue Kurs wieder landeinwärts führte, zu den gefährlichen Untiefen und Klippen, wo der Holländer gestrandet war wie viele schöne Schiffe vor ihm.

Wenn Whiffins Information richtig war, würden die nur langsam vorwärtskommenden Wagen bald überfallen werden. Waren die Angreifer bereits über das Täuschungsmanöver im Bilde, so konnten sie sich ins Fäustchen lachen; wenn nicht, machte es wenig Unterschied, da Dancer und seine Leute keine Hilfe zu erwarten hatten.

Bolitho warf einen Blick nach oben auf die prall gefüllten Segel, auf den lang auswehenden Wimpel im Topp.

»Klar zum Wenden!« kam das Kommando seines Bruders.

Als nach Ausführung des Manövers wieder Ruhe und Ordnung eingetreten war und der lange Bugsprit der *Avenger* genau nach Osten zeigte, kam der Stückmeister nach achtern und meldete, wobei sein Körper einen noch spitzeren Winkel zum Deck bildete, da eine Bö den Kutter gerade stark überlegte: »Boote ausgerüstet und überprüft, Sir! Ich habe einen guten Mann bei der Waffenkiste gelassen, für den Fall, daß . . .«

Er fuhr herum, als eine heisere Stimme rief: »Licht Backbord voraus, Sir!«

Dunkle Gestalten glitten das schräge Deck hinunter nach Lee, um nach dem gemeldeten Licht Ausschau zu halten.

Jemand rief: »Vielleicht Strandräuber?«

Aber Gloag, der das Licht ebenfalls gesehen hatte, sagte: »Nein, dafür war es zu gleichmäßig.« Er wies mit der Hand nach Lee: »Dort ist es wieder!«

Bolitho ergriff ein Teleskop und richtete es durch den ziehenden Gischt mühsam auf das Licht. Zweimal blinkte es: eine Blendlaterne. Also ein Signal!

Er merkte, daß Hugh neben ihm stand, hörte das Klick seines Teleskops, als er es zusammenschob. »Wo ist das, Ihrer Meinung nach, Mr. Gloag?« fragte er völlig beherrscht.

»Schwer zu sagen, Sir.«

Bolitho hörte Gloag angestrengt atmen, jegliche Animosität zwischen ihm und dem jungen Kommandanten schien im Augenblick vergessen.

Pyke rief: »Um die Landspitze herum in Richtung Prah Sands, Sir, meiner Meinung nach.«

Das Licht blinkte wieder zweimal – wie ein böse lauerndes Auge vor der Küstenlinie.

Ungläubig staunend sagte Pyke: »Verdammt, die wollen also heute nacht eine Ladung an Land bringen, diese Schufte!«

Bolitho lief es kalt über den Rücken. Er stellte sich das unbekannte Schiff vor, das irgendwo vor dem ohne Licht fahrenden Kutter segeln mußte. Wenn sie dort die *Avenger* sichtete, würden sie vermutlich abdrehen oder Alarm geben, der dann auch den Gegner vor der geplanten Falle warnen mußte. Der Überfall würde sicherlich stattfinden, aber ohne jede Aussicht auf Pardon.

»Kürzen Sie Segel, Mr. Gloag. Mr. Truscott, lassen Sie die Geschütze mit Schrott und Kartätschen laden.« Hughs scharfer Ton ließ den Stückmeister stutzen. »Aber laden Sie ein Geschütz nach dem anderen. Ich möchte nicht den geringsten Laut hören!« Hugh hielt Ausschau nach einem Bootsmannsmaaten. »Geben Sie durch an alle: Den ersten, der den Feind alarmiert, lasse ich auspeitschen. Aber ein Goldstück bekommt, wer ihn zuerst sichtet!«

Bolitho überquerte das Deck, bevor er sich dessen noch bewußt war.

»Du willst ihn doch nicht verfolgen und angreifen?«

Sein Bruder blickte ihn an, obgleich die Gesichter in der Dunkelheit nicht zu erkennen waren.

»Was dachtest du denn? Wenn ich ihn entkommen lasse, verlieren wir womöglich beides. Aber so können wir sie vielleicht alle auf einmal erledigen!«

Er wandte sich ab, als die Leute an die Fallen und Brassen eilten.

»Ich habe gar keine andere Wahl.«

Als die *Avenger* durch die heranrollenden Brecher stampfte, konnte Bolitho seine Ängste nur noch schwer verbergen. Der Kutter schien einen unglaublichen Lärm zu machen, und obgleich er wußte, daß sie nicht weiter als eine halbe Kabellänge* zu hören waren, fand er darin keinen Trost. Das Klatschen des Wassers gegen den Rumpf, das Knallen der schweren Segel, das anhaltende Schlagen und Klappern der sonstigen Takelage, das alles vereinigte sich zu einem gewaltigen Crescendo.

Toppsegel und Klüver waren geborgen, aber auch unter Großsegel und Fock mußte die Silhouette der *Avenger* für jeden wachsamen Schmuggler zu erkennen sein.

Wie Gloag vorausgesagt hatte, war es eine klare Nacht mit guter Sicht. Jetzt, da sich ihre Augen an die Dunkelheit gewöhnt hatten, schien alles nur noch heller zu sein. Keine einzige Wolke war zu sehen, dazu glitzerten Myriaden von Sternen, reflektiert vom Wasser und leuchtendem Gischt. Die Segel über ihnen hoben sich wie riesige Schwingen vom helleren Himmel ab.

Ein Mann beugte sich mit ausgestrecktem Arm weit über einen Sechspfünder.

»Dort, Sir, genau in Lee voraus!«

Gestalten eilten wie in einem gut einstudierten Reigen über Deck. Hier und da knirschte ein Teleskop beim Ausziehen, oder jemand flüsterte mit seinem Nebenmann, sei es in Erwartung des Kommenden, sei es voller Neid auf den Glücklichen, der das Goldstück erhalten würde.

Hugh Bolitho sagte: »Ein Schoner, ohne Lichter. Noch unter vollen Segeln.« Mit einem Klicken schob er sein Glas zusammen. »Wir haben Glück, der macht noch mehr Lärm als wir.« Dann fügte er knapp hinzu: »Gehen Sie einen Strich höher, Mr. Gloag. Wir wollen den Windvorteil behalten, so lange es geht.«

Gedämpfte Stimmen gaben Befehle weiter, Tauwerk quietschte durch Blöcke, während das gewaltige Großsegel über ihren Köpfen killte, bis es sich auf dem neuen Kurs wieder füllte.

Bolitho blickte auf den Kompaß, als der Rudergänger mit heiserer Stimme meldete: »Ost zu Süd, Sir.«

»An die Backbordgeschütze!« Hughs Stimme klang unbe-

* ca. 92 m

teiligt. »Pforten auf!«

Bolitho beobachtete, wie die Verschlüsse der Stückpforten sich hoben und den Blick auf den vorbeischäumenden Gischt freigaben. Die *Avenger* holte so stark über, daß Wasser durch die Pforten hereinschoß und sich über die Sechspfünder und die leichteren Schwenkgeschütze ergoß.

Normalerweise hätte Bolitho dieselben Empfindungen gehabt wie alle anderen um ihn herum: angespannt, entschlossen und wild in Erwartung des bevorstehenden Kampfes. Aber diesmal konnte er sich nicht konzentrieren, konnte seine Gedanken nicht von den Lastwagen losreißen, von der zu kleinen Eskorte, den Schrecken eines plötzlichen Überfalls durch einen weit überlegenen Gegner.

Ein Licht blitzte in der Dunkelheit auf, er glaubte zunächst, ein unachtsamer Seemann habe auf dem anderen Schiff eine Lampe fallen lassen. Doch dann hörte er einen schwachen Knall, wie das Geräusch einer in der Hand zerberstenden Walnuß, und wußte, daß es ein Pistolenschuß gewesen war. Ein Signal oder eine Warnung. Jetzt kam es nicht mehr darauf an, was es bedeuten mochte.

»Ruder hart über, Mr. Gloag!« Hugh rief es laut, da Vorsicht nicht mehr nötig war, aber die Männer erstarrten trotzdem. »Klar an Deck!«

Weitere Blitze kamen vom anderen Schiff, trugen mehr zum Erkennen von dessen Form und Größe bei, als daß sie den sich duckenden Seeleuten der *Avenger* Schaden zufügten.

Die Entfernung nahm rapide ab; die großen Segel trieben den Kutter vor dem Wind wie einen Raubvogel dahin. Dann sahen sie plötzlich die Umrisse des Schoners aus der Dunkelheit auftauchen. Seine Segel standen wild durcheinander, da man im letzten Augenblick versucht hatte, über Stag zu gehen.

Bolitho beobachtete seinen Bruder, der wie unbeteiligt an der Luvreling stand, ein Fuß auf einem Poller, als beobachtete er eine Regatta.

»Klar zum Feuern!«

Eine kurze, spannungsgeladene Pause; über das Wasser hinweg hörte Bolitho aufgeregte Stimmen und das Klirren von Metall, dann kam von Hugh das Kommando: *»Feuer!«*

Auf eine Entfernung von weniger als siebzig Yards donnerte die Backbordbatterie ihre Ladung in den Feind. Die langen, organgefarbenen Feuerzungen blendeten die Augen ebenso, wie die Detonationen die Ohren betäubten. Anders als die schwere Artillerie eines Linienschiffes oder selbst noch einer Fregatte, hatten die kleinen Sechspfünder der *Avenger* einen unangenehm hohen Knall, der sich ins Gehirn zu bohren schien.

Bolitho malte sich die Wirkung von Schrot und Kartätschen auf das andere Schiff aus. Schon hörte er das Brechen und Fallen von Spieren, sah das Aufleuchten von Gischt neben dem abgedunkelten Schoner, als Takelage und mit dieser möglicherweise Menschen von den Masten ins Wasser stürzten wie Fallobst.

»Auswischen! Laden!«

Hugh Bolitho hatte den Degen gezogen, er schimmerte im schwachen Sternenlicht wie ein dünner langer Eiszapfen. Es war derselbe Degen, mit dem er gerade erst diese Ehrenhändel bereinigt hatte, und vielleicht viele andere vorher.

»Feuer!«

Noch während die Breitseite herausdonnerte und den Schiffsrumpf wie eine Riesenfaust schüttelte, verriet vereinzeltes Blitzen und Knallen auf dem anderen Schiff, daß die Schmuggler noch nicht willens waren, sich zu ergeben.

Hugh Bolitho schrie gellend: »Klar zum Entern!« Er wandte sich nicht einmal um, als ein Mann dicht neben ihm zuckend zu Boden stürzte, eine Gewehrkugel in der Brust.

Wie oft mochten sie dies wohl exerziert haben, dachte Bolitho, während er seinen Degen zog. Die Geschützbedienungen verließen ihre rauchenden Kanonen, ergriffen Entermesser, Piken, Äxte und Enterbeile, während der Rest der Besatzung an Fallen und Schoten stürzte. Einen Augenblick vor der Kollision verschwanden die Segel der *Avenger* wie von Zauberhand, so daß sie infolge der Restfahrt zwar mit einem immer noch gewaltigen Ruck längsseits schor, die Gefahr des Entmastens jedoch erheblich verringert war. Auch wurde sie nicht gleich wieder von ihrem Gegner weggetrieben.

Noch während die Enterhaken durch die Luft flogen und sich auf dem anderen Schiff verankerten, sprangen die Enterer bereits hinüber und schwärmten aus, begleitet von Schüssen und Kampfeslärm.

Da schrie Pyke: »Zurück, Jungs!«

Auch dies funktionierte wie eine Szene aus einer gut einstudierten Tanzvorführung. Die eben noch hurraschreienden Enterer warfen sich wieder über die Reling und sprangen auf ihr eigenes

Schiff zurück, während die beiden Schwenkgeschütze auf der Back ihre mörderische Ladung zwischen die schreienden Gestalten spien, die sich gerade den Eindringlingen entgegenwarfen, um den Angriff zurückzuschlagen. Reihenweise wurden sie von den Kartätschen niedergemäht.

Hugh Bolitho wies den Weg zum Angriff mit seinem Degen. »Jetzt! Auf sie, Jungs!« Dann war er mit einem gewaltigen Satz drüben auf dem anderen Schiff, gleichzeitig einen der eigenen Leute mitreißend, der zu kurz gesprungen war und zwischen die knirschenden Schiffsrümpfe zu fallen drohte. Noch in der Luft schlug er einem Gegner die Klinge über den Kopf.

Bolitho rannte zur Back, mit gezücktem Degen sprang er mit der letzten Gruppe der Enterer laut schreiend hinüber.

Ein Mann neben ihm brach lautlos zusammen, ein anderer schlug schreiend die Hände vors Gesicht. Das Schreien endete in einem Röcheln, als eine Lanze aus dem Dunkel geflogen kam und ihn durchbohrte.

Schulter an Schulter drangen Bolithos Leute auf dem Deck des Schoners vor, während die auf dem Kutter zurückgebliebenen Seeleute ihnen Warnungen und Ratschläge zuriefen, begleitet von Pistolenschüssen und ein paar wohlgezielten Speerwürfen.

Bolitho rutschte in der großen Blutlache aus, die durch das mörderische Kartätschenfeuer der Schwenkgeschütze entstanden war. Doch er verbannte alle anderen Gedanken und konzentrierte sich ganz auf den Angriff, auf Gesichter, die vor ihm auftauchten und wieder verschwanden. Stahl klirrte auf Stahl, mühsam und mit schmerzendem Handgelenk parierte er, zugleich nach einer Lücke in der Deckung des Gegners spähend.

Über die Köpfe und Schultern der schreienden und fluchenden Kämpfer hinweg sah er seines Bruders weiße Aufschläge schimmern, hörte seine Stimme, als er die Leute vorwärtstrieb, den Gegner in immer kleinere Gruppen aufspaltend.

Jemand schrie: »Das ist für Jackie Trillo, du Schwein!« Ein Entermesser fuhr zischend wie eine Sense durch die Luft und trennte mit einem einzigen, gewaltigen Hieb fast des Gegners Kopf vom Rumpf.

»Ergebt euch! Nieder die Waffen!«

Aber noch mußten ein paar von ihnen dran glauben, bevor die Entermesser und Piken auf die Decksplanken polterten, zwischen die Toten und die stöhnenden Verwundeten.

Dann sah Bolitho, wie sein Bruder mit der Degenspitze auf einen Mann wies, der neben dem unbemannten Ruder stand.

»Lassen Sie Ihre Leute ankern. Aber wenn Sie versuchen, das Schiff zu versenken, lasse ich Sie auspeitschen.« Er steckte den Degen in die Scheide. »Und nachher aufhängen.«

Bolitho ging zu Hugh hinüber und stellte sich neben ihn. »Ganz Cornwall muß das gehört haben!«

Hugh schien nicht hinzuhören. »Es sind doch keine Franzmänner, wie ich zuerst dachte. Eher scheinen es Kolonisten zu sein.« Er wandte sich abrupt seinem Bruder zu und nickte: »Ja, das stimmt. Wir lassen die Prise hier unter Bewachung zurück. Laß zwei Schwenkgeschütze hinüberschaffen und auf die Gefangenen richten, dann teile einen Unteroffizier zur Bewachung ein. Er wird wissen, was er zu tun hat. Bestimmt würde er lieber sterben als mir zu melden, daß sie ihm entkommen konnten!«

Bolitho folgte ihm, während sein Bruder Befehle erteilte, hier Fragen beantwortete, dort eine Anordnung mit energischer Handbewegung oder mit nachdrücklich erhobener Stimme unterstrich.

Pyke rief von vorn: »Anker hält, Sir!«

»Gut.« Hugh ging zur Bordwand. »Der Rest von euch kommt mit mir. Mr. Gloag, lassen Sie ablegen und Segel setzen, bitte!«

Blöcke quietschten, wie Geisterschwingen erhoben sich die Segel und trieben die *Avenger* von dem Schoner frei, der narbenbedeckt und mit schwerer Schlagseite zurückblieb.

»Wohin, Sir?« Gloag blickte hinauf und musterte die Stellung der Segel. »Es ist verdammt gefährlich hier.«

»Schicken Sie einen guten Lotgasten nach vorn ins Netz, bitte. Lassen Sie ständig loten. Bei vier Faden Tiefe werden wir ankern und sofort die Boote aussetzen.« Er warf einen Blick auf seinen Bruder. »Wir dringen in zwei Gruppen landeinwärts vor, bis wir die Straße kreuzen.«

»Aye, Sir!«

Überraschend klopfte Hugh seinem Bruder auf die Schulter. »Kopf hoch, Junge! Eine hübsche Prise, sicherlich voller Schmuggelgut, und lediglich ein paar Mann verloren! Wir können immer nur einen Schritt nach dem anderen tun!«

Als der Kutter sich dichter ans Land herantastete, verkündete des Lotgasten eintöniges Aussingen die wachsende Gefahr. Endlich, als bereits bedrohlich nahe Brandung und dahinter sich dunkel abzeichnendes Land an Steuerbord zu sehen waren, warfen sie Anker. Ohne Gloags wiederholte eindringliche Warnungen wäre Hugh sicher noch dichter unter Land gegangen, vermutete Bolitho.

Auch so beneidete er Gloag nicht um seine Verantwortung. Zwischen Sandbänken und schroffen Felsen, ohne ausreichende Besatzung vor Anker zu liegen, war schlimm genug. Aber wenn der Wind wieder auffrischen sollte, konnte er kaum verhindern, daß die *Avenger* abdriftete und schließlich auf die Klippen getrieben wurde.

Falls Hugh sich dessen ebenfalls bewußt war, gelang es ihm gut, seine Befürchtungen zu verbergen.

Die beiden Boote wurden zu Wasser gelassen, und mit Ausnahme einer verschwindend kleinen Gruppe von Leuten stieg alles ein, bis an die Zähne bewaffnet. Die tief im Wasser liegenden Boote steuerten die nächstgelegene Küste an.

Noch während die Riemen sich im Takt hoben und senkten und das Land sie allmählich auf beiden Seiten umfing, empfand Bolitho die Leere und Stille. Schon das Geräusch von Gewehrfeuer hätte genügt. Die Leute, mit denen vorhin die Signale ausgetauscht worden waren, befanden sich bestimmt längst in ihren Hütten, oder sie rannten, so schnell sie konnten, zu irgendwelchen Verstecken.

Als sie endlich auf einem kleinen Sandstrand versammelt waren, auf den die See mit voller Wucht anbrandete, um dann geräuschvoll durch die Felslücken zurückzuströmen, sagte Hugh: »Wir teilen uns in zwei Gruppen auf, Richard. Ich nehme die rechte, du die linke Seite. Wer auf Anruf nicht stehen bleibt, wird unter Feuer genommen.« Dann nickte er seinen Leuten zu: »Vorwärts!«

In zwei langen Reihen stiegen sie den steilen Küstenhang hinauf. Zunächst erwarteten sie, beschossen zu werden, fanden sich aber allmählich damit ab, daß sie allein auf weiter Flur waren.

Bolitho überquerte die schmale Küstenstraße, während seine Leute auf beiden Seiten ausschwärmten. Der Wind peitschte ihnen die flatternden Hosen um die Beine. Die Lastwagen waren wohl schon vorbeigefahren und jetzt in Sicherheit. Vielleicht konnte man die Radspuren der schwer beladenen Fahrzeuge entdecken, sofern sie auf dem felsigen Boden überhaupt welche hinterlassen hatten.

Der Seemann mit Namen Robins hob die Hand. »Sir!«

Bolitho lief zu ihm hinüber. »Da kommt jemand!«

Die Seeleute schwärmten aus und verschwanden auf beiden Seiten im Unterholz. Bolitho hörte das leise metallische Klicken, als sie die Hähne ihrer Gewehre spannten.

Robins und Bolitho verharrten lautlos hinter einem sturmzerzausten Busch.

Der Seemann flüsterte plötzlich: »Da ist er wieder – betrunken, soviel ich hören kann.« Er grinste. »War offensichtlich nicht so beschäftigt wie wir!« Sein Grinsen erstarrte zur Grimasse, als sie hörten, daß der Mann schluchzte und vor Schmerzen stöhnte.

Dann sahen sie ihn hin und her schwankend die Straße überqueren, beinahe fallend in seinen bemitleidenswerten Bemühungen um Eile. Kein Wunder, daß Robins ihn für einen Betrunkenen gehalten hatte. Plötzlich jedoch rief er: »O Gott, Sir! Das ist einer von unseren Leuten! Billy Snow!«

Bevor Bolitho Robins zurückhalten konnte, lief er auf den Schwankenden zu und fing ihn in seinen Armen auf.

»Was ist passiert, Billy?«

Der Mann keuchte: »Wo wart ihr, Tom? Wo wart ihr bloß?«

Bolitho und ein paar andere Seeleute halfen Robins, den Mann vorsichtig auf den Boden zu legen. Wie er es geschafft hatte, bis hierher zu kommen, war ein Rätsel. Er blutete aus mehreren Hieb- und Stichwunden, und seine Kleidung war völlig blutdurchtränkt.

Als sie versuchten, seine Wunden zu versorgen, sagte Snow mit schwacher Stimme: »Erst ging alles gut, Sir, aber dann sahen wir die Soldaten. Sie kamen herangebraust wie eine Kavallerieschwadron bei der Attacke!«

Er winselte, und jemand sagte ärgerlich: »Vorsichtig mit der Wunde, Tom!«

Snow fuhr undeutlich fort: »Einige der Unsrigen riefen hurra, nur so zum Spaß, und der junge Mr. Dancer lief ihnen entgegen, um sie zu begrüßen.«

Bolitho beugte sich tief hinunter zu ihm, er fühlte des Mannes Verzweiflung, das Herannahen des Todes. »Dann, dann . . .«

Bolitho legte ihm die Hand auf die Schulter. »Ruhig, Mann, lassen Sie sich Zeit.«

»Aye, Sir.« Im fahlen Sternenlicht schimmerte sein Gesicht wie Wachs, die Augen waren fest geschlossen. Er versuchte es wieder. »Sie ritten in uns hinein wie ein Sturmwind, hackend, schlagend, stechend. Sie ließen uns keine Chance, in einer Minute war alles vorüber.«

Er hustete, und Robins flüsterte heiser: »Er geht von uns, Sir!«

Bolitho fragte rasch: »Was wurde aus den anderen?«

Snow wandte mit schmerzverzerrtem Gesicht den Kopf. »Dort drüben, weiter oben, liegen sie. Alle tot, glaube ich, obwohl ein paar von ihnen in Richtung zur See geflüchtet sind.«

Bolitho wandte sich ab, seine Augen brannten und schmerzten. Seeleute liefen immer in Richtung See, wenn sie sich verraten und verloren fühlten. Das war alles, was sie wußten, ihre letzte Hoffnung. »Er ist tot, Sir.«

Sie standen um Snow herum und starrten ihn an. Wohin hatte er in seinen letzten Augenblicken flüchten wollen?

»Kommandant kommt, Sir.«

Hugh Bolitho trat, gefolgt von seinen Leuten, aus der Dunkelheit, so daß die Straße mit einem Male belebt erschien. Alle blickten auf den Leichnam nieder.

»Also sind wir zu spät gekommen.« Hugh beugte sich über den Toten. »Snow, ein guter Mann.« Er richtete sich auf und fügte abrupt hinzu: »Beeilt euch, sucht die anderen.« In der Mitte der Straße schritt er weiter, aufrecht, vollkommen allein.

Es dauerte nicht lange, bis sie die anderen fanden. Sie lagen auf der Straße oder am felsigen Abhang verstreut, und einige waren offensichtlich die Steilküste hinuntergeworfen worden.

Überall war Blut, und als die Seeleute die mitgebrachten Laternen anzündeten, glitzerten die toten Augen böse auf, als wollten sie ihre Kameraden noch im Tode für ihren Verrat verfluchen.

Die Wagen und Waffen der Begleitmannschaft waren verschwunden, jedoch fehlten einige von den Leuten. Bolitho vermutete, daß sie entweder in der Dunkelheit entkommen oder aber gefangengenommen worden waren. Und dies in Cornwall, seiner eigenen Heimat, nicht mehr als fünfzehn Meilen von Falmouth entfernt!

Ein Mann, den Bolitho als den Bootsmannsmaaten Mumford erkannte, kam herbei, in der Hand einen Dreispitz; er sagte bedrückt: »Ich denke, dies ist Mr. Dancers Hut, Sir.«

Bolitho nahm ihn entgegen. Er fühlte sich kalt und feucht an.

Da brachte ein Ruf sie alle in Bewegung. Jemand hatte einen verwundeten Seemann gefunden. Er lag versteckt in einer Felsspalte oberhalb der Straße, kaum noch bei Bewußtsein.

Bolitho lief ebenfalls hin, um zu sehen, ob noch Hilfe möglich sei. Plötzlich blieb er jedoch abrupt stehen, denn im Schein der Laterne, die Robins hochhielt, hatte er etwas Helles durch das nasse Gras schimmern sehen.

Robins, rief schnell: »Moment, ich schaue nach, Sir!«

Zusammen kletterten sie den schlüpfrigen Hang hinauf, bis die Laterne eine am Boden ausgestreckte Gestalt schwach beleuchtete. Was Bolitho hatte schimmern sehen, war blondes Haar, das sich jetzt beim Näherkommen als blutverschmiert erwies.

»Bleiben Sie zurück!«

Bolitho nahm Robins die Laterne aus der Hand und rannte das letzte Stück des Weges, dann kniete er bei dem Leichnam nieder, packte den blauen Rock und drehte den leblosen Körper auf den Rücken. Im schwachen Lampenlicht schienen ihn die toten Augen ärgerlich anzustarren.

Er lockerte seinen Griff, beschämt über seine Erleichterung. Es war nicht Dancer, sondern ein Zöllner, niedergemäht bei dem Versuch, dem Gemetzel zu entkommen.

Er hörte Robins fragen: »Alles in Ordnung, Sir?«

Bolitho unterdrückte die in ihm aufsteigende Übelkeit und sagte: »Helfen Sie mir, den armen Kerl hinunterzuschaffen!«

Stunden später versammelten sie sich erschöpft und niedergeschlagen im ersten grauen Morgenlicht unten am Strand.

Weitere sieben Überlebende waren gefunden worden oder beim Klang der Stimmen aus ihren Verstecken hervorgekommen. Doch Martyn Dancer war nicht darunter.

Als Bolitho wieder an Bord des Kutters stieg, sagte Gloag mit rauher Stimme: »Solange er am Leben ist, besteht auch noch Hoffnung, Mr. Bolitho.«

Dieser sah der ablegenden Jolle zu, in der Peploe, der Segelmacher, und sein Maat mit ernsten Gesichtern an Land fuhren, die Toten für ihre Bestattung einzunähen.

Sie hatten teuer bezahlen müssen für diese Nacht, dachte Bolitho unglücklich. Ihm kam der blonde Tote in den Sinn, seine eigene Verzweiflung, die sich in Hoffnung gewandelt hatte, als er feststellte, daß es nicht sein Freund war, der da vor ihm lag.

Aber jetzt, als er die blasse Küstenlinie mit den kleinen Gestalten darauf betrachtete, hatte er das Gefühl, daß diese Hoffnung nicht sehr groß war.

VIII Stimme im Dunkel

Harriet Bolitho trat ein, ihr langes Samtgewand streifte geräuschlos die Tür. Einen Augenblick blieb sie stehen und betrachtete ihren Sohn, dessen Gestalt sich als Silhouette gegen das Kaminfeuer abhob. Die Hände hielt er den Flammen entgegengestreckt.

Dicht daneben saß Nancy auf dem Teppich, die Knie bis zum Kinn hochgezogen. Sie beobachtete ihren Bruder so intensiv, als wolle sie ihn zum Sprechen zwingen.

Durch die andere Doppeltür hörte sie undeutliche Stimmen. Schon über eine Stunde beratschlagten sie in der angrenzenden Bibliothek: Sir Henry Vyvyan, Colonel de Crespigny von den Dragonern und natürlich Hugh Bolitho.

Wie so oft hatte auch diesmal die Nachricht von dem Überfall und von der Erbeutung des Schmuggelschiffes Falmouth auf dem Landweg viel schneller erreicht als die Hauptakteure selbst. Lange bevor die *Avenger* und ihre Prise auf der Reede ankerten, wußte man schon alles, was sich auf See abgespielt hatte.

Harriet Bolithos insgeheime Befürchtung, daß sich etwas dieser Art ereignen würde, hatte sich bewahrheitet. Hugh war immer eigensinnig gewesen, nie wollte er auf den Rat anderer hören. Sein jetziges Kommando, so klein es auch sein mochte, war das ungünstigste, was man sich für ihn vorstellen konnte. Er brauchte eine feste Hand wie die des Kommandanten der *Gorgon*, Richards Schiff.

Sie richtete sich auf und durchschritt mühsam lächelnd den Raum. Die beiden hätten ihren Vater jetzt nötiger gebraucht, denn Richard blickte ihr mit angespanntem Gesicht entgegen.

»Wie lange werden sie noch bleiben?«

Sie hob die Schultern. »Der Oberst versucht zu erklären, warum seine Leute dem Transport nicht zu Hilfe kommen konnten. Sie waren im letzten Augenblick wegen eines Goldtransportes nach Bodmin zurückbeordert worden. De Crespigny hat eine Untersuchung angeordnet und auch nach unserem Friedensrichter geschickt.«

Bolitho betrachtete seine Hände. Er stand ganz dicht am Feuer, fror aber noch immer. Das von seinem Bruder erwähnte Wespennest war mitten unter ihnen aufgescheucht worden.

Wie die bestürzten und verwirrten Überlebenden des Überfalls, so hatte auch er zuerst einen tiefen Groll gegen die Dragoner verspürt, weil sie nicht zur Hilfe gekommen waren. Aber als er Zeit zum Nachdenken fand, begriff er das Dilemma des Obersten. Ein etwas nebelhafter Plan, Schmuggler zu fangen, stand gegen seine strikte Order, einen wertvollen Goldtransport zu begleiten; da hatte er nicht lange überlegen dürfen. Außerdem hatte er erwartet, daß Hugh das Unternehmen abblasen würde, sobald er diese Änderung erfuhr.

Unwillig stieß Bolitho hervor: »Aber was unternehmen sie zur Befreiung Martyns?«

Seine Mutter stand hinter ihm und fuhr ihm streichelnd übers Haar.

»Alles, was in ihrer Macht liegt, Richard. Der arme Junge – auch ich denke ständig an ihn.«

Die Tür der Bibliothek öffnete sich, und die drei Männer traten ins Zimmer.

Was für ein seltsames, zusammengewürfeltes Trio, dachte Bolitho. Sein Bruder – schmallippig, verschlossen, schäbig in seiner Borduniform –, Vyvyan wuchtig, grimmig, mit der gewaltigen Narbe, die den Eindruck von Willenskraft noch verstärkte, und der Dragoneroberst: adrett, elegant wie ein Angehöriger der Leibwache des Königs. Es war kaum zu glauben, daß er ohne Pause so viele Meilen geritten war.

Harriet Bolitho hob den Kopf. »Nun, Sir Henry, was halten Sie von der Angelegenheit?«

Vyvyan rieb sich das Kinn. »Ich denke, Madam, daß diese Teufel den jungen Dancer als Geisel mitgenommen haben; weshalb, kann ich allerdings nicht sagen. Es sieht schlecht aus, darüber müssen wir uns klar sein.«

De Crespigny meinte: »Wenn ich mehr Leute hätte, wenigstens zwei weitere berittene Abteilungen, könnte ich vielleicht etwas unternehmen, aber so . . .« Er beendete den Satz nicht.

Bolitho beobachtete sie müde und enttäuscht. Jeder von ihnen dachte nur an sich selbst, versuchte, sich aus der Sache herauszuhalten, die Schuld einem anderen zuzuschieben, jetzt, da die Behörden erfuhren, was sich ereignet hatte. Er blickte seinen Bruder an. Es bestand wohl kein Zweifel daran, wer diesmal seinen Kopf hinhalten mußte.

Nancy flüsterte: »Ich werde für ihn beten, Dick.«

Er blickte sie an und lächelte. Sie hielt Martyns Hut ans Feuer, um ihn zu trocknen, behandelte ihn wie einen Talisman.

Vyvyan fuhr fort: »Wir dürfen diese Niederlage nicht hinnehmen. Müssen uns etwas einfallen lassen.«

Man hörte Stimmen in der Halle, und einen Augenblick später steckte Mrs. Tremayne den Kopf ins Zimmer. Hinter ihr sah Bolitho des Jagdaufsehers gewaltige Gestalt aufragen.

»Was gibt es, Pendrith?« fragte Mrs. Bolitho.

Pendrith trat ein, einen Geruch nach Erde und Feuchtigkeit verbreitend. Er nickte den Anwesenden zu und sagte dann mit seiner rauhen Stimme zu Mrs. Bolitho:

»Einer von des Colonels Leuten wartet mit einer Botschaft draußen, Madam.« Während der Oberst sich entschuldigte und eilig hinausging, fügte Pendrith rasch hinzu: »Und ich bringe das hier, Sir.« Er hielt Vyvyan ein Papier entgegen.

Dessen eines Auge überflog die ungelenke Handschrift und rief aus: *»An alle, die es angeht* . . . Was, zum Teufel, soll das?« Das Auge bewegte sich rascher, und dann sagte er: »Es ist eine Forderung, wie ich mir schon dachte. Sie halten den jungen Dancer als Geisel fest.«

Bolitho fragte rasch: »Was fordern sie?« Sein Herz hämmerte fast schmerzhaft, und er konnte kaum atmen.

Vyvyan überreichte Mrs. Bolitho den Brief und sagte bedrückt: »Dieser eine Strandräuber, den meine Leute gefangen haben – gegen ihn wollen sie Dancer austauschen. Sonst . . .« Er blickte weg.

Hugh Bolitho starrte ihn an. »Selbst wenn wir austauschen dürften . . .« Er kam nicht weiter.

Vyvyan fuhr herum, sein Schatten füllte fast den ganzen Raum. *»Dürften?* Was sagen Sie da, Mann? Hier steht ein Menschenleben auf dem Spiel! Wenn wir diesen Schurken hängen, bringen sie den jungen Dancer um, das steht fest. Vielleicht tun sie es ohnehin. Aber ich glaube, sie werden Wort halten. Vor einem Offizier des Königs haben sie doch etwas mehr Scheu als vor einem Zöllner.«

Hugh Bolitho begegnete Sir Henrys Blick mit Unmut. »Es geschah in Ausübung seines Dienstes.«

Vyvyan trat ein paar Schritte vom Feuer zurück und stieß ungeduldig und resigniert hervor: »Fassen Sie es so auf, wenn Sie wollen. Aber wir kennen des Strandräubers Identität jetzt und werden ihn wieder zu fassen kriegen. Dem Henker entgeht er bestimmt nicht. Doch Dancers Leben ist wertvoll für seine Familie, für sein Land.« Sein Ton wurde härter. »Außerdem wird es besser aussehen.«

»Was meinen Sie damit, Sir?« Hugh war blaß und wirkte müde, zeigte aber keinerlei Spur von Schwäche.

»Ich will es Ihnen erklären. Wie wird es später bei der Kriegsgerichtsverhandlung aussehen? Der Verlust eines Fähnrichs wiegt schwer, auch der Tod all der Seeleute und Zöllner wird nicht leicht zu erklären sein; dazu kommt der Verlust dieser verdammten Musketen, die sich jetzt in den falschen Händen befinden. Aber vor allem – wer kam heil und unverletzt davon? Die beiden Offiziere der *Avenger,* beide aus *derselben Familie!*«

Zum erstenmal schien Hugh betroffen.

»Aber so war es nicht, Sir! Ohne den Schoner wären wir rechtzeitig zur Stelle gewesen, mit oder ohne Dragoner.«

Der Oberst kehrte wieder zurück; ruhig sagte er: »Ich habe soeben erfahren, daß die Besatzung des Schoners unter strenger Bewachung nach Truro geschafft werden soll.«

Vyvyan reichte ihm den zerdrückten Brief und beobachtete ihn.

Der Oberst sagte wütend: »Ich hatte schon vermutet, daß die Geschichte noch nicht zu Ende ist, verdammt!«

Hugh blieb dickköpfig bei seinem Standpunkt. »Dieser Schoner hatte kistenweise Goldmünzen geladen, die Besatzung bestand ausschließlich aus amerikanischen Kolonisten. Zweifellos sollte dieses Gold hier in Cornwall zum Ankauf von Gewehren dienen. Der Schoner hätte sie dann zu einem sicheren Versteck gebracht, um sie auf ein größeres Schiff umzuladen.«

Der Oberst musterte Hugh kalt. »Der Kapitän des Schoners beteuert seine Unschuld. Er sagt aus, daß er sich verirrt habe, daß Sie ohne Warnung auf ihn gefeuert hätten. Er hielt Sie für Piraten.« Er hob müde die Hand. »Ich weiß, Mr. Bolitho. Aber jeder wird ihm glauben. Sie haben die Gewehre eingebüßt, keinen einzigen Strandräuber gefangen und eine Menge Leute verloren, ohne einen stichhaltigen Grund angeben zu können. Ich weiß, daß es Gerüchte über Unruhen in der amerikanischen Kolonie gibt, aber bis jetzt sind es eben nur Gerüchte. Was Sie jedoch getan haben, sind Tatsachen.«

Vyvyan sagte mit seiner rauhen Stimme: »Schonen Sie ihn, wir waren alle einmal jung. Ich habe schon gesagt, daß wir in den

Austausch der Gefangenen einwilligen. Schließlich haben wir eine gute Prise im Hafen liegen, vorausgesetzt, die Behörden können dem Kapitän nachweisen, daß er hinter Waffen her war. Und wenn wir Dancer erst gesund wiederhaben, wird er uns vielleicht mehr erzählen können.« Er lächelte verschlagen. »Was meinen Sie, Colonel?«

De Crespigny seufzte. »Dies fällt nicht unter die Befugnisse eines Gutsherren oder jungen Leutnants. Selbst ich benötige dazu Weisungen.« Er blickte sich um, ob der Jagdaufseher den Raum verlassen hatte. »Wenn Ihr Gefangener jedoch fliehen sollte, sehe ich keinen Grund, dies sofort weiterzumelden.«

Vyvyan grinste. »Gesprochen wie ein wahrer Soldat. Gut, ich werde meine Leute entsprechend anweisen.« Sein Auge glitt über die Familie Bolitho. »Wenn ich unrecht habe und sie dem jungen Dancer auch nur ein Haar krümmen, dann werden sie es später bitter bereuen.«

Hugh Bolitho nickte. »Also, ich akzeptiere den Plan, Sir. Aber danach habe ich in diesen Gewässern keinen Erfolg mehr zu erwarten. Man wird mein Schiff und alle an Bord der Lächerlichkeit preisgeben.«

Bolitho blickte seinen Bruder an und empfand Mitleid mit ihm. Aber es gab keinen anderen Ausweg.

Als die beiden Gäste nacheinander das Haus verlassen hatten, stieß Hugh heftig hervor: »Wenn ich auch nur einen einzigen von diesen Schuften in meiner Gewalt hätte, dann wäre die ganze verdammte Affäre ein für allemal erledigt!«

Die nächsten beiden Tage vergingen in Sorge und Ungewißheit. Von Dancers Entführern hatte man nichts mehr gehört, und in der Tat bedurfte es keines weiteren Beweises für die Echtheit des Briefes. Ein paar goldene Knöpfe, von einer Fähnrichsuniform abgeschnitten, sowie ein Halstuch, das Bolitho als Dancer gehörend identifizierte, hatte man vor dem Gartentor gefunden.

In der zweiten Nacht saßen die beiden Brüder allein vorm Feuer; keiner mochte das Schweigen brechen. Schließlich sagte Hugh: »Ich gehe hinunter zur *Avenger*. Du bleibst besser hier, bis wir etwas hören.«

»Was wirst du danach anfangen?«

»Anfangen?« Hugh lachte bitter. »Wieder auf ein verdammtes Dickschiff als Leutnant gehen, denke ich. Meine Beförderung ist aus dem Fenster geflogen, als ich das nicht schaffte, weswegen ich hergekommen war.«

Bolitho erhob sich, weil er Hufgeklapper vor dem Haus hörte. Die Tür flog auf, und er sah Mrs. Tremayne ihn mit so großen Augen austarren, daß sie ihr ganzes Gesicht auszufüllen schienen.

»Sie haben ihn, Master Richard! Sie haben ihn gefunden!«

Im nächsten Augenblick schien der Raum überfüllt zu sein: Bedienstete, Dragoner und Pendrith, der sagte: »Die Soldaten haben ihn entdeckt, wie er auf der Straße herumirrte, mit auf dem Rücken gefesselten Händen und einem Tuch vor den Augen. Ein Wunder, daß er nicht kopfüber die Klippen hinabstürzte!«

Sie verstummten alle, als Dancer, von Kopf bis Fuß in einen langen Umhang gehüllt, ins Zimmer trat, auf beiden Seiten gestützt von einem Dragoner.

Bolitho lief ihm entgegen und packte ihn an den Schultern. Er konnte kaum sprechen; beide starrten sich ein paar Sekunden lang wortlos an, bis Dancer sagte: »Das war verdammt dicht dran diesmal, Dick!«

Harriet Bolitho bahnte sich einen Weg durch die starrenden Menschen, nahm Dancer den Umhang ab und schloß ihn dann in die Arme. Sie zog seinen Kopf an ihre Schulter, wobei ihr die Tränen ungehemmt über die Wangen liefen.

»Oh, du armer, armer Junge!«

Die Entführer hatten Martyn alle Sachen abgenommen, bis auf die Kniehose. Barfuß, mit verbundenen Augen und gefesselten Händen, hatten sie ihn auf einer ihm unbekannten Straße ausgesetzt, wo er in der bitteren Kälte bei einem Sturz sicherlich erfroren wäre. Jemand hatte ihn auch geschlagen, denn Bolitho sah Striemen auf seinem Rücken.

Mrs. Bolitho sagte mit belegter Stimme: »Mrs. Tremayne, führen Sie diese braven Männer in die Küche. Geben Sie ihnen alles, was sie möchten, auch Geld.«

Die Soldaten strahlten und traten sich verlegen die Stiefel sauber. »Danke sehr, Ma'am, es war uns ein Vergnügen, wirklich!«

Dancer ließ sich vor dem Feuer nieder und erzählte: »Sie brachten mich in ein kleines Dorf. Ich hörte jemanden sagen, es sei ein verhexter Ort, niemand würde sich herwagen, um nach mir zu suchen. Sie lachten darüber und erklärten mir, auf welche Weise sie mich umzubringen gedächten, wenn ihr Mann nicht freigelassen würde.« Er blickte zu Hugh Bolitho auf. »Tut mir leid, daß ich Sie enttäuscht habe, Sir. Aber unsere Angreifer sahen aus wie wirkliche Soldaten, und sie schlugen erbarmungslos auf uns ein, bevor wir unseren Irrtum erkannt hatten.« Schaudernd rieb er sich die Arme, als schäme er sich seiner Nacktheit.

Hugh erwiderte: »Was geschehen ist, ist geschehen, Mr. Dancer. Aber ich freue mich, daß Sie am Leben und in Sicherheit sind.«

Mrs. Bolitho brachte eine Tasse heißer Suppe. »Trink das, Martyn, und dann ins Bett.« Sie hatte sich wieder vollkommen in der Gewalt.

Dancer blickte Bolitho an. »Ich hatte die ganze Zeit das Tuch über den Augen. Als ich versuchte, es wegzureißen, fühlte ich ein glühendes Eisen dicht vorm Gesicht. Einer von ihnen sagte, wenn ich es noch einmal täte, wäre das Tuch nicht mehr nötig. Das Eisen würde mich blenden, ein für allemal.«

Er fröstelte, als Nancy seine Schultern mit einem wollenen Tuch bedeckte.

Hugh Bolitho schlug mit der Faust gegen die Wand. »O ja, sie waren schlau. Sie wußten, daß Sie zwar ihre Gesichter nicht erkennen würden, wohl aber später vielleicht den Ort, an dem man Sie festgehalten hatte.«

Dancer erhob sich mit schmerzverzerrtem Gesicht. Seine Füße waren arg zugerichtet worden, bevor die Soldaten ihn gefunden hatten.

»Ich kenne aber einen von ihnen.«

Sie starrten ihn alle an und dachten, er werde gleich zusammenbrechen.

Dancer hielt Mrs. Bolitho seine ausgestreckten Hände hin, bis sie sie ergriff.

»Es war am ersten Tag. Ich lag in der Dunkelheit und wartete auf den Tod, als ich die Stimme plötzlich hörte. Wahrscheinlich hatten sie ihm nicht gesagt, daß ich dort war.« Er verstärkte den Griff seiner Hände. »Es war der Mann, den ich hier gesehen hatte, Madam, den Sie Vyvyan nannten.«

Sie nickte langsam, das Gesicht voller Mitleid.

»Du hast genug gelitten, Martyn, und wir haben uns große Sorgen um dich gemacht.« Sie küßte ihn sanft. »Jetzt ins Bett mit dir. Du findest in deinem Zimmer alles, was du brauchst.«

Hugh Bolitho starrte ihn noch immer an, als habe er sich verhört.

»Sir Henry? Sind Sie sicher?«

Seine Mutter rief dazwischen: »Laß ihn, Hugh. Dem armen Jungen ist schon genug Leid zugefügt worden!«

Bolitho sah seines Bruders alte Energie und Entschlossenheit zurückkehren wie eine Bö, die sich plötzlich einem Schiff in der Flaute nähert.

»Für dich ist er vielleicht ein Junge, Mutter. Trotzdem bleibt er immer noch einer meiner Offiziere.« Hugh konnte seine Erregung kaum verbergen. »Dicht unter unseren Augen . . . Kein Wunder, daß Vyvyans Leute immer in der Nähe waren und wir niemals einen Schmuggler fingen. Und – er mußte sich seines Pseudogefangenen entledigen, bevor ein Untersuchungsrichter auftauchte. Der Mann hätte sonst gegen ihn ausgesagt, um sein Leben zu retten.«

Bolitho fühlte, wie sein Mund trocken wurde. Wenn das stimmte, dann hatte Vyvyan sogar einige seiner eigenen Leute erschießen lassen, damit es echt aussah. Dann war er ein Ungeheuer, kein Mensch. Und beinahe hätte alles geklappt, konnte noch immer klappen, wenn Dancers Erzählung keinen Glauben fand.

Strandräuber, Schmuggler, Rebellen aus den amerikanischen Kolonien – es kam ihm vor wie ein böser Traum.

Vyvyan hatte das alles geplant, die Behörden die ganze Zeit an der Nase herumgeführt. Es war ihm auch gelungen, ihnen die Idee mit dem Gefangenenaustausch in den Kopf zu setzen.

Seinen Bruder fragte Bolitho: »Was wirst du tun, Hugh?«

Dieser lachte bitterböse. »Ich wäre geneigt, dem Admiral einen ausführlichen Bericht zu schicken. Aber erst wollen wir herausfinden, wo dieses verdammte Dorf liegt. Es kann nicht weit von der Küste entfernt sein.« Seine Augen glühten. »Das nächste Mal, Richard, das *nächste* Mal wird er weniger Glück haben!«

Bolitho folgte Dancer die Treppe hinauf in sein Zimmer, vorbei an den kritischen Augen der Ahnenporträts.

»In Zukunft, Martyn, will ich mich nie mehr beklagen, daß ich auf einem Linienschiff Dienst tue.«

Dancer setzte sich auf den Bettrand und lauschte dem Heulen des Windes.

»Ich auch nicht.« Er rollte sich auf die Seite, müde und erschöpft.

Als Bolitho Dancers blonden Schopf im Kerzenlicht betrachtete, kam ihm plötzlich jener andere Blondkopf in den Sinn, der tot im nassen Gras gelegen hatte, und ihn durchströmte ein Gefühl unendlicher Dankbarkeit.

Colonel de Crespigny saß steif in der Achterkajüte der *Avenger* und blickte sich mit einer Mischung aus Neugier und Widerwillen in dem engen Raum um.

Er sagte zu den beiden Fähnrichen: »Wie ich schon Ihrem – äh – Kommandanten erklärt habe, kann ich auf Grund einer so dürftigen Zeugenaussage keinerlei Risiko eingehen.«

Als beide sofort zu protestieren begannen, fügte er hastig hinzu: »Ich sage ja nicht, daß ich nicht glaube, was Sie gehört haben oder *meinen,* gehört zu haben. Aber vor einem Gericht – und seien Sie sicher, ein Mann von Sir Henrys Position und Autorität würde sich den besten Anwalt nehmen – klänge es weniger überzeugend.«

Er beugte sich zu Dancer hinüber, wobei seine blankpolierten Stiefel auf den Decksplanken knarrten.

»Überlegen Sie selbst. Ein erstklassiger Advokat aus London, ein erfahrener Untersuchungsrichter und ein voreingenommenes Gremium von Geschworenen – Ihr Wort wäre bestimmt der einzige Protest im ganzen Gerichtssal! Die Besatzung des Schoners kann man auf Verdacht festhalten, obgleich ihr bisher keinerlei üble Absicht oder gar eine Verbindung zu Sir Henry nachzuweisen war. Ich bin ziemlich sicher, daß neue Belastungen auftauchen werden, aber nur gegen sie und nicht gegen den Mann, den wir überführen wollen.«

Hugh Bolitho lehnte sich gegen die Bordwand, die Augen halb geschlossen. »Es scheint, wir sind an einem toten Punkt angelangt.«

Der Oberst nahm einen Pokal und füllte ihn sorgfältig, bevor er wieder das Wort ergriff. »Wenn Sie das Dorf finden und dazu ein paar klare, eindeutige Beweise, kann ein Fall daraus werden. Wenn nicht, dann sind Sie auf Sir Henrys Unterstützung angewiesen, und zwar vor jedem Untersuchungsrichter und Gerichtshof. So grausam und ungerecht dies auch erscheinen mag, es sind die Tatsachen, mit denen Sie sich abfinden müssen.«

Bolitho betrachtete seinen Bruder und empfand wie dieser die Ungerechtigkeit ihrer Niederlage. Wenn Vyvyan erst hinter ihre Absicht kam, würde er möglicherweise einen weiteren Plan in Szene setzen, um sie in Mißkredit zu bringen und ihnen Hindernisse in den Weg zu räumen.

Gloag, den man wegen seiner Erfahrung zu der Besprechung hinzugezogen hatte, ließ sich vernehmen: »Es gibt Hunderte solcher Dörfer und Siedlungen im Umkreis von fünf Meilen, Sir. Die Suche könnte Monate dauern.«

Hugh Bolitho sagte bitter: »In welcher Frist die Kunde bis zum Admiral vorgedrungen und die *Avenger* sonstwohin unterwegs ist, zweifellos mit einem neuen Kommandanten.«

De Crespigny nickte. »Höchstwahrscheinlich. Ich diene seit langem in der Armee, bin aber immer wieder erstaunt über die Entscheidungen meiner Vorgesetzten.«

Hugh griff nach einem Glas, überlegte es sich dann jedoch anders.

»Ich habe meinen Bericht für den Admiral und den obersten Zollbeamten in Penzance fertig. Whiffin, mein Sekretär, macht soeben die erforderlichen Abschriften. An die Verwandten der Gefallenen habe ich geschrieben und den Verkauf ihrer persönlichen Habe veranlaßt.« Er spreizte die Hände. »Ich weiß nicht, was sonst noch zu tun wäre.«

Richard Bolitho betrachtete ihn interessiert, sah er doch jetzt einen völlig anderen Mann vor sich als den selbstbewußten, zeitweilig sogar arroganten Bruder, den er gewohnt war.

»Wir müssen das Dorf finden«, sagte er, »und zwar, bevor sie die Musketen und die andere Beute beiseite schaffen. Es muß doch irgendeinen Anhaltspunkt geben!«

De Crespigny seufzte. »Ich stimme zu. Aber auch wenn ich jeden Mann und jedes Pferd losschicke – finden würden sie nichts. Die Diebe verschwänden wie die Füchse in ihrem Bau, und Sir Henry käme dahinter, daß wir auf seiner Spur sind. Die ›Gefangennahme‹ des Strandräubers und der gut arrangierte Austausch waren meisterhafte Schachzüge. Sie würden jedes Gericht überzeugen, vor allem in Cornwall.«

Dancer rief aus: »Sir Henry hat doch gesagt, er kenne den Gefangenen und würde ihn früher oder später bestimmt wieder einfangen.«

De Crespigny schüttelte den Kopf. »Wenn Sie in bezug auf Sir Henry recht behalten, hat er den Mann längst umgebracht oder so weit weggeschickt, daß er keinen Schaden mehr anrichten kann.«

Aber nun fuhr Hugh Bolitho auf: »Nein! Mr. Dancer hat heute die einzige Bemerkung gemacht, die Hand und Fuß hat.« Er blickte sich in der Kabine um, als suche er einen Ausweg. »Vyvyan ist zu schlau und zu skrupellos, um eine Spur zu legen, deren Unechtheit nachgewiesen werden könnte. Wenn wir herausfinden, wer der Mann war und wo er herkam, könnte uns das vielleicht weiterführen!« Er schien zu neuem Leben zu erwachen. »Es ist jedenfalls alles, was wir in der Hand haben.«

Gloag nickte zustimmend. »Ich wette, er stammt von einem der Höfe, die Sir Henry gehören.«

Bolitho spürte förmlich das Aufflackern von Hoffnung in der Kabine. Zwar war sie schwach, aber doch stärker als noch vor wenigen Augenblicken.

Hugh sagte lebhaft: »Ich schicke jemanden nach Hause. Wir müssen Hardy fragen, der hat für Vyvyan gearbeitet, bevor er zu uns kam.«

De Crespigny starrte ihn an. »Ihr Obergärtner? Seine Aussage würde ich nicht ins Treffen führen, wenn für mich so viel auf dem Spiel stünde.«

Hugh lächelte. »Mit Verlaub, Sir, es ist *meine* Karriere, die auf dem Spiel steht, und der gute Name meiner Familie.«

Die *Avenger* schwoite lässig an ihrer Ankertrosse, als wolle sie ihren Eifer bekunden, wieder auszulaufen und ihren Teil zum Erfolg beizutragen.

Richard Bolitho fragte: »Nun, sollen wir es versuchen?«

Er kannte Bill Hardy als einen alten Mann, dessen Tastsinn ihm mehr über die seiner Obhut anvertrauten Pflanzen und Blumen vermittelte als sein nur noch schwaches Augenlicht. Aber er hatte sein ganzes Leben in einem Umkreis von zehn Quadratmeilen rund um Falmouth zugebracht und wußte eine ganze Menge über die Menschen. Allerdings war er schweigsam und behielt sein Wissen für sich. Bolitho vermutete, daß sein Vater ihn eingestellt hatte, weil er ihm leid tat.

Hugh sagte: »Sobald wir können, aber vorsichtig. Sie schon jetzt zu alarmieren, wäre eine Katastrophe.«

Überraschenderweise gestattete er seinem Bruder und Dancer, mit diesem Auftrag nach Hause zurückzukehren. Ob aus dem Grunde, weil diese beiden wenig Aufsehen erregen würden, oder weil er fürchtete, daß sein Temperament mit ihm durchgehen könnte, vermochte Bolitho nicht zu entscheiden.

Als sie über den mit Kopfsteinen gepflasterten Platz eilten, sagte Dancer noch etwas atemlos: »Allmählich fange ich an, mich wieder frei zu fühlen! Was auch kommen mag, ich bin dafür gewappnet!«

Bolitho musterte ihn lächelnd. Sie hatten sich auf das gemeinsame Weihnachten und auf eins von Mrs. Tremaynes phantastischen Festessen gefreut. Aber nun sah die unmittelbare Zukunft genauso grau aus wie das trübe Wetter und keineswegs mehr so ermutigend, wie sie ihnen in der Kabine der *Avenger* erschienen war. Anstatt des erhofften, üppig gedeckten Tisches von Mrs. Tremayne würden sie wohl demnächst eher den Amtstisch eines Untersuchungsrichters vor sich haben.

Bolitho fand seine Mutter in der Bibliothek, wo sie einen Brief schrieb, einen der vielen an ihren Mann. Es mußten wohl jeweils mehr als ein Dutzend unterwegs sein oder in der Obhut irgendeines Hafenkommandanten auf die Ankunft seines Schiffes warten.

Sie hörte sich an, was sie beabsichtigten, und erklärte sofort: »Ich werde mit ihm sprechen.«

Bolitho protestierte. »Hugh sagt, du sollst dich aus allem heraushalten. Keiner von uns möchte, daß du in diese Angelegenheit hineingezogen wirst.«

Sie lächelte. »Ich wurde bereits hineingezogen, als ich euren Vater heiratete.« Sie band sich einen Schal um und fügte ruhig hinzu: »Der alte Hardy sollte in die Strafkolonien abtransportiert werden, weil er Fisch und andere Lebensmittel für seine Familie gestohlen hatte. Es war ein schlechtes Jahr mit magerer Ernte und vielen Krankheiten. Allein in Falmouth starben mehr als fünfzig Menschen am Fieber. Der alte Hardy verlor später Frau und Kind. Sein Opfer – denn er war ein stolzer Mann – war umsonst gewesen.«

Bolitho nickte. Sir Henry Vyvyan hätte Hardy retten können, aber er hatte den Fehler begangen, von *ihm* zu stehlen. Die Angelegenheit eröffnete Bolitho einen weiteren Einblick in das Wesen seines Vaters: der strenge, disziplinierte Kapitän, der seiner Frau zuliebe mit dem kurzsichtigen Gärtner Mitleid hatte und ihn nach Falmouth holte.

Dancer nahm Platz und blickte ins Kaminfeuer. »Deine Mutter setzt mich immer wieder in Erstaunen, Dick. Ich habe das Gefühl, sie besser zu kennen als meine eigene.«

Nach einer Viertelstunde erschien sie wieder und setzte sich an den Schreibtisch, als sei nichts gewesen.

»Der Zeuge heißt Blount, Arthur Blount. Er hatte schon früher Schwierigkeiten mit dem Zoll, aber jetzt wurde er zum erstenmal gefaßt. Er war niemals lange an einem Arbeitsplatz, meist befaßte er sich dort nur mit kleineren Ausbesserungsarbeiten auf den Farmen.«

Bolitho dachte an den toten Portlock. Wie Blount war auch dieser ein unsteter Mann ohne feste Arbeit gewesen und hatte alles angenommen, was er kriegen konnte.

Mrs. Bolitho fuhr fort: »Ich rate euch, an Bord zurückzukehren, ich schicke dann Nachricht, wenn ich etwas höre.« Damit legte sie ihrem Sohn die Hand auf die Schulter, blickte ihm in die Augen und sagte: »Aber seid vorsichtig. Vyvyan ist ein mächtiger Mann. Würde ein anderer als Martyn diese Vorwürfe erheben, ich hätte ihm nie geglaubt.« Sie lächelte dem blonden Fähnrich traurig zu. »Aber jetzt, da ich es auf diese Weise erfahren habe, bin ich überrascht, daß ich nicht schon früher darauf gekommen bin. Sir Henry hat Verbindungen nach Amerika und hegt wohl auch ehrgeizige Pläne drüben. Gewalt war von jeher seine Lebensweise, warum sollte er sich jetzt geändert haben? Aber es bedurfte eines Ortsfremden wie Martyn, ihn zu entlarven.«

Die Fähnriche gingen an Bord zurück. Der Wind hatte aufgefrischt, und sie stellten fest, daß mehrere der kleineren Fischerboote bereits in den Schutz der Bucht zurückgekehrt waren.

Hugh hörte sich die Geschichte von Blount an und sagte: »Ich habe die Nase voll vom Warten, aber es bleibt uns diesmal keine andere Wahl.«

Später, als es dunkel war und die Reede voller weißer Schaumkronen, hörte Bolitho, daß die Deckswache ein sich näherndes Boot anrief.

Dancer, im Augenblick wachhabender Offizier, kam den Niedergang heruntergepoltert und stieß mit dem Kopf gegen einen Decksbalken, anscheinend ohne es zu spüren.

Er rief aufgeregt: »Es ist deine Mutter, Dick!« Dem Kommandanten meldete er in förmlichem Ton: »Mrs. Bolitho, Sir.«

Sie betrat die Kabine; ihr Umhang und Haar glitzerten von den Gischtspritzern, was sie noch jünger erscheinen ließ.

Sie setzte sich und berichtete: »Der alte Hardy kennt den Weiler, und ich selbst sollte ihn auch kennen. Ihr erinnert euch, daß ich von dem schrecklichen Fieber erzählt habe? Damals ging ein Gerücht um, es sei die Strafe für irgendeine Hexerei, die sich in der kleinen Siedlung südlich von hier zugetragen haben sollte. Eine wütende Menschenmenge zerrte zwei arme Frauen aus ihren Hütten und verbrannte sie als Hexen. Es war der Wind oder die in der Trunkenheit außer Rand und Band geratene Menge, niemand weiß genau, wer schuld hatte, jedenfalls erfaßten die Flammen der beiden Scheiterhaufen die Hütten, und bald war der ganze Weiler eine einzige Feuersbrunst. Als das Militär anrückte, war alles schon vorüber. Die meisten Bewohner glaubten, daß die Zerstörung ihrer Häuser übernatürliche Rache gewesen sei, eine Bestrafung für das, was sie zwei Hexen angetan hatten.« Sie fröstelte. »Es war natürlich töricht, aber einfaches Volk lebt nach einfachen Gesetzen.«

Hugh stieß hörbar den Atem aus. »Aber Blount glaubte nicht an diesen Zauber und ließ sich dort nieder. Andere gesellten sich dann zu ihm und teilten seine Freistätte.« Er blickte Dancer an und rief: »Mein Sekretär soll kommen!« Zu den anderen sagte er: »Ich schreibe De Crespigny eine Nachricht. Wir müssen möglicherweise ein großes Gebiet durchsuchen.«

Dancer starrte ihn an. »Wollen wir hin?«

Hugh lächelte grimmig. »Aye. Wenn es eine falsche Spur ist, dann weiß ich es wenigstens vor Vyvyan. Wenn es aber stimmt, möchte ich beim Fangschuß dabei sein!« Er dämpfte die Stimme und sagte zu seiner Mutter: »Du hättest nicht selbst kommen sollen. Du hast schon genug getan.«

Whiffin trat gebückt durch die Tür und starrte die Frau an, als traue er seinen Augen nicht.

»Einen Brief an den Kommandanten in Truro, Whiffin. Dann brauchen wir Pferde und ein paar gute Leute, die sowohl reiten als auch kämpfen können.«

»Ich habe zum Teil schon vorgesorgt, Hugh.« Seine Mutter beobachtete amüsiert sein Erstaunen. »Pferde und drei von unseren eigenen Leuten warten am Anlegesteg.«

Gloag meinte besorgt: »Gott segne Sie, Madam, aber ich habe nicht mehr im Sattel gesessen, seit ich ein kleiner Junge war.«

Hugh schnallte bereits seinen Degen um.

»Sie bleiben hier. Das ist eine Arbeit für junge Leute.«

In einer halben Stunde hatte sich die kleine Gruppe auf dem Steg versammelt: drei Landarbeiter, Hugh und seine beiden Fähnriche und sechs Seeleute, die geschworen hatten, sie könnten so gut reiten wie jeder feine Herr. Zu den letzteren gehörte auch der findige Robins.

Hugh Bolitho musterte sie durch den immer heftiger werdenden Regen.

»Fertig, Leute! Bleibt dicht zusammen!«

Er wandte sich um, als ein weiterer Reiter in der Dunkelheit davongaloppierte, der den Brief zu Oberst de Crespigny bringen sollte.

»Und wenn wir diese Teufel finden, möchte ich kein Rachegemetzel erleben. Gerechtigkeit ist es, was wir jetzt brauchen.« Er wendete sein Pferd auf den nassen Pflastersteinen. »Los!«

Außerhalb der Stadt mußten sie wegen des dichten Regens und des schlechten Straßenzustands die Gangart der Pferde verlangsamen. Nach kurzer Zeit stieß ein einsamer Reiter zu ihnen, der eine lange Muskete quer vor sich über dem Sattel hielt. Er sah aus wie das Bild eines alten Kriegers.

»Hier entlang, Mr. Hugh, Sir!« Es war Pendrith, der Jagdaufseher. »Ich habe von Ihrem Plan Wind bekommen, Sir.« Es klang, als grinste er. »Dachte, Sie könnten einen alten Waldläufer dabei gebrauchen.«

Schweigend ritten sie weiter, nichts war zu hören als das Trommeln der Hufe auf dem nassen Boden, das Keuchen von Mensch und Tier und das gelegentliche Klirren eines Steigbügels oder Entermessers.

Bolitho dachte an seinen Ritt mit Dancer, als sie zu dem schwachsinnigen Jungen in der kleinen Bucht geritten waren, wo Tom Morgans Leichnam lag. War es erst wenige Tage her? Es kam ihm vor, als seien es Monate gewesen.

Als sie näher an das abgebrannte Dorf kamen, erinnerte sich Bolitho, wie seine Mutter ihn gescholten hatte, weil er als Junge einmal auf einem geliehenen Pony allein dorthin geritten war, nur von einem Hund begleitet. Jetzt hatte sie den Aberglauben als töricht bezeichnet, doch damals hatte sie anders gesprochen.

Die Pferde drängten sich zusammen, als Pendrith abstieg und sagte: »Höchstens noch eine halbe Meile, Sir. Es ist wohl besser, von hier aus zu Fuß zu gehen.«

Hugh sprang aus dem Sattel. »Fesselt die Pferde. Zwei Leute bleiben hier als Wache.« Er zog die Pistole und wischte mit dem Ärmel das Regenwasser davon ab. »Führen Sie uns, Pendrith! Ich bin mehr auf See zu Hause als im Wald.«

Bolitho merkte, daß einige Leute über diese Bemerkung lachten. Er lernte immer noch dazu.

Pendrith und ein Knecht führten sie. Es war kein Mond zu sehen, aber eine Lücke im jagenden Gewölk gab kurz den Blick frei auf ein kleines spitzes Dach.

Bolitho flüsterte seinem Freund zu: »Noch heute bauen sie in manchen Dörfern diese kleinen Hexenhäuser. Sie sollen am Dorfeingang die bösen Geister vertreiben.«

Dancer bewegte sich unbehaglich in seinen geborgten Sachen und zischte: »Hier haben sie wohl nicht viel Erfolg damit gehabt.«

Pendriths massige Gestalt kam zu ihnen zurückgerannt, Bolitho schien es, als werde er von Gespenstern gejagt.

Der Jagdaufseher stieß hervor: »Dort brennt irgendein Feuer, Sir, auf der anderen Seite des Dorfes!«

Er wandte sich wieder um, und jetzt leuchtete sein Gesicht rot auf, als eine gewaltige Feuerzunge himmelwärts stieg und eine Wolke von Funken in die Luft wirbelte.

Einige der Männer schrien entsetzt auf; selbst Bolitho, der an die alten Hexengeschichten gewöhnt war, lief es eiskalt über den Rücken.

Hugh brach durch die Büsche, alle Vorsicht beiseite lassend, und schrie: »Lebhaft, Jungs, sie haben eine der Hütten in Brand gesetzt!«

Als sie die Kate erreichten, brannte sie bereits lichterloh. Ein dichter Funkenregen prasselte auf die geblendeten Leute herab und hinderte sie am Näherkommen.

»Mr. Dancer! Nehmen Sie zwei Mann, und gehen Sie auf die Rückseite!«

Im Licht der sich rasch ausbreitenden Flammen hoben sich die Gestalten der Seeleute und Landarbeiter klar vom Hintergrund der Bäume und Regenschleier ab. Richard Bolitho wickelte sich sein Halstuch um Mund und Nase und trat dann mit voller Wucht gegen die Tür. In diesem Augenblick stürzte polternd das strohgedeckte Dach ein, so daß Funken seine Beine versengten.

Pendrith brüllte: »Zurück, Master Richard! Es ist zwecklos!«

Bolitho wandte sich ab und sah seinen Bruder in die Flammen starren, unempfindlich gegen Hitze und Funken. Im selben Augenblick wurde ihm alles klar. Hugh sah mit der Hütte all seine

Hoffnungen, seine ganze Zukunft in Flammen aufgehen. Die Hütte mußte angezündet worden sein, denn kein normales Feuer hätte sich bei diesem starken Regen so rasch ausbreiten können. Rasch faßte er einen Entschluß.

Er warf sich nochmals mit ganzer Kraft gegen die Tür, von dem eisernen Willen getrieben, noch rechtzeitig in die Hütte zu gelangen.

Die Tür gab nach und stürzte wie eine verkohlte Zugbrücke nach innen, und als der Rauch sich hob, sah er den sich windenden Körper eines Mannes zwischen brennenden Möbeln und glühenden Dachsparren am Boden liegen.

Blitzartig registrierte er diese Einzelheiten, während er hineinrannte, sich über den Liegenden beugte und ihn an den Schultern zur Tür zerrte. Der Mann war an Händen und Füßen gefesselt und half verzweifelt mit den Beinen nach. Über dem Knebel quollen seine in Todesangst geweiteten Augen hervor. Der Gestank verbrannten Fleisches und der Gedanke an die ungeheure Grausamkeit, mit der ein Mensch hier bei lebendigem Leibe hätte verbrannt werden sollen, verursachten Bolitho Übelkeit.

Schreie drangen durch das Brausen der Flammen an sein Ohr wie das Kreischen sterbender Hexen, die einen letzten Fluch ausstießen.

Nun griffen andere zu und zerrten Bolitho samt seiner Last ins Freie, in den herrlichen, kühlenden Regen.

Dancer kam durch den Feuerschein gerannt und schrie aufgeregt: »Das ist das Dorf, Dick! Ich bin ganz sicher! Diese Hüttenwand . . .« Er brach ab und starrte auf den halb verbrannten Mann am Boden, der offensichtlich mit dem Tode rang.

Pendrith kniete in Schlamm und Funkenflug neben ihm und fragte heiser: »Wer hat dir das angetan?«

Der Mann, in dem Pendrith bereits den vermißten Blount erkannt hatte, keuchte: »Sie haben mich gefesselt, damit ich verbrenne!« Er krümmte sich vor Schmerzen, die Zähne im Todeskampf entblößt. »Sie wollten mir nicht glauben!« Er schien erst jetzt zu merken, daß ihn Seeleute umstanden, und fügte mit brechender Stimme hinzu: »Nach allem, was ich für ihn getan habe!«

Hugh beugte sich über ihn, das Gesicht wie zu Stein erstarrt, und drängte: »Wer? Wer hat es getan, Blount? Wir müssen es wissen!« Er versteifte sich, als eine der geschwärzten Hände des

Verbrannten nach seinen weißen Aufschlägen griff. »Du stirbst! Sag's uns, bevor es zu spät ist!«

Der Kopf des Mannes sank zur Seite; Bolitho konnte fast fühlen, wie seine Schmerzen beim Nahen des erlösenden Todes verebbten.

»Vyvyan!« Noch einen Augenblick gaben ihm Haß oder Lebenswille Kraft. Blount schrie den Namen: *»Vyvyan!«*

Hugh Bolitho stand auf und nahm den Hut ab, stand entblößten Hauptes, als sollte der Regen wegwaschen, was er gesehen hatte.

Robins flüsterte: »Dieser Schrei hat ihm den Rest gegeben, Sir.«

Hugh wandte sich ab. »Ihm und manchen anderen.«

Als Richard Bolitho sich zum Gehen anschickte, sah er den Fleck an seines Bruders weißem Aufschlag, den der sterbende Blount hinterlassen hatte. Im flackernden Licht der Flammen kam er ihm vor wie ein Abdruck der Klaue Satans.

Bolitho und Dancer richteten ihre Gläser auf die Anlegebrücke und beobachteten die plötzliche Aktivität bei der Jollenbesatzung, die dort seit mehr als einer Stunde wartete.

»Bald werden wir es wissen, Dick.« Dancers Stimme klang nervös.

Bolitho senkte sein Teleskop und wischte sich den Regen aus dem Gesicht. Er war klatschnaß, aber genau wie Dancer und die meisten Besatzungsmitglieder der *Avenger* hatte er keine Ruhe gefunden und erwartete ungeduldig seines Bruders Rückkehr.

Das erste Entsetzen nach dem Auffinden des Mannes, der Vyvyans Beteiligung bei all diesen Verbrechen bestätigte, war schon abgeklungen. Colonel de Crespigny war selbst mit einem Dragonertrupp nach Vyvyan Manor geritten, mußte sich dort aber sagen lassen, daß Sir Henry in einer wichtigen Angelegenheit das Haus verlassen habe und man weder wisse, wohin er gefahren sei, noch wann er zurückkomme. Als der Butler des Obersten Unsicherheit spürte, hatte er noch kühl hinzugefügt, Sir Henry habe nichts hinterlassen, denn er sei es nicht gewohnt, daß sich das Militär für seine Schritte interessiere.

Von dieser Seite war also keinerlei Schuldnachweis möglich. Außer der letzten, verzweifelten Anklage eines Sterbenden hatten sie nichts, aber auch gar nichts in der Hand. Man hatte in Vyvyan Manor weder gestohlene Ladung noch Gewehre oder Branntwein gefunden, lediglich zahlreiche Abdrücke im Boden, die auf die kürzliche Anwesenheit vieler Menschen hinwiesen. Huf- und Radspuren sowie Schleifspuren von Fässern und Kisten zeigten deutlich, daß eine Menge der verschiedenartigsten Güter in großer Eile beiseitegeschafft worden waren. Aber auch diese Spuren würden vom anhaltenden Regen bald weggewaschen werden. Auf keinen Fall konnten sie als Beweise dienen.

Dancer bemerkte leise: »Morgen ist Weihnachten, Dick. Diesmal wird es vielleicht kein fröhliches Fest werden.«

Bolitho sah ihn dankbar an. Dancer war vermutlich der einzige, dem die Untersuchungsverhandlung bis auf eine kurze Zeugenaussage erspart bleiben würde. Seine eigene Rolle, ganz zu schweigen von der Bedeutung seines Vaters in der City von London, würden dafür sorgen. Trotzdem fühlte er sich genauso betroffen wie die Brüder Bolitho, die ihn in die ganze Angelegenheit hineingezogen hatten.

Der Bootsmaat der Wache rief: »Kommandantenboot hat abgelegt, Sir!«

»Gut. Rufen Sie die Fallreepsgäste, und machen Sie alles klar zu seinem Empfang.«

Vielleicht ist es das letzte Mal, daß Hugh als Kommandant empfangen wird, dachte Bolitho.

Hugh kletterte an Bord und berührte grüßend seinen Hut.

»Rufen Sie alle Mann an Deck, und setzen Sie die Boote ein.« Er warf einen Blick auf den lustlos schlagenden Toppwimpel. »Wir laufen sofort aus.« Nun sah er zum erstenmal die beiden Fähnriche an und fügte bitter hinzu: »Ich bin froh, wenn ich draußen auf See bin, Heimat oder nicht.«

Bolitho erstarrte. Somit gab es also keine Hoffnung mehr, keinen Aufschub.

Als Dancer und der Maat nach vorn eilten, sagte Hugh in etwas ruhigerem Ton: »Ich habe Befehl, sofort nach Plymouth zu segeln. Die Besatzungsmitglieder, die ich an Bord der Prise geschickt hatte, warten bereits dort, somit wirst du als mein Stellvertreter nicht mehr länger benötigt.«

»Hast du etwas über Sir Henry Vyvyan gehört?«

Sein Bruder zuckte mit den Schultern. »De Crespigny wurde genauso an der Nase herumgeführt wie wir alle. Du erinnerst dich an den Goldtransport, zu dessen Geleitschutz die Dragoner aus Bodmin plötzlich auf so geheimnisvolle Weise angefordert wurden? Wir haben inzwischen erfahren, daß es Vyvyans Beutegut war. Während also unsere Leute mit den Zöllnern dem brutalen Überfall seiner Privatarmee ausgesetzt waren, ließ Vyvyan seine Beute kaltlächelnd in Looe an Bord bringen und dabei von denselben Soldaten eskortieren, die jetzt nach ihm suchen!« Hugh wandte sich seinem Bruder zu und sah ihn an; sein Gesicht schien gealtert zu sein. »Während er also nach Frankreich entwischt, um dort möglicherweise weitere Waffen für seine Privatkriege zu kaufen, habe ich die Konsequenzen auszubaden. Ich habe versucht zu rennen, bevor ich gehen konnte, und dabei wurde ich übers Ohr gehauen, ohne es zu merken.«

»Und man weiß genau, daß sich Sir Henry schon an Bord befindet?« Bolitho konnte sich den Mann genau vorstellen, noch während er diese Frage aussprach.

Es würde ein großer Triumph für Vyvyan werden, der schon

ein gefährliches, aber einträgliches Leben geführt hatte, bevor er nach Cornwall gekommen war. Wenn über alles Gras gewachsen war, würde er zurückkehren, und es war unwahrscheinlich, daß er dann noch immer von den Behörden gesucht wurde.

Hugh nickte. »Aye. Das Schiff ist die *Virago*, eine neue, handliche, ketch-getakelte Schaluppe. Vyvyan ist anscheinend schon seit einem Jahr ihr Eigner.« Er wandte sich brüsk ab, das Regenwasser lief ihm unbeachtet übers Gesicht. »Die *Virago* kann jetzt schon sonstwo sein. Meine Segelorder vom Admiral in Plymouth sieht vor, daß ein Kriegsschiff zur Untersuchung angefordert werden soll, mehr nicht.« Er schlug resignierend und verzweifelt die Hände zusammen. »Aber die *Virago* ist schnell und kann bei diesem Wetter jedes andere Fahrzeug ausstechen.«

Gloag kam an Deck gepoltert, noch an einem zähen Stück Salzfleisch kauend. »Sir?«

»Wir wollen gleich auslaufen, Mr. Gloag. Nach Plymouth.«

Kein Wunder, daß Hugh hier so rasch wie möglich weg wollte. Gefahr, die von einem Feind drohte oder bei einem Duell, konnte ihn nicht erschüttern, sie ertrug er leicht; Verachtung und Hohn dagegen nicht.

Bolitho beobachtete das Einschwingen der tropfenden Boote, die nassen Gestalten der arbeitenden Seeleute schimmerten in dem heftigen Regen wie Metall.

Nach Plymouth und vor ein Untersuchungsgericht! Keine angenehme Art und Weise, das Jahr zu beenden.

Er dachte an die greifbare Nähe des Erfolges, an die Gefühllosigkeit, mit der Vyvyan die Plünderung der gestrandeten Schiffe und den Tod der Besatzungen arrangiert hatte. Er dachte auch an Dancers Gesicht, als die beiden Dragoner ihn ins Haus führten, an die Striemen auf seiner Schulter, an die Drohung seiner Wärter, ihm die Augen auszubrennen. Die ganze Zeit über waren sie dicht vorm Ziel gewesen, aber nun war alles umsonst gewesen, und sie rannten wieder gegen Mauern an.

Hugh sagte: »Ich gehe nach unten. Laß mich rufen, wenn der Anker kurzstag ist.«

Sein Kopf war schon fast im Niedergang verschwunden, als Bolitho ihn noch einmal anhielt. »Was ist?«

Bolitho erklärte leise: »Ich habe noch einmal überlegt, was wir erreicht haben, was wir wirklich wissen.« Er sah, wie sich seines Bruders Züge glätteten, und fuhr eilig fort: »Nein, ich sage das nicht, um dir die bittere Pille zu versüßen. Aber was wäre, wenn all die anderen unrecht hätten, de Crespigny, der Hafenkommandant, alle?«

Hugh stieg die Niedergangstreppe langsam wieder nach oben, die Augen fest auf seinen Bruder gerichtet.

»Sprich weiter.«

»Vielleicht haben wir Sir Henrys Selbstsicherheit überschätzt. Oder vielleicht hatte er schon länger vor, England zu verlassen?« Er sah das Begreifen auf seines Bruders Gesicht und fuhr rasch fort: »Dann würde er sicherlich nicht nach Frankreich segeln!«

Hugh stieg über den Lukensüll und blickte über den dunklen Hafen, die weißen Schaumkronen, zu den glitzernden Lichtern der Stadt.

»Nach Amerika?« Er packte des Bruders Schulter, bis dieser sich ihm entwand. »Bei Gott, du magst recht haben! Möglicherweise segelt die *Vigaro* in diesem Augenblick kanalabwärts, mit keinem Hindernis zwischen sich und dem Atlantik als –«, er blickte über sein stabiles, breites Schiff –, »meiner *Avenger!*«

Bolitho tat beinahe leid, was er gesagt hatte. Vielleicht war es wieder nur eine falsche Hoffnung? Ein weiterer Stachel, um den Admiral noch mehr zu verärgern und das Kriegsgericht wegen Unbotmäßigkeit zu beschleunigen?

Gloag beobachtete ihn gespannt. »Es steht grobe See draußen, Sir, auch wird es Nebel geben, wenn der Regen aufhört.«

»Was wollen Sie, Mr. Gloag? Daß ich jetzt aufgebe? Meinen Mißerfolg eingestehe?«

Gloag strahlte. Er hatte erreicht, was er wollte, und war zufrieden.

»Ich schlage vor, daß Sie ihn verfolgen, Sir. Bringen Sie diesen Satan zurück zum Henker.«

Wie um die letzten Zweifel zu zerstreuen, kam vom Bug der Ruf: »Anker ist kurzstag, Sir!«

Hugh Bolitho biß sich auf die Lippen. Er berechnete seine Chancen, sein Blick glitt vom Mann am Ruder zu den Leuten an den Brassen und Fallen, von seinem grauäugigen Bruder zu Gloag, Pyke und den anderen.

Dann nickte er. »Los, Mr. Gloag! Laufen Sie aus und setzen Sie einen Kurs ab, der so dicht wie möglich unter Land führt.«

Dancer blickte Bolitho an und grinste schief. Weihnachten war nur noch ein schöner Traum.

Bolitho wartete darauf, daß die *Avenger* eine ihrer taumelnden Talfahrten beende, und überquerte dann schnell das Deck, um einen Blick auf den Kompaß zu werfen. Der starke Seegang war ermüdend. Jede von achtern auflaufende See hob das kurze und gedrungene Schiff in die Höhe und ließ es sogleich ins nächste Wellental knallen, und dies seit nahezu zwölf Stunden. Die Zeit war ihnen jedoch weitaus länger erschienen.

Einer der Rudergänger sagte müde: »West zu Nord, Sir.« Wie sie alle, wirkte auch er erschöpft und entmutigt.

Sieben Glas ertönten von der Back. Bolitho ging rasch zur Luvreling und hielt sich dort fest, bevor der Kutter wieder eine seiner verrückten Schlingerbewegungen machte. In einer halben Stunde würde es Mittag sein, Mittag des Weihnachtstages. Aber dieser Tag bedeutete eine Menge mehr für seinen Bruder, ja vielleicht für sie alle. Möglicherweise war es nur eine törichte Geste gewesen, ein letzter, verzweifelter Versuch, das Geschick zu wenden. Sie hatten nichts gesichtet, nicht einmal einen übereifrigen Fischer, was allerdings am heutigen Tag auch kein Wunder war, dachte Bolitho verbittert.

Er schielte durch den Regen, sein Magen rebellierte gegen die großzügige Rumration, die heute verteilt worden war. Das häufige Segeltrimmen und Überstaggehen hatten keine Möglichkeit gelassen, in der Kombüse Feuer zu machen und etwas Warmes zu kochen. Bolitho hatte beschlossen, nie wieder Rum zu trinken, wenn er es vermeiden konnte.

Gloag hatte recht gehabt mit seiner Wettervorhersage, wie meistens. Der Regen fiel gleichmäßig stark und schnitt wie Eisnadeln in Gesicht und Hände. Als er schließlich doch etwas nachließ, kam ein seltsamer Dunst auf, der Himmel und See zu einem verschwommenen, grauen Vorhang verschmolz.

Bolitho malte sich seine Mutter bei den Weihnachtsvorbereitungen aus. Die üblichen Besucher von den Höfen und Häusern der Umgebung waren jetzt sicherlich schon da. Man würde Vyvyans Abwesenheit bemerken. Alle würden Harriet Bolitho beobachten, ihr Fragen stellen . . .

Er straffte sich, als er seinen Bruder wieder an Deck kommen hörte. Seit sie Falmouth verlassen hatten, war er kaum mehr als eine halbe Stunde unter Deck gewesen.

Bolitho berührte grüßend seinen salzverkrusteten Hut. »Wind stetig, noch immer südlich, Sir.«

Er hatte während der Nacht rückgedreht und kam nun nahezu von Backbord querab, das pralle Großsegel krängte die *Avenger* bis zu den Leespeigatten.

Gloags unförmige Gestalt löste sich von der Leereling, und er murmelte: »Wenn er auffrischt oder schralt, müssen wir wohl über Stag gehen.« Seine Stimme klang unwillig, als wolle er vermeiden, zu den Sorgen seines Kommandanten noch beizutragen, doch er wußte, daß er Verantwortung für alle trug.

Bolitho beobachtete, wie sich Unentschlossenheit und Halsstarrigkeit in seinem Bruder einen erbitterten Kampf lieferten, was auf seinen vom Wind geröteten Gesicht deutlich zum Ausdruck kam. Der Kutter stand jetzt etwa zehn Seemeilen südlich des gefürchteten Kap Lizard, und wie Gloag gesagt hatte, befanden sie sich bei aufkommendem Sturm zu dicht unter der Leeküste. Das konnte unangenehm werden und war nur dann zu vermeiden, wenn sie rechtzeitig über Stag gingen.

Hugh Bolitho trat an die Luvreling und starrte in den peitschenden Regen.

Mehr zu sich selbst als zu den anderen sagte er: »Die verdammten Schufte! Jetzt haben sie mich endgültig erledigt.«

Das Deck hob sich und glitt wieder nach unten. Die Leute fielen in nassen Bündeln durcheinander und fluchten trotz der drohenden Blicke ihrer Unteroffiziere. Bald mußten sie umkehren, sie waren ohnehin schon zu spät daran, um des Admirals Befehl pünktlich zu befolgen. Wenn Hugh die Umkehr noch weiter verzögerte, konnte der Wind ihm einen letzten üblen Streich spielen und ganz drehen, so daß sie zurück kreuzen mußten.

Er blickte seinen jüngeren Bruder an und lächelte finster. »Du denkst zu viel, Richard, man sieht es dir an.«

Bolitho versuchte, es mit einem Achselzucken abzutun. »Die Suchaktion war schließlich mein Vorschlag. Ich dachte nur . . .«

»Mach dir keinen Vorwurf, es ist ohnehin beinahe vorüber. Zu Mittag werden wir umkehren. Im übrigen war es eine gute Idee. An jedem anderen Tag des Jahres würde hier im Kanal das übliche Gewimmel von Schiffen herrschen, dann wäre er so wenig zu finden gewesen wie eine Nadel im Heuhaufen. Aber am Weihnachtstag?« Er seufzte. »Wenn das Schicksal es ein bißchen besser gemeint und wir wenigstens gute Sicht gehabt hätten, wer weiß?« Lustlos fügte er hinzu: »Wir sollten besser noch einmal die Segel überprüfen, für den Fall einer plötzlichen Wetterverschlechterung.« Es war seine Pflicht, sich um Schiff und Segel zu kümmern, aber an seiner Stimme konnte man erkennen, daß er in Gedanken weit weg war, noch immer nach seinem Feinde suchte. »Enter auf und überprüf' die Leesegelbäume, dann sag Mr. Pyke, daß wir bald reffen müssen.« Er blickte zu dem prall gefüllten Toppsegel auf, zu den vibrierenden Wanten und Stagen, die mit zornigem Brummen auf den Ansturm des Windes reagierten.

Dancer war ebenfalls an Deck gekommen, er wirkte blaß und zerzaust. »Ich gehe nach oben, Sir!«

Hugh lächelte müde. »Immer noch diese Höhenangst, Richard?«

Die Brüder blickten sich an, und Dancer, der nur den einen von ihnen genauer kannte, hatte das Gefühl, daß die beiden sich jetzt näher waren als seit langem.

Während Dancer im Luvwant aufenterte, sagte Bolitho: »Ich bin froh, daß du mich auf die *Avenger* geholt hast.« Dann wandte er sich ab, verwirrt darüber, daß es so schwierig war, etwas Derartiges auszusprechen.

Hugh nickte langsam. »Auf der alten *Gorgon* beneiden sie euch wahrscheinlich und stellen sich vor, daß ihr vergnügt an einer reichgedeckten Tafel sitzt. Wenn sie wüßten . . .«

Er blickte auf, offensichtlich erregt, als Dancer von oben rief: »An Deck! Segel in Luv voraus!«

Noch während sein Schrei verhallte, erklangen von der Back acht Glasen. Sie waren also die ganze Zeit hinter dem anderen Schiff hergefahren, ohne es zu sehen. Es konnte nur die *Virago* sein, mußte sie sein. Noch ein paar Minuten, und die *Avenger* hätte abgedreht und ihrem Gegner erlaubt, für immer zu verschwinden.

Pyke und Truscott, der Stückmeister, kamen nach achtern gerannt, das Haar naß vom Spritzwasser, ihre Gestalten in so schrägem Winkel zum Deck, daß sie wie betrunken wirkten.

Pyke rief: »Ich gehe nach oben, Sir, um festzustellen, ob sie es ist!« Er fletschte die Zähne, als wolle er zeigen, daß dies seine persönliche Angelegenheit sei, die er mit keinem anderen teilen wollte.

Hugh Bolitho reichte seinen Hut einem der Seeleute und knurrte: »Nein, ich gehe selbst.«

Schweigend warteten sie. Wäre Dancer nicht aufgeentert, so

wären sie jetzt nach Plymouth gesegelt, ohne etwas von der Anwesenheit der *Virago* zu ahnen. Hugh Bolitho stieg mit Rockschößen, die wie ein Doppelwimpel um seine weiße Kniehose wehten, rasch nach oben. Er hielt nur einmal kurz an, als er den Fähnrich passierte, und enterte dann weiter auf, bis er fast in Regen und Dunst verschwand. Als er die Toppsegelrah erreicht hatte, blieb er stehen, die Arme um den wild vibrierenden Mast geschlungen, und hielt Ausschau.

Nach zwei Minuten war er wieder unten an Deck und erklärte mit ausdruckslosem Gesicht: »Es ist die *Virago,* daran besteht kein Zweifel. Zwei Masten, ketch-getakelt, unter Vollzeug.« Lediglich seine Augen zeigten Leben, sie glühten wie feurige Kohlen, als er jetzt seine Gedanken aussprach. »Sie hat natürlich den Windvorteil, aber das macht nichts.« Er trat an den Kompaß, dann musterte er sorgfältig jedes Segel. »Setzen Sie den Klüver, Mr. Pyke, danach schicken Sie die Leute nach oben und lassen die Leesegelbäume ausbringen. Mit den Leesegeln können wir sogar diese Schaluppe aussegeln.« Seine Augen blitzten, als er scharf hinzufügte: »Oder ich ziehe jemandem das Fell über die Ohren!«

Dancer wurde wieder an Deck beordert und ein erfahrener Seemann nach oben geschickt, um seinen Platz einzunehmen. Als Dancer naß und atemlos an Deck erschien, rief er aus: »Das Glück hat sich gewendet, Sir!«

Hugh Bolitho biß die Zähne zusammen. »Wir brauchen heute vor allem Geschicklichkeit und Können, Mr. Dancer. Aber ich garantiere Ihnen, auch das Glück werde ich nicht mehr aus den Händen lassen!«

Die *Avenger* reagierte sofort auf den vermehrten Segeldruck. Wie riesige, abstehende Ohren ragten die Leesegel auf beiden Seiten weit über die Bordwand hinaus, und die gewaltige Segelpyramide donnerte unter dem ungeheuren Winddruck. Stampfend erkämpfte sich der Kutter seinen Weg durch Brecher und Wellentäler.

Für Bolitho war es ein seltsames Gefühl, beinahe furchterregend. Aber Mast, Rahen und Tauwerk hielten dem Druck stand. Die See schoß in breiten Bahnen über die Luvreling, aber noch war die *Virago* von Deck aus nicht zu erkennen; nach Dancers Beschreibung war auch aus dem Mast nicht viel von ihr zu sehen. Ihr Rumpf war durch Gischt und Dunst verdeckt, während ihre

Segel wie körperlose Flossen in der Luft schwebten, nur für einen scharfäugigen Ausguck zu entdecken.

Bolitho hielt es für unwahrscheinlich, daß Vyvyan oder sein Kapitän überhaupt an die Möglichkeit dachten, daß sie verfolgt wurden, zumindest nicht zu diesem Zeitpunkt. Vyvyan wußte wahrscheinlich mehr über die örtlichen Schiffsbewegungen als sogar die Admiralität. Sicher malte er sich aus, daß die *Avenger* gemütlich im Hafen läge, oder daß ihr Kommandant bereits mit ihr auf dem Weg nach Plymouth sei, zu seinem wutschnaubenden Admiral.

Wahrscheinlich feierten sie jetzt dort vorn auf der *Virago* Weihnachten, den Sieg über des Königs Autorität und den Gewinn der ungeheuren Beute, von deren Ausmaßen Bolitho sich nicht einmal eine Vorstellung machen konnte.

Warum auch sollten sie nicht feiern? Vyvyan hatte all seine Schachzüge gewonnen. Jetzt umschiffte er gerade das gefährliche Kap Lizard, kam bald frei von den Scilly-Inseln und konnte dann in der unermeßlichen Weite des Atlantik verschwinden.

Bolitho hörte Truscott fragen: »Was für eine Bestückung wird sie wohl haben, Sir?«

Hugh Bolithos Antwort klang abwesend. Er prüfte nochmals kritisch die Segelstellung, suchte nach einem möglichen Schwachpunkt.

»Normalerweise dieselbe wie wir. Ich fürchte aber, Sir Henry Vyvyan wird noch ein paar Überraschungen für uns bereithalten, also seien Sie auf der Hut, Mr. Truscott. Ich möchte nicht, daß Sie blindlings drauflos schießen. Jeder Schuß muß sitzen!« Sein Ton wurde härter. »Dies ist kein gewöhnlicher Kampf, sondern eine Ehrensache.«

Bolitho hörte seine Worte. Sie klangen, als ginge es wieder in ein Duell, als wäre es eine Angelegenheit, die nur auf diese Weise zu bereinigen war. Vielleicht hatte er diesmal recht damit.

Gloag rief: »Der Regen zieht ab, Sir!«

Der Unterschied war noch kaum festzustellen, dachte Bolitho. Es hing nur mehr Gischt in der Luft als Regen. Da die Pumpen die ganze Zeit über in Betrieb waren, nahm er an, daß eine ziemlich große Menge Seewasser eingedrungen war.

Es herrschte jetzt eine andere Beleuchtung. Die Sonne war es noch nicht, und doch schienen die Wogenkämme heller, die tiefen Wellentäler weniger grau.

Der Rudergänger meldete: »Westsüdwest liegt an, Sir!«

Bolitho hielt den Atem an. Trotz der Windstärke hatte Gloag es fertiggebracht, noch drei volle Strich höherzugehen. Jedes Segel und jede Spier knarrte und zitterte, als tobte schon jetzt eine Schlacht.

Hugh Bolitho sah das Staunen in seines Bruders Gesicht und nickte ihm kurz zu.

»Wie ich dir sagte, Richard. Sie läßt sich glänzend manövrieren.«

Ein Schrei vom Ausguck beendete ihre Unterhaltung. »An Deck! Schiff in Lee voraus!«

Peploe, der Segelmacher, der mit seinen Maaten Reservetuch auf dem Achterdeck bereithielt für den Fall, daß eins der Segel aus den Lieken fliegen sollte, blickte Gloag an und grinste: »Wir haben den Schweinehund! Jetzt stehen wir in Luv!«

Der Ausguck rief: »Sie haben uns gesichtet!«

Alle starrten fasziniert auf das andere Schiff, das aus dem weichenden Regen und Dunst wie eine Erscheinung hervortrat. Es zog elegant durchs Wasser, ein langer, weißer Bart aus Schaum reichte vom Vorsteven bis weit nach achtern.

Irgend jemand keuchte erschrocken, als eine Rauchfahne vom Achterdeck der *Virago* aufstieg. Bevor sie sich verzogen hatte, durchschlug eine Kugel die Takelage der *Avenger*. Sie riß große Löcher in Großsegel und Steuerbord-Leesegel.

»Bei Gott, der alte Fuchs ist wachsam!« Hugh wandte sich um und folgte mit den Augen dem weiteren Weg der Kugel über die Wellenkämme.

Dann trat er an die Leereling und richtete sein Teleskop auf den Gegner. »Laden und Ausfahren! Für einen Warnschuß besteht kein Anlaß mehr. Der ist schon von seiner Seite erfolgt!« Er überließ Truscott die kleine Breitseite der *Avenger* und fügte ruhiger hinzu: »Das war ein beachtliches Kaliber, mindestens Neunpfünder. Möglicherweise hat er die an Bord schaffen lassen, weil er mit so einem Zwischenfall rechnete.«

Ein weiterer Knall ertönte, und eine Kugel heulte dicht an der Heckreling vorbei und peitschte eine Wassersäule über das Achterdeck.

Hugh sagte ärgerlich: »Lassen Sie die Flagge setzen.«

Der Stückmeister zeigte klar vom Vordeck: »Alle Geschütze geladen und ausgefahren!« Bei dieser Schlagseite war es leicht, die Sechspfünder an ihre Stückpforten heranzufahren, weniger leicht jedoch, mit Genauigkeit zu feuern. Die See reichte bis wenige Zoll unterhalb der Pforten, und bei jedem Überholen wurden die Geschützbedienungen bis auf die Haut durchnäßt.

»*Klar zum Feuern!*«

Fünf teerige Hände hoben sich über das Schanzkleid, fünf zischende Lunten wurden über den Zündlöchern bereitgehalten.

Dann kam das Kommando: »*Feuer!*«

Die harten, fast gleichzeitig erfolgenden Detonationen ließen das Deck erzittern und dröhnten in den Ohren. Unter Hurrarufen holten die Bedienungsmannschaften ihre Kanonen wieder ein, um sie mit der geringstmöglichen Verzögerung auszuwischen und nachzuladen.

Über das schwankende Deck und hinauf in die Takelage schwärmten die Männer wie eine Herde Affen, reparierten oder kappten Tauwerk und holten das getroffene Leesegel ein, das durch den starken Wind bereits völlig zerfetzt war. Ein einziger Treffer hatte genügt, dies alles anzurichten.

Ein Krachen – der Kutter schwankte heftig. Bolitho begriff, daß eine Kugel den Schiffskörper getroffen hatte, möglicherweise dicht an der Wasserlinie. Er richtete sein Glas auf den Gegner. Sofort erwachten dessen Masten und Rahen zum Leben, und in der Vergrößerung sah er Gestalten an Brassen und Fallen arbeiten, genau wie die Leute der *Avenger*.

Bolitho zuckte zusammen, als die nächste lückenhaffe Breitseite aus der Steuerbordbatterie bellte. Er sah aufgepeitschte Wassersäulen rund um das stattliche Heck der *Virago* aufsteigen, einige auch in deren Kielwasser. Die Geschütze kamen bei der starken Schlagseite nicht richtig zum Tragen. Um den Besatzungen eine bessere Zielchance zu geben, hätte Hugh noch höher an den Wind gehen müssen. Dies jedoch würde ihre Fahrt vermindern und den Abstand vergrößern. Jetzt sah er drüben einen kurzen, stechenden Blitz aufzucken und glaubte, etwas Schwarzes zu erkennen, bevor die eiserne Kugel das Schanzkleid durchschlug und wie eine Säge ins Deck schnitt. Männer schrien und duckten sich vor den herumfliegenden Bruchstücken und Splittern. Einer der Rudergänger wurde jedoch fast in zwei Stücke gerissen, bevor die Kugel durch die andere Bordwand verschwand.

Stimmen brüllten Kommandos, Füße glitten in Blut und Seewasser aus, als die Leute den Verwundeten zu Hilfe eilten und die Lücke am Ruder auffüllten.

Die Entfernung zur *Virago* nahm jetzt deutlich zu, und als Bolitho sein Glas auf deren Achterdeck richtete, sah er dort einen grünen Fleck. Das mußte Vyvyan in seinem langen, grünen Umhang sein, den er so oft beim Reiten getragen hatte.

Gloag rief: »Zwecklos, Sir. Noch mehr davon, und wir verlieren Mast und Spieren!«

Noch während seiner Worte heulte eine weitere Kugel durch die Takelage. Sie riß das andere Leesegel samt Baum heraus. In einem Durcheinander von zerfetztem Segeltuch, zersplittertem Holz und zerrissenem Tauwerk stürzte alles auf die Reling und dann über Bord. Mit Äxten und Beilen jagten die Männer herbei, um die Trümmer zu kappen, da diese wie Treibanker im Wasser hingen und ihre Fahrt bremsten.

Hugh Bolitho hatte seinen Degen gezogen und befahl mit fester Stimme: »Mr. Dancer, setzen Sie das Signal: *Feind in Sicht!*«

Dancer, vom Linienschiff her an eiserne Disziplin gewöhnt, rannte mit seinen Signalgasten an die Flaggleinen, bevor er noch nachdenken konnte. Denn es war niemand in der Nähe, dem sie signalisieren konnten – aber Vyvyan wußte das vielleicht nicht.

Die Signalflaggen waren in wenigen Augenblicken zur Rah gehißt und dort geschlippt worden. Nun wehten sie voll aus. Der Kapitän der *Virago* würde Vyvyan jetzt vermutlich vorschlagen zu wenden und südlicher zu halten, um der Gefahr zu entgehen, von nun zwei Verfolgern in die Mounts Bay abgedrängt zu werden, wo sie dann in der Falle sitzen mußten.

»Es wirkt!« Dancer starrte Bolitho voller Verwunderung an.

Die Segel der *Virago* gerieten in Unordnung, als sie jetzt durch den Wind zu gehen versuchte. Ihre achteren Rahen wurden lebend gebraßt, während die vorderen und die Vorsegel bereits backstanden. Gleichzeitig jedoch blitzte es bei ihr an Bord wieder auf, und weitere Takelage und schwere Blöcke der *Avenger* kamen von oben.

Ein gewaltiger Ruck erschütterte das Schiff, und die Seeleute stoben schreiend und fluchend auseinander, als der Toppmast samt Rahen und Stagen herabstürzte, splitternd gegen Reling und Geschütze schlug, bevor er über Bord kippte.

Hugh Bolitho winkte mit dem Degen. »Ruder hart über, Mr. Gloag! Wir wollen so dicht heran wie möglich!« Als die Pinne übergelegt wurde und das Großsegel gehorsam auf seinem Baum nach außen schwang, rief er Truscott zu: *»Jetzt! Feuer frei!«*

Bei der nur noch geringen Entfernung gab jeder Geschützführer genau gezieltes Einzelfeuer ab.

Bolitho biß die Zähne zusammen und versuchte, die fürchterlichen Schreie der Verwundeten unter den Trümmern zu überhören. Er konzentrierte sich ganz darauf, die Wirkung des Einzelfeuers der *Avenger* zu beobachten.

Dann hörte er das Krachen, welches das Tosen der Wogen und den Kampflärm übertönte, und wußte, daß zumindest einer der Sechspfünder getroffen hatte.

Es bedurfte nur dieses einen Volltreffers. Die *Virago*, die jetzt wieder unter vollem Segeldruck lag, auf der Flucht vor dem unsichtbaren Bundesgenossen der *Avenger*, ruckte und zitterte, als sei sie auf eine Sandbank gelaufen. Schließlich, zuerst langsam und dann immer schneller werdend, begann die riesige Segelpyramide zu schwanken und zu stürzen. Die Großbramstenge und der gesamte Vormast mit Rahen und Segeln kippte unter dem Wind- und Fahrtdruck nach achtern und verwandelte in einem einzigen Augenblick die *Virago* aus einem prächtigen Vollblutrenner in einen wüsten Trümmerhaufen.

Hugh Bolitho ergriff ein Megaphon und rief – ohne das andere Schiff aus den Augen zu lassen – mit schneidender Stimme: »Klar zum Segelbergen! Mr. Pyke, klar zum Entern!«

Nun war ein neues Geräusch zu hören, ein Dröhnen, das von der *Avenger* selbst zu kommen schien. Das war ihre Besatzung, deren Stimmen sich zu einem Grollen mischten, als sie jetzt ihre Waffen ergriffen und auf ihre Enterstationen stürzten.

Dancer sagte: »Die sind bestimmt in der Überzahl, Sir!«

Hugh Bolitho blickte prüfend die Klinge seines Degens entlang, als kontrolliere er den Lauf einer Schußwaffe.

»Aber sie werden nicht kämpfen.«

Er beobachtete das Zusammenschrumpfen der Entfernung, das Größerwerden des anderen Schiffes.

»Jetzt, Mr. Gloag!«

Die Segel waren schon geborgen, und als die Pinne nun hart übergelegt wurde, schoß der Bug der *Avenger* auf die Breitseite der *Virago* zu.

Die winzigen Gestalten dort waren längst zu Männern, die verschwommenen Köpfe zu klaren Gesichtern geworden, von denen

Bolitho einige erkannte, die er schon in Falmouth gesehen hatte.

Hugh Bolitho stand an der Reling, seine scharfe Stimme tönte durch das Sprachrohr:

»Im Namen des Königs, ergebt euch!«

Sein Degen wies wie ein Zeigestock auf die Schwenkgeschütze: »Oder wir feuern!«

Mit einem gewaltigen Ruck prallten die beiden Schiffskörper aufeinander. Noch mehr Takelage und zerbrochene Spieren polterten an Deck und erhöhten die Verwirrung. Aber trotz einiger unwilliger Rufe fiel kein Schuß, kein Degen wurde gezogen.

Hugh Bolitho ging langsam zwischen seinen Leuten hindurch und stieg auf das feindliche Schiff über. Er ließ sich Zeit, hielt Ausschau nach etwaigen Funken des Widerstandes.

Bolitho und Dancer folgten ihm mit gezogenem Degen und waren sich dabei des bedrückenden Schweigens bewußt. Sogar das Schreien der Verwundeten war verstummt.

Dies waren keine disziplinierten Seeleute. Sie hatten keine Flagge, keine Ideale, die sie beflügelten. In diesem Augenblick wußten sie, daß es für sie kein Entrinnen mehr gab, und ihre persönliche Sicherheit wurde ihnen das wichtigste. Vielleicht konnte eine Aussage gegen die Männer, die sie bisher ihre Freunde genannt hatten, sie vor dem Galgen retten, ihnen zu einer Gefängnisstrafe verhelfen. Einige hofften wohl auch, durch geschicktes Lügen freizukommen. Sicher würden sie das mit derselben Kaltblütigkeit tun, mit der sie ihre früheren Grausamkeiten begangen hatten.

Bolitho stand neben seinem Bruder an Deck der *Virago* und musterte die verängstigten Gesichter. Er spürte, daß ihre Wut in Furcht umgeschlagen war, so, wie der Gischt bereits das Blut von Deck gewaschen hatte.

Sir Henry Vyvyan würde möglicherweise auch jetzt noch irgendwelche Privilegien geltend machen, dachte er. An Hughs vollständigem Sieg war trotzdem nicht zu zweifeln. Sie hatten das Schiff, die Ladung und so viele Gefangene, daß die Küste viele Jahre lang vor Strandwölfen sicher sein würde.

»Wo ist Sir Henry?«

Ein kleiner Mann in blauem Rock mit Goldknöpfen, offensichtlich der Kapitän der *Virago,* schob sich nach vorn. Seine Stirn blutete aus mehreren Schnittwunden.

»Es war nicht meine Schuld, Sir!«

Er wollte nach Hugh Bolithos Ärmel greifen, aber der Degen fuhr wie eine Schlange dazwischen.

So trat er wieder zurück, während Bolitho und die anderen ihm zum Achterdeck folgten, das die volle Wucht des stürzenden Mastes hatte aushalten müssen.

Sir Henry Vyvyan lag eingeklemmt unter einer schweren Spiere, sein Gesicht schmerzverzerrt. Doch noch atmete er, und als die Seeleute der *Avenger* ihn umstanden, öffnete er sein eines Auge und sagte mühsam: »Zu spät, Hugh. Du kommst um das Vergnügen, mich baumeln zu sehen.«

Hugh Bolitho senkte seinen Degen zum erstenmal, so daß dessen Spitze nur wenige Zoll vor Vyvyans Brust das Deck berührte. Dann erwiderte er ruhig: »Ich hätte Ihnen ein besseres Ende gewünscht, Sir Henry.«

Vyvyans Auge richtete sich auf die blitzende Klinge, und er sagte, schon vom Tode gezeichnet: »Ich mir auch.«

Dann stöhnte er auf und starb.

Hughs Degen verschwand in der Scheide, die Bewegung hatte etwas Endgültiges an sich.

»Kappt diese Trümmer!« Seine Stimme klang völlig unbewegt. »Und bestellt Mr. Gloag, wir müssen die *Virago* in Schlepp nehmen, bis ein Behelfsmast aufgeriggt werden kann.«

Danach erst sah er seinen Bruder und Dancer an.

»Gut gemacht!« Er warf einen Blick auf die britische Flagge, die gerade an der Gaffel der *Virago* gehißt wurde – dieselbe, die über seinem eigenen Schiff wehte, wenn auch zerfetzt von Wind und Geschützfeuer. »Das schönste Weihnachtsgeschenk, das ich jemals bekommen habe!«

Dancer grinste. »Und in Falmouth wird vielleicht doch noch etwas übriggeblieben sein, womit wir feiern können, was meinst du, Dick?«

Bevor sie auf die *Avenger* zurückkehrten, warf Bolitho einen letzten Blick zum Achterdeck der *Virago*.

Sein Bruder stand noch immer neben der eingeklemmten Gestalt im langen grünen Umhang.

Vielleicht hatte er sogar jetzt noch das Gefühl, daß Sir Henry Vyvyan ihm zuvorgekommen war?

Alexander Kent

Kanonenfutter

Leutnant Bolithos Handstreich in Rio

Roman

Deutsch von Fritz Wentzel

ein Ullstein Buch

Für Winifred,
in Liebe

Inhalt

I Willkommen an Bord

Richard Bolitho drückte dem Mann, der seine Seekiste zur Pier getragen hatte, ein paar Münzen in die Hand. Ihn fröstelte in der naßkalten Luft. Obwohl der Vormittag schon halb herum war, lagen die langgestreckten Häuserreihen von Plymouth und die Umgebung noch in Nebelschwaden gehüllt. Kein Windhauch war zu spüren, alles wirkte düster und unheimlich.

Bolitho reckte sich und ließ seine Blicke angestrengt über das kabbelige Wasser des Hamoaze schweifen. Dabei spürte er die ungewohnt steife Leutnantsuniform, die – wie alles in seiner Seekiste – funkelnagelneu war: die weißen Aufschläge auf seinem Rock ebenso wie der Hut mit der im Dreieck hochgeschlagenen Krempe, den er etwas ungeschickt auf sein schwarzes Haar gestülpt hatte. Sogar Kniehose und Schuhe stammten aus demselben Geschäft in Falmouth – seiner Heimatstadt in der Grafschaft auf der anderen Uferseite –, von demselben Schneider, der, wie schon seine Vorfahren, neuernannte Seeoffiziere eingekleidet hatte, seit man sich erinnern konnte.

Dies war ein großer Augenblick für Richard Bolitho, die Verwirklichung all seines Hoffens und Strebens: dieser erste, oft unerreichbar scheinende Schritt vom Kadettenlogis zur Offiziersmesse, zur Würde eines Königlichen Seeoffiziers.

Er drückte seinen Hut so fest in die Stirn, als wolle er sich damit noch einmal selber bestätigen. Es war tatsächlich ein großer Augenblick.

»Sie wollen auf die *Destiny*, Sir?«

Der Mann, der seine Seekiste getragen hatte, stand immer noch neben ihm. In dem trüben Licht wirkte er ärmlich und abgerissen, doch unverkennbar als das, was er einmal gewesen war: ein Seemann.

Bolitho sagte: »Ja, sie muß irgendwo da draußen liegen.«

Der Mann folgte seinem Blick über das Wasser, doch seine Augen schienen in unbekannte Fernen zu schauen.

»Eine schöne Fregatte, Sir. Knapp drei Jahre alt.« Er nickte traurig. »Sie wird schon seit Monaten ausgerüstet. Es heißt, für eine lange Reise.«

Bolitho dachte über den Mann und all die Hunderte von Männern nach, die in den Häfen und Küstenorten herumlungerten, Arbeit suchten und sich dabei nach der See sehnten, die sie so oft aus vollem

Herzen verflucht hatten.

Aber man schrieb jetzt Februar 1774, und bekanntlich befand sich England seit Jahren im Frieden. Sicherlich gab es hier und da auf der Welt kriegerische Zusammenstöße, aber dabei ging es meist um örtliche Handelsinteressen oder um Selbstbehauptung. Die alten Feinde blieben trotzdem die gleichen: entschlossen, ihre Zeit abzuwarten und den schwachen Punkt des Gegners zu finden, um diesen eines günstigen Tages zu benutzen.

Schiffe und Männer, die einst ihr Gewicht in Gold wert gewesen waren, hatte man ausgemustert. Die Schiffe verrotteten, die Seeleute – wie diese zerlumpte Gestalt mit fingerloser rechter Hand und einer tiefen Narbe auf der Backe – hatte man ohne Abfindung und Versorgung einfach an Land gesetzt.

Bolitho fragte: »Auf welchem Schiff sind Sie gefahren?«

Der Mann schien plötzlich zu wachsen, als er antwortete:

»Auf der *Torbay*, Sir. Unter Käpt'n Keppel.« Genauso schnell sank er wieder zusammen. »Gibt's eine Chance für mich bei Ihnen an Bord, Sir?«

Bolitho schüttelte den Kopf. »Ich bin neu und weiß noch nicht, wie es auf der *Destiny* aussieht.«

Der Mann seufzte. »Ich werde Ihnen ein Boot rufen, Sir.«

Er steckte zwei Finger seiner heilen Hand in den Mund und ließ einen durchdringenden Pfiff ertönen. Als Antwort hörte man durch den Nebel das Plätschern von Riemen, und dann näherte sich langsam ein Ruderboot.

Bolitho rief: »Zur *Destiny*, bitte!«

Als er sich umdrehte, um seinem abgerissenen Begleiter noch ein paar Münzen zuzustecken, war der schon wie ein Geist im Nebel verschwunden.

Bolitho kletterte ins Boot, zog seinen neuen Umhang fester und klemmte den Säbel zwischen die Knie. Das Warten war vorüber. Es hieß nicht länger: übermorgen oder morgen. Es war jetzt.

Das Boot dümpelte und gluckste in dem kabbeligen Wasser, während der Ruderer Bolitho mit wenig Sympathie musterte. Wieder so ein junger Fant, der armen Seeleuten das Leben zur Hölle machen wird, dachte er wohl. Und er mochte überlegen, ob der junge Offizier mit dem ernsten Gesicht und dem schwarzen, im Nacken zusammengebundenen Haar überhaupt wußte, was er für das Übersetzen bezahlen mußte. Er sprach mit dem Akzent eines Mannes aus dem Westen. Auch wenn er nur ein »Ausländer« vom jenseitigen Ufer war, aus Cornwall, so würde er sich doch von ihm nicht anschmieren lassen.

Bolitho rekapitulierte noch einmal, was er bisher über sein neues Schiff erfahren hatte: drei Jahre alt, hatte der zerlumpte Träger gesagt. Er sollte es wissen. Denn ganz Plymouth grübelte darüber, warum man sich in diesen schweren Zeiten solche Mühe mit der Ausrüstung und Bemannung einer Fregatte machte.

Im übrigen: Mit achtundzwanzig Kanonen bestückt, dabei schnell und beweglich, war die *Destiny* ein Schiffstyp, von dem die meisten jungen Offiziere träumten. Im Krieg war eine Fregatte nur lose der Flotte zugeordnet, war schneller als jedes größere Schiff und stärker als jedes kleinere: kurz, ein Faktor, mit dem man rechnen mußte. An Bord einer Fregatte gab es auch bessere Aussichten auf frühzeitige Beförderung, und später – wenn man den Gipfel, nämlich das Kommando über solch ein Schiff, erreicht hatte – bot sie auch Aussicht auf kühne Unternehmungen und reiche Prisengelder.

Bolitho dachte an sein letztes Schiff, das Linienschiff *Gorgon*: vierundsiebzig Kanonen, riesengroß und plump, mit einem Gewimmel von Menschen, mit gewaltigen Segeln, meilenlangem Tauwerk und riesigen Masten und Rahen. Es war außerdem eine Schule gewesen, eine sehr strenge Schule, in der die jungen Kadetten und Fähnriche vieles lernen mußten, vor allem aber, ihre Gefühle zu beherrschen und auch Ungerechtigkeiten zu ertragen.

Bolitho schaute hoch, als der Bootsmann sagte: »Müßte jetzt in Sicht kommen, Sir.«

Bolitho spähte nach vorn, froh über die Unterbrechung. Was hatte seine Mutter gesagt, als er sich von ihr in dem großen grauen Haus in Falmouth verabschiedet hatte? »Wirf alles hinter dich, Dick. Du kannst nichts ungeschehen machen. Darum paß jetzt auf dich auf. Die See taugt nicht für Träumer.«

Die Nebelwand wurde erst dunkler und teilte sich dann, als das vor Anker liegende Schiff aus dem Dunst auftauchte. Das Boot näherte sich seinem Bug von der Steuerbordseite und schwabberte unter dem weit vorragenden Klüverbaum nach achtern. Wie Bolithos neue Uniform auf der nassen Pier, so schien die *Destiny* in den trüben Nebelschwaden zu schimmern.

Von ihrer schlank wirkenden, schwarz-gelben Bordwand bis zu den drei Mastspitzen war sie ein Vollblut. Ihre Wanten, Stage und Pardunen waren neu geteert, ihre Rahen sauber quergebraßt, und jedes Segel war sorgfältig aufgetucht.

Bolitho schaute zur Galionsfigur empor, die ihn zu begrüßen schien. Es war die schönste Figur, die er je gesehen hatte: ein barbusiges Mädchen, dessen ausgestreckter Arm auf den fernen Horizont zu weisen schien. In der anderen Hand hielt es einen Lorbeerkranz. Nur die goldenen Blätter und die starren blauen Augen setzten Farbakzente in das reine Weiß der Gestalt.

Zwischen zwei Riemenschlägen erläuterte der Bootsmann: »Man sagt, der Holzschnitzer hat seine junge Braut als Modell für die Figur benutzt, Sir.« Er zeigte grinsend seine häßlichen Zähne. »Ich wette, er hat ein paar Kerls wegboxen müssen, ehe er sie bekam.«

Bolitho musterte die Fregatte, als sie an ihrer Bordwand entlangdümpelten, und sah, daß sich ein paar Leute auf der Laufbrücke hoch über ihm zu schaffen machten. Sie war ein schönes Schiff. Er hatte Glück gehabt.

»Boot ahoi!«

Sein Bootsmann antwortete: »Aye! Zur *Destiny*!«

Bolitho bemerkte einige Bewegung an der Fallreepspforte, aber keine große Aufregung. Die Antwort auf den Anruf hatte genug ausgesagt. »Aye« hieß: Das Boot brachte einen Offizier, der aber nicht alt genug war, um jemanden an Bord zu beunruhigen, geschweige denn den Kommandanten.

Bolitho stand auf, als zwei Matrosen ins Boot sprangen, um es festzuhalten und seine Kiste herauszuholen. Bolitho musterte sie kurz. Er war noch nicht ganz achtzehn Jahre, aber seit seinem zwölften Lebensjahr auf See und hatte in dieser Zeit gelernt, Matrosen einzuschätzen.

Sie sahen kräftig und zäh aus, aber das Äußere konnte manches verbergen. Viele Seeleute waren der Auswurf von Gefängnissen und Schwurgerichten, die man an Bord geschickt hatte, anstatt sie zu deportieren oder dem Henker zu übergeben.

Die Matrosen traten in dem dümpelnden Boot beiseite, als Bolitho dem Ruderer Geld gab. Der Mann steckte es in sein Wams und grinste. »Danke, Sir. Und viel Glück!«

Bolitho kletterte das Fallreep hoch und trat durch die Pforte im Schanzkleid aufs Deck der Fregatte. Er staunte über den Unterschied zu einem Linienschiff, obwohl er ihn erwartet hatte. Die *Destiny* schien nahezu chaotisch vollgestopft mit vielerlei Dingen; von den zwanzig Zwölfpfündern auf ihrem Oberdeck bis zu den kleineren Stücken weiter achtern schien jeder Quadratzoll sinnvoll genutzt. Da lagen und hingen sauber aufgeschossene Schoten,

Fallen und Brassen, standen in ihren Klampen festgezurrte Beiboote und exakt ausgerichtete Musketen in ihren Gestellen am Fuß jedes Mastes, während dazwischen und überall sonst, wo noch Platz war, Männer hantierten, die er alle bald namentlich kennen würde.

Ein Leutnant trat zwischen den Fallreepsgästen vor und fragte: »Mr. Bolitho?«

Bolitho rückte seinen Hut zurecht. »Aye, Sir. Melde mich an Bord!«

Der Leutnant nickte nur kurz. »Folgen Sie mir. Ihre Sachen lasse ich nach achtern bringen.« Er gab einem Matrosen eine leise Anweisung und rief dann laut: »Mr. Timbrell! Schicken Sie ein paar Leute in den Vortopp! Es sah da oben aus wie in einem Affenstall, als ich das letztemal nachschaute.«

Bolitho zog im letzten Augenblick den Kopf ein, als sie unter den Überhang des Achterdecks traten. Auch hier schien ihm alles eng und überfüllt: noch mehr Kanonen, jede sorgsam hinter ihrer geschlossenen Stückpforte festgezurrt, dazu der Geruch von Teer und Tauwerk, frischer Farbe und eng zusammengedrängten Menschen – das Flair eines lebenden Schiffes.

Er versuchte, den Leutnant, der ihn nach achtern zur Offiziersmesse führte, abzuschätzen. Er war schlank, hatte ein rundes Gesicht und den etwas gequälten Ausdruck eines Mannes, der zeitweise Verantwortung trägt.

»Da wären wir.«

Der Leutnant öffnete eine Lamellentür, und Bolitho trat in sein neues Heim. Trotz der Zwölfpfünder mit ihren schwarzen Mündungen, die daran erinnerten, daß es an Bord eines Kriegsschiffes keinen Platz gab, der vor herumfliegendem Eisen sicher war, sah der Raum überraschend gemütlich aus. Er enthielt einen langen Tisch wie in einem Kadettenlogis, aber mit hochlehnigen Stühlen statt der Bänke, wie er sie jahrelang gewohnt gewesen war. Dann gab es Wandgestelle für Trinkgläser, andere für Säbel und Pistolen, und der Fußboden war mit bemaltem Segeltuch bespannt.

Der Leutnant wandte sich zu Bolitho um und musterte ihn aufmerksam. »Ich heiße Stephen Rhodes und bin der Zweite Offizier.« Er lächelte und wirkte dadurch jünger, als Bolitho ihn eingeschätzt hatte. »Da dies Ihr erstes Kommando als Offizier ist, will ich versuchen, es Ihnen so leicht wie möglich zu machen. Nennen Sie mich Stephen, wenn Sie wollen, aber vor den Leuten ›Sir‹.« Rhodes wandte den Kopf und rief: »Poad!«

Ein kleiner hagerer Mann in blauem Jackett huschte durch eine andere Tür herein.

»Bringen Sie Wein, Poad. Dies ist unser neuer Dritter Offizier.«

Poad machte eine kleine Verbeugung. »Ist mir ein Vergnügen, Sir.«

Als er davoneilte, bermerkte Rhodes: »Ein guter Steward, aber er klaut. Sie lassen also besser nichts Wertvolles herumliegen.« Er wurde wieder ernst. »Unser Erster Offizier ist in Plymouth, hat da irgendwas zu erledigen. Er heißt Charles Palliser. Anfangs wirkt er etwas barsch. Er ist schon seit Indienststellung der *Destiny* mit unserem Kommandanten an Bord.« Unvermittelt wechselte er das Thema. »Sie können froh sein, dieses Kommando bekommen zu haben.« Es klang wie ein Vorwurf. »Sie sind noch sehr jung. Ich bin dreiundzwanzig und nur darum schon Zweiter Offizier, weil mein Vorgänger umgekommen ist.«

»Im Kampf gefallen?«

Rhodes grinste. »Nein, nichts Heroisches. Er wurde von einem Pferd abgeworfen und brach sich das Genick. Ein prima Bursche in seiner Art, aber so ist es nun einmal.«

Bolitho beobachtete den Messe-Steward, der Gläser und eine Flasche in Reichweite von Rhodes abstellte. Er sagte: »Ich war selber überrascht, als ich diese Kommandierung bekam.«

Rhodes sah ihn forschend an. »Das klingt nicht sehr begeistert. Sind Sie nicht gern zu uns gekommen? Mann, es gibt Hunderte, die vor Freude an die Decke springen würden, wenn sich ihnen eine solche Chance böte.«

Bolitho schaute weg. Ein schlechter Anfang.

»Das ist es nicht. Aber mein bester Freund wurde vor einem Monat getötet.« Jetzt war es heraus. »Ich kann es immer noch nicht glauben.«

Rhodes' Blick wurde milder; er schob ihm ein Glas hin.

»Trinken Sie, Richard. Das wußte ich nicht. Manchmal kann ich es nicht begreifen, warum wir all dies hier auf uns nehmen, anstatt – wie andere – bequem an Land zu leben.«

Bolitho lächelte ihn an. Außer seiner Mutter zuliebe hatte er in letzter Zeit kaum einmal gelächelt.

»Was haben wir für Befehle, Stephen?«

Rhodes ließ sich in seinen Stuhl zurückfallen. »Niemand außer unserem Kommandanten weiß Bestimmtes. Wir machen eine lange Reise südwärts, das ist gewiß. In die Karibik vielleicht oder noch weiter.« Er schüttelte sich und starrte auf die nächste Stückpforte. »Gott, bin ich froh, daß wir diese Nässe hier bald hinter uns haben.« Er nahm einen schnellen Schluck. »Wir haben eine gute Besatzung, zum größten Teil wenigstens, mit den üblichen Galgenvögeln dazwischen. Der Steuermann ist erst kürzlich vom Maat zum Deckoffizier befördert worden, aber er ist ein guter Navigator, wenn er auch gegenüber seinen Vorgesetzten manchmal etwas wichtig tut. Und heute abend werden wir unser volles Kontingent an Midshipmen bekommen. Zwei davon sind erst zwölf, beziehungsweise dreizehn Jahre alt.« Er grinste. »Seien Sie nicht zu lasch mit ihnen, Richard, nur weil Sie selber vor kurzem Midshipman waren. Wenn etwas schiefgeht, sind nämlich Sie dran, nicht die Jungen.«

Rhodes zog eine Uhr aus der Hosentasche. »Der Erste Offizier muß jeden Augenblick zurückkommen. Ich scheuche jetzt besser schon die Fallreepsgäste raus. Er liebt eine tadellose Vorstellung, wenn er an Bord kommt.«

Er zeigte auf eine kleine, mit Segeltuchwänden abgeteilte Kammer. »Die gehört Ihnen, Richard. Sagen Sie Poad, was Sie brauchen, dann wird er die anderen Stewards anweisen, sich darum zu kümmern.« Impulsiv streckte er Bolitho die Hand hin. »Schön, daß Sie bei uns sind. Willkommen!«

Bolitho saß in der leeren Messe und lauschte auf das Geräusch der Blöcke und Leinen und der trappelnden Füße über seinem Kopf. Er hörte rauhe Stimmen, das Trillern einer Bootsmannsmaatenpfeife, als irgendein Ausrüstungsstück aus einem längsseit liegenden Boot an Bord gehievt wurde, um dort registriert und in irgendeiner Last verstaut zu werden.

Bald würde Bolitho die Gesichter der Mannschaft kennen, ihre Stärken und ihre Schwächen. Und in dieser niedrigen Messe würde er sein tägliches Leben, seine Hoffnungen und Enttäuschungen mit seinen Messekameraden teilen: mit den beiden anderen Wachoffizieren, mit dem Offizier der Seesoldaten, dem neuernannten Steuermann, dem Schiffsarzt und dem Zahlmeister – den wenigen Auserwählten unter der Besatzung von rund zweihundert Seelen.

Er hätte den Zweiten Offizier gern noch nach dem Kommandanten gefragt. Aber Bolitho war zwar sehr jung für seinen Rang, doch immerhin erfahren genug, um zu wissen, daß die Frage ungehörig gewesen wäre. Aus Rhodes' Sicht wäre es Wahnsinn gewesen, einem eben an Bord Gekommenen zu vertrauen und ihm gegenüber seine persönliche Meinung über den Kommandanten der *Destiny* zu äußern.

Bolitho öffnete die Tür zu seiner kleinen Kammer. Sie war kaum länger als die pendelnd aufgehängte Koje, bot aber daneben genügend Platz zum Sitzen. Ein Stück privates Territorium, soweit man in einem kleinen, von Leben überquellenden Kriegsschiff davon reden konnte. Doch im Vergleich zu seiner Hängematte im übervollen Kadettenlogis des Orlopdecks war dies ein Palast.

Seine Beförderung war sehr schnell gekommen, wie Rhodes bemerkt hatte. Wenn der ihm unbekannte Leutnant nicht durch einen Sturz vom Pferd umgekommen wäre, hätte es diese freie Stelle kaum gegeben.

Bolitho öffnete die obere Hälfte seiner Seekiste und hängte einen Spiegel an einen der massiven Balken neben der Koje. Er betrachtete sich darin und bemerkte die dünnen Linien, die sich infolge der Anstrengungen der letzten Jahre um seinen Mund und seine Augen eingegraben hatten. Er war auch magerer geworden, muskulös und sehnig, wie es nur Bordernährung und harte Arbeit fertigbringen.

Poad schaute zu ihm herein. »Ich könnte ein Mietboot anheuern und in die Stadt schicken, um etwas Sonderproviant für Sie zu besorgen, Sir.«

Bolitho lächelte. Poad war wie ein Standbesitzer auf einem Markt in Cornwall.

»Ich habe mir schon einiges herbestellt, danke.« Er bemerkte Poads Enttäuschung und fügte hinzu: »Aber wenn Sie sich darum kümmern wollen, daß es richtig verstaut wird, wäre ich Ihnen verbunden.«

Poad nickte kurz und trollte sich. Er hatte sein Angebot gemacht, und Bolitho hatte richtig reagiert. Irgendwann würde schon etwas für ihn dabei herausspringen, wenn Poad die privaten Vorräte der Offiziere unter seine Obhut nahm.

Eine Tür ging geräuschvoll auf, und ein hochgewachsener Offizier trat in die Messe, warf seinen Hut auf eine Kanone und rief gleichzeitig nach Poad.

Er musterte Bolitho ausgiebig, wobei er alles, von den neuen Schuhschnallen bis zur Haartolle, in sich aufzunehmen schien.

Er sagte: »Ich bin Palliser, die Nummer Eins.«

Er hatte eine lebhafte Art zu sprechen. Als Poad mit einem Krug Wein hereinkam, blickte er zu ihm hinüber.

Bolitho betrachtete den Ersten Offizier neugierig. Er war sehr groß und mußte sich daher unter die niedrigen Decksbalken bücken. Ende der Zwanzig, schien er aber die Erfahrungen eines weit Älteren zu besitzen. Er und Bolitho trugen die gleiche Uniform, doch waren sie so verschieden voneinander, als ob ein Abgrund zwischen ihnen läge.

»Sie sind also Bolitho.« Seine Augen wanderten über den Rand des Bechers zu ihm. »Sie haben ein gutes Führungszeugnis; das heißt: auf dem Papier. Aber dies ist eine Fregatte, Mr. Bolitho, und kein überbemanntes Linienschiff Dritten Ranges. Hier ist es erforderlich, daß sich jeder Offizier und jeder Mann voll einsetzt, damit dieses Schiff schnellstens seeklar wird.« Er nahm noch einen kräftigen Schluck. »Melden Sie sich also bitte an Deck. Nehmen Sie die Barkasse, und fahren Sie an Land. Sie müssen die Umgebung hier doch kennen, wie?« Ein Lächeln huschte über sein Gesicht. »Gehen Sie mit einem Rekrutierungskommando ans Westufer und durchkämmen Sie die umliegenden Ortschaften. Little, der Stückmeistersmaat, wird Sie begleiten. Er kennt das Geschäft. Wir haben auch ein paar Plakate, die Sie in den Gasthöfen aufhängen können. Wir brauchen etwa zwanzig tüchtige Burschen, kein Gesindel. Unsere Besatzung ist zwar komplett, aber wie es damit am Ende einer langen Reise aussieht, ist ein anderes Kapitel. Ein paar Leute werden wir zweifellos verlieren. Jedenfalls hat es der Kommandant so befohlen.«

Bolitho hatte geglaubt, er könne erst einmal auspacken, seine Leute kennenlernen und nach der langen Fahrt von Falmouth etwas zu sich nehmen.

Um seine Anordnung abzurunden, sagte Palliser fast nebenbei: »Heute ist Dienstag. Seien Sie bis Freitagmittag zurück. Verlieren Sie keinen von Ihren Leuten, und lassen Sie sich nicht übers Ohr hauen!«

Mit lautem Türknall rauschte Palliser aus der Messe und rief draußen irgendeinen Namen.

Rhodes tauchte in der offenen Tür auf und lächelte ihm ermutigend zu. »Pech gehabt, Richard. Aber er gibt sich härter, als er ist. Er hat Ihnen eine gute Gruppe für die Aufgabe ausgesucht. Ich habe Erste Offiziere kennengelernt, die einem Anfänger eine Auslese von Halunken mitgegeben hätten, nur um ihm nach erfolgloser Rückkehr tüchtig Zunder geben zu können.« Er zwinkerte ihm zu. »Mr. Palliser wird bald selber ein Schiff haben. Denken Sie immer daran, es hilft einem beträchtlich.«

Bolitho lächelte. »In diesem Fall mache ich mich besser gleich auf den Weg.« Er hielt einen Moment inne. »Und vielen Dank noch für den Willkommensgruß.«

Rhodes ließ sich in einen Stuhl fallen und dachte ans Mittagessen. Er hörte, wie draußen in der Barkasse die Riemen klargelegt wurden und der Bootssteurer seine Befehle gab. Was er bisher von Bolitho gesehen hatte, gefiel ihm. Gewiß, er war noch sehr jung, aber er machte den Eindruck, als ob er im Kampf oder bei schwerem Wetter seinen Mann stehen würde.

Seltsam, daß man sich niemals Gedanken über die Sorgen und Probleme seiner Vorgesetzten machte, so lange man noch Midshipman war. Ein Offizier, ob jung oder alt, war einfach eine Art höheres Wesen. Eines, das schimpfte und schnell die Mängel bei einem Anfänger entdeckte. Aber jetzt wußte er es besser. Selbst Palliser hatte Angst vor dem Kommandanten. Und wahrscheinlich fürchtete dieser wiederum, bei seinem Admiral oder einem noch Höherstehenden aufzufallen.

Rhodes lächelte. Denn ein paar kostbare Augenblicke lang war er mit sich und der Welt zufrieden.

Little, der Stückmeistersmaat, trat – die großen Hände in die Seite gestemmt – einen Schritt zurück und sah zu, wie seine Männer ein weiteres Werbeplakat aufhängten.

Bolitho zog seine Uhr heraus und blickte über den Dorfanger, als die Kirchenuhr die Mittagsstunde schlug.

Little sagte verdrießlich: »Wär's vielleicht Zeit für einen Schluck, Sir?«

Bolitho holte tief Luft. Wieder ein Tag nach einer schlaflosen Nacht in einem kleinen, nicht besonders sauberen Gasthof, und immer mit der Sorge, daß sein Rekrutierungskommando selber desertieren könnte, trotz Rhodes beruhigender Worte über die gute Auswahl. Aber Little hatte dafür gesorgt, daß es bisher glatt gegangen war. Sein Name paßte überhaupt nicht zu ihm, er war stämmig und übergewichtig, ja dick, und sein Bauch hing wie ein Sack über den Gurt seines Entermessers. Wie er das bei den schmalen Rationen des Zahlmeisters schaffte, war ein Rätsel. Aber er war ein guter Mann, erfahren und ausgekocht, ihn legte niemand herein.

Bolitho sagte: »Noch eine Station, Little, und dann . . .« Er lächelte ihm schuldbewußt zu. »Dann gebe ich für alle einen aus.«

Da strahlten sie: sechs Matrosen, ein Korporal der Seesoldaten und die beiden jungen Spielleute, die wie Zinnsoldaten aussahen.

Ihnen machte es nichts aus, daß der Erfolg ihres Werbezugs miserabel gewesen war. Das Auftauchen von Bolithos Werbern erregte gewöhnlich wenig Interesse, ausgenommen bei Kindern und kläffenden Dorfkötern. Alte Erfahrungen wurden hier – so nahe der See – nicht so schnell vergessen. Viele erinnerten sich noch an die gefürchteten Preßkommandos, die rücksichtslos Männer von ihren Familien weggerissen und auf die Schiffe des Königs gezerrt hatten, wo sie den harten Bedingungen eines Krieges ausgesetzt waren, dessen Ursache sie nicht einmal kannten. Und wie viele dieser Leute waren nie zurückgekehrt!

Bolitho hatte bisher vier Freiwillige gewonnen – aber Palliser erwartete zwanzig – und sie mit einem Begleiter zur *Destiny* geschickt, bevor sie es sich wieder anders überlegen konnten. Zwei von ihnen waren Berufsseeleute, die anderen Knechte, die ihren Arbeitsplatz verloren hatten – ungerechterweise, wie beide versicherten. Bolitho hatte den Verdacht, daß es vielleicht dringendere Gründe für ihre freiwillige Meldung gab, doch blieb ihm keine Zeit, sie auszufragen.

Sie trampelten über den ungepflegten Dorfanger, dessen hohes nasses Gras Bolithos schöne neue Schuhe und Strümpfe beschmutzte. Little legte einen Schritt zu, und Bolitho überlegte, ob es richtig gewesen war, ihnen allen einen Drink zu versprechen. Er gab sich innerlich einen Ruck. Bisher hatte nichts ordentlich geklappt, nun konnte es kaum noch schlimmer kommen.

Little stieß einen Pfiff aus. »Vor der Kneipe stehen Männer, Sir.« Er rieb sich die großen Hände und sagte zu dem Korporal: »Auf, Dipper, laß deine Spielleute loslegen!«

Die beiden Winzlinge in Soldatenuniform warteten, bis ihr Korporal den Befehl an sie weitergab; während der eine dann einen Wirbel auf seiner Trommel schlug, zog der andere eine Querpfeife aus dem Brustriemen und stimmte eine Tanzmelodie an.

Der Korporal hieß Dyer. Bolitho fragte: »Warum nennen Sie ihn Dipper*?«

Little grinste mit abgebrochenen Zähnen, dem untrüglichen Kennzeichen eines Berufsboxers.

»Du meine Güte, Sir, weil er Taschendieb war, bevor ihm die Erleuchtung kam, sich zu den Ochsen** zu melden.«

* Dipper = (Ein-)Taucher
** Ochsen = Spitzname der Matrosen für die Seesoldaten an Bord

Die Männergruppe vor dem Gasthaus schien sich zu zerstreuen, als die Matrosen und Seesoldaten näherkamen. Nur zwei Gestalten blieben stehen, und ein ungleicheres Paar konnte man sich kaum denken.

Der eine war klein und quirlig und hatte eine scharfe Stimme, die Trommel und Querpfeife leicht übertönte. Der andere war groß und kräftig, bis zum Gürtel nackt, und seine Arme und Fäuste hingen herunter wie Waffen, die nur auf ihren Einsatz warteten.

Der kleine Mann, ein Ausrufer vom Jahrmarkt, der sich zunächst über das plötzliche Verschwinden seines Publikums geärgert hatte, sah nun die Seeleute und wandte sich ihnen munter zu.

»Well, well, well, wen haben wir denn da? Söhne des Meeres, echte britische Teerjacken!« Er zog seinen Hut vor Bolitho. »Und ein richtiger Gentleman an ihrer Spitze, zweifellos!«

Bolitho sagte müde: »Lassen Sie die Leute wegtreten, Little. Ich sorge inzwischen dafür, daß der Wirt Bier und Käse herausbringt.«

Der Schausteller schrie: »Wer von euch Tapferen wagt einen Kampf mit meinem Boxer?« Sein Blick wanderte von Mann zu Mann. »Eine Guinee* demjenigen, der gegen ihn zwei Minuten auf den Füßen bleibt!« Die Münze blitzte zwischen seinen Fingern. »Ihr braucht nicht zu gewinnen, Jungs, nur zwei Minuten kämpfen und auf den Füßen bleiben!«

Er hatte jetzt ihre volle Aufmerksamkeit gewonnen, und Bolitho hörte, wie der Korporal Little zuflüsterte: »Wie wär's, Josh? Eine ganze Guinee!«

Bolitho hielt an der Tür des Wirtshauses inne und schaute sich den Preisboxer zum erstenmal näher an. Er sah aus, als habe er Kräfte für zehn, wirkte aber trotzdem verzweifelt und bemitleidenswert, wie er so ins Leere starrte. Seine Nase war deformiert, und sein Gesicht zeigte die Spuren vieler Kämpfe: auf Jahrmärkten, vor dem Landadel, vor jedem, der dafür zahlte, Männer um einen blutigen Sieg kämpfen zu sehen. Bolitho wußte nicht, wen er mehr verachtete, den Mann, der von dem Boxer lebte, oder denjenigen, der auf ihn und seine Schmerzen wettete.

Er sagte nur kurz: »Ich bin drin zu finden, Little.« Der Gedanke an ein Glas Bier oder Apfelwein belebte ihn wieder.

Little dachte bereits an andere Dinge. »Aye, Sir.«

* Guinee = 21 Shilling

Es war ein freundlicher kleiner Gasthof. Der Wirt eilte herbei, um Bolitho zu begrüßen, wobei sein Kopf fast an die Decke stieß. Ein Feuer prasselte im Kamin, und es roch nach frisch gebackenem Brot und geräuchertem Schinken.

»Setzen Sie sich dorthin, Herr Leutnant. Ich kümmere mich um Ihre Leute.« Er bemerkte Bolithos Gesichtsausdruck. »Tut mir leid, Sir, aber Sie verschwenden Ihre Zeit in dieser Gegend. Im Krieg sind hier viele gepreßt worden, und wer zurückkam, ist in die großen Städte wie Truro und Exeter gegangen und hat sich dort Arbeit gesucht.« Er schüttelte den Kopf. »Wenn ich zwanzig Jahre jünger wäre, hätte ich vielleicht unterschrieben.« Er grinste. »Aber so . . .«

Etwas später saß Bolitho am Feuer, ließ den Matsch auf Strümpfen und Schuhen trocknen und hatte seinen Rock aufgeknöpft, der nach der ausgezeichneten Pastete der Wirtin recht stramm saß. Ein großer alter Hund hatte sich zu seinen Füßen niedergelassen und schnarchte wohlig in der Wärme.

Der Wirt flüsterte seiner Frau zu: »Hast du ihn dir angesehen? Ein Offizier des Königs – aber er ist noch ein halbes Kind!«

Bolitho fuhr aus seinem Halbschlaf auf und reckte sich; in halber Höhe schienen seine Arme zu erstarren, als er von draußen lautes Geschimpfe und brüllendes Gelächter hörte. Er sprang auf, griff nach Hut und Säbel und versuchte zur gleichen Zeit, seinen Uniformrock zuzuknöpfen.

Er rannte fast zur Tür; als er ins helle Licht hinaustrat, sah er, wie sich Matrosen und Seesoldaten vor Lachen bogen, während der kleine Schausteller schrie: »Ihr habt geschummelt! Ihr müßt geschummelt haben!«

Little warf die Goldmünze hoch und fing sie wieder in seiner kräftigen Hand auf. »Ich nicht, Kamerad. Offen und ehrlich, wie's bei Josh Little immer zugeht!«

Bolitho mischte sich ein. »Was ist hier los?«

Korporal Dyer erklärte, immer wieder prustend vor Lachen: »Er hat den großen Preisboxer auf den Rücken gelegt, Sir. So was hab' ich im Leben nicht gesehen!«

Bolitho blickte Little an. »Wir sprechen uns später. Jetzt lassen Sie die Leute antreten. Wir haben noch mehrere Meilen bis zum nächsten Ort.«

Als er sich umdrehte, sah er mit Verwunderung, wie der kleine Schausteller auf den Boxer losging. Letzterer stand da wie zuvor, als ob er sich die ganze Zeit nicht bewegt hätte oder gar zu Boden geworfen worden wäre.

Der Schausteller ergriff eine kurze Kette und schrie: »Das ist für deine verdammte Dummheit!« Die Kette landete klirrend auf dem nackten Rücken des Mannes. »Und dies dafür, daß du mich um mein Geld gebracht hast.« Wieder schlug er zu.

Little schaute Bolitho unbehaglich an. »Hier, Sir, ich gebe dem Burschen sein Geld zurück. Ich kann's nicht mit ansehen, daß der arme Kerl wie ein Hund verprügelt wird.«

Bolitho mußte heftig schlucken. Der große Preisboxer hätte seinen Peiniger mit einem einzigen Schlag töten können. Aber vielleicht war er schon so weit abgestumpft, daß er weder Schmerz noch sonst etwas empfand.

Bolitho hatte einfach genug. Erst dieser schlechte Auftakt auf der *Destiny,* dann sein Mißerfolg bei der Rekrutierung – und nun dieser entwürdigende Anblick. Er brachte das Faß einfach zum Überlaufen.

»Sie da, hören Sie sofort auf!« Bolitho machte ein paar Schritte vorwärts, während ihm seine Leute teils bewundernd, teils amüsiert zuschauten. »Legen Sie die Kette augenblicklich hin!«

Der Schausteller schien zunächst eingeschüchtert, gewann aber schnell sein früheres Selbstvertrauen zurück. Von einem so jungen Leutnant hatte er nichts zu befürchten, erst recht nicht hier in der Gegend, wo er oft auftrat und beliebt war.

»Es ist mein gutes Recht!«

Little knurrte: »Überlassen Sie den Lumpen mir, Sir. Ich werde ihm sein ›gutes Recht‹ zeigen!«

Die Angelegenheit schien Bolitho aus den Händen zu gleiten. Einige Dorfbewohner waren hinzugekommen, und Bolitho sah schon seine Leute in eine regelrechte Schlacht mit der Bevölkerung verwickelt, bevor sie sich zu ihrer Barkasse durchschlagen konnten.

Er drehte dem frechen Schausteller den Rücken zu und trat an den Boxer heran. Aus der Nähe wirkte er sogar noch größer, aber statt seiner Größe und Muskeln sah Bolitho nur die Augen, die halb unter vernarbten Brauen verborgen lagen.

»Sie wissen, wer ich bin?«

Der Mann nickte, wobei sein Blick auf Bolithos Mund gerichtet war, als lese er die Worte dort ab.

Freundlich fragte Bolitho: »Wollen Sie in den Dienst des Königs treten? Auf der Fregatte *Destiny* in Plymouth?« Er stockte, als er das mühsame Verstehen in den Augen des Mannes sah. »Wollen Sie mit mir kommen?«

Genauso langsam, wie der Mann nickte, nahm er – ohne einen Blick auf den mit offenem Mund dastehenden Schausteller zu werfen – sein Hemd und eine kleine Tasche auf.

Bolitho wandte sich zu dem Schausteller um, sein Ärger war nun dem Gefühl billigen Triumphes gewichen. Wenn sie das Dorf hinter sich hatten, würde er den Boxer sowieso freilassen.

Der Schausteller schrie: »Das können Sie nicht machen!«

Little näherte sich ihm drohend. »Hör auf, Kamerad! Mehr Respekt vor einem Offizier des Königs, oder . . .« Er ließ keinen Zweifel über das »Oder«.

Bolitho befeuchtete sich die Lippen. »Antreten, Leute! Korporal, übernehmen Sie das Kommando!« Er sah, daß der Boxer die Seeleute beobachtete, und fragte: »Ihr Name? Wie heißen Sie?«

»Stockdale, Sir.« Selbst der Name kam nur mühsam heraus, seine Stimmbänder mußten in vielen Kämpfen Schaden gelitten haben, so daß sie nur noch heisere Töne hervorbrachten.

Bolitho lächelte ihm zu. »Also Stockdale. Ich werde Sie nicht vergessen. Sie können uns verlassen, wann Sie wollen.« Er blinzelte Little zu. »Jedenfalls bevor wir unser Boot erreichen.«

Stockdale schaute den kleinen Schausteller an, der auf einer Bank saß und die Kette noch immer in der Hand baumeln ließ. Dann brach es keuchend aus ihm heraus: »Nein, Sir, ich werde Sie nicht verlassen. Jetzt nicht und nie.«

Bolitho sah, wie er sich bei den anderen einreihte. Die offensichtliche Ernsthaftigkeit des Mannes rührte ihn.

Little sagte ruhig: »Machen Sie sich keine Sorgen, Sir. Diese Geschichte wird im Nu an Bord bekannt sein.« Er beugte sich vor, so daß Bolitho Bier und Käse riechen konnte. »Ich bin in Ihrer Division, Sir, und werde jeden Lumpen zusammenschlagen, der es wagt, Ihnen Ärger zu machen!«

Ein Strahl blassen Sonnenlichts fiel auf die Kirchturmuhr, als das Rekrutierungskommando schweigend dem nächsten Dorf entgegenmarschierte; Bolitho war froh über das, was er eben getan hatte.

Dann begann es zu regnen, und er hörte Little sagen: »Nicht mehr lange, Dipper, dann geht's zurück an Bord und zu einem kräftigen Schluck.«

Bolitho musterte Stockdales breite Schultern. Ein weiterer Freiwilliger, das machte im ganzen fünf. Er neigte den Kopf unter dem

Regen. Fehlten aber noch fünfzehn.

Im nächsten Dorf war es eher noch schlimmer, und es gab dort nicht einmal einen Gasthof. Der Gutsbesitzer erlaubte ihnen mit offensichtlichem Widerstreben, in einer unbenutzten Scheune zu schlafen. Er behauptete, das Haus voller Gäste zu haben, und außerdem . . . Das Wort sprach Bände.

Die Scheune war an einem Dutzend Stellen undicht und stank wie eine Kloake. Die Seeleute, die an äußerste Sauberkeit in ihren engen Quartieren gewohnt waren, gaben ihrer Unzufriedenheit laut Ausdruck.

Bolitho konnte sie dafür nicht tadeln; als Korporal Dyer ihm meldete, daß Stockdale verschwunden sei, antwortete er: »Das überrascht mich nicht, Korporal. Aber halten Sie ein Auge auf die übrigen!«

Eine Weile noch dachte er über den verschwundenen Stockdale nach und wunderte sich, daß ihm der Verlust naheging. Vielleicht hatten Stockdales schlichte Worte ihn doch tiefer berührt, als er selber glaubte. Er schien ihm einen Wendepunkt zu markieren, eine Art Glücksbringer zu sein.

Little rief plötzlich: »Allmächtiger Himmel! Sehen Sie sich das an!«

Stockdale trat pudelnaß ins Licht ihrer Laternen und legte einen Sack vor Bolithos Füße. Die Männer traten heran, als die Schätze daraus im spärlichen Licht sichtbar wurden: mehrere Hühner, frisches Brot, Töpfe mit Butter, eine halbe Fleischpastete und – als Höhepunkt – zwei große Krüge voll Apfelwein.

Little schnaufte: »Ihr beiden rupft die Hühner! Du, Thomas, paßt auf, daß keine ungebetenen Gäste kommen!« Er sah Stockdale an und holte die Guinee heraus. »Hier, Kamerad, die hast du sauer verdient!«

Stockdale hörte kaum hin. Als er sich über den Sack beugte, krächzte er: »Es war *sein* Geld. Behalten Sie's.« Zu Bolitho sagte er: »Dies ist für Sie, Sir.« Er hielt ihm eine Flasche hin, die aussah, als enthielte sie echten Kognak. Das rundete das Bild ab: Der Gutsbesitzer hatte sicher die Finger im örtlichen Schmuggel an der Küste.

Stockdale sah Bolitho an. »Ich sorge schon für Sie, Sir.« Bolitho fiel auf, daß er sich unter den geschäftigen Seeleuten bewegte, als hätte er sein ganzes Leben dazugehört.

Little bemerkte ruhig: »Schätze, Sie können aufhören, sich Sorgen zu machen, Sir. Der gute Stockdale ist allein so viel wert wie fünfzehn Mann, jedenfalls nach meiner Schätzung.«

Bolitho trank einen Schluck Kognak, während Fett aus einem Hühnerschenkel auf die Manschette seines neuen Hemdes tropfte. Er hatte eine Menge dazugelernt, nicht zuletzt über sich selber.

Sein Kopf sank nach hinten, und er fühlte nicht mehr, wie Stockdale ihm den Becher vorsichtig aus der Hand nahm.

II Bruch mit der Vergangenheit

Bolitho kletterte das Fallreep an der Bordwand der *Destiny* hoch und lüpfte seinen Hut kurz zum Achterdeck* hin. Die dicken Wolken und der Nebel waren verschwunden, und die Häuser von Plymouth jenseits des Homoaze schienen sich im warmen Mittagslicht zu sonnen.

Er war müde und steif von dem langen Marsch, außerdem verschmutzt vom Nachtquartier in Scheunen oder bescheidenen Gasthöfen. Der Anblick seiner sechs Rekruten, die vom Wachtmeister gemustert und dann nach vorn gebracht wurden, trug wenig dazu bei, seine Stimmung zu heben. Der sechste Freiwillige war erst vor knapp einer Stunde zu ihnen gestoßen, kurz ehe sie ihr Boot erreichten: ein sauber gekleideter, keineswegs wie ein Matrose aussehender Mann von etwa dreißig, der angab, Apothekergehilfe zu sein. Er wolle eine lange Seereise machen, um Lebenserfahrung zu sammeln und zu sich selber zu kommen, behauptete er. Seine Geschichte klang ebenso unwahrscheinlich wie die der beiden Knechte, aber Bolitho war zu müde, um sich lange Gedanken darüber zu machen.

»Ah, Sie sind also zurück, Mr. Bolitho!«

Der Erste Offizier stand an der Querreling des Achterdecks, seine schlanke Gestalt hob sich nur als Silhouette vom blassen Winterhimmel ab. Er hielt die Arme vor der Brust verschränkt und hatte die Neuankömmlinge offenbar schon die ganze Zeit, seit die Barkasse längsseit gekommen war, beobachtet. Knapp fügte er hinzu: »Kommen Sie bitte gleich nach achtern.«

Bolitho stieg zur Backbord-Laufbrücke hinauf und begab sich zum Achterdeck. Sein Gefährte der letzten Tage, Stückmeistersmaat Little, strebte einem Niedergang zu, wahrscheinlich, um sich mit

* Traditionelle Ehrenbezeigung zur Flagge beim Anbordkommen

seinen Freunden einen »kräftigen Schluck« zu genehmigen. Im Nu war er unter Deck verschwunden und damit in seiner eigenen Welt. Bolitho fühlte sich plötzlich fast so fremd wie vor drei Tagen, als er das Deck zum erstenmal betreten hatte.

Er stand vor dem Ersten Offizier und legte grüßend die Hand an den Hut. Palliser sah ausgeruht und gepflegt aus, wogegen sich Bolitho noch mehr wie ein Landstreicher vorkam.

Bolitho meldete: »Sechs Rekruten, Sir. Der große Bursche war Boxer und könnte ein wertvoller Zuwachs werden. Der als letzter an Bord kam, hat für einen Apotheker in Plymouth gearbeitet.« Sein Bericht klang ihm selbst schwerfällig. Palliser hatte sich nicht gerührt, und auf dem Achterdeck war es ungewöhnlich still. Bolitho schloß: »Ich habe mein Bestes getan, Sir.«

Palliser zog seine Uhr heraus. »Gut. Während Sie weg waren, ist der Kommandant an Bord gekommen. Er wollte Sie sehen, sobald Sie zurück sind.«

Bolitho starrte ihn an. Er hatte ein Donnerwetter erwartet. Sechs statt zwanzig, und darunter einer, der nie ein Seemann werden würde!

Palliser ließ seinen Uhrdeckel zuschnappen und sah Bolitho kühl an. »Hat der lange Landaufenthalt Ihr Gehör beeinträchtigt? Der Kommandant will Sie sehen. Das heißt an Bord dieses Schiffes nicht ›nachher‹ oder ›gleich‹, sondern in dem Augenblick, in dem der Kommandant diesen Gedanken ausgesprochen hat.«

Bolitho blickte entschuldigend auf seine schmutzigen Strümpfe und Schuhe. »Tut mir leid, Sir, aber ich dachte, Sie hätten befohlen . . .«

Palliser schaute schon woanders hin; er beobachtete einige Leute, die auf dem Vorschiff arbeiteten. »Ich hatte Ihnen befohlen, zwanzig Mann zu bringen. Hätte ich sechs Mann verlangt, wie viele hätten Sie dann wohl gebracht? Zwei? Überhaupt keinen?« Überraschenderweise lächelte er plötzlich. »Sechs, das ist schon ausgezeichnet. Nun aber ab zum Kommandanten. Es gibt Schweinepastete zu Mittag, also beeilen Sie sich, sonst ist nachher nichts übrig.« Er wandte sich energisch um und rief: »Mr. Slade, was machen diese Faulpelze da eigentlich? Verdammt noch mal!«

Bolitho eilte leicht benommen den Niedergang hinunter und durchs Achterschiff. Gesichter wurden im Halblicht zwischen den Decks undeutlich sichtbar, Gespräche verstummten, als er vorbeihastete. Der neue Offizier geht zum Kommandanten. Wie mag er sein?

Zu lasch – oder zu hart?

Ein Seesoldat stand, Muskete bei Fuß, als Ehrenposten vor der Kajüte. Sein Oberkörper schwankte leicht im Rhythmus des an seiner Ankertrosse zerrenden Schiffes. Seine Augen funkelten im Lichtschein der Laterne, die an einem Decksbalken über ihm hin und her schaukelte. Sie brannte Tag und Nacht, wenn der Kommandant an Bord war.

Bolitho bemühte sich, wenigstens sein Halstuch etwas zurechtzuzupfen und die rebellische Haartolle aus dem Gesicht zu streichen. Der Posten gab ihm dazu genau fünf Sekunden Zeit, dann stieß er kurz mit der Muskete aufs Deck.

»Der Dritte Offizier, Sir!«

Der Türvorhang öffnete sich, und ein struppiger Mann in schwarzer Jacke, wahrscheinlich der Schreiber des Kommandanten, warf einen ungeduldigen, auffordernden Blick heraus: wie ein Lehrer, der einen zu spät kommenden Schüler hereinruft.

Bolitho preßte seinen Hut fester unter den Arm und betrat die Kajüte. Im Vergleich zum übrigen Schiff war sie geräumig. Ein zweiter Vorhang trennte den hintersten Teil vom Speiseraum und der danebenliegenden Schlafkammer. Die schrägen Heckfenster, welche die ganze Breite des Achterschiffs einnahmen, leuchteten warm in der Sonne, während Decksbalken und Möbelstücke in dem vom Wasser reflektierten Licht schimmerten.

Kapitän Henry Vere Dumaresq hatte offenbar an einem Fenster gestanden und aufs Wasser hinuntergeschaut: er drehte sich ungewöhnlich behende um, als Bolitho den Raum betrat.

Bolitho bemühte sich, ruhig und entspannt zu wirken, aber es gelang ihm nicht. Solch einen Menschen wie den Kommandanten hatte er noch nie gesehen. Sein Körper war breit und untersetzt, und der Kopf saß so dicht auf den Schultern, als hätte er keinen Hals; er wirkte genau wie der übrige Mann: mächtig. Alles an Dumaresq machte den Eindruck ungewöhnlicher Kraft. Little hatte gesagt, der Kommandant sei erst achtundzwanzig, aber er sah so alterslos aus, als ob er sich nie verändert hätte und nie verändern würde.

Er ging Bolitho entgegen, um ihn zu begrüßen, und setzte dabei die Füße wie mit bewußt gebändigter Kraft auf. Bolithos Blick fiel auf seine Beine, die durch teure weiße Strümpfe auffielen. Die Waden schienen so dick zu sein wie anderer Leute Oberschenkel.

»Sie sehen etwas ramponiert aus, Mr. Bolitho.« Dumaresq hatte eine tiefe, wohlklingende Stimme, mit der er bei Sturm an Deck sicher gut durchdrang; doch Bolitho vermutete, daß sie auch Wärme und Sympathie ausdrücken konnte.

Er sagte verlegen: »Aye, Sir. Ich habe . . . Ich war mit dem Rekrutierungskommando unterwegs.«

Dumaresq wies mit dem Kopf auf einen Stuhl. »Setzen Sie sich.« Er hob die Stimme: »Rotwein!«

Fast augenblicklich erschien ein Steward und goß Wein in zwei schön geschliffene Gläser. Danach zog er sich genauso unauffällig zurück.

Dumaresq setzte sich – kaum einen Meter entfernt – Bolitho gegenüber. Sein Auftreten und seine Energie wirkten einschüchternd. Bolitho verglich ihn mit seinem letzten Kommandanten. Auf dem riesigen Vierundsiebzig-Kanonen-Schiff war der Kommandant immer ungeheuer weit weg gewesen, fern vom Geschehen in Offiziersmesse und Kadettenlogis. Nur in kritischen Lagen oder bei zeremoniellen Anlässen hatte er seine Anwesenheit spüren lassen, blieb aber auch dann immer auf Distanz.

Dumaresq sagte: »Mein Vater hatte die Ehre, vor einigen Jahren unter dem Ihren dienen zu dürfen. Wie geht es ihm?«

Bolitho dachte an Mutter und Schwester in dem alten Haus in Falmouth: wie sie auf die Heimkehr von Kapitän James Bolitho warteten; wie seine Mutter die Tage zählte und vielleicht auch davor bangte, daß er sich sehr verändert hatte. James Bolitho hatte in Indien einen Arm verloren, und als sein Schiff außer Dienst gestellt wurde, hatte man ihn auf unbestimmte Zeit auf die Reserveliste gesetzt.

Bolitho sagte: »Er müßte jetzt wieder zu Hause sein, Sir. Aber da er einen Arm verloren hat und damit die Aussicht, im Dienst des Königs zu bleiben, weiß ich nicht, wie es mit ihm weitergehen wird.« Er brach ab, erschrocken darüber, daß er seine Gedanken offen ausgesprochen hatte.

Aber Dumaresq deutete nur auf das Glas. »Trinken Sie, Mr. Bolitho, und sprechen Sie sich aus. Mir ist wichtiger, daß ich erfahre, was Sie denken, als daß Sie über meine Reaktion nachdenken.« Der Satz schien ihn selber zu belustigen. »Es geht uns allen ähnlich. Wir können uns wirklich glücklich schätzen, daß wir dies hier haben.« Sein großer Kopf drehte sich nach links und rechts, als er die Blicke durch die Kajüte schweifen ließ. Er sprach vom Schiff, von seinem Schiff, das er offenbar mehr als alles andere liebte.

Bolitho sagte: »Ein schönes Schiff, Sir. Es ist eine Auszeichnung für mich, hierher kommandiert worden zu sein.«

»Ja.«

Dumaresq beugte sich vor, um die Gläser neu zu füllen. Wieder bewegte er sich mit katzenhafter Geschmeidigkeit und setzte seine Kräfte wie seine Stimme nur sparsam ein.

Er sagte: »Ich habe von Ihrem großen Kummer gehört.« Er hob eine Hand. »Nein, nicht von jemandem an Bord. Ich habe eigene Quellen, denn ich will meine Offiziere ebensogut kennen wie mein Schiff. Wir werden in Kürze auf eine Reise gehen, die eine Menge einbringen, aber auch nutzlos ausgehen kann. Auf jeden Fall wird sie nicht leicht. Wir müssen alle traurigen Erinnerungen hinter uns lassen, ohne sie deswegen zu vergessen. Dies ist ein kleines Schiff, jeder Mann an Bord muß seinen Platz voll ausfüllen. Sie haben unter einigen hervorragenden Kommandanten gedient und dabei sicherlich viel gelernt. Doch auf einer Fregatte ist manches anders. Hier gibt es nur wenige Leute, die sich nicht voll einsetzen müssen, und ein Offizier gehört bestimmt nicht zu ihnen. Sie werden anfangs vielleicht Fehler machen, die werde ich milde beurteilen; aber wenn Sie Ihre Autorität mißbrauchen, werde ich gnadenlos dazwischenfahren. Vermeiden Sie es, bestimmte Leute zu bevorzugen, denn die würden Sie eines Tages ausnutzen.«

Er lachte in sich hinein, als er Bolithos ernstes Gesicht sah. »Leutnant zu sein ist schwerer, als es zu werden. Denken Sie immer daran: Die Leute schauen auf Sie, wenn Schwierigkeiten auftreten; Sie müssen dann so handeln, wie es Ihnen richtig scheint. Ihr bisheriges Leben hat in dem Augenblick aufgehört, als Sie das Kadettenlogis verließen. Auf einem kleinen Schiff ist kein Platz für Einzelgänger mit Anpassungsschwierigkeiten. Sie müssen ein Teil des Ganzen werden, verstehen Sie?«

Bolitho saß wie gebannt auf seiner Stuhlkante. Dieser seltsame Mann hielt ihn mit dem zwingenden Blick seiner weit auseinanderstehenden Augen wie in einem Schraubstock gefangen.

Bolitho nickte. »Ja, Sir, ich verstehe.«

Dumaresqs Blick entspannte sich, als vorn im Schiff die Glocke zweimal angeschlagen wurde.

»Gehen Sie jetzt zum Essen. Ich bin sicher, daß Sie Hunger haben. Mr. Pallisers schlaue Methoden, zu neuen Leuten zu kommen, produzieren gewöhnlich Appetit, wenn schon nicht mehr.«

Als Bolitho aufstand, fügte Dumaresq ruhig hinzu: »Diese Reise ist für viele Leute sehr wichtig. Unsere Kadetten haben meist einflußreiche Eltern, die wünschen, daß ihre Sprößlinge sich auszeichnen und vorwärtskommen – in einer Zeit, da der größte Teil der Flotte aufgelegt ist und langsam vermodert. Unsere Fachkräfte, die Deckoffiziere, sind ausgezeichnet, und wir haben einen guten Stamm erstklassiger Seeleute. Die Neuen müssen sich anstrengen, da mitzuhalten . . . Ein letzter Punkt, Mr. Bolitho, und ich hoffe, mich hierin nicht wiederholen zu müssen: Auf der *Destiny* steht Loyalität obenan. Loyalität mir gegenüber, Treue zum Schiff und zu Seiner Britischen Majestät. In dieser Reihenfolge!«

Bolitho fand sich – noch immer verwirrt von dem kurzen Gespräch – außerhalb des Türvorhangs wieder.

Poad tauchte auf und fragte aufgeregt: »Alles erledigt, Sir? Ich habe Ihre Sachen an einem sicheren Platz verstaut, wie befohlen.« Er lief ihm zur Offiziersmesse voran. »Den Beginn der Mahlzeit habe ich so lange hinausgeschoben, bis Sie fertig waren, Sir.«

Bolitho betrat die Messe, die – im Gegensatz zum letztenmal – voller Männner war, die sich laut unterhielten.

Palliser stand auf und sagte in den Lärm hinein: »Meine Herren, unser neuer Kamerad.«

Bolitho sah, daß Rhodes ihn anlächelte, und war froh über dieses freundliche Gesicht. Er schüttelte Hände und murmelte etwas, das ihm angebracht schien. Obersteuermann Julius Gulliver war genauso, wie ihn Rhodes beschrieben hatte: unfrei, gezwungen, irgendwie hinterhältig. Leutnant John Colpoys, der die Seesoldaten an Bord befehligte, errötete leicht, als er Bolitho die Hand schüttelte und etwas affektiert sagte: »Sehr erfreut, mein Lieber.«

Der Schiffsarzt wirkte rund und gemütlich wie eine aufgeplusterte Eule und roch nach Schnaps und Tabak. Und da war noch Samuel Codd, der Zahlmeister, ein – wie Bolitho schien – ungewöhnlich heiterer Vertreter seines Berufsstandes. Schönheit zeichnete ihn nicht aus, denn er hatte sehr große Schneidezähne im Oberkiefer und ein so kleines, fliehendes Kinn, daß die obere Hälfte seines Gesichts ständig die untere zu vertilgen schien.

Colpoys sagte: »Hoffentlich können Sie Karten spielen.«

Rhodes lächelte. »Probieren Sie's doch mal mit ihm.« Zu Bolitho sagte er: »Er wird Ihnen das Fell über die Ohren ziehen, wenn Sie sich mit ihm einlassen.«

Bolitho setzte sich neben dem Arzt an den Tisch. Dieser holte einen goldgefaßten Kneifer heraus, der zu seinen roten Pausbacken wenig paßte, und stellte fest: »Pastete vom Schwein. Ein sicheres Zeichen dafür, daß wir bald auslaufen. Danach«, er warf dem Zahlmeister einen Blick zu, »sind wir wieder auf Samuels Vorräte angewiesen, von denen die meisten schon vor zwanzig Jahren als ungenießbar erklärt wurden.«

Gläser klirrten, und die Luft wurde schwer von Dampf und Essensdüften. Bolitho musterte die Tischrunde. So also sahen Offiziere aus, wenn sie sich außer Sichtweite ihrer Untergebenen befanden.

Rhodes flüsterte: »Was halten Sie von ihm?«

»Vom Kommandanten?« Bolitho versuchte, seine Gedanken zu ordnen. »Ich bin beeindruckt. Er ist so, so . . .«

Rhodes winkte Poad, ihm die Karaffe mit Wein zu bringen. »Gefährlich?«

Bolitho lächelte. »Anders. Aber etwas Angst macht er einem schon.«

Palliser unterbrach ihre Unterhaltung. »Wenn Sie gegessen haben, machen Sie sich mit dem Schiff vertraut, Richard. Vom Kiel bis zum Flaggenknopf, vom Klüverbaum bis zur Hecklaterne. Wenn Ihnen etwas unklar ist, fragen Sie mich. Machen Sie sich möglichst schon mit den Deckoffizieren und den jungen Unteroffizieren bekannt, und prägen Sie sich die Namen Ihrer eigenen Division ein.« Er zwinkerte dem Leutnant der Seesoldaten zu, aber nicht schnell genug, so daß Bolitho es noch bemerkte. »Ich bin sicher, Mr. Bolitho wird alles daransetzen, daß seine Leute es bald mit denen aufnehmen können, die er uns heute so erfolgreich an Bord gebracht hat.«

Bolitho sah auf den Teller nieder, den ein Steward vor ihn hingestellt hatte. Das heißt: Von dem Teller war wenig zu sehen, da er bis zum Rand mit Essen überhäuft war. Palliser hatte ihn also mit seinem Vornamen angesprochen und sogar einen Witz über seine Freiwilligen gemacht. Demnach waren das die wirklichen Menschen hinter der starren Haltung und den Fesseln der Rangordnung draußen an Deck. Er hob den Blick und ließ ihn über den Tisch wandern. Wenn man ihm Zeit ließ, würde er sich unter ihnen wohlfühlen, dachte er.

Rhodes sagte zwischen zwei Bissen: »Ich habe gehört, daß wir mit der Montagstide auslaufen. Ein Bursche der Admiralität war gestern an Bord. Er weiß gewöhnlich Bescheid.«

Bolitho versuchte sich zu erinnern, was der Kommandant gesagt hatte: Loyalität steht obenan. Dumaresq hatte fast die letzten Worte seiner Mutter wiederholt: Die See ist kein Ort für Träumer.

Füße trappelten über ihren Köpfen. Bolitho hörte, wie weitere schwere Netze mit Vorräten zum Gezwitscher einer Bootsmannsmaatenpfeife an Bord gehievt wurden.

Bald würden sie weit weg vom Land sein, weg von den schmerzlichen Erinnerungen, den Gedanken an das, was er verloren hatte. Ja, es war gut, wieder unterwegs zu sein.

Wie Leutnant Rhodes vorausgesagt hatte, machte Seiner Majestät Fregatte *Destiny* am Morgen des nächsten Montag klar zum Ankerlichten. Die letzten Tage waren für Bolitho so schnell vergangen, daß er hoffte, auf See würde es an Bord etwas ruhiger zugehen als zuletzt im Hafen. Palliser hatte ihn jede Wache in Trab gehalten. Der Erste Offizier gab sich nie mit dem äußeren Schein zufrieden, sondern legte Wert darauf, daß Bolitho ihm den Sinn seiner Arbeit erklärte, seine Meinung äußerte und Vorschläge – zum Beispiel über den Austausch von Leuten seiner Wache – machte. So schnell er mit sarkastischen Bemerkungen zur Hand war, so flink war Palliser auch darin, die Gedanken eines Untergebenen in die Tat umzusetzen.

Bolitho dachte oft daran, was Rhodes über den Ersten Offizier gesagt hatte: »Hinter einem eigenen Kommando her.« Palliser würde bestimmt sein Bestes für das Schiff geben und ebenso entschieden jedes Versagen bekämpfen, dessen Folgen ihm angelastet werden könnten.

Bolitho hatte sich eifrig bemüht, die Männer, mit denen er direkt zusammenarbeiten mußte, kennenzulernen. Anders als auf den gewaltigen Linienschiffen, hing das Überleben einer Fregatte nicht von der Dicke ihrer hölzernen Bordwände, sondern von ihrer Beweglichkeit ab. Die Besatzung war in Divisionen eingeteilt, weil sie so am besten eingesetzt werden konnte.

Der Fockmast mit seinen Rahsegeln – zuunterst Fock, darüber Mars, Bram und Royal; dazu die Stagsegel: Klüver und Außenklüver – war entscheidend für schnelle Halsemanöver, aber auch bei der Wende, wenn das Schiff mit dem Bug durch den Wind ging. Wichtig war er auch im Gefecht, wenn der Kommandant plötzlich abfallen wollte, um das empfindliche Heck des Gegners mit einer Breitseite zu beharken. Am achteren Ende des Schiffes standen Steuermann und Rudergänger und nutzten jeden Mast, jeden Zoll Segel, um das Schiff mit den sparsamsten Kommandos auf Kurs zu halten.

Bolitho hatte die Aufsicht am Großmast. Als höchster der drei

Masten war er in Abschnitte unterteilt, ebenso die Männer, die an ihm aufenterten, ohne Rücksicht darauf, was sie bei schlechtem Wetter dort oben erwartete.

Diese flinken Toppsgasten waren die Elite der Mannschaft, während an Deck zur Bedienung der Fallen, Schoten, Halsen und Brassen die weniger gewandten Leute abgestellt waren, die neu rekrutierten oder älteren Matrosen, denen man die Arbeit mit der vom Salzwasser steifen Leinwand, einhundert Fuß und mehr über Deck, noch nicht oder nicht mehr zumuten konnte.

Rhodes befehligte am Fockmast, während ein Steuermannsmaat den Besanmast unter sich hatte, der wegen seiner geringeren Segelzahl am leichtesten zu bedienen war und zur Handhabung seines Gaffelsegels vor allem Körperkräfte brauchte. Die Wache der Seesoldaten auf dem Achterdeck und eine Handvoll Matrosen genügten, um mit dem Besan fertig zu werden.

Bolitho gab sich große Mühe, mit dem Oberbootsmann, einem furchterregenden Mann namens Timbrell, gut auszukommen. Timbrell hatte ein von Wind und Wetter gezeichnetes Gesicht und war wie ein antiker Krieger über und über mit Narben bedeckt. Er war der Erste unter den Seeleuten. Sobald sie frei von Land waren, trat Timbrell nach Anweisung des Ersten Offiziers in Aktion. Er beseitigte Sturmschäden, besserte Stengen und Rahen aus, erneuerte – wo es erforderlich war – den Farbanstrich und sorgte dafür, daß alle Fugen dicht, das stehende und laufende Gut in Ordnung waren, und hatte noch ein Auge auf die Fachleute, die sich mit diesen verschiedenen Arbeiten beschäftigten: Schiffszimmermann, Segelmacher und viele andere.

Timbrell war Seemann bis in die Fingerspitzen und konnte für einen jungen Offizier ein guter Freund sein, aber auch ein schlimmer Feind, wenn er falsch behandelt wurde.

An diesem speziellen Montagmorgen ging der Betrieb auf der *Destiny* noch vor dem ersten Tageslicht los. Der Koch hatte eine schnelle Mahlzeit bereitet, als ob er dafür verantwortlich sei, daß sie bald in Fahrt kamen.

Listen wurden noch einmal überprüft, Namen aufgerufen, Männer auf ihre Plätze geschickt. Für eine Landratte hätte alles wie ein wildes Durcheinander ausgesehen: das viele Tauwerk, das sich an Deck schlängelte, die Männer auf den großen Rahen, welche die Segel, die über Nacht durch unerwarteten Frost hartgefroren waren, losmachten.

Bolitho hatte den Kommandanten mehrmals an Deck kommen sehen. Er redete mit Palliser oder besprach etwas mit Gulliver, dem Obersteuermann. Falls er erregt war, so zeigte er es jedenfalls nicht, sondern marschierte in seiner festen Gangart über das Achterdeck, als denke er an ganz etwas anderes als an sein Schiff.

Die Offiziere und Deckoffiziere hatten ihre schon etwas abgetragenen See-Uniformen angezogen, wogegen sich Bolitho und die meisten jungen Kadetten in ihren neuen Jacken mit den blitzenden Knöpfen ganz fremd vorkamen.

Bolitho hatte mit der Post aus Falmouth zwei Briefe von seiner Mutter bekommen. Sie stand vor seinem geistigen Auge, wie er sie zuletzt gesehen hatte: zart und liebreizend, »eine Lady, die nie alt wird«, sagten einige Leute von ihr; das Mädchen aus Schottland, das Kapitän James Bolitho seit ihrem ersten Zusammentreffen bezaubert hatte. Sie war eigentlich zu schwach, um die Last der Bewirtschaftung des großen Hauses und des Gutes allein zu tragen. Seit Richards älterer Bruder Hugh wieder an Bord einer Fregatte diente, weit weg auf See, nachdem er einige Zeit den Zollkutter *Avenger* in Falmouth geführt hatte*, und so lange sein Vater noch nicht wieder zu Hause war, würde ihr die Last doppelt schwer werden. Richards inzwischen erwachsene Schwester Felicity hatte ihr Elternhaus verlassen, um einen Armeeoffizier zu heiraten, während auch die Jüngste der Familie, Nancy, wohl bald ans Heiraten denken würde.

Bolitho ging zur Laufbrücke, wo die Männer ihre Hängematten, die sie von unten heraufgebracht hatten, in die Finknetze verstauten. Arme Nancy, sie würde Bolithos toten Freund sehr vermissen und mußte nun ganz allein mit ihren enttäuschten Hoffnungen fertig werden.

Jemand stand neben ihm: der Schiffsarzt, der zum Ufer blickte. Jedesmal, wenn sich Bolitho bisher mit dem rundlichen Doktor unterhalten hatte, war es ein Gewinn für ihn gewesen. Bulkley war ein wunderliches Mitglied ihrer Gemeinschaft. Schiffsärzte waren – soweit Bolitho bisher erfahren hatte – geringe Vertreter ihres Berufsstandes, meist nichts anderes als Schlächter; ihre blutige Kunst mit Messer und Säge wurde von den Seeleuten mehr gefürchtet als eine Breitseite des Gegners.

Aber Henry Bulkley war eine Ausnahme. Er hatte in London ein angenehmes Leben geführt, hatte eine Praxis in einer vornehmen

* siehe Kent: *Strandwölfe*

Gegend besessen und Patienten, die reich, aber auch anspruchsvoll waren.

Bulkley hatte es Bolitho in der Stille einer Nachtwache erklärt: »Ich begann, die Tyrannei der Kranken zu hassen, die Selbstsucht von Leuten, die nur zufrieden sind, wenn man sie verwöhnt. Ich bin zur See gegangen, um dem zu entkommen. Hier habe ich eine Aufgabe und brauche nicht Zeit an Leute zu vergeuden, die zu reich sind, um sich die Mühe zu machen, ihren Körper kennenzulernen. Hier bin ich genauso ein Spezialist wie Mr. Vallance, unser Oberstückmeister, oder wie der Zimmermeister, und leiste den gleichen Dienst wie sie. Oder wie der arme Mr. Codd, der Zahl- und Proviantmeister, der sich über jede zurückgelegte Meile grämt und errechnet, wieviel Käse, Salzfleisch, Kerzen und Leinwand sie ihn gekostet hat.« Er hatte zufrieden gelächelt. »Und ich genieße das Vergnügen, andere Länder zu sehen. Jetzt bin ich drei Jahre bei Kapitän Dumaresq, und es mögen noch zwei oder drei hinzukommen. Er selber ist natürlich niemals krank. Er würde es einfach nicht erlauben, daß so etwas passiert.«

Bolitho sagte: »Es ist ein seltsames Gefühl, so fortzusegeln zu einem Ziel, das nur der Kommandant und vielleicht zwei oder drei weitere Personen kennen. Wir haben keinen Krieg, aber trotzdem Gefechtsbereitschaft.«

Er sah den großen Menschen, der sich Stockdale nannte, mit den anderen Matrosen am Fuß des Großmastes antreten.

Der Arzt folgte seinem Blick. »Ich habe gehört, was an Land geschehen ist. Sie haben an ihm einen treuen Gefolgsmann. Mein Gott, ein Kerl wie ein Eichbaum! Ich glaube, Little muß ihm ein Bein gestellt haben, um die Guinee zu gewinnen.« Er warf einen Blick auf Bolithos Profil. »Es sei denn, er wollte von vornherein mit Ihnen kommen – um vor irgend etwas zu fliehen wie die meisten von uns.«

Bolitho lächelte. Bulkley kannte nur die Hälfte der Geschichte. Stockdale war für Segelmanöver dem Besanmast zugeteilt worden und für den Gefechtsfall den Sechspfündern auf dem Achterdeck. So war es schriftlich festgelegt und mit Pallisers schwungvollem Namenszug gegengezeichnet worden. Aber irgendwie hatte es Stockdale geschafft, diese Dinge zu ändern. Jetzt gehörte er zu Bolithos Division am Großmast und zu den Zwölfpfündern der Steuerbord-Batterie, die Bolithos Kommando unterstand.

Eines ihrer Beiboote näherte sich mit kräftigem Ruderschlag vom Ufer, alle anderen waren schon vor dem ersten Hahnenschrei in ihren Halterungen an Deck eingesetzt und festgelascht worden.

Das Beiboot war ihre letzte Verbindung mit dem Land und hatte Dumaresqs abschließende Briefe und Berichte zum Kurier nach London gebracht. Am Ende würden sie auf irgendeinem Schreibtisch in der Admiralität landen, eine Notiz würde dem Ersten Seelord zugehen, dort würde ein Kreuzzeichen auf einer der großen Seekarten eingezeichnet werden: Ein kleines Schiff war mit versiegelten Befehlen in See gegangen. Nichts Neues, nur die Zeiten hatten sich geändert.

Palliser schlenderte zur Querreling, das Megaphon unter dem Arm; sein Blick kreiste wie der eines Raubvogels und spähte nach einem neuen Opfer aus.

Bolitho schaute am Großmast empor und konnte gerade noch den langen roten Wimpel hoch oben erkennen, der in einer Bö achtern auswehte. Nordwestwind. Dumaresq würde ihn auch brauchen, um vom Ankerplatz freizukommen. Das war immer schwierig, aber jetzt – nach dreimonatiger Liegezeit – genügte es, daß ein unaufmerksamer Matrose oder Maat einen Befehl falsch weitergab, um ein stolzes Ablegen innerhalb von Minuten in ein Desaster zu verwandeln.

Palliser rief: »Alle Offiziere bitte nach achtern!« Es klang gereizt, er war sich der Bedeutung des Augenblicks offenbar bewußt.

Bolitho trat zu Rhodes und Colpoys auf das Achterdeck, während Steuermann und Schiffsarzt sich wie Eindringlinge im Hintergrund hielten.

Palliser sagte: »In einer halben Stunde lichten wir Anker. Gehen Sie auf Ihre Station und behalten Sie jeden Mann im Auge. Sagen Sie Ihren Bootsmannsmaaten, daß sie den Leuten Beine machen und jeden zur Bestrafung notieren sollen, der nicht richtig zufaßt.« Er warf Bolitho einen merkwürdigen Blick zu. »Ich habe diesen Stockdale Ihnen zugeteilt. Mit ist selber nicht klar, warum, aber er meinte, da sei sein Platz. Sie müssen eine besondere Anziehungskraft haben, Mr. Bolitho, obwohl ich bei Gott nicht ahne, worin die bestehen sollte.«

Sie legten die Hand grüßend an ihre Hüte und begaben sich auf ihre verschiedenen Stationen. Pallisers Stimme folgte ihnen, durch das Megaphon hohl und eindringlich: »Mr. Timbrell! Noch zehn Männer ans Ankerspill! Wo ist der verdammte Vorsänger?« Das Sprachrohr schwenkte herum wie die Peitsche eines Kutschers. »Zum Teufel, Mr. Rhodes, ich möchte den Anker noch heute kurzstag gehievt haben, nicht erst nächste Woche.«

Klink, klink, klink – das Spill drehte sich widerwillig, als die Männer sich kräftig in die Spillspaken warfen. Kopfschläge und aufgeschossene Buchten der Fallen und Schoten wurden von ihren Belegnägeln gelöst, und während Offiziere und Kadetten in der bewegten Flut der an Deck aufgereihten Matrosen wie blau-weiße Inseln wirkten, schien es, als erwache das Schiff selber zum Leben.

Bolitho warf einen Blick hinüber zum Land. Noch immer keine Sonne; ein leichter Regenschauer malte Kräuselmuster aufs Wasser, die sich dem Schiff näherten. Die wartenden Männer zitterten vor Kälte und trampelten mit nackten Füßen aufs Deck.

Little sprach leise, aber eindringlich auf zwei neue Leute ein, wobei seine großen Hände wie Spaten durch die Luft fuhren, um seine Erklärungen zu verdeutlichen. Er bemerkte Bolitho und stöhnte: »Großer Gott, Sir, die sind wie Holzklötze!«

Bolitho beobachtete seine beiden Kadetten und überlegte, wie er die Mauer durchbrechen könne, die zwischen ihm und den beiden stand. Er hatte erst am Tag zuvor kurz mit ihnen gesprochen. Die *Destiny* war ihr erstes Bordkommando, was auch – mit zwei Ausnahmen – für die übrigen Kadetten galt. Peter Merrett war so klein, daß man ihn kaum zwischen den Taurollen und den hin und her eilenden Seeleuten wiederfand. Er war zwölf Jahre alt, Sohn eines prominenten Anwalts aus Exeter, der wiederum einen Admiral zum Bruder hatte: eine furchteinflößende Kombination. Eines schönen Tages – wenn er ihn erlebte – konnte der kleine Merrett sie zu seinem Vorteil nutzen, wahrscheinlich auf Kosten anderer. Aber jetzt, wie er so zitternd vor Kälte und ziemlich verängstigt dastand, sah er nur wie ein Häufchen Unglück aus. Der andere hieß Jan Jury, war vierzehn Jahre alt und kam aus Weymouth. Sein Vater, ein verdienter Seeoffizier, war bei einem Schiffsunglück ums Leben gekommen. Den Verwandten des toten Kapitäns mußte die Marine als der geeignete Platz für den jungen Jury erschienen sein. Jedenfalls waren sie damit alle Sorgen um ihn los.

Bolitho nickte ihm zu.

Jury war groß für sein Alter, hatte ein freundliches Gesicht, einen blonden Haarschopf, und konnte seine Aufregung kaum beherrschen. Er sprach auch als erster. »Wissen wir eigentlich, wohin die Fahrt geht, Sir?«

Bolitho sah ihn ernst an. Nur vier Jahre trennten sie. Jury ähnelte zwar nicht seinem toten Freund, doch er hatte die gleiche Haarfarbe.

Er tadelte sich selber für seine Gedanken und antwortete: »Das werden wir früh genug erfahren.« Seine Worte kamen schärfer heraus, als er beabsichtigt hatte, darum fügte er hinzu: »Es ist ein gut gehütetes Geheimnis, jedenfalls soweit es mich betrifft.«

Jury beobachtete ihn neugierig. Bolitho wußte, was er dachte, kannte die vielen Fragen, die er gern gestellt hätte, um diese neue, so vieles von ihm fordernde Welt zu entdecken. Genauso war er selber einmal gewesen.

Bolitho sagte: »Ich möchte, daß Sie im Großmast aufentern, Mr. Jury, und die Arbeit der Leute oben beaufsichtigen. Sie, Mr. Merrett, bleiben bei mir, um Meldungen nach vorn oder achtern zu überbringen, wenn nötig.«

Er lächelte, als ihre Blicke über die Wanten zum drohenden Gewirr der Takelage emporwanderten, zur riesigen Großrah und den kleineren Rahen darüber, die nach jeder Seite wie Bogenenden weit über Bord ragten.

Die beiden älteren Offiziersanwärter, die Fähnriche Henderson und Cowdroy, hatten ihre Posten achtern am Besanmast, während die restlichen beiden zu Rhodes am Fockmast gehörten.

Stockdale stand wie zufällig in Bolithos Nähe und schnaufte: »Guten Morgen auch, Sir!«

Bolitho lächelte ihn an. »Nichts bereut, Stockdale?«

Der riesige Mann schüttelte den Kopf. »Nein, Sir. Brauchte 'ne Veränderung. Wird mir guttun.«

Little grinste über das Rohr eines Zwölfpfünders hinweg. »Ich wette, er könnte die Großbrasse allein bedienen!«

Einige Matrosen tuschelten miteinander und zeigten, als das Tageslicht zunahm, auf Gebäude an Land.

Vom Achterdeck kam prompt die Rüge: »Mr. Bolitho, sorgen Sie bitte für Ordnung bei Ihren Leuten! Das sieht mehr nach einer Hammelherde aus als nach einer Kriegsschiffsbesatzung!«

Bolitho grinste. »Aye, aye, Sir!« Und für Little fügte er hinzu: »Schreiben Sie jeden Mann auf, der . . .«

Er konnte den Satz nicht beenden, denn Kapitun Dumaresqs Hut tauchte am achteren Niedergang auf und darunter seine massige Gestalt, die sich mit offensichtlichem Gleichmut auf die Luvseite des Achterdecks begab.

Bolitho gab den beiden Kadetten noch einmal leise Instruktionen. »Hört zu, ihr beiden: Geschwindigkeit ist wichtig, aber nur insoweit, als Befehle trotzdem korrekt ausgeführt werden. Hetzen Sie die

Leute nicht unnötig, die meisten von ihnen sind alte Hasen und schon seit Jahren auf See. Beobachten Sie, lernen Sie, aber packen Sie zu, wenn einer der neuen Leute Mist macht.«

Beide nickten eifrig, als hätten sie eben fundamentale Weisheiten vernommen.

»Vorn alles klar, Sir!«

Das war Timbrell, der Oberbootsmann. Er schien überall zugleich zu sein. Mal war er hier, um die Finger eines Mannes richtig um eine Brasse zu legen und sie davor zu bewahren, daß sie in einen Block gerieten und zerquetscht wurden; mal war er da, um seinen Rohrstock auf die Schultern eines anderen niedersausen zu lassen, der sich blöde anstellte. Die Wirkung war meist ein kurzer Aufschrei des Betroffenen und schadenfrohes Grinsen der anderen.

Bolitho hörte den Kommandanten etwas sagen; Sekunden später stieg die rote Nationalflagge zur Mastspitze empor und stand so steif im Wind wie eine bemalte Metallplatte.

Wieder Timbrells Stimme: »Anker ist kurzstag, Sir!« Er beugte sich über die Backsreling vorn und beobachtete aufmerksam die Strömung unter dem Bugspriet.

»Am Ankerspill – Achtung!«

Bolitho warf noch einen schnellen Blick nach achtern: auf den Kommandostand, auf Gulliver mit seinen drei Rudergängern am großen Doppelrad; auf Colpoys mit seinen Seesoldaten an den Kreuzbrassen, den Fähnrich der Wache und Henderson, den Signalfähnrich, der immer noch zur wild killenden Flagge emporschaute, weil er fürchtete, daß sie sich in ihrer Leine vertörnen könnte. Im Augenblick war ihm das wichtiger als sein Leben.

An der Querreling stand Palliser mit einem Steuermannsmaaten und – etwas abseits – der Kommandant auf fest verwurzelten, stämmigen Beinen, die Hände unter den Rockschößen, mit einem Blick seinen gesamten Befehlsbereich umfassend. Zu seinem Erstaunen sah Bolitho, daß Dumaresq unterm Rock eine scharlachrote Weste trug.

»Vorsegel los!«

Die Männer auf der Back vorn erwachten zum Leben. Ein verträumter Neuling wäre fast von ihnen niedergetrampelt worden, als die großen Leinwandflächen der vorderen Stagsegel in plötzlicher Freiheit flatterten und schlugen.

Palliser warf dem Kommandanten einen Blick zu und erntete ein fast unmerkliches Nicken. Darauf hob der Erste Offizier das Megaphon und rief: »Enter auf! Marssegel los!«

Die Webeleinen über beiden Laufbrücken hingen plötzlich voller Matrosen, die wie Affen zu ihren Rahen aufenterten, während die fixesten Burschen noch höher hinaufkletterten, um etwas später, wenn das Schiff in Fahrt war, dort ihren Teil der Arbeit zu leisten.

Bolitho verbarg seine Besorgnis unter einem Lächeln, als Jury hinter den sicher zupackenden und wieselschnellen Matrosen aufenterte.

Neben ihm krächzte Merrett: »Mir wird übel, Sir.«

Slade, der älteste Steuermannsmaat, der gerade vorbeieilte, knurrte: »Dann schluck's runter! Wenn du hier spuckst, Bürschchen, lege ich dich übers Kanonenrohr und verpaße dir sechs Schläge, damit du's lernst!« Er eilte weiter, gab Befehle, schubste Männer auf ihre Station und hatte den kleinen Kadetten schon wieder vergessen.

Merrett schluchzte: »Mir ist wirklich furchtbar schlecht!«

Bolitho sagte: »Gehen Sie nach Lee hinüber.«

Er schaute nach Pallisers Megaphon aus und dann hinauf zu seinen Männern auf den Rahen und in die wogende Leinwand des Großmarssegels, in die der Wind schon hier und da hineingefaßt hatte und die sich nun vollends zu befreien suchte.

»An die Brassen! Alle Mann – Achtung!«

»Anker ist los, Sir!«

Wie ein befreites Tier schüttelte sich die *Destiny* und trieb zunächst achteraus, bis die wild schlagenden Vorsegel dichtgeholt, die Marsegel angebraßt waren und sich mit Wind füllten. Da gehorchte das Schiff endlich dem hart gelegten Ruder und nahm Fahrt voraus auf.

Bolitho erschrak, als ein Mann auf der Großrah ausrutschte, aber seine Kameraden packten ihn und zogen ihn in Sicherheit.

Das Schiff drehte weiter, bis die Küste wie in einem wilden Reigen am Bugspriet und der grazilen Galionsfigur vorbeizutanzen schien.

»Mehr Leute an die Luv-Fockbrassen! Schreiben Sie den Mann auf, Mr. Slade! Lassen Sie den Anker festzurren – Beeilung jetzt!«

Pallisers Stimme war überall. Als der Anker tropfend unter dem Kranbalken hing und schnell beigeholt und festgezurrt wurde, damit er nicht gegen die Bordwand schlug, wurden die damit beschäftigten Leute von Pallisers alles übertönendem Sprachrohr schon wieder anderswohin kommandiert.

»Setzt Fock und Großsegel!«

Die beiden größten Segel des Schiffes entfalteten sich an ihren Rahen und blähten sich in dem frischen Wind wie eiserne Brustpanzer. Bolitho machte eine kleine Pause, um Atem zu holen und seinen Hut zurechtzurücken. Die Landschaft, durch die er auf der Suche nach Freiwilligen gestreift war, lag querab in Lee, während der Bug der *Destiny* auf die enge Ausfahrt wies, hinter der die offene See wie ein riesiges graues Feld auf sie wartete.

Männer kämpften mit verheddertem Tauwerk, über sich das Quietschen der Blöcke, als Brassen und Schoten statt der Muskeln nun den Kampf gegen Wind, Seegang und die wachsende Pyramide aus Leinwand aufnahmen.

Dumaresq hatte sich anscheinend überhaupt nicht bewegt. Das Kinn im Halstuch vergraben, beobachtete er das Ufer, das an ihnen vorbeiglitt.

Bolitho wischte sich ein paar Wassertropfen – war es Regen oder salzige Gischt? – aus den Augen. Er war aufgeregt und freute sich plötzlich, daß er dazu noch fähig war.

Durch die enge Ausfahrt ging es in den Sund hinaus, wo Drake einmal der spanischen Armada aufgelauert hatte, wo schon hundert Admiräle Pläne geschmiedet hatten, die über ihre nächste Zukunft entscheiden sollten. Wohin hatte das alles geführt?

»Lotgast in die Luv-Rüsten, Mr. Slade!«

Bolitho merkte jetzt, daß er auf einer Fregatte war. Hier gab es kein vorsichtiges Abwägen, keine behäbigen Manöver. Dumaresq wußte, daß viele Augen an Land sie selbst zu dieser frühen Stunde beobachteten. Er würde so nahe an die Landzunge herangehen wie möglich, mit nur knapp einem Faden Wasser zwischen Kiel und Katastrophe. Er hatte den richtigen Wind und das Schiff, mit dem er dies riskieren konnte.

Hinter sich hörte Bolitho, wie Merrett sich übergab, und hoffte, Palliser würde es nicht bemerken.

Stockdale schoß die Leine um Handballen und Ellenbogen auf, als sei er es von jung auf nicht anders gewohnt. Gegen seine kräftigen Unterarme wirkte die dicke Leine wie Kabelgarn. Er brummte mit seiner heiseren Stimme: »Jetzt bin ich frei, so frei, wie ich's mir wünsche.«

Bolitho antwortete nicht, denn er erkannte, daß der in vielen Kämpfen ausgelaugte Boxer zu sich selber gesprochen hatte.

Pallisers Stimme weckte ihn wie ein Peitschenhieb. »Mr. Bolitho! Ich sage Ihnen schon jetzt, daß ich die Bramsegel gesetzt haben möchte, sowie wir durch die Enge sind. Damit haben Sie Zeit, Ihren Traum zu beenden und sich wieder um Ihren Dienst zu kümmern, mein Herr!«

Bolitho berührte seinen Hut und nickte seinen Unteroffizieren zu. Palliser war in Ordnung, so lange sie sich in der Messe befanden. Aber an Deck war er ein Tyrann.

Merrett hatte sich über die Kanone gebeugt und erbrach sich in den Wassergang.

»Verdammt noch mal, Mr. Merrett! Machen Sie das bloß schön sauber, bevor Sie abtreten. Und reißen Sie sich zusammen!« Bolitho wandte sich ab, aufgebracht und gleichzeitig über sich selber erstaunt. Pallisers Art war offenbar ansteckend.

III Jäher Tod

Die Woche nach dem Auslaufen der *Destiny* aus Plymouth wurde die arbeitsreichste und anstrengendste in Bolithos jungem Leben.

Sobald sie frei von Land waren, ließ Dumaresq so viele Segel setzen, wie sein Schiff bei dem ständig zunehmenden Wind ohne Gefahr tragen konnte. Das Leben war nun begrenzt auf einen Alptraum aus beißendem, eiskaltem Sprühwasser, das sich in wilden Kaskaden immer dann über sie ergoß, wenn die Fregatte, aus einem Wellental auftauchend, den nächsten haushohen Wellenberg anschnitt. Es schien niemals zu enden. Seit Tagen steckten sie in nassen Kleidern, die zu trocknen keine Gelegenheit war, und aßen das, was der Smutje bei dem Wetter mit Mühe zustande und heil nach achtern brachte, wo sie es möglichst schnell hinunterschlangen.

Einmal, als Rhodes Bolitho auf Wache ablöste, schrie er ihm über das Getöse wild schlagender Leinwand und tobender See ins Ohr: »Das ist typisch für unseren ›Herrn und Meister‹: Er treibt das Schiff bis an die Grenze und prüft dabei jeden Mann auf Herz und Nieren.« Er duckte sich, als ein neuer Schauer eiskalten Sprühwassers über sie hinwegzog. »Die Offiziere prüft er dabei natürlich auch, das wollen wir nicht vergessen.«

Die Stimmung an Bord war gereizt, und ein- oder zweimal flackerte Ungehorsam auf, der aber durch die kräftigen Fäuste eines Maates oder die Drohung mit offizieller Meldung und Auspeitschen unterdrückt wurde.

Der Kommandant war viel an Deck und ging ruhelos zwischen Kompaß und Kartenraum hin und her, wobei er ihr Vorankommen mit Gulliver, dem Master, oder mit dem Ersten Offizier besprach.

Nachts war es noch schlimmer. Bolitho kam es vor, als wäre es ihm noch kein einziges Mal gelungen, den Kopf während der Freiwache in sein muffiges Kopfkissen zu vergraben, bevor ihn nicht ein heiserer »Alle-Mann«-Ruf wieder aufstörte.

»Alle Mann! Ein Reff ins Marssegel!«

In solchen Augenblicken erkannte Bolitho den Unterschied: Auf einem Linienschiff hatte er sich mit den übrigen nach einem solchen Kommando in die Masten arbeiten und seine Schwindelanfälle niederkämpfen müssen, ohne die anderen etwas von seiner Angst merken zu lassen. Aber wenn er es dann geschafft hatte, war es vorbei. Jetzt, als Offizier, kam dagegen alles so, wie Dumaresq vorausgesagt hatte,

Mitten im heftigsten Sturm, gegen den die *Destiny* in der Biskaya ankreuzte, kam der Befehl, ein weiteres Reff einzustekken. Es war eine Nacht ohne Mond und Sterne, sie sahen lediglich eine sich immer neu auftürmende, weißgekrönte Wasserwand. Sie brachte ihnen zu Bewußtsein, wie winzig ihr Schiff in Wirklichkeit war.

Die Männer taumelten auf ihre Stationen, benommen von der nicht endenwollenden, harten Arbeit und halb blind vom Salzwasser, das sie unaufhörlich übergoß. Zögernd arbeiteten sie sich die vibrierenden Webeleinen hinauf und legten auf den Marsrahen aus. Die *Destiny* lag so stark nach Lee über, daß es schien, als tauche sie mit der Nock ihrer Großrah in die brechenden Wellenkämme ein.

Forster, befehlshabender Deckoffizier am Großmast und Bolithos rechte Hand, hatte ihm zugerufen: »Dieser Mann hier will nicht nach oben, ums Verrecken nicht!«

Bolitho, der sich an einem Stag festhielt, um nicht weggerissen zu werden, schrie zurück: »Dann gehen Sie, um Himmel willen, selber, Forster! Wenn Sie nicht oben sind, passiert Gott weiß was!« Dabei schaute er zu den übrigen Leuten hinauf, während der Sturm unaufhörlich jaulte und schrie wie ein Lebewesen, das sich an ihrer Qual weidete.

Jury war mit oben gewesen und beim Hinabklettern von der Macht des Windes an die Wanten gepreßt worden. Am Fockmast hatten sie die gleichen Probleme mit Menschen und Tauwerk, Segeln und Rahen, während das Schiff sein Möglichstes tat, sie alle in die tobende See zu schleudern.

Da erinnerte sich Bolitho, was Forster ihm zugerufen hatte. Der Befehlsverweigerer starrte ihn trotzig an, eine magere Gestalt in halb zerrissenem kariertem Hemd und Seemannshose.

»Was ist los mit Ihnen?« Bolitho mußte schreien, um sich in dem Getöse verständlich zu machen.

»Ich kann nicht!« schrie der Mann zurück und schüttelte wild den Kopf. »Kann nicht!«

Gerade kämpfte sich Little fluchend vorbei und schleppte mit dem Bootsmann neues Tauwerk als Reserve für den Großmast heran. Er brüllte: »Ich hieve ihn persönlich nach oben, Sir!« Bolitho aber rief dem Matrosen zu: »Helfen Sie unter Deck an den Pumpen!«

Zwei Tage danach wurde der Mann als verschwunden gemeldet. Eine sorgfältige Durchsuchung des Schiffes blieb ergebnislos.

Little hatte seine Ansicht zu erläutern versucht. »Die Sache ist so, Sir: Sie hätten ihn zum Aufentern zwingen sollen, selbst wenn er dann abgestürzt wäre und sich die Knochen gebrochen hätte. Oder Sie hätten ihn zur Bestrafung melden müssen. Er hätte drei Dutzend Schläge bekommen, aber das hätte ihn zum Mann gemacht.«

Zögernd mußte Bolitho Little recht geben. Er hatte den Stolz des Mannes verletzt. Seine Kameraden hätten mit ihm gefühlt, wenn er auf der Gräting festgebunden und ausgepeitscht worden wäre. So aber traf ihn nur Verachtung, und das war mehr, als dieser eigenbrötlerische und halsstarrige Matrose ertragen konnte.

Auch am sechsten Tag hielt der Sturm noch an und machte sie durch seine Heftigkeit mutlos und benommen. Zerrissene Segel wurden ausgetauscht, und das Reparieren von Schäden und immer wieder nötige Aufklaren an Deck verhinderten jeden Gedanken an eine Verschnaufpause.

Inzwischen wußte jedermann an Bord, wohin die Reise zunächst ging: zur portugiesischen Insel Madeira. Aber der Anlaß blieb weiterhin ein Geheimnis. Außer für Rhodes, der streng vertraulich mitteilte, daß sie dort lediglich einen ordentlichen Vorrat Wein für den persönlichen Bedarf des Schiffsarztes übernehmen wollten.

Dumaresq hatte den Bericht über den Tod des Matrosen offenbar im Logbuch gelesen, aber Bolitho nicht daraufhin angesprochen. Auf See kamen mehr Männer durch Unfälle um als durch Kugeln und Enterbeile.

Doch Bolitho fühlte sich schuldig. Little und Forster, ihm an Lebensjahren und Erfahrung weit voraus, hielten seiner Meinung nach nur zu ihm, weil er ihr Vorgesetzter war.

Forster hatte lediglich bemerkt: »Tja, wir waren in dem Augenblick vielleicht nicht ganz auf Draht, Sir.«

Und alles, was Little dazu sagte, war: »Hätte schlimmer kommen können, Sir.«

Es war erstaunlich, welche Wandlung die schließliche Wetterbesserung brachte. Das Schiff erwachte wieder zum Leben, und die Männer packten zu, ohne sich erst ängstlich umzuschauen oder sich mit beiden Händen an den Wanten festzuklammern, wenn sie aufentern sollten.

Am Morgen des siebten Tages, als die Düfte aus der Kombüse zu ersten Wetten verführten, was es wohl zu essen gab, rief plötzlich der Ausguck im Vortopp: »An Deck! Land in Sicht! Land voraus in Lee!«

Bolitho hatte gerade Wache und bat Merrett, ihm ein Fernrohr zu bringen. Der Midshipman sah nach dem Sturm und einer Woche härtester Anstrengungen aus wie ein geschrumpfter alter Mann, aber er war noch ganz munter und kam beim Wachwechsel nie zu spät.

»Lassen Sie mich sehen.« Bolitho richtete das Fernrohr durch eine Lücke in den schwarzen Wanten in die vom Ausguck gemeldete Richtung.

Dumaresq Stimme ließ ihn zusammenfahren. »Das ist Madeira, Mr. Bolitho. Eine zauberhafte Insel.«

Bolitho tippte an seinen Hut. Für einen Mann seiner Statur bewegte der Kommandant sich erstaunlich geräuschlos.

»Es – hm – entschuldigen Sie, Sir.«

Dumaresq lächelte und nahm das Teleskop aus Bolithos Händen. Während er es auf die ferne Insel richtete, sagte er: »Als ich Wachoffizier war, habe ich immer dafür gesorgt, daß ein Mann meiner Wache aufpaßte und mich warnte, wenn der Kommandant auftauchte.«

Er sah Bolitho an, wobei seine weit auseinanderstehenden, durchdringenden Augen irgend etwas in ihm zu suchen schienen. »Aber Sie machen so etwas natürlich nicht, nehme ich an. Noch nicht.«

Er übergab Merrett das Glas und setzte hinzu: »Schließen Sie sich mir an. Etwas Bewegung ist gut für das innere Gleichgewicht.«

So marschierten Kommandant und jüngster Offizier der *Destiny* gemeinsam auf der Luvseite des Achterdecks auf und ab, wobei sie automatisch den Ringbolzen im Deck und den Taljen der Kanonen auswichen.

Dumaresq erzählte von seiner Heimat in Norfolk, aber nur von den Örtlichkeiten; von den Menschen dort erwähnte er nichts, sprach weder über Freunde noch über eine Frau. Bolitho versuchte, sich an Dumaresqs Stelle zu versetzen. Hier ging dieser lässig spazieren und unterhielt sich über unwichtige Dinge, während sein Schiff mit sauber getrimmten Segeln von einer gleichmäßigen Brise vorangetrieben wurde. Er trug die Verantwortung für alle, Offiziere, Matrosen und Seesoldaten, und für all das, was ihnen bevorstand, ob sie nun segelten oder kämpften. In diesem Augenblick steuerten sie eine fremde Insel an, und danach würde die Reise sie sehr viel weiter führen. »Verantwortung kennt keine Grenzen«, hatte Bolithos Vater einmal gesagt. Und: »Für jeden Kommandanten gibt es nur ein Gesetz: Wenn er Erfolg hat, werden andere die Früchte ernten. Bleibt der Erfolg aus, fällt alle Schuld auf ihn.«

Dumaresq fragte plötzlich: »Haben Sie sich eingelebt?«

»Ich denke schon.«

»Gut. Falls Sie immer noch über den Tod des Matrosen grübeln, muß ich Ihnen sagen: Hören Sie auf damit. Das Leben ist Gottes größte Gabe. Es aufs Spiel zu setzen, ist eine Sache; aber es wegzuwerfen, ist Betrug. Der Mann hatte kein Recht dazu. Wir vergessen es am besten.«

Als Palliser an Deck erschien, wandte sich Dumaresq diesem zu.

Palliser lüpfte seinen Hut vor dem Kommandanten, doch sein Blick war auf Bolitho gerichtet.

»Zwei Männer zur Bestrafung, Sir.« Er hielt ihm sein Notizbuch hin. »Sie kennen beide.«

Dumaresq verlagerte sein Gewicht auf die Fußspitzen, bis es schien, als würde sein schwerer Körper gleich die Balance verlieren.

»Erledigen Sie das bis zwei Glasen, Mr. Palliser. Wir wollen es hinter uns bringen, die Leute brauchen deswegen nicht ihre Mahlzeit aufzuschieben.« Er schlenderte nach achtern und nickte dabei dem Steuermannsmaat der Wache zu wie ein Gutsherr seinem Wildhüter.

Palliser schloß sein Notizbuch mit einem Knall. »Empfehlung an Mr. Timbrell, und sagen Sie ihm, er möchte eine Gräting zur Bestrafung vorbereiten.« Dann kam er auf Bolithos Seite herüber. »Nun, was gab es?«

Bolitho berichtete: »Der Kommandant hat mir von seinem Heim in Norfolk erzählt, Sir.«

Palliser schien irgendwie enttäuscht. »Verstehe.«

»Warum trägt er eigentlich eine rote Weste, Sir?«

Palliser bemerkte, daß der Wachtmeister mit dem Bootsmann zurückkam. »Ich bin überrascht, daß er Sie nicht auch in diesem Punkt ins Vertrauen gezogen hat.«

Bolitho verbarg ein Lächeln, als Palliser sich entfernte. Also wußte der's offenbar auch nicht. Nach drei Jahren gemeinsamer Seefahrt war das immerhin erstaunlich.

Bolitho stand neben Rhodes an der Heckreling und betrachtete das farbenfrohe Bild im Hafen und an der Pier von Funchal. Die *Destiny* lag vor Anker, nur die Gig des Kommandanten und ein Kutter waren bisher ausgesetzt und schaukelten an der Backspier. Es sah nicht so aus, als ob es Landurlaub für alle geben würde, dachte Bolitho.

Einheimische Boote mit seltsam geschwungenen Vor- und Achtersteven umruderten die Fregatte, und die Insassen hielten Früchte und bunte Schals, große Weinflaschen und viele andere Dinge hoch, um die Seeleute, die auf den Laufbrücken oder in den Wanten herumlungerten, zum Kauf zu animieren.

Die *Destiny* hatte sich am frühen Nachmittag ihrem Ankerplatz genähert, und alle Leute waren an Deck, um sich nichts von dem Anblick der Insel, die Dumaresq mit Recht »zauberhaft« genannt hatte, entgehen zu lassen. Die Hügel hinter den weißen Häusern bedeckten wunderschöne Blumen und Büsche, ein Anblick, der nach der wilden Fahrt durch die Biskaya den Augen besonders wohl tat. Diese Strapazen waren nun ebenso wie die beiden Auspeitschungen auf dem letzten Schlag vor dem Einlaufen vergessen.

Rhodes zeigte lächelnd auf ein Boot mit drei dunkelhaarigen Mädchen, die sich in ihre Kissen zurücklehnten und auffordernd zu den jungen Offizieren hinaufschauten. Es war klar, was sie zum Verkauf boten.

Kapitän Dumaresq war an Land gegangen, kaum daß sich der Pulverqualm ihrer Salutschüsse für den portugiesischen Gouverneur verzogen hatte. Palliser gegenüber hatte er geäußert, daß er zum Gouverneur gehe, um den üblichen Höflichkeitsbesuch abzustatten: aber Rhodes sagte später: »Für einen rein gesellschaftlichen Besuch war er viel zu aufgeregt, Dick. Da lag Verschwörung in der Luft oder ähnliches.«

Die Gig war mit dem Befehl zurückgekehrt, daß Lockyer, der Schreiber des Kommandanten, mit einigen Papieren aus dem Safe nachkommen solle. Jetzt stand er am Schanzkleid und machte sich mit seiner Dokumententasche wichtig, während die Fallreepsgasten einen Bootsmannsstuhl an der Nock der Großrah befestigten, mit dem sie ihn in die Gig hinunterlassen wollten.

Palliser trat zu ihnen und sagte verächtlich: »Schaut euch den alten Narren an. Geht nie an Land, aber wenn doch, dann muß erst ein Fahrstuhl für ihn aufgeriggt werden, damit er nicht vom Fallreep fällt und ertrinkt.«

Rhodes grinste, als es endlich gelungen war, den Schreiber ins Boot zu fieren. »Er ist offenbar der Älteste an Bord.«

Über den Satz dachte Bolitho nach. Das war nämlich eine der Entdeckungen, die er gemacht hatte: Sie waren eine sehr junge Besatzung, mit nur wenigen von den älteren Leuten dazwischen, wie er sie auf den großen Linienschiffen gewohnt gewesen war. Der Sailing Master eines Linienschiffs zum Beispiel war üblicherweise schon bejahrt, wenn er solch einen verantwortungsvollen Posten erreichte; aber ihr Gulliver war noch keine dreißig.

Die meisten Männer, die an den Netzen lehnten oder an Deck herumlungerten, sahen gesund aus: hauptsächlich ein Verdienst ihres Schiffsarztes, hatte Rhodes behauptet. Darin zeigte sich der Wert eines Arztes, der sich um die Leute kümmerte und wußte, wie man dem gefürchteten Skorbut und anderen Krankheiten vorbeugte, die ein ganzes Schiff lähmen konnten.

Bulkley war einer der wenigen Bevorzugten, die an Land gehen durften. Der Kommandant hatte ihm befohlen, so viel frisches Obst und Fruchtsäfte einzukaufen, wie er für erforderlich hielt; Codd, der Zahlmeister, hatte ähnliche Anweisungen für alles erreichbare Gemüse.

Bolitho nahm den Hut ab und ließ die Sonne sein Gesicht wärmen. Es wäre schön gewesen, Funchal zu durchstreifen und dann in einer der schattigen Tavernen auszuruhen, von denen ihm Bulkley und andere erzählt hatten.

Die Gig hatte jetzt die Landungsbrücke erreicht, und einige Seesoldaten der *Destiny* bahnten dem alten Lockyer einen Weg durch die gaffende Menge.

Palliser sagte: »Wie ich sehe, ist Ihr Schatten nicht fern.«

Bolitho wandte den Kopf und sah Stockdale auf dem Batteriedeck neben einem Zwölfpfünder knien. Er hörte Vallance, dem Oberfeuerwerker, aufmerksam zu und zeigte dann auf die Lafette. Bolitho sah, daß Vallance nickte und dann Stockdale anerkennend auf die Schulter klopfte.

Das war ungewöhnlich. Bolitho hatte schon mitbekommen, daß Vallance nicht gerade der umgänglichste Deckoffizier an Bord war. Er wachte eifersüchtig über seinen Bereich, der von der Pulverkammer bis zur Geschützbedienung reichte. Jetzt kam er nach achtern und tippte vor Palliser grüßend an den Hut.

»Dieser neue Mann Stockdale, Sir, hat ein Problem an der Kanone gelöst, mit dem ich mich schon seit Monaten herumschlug. Es handelte sich um eine Neuerung, mit der ich bisher nicht glücklich war.« Er lächelte, was bei ihm selten vorkam. »Stockdale meint, wir könnten die Lafette so umsetzen, daß . . .«

Palliser hob beide Hände. »Sie überraschen mich, Mr. Vallance. Aber tun Sie, was Sie für richtig halten.« Er warf Bolitho einen Blick zu. »Ihr Stockdale ist zwar ziemlich schweigsam, scheint sich aber hier an Bord wohl zu fühlen.«

Bolitho bemerkte, daß Stockdale vom Batteriedeck zu ihm heraufschaute. Als er ihm zunickte, leuchtete das zerschlagene Gesicht des Mannes im Sonnenlicht auf und warf ein Lächeln zurück.

Jury, der Midshipman der Wache, rief: »Gig stößt von Land ab, Sir!«

»Das ging aber schnell.« Rhodes griff nach einem Fernrohr. »Wenn der Kommandant schon zurückkommt, lasse ich am besten . . .« Er schnappte nach Luft und setzte schnell hinzu: »Sir, sie bringen Lockyer zurück!«

Palliser nahm ein zweites Glas und richtete es auf die grüngestrichene Gig. Dann sagte er ruhig: »Der Schreiber ist tot. Sergeant Barmouth hält ihn.«

Bolitho ließ sich das Teleskop von Rhodes geben. Im ersten Augenblick bemerkte er nichts Ungewöhnliches. Die schlanke Gig näherte sich schnell, die weißen Riemenblätter hoben und senkten sich in flottem Takt, denn die Männer in ihren rot-weiß-karierten Hemden und mit den geteerten Hüten legten sich kräftig ins Zeug.

Als die Gig einen Bogen fuhr, um einem treibenden Baumstamm auszuweichen, sah Bolitho, daß Barmouth, der Sergeant der Seesoldaten, den spärlich behaarten Kopf des Schreibers so hielt, daß er nicht auf die Kissen des Hecksitzes fiel. Eine schreckliche Wunde lief quer über Lockyers Kehle; im Sonnenlicht hatte sie die gleiche rote Farbe wie der Waffenrock des Soldaten.

Rhodes murmelte: »Ausgerechnet jetzt ist der Schiffsarzt an Land. Mein Gott, das wird eine schöne Bescherung!«

Palliser schnippte mit den Fingern. »Wo ist dieser Mann, den Sie mit den anderen Neuen an Bord brachten? Dieser Apothekergehilfe, Mr. Bolitho!«

Rhodes antwortete schnell: »Ich hole ihn, Sir. Er hat schon Aushilfsdienst im Krankenrevier gemacht.«

Palliser sah Jury an. »Sagen Sie dem Bootsmannsmaat der Wache, er soll Leute zum Bootsheißen holen!« Er rieb sich das Kinn. »Das war kein Unfall.«

Die Boote der Einheimischen machten Platz, damit die Gig an den Großrüsten anlegen konnte.

Als die schlanke, unaufgeklarte Gig hochgeheißt und über die Laufbrücke eingeschwungen wurde, ging es wie ein Aufstöhnen durchs Schiff. Blut rann aus dem Boot an Deck, und Bolitho sah, wie der Apothekergehilfe mit Rhodes herbeieilte, um den leblosen Körper in Empfang zu nehmen.

Der Name des Apothekergehilfen war Spillane: ein stets ordentlich gekleideter, aber verschlossener Mann, eigentlich nicht der Typ, der eine sichere Stellung an Land einem Abenteuer zuliebe oder »um Erfahrungen zu sammeln« verließ, dachte Bolitho. Aber jetzt schien er sich kompetent zu fühlen; als Bolitho sah, wie er den Matrosen Anweisungen gab, war er froh, daß sie ihn an Bord hatten.

Sergeant Barmouth berichtete: »Also, Sir, ich hatte dafür gesorgt, daß der Schreiber sicher durch die Menge kam, und wollte gerade meinen Platz an der Landungsbrücke wieder einnehmen, als ich einen Schrei hörte. Gleich darauf brüllten alle durcheinander – Sie wissen ja, wie das in dieser Weltgegend üblich ist, Sir.«

Palliser nickte. »Verstehe, Sergeant. Und was geschah dann?«

»Ich fand Lockyer in einer Gasse, Sir. Mit durchgeschnittener Kehle.« Barmouth wurde blaß, als er seinen eigenen Vorgesetzten über das Achterdeck auf sich zukommen sah. Nun würde er alles noch einmal für Colpoys wiederholen müssen. Der Leutnant der Seesoldaten liebte es nicht – wie die meisten seiner Zunft –, wenn die Marineoffiziere sich in seine Angelegenheiten mischten, egal, wie dringend sie waren.

Palliser fragte kühl: »Lockyers Tasche fehlte?«

»Jawohl, Sir!«

Palliser kam zu einem Entschluß. »Mr. Bolitho, nehmen Sie den Kutter, einen Midshipman und sechs Mann. Ich gebe Ihnen die Adresse, wo Sie den Kommandanten finden. Melden Sie ihm, was geschehen ist. Keine Dramatisierung, nur die Tatsachen, soweit

Sie sie kennen.«

Bolitho berührte kurz seinen Hut. Er war überrascht, obwohl er noch unter dem Schock des plötzlichen Todes von Lockyer stand. Also wußte Palliser doch mehr von der Mission des Kommandanten, als er bisher zugegeben hatte. Und als Bolitho den Zettel mit dem Straßennamen und einer kleinen Kartenskizze musterte, den Palliser ihm in die Hand drückte, wußte er, daß dies weder die Residenz des Gouverneurs war noch irgendein anderes offizielles Gebäude.

»Nehmen Sie Mr. Jury, und suchen Sie sich selber die sechs Männer zusammen. Ich möchte aber, daß sie anständig aussehen.«

Bolitho nickte Jury zu und hörte noch, wie Palliser zu Rhodes sagte: »Ich hätte Sie schicken können, aber Bolitho und Jury haben noch nagelneue Uniformen und bringen damit unser Schiff weniger in Mißkredit.«

In kürzester Zeit saßen sie im Kutter und pullten zum Ufer. Bolitho war erst eine Woche auf See, aber die Zeit schien ihm viel länger, so stark war der Wechsel seiner Umgebung.

Jury sagte: »Vielen Dank, daß Sie mich mitgenommen haben, Sir.«

Bolitho dachte an Pallisers letzten Satz; dieser konnte es einfach nicht lassen, einen sarkastischen Hieb auszuteilen. Und doch war er es gewesen, der an Spillane gedacht und außerdem gesehen hatte, was Stockdale mit der Kanone anfing. Ein Mann mit vielen Gesichtern, dachte Bolitho.

Er antwortete: »Achten Sie darauf, daß die Männer sich nachher nicht zerstreuen.« Er brach ab, als er Stockdale entdeckte, der – halb von den Ruderern verdeckt – vorn im Boot saß. Irgendwie hatte er es geschafft, sich schnell in ein kariertes Hemd und eine weiße Hose zu werfen und mit einem Entermesser zu bewaffnen.

Stockdale tat, als bemerke er Bolithos Verwunderung nicht.

Bolitho schüttelte den Kopf. »Vergessen Sie, was ich gesagt habe. Ich glaube nicht, daß Sie Ärger mit den Leuten haben werden.«

Was hatte der große Boxer gesagt? »Ich werde Sie nicht verlassen. Niemals.«

Der Bootssteurer schätzte den Abstand zur Landungsbrücke, legte dann hart Ruder und befahl: »Riemen ein!«

Der Kutter kam an ein paar Steinstufen zum Stehen, der Bugmann piekte den Bootshaken in einen rostigen Eisenring. Bolitho zog sein Säbelgehänge zurecht und schaute zu der neugierigen Menge auf. Sie schien freundlich gesonnen; doch wenige Meter entfernt war ein Mann ermordet worden.

Er befahl: »Auf der Pier antreten!«

Am Kopf der Treppe grüßte er Colpoys' Wachtposten. Die Seesoldaten machten einen recht fröhlichen Eindruck und rochen trotz ihrer strammen Haltung stark nach Alkohol. Einer von ihnen trug sogar eine Blume am Kragen.

Bolitho schaute sich um und steuerte mit so viel Selbstvertrauen, wie er aufbringen konnte, auf die nächste Straße zu. Die sechs Matrosen marschierten hinter ihm her und tauschten dabei Blicke und Winke mit der auf Balkons und in Fenstern ausliegenden Weiblichkeit.

Jury fragte: »Wer konnte ein Interesse daran haben, den armen Lockyer zu ermorden, Sir?«

»Das frage ich mich auch.« Er zögerte einen Augenblick und wandte sich dann in eine enge Gasse, über der sich die Dächer der anliegenden Häuser so nahe kamen, als wollten sie den Himmel ganz ausschließen. Es duftete intensiv nach Blumen, und in einem der Häuser spielte jemand auf einem Saiteninstrument.

Bolitho studierte noch einmal seinen Zettel und musterte dann ein schmiedeeisernes Tor, das auf einen Hof führte, in dessen Mitte ein Brunnen plätscherte. Sie waren da.

Er sah, wie Jury mit großen Augen all die fremden Dinge betrachtete, und erinnerte sich, wie er selber einst bei ähnlicher Gelegenheit gestaunt hatte.

Leise sagte er: »Sie kommen mit.« Dann hob er die Stimme. »Stockdale, Sie haben hier die Aufsicht. Niemand entfernt sich ohne meinen ausdrücklichen Befehl. Verstanden?«

Stockdale nickte grimmig. Er plante sicherlich, jeden, der gegen den Befehl verstieß, zusammenzuschlagen.

Ein Diener führte Bolitho in einen kühlen Raum über dem Hof, wo Dumaresq und ein älterer Herr mit weißem Spitzbart und einer Haut, die wie weiches Wildleder aussah, saßen und Wein tranken.

Dumaresq stand nicht auf. »Nun, Mr. Bolitho?« Wenn er über ihr unerwartetes Kommen beunruhigt war, so verbarg er es gut. »Was gibt es?«

Bolitho warf einen zweifelnden Blick auf den alten Herrn, doch Dumaresq sagte kurz: »Wir sind unter Freunden.«

Bolitho erzählte, was von dem Augenblick an geschehen war, als der Schreiber das Schiff mit seiner Tasche verlassen hatte.

Dumaresq stellte fest: »Sergeant Barmouth ist kein Dummkopf. Wenn die Tasche noch da gewesen wäre, hätte er sie gefunden.« Er wandte sich um und sagte etwas zu seinem Gastgeber. Dieser schien zu erschrecken, bevor er seine ursprüngliche Haltung zurückgewann.

Bolitho spitzte die Ohren. Dumaresqs Gastgeber lebte zwar auf dem portugiesischen Madeira, doch der Kommandant hatte offenbar mit ihm spanisch gesprochen.

Dumaresq befahl: »Gehen Sie zurück an Bord, Mr. Bolitho. Eine Empfehlung an den Ersten Offizier, und melden Sie ihm, er soll den Schiffsarzt und alle anderen Leute an Land sofort zurückrufen. Ich beabsichtige, noch vor Anbruch der Nacht Anker zu lichten.«

Bolitho dachte jetzt nicht an die Schwierigkeiten, ja an das offensichtliche Risiko, den Hafen bei Dunkelheit zu verlassen. Er verstand die plötzliche Eile und die Dringlichkeit, die durch die Ermordung Lockyers ausgelöst worden war.

Er machte eine Verbeugung vor dem alten Herrn und sagte: »Ein wunderschönes Haus, Sir.«

Der alte Herr lächelte und verneigte sich leicht.

Bolitho ging die Treppe hinunter, Jury immer hinter sich, und überlegte, daß sein Gastgeber offensichtlich verstand, was er über das schöne Haus gesagt hatte. Wenn Dumaresq also mit ihm spanisch und nicht englisch gesprochen hatte, dann nur, damit er und Jury ihn nicht verstanden.

Er beschloß, diese Erkenntnis als einen Teil des Rätsels für sich zu behalten.

Noch in derselben Nacht führte Dumaresq sein Schiff wie angekündigt wieder auf See. Bei leichtem Wind lediglich unter Marssegeln und Klüver, wand sich die *Destiny* – geführt von einem Kutter mit einer Laterne am Heck, die ihr wie ein Glühwürmchen den Weg wies – zwischen den anderen vor Anker liegenden Schiffen hindurch.

Bei Tagesanbruch lag Madeira schon wie ein purpurfarbener Höcker weit achteraus am Horizont. Aber Bolitho war gar nicht sicher, daß das Geheimnis mit der Gasse hinter ihnen zurückbleiben würde, in der Lockyer seinen letzten Atemzug getan hatte.

IV Spanisches Gold

Leutnant Charles Palliser schloß die beiden äußeren Lamellentüren von Dumaresqs Kajüte und meldete: »Alle versammelt, Sir.«

Offiziere und ältere Deckoffiziere der *Destiny* schauten in unterschiedlicher Haltung Dumaresq erwartungsvoll entgegen. Es war zwei Tage nach ihrem Auslaufen von Madeira, am späten Nachmittag. Auf dem Schiff war eine Art lässiger Ruhe eingekehrt. Ein leichter Nordostwind trieb es auf Backbordbug stetig in die Weite des Atlantiks hinaus.

Dumaresq warf einen Blick zum Oberlicht hinauf, auf das ein Schatten gefallen war, wahrscheinlich vom Steuermannsmaat der Wache.

»Schließen Sie auch das!«

Bolitho musterte seine Gefährten und fragte sich, ob sie seine wachsende Neugierde teilten.

Diese Zusammenkunft war unvermeidbar gewesen, aber Dumaresq hatte es große Mühe gekostet, ihnen mitzuteilen, daß sie einberufen würde, sobald das Schiff frei von Land sei.

Dumaresq wartete, bis Palliser sich wieder gesetzt hatte. Dann sah er sie der Reihe nach an. Sein Blick wanderte vom Offizier der Seesoldaten über den Arzt, den Master und den Zahlmeister schließlich zu seinen drei Seeoffizieren.

Er sagte: »Sie alle sind über den Tod meines Schreibers informiert. Ein zuverlässiger Mann, auch wenn er einige sonderbare Gewohnheiten hatte. Es wird schwer sein, ihn zu ersetzen. Indessen bedeutet seine Ermordung durch unbekannte Täter mehr als nur den Verlust eines Gefährten. Ich habe einige Geheimbefehle, über die ich Sie nun, da die Zeit dafür gekommen ist, in groben Zügen ins Bild setzen muß. Es heißt zwar, wenn zwei Leute von einer Sache wissen, ist sie nicht länger ein Geheimnis. Doch ein sehr viel ärgerer Feind auf einem kleinen Schiff sind Gerüchte und das, was sie anrichten können.«

Bolitho zuckte zusammen, als der fordernde Blick des Kommandanten einen Augenblick auf ihm ruhte, bevor er weiter in der Kajüte herumwanderte.

Dumaresq sagte: »Vor dreißig Jahren, also bevor die meisten in unserer Mannschaft ihren ersten Atemzug taten, führte ein Kommodore Anson eine Expedition um Kap Hoorn in die Große Südsee. Seine Aufgabe war es, spanische Niederlassungen zu beunruhigen, denn – wie Sie wissen sollten – wir standen damals im Krieg mit den Dons.« Er nickte grimmig. »Wieder einmal.«

Bolitho dachte an den vornehmen Spanier in dem Haus hinter dem Hafen von Funchal, an die Geheimnistuerei und an die verschwundene Dokumententasche, für die ein Mann hatte sterben müssen.

Dumaresq fuhr fort: »Eines ist sicher: Kommodore Anson mag ein mutiger Mann gewesen sein, aber was ihm für die Gesunderhaltung seiner Besatzungen einfiel, war mehr als bescheiden.« Er schaute seinen rundlichen Schiffsarzt an und erlaubte seinen Zügen, sich zu entspannen. »Anders als bei uns. Aber vielleicht hatte er keine erfahrenen Ärzte, die ihn beraten konnten.«

Einige kicherten, und Bolitho nahm an, die Bemerkung war zur allgemeinen Entspannung eingeflochten worden.

Dumaresq fuhr fort: »Mag dem gewesen sein, wie es will, jedenfalls hatte Anson innerhalb von drei Jahren alle Schiffe seines Geschwaders außer der *Centurion* eingebüßt und dreizehnhundert seiner Leute auf See bestattet. Die meisten starben an Seuchen, Skorbut und schlechter Ernährung. Es ist anzunehmen, daß man Anson vor ein Kriegsgericht gestellt hätte, auch wenn er ohne weitere Zwischenfälle heimgekommen wäre.«

Rhodes rutschte auf seinem Stuhl, und seine Augen glänzten, als er Bolitho zuflüsterte: »So etwas habe ich mir doch gedacht, Dick.«

Ein Blick von Dumaresq unterband, was Rhodes sonst noch hatte mitteilen wollen.

Der Kommandant schnippte unsichtbaren Staub von seiner Weste. »Anson stieß auf ein spanisches Schatzschiff, das mit Goldbarren im Schätzwert von über einer Million Guineen heimwärts segelte.«

Bolitho erinnerte sich dunkel, daß er etwas von dem Vorfall gelesen hatte. Anson hatte das Schiff nach kurzem Gefecht genommen. Er hatte seine Aktion zeitweise sogar unterbrochen, damit die Spanier ein Feuer, das in ihrer Takelage ausgebrochen war, löschen konnten. Er war nämlich erpicht darauf gewesen, das Schatzschiff – die *Nuestra Senora de Covadonga* – intakt in die Hand zu bekommen. Prisengerichte und die Gewaltigen der Admiralität hatten seit langem auf solch einen Erfolg gewartet, der ihnen wichtiger war als die Menschenleben, die seinetwegen verloren wurden.

Dumaresq hob den Kopf und gab seine entspannte Haltung einen Augenblick auf. Auch Bolitho hörte den Ruf vom Ausguck im Masttopp, der ein entferntes Segel in Richtung Nord meldete. Sie hatten es schon zweimal an diesem Tag gesichtet, denn es war unwahrscheinlich, daß sich mehr als ein fremdes Schiff auf diesem abgelegenen Kurs befand.

Der Kommandant zuckte mit den Schultern. »Später.« Er verbreitete sich nicht weiter darüber, sondern fuhr fort: »Bis vor kurzem war nicht bekannt, daß damals ein zweites Schatzschiff nach Spanien unterwegs war. Es war die *Asturias*, und sie war größer als Ansons Prise und schwerer beladen.« Er warf dem Arzt einen Blick zu. »Ich sehe, Sie haben davon gehört?«

Bulkley lehnte sich zurück und verschränkte die Hände über seinem ansehnlichen Bauch. »Das habe ich, Sir. Die *Asturias* wurde von einem britischen Freibeuter unter dem Kommando eines jungen Mannes aus Dorset, Kapitän Piers Garrick, angegriffen. Sein königlicher Kaperbrief rettete ihn mehrmals vor dem Galgen, an dem er als gemeiner Pirat gelandet wäre, und heute ist er Sir Piers Garrick, ein hochangesehener Mann und bis vor kurzem Inhaber mehrerer Regierungsämter in der Karibik.«

Dumaresq lächelte ingrimmig. »Das ist wahr, aber ich empfehle, daß Sie Ihre sonstigen Vermutungen auf den Bereich der Offiziersmesse beschränken. Die *Asturias* wurde nie gefunden, und Garricks Freibeuter wurde bei der Auseinandersetzung so schwer beschädigt, daß er ebenfalls aufgegeben werden mußte.«

Er schaute irritiert in die Runde, als der Posten vor der Kajüte durch die Tür rief: »Midshipman der Wache, Sir!«

Bolitho konnte sich die Aufregung auf dem Achterdeck vorstellen: Sollten sie die Zusammenkunft unter ihren Füßen stören und Dumaresqs Unwillen in Kauf nehmen? Oder sollten sie das Verhalten des fremden Schiffes einfach in die Logkladde eintragen und das Beste hoffen?

Dumaresq sagte: »Soll hereinkommen!« Er schien seine Stimme nicht ein bißchen zu heben, und doch drang sie mühelos bis zum vorderen Teil der Kajüte.

Es war Midshipman Cowdroy, ein sechzehn Jahre alter Bursche, den Dumaresq schon einmal wegen unnötiger Strenge gegen Leute seiner Wache bestraft hatte.

Er sagte: »Meldung von Mr. Slade, Sir: Der Ausguck hat das fremde Segel wieder in nördlicher Richtung gesichtet.« Er schluckte vor Aufregung und schien unter dem Blick des Kommandanten zusammenzuschrumpfen.

Dumaresq sagte schließlich: »Verstanden. Aber wir werden nichts unternehmen.« Als die Tür sich hinter Cowdroy geschlossen hatte, setzte er hinzu: »Obwohl ich annehme, daß der Fremde nicht rein zufällig hinter uns hersegelt.«

Auf der Back wurde die Schiffsglocke angeschlagen. Dumaresq fuhr unbeirrt fort: »Nach neuesten, zuverlässigen Informationen ist der größte Teil des Schatzes noch vorhanden: eineinhalb Millionen in Goldbarren.«

Sie starrten ihn an, als hätte er eine ungeheuerliche Obszönität von sich gegeben.

Rhodes faßte sich als erster. »Und wir sollen ihn finden, Sir?«

Dumaresq lächelte ihn an. »Wie Sie es ausdrücken, klingt es sehr einfach, Mr. Rhodes, und vielleicht finden wir ihn auch einfach so. Aber solch ein riesiger Schatz hat sicherlich bereits einiges Aufsehen erregt. Die Dons werden ihn als rechtmäßiges Eigentum reklamieren. Ein Prisengericht wird dagegen vielleicht argumentieren, daß das Schiff bereits von Garrick erobert war, bevor es flüchten und sich verbergen konnte. Der Goldschatz sei damit Eigentum Seiner Britischen Majestät.« Er senkte die Stimme. »Und dann gibt es noch andere, die gern die Hand darauf legen und einen Fall daraus machen würden, der uns nichts als Unheil bringen dürfte. So, meine Herren, jetzt wissen Sie Bescheid. Unser Auftrag heißt nach außen hin, daß wir einen Auftrag des Königs erledigen. Aber wenn die Nachricht von dem Schatz sich plötzlich überall herumgesprochen hat, möchte ich wissen, wer dahintersteckt.«

Palliser erhob sich, vergaß dabei aber nicht, den Kopf einzuziehen, der sonst an die Decksbalken gestoßen wäre. Die übrigen taten es ihm nach.

Dumaresq wandte sich um und schaute auf die glitzernde See, die sich achteraus bis zum Horizont erstreckte.

»Wir segeln zunächst nach Rio. Dort hoffe ich, mehr zu erfahren.«

Bolitho hielt den Atem an. Südamerika, Rio de Janeiro, das lag über fünftausend Meilen von Falmouth entfernt. So weit weg von zu Hause war er noch nie gewesen.

Als sie Anstalten machten zu gehen, sagte Dumaresq: »Mr. Palliser und Mr. Gulliver bleiben noch hier.«

Palliser rief Bolitho nach: »Übernehmen Sie bitte meine Wache, bis ich Sie ablöse!«

Sie verließen die Kajüte, jeder mit seinen Gedanken beschäftigt. Ihr ferner Bestimmungsort würde den Matrosen ziemlich gleichgültig sein. Ob nah oder fern, überall war Ozean, immer blieb das Schiff sich gleich. Da mußten Segel gesetzt, getrimmt, geborgen werden – was auch geschah, am harten Leben des Seemanns änderte sich nicht viel, ob nun England oder die Arktis ihr Ziel war. Aber wenn erst das

Gerücht über einen Goldschatz im Schiff herum war, mochte sich manches ändern.

Als er zum Achterdeck hinaufstieg, bemerkte Bolitho, daß die Leute, die sich zur Wachablösung versammelten, ihn neugierig anschauten, aber wegsahen, wenn sein Blick auf sie fiel. Es hatte den Anschein, daß sie schon alles wußten.

Slade berührte seinen Hut: »Die Wache ist angetreten, Sir.«

Er war ein harter Steuermannsmaat und bei vielen Leuten unbeliebt, besonders bei denen, die seinen hohen Anforderungen an seemännisches Können nicht gerecht wurden.

Bolitho wartete, daß die Leute am Ruderrad abgelöst wurden, der übliche Vorgang bei Übergabe einer Wache. Ein Blick dann nach oben zum Stand der Segel und Rahen, Überprüfung des Kompasses und der Notizen, die der Midshipman der Wache mit Kreide auf eine Schiefertafel geschrieben hatte.

Gulliver kam an Deck und preßte die Handflächen zusammen wie immer, wenn er nervös war.

Slade fragte: »Schwierigkeiten, Sir?«

Gulliver sah ihn nachdenklich an. Es war zu kurze Zeit her, daß er selber sich noch in Slades Stellung befunden hatte, um die Bemerkung als harmlos anzusehen. Wollte Slade sich damit beliebt machen? Oder sollte anklingen, daß er sich schon den Offizieren der Messe zugehörig fühlte?

Er befahl kurz: »Beim nächsten Wechsel des Halbstundenglases werden wir Kurs ändern.« Er warf einen Blick auf den kardanisch aufgehängten Kompaß. »Neuer Kurs dann Südwest zu West. Der Kommandant beabsichtigt, die Bramsegel zu setzen, obwohl ich bezweifle, daß wir ihr bei diesem leichten Wind damit auch nur einen weiteren Knoten herauskitzeln können.«

Slade schielte zum Ausguck im Vortopp hinauf. »Das fremde Segel hat also doch etwas zu bedeuten.«

Pallisers Stimme eilte ihm beim Hochkommen auf dem Niedergang voraus: »Es bedeutet, Mr. Slade, daß – wenn das Segel morgen früh immer noch da ist – es uns tatsächlich verfolgt.«

Bolitho bemerkte Besorgnis in Gullivers Blick und erriet, was Dumaresq ihm und Palliser gesagt haben mochte.

»Ich nehme an, wir können nichts dagegen unternehmen, Sir. Wir sind nicht im Krieg.«

Palliser sah ihn ruhig an. »Wir können eine ganze Menge dagegen tun.« Er nickte, um diese Feststellung zu bekräftigen. »Seien Sie also auf alles gefaßt.«

Als Bolitho sich anschickte, das Achterdeck Pallisers Aufsicht zu überlassen, rief dieser ihm nach: »Und ich werde genau darauf achten, wie lange Ihre Bummelanten brauchen, wenn ich alle Mann zum Bramsegelsetzen rufen lasse!«

Bolitho deutete eine Verbeugung an. »Es wird mir eine Ehre sein, Sir.«

Rhodes erwartete ihn unten auf dem Batteriedeck. »Gut gemacht, Dick. Er wird Sie respektieren, wenn Sie ihm kontra geben.«

Sie gingen nach achtern zur Messe, und Rhodes sagte: »Sie wissen, daß unser ›Herr und Meister‹ beabsichtigt, das andere Schiff aufzubringen, nicht wahr, Dick?«

Bolitho warf seinen Hut auf eine der Kanonen und ließ sich am Tisch nieder.

»Ich nehme es an.« Seine Gedanken wanderten wieder zurück zu den Klippen und Buchten von Cornwall. »Voriges Jahr, Stephen, machte ich Vertretungsdienst auf einem Zollkutter.«

Rhodes wollte gerade eine witzige Bemerkung dazu machen, als er in Bolithos Augen aufsteigenden Kummer gewahrte.

Bolitho sagte: »Es gab da einen Mann, einen großen und angesehenen Gutsbesitzer. Er starb bei dem Versuch, aus dem Lande zu flüchten. Ihm war nachgewiesen worden, daß er Waffen für den Aufstand in Amerika geschmuggelt hatte. Vielleicht denkt der fremde Kommandant, hier liege ein ähnlicher Fall vor, und all die Jahre habe das Gold nur auf die richtige Verwendung gewartet.« Überrascht von seinem eigenen Ernst, zog Bolitho ein Gesicht. »Aber lassen Sie uns über Rio sprechen. Ich freue mich schon darauf.«

Colpoys schenderte herein und ließ sich umständlich auf einem Stuhl nieder.

Er sagte zu Rhodes: »Der Erste Offizier läßt Ihnen sagen, Sie möchten einen Midshipman zur Schreibarbeit in der Kajüte abstellen.« Er schlug die Beine übereinander und bemerkte spöttisch: »Wußte gar nicht, daß unsere jungen Herren des Lesens und Schreibens kundig sind.«

Ihr Gelächter erstarrte, als der Schiffsarzt mit ungewöhnlich ernster Miene eintrat und nach einem prüfenden Blick in die Runde sagte: »Der Oberfeuerwerker hat mir gerade interessante Dinge erzählt. Einer seine Maate hat ihn gefragt, ob sie die Kugeln der Zwölfpfünder umstauen sollten, um Platz für die Goldbarren zu schaffen.« Er ließ seine Worte einsickern. »Wie lange ist es her? Fünfzehn Minuten, zehn? Es wird das am kürzesten bewahrte Geheimnis aller Zeiten gewesen sein.«

Bolitho lauschte dem regelmäßigen Knarren und Quietschen der Takelage und den Schritten der Wache auf dem Deck über ihnen.

»Seien Sie auf alles gefaßt«, hatte Palliser gesagt. Der Satz hatte plötzlich noch eine andere Bedeutung bekommen.

Am Morgen nach Dumaresqs Enthüllungen über das Schatzschiff stand das fremde Segel noch immer weit achteraus.

Bolitho hatte die Morgenwache und spürte die wachsende Spannung, als das Licht über dem östlichen Horizont zunahm und die Gesichter um ihn herum Form und persönliche Züge gewannen.

Dann kam der Ruf: »An Deck! Segel in Nordost!«

Dumaresq schien darauf gewartet zu haben. Innerhalb weniger Minuten erschien er an Deck, und nach einem flüchtigen Blick auf den Kompaß und die lose killenden Segel bemerkte er: »Der Wind hat abgeflaut.« Er schaute Bolitho an. »Das ist ein mieses Geschäft!« Er riß sich sofort wieder zusammen und sagte: »Ich werde jetzt erst einmal frühstücken. Schicken Sie Mr. Slade nach oben, sobald er auf Wache kommt. Er hat ein Auge für Schiffe aller Art. Er soll sich den Fremdling anschauen, der – weiß Gott, wie er es macht – gewitzt genug ist, Fühlung zu halten, ohne uns aus den Augen zu verlieren.«

Bolitho sah Dumaresq nach, bis er nach unten verschwunden war, und blickte dann über die ganze Länge der *Destiny*. Es war die geschäftigste Zeit an Bord. Matrosen schrubbten kniend mit Sandsteinen –»Gebetbuch« genannt – die Decksplanken, andere reinigten Kanonen oder überholten unter Timbrells kritischen Blicken das stehende und laufende Gut der Masten. Die Seesoldaten übten sich im komplizierten Exerzieren mit Musketen und aufgepflanzten Bajonetten, wobei Colpoys sich im Hintergrund hielt und die Arbeit seinem Sergeanten überließ.

Beckett, der Schiffszimmermann, reparierte mit einigen Leuten die Backbord-Laufbrücke, die beschädigt worden war, als bei der Proviantübernahme ein Hilfskran über ihr zusammengebrochen war. Das Oberdeck mit seiner doppelten Reihe von Zwölfpfündern wirkte wie Geschäftsstraße und Marktplatz in einem, wo hart gearbeitet, aber auch munter geklatscht wurde; wo der einzelne sich drücken, aber auch seinen Vorgesetzten angenehm auffallen konnte.

Später, als die Decks aufgeklart waren, wurden die Männer zum Segelexerzieren gerufen, wobei Palliser seinen Stammplatz auf dem Achterdeck einnahm und ihre verzweifelten Bemühungen überwachte, ein Segel noch ein paar Sekunden schneller als das letztemal zu reffen oder neu zu setzen.

Und während der ganzen Zeit, in der sie den Alltagsdienst auf einem Kriegsschiff erledigten, blieb das fremde Schiff stets hinter ihnen. Wie eine kleine Motte am Horizont war es immer da. Wenn die *Destiny* Segel wegnahm und dadurch ihr Fahrt verringerte, machte der Fremdling es ihr nach. Wurde mehr Leinwand gesetzt, meldete der Ausguck sofort das gleiche Manöver bei dem Fremden.

Dumaresq kam an Deck, als Gulliver gerade die Bemühungen des Midshipman der Wache beaufsichtigte, die Mittagshöhe der Sonne zu messen und damit ihren Standort zu bestimmen. Bolitho stand nahe genug, um seine Frage zu hören: »Nun, Mr. Gulliver, wie wird das Wetter heute nacht?« Er schien ungeduldig, ja ärgerlich darüber zu sein, daß Gulliver seinen normalen Dienstobliegenheiten nachging.

Der Master warf einen Blick zum Himmel und dann auf den roten Wimpel an der Mastspitze. »Der Wind hat etwas geraumt, Sir, aber seine Stärke ist unverändert. Wir werden heute nacht keine Sterne haben, zu viele Wolken über der Kimm.«

Dumaresq biß sich auf die Unterlippe. »Gut. Dann soll's geschehen.« Er wandte sich um und rief: »Holen Sie Mr. Palliser!« Er sah Bolitho. »Sie haben heute nachmittag die Hundewache. Sorgen Sie dafür, daß ein paar Lampen am Besanmast bereitgestellt werden. Ich möchte, daß unser Freund ständig unsere Lichter sieht, es wird ihn beruhigen.«

Bolitho bemerkte die Veränderung in dem Mann, die Kraft, die ihn wie eine Woge durchlief und seinen Verfolger zu vernichten drohte.

Palliser kam nach achtern geeilt und blickte vorwurfsvoll drein, als er den Kommandanten wieder mit dem jüngsten Offizier sprechen sah.

»Ah, Mr. Palliser, ich habe Arbeit für Sie.«

Dumaresq lächelte; aber an der Art, wie seine Gesichtsmuskeln zuckten und Rücken und Schultern sich strafften, konnte Bolitho erkennen, daß er nicht so gelassen war, wie er sich gab.

Dumaresq machte eine weit ausholende Gebärde. »Ich möchte, daß die Barkasse bei Anbruch der Dunkelheit, bei schlechtem Licht noch früher, bereit zum Aussetzen ist. Geben Sie bitte einem guten

Mann das Kommando, und teilen Sie einige zusätzliche Leute ein, die den Mast in der Barkasse aufrichten und Segel setzen, sobald sie abgelegt hat.« Er beobachtete Pallisers undurchdringliche Miene und setzte hinzu: »Ich möchte, daß sie einige große Lampen mitnehmen. Wir werden unsere eigenen löschen und das ganze Schiff verdunkeln, sobald die Barkasse von uns frei ist. Danach beabsichtige ich, einen Schlag nach Luv zu machen, dann zu wenden und abzuwarten.«

Bolitho wandte sich um und schaute Palliser an. Ein anderes Schiff bei Dunkelheit anzugreifen, war nicht auf die leichte Schulter zu nehmen.

Dumaresq fügte hinzu: »Ich lasse jeden Mann an Bord auspeitschen, der auch nur so viel Licht zeigt wie ein Glühwürmchen.«

Palliser berührte seinen Hut. »Ich kümmere mich darum, Sir. Und das Kommando im Boot kann Mr. Slade übernehmen. Er ist so scharf auf Beförderung, daß er sich darüber freuen wird.«

Bolitho bemerkte mit Staunen, daß Dumaresq und der Erste Offizier einander anlachten wie zwei Schuljungen nach einem gelungenen Streich.

Dumaresq schaute zum Himmel auf und wandte den Blick dann nach achtern. Nur vom Masttopp aus konnte man das andere Schiff sehen, aber es hatte den Anschein, als könne Dumaresq bis hinter den Horizont blicken. Er war jetzt wieder ganz ruhig und Herr seiner Gefühle.

Er sagte: »Davon werden Sie Ihrem Vater erzählen können, Mr. Bolitho. Es würde ihm gefallen.«

Ein Matrose mit einem Bunsch Tauwerk wie einem Bündel toter Schlangen über der Schulter schlenderte vorbei: Stockdale. Als der Kommandant nach unten verschwand, flüsterte er: »Greifen wir den da hinten an, Sir?«

Bolitho zuckte die Achseln. »Ich – hm – ich glaube, ja.«

Stockdale nickte kräftig. »Dann schleife ich mal mein Entermesser.« Und damit war der Fall für ihn zunächst klar.

Wieder allein mit seinen Gedanken, ging Bolitho zur Querreling und schaute hinab auf die Männer, die damit beschäftigt waren, die Barkasse aus der Reihe der übrigen Boote freizulegen. Ob Slade wußte, überlegte er, wie gefährlich sein Auftrag war? Wenn nun der Wind zunahm, nachdem die Barkasse losgeworfen hatte? Slade konnte Meilen von ihrem Kurs abgetrieben werden. Ihn wiederzufinden, würde dann so schwer sein wie die Suche nach der berühmten

Stecknadel im Heuhaufen.

Jury kam an Deck und trat nach einigem Zögern zu ihm an die Reling. Bolitho sah ihn erstaunt an. »Ich dachte, Sie wären achtern für den armen Lockyer eingesprungen?«

Jury hielt seinem Blick stand. »Ich habe den Ersten Offizier gefragt, ob er an meiner Stelle nicht Midshipman Ingrave einteilen könne.« Unter dem prüfenden Blick Bolithos verlor er etwas von seiner gespielten Gelassenheit. »Ich wollte lieber in Ihrer Wache bleiben, Sir.«

Bolitho klopfte ihm auf die Schulter. »Auf Ihre eigene Verantwortung.« Aber er fühlte sich trotzdem etwas geschmeichelt.

Die Bootsmannsmaaten eilten von Luk zu Luk, ließen ihre Silberpfeifen trillern und riefen dazwischen mit heiseren Stimmen die Wache nach oben, um die Barkasse auszusetzen.

Jury lauschte dem Trillern und sagte: »Die Nachtigallen von Spithead sind heute abend mal wieder groß in Form, Sir.«

Bolitho verbarg ein Lächeln. Jury drückte sich wie ein Matrose aus, wie ein alter Seebär. Er sah ihn ernst an. »Sie setzen sich besser in Bewegung und schauen nach, ob mit den Lampen alles klappt. Anderenfalls wird Mr. Palliser uns beide in Stücke reißen, fürchte ich.«

Als sich die Dämmerung herabsenkte und ihre Vorbereitungen verhüllte, meldete der Ausguck im Mast, daß das andere Segel noch immer in Sicht sei.

Palliser tippte an seinen Hut, als der Kommandant an Deck kam. »Alles klar, Sir.«

»Sehr gut.« Dumaresqs Augen blitzten im Widerschein der aufgereihten Lampen. »Nehmen Sie ein paar Segel weg, und dann klar zum Aussetzen des Bootes!« Er schaute hinauf, als das Großmarssegel aufgegeit wurde und träge an seiner Rah schlug. »Danach setzen wir sofort wieder jeden Fetzen, den wir haben. Wenn das Frettchen hinter uns ein Freund ist und sich nur bei uns angehängt hat, um unseren Schutz zu genießen, werden wir es bald erfahren. Wenn nicht, Mr. Palliser, wird *er* einiges erfahren, das verspreche ich Ihnen.«

Eine anonyme Stimme flüsterte: »Kommandant kommt, Sir.«

Palliser drehte sich um und wartete, daß Dumaresq zu ihm an die Reling trat.

Schattenhaft schob sich Gulliver durch das Dunkel. »Kurs Ost zu

Süd, Sir, voll und bei.*«

Dumaresqs Antwort war ein kurzes Grunzen. »Sie hatten recht mit der sternenlosen Nacht, Mr. Gulliver, obwohl der Wind frischer ist als erwartet.«

Bolitho stand mit Rhodes und drei Midshipmen auf der Leeseite des Achterdecks bereit, jeden plötzlich gegebenen Befehl auszuführen. Und natürlich waren sie damit auch nahe genug, um an der weiteren Entwicklung und wachsenden Spannung teilzunehmen. Dumaresqs Bemerkung hatte geklungen, als mache er den Master für den Wind veranwortlich.

Bolitho schaute hinauf, und es überlief ihn ein Schauer. Nachdem die *Destiny* sich mühsam ein gutes Stück nach Luv hochgearbeitet hatte, war sie, wie von Dumaresq geplant, durch den Wind gegangen und stürzte sich nun mit einer steifen Brise von Backbord gegen die anstürmenden Seen, die an der Luvseite Gischt bis zur Takelage hinaufschickten und die an Deck hockenden Seeleute wie mit einem Tropenregen übergossen.

Die Segel der *Destiny* waren bis auf Marssegel und Klüver weggenommen; in die große Breitfock jedoch waren nur zwei Reffs eingesteckt, für den Fall, daß sie bei einer plötzlichen Kursänderung gesetzt werden mußte.

Rhodes murmelte: »Irgendwo da vorn ist das andere Schiff, Dick.«

Bolitho nickte und versuchte, nicht an die Barkasse zu denken, die in der zunehmenden Dunkelheit bis auf ihre Lichter, die sich lebhaft im Wasser spiegelten, verschwunden war.

Es war unheimlich, dieses totenstille, dunkle Schiff. Niemand sagte etwas, und die stark eingefetteten Blöcke und Taljen ließen ihr sonstiges Knarren und Quietschen vermissen. Zu hören waren nur die vorbeirauschenden Seen und das Gurgeln des durch die Speigatten ablaufenden Wassers, wenn die *Destiny* den Bug wieder einmal tief in ein Wellental gesteckt hatte.

Bolitho versuchte, sich auf das zu konzentrieren, was vor ihnen lag. Palliser hatte die besten Seeleute als Enterkommando ausgesucht, falls es dazu kam. Doch der auffrischende Wind konnte Dumaresqs Pläne durchkreuzt haben, dachte Bolitho. Er hörte Jury, der ruhelos an den Netzen hin und her ging, und Cowdroy, Rhodes' Midshipman, der schon zwei Jahre an Bord war: ein mürrischer und

* Ausdruck für ein hoch am Wind segelndes Schiff, dessen Segel trotzdem vollstehen.

überheblicher Bursche von sechzehn Jahren, als Offizier ungeeignet. Rhodes hatte mehr als einmal Anlaß gehabt, ihn beim Kommandanten zu melden, und das letztemal war er vom Bootsmann schändlich über einen Sechspfünder gelegt und mit dem Stock gezüchtigt worden. Das schien ihn aber nicht geändert zu haben. Als dritter vervollständigte der kleine Merrett, der sich wie üblich möglichst außer Sichtweite hielt, das Trio.

Rhodes sagte leise: »Jetzt ist es bald soweit, Dick.« Er lockerte den Säbel an seinem Gürtel. »Könnte ein Sklavenhändler sein, wer weiß?«

Yeames, Steuermannsmaat der Wache, sagte heiter: »Wohl kaum, Sir. Ein Schiff voll Sklaven würden Sie jetzt schon riechen.«

Palliser brummte ärgerlich: »Haltet den Mund!«

Bolitho beobachtete, wie die See weiß schäumend über die Leereling schlug. Dahinter sah er nichts als eine tiefschwarze Wand, nach oben durch eine gezackte Linie abgeschlossen. Schwarz wie Stiefelwichse, hatte Colpoys bemerkt. Seine Scharfschützen hockten schon oben in den Masten, bemühten sich, ihre Musketen trocken und gleichzeitig nach dem Fremdling Ausschau zu halten.

Wenn der Kommandant und Gulliver die Zeit richtig berechnet hatten, mußte der Fremde jetzt an Steuerbord voraus in Sicht kommen. Die *Destiny* würde die bessere Position zum Wind haben und dadurch verhindern können, daß das andere Schiff ausriß. Die Männer der Steuerbordbatterie standen bereit, die Geschützführer knieten hinter den Rohren, um sie gleich nach dem Ausrennen auf den Feind richten zu können.

Einer Zivilperson, die daheim in England am Kamin saß, mochte das alles verrückt erscheinen. Aber für Kapitän Dumaresq war es etwas ganz anderes, und darauf kam es an. Das andere Schiff, wer es auch sein mochte, mischte sich in Angelegenheiten des Königs. Und das machte es zu seiner persönlichen Angelegenheit, die nicht auf die leichte Schulter zu nehmen war.

Bolitho überlief ein neuer Schauer, als er an seine erste Begegnung mit dem Kommandanten dachte: »Loyalität für mich, das Schiff und seine Britannische Majestät, in dieser Reihenfolge.«

Die *Destiny* hob ihren bebenden Klüverbaum wie eine Lanze und schien einen Augenblick bewegungslos über dem nächsten Wellental zu schweben, bevor sie hinabfiel und mit ihrem Bug den nächsten Wasserberg teilte, wodurch eine Flut von Gischt über der Back zusammenschlug.

Aus dem Augenwinkel sah Bolitho, daß etwas von oben herunterfiel. Es schlug an Deck auf und explodierte mit lautem Knall.

Rhodes duckte sich, als eine Kugel gefährlich nahe an seinem Gesicht vorbeipfiff. Er schnappte nach Luft. »Da hat doch so ein verdammter Ochse seine Muskete fallen lassen!«

Erschreckte Stimmen und wilde Flüche klangen vom Batteriedeck hoch, und Leutnant Colpoys rannte zum Hüttenaufgang, um sich den Sünder zu kaufen.

Das alles ereignete sich in schneller Folge. Die Explosion lenkte die Aufmerksamkeit der Offiziere und Seeleute nur wenige Augenblicke ab, während sich die *Destiny* unbeirrt den nächsten Wellenbergen entgegenwarf.

Palliser sagte ärgerlich: »Ruhe da, verdammt noch mal!«

Bolitho wandte sich um und erstarrte, als aus der Finsternis, vor dem Winde herlaufend, das andere Schiff auftauchte, und zwar nicht in sicherem Abstand an Steuerbord, sondern ganz nahe an Backbord, wie ein Phantom über ihrer Reling.

»Ruder hart Steuerbord!« Dumaresqs mächtige Stimme brachte die verschreckten Leute wieder zu Besinnung. »An die Schoten, Halsen und Brassen! Soldaten auf dem Achterdeck – Achtung!«

Sich aufbäumend und wieder tief eintauchend, mit donnernd schlagenden Segeln, drehte die *Destiny* von dem auf sie zukommenden Schiff weg. Geschützbedienungen, die noch vor wenigen Minuten ihre Waffen für das bevorstehende Gefecht klariert hatten, stürzten nach der ersten Überraschung auf die andere Seite, um ihren Kameraden zu helfen, deren Zwölfpfünder noch festgezurrt hinter dichtverschlossenen Stückpforten standen.

Ein Brecher ergoß sich über das Achterdeck und durchnäßte alle dort Stehenden bis auf die Haut. Die Ordnung war jedoch schnell wiederhergestellt, und Bolitho sah Matrosen, die sich so stark in die Brassen legten, daß sie mit ihren Rücken fast das Deck berührten.

Er brüllte: »Achtung, Leute!«, und griff nach seinem Säbel, während Rhodes und seine Midshipmen zum Vorschiff rannten. »Sie steuern direkt auf uns zu!«

Ein Schuß warf sein Echo über das Getöse von See und Wind, doch ob er versehentlich oder gezielt abgefeuert worden war, interessierte Bolitho jetzt nicht.

Er spürte Jury an seiner Seite.

»Was sollen wir tun, Sir?«

Es klang verängstigt. Mit gutem Recht, dachte Bolitho. Merrett hatte sich an die Netze geklammert, als wolle er sie nie wieder loslassen.

Bolitho kostete es große Anstrengung, seine jagenden Gedanken unter Kontrolle zu bekommen. Er mußte handeln. Niemand war da, der ihm Ratschläge oder Befehle gab. Jedermann auf dem Achterdeck war voll von seinen eigenen Aufgaben in Anspruch genommen.

Er brachte es fertig zu sagen: »Bleiben Sie bei mir!« Dann rief er einem vorbeirennenden Mann zu: »Sie da, holen Sie die Leute von der Steuerbord-Batterie nach oben, wir müssen Enterer zurückschlagen!«

Während Männer fluchend und schreiend in alle Richtungen rannten, hörte Bolitho die Stimme Dumaresqs. Er stand auf der entgegengesetzten Seite des Achterdecks, aber es hörte sich an, als spräche er direkt an Bolithos Ohr.

»Klar zum Entern, Mr. Bolitho!« Er wandte sich um, als Palliser weitere Leute an die Fallen, Geitaue und Gordings schickte, um durch Abdrehen die Gewalt des Zusammenstoßes zu mildern. »Er darf uns nicht entwischen!«

Bolitho starrte ihn entschlossen an. »Aye, Sir!« Er war gerade dabei, seinen Säbel zu ziehen, als das andere Schiff mit einem splitternden Dröhnen breitseits gegen ihre Bordwand stieß. Wenn Dumaresq nicht so schnell gehandelt hätte, wäre es mit dem Bug in sie hineingefahren und hätte sie wie mit einer gewaltigen Axt in zwei Teile gespalten.

Schreie verwandelten sich in Hilferufe, als eine wild durcheinandergeratene Masse von Tauwerk und gebrochenen Spieren auf Deck und zwischen die beiden Schiffsrümpfe prasselte. Männer wurden von den Füßen gerissen, als die See die Schiffe anhob und noch einmal gegeneinanderwarf, wobei ein weiteres Gewirr von Takelagenteilen und Blöcken von oben kam. Einige Männer lagen darunter, aber Bolitho zog Jury am Arm und schrie: »Komm mit!« Er schwang seinen Säbel und schaute krampfhaft nicht auf das Wasser nieder, das zwischen den beiden Schiffen hochbrodelte. Ein Fehltritt, und alles war vorbei. Er sah Little ein Enterbeil schwingen und Stockdale, der sein Entermesser wie einen Dolch vor die breite Brust hielt.

Bolitho biß die Zähne zusammen und machte einen Satz in die Wanten des anderen Schiffes. Seine Füße traten ins Leere, als sie nach einem Halt suchten. Sein Säbel war seiner Hand, die ein Stag gefaßt hatte, entglitten und schaukelte am Riemen bedrohlich von seinem

Handgelenk, während er keuchend um Halt kämpfte. Andere Männer, die ebenfalls den Sprung gewagt hatten, tauchten neben ihm auf, doch einer hatte es nicht geschafft und war zwischen die beiden Schiffsrümpfe gefallen. Es würgte Bolitho im Hals, als der Schrei des Mannes plötzlich abbrach wie eine Tür, die zugeschlagen wurde.

Als er auf das fremde Deck hinuntersprang, hörte er andere Stimmen und sah vage Gestalten sich durch heruntergefallene Takelage arbeiten, während achtern eine Pistole knallte.

Er griff nach seinem Säbel und schrie: »Werft die Waffen weg! Im Namen des Königs!«

Das wilde Geschrei, das seiner kläglichen Aufforderung folgte, war fast schlimmer als die Gefahr, in der er sich befand. Vielleicht hatte er geglaubt, Spanier oder Franzosen vor sich zu haben. Aber die Stimmen, die seinem hocherhobenen Säbel entgegenbrüllten, waren so englisch wie seine eigene.

Eine Stenge fiel krachend aufs Deck, zerschmetterte eine der Gestalten zu Brei und trennte die Gegner einen Augenblick. Mit einem letzten Zittern lösten sich die beiden Schiffe voneinander. In diesem Augenblick, als eine Säbelklinge aus dem Dunkel auf ihn zustieß, erkannte Bolitho, daß die *Destiny* fort war und er nun um sein Leben kämpfen mußte.

V Klinge gegen Klinge

Das kleine Enterkommando der *Destiny* rückte, sich gegenseitig im Dunkeln rufend und Flüche mit den Gegnern tauschend, von allen Seiten zusammen. Dabei wurde das Deck ständig von Brechern überspült und jede Bewegung durch herabgefallene Takelageteile und wild durcheinanderliegendes Tauwerk erschwert. Auch hingen Wrackteile über die Bordwand ins Wasser und zogen das Schiff wie Seeanker in die Wellentäler hinab.

Bolitho hieb nach irgendeinem Gegenüber, wobei seine Klinge auf harten Stahl traf, während er gleichzeitig einen anderen Angriff abwehrte. Bolitho war ein guter Fechter, aber sein leichter Marinesäbel war eine ärmliche Waffe gegen ein hartgeschmiedetes Enterbeil. Um ihn herum brüllten und keuchten ineinanderverschlungene Männer, die sich mit Dolchen, Entermessern oder anderen Waffen fanatisch bekämpften.

Little schrie: »Nach achtern, Männer, nach achtern!« Er bahnte sich einen Weg durch das trümmerübersäte Deck, schlug im Lauf einen Gegner mit seinem Enterbeil nieder und zog die Hälfte seiner Leute hinter sich her.

In Bolithos Nähe rutschte ein Mann aus und rollte sich im Fallen herum, um sein Gesicht vor dem Mann, der mit erhobenem Entermesser über ihm stand, zu schützen. Bolitho hörte das Sausen des Stahls und den ekelerregenden, dumpfen Ton, mit dem er Knochen spaltete. Als er sich umwandte, sah er, daß es Stockdale war, der die Klinge seines langen Entermessers herausriß und den toten Gegener ohne Umstände über Bord stieß.

Es war ein wildes Durcheinander, ein entfesselter Alptraum fern aller Wirklichkeit. Bolitho wehrte einen weiteren Gegner ab, der sich wie ein Kletteraffe an einem Stag hatte heruntergleiten lassen. Er duckte sich, als er den Mann über seinem Kopf spürte, und hörte ihn ausatmen, als er seinen Schwung abbremste. Bolitho stieß ihm den Griff seines Säbels in die Magengrube, und als er sich wegduckte, schlug er ihm den Säbel mit aller Kraft über den Nacken. Dabei fühlte er einen Schmerz im Arm, als ob er selber niedergehauen worden wäre.

Ungeachtet all des Schrecklichen um ihn herum, blieben Bolithos Sinne hellwach, aber eher wie die eines Zuschauers, der an dem blutigen Massaker völlig unbeteiligt war. Das Schiff war eine Brigantine. Ihre Rahen standen kreuz und quer durcheinander, so daß sie hilflos nach Lee abtrieb. Alles auf diesem Schiff roch neu, es mußte gerade erst gebaut worden sein. Seine Besatzung schien völlig überrascht, als die Segel der *Destiny* vor ihrem Bug auftauchten, und dieser Schreck wirkte bis jetzt nach und hatte das kleine Enterkommando bisher vor Schlimmerem bewahrt.

Ein Mann bahnte sich den Weg nach vorn, ungeachtet der wimmernden und zerfetzten Gestalten, auf die er dabei trat. Bolitho, durch dessen Kopf viele Überlegungen jagten, war es sofort klar, daß diese hagere Gestalt im blauen Rock der Kapitän des Schiffes sein mußte.

Die Brigantine war zur Zeit außer Kontrolle, aber das ließ sich in wenigen Sekunden ändern. Doch die *Destiny* war nirgends zu sehen. Vielleicht waren ihre Beschädigungen schlimmer, als er vermutet hatte. Man glaubte ja nie, daß auch dem eigenen Schiff passieren konnte, was man dem Gegner wünschte.

Bolitho sah den matten Schimmer von Stahl und schloß daraus, daß die Morgendämmerung nicht mehr fern war. Überraschenderweise mußte er plötzlich an seine Mutter denken. Er war froh, daß sie es nicht mit ansehen mußte, wenn er fiel.

Der hagere Mann schrie: »Weg mit der Waffe, Stinktier!«

Bolitho versuchte, zurückzubrüllen, seine Männer um sich zu sammeln und sich selber zum äußersten Widerstand anzuspornen.

Dann trafen die Klingen aufeinander. Bolitho fühlte die Stärke des Mannes durch die Waffe, als wäre sie die Verlängerung seines Armes.

Die Säbel klirrten, Bolitho parierte und schlug nach dem anderen Mann, der nach jedem Ausfall zurückschlug und vorwärtsdrängte.

Plötzlich ein scharfes Klingen. Bolitho fühlte, daß ihm der Säbel aus der Hand geglitten und auch die Schlaufe ums Gelenk durch die Gewalt des Schlages gerissen war.

Er hörte eine gellende Stimme schreien: »Hier, Sir!« Es war Jury, der ihm mit dem Griff voran einen Degen zuwarf.

Wut kam Bolitho zu Hilfe. Irgendwie fing er die Waffe auf und bekam sie in den Griff, wobei er sich ihres Gewichts und ihrer Länge bewußt wurde. Nebelhafte Bilder schossen ihm durch den Kopf: sein Vater, der ihm und seinem Bruder Hugh im Küchengarten von Falmouth ersten Fechtunterricht gab; der ihm später beibrachte, jede Bewegung sorgfältig abzuwägen.

Er zuckte zusammen, als der Säbel des anderen seinen Ärmel dicht unterhalb der Achselhöhle durchschnitt. Ein paar Zoll weiter und . . . Er fühlte, wie Wut alle anderen Empfindungen hinwegschwemmte: ein Zustand des Wahnsinns, der ihm Kraft und Selbstvertrauen zurückgab.

Bolitho parierte einen neuen Hieb und spürte dabei die Kraft und den Haß seines Gegners, roch seinen Schweiß. Er hörte Stockdales heisere Stimme und wußte, daß dieser zu hart bedrängt war, um ihm beistehen zu können. Andere hatten aufgehört zu kämpfen und starrten, als wäre ihre eigene Wut verraucht, gebannt auf die beiden Fechter in ihrer Mitte.

Wie in einer anderen Welt fiel ein Kanonenschuß. Eine Kugel pfiff über das Deck und schlug wie eine eiserne Faust durch ein killendes Segel. Die *Destiny* war also nahe, und Dumaresq hatte das Risiko gewagt, möglicherweise einige seiner eigenen Leute zu töten, um seine Gegenwart fühlbar zu machen.

Einige Leute der Brigantine warfen sofort ihre Waffen weg. Andere waren weniger glücklich und wurden von den mit neuem Mut erfülltern Enterern niedergemacht, bevor sie begriffen hatten, was vorging.

Bolithos Gegner brüllte: »Zu spät für Sie, Sir!« Er stieß Bolitho mit der Faust zurück, schätzte den Abstand und machte einen Ausfall.

Bolitho hörte Jury aufschreien, sah Little mit gefletschten Zähnen auf sich zurennen.

Nach so viel Haß und Todesangst war es fast zu einfach und ohne Würde: Er behielt sein Gleichgewicht und brauchte seinen Füßen und Armen nicht einmal zu kommandieren, als er geschickt auswich und die Wucht des gegnerischen Angriffs dazu nutzte, seine eigene Waffe mit einer Drehbewegung freizubekommen und sie ihm in die Brust zu stoßen.

Little zog den Mann beiseite und hob sein blutiges Beil, als er sich loszureißen versuchte.

Bolitho rief: »Halt! Laß ihn leben!«

Er sah sich benommen und angewidert um, während einige seiner Männer ihm lauthals zujubelten.

Little ließ den verwundeten Mann aufs Deck fallen und wischte sich das Gesicht mit dem Handrücken, als entweiche auch aus ihm langsam der Wahnsinn der Kampfeswut. Bis zum nächstenmal.

Bolitho sah, daß Jury mit dem Rücken an einer gebrochenen Spier lehnte und beide Hände in den Bauch preßte. Er kniete neben ihm nieder und versuchte, Jurys Finger wegzuziehen. Nicht er, dachte er, nicht so früh!

Ein Matrose, den Bolitho als einen seiner besten Leute vom Großmast erkannte, bückte sich und zog die Hände des Midshipman mit einem Ruck auseinander.

Bolitho schluckte, riß das Hemd auf und erinnerte sich dabei an Jurys Heldentat und an sein Vertrauen im Augenblick des Enterns. Bolitho war selber noch jung, aber er hatte solche Aktionen immerhin schon mitgemacht.

Er schaute auf die Wunde herab und hätte gern gebetet. Die Spitze der Klinge mußte durch das große, vergoldete Schloß an Jurys Gürtel abgelenkt worden sein. Bolitho konnte selbst bei diesem schwachen Licht erkennen, daß vor allem das Metall getroffen worden war. Es hatte die Wucht des Stoßes aufgefangen, und der Angreifer hatte dadurch den Bauch des Jungen nur geritzt.

Der Matrose grinste und riß ein Stück von Jurys Hemd als Notverband ab. »Nur ein Kratzer, Sir. Das kommt wieder in Ordnung.«

Noch zitternd richtete Bolitho sich auf und stützte sich dabei mit einer Hand auf die Schulter des Mannes.

»Danke, Murray.«

Der Mann schaute zu ihm auf. »Ich sah, wie er Ihnen den Degen zuwarf, Sir. Im selben Augenblick hat irgendein anderer Kerl zugestoßen.« Er wischte sein Entermesser gedankenlos an einem Stück Segeltuch ab. »Das war aber der verdammt letzte Streich, den er auf dieser Erde tat.«

Bolitho kämpfte sich zu dem verlassenen Ruder durch. Stimmen aus der Vergangenheit schienen ihm zu folgen und ihn zu ermahnen: »Sie werden jetzt auf dich schauen, jetzt, da der Kampfgeist und die Raserei aus ihnen entwichen sind.«

Er wandte sich um und befahl energisch: »Bringt die Gefangenen nach unten und bewacht sie gut.« Er suchte nach einem bekannten Gesicht unter den Leuten, die ihm blindlings gefolgt waren, ohne daß sie wirklich wußten, was sie taten.

»Sie, Southmead, übernehmen das Ruder. Die übrigen helfen Maat Little, die über Bord hängende Takelage zu klarieren.«

Er warf einen schnellen Blick auf Jury. Die Augen des Jungen standen weit offen, als ob er sich Mühe gäbe, nicht vor Schmerzen zu weinen. Bolitho zwang sich zu einem Lächeln, das etwas schief ausfiel. »Wir haben ein Prise erobert, Mr. Jury. Vielen Dank für Ihren Degen. Das war sehr mutig von Ihnen.« Jury wollte antworten, aber er verlor das Bewußtsein. Durch das Getöse von Wind und See hörte Bolitho die mächtige, durch ein Megaphon verstärkte Stimme von Kapitän Dumaresq.

Bolitho rief Stockdale zu: »Antworten Sie für mich, ich bin zu erschöpft.«

Als die beiden Schiffe, deren schöne Linien durch gebrochene Rahen und herunterhängendes Tauwerk verunziert wurden, einander wieder näher kamen, hob Stockdale seine riesigen Hände an den Mund und rief: »Das Schiff ist unser, Sir!«

Man hörte rauhe Hurrarufe von der Fregatte herüberschallen. Offensichtlich hatte Dumaresq nicht erwartet, noch einen einzigen von ihnen lebend wiederzusehen.

Pallisers scharfe Befehle traten an die Stelle der sonoren Stimme des Kommandanten: »Bleiben Sie beigedreht liegen, wenn Sie können! Wir müssen erst Mr. Slade und sein Boot suchen!«

War es Einbildung, als Bolitho meinte, jemanden lachen zu hören? Er hob die Hand, als die Fregatte sich langsam und schwerfällig entfernte, während schon Männer auf ihren Rahen dabei waren, neue Segel anzuschlagen und Tauwerk durch Ersatzblöcke zu scheren.

Dann schaute er über das Deck der Brigantine, auf die verwundeten Männer, die leise stöhnten oder wie kranke Tiere wegzukriechen versuchten.

Einige würden sich nie mehr bewegen.

Als das Tageslicht weiter zunahm, prüfte Bolitho den Degen, den Jury ihm zu seiner Rettung zugeworfen hatte. In dem schwachen Licht sah das Blut auf dem Griff und auf seinem Handgelenk wie schwarze Farbe aus.

Little kam wieder nach achtern. Der neue Dritte Offizier schien ihm noch sehr jung. Im nächsten Augenblick würde er die Waffe in einer Aufwallung des Ekels darüber, was er mit ihr angerichtet hatte, über Bord werfen. Das wäre ein Jammer. Später würde ihm einfallen, daß er sie seinem Vater oder seiner Braut hätte schenken sollen.

Little sagte: »Geben Sie her, Sir, ich werde sie für Sie reinigen.« Er sah, daß Bolitho zögerte, und fügte warm hinzu: »Sie war ein guter Kamerad für Sie, und zu seinen Kameraden soll man halten, das sagt Ihnen Josh Little, Sir.«

Bolitho gab ihm die Waffe. »Ich glaube, Sie haben recht.« Er richtete sich straff auf, obwohl ihn jeder Muskel und jede Sehne schmerzten.

»Lebhaft, Leute! Wir haben noch viel zu tun.« Er rief sich die Worte des Kommandanten in Erinnerung: »Nichts geschieht von allein.«

Vom Fuß des Fockmastes aus, neben dem ein Haufen herabgefallener Takelage lag, beobachtete ihn Stockdale. Er nickte befriedigt. Wieder war ein Kampf vorüber.

Bolitho wartete müde neben Dumaresqs Tisch in der Kajüte der *Destiny*. Er war so erschöpft, daß seine Glieder nicht mehr automatisch die Schlingerbewegungen der Fregatte auffingen. Im trüben Morgenlicht hatten sie lesen können, daß die Brigantine *Heloise* hieß, von Bridport in der Grafschaft Dorset kam und in die Karibik kommandiert war. Unterwegs hatte sie in Madeira eine Ladung Wein übernehmen sollen.

Als Dumaresq das Logbuch der Brigantine durchgeblättert hatte, warf er Bolitho eine Blick zu.

»Setzen Sie sich, Mr. Bolitho, bevor Sie umfallen!«

Er erhob sich und ging zu den achteren Seitenfenstern, preßte sein Gesicht gegen das dicke Glas und schaute auf die Brigantine, die in Lee der *Destiny* lag. Palliser und ein frisches Prisenkommando hatten vor einiger Zeit übergesetzt, und die Erfahrung des Ersten Offiziers war jetzt auch nötig, um die Schäden auszubessern und das Schiff baldmöglichst wieder flott zu machen.

Dumaresq sagte: »Sie haben sich gut gehalten. Außerordentlich gut. Für einen so jungen Offizier mit so geringer Erfahrung in der Führung von Leuten haben Sie mehr erreicht, als ich zu hoffen wagte.« Er verschränkte die Hände unter den Rockschößen, als müsse er Ärger unterdrücken. »Aber sieben unserer Leute sind tot, weitere schwer verwundet.« Er griff nach oben und drückte mit dem Handrücken das Oberlicht auf. »Mr. Rhodes, versuchen Sie, herauszufinden, wo sich der verdammte Doktor herumtreibt!«

Bolitho vergaß seine Müdigkeit, seine Enttäuschung darüber, daß er das Kommando über die Prise an den Ersten Offizier hatte abgeben müssen. Es faszinierte ihn zu beobachten, wie der Zorn in Dumaresq hochstieg: wie eine glimmende Zündschnur, deren Feuer sich dem Pulverfaß näherte. Sie hatte bewirkt, daß der arme Rhodes oben, als er die Stimme seines Kommandanten unter seinen Füßen hörte, aufsprang.

Dumaresq wandte sich wieder Bolitho zu. »Gute Männer haben ihr Leben verloren – durch Piraten und Mörder, niemand anderen!« Von der falschen Berechnung, die beide Schiffe fast zu Wracks gemacht, auf jeden Fall aber schwer beschädigt hatte, kein Wort. Dagegen: »Ich wußte, daß sie etwas vorhatten. Es wurde mir in Funchal klar, daß es daheim zu viele Augen und Ohren gegeben hatte.« Er zählte die Argumente an seinen dicken Fingern ab: »Erst mein Schreiber, nur wegen des Inhalts der Tasche. Dann die Brigantine, die England zur gleichen Zeit verließ, als wir aus Plymouth ausliefen, und die dann ›zufällig‹ zur gleichen Zeit mit uns in Madeira lag. Ihr Kapitän muß gewußt haben, daß ich nicht gegen den Wind aufkreuzen und ihn jagen konnte. So lange er sich in gebührender Entfernung hielt, war er sicher.«

Bolitho verstand. Hätte die *Destiny* ihren Vorstoß bei Tageslicht unternommen, hätte die *Heloise* den Vorteil ihrer Position nutzen können. Die Fregatte hätte sie zwar in jedem fairen Wettkampf ausgesegelt, doch bevor sie sie erreicht hätte, wäre es dunkel geworden, und im Schutz der Dunkelheit konnte die Brigantine, wenn sie gut geführt wurde, mühelos entwischen. Bolitho dachte an den hageren Mann, den er im Kampf niedergestochen hatte. Er tat ihm jetzt beinahe leid. Dumaresq hatte befohlen, daß er herübergebracht wurde, damit Bulkley, der Schiffsarzt, sein Leben rettete, wenn es möglich war.

Dumaresq fügte hinzu: »Wahrhaftig, es paßt alles zusammen. Wir sind auf der richtigen Fährte.«

Der Posten draußen rief: »Der Schiffsarzt, Sir!«

Dumaresq warf dem schwitzenden Doktor einen kurzen Blick zu. »Es wird auch verdammt Zeit, Mann!«

Bulkley zuckte die Achseln, entweder weil ihn Dumaresqs explosives Temperament kalt ließ, oder weil er so daran gewöhnt war, daß es ihm nichts mehr ausmachte.

»Der Mann lebt, Sir. Eine schlimme Wunde, aber ohne Verunreinigungen.« Er warf Bolitho einen neugierigen Blick zu. »Außerdem ist er ein kräftiger Bursche. Ich bin überrascht und befriedigt, Sie noch in einem Stück vorzufinden, junger Mann.«

Dumaresq fuhr ungeduldig dazwischen: »Lassen wir das jetzt. Wie darf der Schurke es wagen, ein Schiff des Königs herauszufordern! Er hat von mir keine Milde zu erwarten, dessen seien Sie sicher.«

Langsam beruhigte er sich. Es war wie nachlassender Seegang, dachte Bolitho.

»Ich muß so viel wie möglich aus ihm herausholen. Mr. Palliser durchsucht inzwischen die *Heloise,* aber in Anbetracht dessen, was Mr. Bolitho schon tat, um etwas zu finden, habe ich wenig Hoffnung auf Erfolg. Aus ihrem Logbuch ist zu entnehmen, daß die *Heloise* im vorigen Jahr von Stapel gelaufen ist und erst vor einem knappen Monat fertiggestellt wurde. Für ein Handelsschiff, das Gewinn einfahren soll, ist sie aber kaum groß genug.«

Der Doktor bemerkte: »Mr. Jury geht's leidlich. Ein häßlicher Schnitt, aber er ist ein gesunder Junge. Es wird sicher nichts davon bleiben.«

Dumaresq mußte lächeln. »Ich habe mit ihm gesprochen, als er vom Kutter hochgetragen wurde. Da spielt wohl etwas Heldenverehrung mit, nicht wahr, Mr. Bolitho?«

»Er hat mir das Leben gerettet, Sir. Er hätte also keinen Grund, mich zu rühmen.«

Dumaresq nickte. »Hm, wir werden sehen.« Er wechselte das Thema. »Wir wollen noch vor Anbruch der Dunkelheit gemeinsam lossegeln. Bis dahin müssen alle Mann kräftig zupacken. Mr. Palliser wird auf dem verdammten Piraten einen Ersatzmast aufriggen müssen.« Er schaute Bolitho an. »Informieren Sie das Achterdeck: Der Ausguck im Mast soll stündlich wechseln. Wir werden wegen der uns aufgezwungenen Verzögerung die Augen besonders offenhalten müssen, ob weitere Verfolger hinter uns her sind. Wie die Dinge liegen, haben wir eine nette kleine Prise, und niemand weiß etwas von dem Zwischenfall. Das mag uns in gewisser Weise sogar helfen.«

Bolitho stand mit schweren Beinen auf. Es würde also keine Ruhepause geben.

Dumaresq sagte: »Lassen Sie die Leute um zwölf Uhr zur Beisetzungsfeier antreten, Mr. Bolitho. Wir werden die armen Burschen auf ihre letzte Reise schicken, solange wir noch beigedreht liegen.« Er zerstreute aufkommende Gefühle durch den Nachsatz: »Es hat keinen Sinn, damit Zeit zu vertrödeln, wenn wir erst wieder in Fahrt sind.«

Bulkley folgte Bolitho am Posten draußen vorbei und bis zum Niedergang, der ins Hauptdeck hinunterführte.

Der Arzt seufzte. »Er muß den Bissen erst verdauen.«

Bolitho sah ihn an und versuchte, seine Gedanken zu lesen. Aber zwischen den Decks war es zu dunkel, man konnte lediglich die Geräusche und Gerüche des Schiffes wahrnehmen.

»Sind es die Goldbarren?«

Bulkley hob den Kopf, um die gedämpften Rufe von einem längseits kommenden Boot, das von der Dünung gegen die Bordwand gedrückt wurde, zu verstehen.

»Sie sind noch zu jung, um alles zu begreifen, Richard.« Er legte seine rundliche Hand auf Bolithos Arm. »Und das soll keine Kritik sein, glauben Sie mir. Aber ich habe andere Männer wie unseren Kommandanten kennengelernt, und ihn kenne ich besser als manche anderen. Er ist in vieler Hinsicht ein makelloser Offizier, wenn auch etwas starrsinnig. Aber er lechzt nach Taten wie ein Trinker nach der Flasche. Er befehligt diese schöne Fregatte, aber insgeheim fühlt er, daß er zu früh oder zu spät geboren ist. In einem England, das sich im Friedenszustand befindet, sind die Aussichten gering, sich hervorzutun. Das paßt mir zwar sehr gut, aber . . .« Er schüttelte den Kopf. »Ich habe genug gesagt. Aber ich weiß, Sie werden mein Vertrauen nicht mißbrauchen.«

Er ging gemächlich Richtung Niedergang und hinterließ ein Aroma von Schnaps und Tabak, das sich mit den anderen im Raum schwebenden Gerüchen mischte.

Bolitho trat hinaus ins Tageslicht und kletterte schnell die Leiter zum Achterdeck hoch. Er wußte, daß er sofort stehend einschlafen würde, wenn er nicht in Bewegung blieb.

Das Batteriedeck der *Destiny* war übersät mit heruntergekommenen Teilen der Takelage. Mittendrin standen Bootsmann und Segelmacher und berieten, was davon noch zu gebrauchen war. Oben waren Matrosen dabei, Tauwerk zu spleißen und zerrissene Segel herunterzuholen, damit sie geflickt und für spätere Notfälle verstaut werden konnten. Ein Kriegsschiff war völlig autark, nichts wurde daher verschwendet oder weggeworfen. Teile dieser Leinwand würden bald, beschwert mit einer Kanonenkugel, ins Meer gleiten und die Toten, die sie umhüllten, hinabziehen an einen Ort, an dem es nur Dunkel und Stille gab.

Rhodes trat an seine Seite. »Gut, daß Sie wieder da sind, Dick.« Er senkte die Stimme, als sie sich zu der neben ihnen treibenden Brigantine umwandten. »Der ›Herr und Meister‹ rannte herum wie ein rasender Löwe, als Sie sich von unserer Bordwand gelöst hatten. Ich würde ihn eine Woche lang lieber mit äußerster Vorsicht behandeln.«

Bolitho betrachtete aufmerksam das andere Schiff. Es kam ihm jetzt mehr denn je wie ein Traum vor. Kaum zu glauben, daß er es geschafft hatte, seine Leute zu sammeln und die *Heloise* zu nehmen, nachdem es anfangs so kritisch ausgesehen hatte. Männer waren gefallen, zumindest einen davon hatte er selber getötet. Aber was bedeutete das jetzt noch? So gut wie nichts.

Er ging zur Querreling und sah, wie sich mehrere Gesichter ihm auf dem Hauptdeck unten zuwandten. Was mochten sie jetzt denken? Rhodes war ehrlich begeistert, aber es gab sicher auch Neider. Andere würden meinen, er habe eben Glück gehabt oder auch zuviel Erfolg für einen so jungen Offizier.

Spillane, der neue Assistent des Schiffsarztes, erschien auf der Lee-Laufbrücke und warf ein Paket über Bord. Bolitho wurde es übel. Was war darin, ein Bein oder ein Arm? Es hätte von ihm stammen können.

Er hörte Slade, den Steuermannsmaat, irgendeinen unglücklichen Matrosen lauthals beschimpfen. Daß die *Destiny* seine Barkasse wiedergefunden hatte, schien ihn ebensowenig milder gestimmt zu haben wie die dankbaren Rufe seiner erschöpften Leute, als man sie zurück an Bord holte.

Zur befohlenen Zeit wurden die Toten beigesetzt, während die Lebenden mit entblößten Häuptern dastanden und der Kommandant einige Worte aus dem Gebetbuch verlas.

Dann, nach einer schnell eingenommenen Mahlzeit mit einer Extraportion Rum, war die Luft wieder erfüllt vom Lärm der Hämmer und Sägen und dem durchdringenden Geruch nach Farbe und Teer, mit dem die Fugen kalfatert wurden.

Dumaresq kam zum Ende der Nachmittagswache für einige Minuten an Deck, musterte sein Schiff und dann den aufklarenden Himmel, der ihm mehr verriet als jedes Instrument. Zu Bolitho, der wieder einmal Wache hatte, sagte er: »Schauen Sie sich unsere Leute bei der Arbeit an. Zu Hause werden sie als Raufbolde und nichtsnutzige Säufer gebrandmarkt, aber geben Sie ihnen ein Tauende und ein Stück Holz, und Sie werden staunen, was sie daraus machen.«

Er sprach mit so viel Gefühl, daß Bolitho zu fragen wagte: »Glauben Sie, daß es bald wieder Krieg gibt, Sir?«

Einen Augenblick dachte er, er wäre zu weit gegangen. Dumaresq fuhr schnell auf seinen kräftigen Beinen herum, und sein Blick war hart, als er sagte: »Sie haben mit dem verdammten Knochensäbler gesprochen, nicht wahr?« Dann lachte er in sich hinein. »Auf diese Frage gibt es keine Antwort. Sie haben noch keine Ränke kennengelernt.« Er ging für seinen gewohnten Spaziergang auf die andere Seite und sagte nur noch: »Krieg? Ich verlasse mich darauf!«

Bevor die Dunkelheit einbrach und die beiden Schiffe voreinander verbarg, meldete Palliser, daß er auf der Brigantine soweit sei. Die weniger starken Beschädigungen konnten während der Weiterfahrt nach Rio beseitigt werden.

Slade war zur *Heloise* hinübergerudert worden, um das Kommando auf der Prise zu übernehmen, und Palliser kehrte in der Jolle zurück, als die Nacht sich gerade wie ein Vorhang zum Horizont herabsenkte.

Bolitho staunte über Pallisers Ausdauer. Er zeigte keinerlei Ermüdung und schonte sich nicht, als er mit einer Laterne bewaffnet eifrig im Schiff herumstöberte und die Ausführung der Reparaturen überprüfte. Wenn er etwas entdeckte, das er für schlampige Arbeit hielt, setzte es harte Worte für den Schuldigen.

Dankbar kletterte Bolitho in seine Koje und ließ seine Sachen liegen, wo sie hingefallen waren. Um ihn herum vibrierte und knarrte die *Destiny* vor einer achterlichen See, als sei auch sie dankbar für die Ruhepause.

Den Menschen an Bord ging es nicht anders. Bulkley saß in seinem Krankenrevier, sog an einer langen Tonpfeife und teilte einiges von seinen Alkoholvorräten mit Codd, dem Zahlmeister.

Nebenan, vom Orlopdeck aus kaum sichtbar, schliefen die Verwundeten oder wimmerten leise in der Finsternis.

In der Kajüte saß Dumaresq in Hemdsärmeln und bis zur Taille aufgeknöpft und schrieb eifrig in sein privates Tagebuch. Von Zeit zu Zeit sah er scharf zur Tür, als wolle er sie mit Blicken durchbohren und die ganze Länge seines Schiffes kontrollieren. Manchmal sah er auch zu den Decksbalken über sich auf, weil Gullivers Schritte auf dem Achterdeck ihm sagten, daß der Master noch immer über die Ursachen der Kollision grübelte und befürchtete, daß die Schuld daran ihm in die Schuhe geschoben werden könnte.

Im Hauptdeck, das kaum Stehhöhe bot, schaukelte die Mehrzahl der Besatzung in ihren Hängematten, die im Takt der Schiffsbewegungen hin und her pendelten: wie sauber aufgereihte Erbsenhülsen, die darauf warteten, sich im Nu zu öffnen und ihren Inhalt freizugeben, wenn die Wetterlage es verlangte oder die Trommeln zum Gefecht riefen.

Nur einige der Männer, die entweder Wache an Deck gingen oder keinen Schlaf finden konnten, dachten noch an den kurzen, erbitterten Kampf und an die Augenblicke, in denen sie Todesangst kennengelernt hatten; an vertraute Gesichter, die nun ausgelöscht waren, oder an das Prisengeld, das die hübsche Brigantine ihnen einbringen würde.

Auch Midshipman Jury, der sich in seiner Koje im Krankenrevier hin und her warf, durchlebte den Kampf noch einmal. Er dachte an den schrecklichen Augenblick, als Leutnant Bolithos Säbel weggeschlagen worden war, an sein verzweifeltes Bemühen, ihm zu helfen, und an den plötzlichen Schmerz in der Magengrube, als hätte ihn heißes Eisen versengt. Er dachte an seinen toten Vater, an den er sich kaum erinnern konnte, von dem er aber annahm, daß er jetzt stolz auf ihn gewesen wäre.

Die *Destiny* trug alle unterschiedslos: den finsterblickenden Palliser, der Colpoys in der sonst leeren Messe gegenübersaß, vor sich auf dem Tisch die Karten, die ihn zu verhöhnen schienen, bis zu Steward Poad, der in seiner Hängematte schnarchte. Sie alle waren auf Gnade oder Ungnade dem Schiff ausgeliefert, dessen

Galionsfigur nach dem Horizont zu greifen schien und ihm doch nie näherkam.

Zwei Wochen nach Eroberung der Brigantine kreuzte die *Destiny* mit Südkurs den Äquator. Sogar der Master schien über ihr flottes Vorankommen und die zurückgelegte Strecke erfreut. Der ihnen günstige Passat und die milde, warme Luft trugen dazu bei, die Stimmung der Leute zu heben und Krankheiten fernzuhalten.

Über ein Drittel der Besatzung überquerte den Äquator zum erstenmal. Allerlei Ulk und rauhe Scherze, welche die traditionelle Zeremonie begleiteten, wurden beflügelt durch eine Viertageration Rum und Wein für alle Mann.

Little, der Stückmeistersmaat, gab einen majestätischen Neptun mit goldgemalter Papierkrone und einem Vollbart aus Schiemannsgarn ab. Als verschämte Königin an seiner Seite posierte ein entsprechend ausgestopfter Schiffsjunge. Alle Neuankömmlinge in Neptuns Königreich wurden gründlich abgeseift und untergetaucht.

Hinterher kam Dumaresq zu seinen Offizieren in die Messe und drückte ihnen seine Zufriedenheit mit Schiff und Besatzung und ihrer flotten Reise aus. Die *Heloise* war weit zurückgefallen, da sie immer noch mit der Reparatur ihrer Schäden beschäftigt war. Dumaresq hatte offenbar nicht die Absicht, deshalb seinen eigenen Landfall hinauszuschieben. Slade hatte Befehl, so schnell wie möglich in Rio zu ihm zu stoßen.

An den meisten Tagen zog die *Destiny* unter sämtlichen Segeln ihre Bahn und hätte ein prächtiges Bild für ein anderes Schiff, das mit ihnen den Ozean teilte, abgegeben. Die neuen Leute, die hoch über Deck bei der Arbeit waren oder am regelmäßigen Segel- und Geschützexerzieren teilnahmen, begannen sich mehr und mehr einzuleben, und Bolitho beobachtete, wie die bleiche Haut derjenigen, die aus dem Schuldturm oder noch Schlimmerem kamen, in der täglich stärker brennenden Sonne eine dunklere Tönung annahm.

Ein weiterer Mann, der in dem Gefecht verwundet worden war, starb und erhöhte ihre Verluste damit auf acht. Der Kapitän der *Heloise,* der Tag und Nacht von einem Seesoldaten bewacht wurde, kam langsam wieder zu Kräften. Bolitho nahm an, daß Dumaresq ihn nur darum unbedingt am Leben erhalten wollte, damit er ihn später wegen Piraterie aufknüpfen lassen konnte.

Midshipman Jury durfte wieder Dienst tun, allerdings nur an Deck oder auf Wache achtern. Seltsamerweise schien die Erinnerung an die gemeinsam geteilte Gefahr ihn und Bolitho eher voneinander fernzuhalten; obwohl sie einander täglich mehrmals begegneten, spürte Bolitho ein gewisses Unbehagen zwischen ihnen.

Möglicherweise hatte der Kommandant recht. Vielleicht hatte Jurys »Heldenverehrung«, wie er es bezeichnet hatte, eher eine Verlegenheit als eine Bindung zwischen ihnen geschaffen. Der kleine Merrett dagegen schien mehr Selbstvertrauen gewonnen zu haben. Es war, als ob er mit seinem sicheren Tod gerechnet hätte und nun überzeugt sei, ihm könne nichts Schlimmeres mehr passieren. Er enterte mit den anderen Midships in den Wanten auf, und während der Hundewachen hörte man seine helle Stimme oft mit seinen Kameraden diskutieren oder streiten.

Eines Abends, als die *Destiny* unter Mars- und Untersegeln ihre Bahn zog und Bolitho die erste Wache von Leutnant Rhodes übernahm, sah er, wie Jury die anderen Midshipmen auf den Gefechtsständen in den Marsen beobachtete, die dort allerlei Unsinn trieben. Sicherlich wünschte er sich, bei ihnen oben zu sein.

Bolitho wartete, bis der Rudergänger rief: »Ruder übernommen, Kurs Süd-Süd-West liegt an!« Danach ging er hinüber auf die andere Seite, wo Jury stand, und fragte: »Was macht die Wunde?«

Jury sah ihn an und lächelte. »Tut nicht mehr weh, Sir. Ich hatte Glück.« Seine Finger strichen über den Ledergürtel und berührten den Kratzer auf dem Metallschloß. »Waren es wirklich Piraten?«

Bolitho zuckte die Schulter. »Jedenfalls waren sie darauf aus, uns zu verfolgen. Spione vielleicht, doch nach den Buchstaben des Gesetzes gelten sie als Piraten.«

Darüber hatte er nach jener schrecklichen Nacht viel nachgedacht. Er vermutete, daß Dumaresq und Palliser mehr wußten, als sie sagten, und daß die eroberte Brigantine irgendwie mit Dumaresqs geheimer Mission und ihrem kurzen Aufenthalt in Funchal zu tun hatte.

Er sagte: »Wenn wir dieses Tempo beibehalten, sind wir in einer Woche in Rio. Dann werden wir sicherlich die Wahrheit erfahren.«

Gulliver erschien auf dem Achterdeck und schaute lange schweigend zu der steifer werdenden Leinwand hinauf. Schließlich meinte er: »Der Wind wird stärker. Ich glaube, wir sollten einige Segel wegnehmen.« Er zögerte und sah Bolitho an. »Wollen Sie es dem Kommandanten melden, oder soll ich es tun?«

Bolitho sah, wie die Marssegel sich im Wind blähten. Im scheidenden Sonnenlicht wirkten sie wie große, rosafarbene Muscheln. Aber

Gulliver hatte recht, und er hätte es selbst erkennen müssen.

»Ich werde es ihm melden.«

Gulliver ging zum Kompaß hinüber, als sei er von einer inneren Unruhe getrieben. »Das Wetter ist zu schön, um sich zu halten. Ich kenne das.«

Bolitho winkte Midshipman Cowdroy heran, der zur Zeit – bis Jury ganz wiederhergestellt war – die Wache mit ihm teilte. »Meine Empfehlung an den Kommandanten, und ich lasse ihm melden, daß der Nordost auffrischt.«

Cowdroy tippte an seinen Hut und eilte zum Niedergang. Bolitho schluckte seine Abneigung gegen ihn herunter; ein arroganter, intoleranter Geselle. Er wunderte sich, daß Rhodes mit ihm zurechtkam.

Jury fragte leise: »Bekommen wir Sturm, Sir?«

»Kaum. Aber es ist gut, wenn wir darauf vorbereitet sind.« Er sah etwas in Jurys Hand glitzern und sagte: »Das ist aber eine schöne Uhr.«

Jury hielt sie ihm hin, sein Gesicht strahlte. »Sie gehörte meinem Vater.«

Bolitho öffnete vorsichtig den Deckel und entdeckte darin das winzige, aber ausgezeichnete Porträt eines Seeoffiziers, dem Jury sehr ähnlich sah. Es war eine wunderschöne Uhr, von einem der besten Handwerker Londons hergestellt.

Bolitho gab sie Jury zurück und sagte: »Gehen Sie sorgsam mit ihr um. Sie muß sehr wertvoll sein.«

Jury steckte sie wieder in die Hosentasche. »Sie ist das einzige, was ich von meinem Vater besitze.«

Irgend etwas in seinem Ton berührte Bolitho tief und bewirkte, daß er sich unbeholfen vorkam. Es ärgerte ihn, daß er Jurys Bemühen, ihm zu gefallen, nicht eher durchschaut hatte. Der Junge hatte sonst niemand in der Welt, der sich um ihn kümmerte.

Er sagte: »Schön, Mr. Jury, wenn Sie auf dieser Reise gut aufpassen, wird es Ihnen später sicher zustatten kommen.« Er lächelte. »Wer hat vor ein paar Jahren von James Cook gewußt, möchte ich wissen. Nun ist er ein Volksheld, und wenn er von seiner letzten Reise zurückkommt, wird er zweifellos wieder befördert werden.«

Die Stimme Dumaresqs ließ ihn herumfahren. »Machen Sie mir den Jungen nicht verrückt, Mr. Bolitho. In Kürze wird er noch meinen Posten verlangen.«

Bolitho wartete auf Dumaresqs Entscheidung wegen der Segel. Man wußte nie genau, woran man mit ihm war.

»Wir werden beizeiten Segel wegnehmen, Mr. Bolitho.« Er wippte auf den Fersen und prüfte ein Segel nach dem anderen. »Aber wir wollen rennen, so lange wir können.«

Als er im Niedergang verschwunden war, rief der Steuermannsmaat der Wache: »Der Kutter hat sich aus der Halterung gelöst. Sir.«

»Danke.« Bolitho sah sich wieder nach Midshipman Cowdroy um. »Nehmen Sie ein paar Leute und sichern Sie den Kutter, bitte.« Er spürte den Widerstand des Kadetten und wußte auch den Grund: Cowdroy mußte es merken, daß er froh war, ihn während der Wache los zu sein.

Jury hatte erraten, was vorging. »Ich mache das, Sir. So etwas ist mir vom Arzt erlaubt.«

Cowdroy wandte sich um und fuhr ihn an: »Sie sind krank, Mr. Jury. Sie brauchen sich meinetwegen nicht zu bemühen.« Er ging weg und rief nach einem Bootsmannsmaat.

Wie Gulliver prophezeit hatte, nahm der Wind weiter zu; die See veränderte ihr Gesicht und setzte weiße Schaumkronen auf. Bolitho vergaß den kleinen Streit zwischen den beiden Midshipmen, den er verursacht hatte.

Erst wurde ein Segel weggenommen, dann ein anderes, aber als das Schiff im zunehmenden Seegang immer stärker stampfte, schickte Dumaresq alle Mann nach oben und ließ sämtliches Tuch außer dem Großmarssegel bergen, damit die *Destiny* den Sturm beigedreht abreiten konnte.

Dann – wie um zu beweisen, daß er ebenso freundlich wie böse sein konnte – flaute der Wind ab, und als das Tageslicht zurückkehrte, war es bald so warm, daß das Schiff im Sonnenschein trocknete und Dampfwolken von den Decks aufstiegen.

Bolitho exerzierte mit der Steuerbordbatterie von Zwölfpfündern, als Jury meldete, daß er wieder voll dienstfähig erklärt worden sei und nicht mehr im Krankenrevier schlafen müsse.

Bolitho hatte das Gefühl, daß etwas mit ihm nicht stimmte, war aber entschlossen, sich nicht einzumischen. Er sagte: »Der Kommandant erwartet, daß unser Salut der beste sein wird, den sie in Rio je gehört haben.« Er sah einige der halbnackten Seeleute grinsen und sich die Hände reiben. »Deshalb veranstalten wir jetzt einen kleinen Wettbewerb: erste Division gegen die zweite. Für die Sieger gibt's eine Extraration Wein.« Er hatte sich dafür schon die Zustimmung des Zahlmeisters geholt.

Codd stieß seine großen Schneidezähne wie den Schnabel einer Galeere vor und stimmte fröhlich zu: »Wenn Sie bezahlen, Mr. Bolitho? Alles, wenn Sie zahlen!«

Little rief: »Wir sind bereit, Sir.«

Bolitho wandte sich zu Jury um. »Sie können die Zeit nehmen. Die Division, die ihre Kanonen als erste ausgerannt hat, und zwar zweimal bei drei Durchgängen, bekommt den Preis.«

Er wußte, daß die Männer schon ungeduldig wurden und mit Handspaken und Taljen hantierten, als bereiteten sie sich auf ein Gefecht vor.

Jury versuchte, Bolithos Blick aufzufangen. »Ich habe keine Uhr, Sir.«

Bolitho starrte ihn an und bemerkte gleichzeitig, daß der Kommandant und Palliser an der Achterdecksreling standen, um dem Wettkampf der Leute zuzuschauen.

»Sie haben sie verloren? Die Uhr Ihres Vaters?« Er erinnerte sich, wie stolz Jury auf sie gewesen war und wie traurig, als er sie ihm am vorherigen Abend gezeigt hatte. »Erzählen Sie, wie das kam.«

Jury schüttelte unglücklich den Kopf. »Sie ist weg, Sir. Mehr weiß ich nicht.«

Bolitho legte Jury die Hand auf die Schulter. »Warten Sie ab, ich werde mich der Sache annehmen.« Er zog seine eigene Uhr, ein Geschenk seines Vaters. »Nehmen Sie meine.«

Stockdale, der an einer der Kanonen kauerte, hatte alles mitangehört und dabei die Gesichter ringsum studiert. Er hatte noch nie eine Uhr besessen und würde auch kaum je eine besitzen, aber irgendwie begriff er, daß es mit dieser etwas Besonderes auf sich hatte. In der engen Gemeinschaft einer Schiffsbesatzung war ein Dieb gefährlich. Seeleute besaßen zu wenig, um ein solches Verbrechen ungestraft zu lassen. Am besten fing man den Dieb, bevor Schlimmeres passierte, seinetwegen und im Interesse aller.

Bolitho schwenkte den Arm. »Rennt aus!«

Die zweite Division gewann spielend. Das war zu erwarten gewesen, schimpften die Verlierer, denn ihr gehörten Little und Stockdale an, die beiden stärksten Männer an Bord.

Aber als der Wein ausgeteilt war und sie sich mit ihren Bechern im Schatten des Großsegels ausruhten, wußte Bolitho, daß zumindest für Jury der Spaß verdorben war.

Er sagte zu Little: »Lassen Sie die Kanonen wieder festzurren.« Er ging nach achtern. Einige Leute nickten ihm zu, als er an ihnen vorbeikam.

Dumaresq wartete, bis er das Achterdeck erreicht hatte. »Das haben Sie gut gemacht!«

Palliser lächelte bittersüß. »Wenn wir unsere Leute immer mit Wein bestechen müssen, bevor sie die Kanonen bedienen, sind wir bald ein ›trockenes‹ Schiff.«

Bolitho stieß hervor: »Mr. Jurys Uhr ist gestohlen worden, Sir.«

Dumaresq sah ihn ruhig an. »Na und? Was soll ich tun, Mr. Bolitho?«

Bolitho bekam einen roten Kopf. »Tut mir leid, Sir. Ich – ich dachte . . .«

Dumaresq beschattete seine Augen, um drei kleine Vögel zu beobachten, die dicht über der Wasseroberfläche dahinjagten. »Ich kann das Land fast schon riechen.« Er wandte sich wieder Bolitho zu. »Es ist Ihnen gemeldet worden, also kümmern Sie sich darum.«

Bolitho berührte seinen Hut, als der Kommandant und der Erste Offizier ihren Spaziergang auf der Luvseite des Decks wieder aufnahmen.

Er hatte noch eine Menge zu lernen.

VI Eine Frage der Disziplin

Lediglich unter Marssegeln und Klüver – alle anderen Segel waren aufgegeit – glitt die *Destiny* langsam über das tiefblaue Wasser von Rios äußerer Reede. Es war drückend heiß und kaum genug Wind, um mehr als ein leichtes Kräuseln unter dem Bug hervorzurufen, doch Bolitho spürte die Aufregung und Neugier an Bord, als sie sich den geschützten Ankerplätzen näherten.

Selbst der abgebrühteste Seemann konnte nicht abstreiten, daß der Anblick, der sich ihnen bot, majestätisch war. Sie hatten die Küste aus dem Morgennebel emporwachsen sehen, und nun lag sie ausgebreitet zu beiden Seiten vor ihnen, als wolle sie das Schiff umarmen. So etwas wie Rios großen Bergkegel hatte Bolitho noch nie gesehen. Er machte alle anderen zu Zwergen. Und dahinter gab es – verstreut zwischen üppig grünen Wäldern – weitere Hügel, die mit ihren steilen Gipfeln wie zu Stein erstarrte Wellen aussahen. Helle Strände, schäumende Brandung, und eingebettet zwischen

Hügeln und Meer die Stadt; weiße Häuser, kantige Türme und nickende Palmen – welch ein Gegensatz zum Englischen Kanal!

An Backbord entdeckte Bolitho die erste Festungsbatterie unter der portugiesischen Flagge, die nur gelegentlich etwas auswehte und dann im harten Sonnenlicht zu erkennen war. Rio war gut befestigt und besaß genügend Batterien, um auch die kühnsten Angreifer abzuschrecken.

Dumaresq musterte die Stadt und die vor Anker liegenden Schiffe durch ein Fernglas. Er sagte: »Fallen Sie einen Strich ab.«

»Kurs West-Nord-West, Sir!«

Palliser schaute auf seinen Kommandanten. »Ein Wachboot nähert sich.«

Dumaresq lächelte knapp. »Der fragt sich bestimmt, was, zum Teufel, wir hier wollen.«

Bolitho zupfte sein Hemd von der schweißnassen Haut ab und beneidete die halbnackten Matrosen, die nicht wie die Offiziere in Gala-Uniformen schwitzen mußten.

Mr. Vallance, der Oberfeuerwerker, musterte bereits die ausgesuchten Geschützbedienungen, um sicherzustellen, daß beim Flaggensalut nichts schiefging.

Bolitho fragte sich, wie viele unsichtbare Augen wohl die langsame Annäherung der englischen Fregatte beobachteten. Ein Kriegsschiff! Was wollte es? Kam es in friedlicher Absicht oder mit Nachrichten über einen weiteren Vertragsbruch in Europa?

»Fangen Sie an mit dem Salut!«

Geschütz für Geschütz krachten die Salutschüsse. In der drückenden Luft blieb der Pulverqualm auf dem Wasser liegen und nahm ihnen die Sicht auf das Land.

Das portugiesische Wachboot hatte mit einigen kräftigen Ruderschlägen um seine ganze Länge gedreht. Es sah aus wie ein großer Wasserkäfer.

Jemand bemerkte: »Er will uns hineinlotsen.«

Die letzte Kanone rollte beim Abschuß zurück, und die Bedienungen beeilten sich mit dem Auswischen der noch rauchenden Rohre und dem Festzurren jeder Waffe, als endgültiges Zeichen ihrer friedlichen Absicht.

Eine Gestalt auf dem Wachboot schwenkte eine Flagge, und als sich die langen Riemen tropfend aus dem Wasser hoben und so verharrten, bemerkte Dumaresq trocken: »Nicht zu weit hinein, Mr. Palliser. Sie trauen uns noch nicht ganz.«

Palliser hob das Sprachrohr an den Mund: »Klar zum Ankern! An die Brassen, Fallen und Schoten!«

Nach festgelegtem Plan eilten die Matrosen und Maaten auf ihre Stationen.

»Los die Schoten!« Pallisers Stimme scheuchte die Möwen auf, die sich nach den Salutschüssen gerade wieder auf dem Wasser niedergelassen hatten. »Gei auf die Marssegel! Laß fallen Klüver!«

Dumaresq sagte: »Es ist soweit, Mr. Palliser. Ankern!«

»Ruder nach Luv*!«

Langsam drehte die *Destiny* in den Wind und verlor dabei an Fahrt.

»Laß fallen Anker!«

Das Wasser spritzte auf, als der große Anker fiel, während oben auf den Marsrahen die Matrosen auslegten und die Segel aufholten und festbanden, als ob eine unsichtbare Hand sie wie Marionettenfiguren bewegte.

»Klar zum Aussetzen der Gig und des Kutters!«

Nackte Füße stampften über die heißen Decks, während die *Destiny* sich, jetzt an ihrer Ankertrosse hängend, in der Dünung des Ozeans wiegte.

Dumaresq verschränkte die Hände hinter dem Rücken. »Rufen Sie bitte das Wachboot längsseit. Ich werde an Land gehen und dem Vizekönig einen Höflichkeitsbesuch abstatten. Am besten erledigt man solch unangenehme Dinge möglichst bald.« Er nickte Gulliver und seinen Leuten am Ruder zu. »Gut gemacht!«

Gulliver suchte im Gesicht des Kommandanten nach einem Hintergedanken. Als er nichts dergleichen fand, antwortete er dankbar: »Es ist das erstemal, daß ich hier als Master einlaufe, Sir.«

Ihre Blicke trafen sich. Wäre der Zusammenstoß nicht so glimpflich ausgegangen, wäre es für beide das letztemal gewesen.

Bolitho war mit seinen Leuten bei der Arbeit und hatte keine Zeit zu beobachten, wie die portugiesischen Offiziere an Bord kamen. Sie sahen in ihren stolzen Uniformen prachtvoll aus und litten offenbar nicht unter der Hitze. Die Stadt lag nun fast verborgen in Dunst und flimmerndem Licht, was ihr zusätzlichen Zauber verlieh.

* Im Englischen: »Helm a'lee!« – »Hart nach Lee!«, weil zu der Zeit Ruderkommandos noch auf eine Pinne bezogen wurden, die nach Lee gelegt werden mußte, wenn das Ruderblatt nach Luv weisen sollte (indirektes Ruderkommando). Um den deutschen Leser nicht zu verwirren, ist hier stets das »direkte« Ruderkommando angegeben (Anm. d. Übers.).

Dazu trugen auch die hell gestrichenen Häuser und die malerischen Boote bei, die wie arabische Handelsschiffe getakelt waren, wie Bolitho sie oft an der Küste Afrikas gesehen hatte.

»Lassen Sie die Wache wegtreten, Mr. Bolitho.« Pallisers scharfe Stimme holte Bolitho in diese Welt zurück. »Und dann halten Sie sich mit dem Kommando der Seesoldaten bereit, den Kommandanten an Land zu begleiten.«

Dankbar verschwand Bolitho unter Deck und begab sich nach achtern. Im Gegensatz zum Oberdeck war es hier fast kühl.

Im Halbdunkel stieß er beinahe mit dem Schiffsarzt zusammen, der gerade vom Hauptdeck hochkam. Er schien ungewöhnlich erregt und sagte: »Ich muß den Kommandanten sprechen. Ich fürchte, der Kapitän der Brigantine stirbt.«

Bolitho ging durch die Messe in seine Kammer, um seinen Säbel und seinen besten Hut für den Landgang zu holen.

Sie hatten bisher wenig über den Kapitän der *Heloise* erfahren, außer daß er Jacob Triscott hieß und aus Dorset stammte. Wie Bulkley schon festgestellt hatte, bot es keinen besonderen Anreiz, am Leben zu bleiben, daß der Strick des Henkers auf einen wartete. Bolitho merkte, wie die Neuigkeit ihn berührte. Daß man einen Mann in Notwehr oder in Erfüllung seines dienstlichen Auftrags tötete, damit mußte man rechnen. Aber nun sollte der Mann, der versucht hatte, ihn niederzustechen, nach längerem Krankenlager sterben. Die Verzögerung schien ihm würdelos und unfair.

Rhodes stürzte hinter ihm in die Messe. »Ich bin am Verdursten! All diese Besucher an Bord, ich bin völlig geschafft!«

Als Bolitho aus seiner Kammer trat, rief Rhodes aus: »Was ist mit Ihnen los?«

»Der Kapitän der Brigantine stirbt.«

»Ich weiß.« Er zuckte die Achseln. »Er oder Sie. Nur so sollten Sie es betrachten.« Er fügte hinzu: »Der ›Herr und Meister‹ ist davon am meisten betroffen. Er hatte auf die Information gesetzt, die er von dem Schurken bekommen wollte, bevor er den letzten Atemzug tat. So oder so.«

Er folgte Bolitho durch den Türvorhang, und zusammen schauten sie nach vorn in das flirrende Licht auf dem Oberdeck.

Rhodes fragte: »Hat sich schon etwas mit Jurys Uhr ergeben?«

Bolitho lächelte grimmig. »Der Kommandant hat befohlen, daß ich mich darum kümmere.«

»Das habe ich erwartet.«

»Ich nehme an, er hat es inzwischen vergessen, aber ich muß etwas unternehmen. Jury hat schon Pech genug gehabt.«

Johns, der Bootssteurer des Kommandanten, ging in seinem besten blauen Jackett mit vergoldeten Knöpfen vorbei. Er sah Bolitho und sagte: »Die Gig liegt längsseit, Sir. Sie sollten einsteigen.«

Rhodes klopfte Bolitho auf die Schulter. »Unser Kommandant hat es nicht gern, wenn man ihn warten läßt.«

Als Bolitho sich anschickte, dem Bootssteurer zu folgen, sagte Rhodes leise: »Hören Sie, Dick, wenn es Ihnen recht ist, daß ich etwas wegen dieser verdammten Uhr unternehme, während Sie an Land . . .«

Bolitho schüttelte den Kopf. »Nein, aber vielen Dank. Der Dieb gehört sicherlich zu meiner Division. Doch jeden Mann zu durchsuchen und seine Habseligkeiten an Deck auszubreiten, würde das Vertrauen und die Loyalität ruinieren, die ich in dieser kurzen Zeit gewinnen konnte. Ich muß mir etwas anderes ausdenken.«

Rhodes sagte: »Ich hoffe, der junge Jury hat seinen Zeitmesser nur verloren. Ein Verlust wäre besser als ein Diebstahl.«

Sie verstummten, als sie sich auf der Steuerbord-Laufbrücke dem Fallreep näherten, wo eine Korporalschaft der Seesoldaten und die Fallreepsgasten angetreten waren, um ihrem Kommandanten die traditionellen Ehren beim Vonbordgehen zu erweisen.

Aber Dumaresq stand breitbeinig da, den Kopf vorgestreckt, und schrie den Schiffsarzt an: »Nein, mein Herr, er darf nicht sterben! Nicht bevor ich die Information habe!«

Bulkley hob hilflos die Hände. »Aber der Mann ist schon halb hinüber, Sir. Ich kann nichts mehr machen.«

Dumaresq schaute auf die wartende Gig und den Kutter hinunter, der mit Colpoys' Begleitkommando beladen war. Er wurde in der Residenz des Vizekönigs erwartet. Eine Verspätung würde Verstimmungen zur Folge haben, die er gerade jetzt vermeiden mußte, weil er das Entgegenkommen der Portugiesen brauchte.

Er wandte sich abrupt zu Palliser um. »Verdammt, machen Sie das. Sagen Sie diesem Halunken Triscott, daß ich – wenn er Einzelheiten über seine Mission und seinen Bestimmungsort preisgibt – einen Brief an seine Heimatgemeide in Dorset schicken werde. Ich will dafür sorgen, daß er als ehrenwerter Mann in Erinnerung bleibt. Machen Sie ihm klar, was das für seine Familie und seine Freunde bedeutet.« Er bemerkte Pallisers zweifelnde Miene. »Herrgott noch mal, Mr. Palliser, denken Sie sich was aus. Verstanden?«

Palliser fragte sanft: »Und wenn er mir ins Gesicht spuckt?«

»Dann lasse ich ihn hier in aller Öffentlichkeit aufknüpfen. Mal sehen, was seine Familie *dazu* sagt.«

Bulkley trat vor. »Langsam, meine Herren. Der Mann liegt im Sterben und kann keinem mehr schaden.«

»Gehen Sie hinunter und tun Sie, was ich gesagt habe. Das ist ein Befehl.« Dumaresq drehte sich zu Palliser um. »Lassen Sie von Mr. Timbrell ein Jolltau an der Nock der Großrah anschlagen. Ich werde den Schurken persönlich daran hängen, ob er im Sterben liegt oder nicht, wenn er sich weigert, uns zu helfen.«

Palliser folgte dem Kommandanten zum Fallreep. »Es muß eine unterschriebene Erklärung sein, Sir.« Er nickte, wie um es zu bestätigen. »Ich werde einen Zeugen hinzuziehen, der seine Worte protokolliert.«

Dumaresq lächelte verkniffen. »Guter Mann! Sie machen das schon.« Er sah Bolitho und fuhr ihn an: »In die Gig mit Ihnen! Jetzt wollen wir den Vizekönig besuchen.«

Als das Boot frei von der Bordwand war, drehte Dumaresq sich um und musterte sein Schiff, wozu er die Augen wegen der starken Sonnenspiegelung zukneifen mußte.

»Bulkley ist ein guter Arzt, aber manchmal benimmt er sich wie ein altes Weib. Wir sind nicht zur Erholung hier, sondern um einen verschollenen Schatz zu bergen.«

Bolitho versuchte, seine Haltung zu ändern, da die Ducht, auf die er sich seinem Kommandanten gegenüber gesetzt hatte, kochend heiß war.

Der vertrauliche Ton Dumaresqs ermutigte ihn zu der Frage: »Gibt es wirklich einen Schatz, Sir?« Er sprach dabei so leise, daß der Schlagmann ihn nicht verstehen konnte.

Dumaresq packte seinen Säbelgriff fester und starrte auf das Land.

»Es gibt ihn irgendwo, das weiß ich. In welcher Form, bleibt herauszufinden. Aber dafür sind wir hier. Aus diesem Grund besuchte ich auch meinen alten Freund auf Madeira. Aber irgend etwas Unfaßbares geht im Hintergrund vor sich. Deshalb wurde mein Schreiber ermordet. Deswegen trieb die *Heloise* ihr gefährliches Spiel und versuchte, uns zu folgen. Und nun erwartet der arme Bulkley von mir, daß ich ein Gebet für einen Schurken lese, der vielleicht den Schlüssel zu allem besitzt; für einen Mann, der beinahe meinen jungen, sentimentalen Dritten Offizier getötet hätte.« Er wandte sich Bolitho zu und sah ihn merkwürdig an. »Sind Sie immer noch aufgebracht wegen Jurys Uhr?«

Bolitho schluckte. Der Kommandant hatte es tatsächlich nicht vergessen.

»Sobald wir zurück sind, werde ich die Sache in die Hand nehmen, Sir.«

»Hm. Machen Sie keine zu große Affäre daraus. Wenn ein Verbrechen geschehen ist, muß der Schuldige bestraft werden – streng. Aber diese armen Burschen besitzen kaum einen Heller. Ich möchte sie nicht alle gedemütigt sehen wegen eines gemeines Diebes, obwohl Gott weiß, daß viele von ihnen auf die Weise begannen.« Dumaresq hob weder die Stimme, noch schaute er seinen Bootssteurer an. »Sehen Sie mal zu, was Sie da machen können, Johns.«

Mehr sagte er nicht, doch Bolitho spürte, daß es ein starkes Band zwischen dem Kommandanten und seinem Bootssteurer gab.

Dumaresq schaute zur Landungsbrücke. Da standen weitere Uniformierte und einige Pferde. Auch eine Kutsche wartete, um die Besucher zur Residenz zu bringen.

Dumaresq spitzte die Lippen. »Sie werden mich begleiten, Mr. Bolitho. Dabei können Sie etwas lernen.« Er kicherte in sich hinein. »Als das Schatzschiff, die *Asturias*, vor dreißig Jahren das Gefecht abbrach, soll sie hinterher in Rio eingelaufen sein. Es wurde außerdem behauptet, daß die portugiesischen Behörden eine Hand mit im Spiel hatten, als die Goldbarren verschwanden.« Jetzt setzte er ein breites Lächeln auf. »Sicherlich sind einige Leute auf der Pier besorgter, als ich es im Augenblick bin.«

Der Bugmann hob seinen Bootshaken, und bei »Riemen hoch!« legte die Gig ohne den leisesten Stoß an der Landungstreppe an.

Dumaresqs Lächeln war verschwunden. »So, nun wollen wir sehen. Ich möchte so bald wie möglich zurückfahren und hören, welchen Erfolg Mr. Pallisers Überredungskünste gehabt haben.«

Oberhalb der Treppe nahm die in einer Reihe angetretene Gruppe von Colpoys' Seesoldaten Haltung an; ihre Gesichter hatten durch die brennende Sonne die rote Farbe ihrer Röcke angenommen. Ihnen gegenüber, in weißen Waffenröcken mit leuchtend gelben Aufschlägen, stand eine Korporalschaft portugiesischer Soldaten.

Dumaresq grüßte mit dem Hut und schüttelte die Hände verschiedener Würdenträger, während Begrüßungsfloskeln getauscht und übersetzt wurden. Bolitho war überrascht über die große Zahl schwarzer Gesichter in der Zuschauermenge. Sicher waren das Sklaven und Bedienstete von den großen Besitzungen und Plantagen, über Tausende von Meilen verschleppt, um, wenn sie Glück hatten, von einem freundlichen Dienstherrn gekauft zu werden. Wenn sie Pech hatten, lebten sie nicht mehr sehr lange.

Schließlich kletterte Dumaresq mit drei Portugiesen in die Kutsche, während die anderen Herren ihre Pferde bestiegen.

Colpoys steckte seinen Säbel in die Scheide, warf einen Blick auf die Residenz des Vizekönigs am Hang eines üppig bewachsenen Hügels und stöhnte: »Wir müssen marschieren, verflixt noch mal. Ich bin aber Seesoldat und kein dämlicher Infanterist.«

Bis sie das prächtig aussehende Gebäude erreicht hatten, war Bolitho völlig durchgeschwitzt. Während die Seesoldaten von einem Diener hinter das Gebäude geführt wurden, durften Bolitho und Colpoys in einen hohen Raum treten, dessen eine Seite sich zur See und zu einem Garten mit leuchtenden Blumen und schattenspendenden Palmen öffnete.

Weitere Diener brachten auf leisen Sohlen unauffällig Stühle und Wein für die beiden Offiziere, und über ihren Köpfen begann ein großer Fächer hin und her zu wedeln. Colpoys streckte die Beine von sich und trank genüßlich den Wein. »Süß wie das Halleluja in der Kirche.«

Bolitho lächelte. Die portugiesischen Beamten, Militärs und Kaufleute lebten offenbar gut. Sie mußten sich lediglich an die Hitze gewöhnen und gegen das Fieber und sonstige Krankheiten widerstandsfähig werden. Aber die Reichtümer des wachsenden Imperiums waren so groß, daß man sie nicht einmal schätzen konnte: Silber, Edelsteine, seltene Metalle und riesige Flächen mit gut gedeihenden Zuckerrohrplantagen, die wiederum ganze Armeen von Sklaven benötigten, um die Forderungen des fernen Lissabon zu erfüllen.

Colpoys setzte sein Glas ab und stand auf. In der Zeit, die sie für ihren Marsch von der Pier hierher benötigt hatten, war Dumaresq offenbar mit seinen Geschäften fertig geworden. Doch als er aus einem Bogengang erschien, entnahm Bolitho seinem Gesichtsausdruck, daß er alles andere als zufrieden war.

Dumaresq sagte: »Wir wollen zurück zum Schiff.«

Die Verabschiedungszeremonie fand gleich in der Residenz statt. Bolitho erfuhr, daß der Vizekönig nicht in Rio war, aber zurückkehren würde, sobald ihn die Nachricht vom Besuch der *Destiny* erreichte.

Dumaresq erklärte das Notwendigste, als sie hinaus ins Sonnenlicht traten, wobei er als Antwort für die salutierende Wache die Hand an den Hut legte. Mit seiner sonoren Stimme knurrte er: »Er besteht darauf, daß ich seine Rückkehr abwarte. Aber ich bin doch nicht von gestern, Bolitho. Diese Leute sind zwar unsere ältesten Verbündeten, aber einige davon sind halbe Piraten. Also, ob der Vizekönig nun kommt oder nicht: wenn die *Heloise* erst zu uns gestoßen ist, werde ich schleunigst Anker lichten.«

Zu Colpoys sagte er: »Führen Sie Ihre Leute zurück.« Als die scharlachroten Röcke in einer Staubwolke abmarschierten, kletterte Dumaresq in die Kutsche. »Sie kommen mit mir, Mr. Bolitho. Wenn wir die Pier erreichen, möchte ich, daß Sie eine Nachricht für mich überbringen.« Er zog einen schmalen Briefumschlag aus seinem Rock. »Ich rechne immer mit dem Schlimmsten und habe deshalb dies hier vorbereitet. Der Kutscher wird Sie hinfahren, und ich zweifle nicht daran, daß die Nachricht von Ihrem Besuch innerhalb einer Stunde in der ganzen Stadt herum ist.« Er lächelte grimmig. »Der Vizekönig ist nicht der einzige Schlaukopf.«

Als sie mit klappernden Hufen hinter Colpoys und seinen schwitzenden Seesoldaten herfuhren, ergänzte Dumaresq noch: »Nehmen Sie einen Mann mit, als persönlichen Schutz. Ich sah diesen ehemaligen Preisboxer im Kutter. Stockdale heißt er wohl. Nehmen Sie den mit.«

Bolitho wunderte sich. Wie war es möglich, daß Dumaresq so viele Dinge auf einmal im Kopf behielt? Da draußen lag ein Mann im Sterben, und auch Pallisers Leben war vielleicht bald nicht mehr lebenswert, wenn es ihm nicht gelang, die Informationen zu bekommen. Dann war da irgendwo in Rio jemand, der mit den verschwundenen Goldbarren in Verbindung stand, aber nicht der, zu dem Bolitho Dumaresqs Brief bringen sollte. Schließlich waren da das Schiff, seine Besatzung und die gekaperte *Heloise*, dazu Tausende von Meilen Fahrt, ehe sie wissen konnten, ob sie Erfolg hatten oder nicht. Für einen Kapitän von achtundzwanzig Jahren trug Dumaresq wahrlich eine große Bürde. Im Vergleich dazu war die Angelegenheit von Jurys verschwundener Uhr recht unbedeutend.

Ein schlankes, schwarzhaariges Halbblutmädchen mit einem Korb voller Früchte auf dem Kopf blieb stehen und schaute ihnen nach, als die Kutsche vorbeifuhr. Ihre nackten Schultern hatten die

Farbe von Honig, und sie warf ihnen einen kecken Blick zu, als sie merkte, daß die beiden Offiziere sie bewundernd ansahen.

Dumaresq sagte: »Ein schönes Mädchen. Und eine schönere Bugverzierung habe ich noch nie gesehen. Es würde das Risiko lohnen, sie umzulegen.«

Bolitho wußte nicht, was er sagen sollte. Er war derbe Kommentare von Matrosen gewöhnt, aber aus Dumaresqs Mund klang es vulgär und seiner nicht würdig.

Dumaresq sagte nichts mehr, bis die Kutsche hielt. Dann: »Machen Sie, so schnell Sie können. Ich beabsichtige, morgen Trinkwasser zu übernehmen, und bis dahin ist noch eine Menge zu erledigen.« Er verschwand in der Gig.

Bolitho dirigierte den Kutscher zu der auf dem Umschlag stehenden Adresse. Stockdale saß ihm gegenüber und füllte die halbe Kutsche aus.

Dumaresq hatte an alles gedacht. Bolitho oder ein anderer Fremder hätten angehalten und ausgefragt werden können, aber die Kutsche mit dem Wappen des Vizekönigs auf der Tür hatte überall freie Fahrt.

Das Haus, vor dem die Kutsche schließlich hielt, war ein niedriges Gebäude, von einer dicken Mauer umgeben. Bolitho hielt es für eines der ältesten Häuser Rios. Es besaß den zusätzlichen Luxus eines großen Gartens und einer gepflegten Auffahrt.

Ein farbiger Diener empfing Bolitho ohne das geringste Zeichen von Überraschung und führte ihn in eine große, kreisrunde Eingangshalle, in der Marmorvasen voll Blumen standen, wie Bolitho sie auch im Garten gesehen hatte, und einige Plastiken, die in ihren Nischen wie verliebte Wachtposten in Schilderhäuschen wirkten.

Bolitho blieb in der Mitte der Halle zögernd stehen, ungewiß, was er als nächstes tun solle. Ein weiterer Diener ging vorbei, schaute auf irgendeinen fernen Punkt und ignorierte den Brief in Bolithos Hand.

Stockdale grollte. »Ich werde die Burschen auf Trab bringen, Sir!«

Eine Tür öffnete sich geräuschlos, und Bolitho bemerkte einen schmächtig gebauten Mann in weißer Kniehose und plissiertem Hemd, der ihn musterte.

Er fragte: »Sind Sie vom Schiff?«

Bolitho staunte, denn der Mann war Engländer. »Ja, Sir. Ich bin Leutnant Richard Bolitho von Seiner Britannischen . . .«

Der Mann trat mit ausgestreckter Hand näher und begrüßte ihn.

»Ich kenne den Names des Schiffes, Leutnant. Ganz Rio kennt ihn inzwischen.«

Er führte ihn zu einem von Bücherregalen umsäumten Raum und bot ihm einen Stuhl an. Als die Tür von einem unsichtbaren Bediensteten geschlossen wurde, sah Bolitho, daß Stockdale auf dem gleichen Platz stand, wo er ihn verlassen hatte, bereit, ihn zu beschützen und – wenn er irgendeinen Verdacht schöpfte – das Haus Stein für Stein niederzureißen.

»Mein Name ist Jonathan Egmont.« Der Hausherr lächelte höflich. »Das wird Ihnen nichts sagen, denn Sie sind noch sehr jung für Ihren Rang.«

Bolitho ließ die Arme auf den Stuhllehnen ruhen. Es war ein schön geschnitzter Lehnstuhl, er mußte hier – wie das ganze Haus – schon lange stehen.

Eine weitere Tür öffnete sich, und ein Diener wartete darauf, daß Egmont ihn bemerkte.

»Etwas Wein, Leutnant?«

Bolithos Mund war wie ausgedörrt. »Ein Glas würde ich gern annehmen, Sir.«

»Ruhen Sie sich aus, während ich lese, was Ihr Kommandant mir mitzuteilen hat.«

Bolitho sah sich im Raum um, als Egmont zu einem Tisch hinüberging und Dumaresqs Brief mit einem goldenen Stilett aufschlitzte. Rundherum Bücher über Bücher, und auf dem Boden einige wertvolle Teppiche. Es war schwierig, Einzelheiten zu erkennen, weil seine Augen noch vom Sonnenlicht geblendet waren; außerdem waren die Fenster so dicht verhängt, daß es fast zu dunkel war, um den Gastgeber näher zu betrachten. Ein intelligentes Gesicht, dachte Bolitho. Der Mann schien um die Sechzig zu sein, aber die Menschen in diesem Klima alterten schneller. Es war schwierig zu erraten, was Egmont hier tat und wie Dumaresq ihn entdeckt hatte.

Egmont legte den Brief sorgsam auf den Tisch und schaute zu Bolitho hinüber.

»Ihr Kommandant hat Ihnen nichts über den Inhalt erzählt?«Er sah Bolithos Gesichtsausdruck und schüttelte den Kopf. »Nein, natürlich nicht. Es war falsch, Sie danach zu fragen.« Bolitho sagte: »Er befahl mir, den Brief unverzüglich zu überbringen. Das ist alles.«

»Verstehe.« Einen Augenblick schien er unsicher, sogar besorgt. Dann sagte er: »Ich werde tun, was ich kann. Es wird selbstverständlich einige Zeit dauern, aber da der Vizekönig nicht in der Residenz ist, wird Ihr Kommandant sicherlich noch bleiben .«

Bolitho öffnete den Mund, schloß ihn aber wieder, als die Tür sich öffnete und eine Frau mit einem Tablett eintrat. Er sprang auf und schämte sich sogleich seines zerknitterten Hemdes und seiner schweißverklebten Haare. Denn er kam sich wie ein Vagabund vor im Vergleich zu dieser Gestalt; sie war das schönste Wesen, das er je gesehen hatte.

Ganz in Weiß gehalten war ihr Gewand, in der Taille durch einen schmalen goldenen Gürtel zusammengerafft. Ihr Haar glänzte pechschwarz wie seines und fiel, obwohl im Nacken durch ein Band gebändigt, üppig auf ihre Schultern, deren Haut wie Seide glänzte.

Sie musterte ihn vom Scheitel bis zur Sohle, wobei sie den Kopf leicht auf die Schulter neigte.

Egmont war aufgestanden und sagte förmlich: »Das ist meine Frau, Leutnant Bolitho.«

Bolitho verbeugte sich. »Es ist mir eine Ehre, Madam.« Er wußte nicht, was er weiter sagen sollte. Ihre Erscheinung bewirkte, daß er sich unbeholfen vorkam und unfähig, auch nur einen Satz herauszubringen; aber auch sie hatte noch nichts zu ihm gesagt.

Sie setzte das Tablett auf einen Tisch und hielt ihm die Hand entgegen.

»Seien Sie uns willkommen hier, Leutnant. Sie dürfen meine Hand küssen.«

Bolitho ergriff die Hand, fühlte ihre weiche Haut und roch ihr Parfüm, das ihm vollends den Kopf verdrehte.

Ihre Schultern waren nackt, und trotz des Zwielichts im Raum sah er, daß sie violette Augen hatte. Sie war schön, ja, mehr als das. Auch ihre Stimme, als sie ihm die Hand geboten hatte, war aufregend. Wie kam es, daß sie Egmonts Frau war? Sie mußte beträchtlich jünger sein, Spanierin oder Portugiesin, gewiß keine Engländerin. Bolitho hätte sich nicht gewundert, wenn sie direkt vom Mond heruntergestiegen wäre.

Er stammelte: »Richard Bolitho, Madam.«

Sie trat einen Schritt zurück und hielt eine Hand vor den Mund. Dann lachte sie. »Bo-li-tho! Ich glaube, es ist leichter für mich, wenn ich Sie nur mit ›Leutnant‹ anrede.« Ihr Gewand schwang herum, als sie sich ihrem Mann zuwandte. »Später, denke ich, darf ich Sie einfach Richard nennen.«

Egmont sagte: »Ich werde einen Brief schreiben, den Sie mitnehmen können, Leutnant.« Er schien hinter seine Frau, ja, durch sie hindurchzuschauen, als ob sie nicht da wäre. »Ich werde tun, was ich kann.«

Sie wandte sich wieder Bolitho zu. »Bitte kommen Sie uns besuchen, so lange Sie in Rio sind.« Sie deutete einen kleinen Knicks an, und ihre Augen ruhten dabei auf seinem Gesicht. Dann sagte sie mit weicher Stimme: »Ich habe mich gefreut, Sie kennenzulernen.«

Dann war sie verschwunden, und Bolitho sank in seinen Stuhl, als ob ihm die Beine weggezogen worden wären.

Egmont sagte: »Es wird einen Augenblick dauern. Genießen Sie den Wein, während ich Tinte und Papier hole.«

Schließlich war es geschafft, und als Egmont den Umschlag mit feuerrotem Siegellack verschloß, bemerkte er kühl: »Erinnerungen wirken lange nach. Ich lebe hier nun schon viele Jahre und war nur selten – außer in geschäftlichen Angelegenheiten – verreist. Und dann kommt eines Tages ein Schiff des Königs, befehligt von dem Sohn eines Mannes, der mir einst sehr nahestand, und plötzlich ist alles verändert.« Er hielt ihm den Brief hin. »Ich wünsche Ihnen einen guten Tag.«

Stockdale betrachtete Bolitho neugierig, als er die Bibliothek verließ. »Alles erledigt, Sir?«

Bolitho hielt inne, weil sich eine andere Tür öffnete und er Mrs. Egmont dastehen sah. Sie sagte nichts und lächelte nicht einmal, sondern schaute ihn lediglich an – als ob sie sich etwas Unbekanntem ausliefere, dachte Bolitho. Dann bewegte sich ihre Hand und hob sich einen Augenblick an ihre Brust. Bolitho fühlte, daß sein Herz so heftig schlug, als wollte es sich zu ihrer Hand drängen.

Die Tür schloß sich, und Bolitho glaubte fast, er habe sich alles nur eingebildet oder der Wein sei zu stark gewesen. Als er aber Stockdales Gesicht sah, wußte er, daß es kein Trugbild gewesen war.

»Wir kehren besser zum Schiff zurück, Stockdale.«

Stockdale folgte ihm hinaus ins Sonnenlicht. Keinen Augenblick zu früh, dachte er.

Es war Dämmerung, als das Boot, das sie von der Landungsbrücke abgeholt hatte, an den Rüsteisen festmachte. Bolitho kletterte zur Fallreepspforte hinauf, mit seinen Gedanken noch bei der wunderschönen Frau im weißen Gewand.

Rhodes wartete auf ihn mit den Fallreepsgasten und flüsterte ihm schnell zu: »Der Erste Offizier erwartet Sie, Dick.«

»Kommen Sie nach achtern, Mr. Bolitho!« Pallisers brüsker Ton brachte Rhodes zum Schweigen, bevor er mehr sagen konnte.

Bolitho kletterte zum Achterdeck hinauf und berührte seinen Hut. »Sir?«

Palliser fuhr ihn an: »Ich warte schon eine Ewigkeit auf Sie!«

»Ja, Sir. Aber ich hatte einen Auftrag des Kommandanten.«

»Das hat ja lange Zeit in Anspruch genommen!«

Bolitho unterdrückte mit Mühe seinen aufsteigenden Ärger. Was er auch tat oder zu tun versuchte, Palliser war nie zufrieden.

Er sagte ruhig: »Gewiß, Sir. Und jetzt bin ich hier.«

Palliser starrte ihn an, als vermute er hinter seinen Worten eine Unverschämtheit. Dann sagte er: »Während Ihrer Abwesenheit hat der Wachtmeister auf meine Anordnung hin einige Wohnräume der Mannschaft durchsucht.« Er wartete auf eine Reaktion Bolithos. »Ich weiß zwar nicht, welche Art Disziplin Sie in Ihrer Division einzuführen versuchen, aber lassen Sie mich Ihnen versichern, daß es mehr als der Bestechung mit Schnaps und Wein bedarf, um etwas zu erreichen. Mr. Jurys Uhr wurde im Besitz eines Ihrer Männer vom Großmast gefunden. Murray heißt der Mann. Was sagen Sie nun?«

Bolitho sah Palliser ungläubig an. Murray hatte Jury das Leben gerettet. Ohne sein schnelles Handeln in jener Nacht an Deck der *Heloise* wäre der Midshipman jetzt tot gewesen. Und wenn Jury nicht ihm, Bolitho, den Degen zugeworfen hätte, um seinen verlorenen Säbel zu ersetzen, wäre auch er selbst jetzt eine Leiche. Das hatte sie miteinander verbunden, ohne daß einer davon gesprochen hätte.

Er protestierte: »Murray ist ein guter Mann, Sir. Ich kann nicht glauben, daß er ein Dieb sein soll.«

»Ich bin mir aber ganz sicher. Sie müssen eben noch eine Menge lernen, Mr. Bolitho. Männer wie Murray würden niemals einen Kameraden bestehlen, aber ein Offizier, selbst ein kleiner Kadett, ist für sie Freiwild.« Mit einiger Anstrengung dämpfte er seine Stimme. »Aber das ist noch nicht das Schlimmste. Mr. Jury hatte die Kühnheit, die unglaubliche Frechheit, mir zu sagen, er habe die Uhr Murray gegeben, als Geschenk! Das können doch selbst Sie nicht glauben!«

»Ich glaube, er sagte das, um Murray zu retten, Sir. Es war falsch, aber ich kann es verstehen.«

»Das habe ich mir gedacht.« Palliser beugte sich vor. »Ich werde dafür sorgen, daß Mr. Jury ausgeschifft wird und eine Rückfahrkarte nach England bekommt, sobald wir mit einer höheren Autorität zusammentreffen. Was halten Sie davon?«

Bolitho antwortete hitzig: »Ich glaube, da handeln Sie unfair.« Er fühlte, wie sein Ärger verzweifeltem Zorn Platz machte. Palliser hatte mehrfach versucht, ihn zu provozieren, aber diesmal war er zu weit gegangen. Er sagte: »Wenn Sie versuchen, über Mr. Jury mich zu treffen, werden Sie sicherlich Erfolg haben. Aber das zu erwägen, obwohl Sie genau wissen, daß er keine Familie hat und mit ganzem Herzen der Marine gehört – das ist gemein. An Ihrer Stelle, Sir, würde ich mich schämen.«

Palliser starrte ihn an, als wäre er geschlagen worden. »*Was* würden Sie tun?«

Eine kleine Gestalt trat aus dem Schatten hervor: Macmillan, der Kommandantensteward. Er sagte: »Verzeihung, meine Herren, aber der Kommandant bittet Sie sofort in seine Kajüte.«

Dumaresq stand breitbeinig in der Tageskajüte, die Hände in die Hüften gestemmt, und blickte seinen beiden Offizieren entgegen.

»Ich verbitte mir, daß Sie auf meinem Achterdeck wie zwei Straßenlümmel streiten! Was, zum Teufel, ist in Sie gefahren?«

Palliser sah empört, ja blaß aus, als er sagte: »Wenn Sie gehört haben, was Mr. Bolitho gesagt hat, Sir . . .«

»Gehört? Gehört?« Dumaresq stieß eine Faust in Richtung des Oberlichtfensters. »Ich glaube, das ganze Schiff hat es gehört.« Er schaute Bolitho an. »Wie können Sie sich eine solche Insubordination gegenüber dem Ersten Offizier erlauben? Sie haben ihm ohne Gegenrede zu gehorchen. Disziplin hat den Vorrang, wenn wir nicht zu einem Sauhaufen herabsinken wollen. Ich erwarte, nein: ich verlange, daß das Schiff jederzeit auf ein Wort von mir einsatzbereit ist. Über unwichtige Dinge in Hörweite aller Leute zu streiten, ist ein Wahnsinn, den ich nicht dulde.« Er prüfte Bolithos Gesicht und fügte milder hinzu: »Es darf nicht wieder vorkommen.«

Palliser versuchte es noch einmal. »Ich habe ihm gesagt, Sir . . .« Er verstummte, als sich ein Blitzstrahl aus den unwiderstehlichen Augen auf ihn richtete.

»Sie sind mein Erster Offizier, und ich stelle mich hinter alles, was Sie unter meinem Kommando tun. Aber ich möchte nicht, daß Sie Ihren Zorn an Kameraden auslassen, die zu jung sind, um sich gegen Sie zu wehren. Sie sind ein erfahrener und bewährter Offizier, während Mr. Bolitho ein Neuling in der Messe ist. Was Mr. Jury betrifft, so weiß er nicht mehr von den Bräuchen auf See als das, was er seit Plymouth gelernt hat. Können Sie diese Feststellung akzeptieren?«

Palliser schluckte, den Kopf unter die Decksbalken geneigt. »Jawohl, Sir.«

»Gut, darin stimmen wir also überein.«

Dumaresq ging zu den Heckfenstern und blickte auf die vom Wasser reflektierten Lichter.

»Mr. Palliser, Sie werden den Diebstahl weiter verfolgen. Ich möchte nicht, daß ein guter Mann wie Murray bestraft wird, wenn er nichts von der Sache weiß. Andererseits wird er der Strafe nicht entgehen, wenn er schuldig ist. Das ganze Schiff weiß inzwischen, was passiert ist. Wenn er wegen unserer Unfähigkeit, die Wahrheit herauszufinden, straflos ausginge, beraubten wir uns der Möglichkeit, die wirklichen Unruhestifter und selbsternannten Richter zu maßregeln.« Er streckte Bolitho die Hand entgegen. »Sie haben sicherlich einen Brief für mich.« Als er ihn an sich nahm, setzte er langsam hinzu: »Kümmern Sie sich um Mr. Jury. Sie haben es in der Hand, ihn fair, aber streng zu behandeln. Es wird ebenso eine Prüfung für Sie sein wie für ihn.« Er nickte ihm zu. »Abtreten!«

Als Bolitho die Tür hinter sich schloß, hörte er Dumaresq sagen: »Das war eine gute Aussage, die Sie von Triscott bekommen haben. Sie macht die vorangegangenen Fehlschläge wieder wett.«

Palliser murmelte etwas, und Dumaresq antwortete: »Noch ein Steinchen, und das Puzzlespiel könnte schneller aufgehen, als ich dachte.«

Bolitho machte sich unter den Blicken des Wachtpostens, die ihm bis in die Schattenzone folgten, davon. Er betrat die Messe und ließ sich so vorsichtig wie jemand, der gerade vom Pferd gefallen war, nieder.

Poad fragte: »Etwas zu trinken, Sir?«

Bolitho nickte, obwohl er kaum hingehört hatte. Er sah Bulkley an einem der dicken Holzbalken lehnen und fragte: »Ist der Kapitän der *Heloise* tot?«

Bulkley blickte müde auf und wartete, bis sein Blick Bolitho erfaßt hatte.

»Aye. Minuten, nachdem er seinen Namen unter die Aussage geschrieben hatte, starb er.« Der Arzt war kaum zu verstehen. »Ich hoffe nur, die Sache war es wert.«

Colpoys kam aus seiner Kammer und schwang ein elegantes, weiß gekleidetes Bein über einen Stuhl.

»Langsam werde ich verrückt. Man liegt hier draußen vor Anker und hat nichts zu tun . . .« Er blickte von Bolitho zu Bulkley und zog eine Grimasse. »Es scheint, ich hatte unrecht. Hier herrscht der reinste Frohsinn!«

Bulkley seufzte. »Ich habe das meiste mit angehört. Triscott sollte nur diese eine Reise als Kapitän machen. Es scheint, er hatte Befehl, uns in Funchal zu treffen und herauszufinden, was wir vorhatten.« Der Arzt stieß versehentlich ein Glas Branntwein um, schien es aber nicht zu bemerken. »Sobald er unser Ziel wußte, sollte er in die Karibik segeln und das Schiff seinem Besitzer, der den Bau bezahlt hatte, übergeben.« Er hüstelte und tupfte sich das Kinn mit einem roten Taschentuch ab. »Statt dessen wurde Triscott neugierig und versuchte, uns zu folgen.« Er schaute prüfend nach achtern, als suche er Dumaresq durch das Schott hindurch. »Stellen Sie sich vor: eine Maus, die den Tiger jagen wollte! Nun, dafür hat er bezahlt.«

Colpoys fragte ungeduldig: »Schon, aber wer ist dieser mysteriöse Käufer von Brigantinen?«

Bulkley drehte sich so langsam zu dem Leutnant um, als täte es ihm weh, sich zu bewegen. »Ich hätte Sie für schlauer gehalten. Sir Piers Garrick natürlich! Ehemals Freibeuter im Namen des Königs und jetzt ein verdammter Seeräuber auf eigene Faust!«

Rhodes betrat die Messe. »Ich habe das eben mitgehört. Wir hätten es wissen müssen, nachdem unser Kommandant schon seinen Namen genannt hatte. Nach so vielen Jahren! Der Mann muß jetzt über sechzig sein. Glauben Sie wirklich, daß er weiß, was aus den Goldbarren der *Asturias* wurde?«

Colpoys sagte gelangweilt: »Der Knochensäbler ist eingeschlafen, Stephen.«

Poad, der sich in der Nähe aufgehalten hatte, sagte: »Es gibt heute frisches Schweinefleisch, meine Herren. Eine Aufmerksamkeit, die uns ein Mr. Egmont mit besten Empfehlungen geschickt hat.« Er wartete auf den richtigen Augenblick, um fortzufahren: »Der Überbringer sagte, als Erinnerung an den Besuch Mr. Bolithos in seinem Haus.«

Bolitho errötete, als alle ihn anschauten.

Colpoys schüttelte bedauernd den Kopf. »Mein Gott, wir sind kaum angekommen, und schon hat eine Frau die Hand im Spiel.«

Als Gulliver sich zu Colpoys und dem Zahlmeister an den Tisch setzte, nahm Rhodes Bolitho beiseite.

»Hat er Ihnen hart zugesetzt, Dick?«

»Ich habe meine Selbstbeherrschung verloren.« Bolitho lächelte reuig.

»Lassen Sie sich nichts gefallen! Vergessen Sie nicht, was ich Ihnen gesagt habe.« Rhodes vergewisserte sich, daß niemand zuhörte. »Ich habe Jury gesagt, daß er im Kartenraum auf Sie warten soll. Sie werden dort einige Zeit ungestört sein, bringen Sie es hinter sich. Ich habe so etwas auch schon durchgemacht.« Er schnupperte und rief: »Ich rieche Schweinebraten, Dick. Sie müssen an Land tatsächlich großen Eindruck gemacht haben.«

Bolitho arbeitete sich zu dem kleinen Kartenraum durch, der neben dem Niedergang lag, und sah Jury neben dem leeren Kartentisch stehen. Wahrscheinlich glaubte er seine Karriere ebenso vom Tisch gewischt wie Gullivers Berechnungen.

Bolitho sagte: »Man hat mir berichtet, was Sie getan haben. Der Fall Murray wird untersucht, darauf hat der Kommandant mir sein Wort gegeben. Sie werden nicht ausgeschifft, wenn wir auf das karibische Geschwader stoßen, sondern bleiben auf der *Destiny.*« Er hörte, wie Jury aufatmete, und sagte: »Es liegt jetzt also an Ihnen.«

»Ich – ich weiß nicht, was ich sagen soll, Sir.«

Bolitho spürte seine innere Entschlossenheit wanken. Er war selbst einmal so unerfahren wie Jury gewesen und wußte, was es bedeutete, einer offensichtlichen Katastrophe entgegenzusehen.

Er zwang sich zu sagen: »Sie haben falsch gehandelt, indem Sie logen, um einen Mann zu schützen, der wahrscheinlich schuldig ist.« Er unterband Jurys Protestversuch. »Es war nicht richtig, so stark für einen Mann einzutreten, wie Sie es für einen anderen kaum getan hätten. Ich habe den gleichen Fehler begangen. Wenn ich gefragt worden wäre, ob ich mich so für Murray eingesetzt hätte, wenn er eine Niete wäre, oder für Sie, wenn Sie mich nicht gerettet hätten, hätte ich zugeben müssen, daß ich zu Ihren Gunsten voreingenommen war.«

Jury sagte gepreßt: »Ich bedaure den Ärger, den ich verursacht habe. Besonders Ihnen.«

Bolitho sah ihn zum erstenmal voll an und bemerkte den inneren Kampf, den er durchmachte. »Ich weiß. Wir haben beide aus all dem gelernt.« Er fiel in einen härteren Tonfall: »Andernfalls wären wir beide es nicht wert, des Königs Rock zu tragen. Und nun gehen Sie bitte wieder in Ihr Quartier.«

Er hörte Jury den Kartenraum verlassen und wartete einige Minuten, um sich zu sammeln.

Er hatte korrekt gehandelt, auch wenn es jetzt schon etwas spät dafür war. In Zukunft würde Jury sich in acht nehmen und weniger willig sein, sich an andere zu hängen. »Heldenverehrung« hatte der Kommandant es genannt.

Bolitho seufzte und begab sich in die Messe. Als er eintrat, schaute Rhodes ihn fragend an.

Bolitho zuckte die Schultern. »Es war nicht leicht.«

»Das ist es nie.« Rhodes grinste und schnupperte wieder. »Wir werden etwas später essen, aber mir scheint, das Warten lohnt.«

Bolitho nahm Poad ein Glas Wein ab und setzte sich in einen Armstuhl. Rhodes' Rezept war einfacher, dachte er: Lebe für das Heute und sorge dich nicht um das Morgen, auf diese Weise kann dich nichts verletzen. Aber dann dachte er an Jurys verzagtes Gesicht und wußte, daß das nicht stimmte.

VII Im Zwiespalt

Zwei weitere Tage vergingen ohne ein Anzeichen, daß der portugiesische Vizekönig zurückgekehrt war oder beabsichtigte, Dumaresq zu empfangen.

Unter der unbarmherzigen Sonne fast zerfließend, erledigten die Seeleute ihre tägliche Arbeit recht unlustig. Die Stimmung war allgemein gereizt, Streitigkeiten flammten leicht auf, und bei verschiedenen Anlässen wurden Leute nach achtern zur Bestrafung gebracht.

Wenn Dumaresq an Deck kam, schien er mit jedem von der Schiffsglocke angezeigten Wachwechsel ärgerlicher und unduldsamer zu werden. Ein Matrose bekam Strafarbeiten allein deshalb, weil er ihn angestarrt hatte, und Midshipman Ingrave, der als sein Schreiber eingesprungen war, wurde mit der Bemerkung: »Zu dämlich, um eine Feder zu halten«, die noch lange in seinen Ohren nachklang, zurück zu seinem normalen Dienst an Deck geschickt.

Selbst Bolitho, der wenig Erfahrung mit den Gepflogenheiten in ausländischen Häfen hatte, fiel die der *Destiny* aufgezwungene Isolierung auf. Ein paar Boote mit allerlei Handelswaren lungerten zwar voller Hoffnung auf Geschäfte um das Schiff herum, wurden aber von den aufmerksamen Wachbooten am Herankommen gehindert. Und ganz gewiß war, daß keine Nachricht von dem Mann namens Egmont kam.

Samuel Codd, der Zahlmeister, war nach achtern marschiert, um sich darüber zu beklagen, daß es ihm unmöglich sei, seine Vorräte an frischem Obst zu ergänzen. Das halbe Schiff mußte mit angehört haben, wie Dumaresqs Zorn sich sturzbachartig über ihn ergoß.

»Für was halten Sie mich eigentlich, Sie Geizkragen? Glauben Sie, ich habe nichts anderes zu tun als zu kaufen und zu verkaufen wie ein ambulanter Gemüsehändler? Nehmen Sie ein Boot und gehen Sie selber an Land, aber sagen Sie dem Kaufmann diesmal, die Vorräte seien für mich bestimmt!« Seine mächtige Stimme folgte Codd noch, als der längst die Kajüte verlassen hatte: »Und kommen Sie mir nicht mit leeren Händen zurück!«

Nur in der Offiziersmesse war die Stimmung kaum verändert. Es gab den üblichen Klatsch und aufgebauschte Berichte über die Ereignisse während der Tagesarbeit. Nur wenn Palliser erschien, wurde das Klima förmlich, fast frostig.

Bolitho hatte sich Murray kommen lassen und ihm die Beschuldigung, ein Dieb zu sein, eindringlich vor Augen gehalten. Murray hatte entschlossen verneint, irgend etwas mit der Angelegenheit zu tun zu haben, und Bolitho gebeten, für ihn einzutreten. Bolitho war von dem Ernst des Mannes beeindruckt. Murray war über die Aussicht auf eine zu unrecht erlassene Prügelstrafe weniger verängstigt als empört. Aber die Strafe war nicht mehr abzuwenden, wenn der wahre Dieb nicht gefunden werden konnte.

Poynter, der Oberwachtmeister, blieb unerbittlich. Er hatte die Uhr in Murrays Utensilienkasten bei einer kurzen Durchsuchung entdeckt. Jeder konnte sie da versteckt haben, aber aus welchem Grund? Es hatte festgestanden, daß etwas unternommen werden würde, um die verschwundene Uhr wiederzufinden. Ein vorsichtiger Dieb hätte hundert Möglichkeiten gehabt, sie an einem sicheren Ort zu verstecken. Aber so? Die Sache ergab keinen Sinn.

Am Abend des zweiten Tages kam die *Heloise* in Sicht. Sie näherte sich langsam der Küste. Ihre Segel schimmerten im scheidenden Sonnenlicht, als sie einen letzten Schlag in Richtung Hafeneinfahrt machte.

Dumaresq beobachtete sie durch sein Teleskop und brummte: »Braucht ja endlos! Da muß er sich schon etwas mehr anstrengen, wenn er befördert werden will!«

Rhodes sagte: »Haben Sie es bemerkt, Dick? Die Trinkwasserprähme sind nicht wie versprochen gekommen. Unser Vorrat muß ziemlich zu Ende sein. Kein Wunder, daß unser ›Herr und Meister‹ vor Zorn rot anläuft.«

Bolitho erinnerte sich an Dumaresqs Worte, daß die *Destiny* am Tag nach ihrer Ankunft Frischwasser übernehmen wolle. Das hatte er über all dem, was seine Gedanken inzwischen gefangennahm, vergessen.

»Mr. Rhodes!« Dumaresq trat an die Querreling des Achterdecks. »Signalisieren Sie der *Heloise*, daß sie auf der äußeren Reede ankern soll. Mr. Slade soll nicht versuchen, bei Dunkelheit näher ans Land heranzusegeln. Um ganz sicherzugehen, schicken Sie ihm ein Boot mit dem Befehl, daß er frei von der Landzunge vor Anker gehen soll.«

Das Trillern der Bootsmannsmaatenpfeife brachte die Bootscrew im Laufschritt nach achtern. Einige stöhnten, als sie sahen, wie weit die Brigantine entfernt war. Das gab eine lange Strecke zu pullen, und zwar hin und zurück.

Rhodes suchte den Midshipman der Wache. »Mr. Lovelace, Sie fahren mit!« Er ließ sich nichts anmerken, als er Bolitho zuzwinkerte. »Verdammte Kadetten, was, Dick? Müssen ein bißchen beschäftigt werden.«

»Mr. Bolitho!« Dumaresq hatte ihn beobachtet. »Kommen Sie bitte zu mir.«

Bolitho eilte nach achtern, bis sie beide außer Hörweite der anderen an der Heckreling standen.

»Ich muß Ihnen mitteilen, daß Mr. Palliser keinen anderen Schuldigen gefunden hat.« Dumaresq musterte Bolitho eindringlich. »Das beunruhigt Sie, wie ich sehe.«

»Ja, Sir. Ich habe keinen Gegenbeweis, aber ich bin überzeugt, daß Murray unschuldig ist.«

»Ich werde warten, bis wir wieder auf See sind. Aber dann muß die Bestrafung vollzogen werden. Jedoch empfiehlt es sich nicht, Leute vor den Augen Fremder auszupeitschen.«

Bolitho wartete ab, da er ahnte, daß noch mehr kommen würde.

Dumaresq beschattete seine Augen, als er zum Wimpel an der Mastspitze emporschaute. »Eine schöne Brise.« Dann sagte er: »Ich brauche einen neuen Schreiber. Auf einem Kriegsschiff gibt es mehr Schriftstücke und Listen als Pulver und Blei.« Sein Tonfall wurde schärfer. »Oder Trinkwasser, was das betrifft!«

Bolitho straffte sich, als Palliser nach achtern kam und wie vor einer unsichtbaren Linie stehenblieb.

Dumaresq sagte: »Wir sind fertig. Was ist, Mr. Palliser?«

»Ein Boot nähert sich, Sir.« Er beachtete Bolitho nicht. »Das gleiche, welches Schweinefleisch für die Messe gebracht hat.«

Dumaresq hob die Brauen. »Wirklich? Das interessiert mich.« Er machte abrupt kehrt und sagte: »Ich bin in meinen Räumen. Und was den Schreiber betrifft, so habe ich mich entschieden, den neuen Gehilfen des Schiffsarztes, Spillane, mit der Aufgabe zu betrauen. Er scheint ein gebildeteter Mann zu sein und weiß, wie man sich Vorgesetzten gegenüber benimmt; außerdem will ich den guten Doktor nicht verwöhnen, er hat genügend andere Hilfskräfte, die sein Krankenrevier versorgen können.«

Palliser tippte an seinen Hut. »Zu Befehl, Sir.«

Bolitho ging zur Backbord-Laufbrücke, um das näherkommende Boot zu betrachten. Ohne Glas konnte er erkennen, daß niemand darin saß, den er kannte. Fast hätte er über sich selber gelacht, daß er so dumm sein konnte. Was hatte er erwartet? Daß Jonathan Egmont selbst herauskam, um den Kommandanten zu besuchen? Oder daß seine reizende Frau die unbequeme und anstrengende Fahrt unternahm, um ihm zuzuzwinkern? Er wurde offenbar schon kindisch. Vielleicht war er zu lange auf See gewesen, oder sein letzter Heimaturlaub in Falmouth, der so viel Unglück nach sich zog, hatte ihn anfällig für Phantastereien und unerfüllbare Träume gemacht?

Das Boot kam an die Großrüsten, und nach einer längeren Diskussion in Zeichensprache zwischen den Ruderern und dem Bootsmannsmaat der Wache wurde ein Briefumschlag zu Rhodes hinaufgereicht, den er sofort nach achtern zur Kajüte trug. Das Boot wartete ein paar Yards vom Schiff entfernt; seine dunkelhäutigen Insassen beobachteten die geschäftigen Matrosen und Seesoldaten und schätzten wahrscheinlich die Stärke einer Breitseite der *Destiny* ab.

Schließlich kam Rhodes zurück, rief das Boot heran und reichte dem Bootssteurer einen anderen Umschlag hinunter. Er sah, daß Bolitho zuschaute, und kam zu ihm an die Hängemattsnetze.

»Ich weiß, daß Sie es nicht gern hören werden, Dick«, und dabei konnte er ein inneres Lachen nicht ganz unterdrücken, »aber wir sind heute abend zum Essen eingeladen. Ich glaube, Sie kennen das Haus bereits.«

»Wer wird hingehen?« Bolitho bemühte sich, seine plötzliche Besorgnis nicht zu zeigen.

Rhodes grinste. »Der ›Herr und Meister‹, alle Offiziere und – als höfliche Geste – der Schiffsarzt.«

»Das kann ich nicht glauben! Der Kommandant würde das Schiff doch niemals verlassen, wenn nicht wenigstens ein Offizier an Bord bliebe.« Bolitho schaute nach achtern, wo Dumaresq gerade an Deck erschien. »Bestimmt nicht!«

Dumaresq rief: »Holen Sie Macmillan und meinen neuen Schreiber Spillane!« Sein Ton war frohlockend, anders als in den letzten Tagen. »In einer halben Stunde brauche ich meine Gig.«

Rhodes eilte schon davon, als Dumaresq ihm laut nachrief: »Ich möchte, daß Sie, Mr. Bolitho und unser tapferer Rotrock bis dahin anständig angezogen sind.« Er lächelte. »Der Doktor ebenfalls.« Er ging mit langen Schritten davon, während sein Steward wie ein Terrier hinterhertrippelte.

Bolitho schaute auf seine Hände. Sie wirkten ruhig, aber er hatte das Gefühl, als habe er die Herrschaft über sie – genau wie über sein Herz – verloren.

In der Messe herrschte wüstes Tohuwabohu. Poad und seine Gehilfen suchten nach sauberen Hemden und gebügelten Uniformröcken, um ihre Schützlinge aus wetterharten Seeoffizieren in geschniegelte Gentlemen zu verwandeln.

Colpoys verfluchte seinen Burschen wie ein Kavallerist, während der Mann seine Stiefel auf Hochglanz brachte und er sich selber im Handspiegel betrachtete.

Bulkley, zerknittert und eulenhaft wie immer, brummte: »Er nimmt mich nur mit, um das Unrecht, das er mir mit meinem Gehilfen angetan hat, wiedergutzumachen.«

Palliser hakte ein. »Ach du lieber Himmel! Wahrscheinlich will er nur nicht riskieren, Sie allein an Bord zurückzulassen.«

Gulliver war offensichtlich entzückt, daß er als zeitweilig Verantwortlicher für das Schiff fungieren sollte. Auf der langen Überfahrt von Funchal hierher hatte er sichtlich an Selbstvertrauen gewonnen, und außerdem haßte er die Gepflogenheiten der vornehmen Gesellschaft, wie er Codd einmal anvertraut hatte.

Bolitho war als erster am Fallreep. Er sah, daß Jury gerade die Wache auf dem Achterdeck übernahm. Ihre Blicke trafen sich und wanderten dann weiter. Es würde anders werden, wenn das Schiff erst wieder in See war. Dann konnten gemeinsame Aufgaben die

Spannung zwischen ihnen beseitigen, nur: Murrays Schicksal war auch dann noch nicht entschieden.

Dumaresq erschien an Deck und musterte seine Offiziere. »Gut! Recht gut!« Er musterte die längsseits liegende Gig unten, die Mannschaft in den karierten Hemden und mit den geteerten Hüten und den Bootssteurer, der zum Ablegen bereit wartete.

»Gut gemacht, Johns!«

Bolitho dachte daran, wie er das letztemal mit Dumaresq an Land gefahren war, der so nebenbei zu Johns gesagt hatte, er solle sich um die Angelegenheit mit Jurys verschwundender Uhr kümmern. Johns war als Bootssteurer des Kommandanten bei den Unteroffizieren und dienstälteren Leuten sehr angesehen. Ein Wort zur rechten Zeit, ein Wink an den Wachtmeister, der keines großen Anstoßes bedurfte, wenn es darauf ankam, die Leute unter Druck zu setzen, und eine schnelle Durchsuchung hätten das übrige getan.

»Ins Boot!«

In genauer Beachtung des Dienstalters und von einigen wachfreien Leuten auf der Laufbrücke beobachtet, kletterten die Offiziere der *Destiny* in die Gig hinunter.

Als letzter nahm Dumaresq in seinem goldbetreßten Rock mit den weißen Aufschlägen auf dem Hecksitz Platz.

Als das Boot vorsichtig von der Bordwand absetzte, sagte Rhodes: »Erlauben Sie mir zu sagen, Sir, daß wir Ihnen sehr dankbar für diese Einladung sind.«

Dumaresqs Zähne leuchteten sehr weiß in der Dunkelheit. »Ich habe alle meine Offiziere gebeten, mitzukommen, Mr. Rhodes, weil wir eines Geistes sind.« Sein Lächeln breitete sich über das ganze Gesicht aus. »Außerdem möchte ich die Leute an Land wissen lassen, daß wir alle anwesend sind.«

Rhodes erwiderte etwas lahm: »Verstehe, Sir«, aber es war klar, daß er nichts verstanden hatte.

Trotz seiner kürzlichen Mißerfolge und Sorgen hatte Bolitho sich wieder beruhigt. Er beobachtete die Lichter an Land und war entschlossen, sich gut zu amüsieren. Schließlich waren sie in einem fremden, exotischen Land, von dem er zu Hause in Falmouth nach seiner Rückkehr erzählen wollte.

Kein anderer Gedanke sollte ihm heute abend dazwischenkommen. Dann fiel ihm ein, wie sie ihn angeschaut hatte, als er das Haus verließ, und er fühlte seinen festen Vorsatz dahinschwinden. Es war lächerlich, aber mit diesem Blick hatte sie bewirkt, daß er sich wie ein erwachsener Mann vorkam.

Bolitho musterte die übervolle Tafel und fragte sich, wie er es schaffen sollte, all diesen Köstlichkeiten Gerechtigkeit widerfahren zu lassen. Schon wünschte er, Pallisers knappen Ratschlag beachtet zu haben, den dieser seinen jungen Kameraden kurz vor dem Verlassen der Gig gegeben hatte: »Man wird versuchen, Sie betrunken zu machen. Passen Sie also auf!« Das war vor fast zwei Stunden gewesen, aber es schien Bolitho viel länger her.

Sie saßen in einem Saal mit gewölbter Decke, an den Wänden hingen farbenfrohe Gobelins, deren Pracht noch verstärkt wurde durch Hunderte von Kerzen in den glitzernden Kristall-Lüstern über ihnen und auf den mehrarmigen Leuchtern, die in regelmäßigen Abständen auf der Tafel standen und aus purem Gold sein mußten.

Die Offiziere der *Destiny* waren sorgsam am Tisch verteilt und bildeten blau-weiße Flecken zwischen den prächtiger gekleideten übrigen Gästen, alles Portugiesen. Die meisten sprachen kaum englisch und riefen einander mit erhöhter Lautstärke zu, wenn sie sich etwas übersetzen lassen oder ihrem Tischnachbarn etwas erklären wollten. Der Kommandeur der Küstenbatterien, ein Faß von einem Mann, wurde an Lautstärke und Appetit nur von Dumaresq übertroffen. Gelegentlich neigte er sich einer der Damen zu, brüllte vor Lachen oder schlug mit der Faust auf den Tisch, um seine Bemerkungen zu unterstreichen.

Eine kleine Armee von Dienern trug eine nicht endenwollende Folge von Gerichten auf: von gekochtem, köstlich schmeckendem Fisch bis zu riesigen Platten mit geschmortem Rindfleisch. Und während der ganzen Zeit floß der Wein immer wieder wie von selbst in ihre Gläser, roter Wein aus Portugal oder Spanien, herber Weißwein aus Deutschland und milde Sorten aus Frankreich. Egmont war sehr großzügig. Bolitho hatte den Eindruck, daß er selber wenig trank und seine Gäste mit einem ironischen Lächeln beobachtete.

Es tat fast weh, Egmonts Frau am gegenüberliegenden Ende der Tafel anzuschauen. Sie hatte Bolitho kurz zugenickt, als er ankam, weiter nichts. Und jetzt fühlte er sich zwischen einem portugiesischen Schiffshändler und einer runzligen Dame, die unaufhörlich aß, unbeachtet und irgendwie verloren.

Mrs. Egmonts Anblick war atemberaubend. Sie hatte sich wieder in Weiß gekleidet, das ihre Haut golden schimmern ließ. Das Kleid war vorne tief ausgeschnitten, und um den Hals trug sie ein Geschmeide, das einen doppelköpfigen aztekischen Vogel darstellte, dessen lange Schwanzfedern mit Rubinen besetzt waren, wie Rhodes sachkundig festgestellt hatte.

Wenn sie den Kopf wandte, um mit einem Gast zu sprechen, tanzten die rubinbesetzten Schwanzfedern zwischen ihren Brüsten, und Bolitho stürzte ein weiteres Glas Rotwein hinunter, ohne zu bemerken, was er tat.

Colpoys war bereits halb betrunken und schilderte seiner Tischnachbarin ausführlich, wie er einmal im Schlafzimmer einer Dame von ihrem Ehemann überrascht worden war.

Palliser hingegen schien unverändert. Er aß bedächtig und hielt sein Glas immer halb gefüllt, während Rhodes seiner selbst nicht mehr ganz sicher schien. Seine Zunge war schwer, seine Bewegungen wirkten fahriger als zu Beginn des Mahls. Nur der Schiffsarzt genoß Essen und Trinken, ohne daß es ihm etwas antat.

Dumaresq war unglaublich in Form. Er wies kein Gericht zurück und schien völlig gelöst. Seine starke Stimme reichte über den ganzen Tisch, hielt hier eine einschlafende Konversation in Gang oder rief dort einen seiner Offiziere zur Ordnung.

Einmal rutschten Bolithos Ellenbogen vom Tisch, so daß er beinahe nach vorn zwischen die Teller gefallen wäre. Der Schock half ihm, sich zusammenzureißen und zu erkennen, wie stark die Getränke wirkten. Nie wieder!

Er hörte Egmont sagen: »Ich glaube, meine Herren, wenn die Damen sich jetzt zurückziehen, sollten wir in einen kühleren Raum überwechseln.«

Irgendwie schaffte es Bolitho, rechtzeitig auf die Füße zu kommen und der runzligen Dame aus ihrem Stuhl zu helfen. Als sie den anderen Damen zur Tür folgte, welche die Männer sich selber überließen, kaute sie immer noch.

Ein Diener öffnete eine andere Tür und wartete, daß Egmont seine Gäste in einen Raum mit Ausblick zur See führte. Dankbar trat Bolitho hinaus auf die Terrasse und lehnte sich an die Steinbrüstung. Nach der Hitze der Kerzen und dem vielen Wein wirkte die Luft hier rein wie ein Bergquell.

Er schaute zum Mond auf und dann hinüber zum Ankerplatz der *Destiny*, aus deren offenen Stückpforten Licht fiel und sich im

Wasser spiegelte, als ob das Schiff brenne.

Der Schiffsarzt trat zu Bolitho an die Brüstung und holte tief Luft. »Das war ein richtiges Gastmahl, mein Junge!« Er stieß kräftig auf. »Es hätte ausgereicht, ein ganzes Dorf einen Monat lang zu sättigen. Stellen Sie sich vor: Das alles muß aus Frankreich und Spanien herübergebracht werden – ohne Rücksicht auf die Kosten. Wenn man bedenkt, daß viele Menschen froh wären, wenn sie nur einen Laib Brot hätten, wird man ziemlich nachdenklich.«

Bolitho sah ihn an. Auch er hatte schon daran gedacht, allerdings nicht in Zusammenhang mit der Ungerechtigkeit. Er fragte sich, wie Egmont, ein Fremder in diesem Land, so reich hatte werden können. Reich genug, um sich alle Wünsche zu erfüllen, sogar den nach einer schönen Frau, die halb so alt war wie er. Der doppelköpfige Vogel an Mrs. Egmonts Hals war aus purem Gold gewesen und ein Vermögen wert. Gehörte er zum Schatz der *Asturias*? Egmont hatte Dumaresqs Vater gekannt, aber dessen Sohn offenbar bisher nicht kennengelernt. Die beiden hatten – soweit Bolitho beobachten konnte – kaum miteinander gesprochen oder höchstens in Gegenwart anderer und im üblichen leichten Plauderton.

Bulkley lehnte sich vor und rückte seine Brille zurecht. »Da fährt ein übereifriger Kapitän, der nicht bis zur Morgentide warten kann.«

Bolitho wandte sich um und schaute seewärts. Sein geübtes Auge entdeckte schnell ein Schiff, das gerade die Reede verließ.

Bulkley sagte beiläufig: »Muß ein Einheimischer sein. Jeder Fremde würde hier auf Grund laufen.«

Palliser rief aus der offenen Tür: »Kommen Sie herein, und leisten Sie uns Gesellschaft!«

Bulkley lachte in sich hinein. »Immer großzügig, wenn's nicht auf seine Kosten geht.«

Aber Bolitho blieb, wo er war. Aus dem Raum drang schon Lärm genug, Gelächter und Geklirr von Gläsern, dazu Colpoys' Stimme, die sich immer höher über die anderen erhob. Bolithos Abwesenheit schien gar nicht aufzufallen.

Er spazierte auf der mondbeschienenen Terrasse auf und ab und ließ den Seewind sein Gesicht kühlen. Als er an einem abgelegenen Raum vorbeikam, hörte er Dumaresq Stimme, sehr nahe, sehr eindringlich:

»Ich bin nicht so weit hergekommen, um mich mit Ausreden abspeisen zu lassen. Sie steckten von Anfang an bis zum Hals in der Sache drin. So viel hat mir mein Vater immerhin erzählt, bevor er starb.« Die Verachtung in seiner Stimme war schneidend wie ein Peitschenhieb. »Meines Vaters ›tapferer‹ Erster Offizier, der sich zurückzog, als er dringend gebraucht wurde!«

Bolitho wußte, daß er hätte weitergehen sollen, aber er konnte sich nicht bewegen. Dumaresqs Ton schien seine Beine zu lähmen. Es lag etwas darin, das sich in Jahren aufgestaut hatte und nicht länger zurückhalten ließ.

Egmont protestierte lahm: »Ich habe es nicht gewußt. Sie müssen mir glauben. Ich mochte Ihren Vater. Ich habe ihm treu gedient und ihn immer bewundert.«

Dumaresqs Stimme klang jetzt gedämpft. Er mußte sich ungeduldig abgewandt haben.

»Aber mein Vater, den Sie so bewundert haben, starb als armer Mann – das übliche Schicksal eines abgehalfterten Schiffskommandanten, der nur noch einen Arm und ein Bein besaß. Dennoch bewahrte er Ihr Geheimnis, Egmont, *er* zumindest hielt sich an das, was wir Loyalität nennen! Jetzt könnte das Ende für alles gekommen sein, was Ihnen lieb ist.«

»Wollen Sie mir drohen, Sir, in meinem eigenen Haus? Der Vizekönig schätzt mich. Er wird sich sehr schnell äußern, wenn ich mich bei ihm beschwere.«

»Wirklich?« Dumaresqs Stimme wurde gefährlich ruhig. »Piers Garrick war ein Pirat, vielleicht von vornehmer Herkunft, aber seinem Wesen nach ein verdammter Pirat. Wenn die Wahrheit über die *Asturias* herausgekommen wäre, hätte ihn selbst sein Kaperbrief nicht vor dem Galgen retten können. Das Schatzschiff hat sich tapfer gewehrt, und Garricks Kaperschiff wurde schwer beschädigt. Der Don strich die Flagge, weil er wahrscheinlich nicht erkannt hatte, daß Garricks Schiff völlig durchlöchert war. Das war das Dümmste, was er tun konnte.«

Bolitho wartete mit angehaltenem Atem und fürchtete, die plötzliche Stille könnte bedeuten, daß seine Anwesenheit bemerkt worden war.

Doch Dumaresq sagte unvermittelt: »Garrick versenkte sein eigenes Schiff und übernahm die *Asturias*. Wahrscheinlich tötete er die meisten Spanier oder ließ sie da, wo niemand sie finden konnte, verhungern. Es war ja alles so einfach für ihn. Unter irgendeinem Vorwand führte er das Schatzschiff in diesen Hafen. England und Spanien lagen im Krieg miteinander, so durfte die *Asturias* kurze Zeit bleiben, um – offiziell – Reparaturen auszuführen; in Wirklichkeit aber, um zu beweisen, daß sie nach dem Gefecht mit Garrick noch schwamm.«

Egmont sagte unsicher: »Das ist eine Vermutung.«

»Wirklich? Lassen Sie mich fortfahren, dann können Sie entscheiden, ob Sie immer noch den Vizekönig um Hilfe bitten wollen.« Seine Stimme war so schneidend, daß Bolitho fast Mitleid für Egmont empfand.

Dumaresq fuhr fort: »Ein englisches Kriegsschiff wurde ausgesandt, um den Verlust von Garricks Schiff und das Verschwinden des Schatzes, der eine rechtmäßige Prise des Königs gewesen wäre, zu untersuchen. Dieses Schiff wurde von meinem Vater geführt. Sie, sein Erster Offizier, wurden losgeschickt, um eine Erklärung von Garrick einzuholen; er muß erkannt haben, daß er reif für den Galgen war, wenn er Sie nicht auf seine Seite zog. Mit Ihrer Hilfe wurde er rehabilitiert. Und während er sein Gold aus dem Versteck holte, wo er es nach Versenkung der *Asturias* verborgen hatte, quittierten Sie den Dienst in der Marine und tauchten seltsamerweise ausgerechnet hier in Rio auf, wo alles begonnen hatte. Aber diesmal als reicher Mann, als sehr reicher Mann. Mein Vater hingegen diente weiter. Dann, im Jahr 1762, als er mit Admiral Rodney von Martinique aus die Franzosen von den Karibischen Inseln vertrieb, wurde er schwer verwundet, was ihm den Lebensnerv zerschnitt. Welche Folgerungen sind aus dieser Geschichte zu ziehen?«

»Was wünschen Sie von mir?« Egmont wirkte benommen, überwältigt von Dumaresqs totalem Sieg.

»Ich verlange eine beschworene Erklärung, die bestätigt, was ich soeben gesagt habe. Notfalls werde ich die Hilfe des Vizekönigs in Anspruch nehmen, sobald der Haftbefehl aus England eintrifft. Den Rest können Sie sich denken. Mit Ihrer Erklärung und der Vollmacht, die Seine Majestät und die Lords der Admiralität mir erteilt haben, beabsichtige ich, Sir Piers Garrick festzunehmen und nach England vor Gericht zu bringen. Außerdem will ich den Goldschatz oder vielmehr das, was noch davon übrig ist. Aber in erster Linie will ich Garrick!«

»Warum behandeln Sie mich dann so schlecht? Ich hatte nichts mit dem zu tun, was Ihrem Vater bei Martinique passierte. Damals war ich nicht mehr in der Marine, das wissen Sie doch!«

»Piers Garrick lieferte Waffen und sonstiges militärisches Material an die französischen Garnisonen in Martinique und Guadeloupe. Ohne ihn – und Sie – wäre mein Vater vielleicht unverwundet geblieben. Und Garrick hätte nicht ein zweites Mal Gelegenheit gehabt, sein Vaterland zu verraten.«

»Ich – weiß . . . Ich brauche Zeit, um darüber nachzudenken.«

»Ihre Zeit ist abgelaufen, Egmont. Sie hatten volle dreißig Jahre Frist. Ich verlange, daß Sie mir Garricks Schlupfwinkel nennen, mir sagen, was er tut, und alles, was Sie über den Goldschatz wissen. Alles! Wenn Sie meine Forderung erfüllen, segle ich weiter, und Sie sehen mich nicht wieder. Wenn nicht . . .« Dumaresq ließ den Rest ungesagt.

Egmont sagte: »Kann ich Ihnen trauen?«

»Mein Vater traute Ihnen.« Dumaresq stieß ein kurzes Lachen aus. »Wählen Sie.«

Bolitho preßte sich mit dem Rücken an die Wand und blickte zu den Sternen auf. Dumaresq wurde offenbar nicht nur von Pflichtgefühl und Tatkraft getrieben, sondern auch von Haß. Haß hatte ihn vage Informationen sammeln und nach dem Schlüssel suchen lassen, der die Tür zu dem Geheimnis um Garrick öffnen konnte. Kein Wunder, daß die Admiralität gerade ihn mit diesem Auftrag betraut hatte: Der zusätzliche Ansporn der Rachsucht gab Dumaresq einen meilenweiten Vorsprung vor jedem anderen Kommandanten.

Eine Tür flog krachend auf, und Bolitho hörte Rhodes singen und dann protestieren, als er von anderen in den Raum zurückgezogen wurde.

Er ging langsam über die Terrasse davon, verwirrt von dem eben Gehörten. Wie konnte er wieder Dienst tun, ohne sein Wissen preiszugeben? Dumaresq würde ihn in Sekunden durchschauen.

Plötzlich war Bolitho völlig nüchtern. Was würde aus Mrs. Egmont werden, wenn Dumaresq seine Drohung wahr machte?

Er drehte sich heftig um und ging auf die offenen Türen zu. Als er eintrat, bemerkte er, daß einige Gäste schon gegangen waren. Der Kommandeur der Festungsbatterien verneigte sich tief und schwenkte dabei den Hut vor seinem stattlichen Bauch.

Egmont stand neben seiner Frau, das Gesicht bleich, aber ausdruckslos. Dumaresq gab sich gewandt wie zu Beginn des Festes; er nickte den scheidenden Portugiesen freundlich zu und küßte behandschuhte Damenhände zum Abschied. Beide schienen von den Menschen, die Bolitho soeben ungewollt hatte streiten hören, himmelweit verschieden zu sein.

Dumaresq sagte: »Ich glaube, meine Offiziere sind mit mir einig in der Begeisterung für diese Festtafel, Mr. Egmont!« Sein Blick haftete nur einen Augenblick auf Bolitho, aber dieser spürte die Frage, als wäre sie laut hinausgeschrien worden. »Ich hoffe, wir können Ihre Freundlichkeit erwidern. Doch Dienst ist Dienst, wie Sie aus eigener Erfahrung wissen.«

Bolitho schaute in die Runde, aber niemand schien die Spannung zwischen Egmont und dem Kommandanten bemerkt zu haben.

Egmont wandte sich ab und sagte: »Wir wollen uns allen eine gute Nacht wünschen, meine Herren.«

Seine Frau trat vor, doch ihre Augen lagen im Schatten, als sie Dumaresq die Hand hinhielt. »Man könnte auch schon ›Guten Morgen‹ sagen, nicht wahr?« Dumaresq lächelte und küßte ihre Hand. »Sie zu sehen, ist zu jeder Tageszeit ein Genuß, Madam.«

Sein Blick blieb an ihrem halb entblößten Busen haften, und Bolitho lief rot an, als ihm einfiel, was Dumaresq über das Mädchen gesagt hatte, dem sie mit ihrer Kutsche begegnet waren.

Mrs. Egmont schenkte dem Kapitän ein Lächeln, ihre Augen strahlten jetzt im Widerschein des Kerzenlichts. »Dann haben Sie für einen Tag sicher genug gesehen, Sir!«

Dumaresq lachte und nahm seinen Hut von einem Diener in Empfang, während die anderen sich verabschiedeten.

Rhodes wurde gemeinsam aus dem Hause getragen und in eine der wartenden Kutschen gelegt, wo er selig lächelnd weiterschlief.

Palliser murmelte: »Elende Schande!«

Colpoys, den nur seine Eitelkeit davor bewahrt hatte, wie Rhodes zusammenzuklappen, lallte mit schwerer Zunge: »Wunderbarer Abend, Madam.« Als er sich über Mrs. Egmonts Hand beugte, fiel er beinahe vornüber.

Egmont sagte scharf: »Du gehst besser hinein, Aurora, es wird schon feucht und kühl.«

Bolitho sah sie an. Aurora – welch wunderbarer Name. Er holte seinen Hut und machte Anstalten, den anderen zu folgen.

»Nun, Leutnant, haben *Sie* mir gar nichts zu sagen?«

Sie sah ihn an, wie sie es bei ihrer ersten Begegnung getan hatte, den Kopf leicht zur Seite geneigt.

»Verzeihung, Madam.«

Sie streckte ihm die Hand hin. »Entschuldigen Sie sich nicht so oft. Ich wollte, wir hätten mehr Zeit gehabt, miteinander zu reden, aber es waren zu viele Leute da.« Sie warf den Kopf zurück, und die rubinenbesetzten Schwanzfedern des Schmuckvogels tanzten über ihrem Busen. »Hoffentlich haben Sie sich nicht zu sehr gelangweilt.«

Bolitho bemerkte, daß sie den langen weißen Handschuh ausgezogen hatte, bevor sie ihm die Rechte bot.

Er hielt ihre Finger und sagte: »Ich habe mich nicht gelangweilt, ich war unglücklich. Das ist ein Unterschied.«

Sie zog die Hand zurück; Bolitho fürchtete, er hätte durch seine Plumpheit alles zerstört. Aber Mrs. Egmont warf nur einen Blick auf ihren Mann, der Bulkleys Abschiedsworten zuhörte: dann sagte sie mit weicher Stimme: »Wir dürfen Sie nicht unglücklich sein lassen, Leutnant, nicht wahr?« Sie sah ihn an, und ihre Augen strahlten. »Das würde ich nie tun.«

Bolitho verbeugte sich und murmelte: »Wann darf ich Sie wiedersehen?«

Egmont rief ihm zu: »Kommen Sie, die anderen sind schon gegangen!«

Er schüttelte Bolithos Hand. »Halten Sie Ihren Kommandanten nicht auf, das lohnt sich nicht.«

Bolitho ging zu einer der wartenden Kutschen und kletterte hinein. Aurora wußte also Bescheid und verstand ihn. Nach allem, was er mit angehört hatte, würde sie einen Freund brauchen. Er starrte blicklos in die Dunkelheit, hörte noch ihre Stimme, fühlte wieder den warmen Druck ihrer Finger. »Aurora . . .« Erschrocken fuhr er hoch, als er merkte, daß er ihren Namen laut ausgesprochen hatte.

Aber er brauchte sich nicht zu beunruhigen. Alle seine Gefährten waren fest eingeschlafen.

Sie wand sich in seinen Armen, lachend und zugleich aufreizend, als er sie festzuhalten, ihre nackten Schultern mit Küssen zu bedecken versuchte.

Bolitho fuhr keuchend und mit jagendem Puls in seiner Koje hoch, weil ihm eine Laterne direkt ins Gesicht leuchtete. Es war Yeames, der Steuermannsmaat, der die Verwirrung des Leutnants und sein langsames Erwachen neugierig beobachtete.

Bolitho fragte: »Welche Zeit haben wir?«

Yeames grinste mitleidlos. »Es ist früher Morgen, Sir. Die Männer haben gerade die Sandsteine zum Deckschrubben geholt.« Wie nebenbei setzte er hinzu: »Der Kommandant wünscht Sie zu sehen.«

Bolitho rollte sich aus der Koje und sprang beidbeinig auf, damit er nicht etwa umfiel. Die kurze Erfrischung auf Egmonts Terrasse war vergessen; sein Kopf kam ihm vor wie ein Amboß, auf dem eifrig herumgehämmert wurde, außerdem hatte er einen scheußlichen Geschmack im Mund.

Früher Morgen, hatte Yeames gesagt. Also hatte er nur zwei Stunden in seiner Koje gelegen.

In der Nachbarkammer hörte er Rhodes ächzen und stöhnen und dann aufschreien, als ein unbekannter Matrose etwas Schweres auf das Achterdeck über seinem Kopf fallenließ.

Yeames drängte Bolitho: »Sie sollten sich beeilen, Sir!«

Bolitho zog die Kniehose an und griff nach seinem Hemd, das irgendwo in einer Ecke des kleinen Raumes lag. »Gibt's Ärger?«

Yeames zuckte die Schultern. »Hängt davon ab, was Sie als Ärger bezeichnen, Sir.«

Für ihn war Bolitho immer noch eine unbekannte Größe. Sein Wissen mit ihm zu teilen, nur weil Bolitho beunruhigt war, mußte ihm töricht vorkommen.

Bolitho fand seinen Hut und eilte, während er noch seinen Rock anzog, durch die Messe nach achtern zur Kapitänskajüte.

Der Posten davor rief: »Der Dritte Offizier, Sir!« Macmillan, der Kommandantensteward, riß die Lamellentür auf, als ob er dahinter schon gewartet hätte.

Bolitho ging zum achteren Teil der Kajüte durch und sah Dumaresq an den Heckfenstern stehen: das Haar wirr und seine Kleider so unordentlich, als hätte er keine Zeit gehabt, sich nach der Rückkehr aus Egmonts Haus umzuziehen. In einer Ecke neben den Seitenfenstern kratzte Spillane, der neuernannte Schreiber, mit seiner Feder und tat, als wundere es ihn nicht, zu so früher Stunde gerufen worden zu sein. Die beiden anderen Anwesenden waren Gulliver, der Master, und Midshipman Jury.

Dumaresq warf Bolitho einen Blick zu. »Sie sollten *sofort* kommen. Ich verlange nicht, daß meine Offiziere sich wie für einen Ball herausputzen, wenn ich sie brauche!«

Bolitho schaute auf sein zerknautschtes Hemd und die verdrehten Strümpfe hinunter. Da er den Hut unter den Arm geklemmt trug, hingen ihm die Haare so ins Gesicht, wie sie zuvor auf dem Kopfkissen gelegen hatten. Er sah wohl kaum aus wie für einen

Ball herausgeputzt.

Dumaresq sagte: »Während meiner Abwesenheit an Land ist Ihr Matrose Murray desertiert. Er war nicht in seiner Zelle, sondern auf dem Weg zum Krankenrevier, weil er über starke Magenschmerzen klagte.« Er verlagerte seinen Zorn auf den Master. »Gott verdammmich, Mr. Gulliver, es war doch klar, was Murray vorhatte!«

Gulliver feuchtete seine Lippen an. »Ich hatte das Kommando über das Schiff, Sir, und sah keinen Grund, Murray leiden zu lassen, zumal der Mann noch nicht schuldig befunden war.«

Midshipman Jury sagte: »Die Meldung ist von mir nach achtern gebracht worden, Sir. Es war meine Schuld.«

Dumaresq fuhr ihm brüsk über den Mund: »Sie reden nur, wenn Sie gefragt werden! Sie hatten keine Schuld, denn Kadetten tragen noch keine Verantwortung. Dazu besitzen Sie weder den Verstand noch die Erfahrung.« Sein Blick kehrte zu Gulliver zurück. »Erzählen Sie Mr. Bolitho den Rest.«

Gullivers Stimme klang belegt. »Der Schiffskorporal begleitete Murray und wurde von ihm niedergeschlagen. Murray sprang über Bord und schwamm an Land, bevor Alarm geschlagen werden konnte.« Er schien beleidigt, weil er seine Erklärung für einen so jungen Leutnant wiederholen mußte.

Dumaresq sagte: »So ist das also. Ihr Vertrauen in den Mann war ungerechtfertigt. Er floh vor der Prügelstrafe. Aber wenn wir ihn jetzt fangen, muß er hängen.« Er schaute Spillane an. »Schreiben Sie ins Logbuch: ›Desertiert‹!«

Bolitho bemerkte Jurys bekümmerte Miene. Es gab nur drei Möglichkeiten für einen Mann, die Marine zu verlassen: R, D oder DD im Logbuch. R bedeutete *Run* (desertiert), D stand für *Discharged* (gestrichen wegen Untauglichkeit), DD für *Discharged-Dead* (gestrichen – tot). Murrays nächste Eintragung würde die letzte für ihn sein: DD, also gestrichen – tot.

Und alles wegen einer Uhr. Aber trotz seiner Enttäuschung über Murray war Bolitho seltsam erleichtert. Es drohte keine Auspeitschung des Mannes mehr, den er mochte und der Jury das Leben gerettet hatte. Und auch was hinterherkam, dieses Nachspiel von Bitterkeit und Mißtrauen, war vermieden, wenn die Flucht gelang.

Dumaresq sagte langsam: »Genug davon. Mr. Bolitho, Sie bleiben bitte noch. Die anderen können weitermachen.«

Macmillan schloß die Tür hinter Jury und Gulliver. Die steifen

Schultern des Masters drückten seine Empörung aus.

Dumaresq fragte: »Sie meinen, ich sei zu hart? Aber nur so kann verhängnisvolle Weichheit später vermieden werden.« Er hatte sich so schnell beruhigt, wie nur er es konnte. Ohne sichtbare Anstrengung schüttelte er den Zorn von sich ab. »Ich bin erfreut, daß Sie gestern abend eine gute Figur gemacht haben, Mr. Bolitho. Ich hoffe, Sie haben Augen und Ohren offengehalten.«

In diesem Augenblick stampfte die Muskete des Kajütpostens draußen wieder auf. »Der Erste Offizier, Sir!«

Bolitho beobachtete, wie Palliser die Kajüte betrat, den Tagesdienstplan unter dem Arm. Er sah hagerer aus als sonst, als er sagte: »Die Wasserprähme sollen heute endlich kommen, Sir. Ich werde Mr. Timbrell sagen, daß er sich entsprechend vorbereitet. Ferner stehen zwei Leute zur Beförderung an, und dann ist da noch die Frage, wie der Korporal bestraft werden soll, der Murray entkommen ließ.« Sein Blick wanderte zu Bolitho, dem er ein kurzes Nicken gönnte.

Bolitho fragte sich, ob es Zufall war, daß Palliser sich immer in der Nähe aufhielt, wenn er selbst mit dem Kommandanten sprach.

»Sehr gut, Mr. Palliser, obwohl ich erst an diese Wasserprähme glaube, wenn ich sie sehe.« Dumaresq schaute Bolitho an. »Bringen Sie Ihren Aufzug in Ordnung und fahren Sie dann an Land. Ich glaube, Mr. Egmont hat einen Brief für mich.« Er lächelte flüchtig. »Halten Sie sich nicht zu lange auf, denn ich weiß, daß es viele Ablenkungen in Rio gibt.«

Bolitho spürte, wie er rot anlief. »Aye, Sir. Ich werde mich sofort auf den Weg machen.« Er eilte aus der Kajüte und hörte noch Dumaresq »junger Teufel« sagen, aber ohne Bosheit in der Stimme.

Zwanzig Minuten später saß Bolitho in der Jolle und wurde an Land gepullt. Er sah, daß Stockdale als Bootssteurer fungierte, befragte ihn aber nicht deswegen. Stockdale schien schnell Freunde zu gewinnen, obwohl sicher auch seine furchterregende Erscheinung damit zu tun hatte, daß man ihm so viel Bewegungsfreiheit ließ.

Stockdale befahl plötzlich: »Auf Riemen!«

Die Riemen ruhten tropfend in den Rundseln, und Bolitho bemerkte, daß die Jolle Fahrt verlor und damit vermied, daß sie von einem anderen Schiff über den Haufen gesegelt wurde. Es war eine Brigg, ein kräftiges, aber offenbar nicht mehr neues Schiff mit geflickten Segeln und manchen Schrammen am Rumpf, die auf harte Kämpfe mit Wellen und Wind hinwiesen.

Die Brigg hatte schon Marssegel gesetzt, und Leute kletterten gerade an den Stagen herunter, um auch die Breitfock loszumachen, noch bevor sie frei waren von den vor Anker liegenden Schiffen.

Langsam glitt sie zwischen der Jolle der *Destiny* und einigen einlaufenden Fischerbooten hindurch, dabei fiel ihr Schatten auf die Ruderer, die vor sich hinträumten und darauf warteten, daß es weiterging.

Bolitho las den Namen über ihrem Heck: *Rosario*. Eines von Hunderten ähnlicher Fahrzeuge, die täglich Stürmen und anderen Gefahren trotzten, um Handel zu treiben und die Grenzen des wachsenden Kolonialreiches weiter vorzuschieben.

Stockdale befahl: »Rudert an!«

Bolitho wollte seine Aufmerksamkeit gerade auf das Ufer richten, als er eine Bewegung am Heckfenster der *Rosario* bemerkte. Im ersten Augenblick dachte er, es sei ein Irrtum, aber das war es nicht: Das schwarze Haar und ovale Gesicht waren unverkennbar. Sie war zu weit weg, als daß er das Violett ihrer Augen erkennen konnte, doch sah er, daß sie zu ihm herüberschaute, bevor die Brigg Kurs änderte und das Sonnenlicht die Heckfenster in feurige Spiegel verwandelte.

Mit bangem Herzen erreichte Bolitho das Haus hinter der uralten Mauer. Egmonts Diener erklärte ihm kühl, daß die Herrschaften abgereist seien. Er wüßte nicht, wohin.

Bolitho kehrte an Bord zurück, um Dumaresq zu berichten. Er erwartete einen neuerlichen Zornesausbruch wegen des abermaligen Rückschlags.

Palliser stand dabei, als Bolitho mit dem herausplatzte, was er erfahren hatte, obwohl er nicht erwähnte, daß er Egmonts Frau auf der *Rosario* gesehen hatte. Das war auch nicht nötig, denn Dumaresq sagte: »Das einzige Schiff, das inzwischen ausgelaufen ist, war die Brigg. Er muß an Bord sein. Wer einmal ein verdammter Verräter war, der bleibt es auch. Schön, er soll uns diesmal nicht entwischen, bei Gott nicht!«

Palliser sagte ernst: »Das also war der Grund für all die Verzögerungen. Kein Trinkwasser, keine Audienz beim Vizekönig. Sie wollten uns hier festhalten.« Sein Ton klang plötzlich bitter. »Wir haben keine Bewegungsfreiheit, und sie wissen das.«

Überraschenderweise zeigte Dumaresq ein breites Lächeln. Dann rief er: »Macmillan, ich möchte eine Rasur und ein Bad! Spillane, halten Sie sich bereit, einige Befehle für Mr. Palliser niederzuschreiben.« Er ging zu den Heckfenstern und beugte sich über das Süll, den

Kopf zum Ruder gesenkt. »Suchen Sie sich ein paar gute Leute aus, Mr. Palliser, und schiffen Sie sich mit ihnen auf der *Heloise* ein. Treiben Sie möglichst wenig Aufwand, damit das Wachboot nicht aufmerksam wird. Nehmen Sie deshalb auch keine Seesoldaten mit. Gehen Sie Anker auf, und jagen Sie der verdammten Brigg nach. Verlieren Sie sie nicht aus den Augen!«

Bolitho beobachtete die Veränderung, die in Dumaresq vorging. Nun wurde auch klar, warum er Slade daran gehindert hatte, bis in die Innenreede zu segeln. Er hatte eine ähnliche Entwicklung vorausgesehen und nun einen Trumpf in der Hand – wie immer.

Pallisers Hirn arbeitet bereits auf vollen Touren. »Und Sie, Sir?«

Dumaresq beobachtete seinen Steward, der Seifennapf und Rasiermesser neben seinem Lieblingsstuhl bereitlegte.

»Mit oder ohne Trinkwasser, Mr. Palliser, ich werde heute nacht Anker lichten und Ihnen folgen.«

Palliser sah ihn zweifelnd an. »Die Batterie könnte das Feuer eröffnen, Sir!«

»Bei Tageslicht vielleicht. Aber es geht hier um sehr viel, auch um das, was man ›Ehre‹ nennen könnte. Ich beabsichtige, das auszuloten.« Er wandte sich ab und entließ sie damit, fügte dann aber noch hinzu: »Nehmen Sie den Dritten Offizier hier mit. Rhodes brauche ich, auch wenn sein Kopf von der Sauferei zu platzen droht, damit er Ihre Aufgaben hier an Bord übernimmt.«

Zu anderer Zeit hätte Bolitho den Auftrag freudig begrüßt, aber er hatte den Ausdruck in Pallisers Augen bemerkt und erinnerte sich an das Gesicht hinter den Kajütfenstern der Brigg. Aurora würde ihn nun verachten. Es war vorbei, genau wie sein schöner Traum von ihr.

VIII Verfolgungsjagd

Leutnant Charles Palliser ging mit langen Schritten zum Kompaß der *Heloise* und schaute dann zum Wimpel an der Mastspitze hinauf.

Wie um seine Befürchtungen zu bekräftigen, sagte Slade, der amtierende Master: »Der Wind hat etwas gekrimpt und flaut außerdem ab.«

Bolitho beobachtete Pallisers Reaktion und verglich sie mit der von Dumaresq. Ihr Kommandant lag mit der *Destiny* noch in Rio und beschäftigte sich zum Schein mit Routineangelegenheiten; so hatte er sogar zwei Matrosen zur Beförderungszeremonie vor versammelter Mannschaft auf dem Achterdeck empfangen. Den meisten Leuten der Besatzung war es völlig gleichgültig, ob die Trinkwasserprähme kamen oder ihr Kommandant vom Vizekönig empfangen wurde. Doch Bolitho wußte, was in Dumaresqs Überlegungen an vorderster Stelle stand: Egmonts Weigerung nachzugeben und seine plötzliche Abreise mit der Brigg *Rosario*. Ohne Egmonts Mitwirkung hatte Dumaresq keine andere Wahl, als weitere Weisungen von vorgesetzter Stelle abzuwarten. Inzwischen mußte sich die heiße Spur zu Garrick verlieren.

Slade hatte beobachtet, daß die Brigg auf Nordnordost-Kurs gegangen war. Egmont versuchte also, an der Küste entlang in die Karibik zu segeln. Auf einem solch kleinen Handelsschiff konnte es für seine junge Frau sicher recht ungemütlich werden.

Palliser kam zu Bolitho herüber. Auf dem beengten Deck der Brigantine wirkte er wie ein Riese, war jedoch ungewöhnlich zufrieden, stellte Bolitho fest. Palliser konnte hier als sein eigener Herr handeln, wie es ihm richtig schien. Immer vorausgesetzt, daß er die Fühlung zur *Rosario* nicht verlor. Aber da der Wind nun so rapide nachließ, bestand immerhin die Gefahr.

»Sie erwarten nicht, daß sie verfolgt werden. Das ist unser einziger Vorteil.« Palliser schaute beunruhigt auf, als die Breitfock kraftlos hin- und herflappte, weil der Wind sie nicht mehr füllte. Jetzt fiel auch kein Schatten mehr auf die an Deck schwitzenden Männer. »Verdammt!« Dann: »Mr. Slade behauptet, die Brigg würde unter Land bleiben. Wenn der Wind nicht umschlägt, kann er recht behalten. Wir laufen daher weiter auf diesem Kurs. Wechseln Sie die Ausguckposten so oft, wie Sie es für erforderlich halten, und lassen Sie alle Waffen an Bord überholen.« Er verschränkte die Hände auf dem Rücken. »Strengen Sie die Leute nicht zu sehr an!« Er sah Bolithos Überraschung und beantwortete sie mit leichtem Lächeln. »Sie werden bald zu den Riemen greifen müssen. Ich beabsichtige, die *Heloise* von ihren Beibooten schleppen zu lassen. Da werden die Männer noch alle Kraft brauchen.«

Bolitho tippte an seinen Hut und ging nach vorn. Das hätte er sich denken können. Aber er mußte sich eingestehen, daß er Pallisers Entscheidung bewunderte. Der Mann dachte an alles.

Er sah Jury und Midshipman Ingrave am Fockmast auf ihn warten.

Jury wirkte sehr ernst, während Ingrave, der ein Jahr älter war, kaum seine Freude darüber verbergen konnte, daß er vom Posten des stellvertretenden Schreibers beim Kommandanten abgelöst war.

Hinter ihnen entdeckte Bolitho unter den in aller Eile ausgewählten Leuten weitere Bekannte: Josh Little, den Feuerwerksmaat, dessen Bauch fett wie eh und je über den Hosengurt hing; Ellis Pearse, der Bootsmannsmaat, ein Mann mit buschigen Augenbrauen, der die gleiche Genugtuung über Murrays Flucht verraten hatte wie Bolitho. Pearses Aufgabe wäre es gewesen, Murray – den er immer gemocht hatte – auszupeitschen. Und selbstverständlich war auch Stockdale dabei. Er stand da, die kräftigen Arme vor der Brust verschränkt, und musterte das Deck der Brigantine. Vielleicht erinnerte er sich an den wilden, verzweifelten Kampf, den Bolitho mit dem jetzt toten Kapitän des Schiffes ausgetragen hatte.

Da war auch Dutchy Vorbink, ein Holländer vom Vortoppp, der den geregelten und bezahlten Dienst bei der Ostindischen Handelsgesellschaft einem Kriegsschiff zuliebe verlassen hatte. Er sprach schlecht englisch und auch das nur, wenn er Lust hatte. So kannte bisher noch niemand den Grund, warum er sich freiwillig zur britischen Marine gemeldet hatte.

Es gab noch andere Gesichter, die Bolitho inzwischen vertraut waren, einige grob und seelenlos, andere aggressiv. Die Leute stritten sich gern mit ihren Kameraden, solidarisierten sich aber ebenso schnell wieder, wenn ein Angriff von dritter Seite kam.

Bolitho sagte: »Mr. Spillane, inspizieren Sie die Waffenkiste und machen Sie eine Bestandsliste. Mr. Little, Sie sollten sich die Pulverkammer anschauen.« Er warf einen Blick auf ihre wenigen Drehbassen, von denen zwei sogar noch von der *Destiny* stammten. »Etwas wenig für einen Krieg.«

Das brachte ihm einige Lacher ein; Stockdale murmelte: »Unten sind immer noch ein paar Gefangene eingeschlossen, Sir.«

Bolitho sah Little an. Er hatte ganz vergessen, daß es ja noch die Originalbesatzung der *Heloise* gab. Wer nicht getötet oder verwundet worden war, war unten eingesperrt. An sich waren sie dort gut verwahrt, aber wenn es zum Kampf kam, mußten sie bewacht werden.

Little grinste mit seinen lückenreichen Zähnen. »Für die ist gesorgt, Sir. Ich habe Olsson als Posten eingeteilt, vor ihm haben sie solche Angst, daß sie ihn bestimmt nicht angreifen.«

Bolitho stimmte ihm zu. Olsson war Schwede und – wie es hieß –

halb verrückt. Seine Augen, die wie blaues Milchglas aussahen, bestätigten das. Aber er war ein guter Seemann, der Segel reffen, das Ruder bedienen und jede andere Handarbeit erledigen konnte. Nur – als sie diese Brigantine geentert hatten, war es Bolitho kalt über den Rücken gelaufen, als Olsson sich mit schrillen Schreien und dem Beil einen Weg durch seine Gegner bahnte.

Er zwang sich zu einem Lächeln. »Bei dem würde auch ich es mir zweimal überlegen.«

Pearse brummte, als die Segel immer wieder schlaff gegen Tauwerk und Rahen schlugen. »Weg ist er, der verdammte Wind!«

Bolitho beugte sich über das Schanzkleid und schaute ins tiefblaue Wasser. Er sah weit vor dem Bug leichte Kräuselspuren wie von einem Fischschwarm, mit denen sich der letzte Windhauch verabschiedete.

Die Brigantine hob und senkte sich in der Dünung, Blöcke und Segel quietschten in gemeinsamem Protest, als der Segeldruck ausblieb.

»In die Boote!« Palliser stand neben den Rudergängern.

Nackte Füße trappelten über die vor Hitze weichen Decksfugen, als die Besatzungen von Bord hasteten und das Beiboot der *Heloise* und den Kutter der *Destiny*, die sie am Heck nachgezogen hatten, bemannten.

Es dauerte eine gewisse Zeit, bis die Schleppleinen klariert und von der Back an die Boote hinuntergereicht waren. Dann endlich begann das mühsame, langwierige Pullern, ohne daß das Schiff dadurch viel Fahrt machte. Aber es bewirkte wenigstens, daß die *Heloise* nicht völlig steuerlos herumdümpelte und gleich auf dem richtigen Kurs liegen würde, wenn wieder Wind aufkam.

Bolitho stand über dem Backbordanker und beobachtete die Schleppleinen, die abwechselnd steifkamen und dann wieder bis unter die glitzernde Wasseroberfläche durchhingen, je nachdem, wie die Ruderer sich einsetzten.

Little schüttelte den Kopf, »Mr. Jury taugt für so etwas nicht, Sir. Er müßte seine Crew mit der Peitsche antreiben.«

Bolitho sah den Unterschied zwischen den beiden schleppenden Booten. Jurys Boot schlingerte heftig, und nur einige Ruderblätter tauchten ins Wasser. Das andere Boot unter Midshipman Ingraves Kommando hatte mehr Erfolg, und Bolitho wußte, warum. Ingrave war kein Leuteschinder, wußte aber, daß seine Vorgesetzten ihn von der Brigantine aus beobachteten. Er schwang ein Tauende und ließ es auf die Rücken jener Leute niedersausen, die sich nicht gehörig in die Riemen legten.

Bolitho ging nach achtern und meldete Palliser: »Ich werde die Bootsbesatzungen in einer Stunde ablösen, Sir.«

»Gut.« Palliser beobachtete abwechselnd Segel und Kompaß. »Wir haben wenigstens wieder Ruderwirkung. Aber das verdanken wir nicht dem Boot an Backbord.«

Bolitho sagte nichts. Er wußte nur zu gut, was es für einen Midshipman bedeutete, plötzlich vor eine solch unpopuläre Aufgabe gestellt zu sein. Immerhin ritt Palliser nicht länger auf der Angelegenheit herum. Bolitho dachte daran, wie er selber sich in seine neue Rolle gefügt hatte. Er hatte Palliser nicht gefragt, ob er die Bootsmannschaften ablösen lassen sollte, sondern hatte ihm seine Absicht einfach gemeldet, und der Erste Offizier hatte sie ohne Gegenfrage akzeptiert. Palliser war genauso klug wie Dumaresq. Jeder verstand es auf seine Weise, das Nötige aus seinen Untergebenen herauszuholen.

Die unbarmherzige Plackerei ging den ganzen Tag weiter, weil auch nicht die kleinste Brise aufkam, um die Segel zu füllen. Sie hingen schlaff und nutzlos von den Rahen, so schlapp wie die Männer, die nach der Ablösung aus den Booten taumelten. Sie waren so erschöpft, daß sie gerade noch eine doppelte Ration Wein, den Slade in der Last entdeckt hatte, herunterstürzen konnten, bevor sie wie tot hinfielen und einschliefen.

Achtern in der Kajüte, die zwar klein war, aber ausreichend, wenn man sie mit den übrigen Räumen unter Deck verglich, versuchten die abgelösten Kadetten und ihre Offiziere, der Hitze und dem gefährlichen Durst zu entfliehen.

Während Palliser schlief und Slade die Wache hatte, saß Bolitho an dem kleinen Tisch und versuchte, wach zu bleiben, obwohl sein Kopf immer wieder auf die Tischplatte zu sinken drohte. Im gegenüber starrte Jury ins Leere, die Lippen von der Sonnenglut aufgesprungen.

Ingrave saß wieder in einem der Boote, doch sein Eifer wirkte sich auf Jury eher lähmend aus.

Bolitho fragte: »Wie fühlen Sie sich?«

Jury grinste schmerzlich. »Scheußlich, Sir.« Er versuchte, sich gerade aufzurichten, und zupfte sich sein durchschwitztes Hemd von der Brust.

Bolitho schob ihm eine Flasche zu. »Trinken Sie.« Er sah, daß der

Junge zögerte. »Ich kann Ihren Job im Boot übernehmen, wenn Sie wollen. Das ist immer noch besser, als hier zu sitzen und zu warten.«

Der Junge goß sich ein Glas Wein ein. »Nein, Sir, aber vielen Dank. Ich gehe, wenn man mich ruft.«

Bolitho lächelte. Er hatte mit dem Gedanken gespielt, Stockdale mit dem Kadetten ins Boot zu schicken. Sein Anblick würde Faulheit und Ungehorsam sofort unterbinden. Aber Jury hatte recht. Es ihm leichtzumachen, obwohl er doch Selbstvertrauen nur durch Erfahrung gewinnen konnte, hätte ihm für seine weitere Laufbahn höchstens geschadet.

»Ich - hm – ich denke gerade nach, Sir.« Jury schaute sich vorsichtig um. »Über Murray. Glauben Sie, daß er durchkommt?«

Bolitho dachte darüber nach; schon das war eine Anstrengung. »Kann sein. Vorausgesetzt, er hält sich von der See fern. Ich kannte Leute, die aus der Marine desertiert waren und unter einem anderen Namen auf einem anderen Schiff Unterschlupf fanden. Aber das kann gefährlich werden. Die Marine ist wie eine große Familie: Immer ist jemand da, der sich an ein Gesicht erinnert.« Er dachte an Dumaresq und Egmont, miteinander verbunden durch Dumaresqs Vater, genau wie er jetzt mit ihnen verbunden war, was sie auch unternahmen.

Jury sagte: »Ich denke oft über Murray nach und über das, was hier geschah.« Er blickte zu den niedrigen Decksbalken hoch, als erwarte er, das Geklirr aufeinandertreffenden Stahls und den verzweifelten Tanz von Männern zu hören, die einander vor dem tödlichen Stoß umkreisten. Dann sah er Bolitho an. »Tut mir leid, Sir. Sie haben mir geraten, nicht mehr daran zu denken.«

Eine Pfeife schrillte, und eine Stimme schrie: »Ablösung für die Boote antreten! Lebhaft, Leute!«

Jury stand auf, sein blondes Haar streifte die Decke.

Bolitho sagte ruhig: »Mir hat man fast das gleiche geraten, als ich auf die *Destiny* kam. Und ich habe genau wie Sie noch immer die gleichen Schwierigkeiten mit dem Vergessen.«

Er blieb am Tisch sitzen, lauschte auf die Boote, die längsseits kamen, das Klappern der Riemen, als die Besatzungen bei der Ablösung darüber hinwegkletterten.

Die Tür ging auf. Palliser, tief gebückt wie einer der erschöpften Matrosen, tastete nach einem Sessel und ließ sich erleichtert nieder. Sie hörten beide, wie die Boote von der Bordwand absetzten und das

Rudergeschirr der Brigantine unter ihnen auf das neu einsetzende Schleppen reagierte.

Dann sagte Palliser nüchtern: »Mir scheint, daß ich diese verteufelte Brigg verliere. Nachdem ich immerhin so weit gekommen bin, wird mir nun das Heft aus der Hand geschlagen.«

Bolitho konnte Pallisers Enttäuschung wie einen körperlichen Schmerz mitempfinden: die Tatsache, daß dieser seine Verzweiflung nicht verbarg, machte die Sache doppelt schlimm.

Er schob Flasche und Glas über den Tisch. »Warum trinken Sie nicht einen Schluck, Sir?«

Palliser fuhr aus seinen Gedanken hoch, und seine Augen leuchteten kurz auf. Matt lächelnd nahm er das Glas und goß den Wein achtlos ein, bis er über den Rand lief. »Ja, warum eigentlich nicht?«

Während die Sonne sich langsam dem Horizont näherte, saßen die beiden Offiziere einander schweigend gegenüber. Gelegentlich nahmen sie einen Schluck Wein, der inzwischen warm wie frisch gemolkene Milch geworden war.

Schließlich zog Bolitho seine Uhr heraus. »Noch eine Stunde im Schlepp, dann sollten wir alles für die Nacht festzurren, Sir.«

Palliser war tief in Gedanken gewesen, es dauerte einige Sekunden, ehe er antwortete: »Wir können nichts anderes tun.«

Bolitho war über die Veränderung in Palliser betroffen, aber er wußte, daß ihre augenblickliche Vertrautheit erschüttert worden wäre, wenn er den Versuch gemacht hätte, ihn aufzuheitern.

Vom Hauptdeck näherten sich Schritte, und Littles großer Kopf schaute herein. »Verzeihung, Sir, aber Mr. Slade hört Kanonendonner in nördlicher Richtung!«

Eine leere Flasche fiel zu Boden, rollte vor die Füße der Offiziere und dann gegen die Bordwand, als der Kajütboden sich plötzlich schräglegte.

Palliser starrte auf die Flasche. Er saß immer noch, aber sein Kopf berührte fast den Decksbalken über ihm.

»Wind!« rief er schließlich. »Verdammter, wunderbarer Wind!« Er hangelte sich zur Tür. »Und nicht einen Augenblick zu früh!«

Bolitho fühlte, wie das Schiff zitterte, als erwache es aus tiefem Schlaf. Dann eilte er mit einem Sprung hinter dem langen Palliser her und schrie vor Schmerz auf, als sein Schädel Bekanntschaft mit einem vorstehenden Bolzen machte.

An Deck schauten die Männer ungläubig auf die große Breitfock, die sich unter ihrer Rah mit lautem Knall füllte.

Palliser schrie: »Ruft die Boote zurück! Klar zum Abfallen!« Er schaute abwechselnd auf den Kompaß und auf den Wimpel im Masttopp, der vor den ersten Sternen gerade noch zu erkennen war.

Slade meldete: »Der Wind hat gedreht, Sir, kommt jetzt aus Südwest.«

Palliser rieb sich das Kinn. »Kanonendonner, sagten Sie?«

Slade nickte. »Unzweifelhaft. Kleines Kaliber vermutlich.«

»Gut. Sobald die Boote festgemacht sind, nehmen wir Fahrt über Steuerbordbug auf und steuern Nordwest zu Nord.« Er trat beiseite, als die Männer durch die länger werdendenSchatten auf ihre Stationen rannten.

Bolitho testete sein neues Verhältnis zum Ersten Offizier. »Wollen Sie nicht auf die *Destiny* warten, Sir?«

Palliser hob Schweigen gebietend die Hand. Beide hörten jetzt gedämpft Kanonendonner. Dann sagte er entschlossen: »Nein, Mr. Bolitho, das will ich nicht. Selbst wenn unser Kommandant gut aus dem Hafen gekommen ist und günstigeren Wind angetroffen hat als wir, wird er es mir nicht danken, wenn ich zulasse, daß die Beweise, die er so dringend braucht, vernichtet werden.«

Pearse rief: »Boote achtern festgemacht, Sir!«

»An die Schoten und Brassen! Abfallen!«

Eine Bö zischte über das Wasser heran, warf sich mit Kraft in die Segel und schob die Brigantine so heftig voran, daß sich weißer Gischt über ihren Vorsteven ergoß.

Palliser befahl: »Verdunkeln Sie das Schiff, Pearse! Ich möchte, daß nichts unsere Gegenwart verrät.«

Slade sagte: »Das Gefecht kann noch vor Morgengrauen vorbei sein, Sir.«

Aber Palliser fuhr ihn an: »Unsinn! Das Schiff, das wir verfolgen, wird angegriffen, wahrscheinlich von Seeräubern. Die werden in der Dunkelheit nicht eine Kollision riskieren.« Er wandte sich nach Bolitho um. »Im Gegensatz zu uns, wie?«

Little schüttelte den Kopf und atmete geräuschvoll aus. Bolitho roch Alkohol in dem Luftzug, der so stark war, als käme er aus einer offenen Kellertür.

»Tja, Mr. Bolitho, nun ist er endlich wieder zufrieden.«

Bolitho dachte plötzlich an ihr Gesicht auf dem Schiff, das jetzt angegriffen wurde. »Bitten Sie Gott, daß wir noch rechtzeitig kommen.«

Little, der ihn nicht verstand, schlenderte für ein neues Schlückchen zu seinem Freund Pearse. Der neue Dritte Offizier war also genauso scharf auf Prisengeld wie der Kommandant, dachte er. Immerhin ein Vorteil für sie alle.

Palliser marschierte auf dem Achterdeck auf und ab wie ein eingesperrtes Raubtier.

»Nehmen Sie Segel weg, Mr. Bolitho, und zwar Bram- und Stagsegeln zuerst. Etwas munter, bitte!«

Männer bahnten sich ihren Weg zu Fallen und Belegnägeln, während andere flink die Webeleinen hinaufkletterten und auf der Bramrah auslegten.

Bolitho staunte immer wieder, wie schnell die Matrosen sich auf einem fremden Schiff selbst bei Dunkelheit zurechtfanden. Bald würde der Morgen dämmern, aber er spürte noch die Anstrengungen des vergangenen Tages und die vielen schlaflosen Stunden, die an seiner Widerstandskraft zerrten. Palliser hatte die kleine Besatzung über Nacht in Trab gehalten: mit Kursänderungen, Segelmanövern und neuen Versuchen, den Standort der anderen Schiffe zu peilen und anzusteuern. Mehr als einmal hatten sie kurzes Kanonenfeuer gehört, doch Palliser meinte, es deute mehr auf Verhinderung eines Fluchtversuches als auf ein Nachtgefecht hin. Eines aber ging klar aus dem gelegentlichen Kanonendonner hervor: Da vorn waren mindestens drei Schiffe. Zwei davon umkreisten offenbar das dritte wie Wölfe ein verwundetes Stück Wild und warteten darauf, daß es einen verhängnisvollen Fehler machte.

Little rief: »Alle Kanonen geladen, Sir!«

»Sehr gut!« Mit geringerer Lautstärke fügte Palliser für Bolitho hinzu: »Alle Kanonen? Ein paar Drehbassen und gerade genug Kartuschen, um einen Schwarm Krähen zu verjagen!«

Midshipman Ingrave fragte: »Erlaubnis, die Flagge zu setzen, Sir?«

Palliser nickte. »Ja. Dies ist zur Zeit ein Schiff des Königs. Und es besteht wenig Aussicht, daß wir noch ein zweites treffen.«

Bolitho erinnerte sich an einige Gesprächsfetzen, die er während der Nacht aufgeschnappt hatte. Es gab Leute, welche die Aussicht beunruhigte, mit Piraten bei solch kläglicher eigener Bewaffnung ins Gefecht zu kommen.

Bolitho warf einen schnellen Blick nach Steuerbord. Hellte sich der Horizont dort schon leicht auf? Sie hatten einen guten

Ausguck im Mastkorb, und er war ihre einzige Hoffnung, das andere Schiff zu überraschen. Denn es war kaum anzunehmen, daß Seeräuber, die kurz davor standen, ein Handelsschiff zu kapern, sich die Mühe machten, auch in andere Richtungen Ausschau zu halten.

Er hörte Slade Palliser etwas zuflüstern. Slade war einer von denen, die sich auf die bevorstehende Auseinandersetzung nicht gerade freuten.

Palliser sagte zornig: »Achten Sie auf den Kurs, und halten Sie sich für ein Segelmanöver bereit, wenn wir auf den Feind stoßen. Den Rest überlassen Sie mir, verstanden?«

Bolitho fühlte, daß seine Glieder zitterten. »Der Feind« . . . Palliser zweifelte also nicht daran.

Stockdale trat aus dem Dunkel hervor. Seine kräftige Gestalt war gegen das Deck geneigt, das durch den Wind in Schräglage gehalten wurde.

»Die Schurken schießen mit Kettenkugeln*, Sir. Als ich oben war, habe ich es zwei-oder dreimal gehört.«

Bolitho biß sich auf die Lippen. Sie wollten also die *Rosario* entmasten, um sie dann mit geringerem Risiko zur Übergabe zu zwingen. Wenn sie erkannten, daß die *Heloise* auf sie zuhielt, würde ihnen das einen Schock versetzen, aber sicher nur für einen Augenblick.

Er sagte: »Vielleicht eilt die *Destiny* schon hinter uns her.«

»Mag sein.«

Bolitho wandte sich Jury zu, der an ihn herantrat. Stockdale glaubte also nicht an das rechtzeitige Auftauchen des Mutterschiffs, jedenfalls nicht mehr als er selber.

Jury fragte: »Dauert es noch lange, Sir?«

»Es wird schnell heller. Wir müßten ihre Marssegel oder die obersten Stengen jeden Augenblick sichten. Wenn eines der Schiffe wieder feuert, können wir den Standort peilen.«

Jury beobachtete ihn im Dämmerlicht. »Beunruhigt es Sie gar nicht, Sir?«

Bolitho zuckte die Schultern. »Noch nicht. Vielleicht später. Wir tun unsere Pflicht, darauf kommt es an.« Er legte dem Jungen eine

* Zwei durch eine kurze Kette verbundene Halbkugeln, die verschossen wurden, um vor allem die Takelage des Gegners zu beschädigen.

Hand auf die Schulter. »Merken Sie sich eines: Mr. Palliser hat für diese Aufgabe sehr erfahrene Leute ausgesucht. Nur seine Offiziere sind noch ziemlich jung.« Jury nickte. »Also reißen Sie sich zusammen, und bleiben Sie, wo man Sie sehen kann. Die Wundertaten überlassen Sie Mr. Palliser.«

Jury lächelte, zuckte aber zusammen, als seine aufgesprungenen Lippen ihn an die Schinderei vom Vortag erinnerte. »Ich werde in Ihrer Nähe bleiben.«

Stockdale kicherte. »Verzeihung, junger Herr, aber kommen Sie mir dabei nicht in die Quere.« Er schwang sein langes Entermesser durch die Luft. »Ich möchte nicht, daß Sie den Kopf einbüßen.«

Palliser rief: »Klar zum Bergen der Breitfock! Aber leise!«

Der Bootsmannsmaat zeigte nach Steuerbord. »Morgendämmerung, Sir.«

Palliser fuhr ihn an: »Verdammt noch mal, Pearse, wir sind weder blind, noch schwerhörig.«

Pearse grinste hinter Pallisers Rücken, war aber sehr darauf bedacht, daß dieser ihn nicht dabei ertappte.

»An Deck! Segel an Steuerbord voraus! Und noch eins an Backbord!«

Palliser klatschte in die Hände. »Wir haben's geschafft! Verflucht, wir haben sie!«

In diesem Augenblick feuerte drüben ein Geschütz und warf einen orangefarbenen Lichtblitz auf das dunkle Wasser.

Slade sagte beklommen: »Drittes Schiff in Luv, Sir!«

Bolitho packte seinen Säbel und drückte die Scheide gegen seine Hüfte, um sich zu beruhigen. Also drei Schiffe, und das in der Mitte war zweifellos die *Rosario*. Ihre beiden Angreifer hielten etwas ab und bildeten mit ihr ein großes Dreieck. Er hörte ein Pfeifen über sich und dann einen Krach wie von splitterndem Holz. In der Dunkelheit sah er Gischt querab aufspritzen, als Teile von Stengen und Tauwerk aufs Wasser schlugen.

Stockdale nickte. »Kettenkugeln, wie ich schon sagte. Die Banditen!«

»Geschütze, Achtung! Zündet die Lunten!«

Jetzt bestand keine Notwendigkeit mehr, heimlich zu tun. Bolitho hörte einen schrillen Pfiff vom nächststehenden Schiff und dann den Knall einer abgefeuerten Pistole. Sie war entweder aus Versehen losgegangen oder sollte die Gefährten warnen.

Die Matrosen der *Heloise* starrten mit schußbereiten Musketen, die Entermesser und Enterhaken in greifbarer Nähe, nach vorn in die Dunkelheit.

»Gei auf die Breitfock!«

Männer rannten, den Befehl auszuführen; als das große Segel zur Rah aufgeholt war, enthüllte es wie ein Theatervorhang die im zunehmenden Licht hinter ihren leichten Kanonen kauernden Matrosen.

Es folgte eine Reihe von Schüssen, und Bolitho hörte über sich das Kreischen einer Kettenkugel, das ihm wie Geschrei gequälter Seelen vorkam.

Little sagte durch die Zähne: »Zu hoch – Gott sei Dank.«

Das tödliche Kettengeschoß klatschte weit achteraus mit einer Gischtfontäne ins Wasser, aber genau in Verlängerung ihrer beiden Masten.

»Anluven!« Palliser hatte ein Backstag gepackt und studierte den Umriß des Gegners. »So hoch an den Wind wie möglich!«

»An die Schoten, Halsen und Brassen!«

Die Brigantine luvte an, bis die verbliebenen Segel protestierend zu killen begannen.

»Kurs Nordwest zu West. Voll und bei!«

Das andere Schiff feuerte wieder, und eine Kugel schlug zwanzig Fuß vor dem Bug der *Heloise* ein; sie warf Spritzwasser hoch über ihre Back.

Dann begann die ernsthafte Beschießung, aber die Kugeln lagen zu weit und ungenau, weil die feindlichen Geschützbedienungen erst zu erraten versuchten, was das Manöver des Neuankömmlings bedeutete.

Eine weitere Kugel durchschlug das Besansegel und hinterließ ein Loch, groß genug, um den Kopf hindurchzustecken.

Palliser explodierte: »Diese idiotische Brigg schießt auf uns!«

Little grinste. »Hält uns wohl auch für Piraten.«

»Ich werde ihnen Piraten geben!« Palliser zeigte auf das Schiff, das an Backbord aus der Dunkelheit auftauchte und seine Silhouette verkürzte, als es Kurs änderte, um die intervenierende *Heloise* zurückzuschlagen.

»Zuerst auf den Schoner!«

Little legte die Hände um den Mund. »In der Aufwärtsbewegung*, Jungs – klar zum Feuern!«

Einige Leute waren noch dabei, eine Drehbasse auf die höher liegende Luvseite zu schleppen, und schimpften auf Little, er solle ihnen mehr Zeit lassen.

Aber Little verstand sein Handwerk.

»Ruhig, Jungs!« Es klang, als spräche ein Dompteur mit seinen Raubkatzen. »*Feuer*!«

Die Lunten flogen wie Glühwürmchen nach unten, und die Drehbassen bellten giftig das auf sie zukommende Schiff an. Ein mörderischer Hagel aus dicht gestopfter Kartätsche ergoß sich über das gegnerische Vorschiff, und Bolitho meinte, vielstimmiges Geschrei zu hören, als die Ladung drüben einschlug.

»Klar zur Wende!« Pallisers Stimme drang auch ohne Megaphon durch. »An die Brassen, Schoten und Halsen!«

Palliser hangelte sich auf dem schräg liegenden Deck zu Slade am Ruder hinunter. »Wir nehmen einen neuen Anlauf. Legen Sie Ruder.«

Stark überliegend, bis die Matrosen die Rahen rundgeholt hatten, lief die Brigantine nach Lee ab. Das zweite Schiff schien unter ihrem Klüverbaum vorbeizuwandern, bis es an Backbord querab lag und der angreifenden *Heloise* sein Heck zeigte.

Palliser schrie: »Schießen Sie auf das Achterschiff, Little!« Er drehte sich abrupt zu Slade und seinen keuchenden Rudergängern um. »Stütz! Stützruder, Idiot!«

Bolitho fand Zeit, Slade zu bedauern. Die *Heloise* brauste auf das Heck des anderen Schiffes zu, als wolle sie wie ein Beil hineinfahren.

»Feuer!«

Die Decks beider Schiffe wurden blitzartig hell, als ihre Kanonen orangefarbene Zungen vorstreckten, denen kurz darauf der Krach einschlagenden Eisens folgte. Die Kartätschenladungen der *Heloise* mußten das Achterschiff des Gegners leergefegt haben. Rudergänger und Geschützbedienungen fanden keine Deckung vor der flach kommenden Ladung dicht gepackter Eisenstücke. Das Schiff begann, aus dem Ruder zu laufen, und wurde erneut von Littles Drehbassen beharkt.

»Breitfock setzen!« Pallisers Augen waren überall.

* Da zwischen Feuerbefehl und Zündung immer einige Sekunden verstrichen, bewirkte das Abfeuern bei Aufwärtsbewegung des Schiffes, daß die Kugel oberhalb der Wasserlinie Deck oder Takelage des Feindes traf.

Bolitho sah ihn jetzt deutlich auf dem Achterdeck, seine drahtige Gestalt hob sich wie ein Racheengel vom heller werdenden Hintergrund ab.

»*Feuer*!«

Weitere Kugeln sausten über sie hinweg, und Bolitho bemerkte, daß das erste Schiff offenbar Mut gefaßt hatte und herankam, um seinem Gefährten zu helfen.

Zum erstenmal sah er jetzt auch klar die *Rosario*, und bei dem Anblick tat ihm das Herz weh. Ihr vorderer Mast war völlig verschwunden, und vom Großmast stand nur noch die Hälfte. Trümmer und heruntergefallene Takelage trieben um ihren Rumpf, und als die Sonne über den Horizont stieg, sah Bolitho, daß dünne rote Rinnsale aus den Speigatten flossen. Es schien, als blute das Schiff selbst.

»Klar zur Halse!«

Bolitho gab einem Matrosen einen Stoß und schrie: »Zu den anderen!« Der Mann machte einen erschrockenen Satz und lief dann eifrig los, um sich mit vollem Gewicht an die Brassen zu hängen. Er hatte wohl geglaubt, es sei heißes Eisen und nicht eine Hand, die ihn stieß.

In dem Augenblick gab es einen fürchterlichen Krach. Bolitho fiel fast auf die Knie, als zwei Volltreffer in die Bordwand der *Heloise* schlugen. Er bemerkte, daß Ingrave mit weit aufgerissenen Augen und wie gelähmt das nächstliegende Schiff anstarrte.

Er rief: »Gehen Sie nach unten und kümmern Sie sich um die Schäden!« Er lief zu dem Midshipman hinüber, packte ihn am Arm und schüttelte ihn wie eine Puppe. »Los, Mr. Ingrave! Bringen Sie die Pumpen in Gang!«

Ingrave starrte ihn zunächst mit leerem Blick an, dann rannte er mit unerwarteter Entschlußkraft zum Niedergang.

Stockdale riß Bolitho plötzlich respektlos zur Seite, als ein schwerer Block von oben kam und allerlei Tauwerk hinter sich herzog. Der Block prallte aufs Schanzkleid und schlug dann ins Wasser.

Palliser schrie: »Achtung!« Er hatte seinen Degen gezogen. »An die Backbordgeschütze!«

Gegen die relativ leichten Kanonen des Schoners wirkten ihre Drehbassen zwar harmlos. Aber Bolitho sah, wie ihre Kartätschenladungen das Vorsegel drüben durchsiebten und zwei Männer als blutige Bündel vom Mast fegten, bevor weitere Kugeln ins Unterwasserschiff der *Heloise* schlugen. Er hörte Holz krachen und

Stützbalken zwischen den Decks brechen und wußte, daß sie schwer getroffen waren.

Jemand hatte es geschafft, die Pumpen in Gang zu bringen, doch Bolitho sah zwei Leute stark blutend zusammenbrechen und einen dritten von der Marsrah mühsam herabklettern. Sein eines Bein baumelte kraftlos und wohl nur noch durch einen Muskel gehalten herunter.

Palliser rief: »Kommen Sie nach achtern!« Als Bolitho zu ihm eilte, sagte er: »Es steht nicht gut mit uns. Gehen Sie selber nach unten und melden Sie mir, wie schwer die Schäden sind.« Er zuckte zusammen, als weitere Treffer den bereits schwer mitgenommenen Schiffsrumpf erschütterten. Irgendwo schrie ein Mann verzweifelt: »Wir sinken!«

Bolitho starrte Palliser an. Er hatte recht. Die Beweglichkeit der *Heloise* war plumper Reaktion auf Wind und Ruder gewichen. Unglaublich, daß sie die Rollen mit der *Rosario* so plötzlich getauscht hatten. Und nirgends war Hilfe in Sicht. Ihre Feinde würden ihnen keinen leichten Tod gönnen.

Palliser rüttelte ihn auf. »Ich halte auf die *Rosario* zu. Mit unseren Leuten und ihren Kanonen haben wir noch eine Chance.« Er sah Bolitho ruhig an. »Seien Sie ein braver Junge und gehen Sie nach unten.«

Bolitho eilte zum Niedergang. Mit einem schnellen Blick nahm er die Schäden auf dem zersplitterten Deck und die alten Blutspuren wahr. Hier hatten sie schon einmal gekämpft. War das nicht genug gewesen? Wollte es das Schicksal, daß sie so endeten?

Er rief Jury zu: »Kommen Sie mit!« Er blickte in die Finsternis hinunter. Der Gedanke, dort unten eingeschlossen zu sein, wenn das Schiff unterging, bedrückte ihn. Zögernd sagte er, um seine Besorgnis zu verbergen: »Wir wollen die Schäden gemeinsam feststellen. Denn wenn mir etwas passiert . . .« Er sah Jury nach Luft schnappen; der hatte also noch nicht an das Ende gedacht. »Wenn mir etwas zustößt, können Sie Mr. Palliser Einzelheiten berichten.«

Unter Deck zündete er eine Laterne an und ging vorneweg, wobei er den gefährlichen Spitzen der gesplitterten Holzbacken auszuweichen versuchte. Die Geräusche vom Oberdeck klangen nur gedämpft herunter, es hörte sich aber bedrohlich an, als das Schiff sich unter den Einschlägen immer wieder aufbäumte und schüttelte.

Die beiden Angreifer standen nun an Backbord und Steuerbord querab von der *Heloise* und feuerten ohne Rücksicht darauf, daß sie in ihrem Eifer, das kleine Schiff mit der roten Nationalflagge Englands zu vernichten, sich gegenseitig treffen konnten.

Bolitho zog ein Luk auf und sagte: »Ich höre eindringendes Wasser.«

Jury wisperte: »Großer Gott, wir sinken!«

Bolitho legte sich auf den Bauch und hielt die Laterne durch das Luk in den Raum. Er sah nur Chaos. Zerbrochene Fässer und Leinwandfetzen schwammen zwischen zersplitterten Hölzern, und selbst während er noch hinsah, schien das Wasser zu steigen.

Er sagte: »Melden Sie dem Ersten Offizier, daß keine Hoffnung besteht.« Er beruhigte Jury, der furchtsam zusammengezuckt war, weil weitere Kugeln in den Schiffsrumpf schlugen. »Gehen Sie und erinnern Sie sich an das, was ich Ihnen gesagt habe: Alle sehen auf Sie!« Er versuchte zu lächeln, als ob alles nicht so wichtig sei. »In Ordnung?«

Jury wich schrittweise zurück, während sein Blick zwischen Bolitho und dem offenen Luk hin- und herwanderte. »Und was tun Sie?«

Bolitho wandte den Kopf, als ein neuer Laut wie Hammerschläge durch das stark krängende Schiff dröhnte. Einer der Anker hatte sich aus seiner Zurring gerissen und schlug nun bei jedem Überholen der Brigantine gegen die Bordwand. Das würde ihr Ende beschleunigen.

»Ich gehe zu Olsson. Wir müssen die Gefangenen freilassen.«

Endlich war Bolitho allein. Er atmete tief durch und bemühte sich, das Zittern seiner Glieder zu unterdrücken. Dann arbeitete er sich langsam weiter nach achtern, wobei die regelmäßigen Ankerschläge ihm wie Trommelschlag bei einer Hinrichtung folgten.

Eine neue Erschütterung der Bordwand, der unmittelbar lautes Krachen folgte. Einer der Masten – oder Teile davon – kam von oben. Bolitho wappnete sich für den endgültigen Aufprall.

Im nächsten Augenblick lag er ausgestreckt in der Dunkelheit. Die Laterne war seinen Händen entglitten, und obwohl er überhaupt nichts fühlte, konnte er sich nicht an den Augenblick des Falls erinnern.

Er wußte nur, daß er unter einem Trümmerhaufen wie festgenagelt lag und sich nicht bewegen konnte.

Er preßte ein Ohr an eine Lüftungsgräting und hörte das Wasser aus der Bilge in die unteren Räume dringen. Am Rande der Panik begriff er, daß er in Sekunden sinnlos schreiend um sich treten würde.

Viele Gedanken schossen durch sein Gehirn. Er sah seine Mutter, wie sie von ihm Abschied nahm. Sah die See unter dem Vorland von Falmouth, wo er mit seinem Bruder Hugh in einem Fischerboot das erste Abenteuer erlebt hatte, und hörte den Zornausbruch ihres Vaters darüber.

Seine Augen brannten. Doch als er versuchte, die Hand zum Gesicht zu heben, hielten die heruntergefallenen Trümmer sie in einer grausamen Falle fest.

Der Anker schlug nicht mehr gegen die Bordwand, was wohl bedeutete, daß er jetzt schon unter Wasser war.

Bolitho schloß die Augen und wartete. Er stieß ein Stoßgebet aus, daß er vor dem Ende nicht die Nerven verlieren möge.

IX Pallisers List

Bolitho fühlte, daß der Druck auf sein Rückgrat zunahm, da sich das Gewicht der Trümmer durch die Schiffsbewegung verlagert hatte. Irgendwo oben hörte er Metall über Holz scheuern, als hätte sich eine Kanone losgerissen und rutsche auf dem Deck herum. Die Schlagseite hatte zugenommen, und das Wasser schlug immer höher gegen die Bordwand, weil das Schiff tiefer und tiefer sackte.

Oben fielen nur noch gelegentlich Schüsse; es schien, als hielten die Gegner sich fern und warteten ab, bis die See ihr Werk vollendet hatte.

Langsam, aber mit wachsender Verzweiflung versuchte Bolitho, sich aus dem Trümmerhaufen zu befreien. Er hörte sich ächzen und stöhnen und sinnlose Worte ausstoßen, als er mit allen Gliedmaßen zerrte und strampelte, um der Falle zu entkommen.

Es war nutzlos. Er erreichte nur, daß die abgebrochenen Spieren verrutschten und eine fast seinen Kopf aufgespießt hätte.

Panik ergriff ihn, als er außer weiteren Musketenschüssen hörte, wie ein Boot bemannt und heisere Befehle gegeben wurden. Er ballte die Fäuste und drückte das Gesicht gegen die Decksbalken, um zu verhindern, daß er verzweifelte Schreie ausstieß. Das Schiff sank nun schnell, und Palliser hatte offenbar befohlen, es zu verlassen.

Bolitho versuchte, klar zu denken und sich damit abzufinden, daß seine Kameraden nur taten, was getan werden mußte. Jetzt blieb keine Zeit mehr für Gefühle oder eine nutzlose Geste. Er war ebenso tot wie die anderen, die in der Hitze des Gefechts gefallen waren.

Doch plötzlich hörte er Stimmen. Jemand rief seinen Namen. Schmale Lichtkegel drangen durch das Gewirr der Trümmer, und als es einen neuen Ruck darin gab, schrie Bolitho: »Zurück! Rettet euch lieber!«

Er war über seine Worte und die Kraft seiner Stimme selber erschrocken. Mehr als alles andere hatte er überleben wollen – bis zu dem Augenblick, da jemand anderer sein Leben für ihn riskierte.

Stockdales heisere Stimme befahl: »Hier, hebt diese Spiere an!«

Jemand anderer sagte zweifelnd: »Zu spät, wie's scheint, Kamerad. Wir gehen am besten zurück.«

Stockdale krächzte: »Hebt an, wie ich's gesagt habe! Nun zusammen, Jungs, zu-gleich!«

Bolitho schrie auf, als der Schmerz in seinem Rücken stärker wurde. Er erkannte Füße, die sich auf der anderen Seite des Trümmerbergs bewegten, und sah Jury auf dem Boden knien und durch eine Lücke nach ihm ausspähen.

»Nicht mehr lange, Sir.« Jury zitterte vor Angst, versuchte aber, gleichzeitig zu lächeln. »Halten Sie aus!«

So plötzlich, wie sie ihn niedergeschlagen hatte, wurde die ganze Last aus zerbrochenen Stengen und gesplitterten Decksbalken angehoben. Ein Mann ergriff Bolithos Fußknöchel und zog ihn energisch das schräge Deck hinauf. Stockdale schien mittlerweile den ganzen Berg von Trümmern allein hochzuhalten.

Jury keuchte: »Schnell!« Er wäre gestürzt, wenn ein Matrose ihn nicht mit schnellem Zugriff gehalten hätte. Dann schwankten sie alle wie Betrunkene zum nächsten Luk und nach oben.

Als sie schließlich das Oberdeck erreichten, vergaß Bolitho seine Schmerzen und die Augenblicke nackter Verzweiflung. Im zunehmenden Tageslicht sah er, daß die *Heloise* ein hilfloses Wrack war; ihr vorderer Mast war verschwunden, der hintere nur noch ein gezackter Stumpf. Gebrochene Stengen, zerrissene Segel und ein wirres Durcheinander herabgefallenen Tauwerks vervollständigten die totale Verwüstung.

Und wie zur Bestätigung bemerkte Bolitho, daß beide Boote schon bemannt waren und sich von dem sinkenden Schiff freihielten. Das nähere lag schon höher als die Leeseite der *Heloise*.

Palliser stand im Kutter und wies einige seiner Leute an, ihre Musketen auf einen der beiden Schoner zu richten. Die sinkende

Brigantine wirkte als Barrikade, sie stand als einziger Schutz zwischen ihnen und dem Feind und verhinderte, daß er direkt auf sie losfuhr und den einseitigen Kampf beendete.

Stockdale grunzte: »Über Bord, Jungs!«

Noch leicht benommen sah Bolitho, daß unter den Leuten, die zurückgekommen waren, um ihn zu retten, auch Olsson war, der verrückte Schwede, und einer der Landarbeiter, die sich bei seinem Rekrutierungskommando in Plymouth freiwillig gemeldet hatten.

Jury zog sich die Schuhe aus und steckte sie unter sein Hemd. Er schaute ins Wasser, das schon über das Schanzkleid schlug, und sagte: »Wir haben ein schönes Stück zu schwimmen.«

Bolitho zuckte zusammen, als eine Musketenkugel neben ihm ins Deck schlug und einen Splitter von der Größe eines Federkiels ablöste.

»Jetzt oder nie!« Er sah, wie die See in einen Niedergang schlug und einen der Leichname in wildem Tanz herumwirbelte. Der Vorsteven war bereits unter die Wasseroberfläche gesackt. Den schnaufenden und taumelnden Stockdale zwischen sich, sprangen Bolitho und Jury ins Wasser. Es schien Ewigkeiten zu dauern, bis sie das nächste Boot erreichten; dort durften sie sich neben einigen anderen Leuten ans Dollbord hängen, da das Boot voll besetzt war. Dabei mußten sie versuchen, die Männer an den Riemen nicht zu behindern, die zur entmasteten *Rosario* pullten.

Die meisten Leute um ihn herum waren Bolitho fremd; er nahm an, daß es freigelassene Gefangene waren. Ein Wunder, daß Olsson, der so brutal aussah, sie nicht ihrem Schicksal auf dem sinkenden Schiff überlassen hatte.

Dann plötzlich erhob sich die Bordwand der Brigg über ihnen. Es war nur ein kleines Schiff, aber vom Wasser aus schien sie Bolitho, der sich an eine ihm zugeworfene Leine klammerte, so groß wie eine Fregatte.

Schließlich waren sie alle an Deck geklettert, gezogen oder geschoben und standen der Besatzung der Brigg gegenüber, die sie anstarrte, als seien sie dem Meer selbst entstiegen.

Palliser ließ niemanden im Zweifel, wer das Kommando führte: »Little, bringen Sie die Gefangen nach unten und schließen Sie sie ein. Pearse, Sie schauen nach, ob sich ein Notmast aufriggen läßt, jedenfalls irgend etwas, das uns wieder Ruderwirkung geben kann.« Er ging an einigen verschreckten und blutenden Leuten entlang und fuhr sie an: »Ladet sofort die Kanonen, hört ihr! Ihr kommt mir vor wie ein Haufen alter Weiber, verdammt noch mal!«

Ein Mann, der offenbar etwas zu sagen hatte, drängte sich durch die Seeleute und sagte: »Ich bin Kapitän John Mason. Ich weiß, warum Sie hier sind, aber ich danke Gott für Ihr Kommen, Sir, obwohl ich befürchte, daß wir den Piraten auch jetzt nicht gewachsen sind.«

Palliser betrachtete ihn kühl. »Das werden wir sehen. Aber jetzt tun Sie, was ich befehle. Wie Sie und Ihre Leute sich heute aufführen, wird darüber entscheiden, was mit Ihnen geschieht.«

Der Mann schnappte nach Luft. »Ich verstehe nicht, Sir.«

»Haben Sie einen Passagier namens Jonathan Egmont?«

Bolitho lehnte am Schanzkleid und holte in tiefen Atemzügen Luft, während Wasser aus seiner Kleidung rann und sich mit Blut unter der nächsten Kanone mischte.

»Aye, Sir, aber . . .«

»Lebt er?«

»Ja. Wenigstens lebte er noch, als ich ihn zuletzt sah. Ich habe meine Passagiere nach unten geschickt, als der Angriff begann.«

Palliser lächelte grimmig. »Ihr Glück. Und auch meines, denke ich.« Er sah Bolitho und setzte scharf hinzu: »Sorgen Sie für die Sicherheit Egmonts. Aber sagen Sie ihm nichts.« Er wollte sich einem der beiden Schoner zuwenden, bemerkte aber gerade den letzten Augenblick der *Heloise*. Mit Gischtfontänen aus ihren Luken sackte sie unter die Wasseroberfläche. Palliser sagte: »Bin froh, daß Sie uns erhalten blieben, Mr. Bolitho. Ich hatte schon befohlen, das Schiff zu verlassen.« Sein Blick ruhte einen Augenblick auf Jury und Stockdale. »Indessen . . .«

Bolitho wankte einem offenen Luk zu. Seine benommenen Sinne waren noch immer von dem Anblick der hilflos in der Dünung rollenden *Rosario* gefangen. Die Brigg war schrecklich zugerichtet. Umgestürzte Kanonen, Leichen und Gliedmaßen lagen mit den übrigen Trümmern in wildem Durcheinander herum und zeugten von den verzweifelten Anstrengungen, die Angreifer vom Entern abzuhalten.

Ein Matrose – in der einen Hand eine Pistole, um die andere einen behelfsmäßigen Verband – rief: »Hier geht's runter, Sir!«

Bolitho kletterte eine Leiter hinab. Sein Magen rebellierte beim Anblick von so viel Leid und Schmerz. Drei Männer lagen besinnungslos oder tot vor ihm, ein vierter kroch, so gut er konnte, an seine Gefechtstation zurück.

Egmont stand an einem Tisch und trocknete sich die Hände an einem Fetzen Stoff, während ein Matrose eine Lampe für ihn putzte.

Er erkannte Bolitho und bedachte ihn mit müdem Schulterzucken. »Ein unerwartetes Zusammentreffen, Leutnant.«

Bolitho fragte: »Haben Sie die Verwundeten versorgt?«

»Sie kennen die Marine, Leutnant. Es ist sehr lange her, seit ich unter dem Vater Ihres Kommandanten diente, aber was man einmal gelernt hat, vergißt man nie.«

Bolitho hörte das eifrige Schnaufen der Pumpen und das Scharren von Blöcken und Taljen, die geschäftig über das Oberdeck gezogen wurden. Die Matrosen der *Destiny* waren wieder an der Arbeit, und er wurde gebraucht, um Palliser zu helfen und die Leute – notfalls mit Gewalt – anzutreiben.

Sie waren in einem wilden Gefecht gewesen, und einige hatten dabei ihr Leben verloren. Nun mußten sie abermals heran. Ließ man sie verschnaufen, würden sie sich fallen lassen. Erlaubte man ihnen, den Verlust eines guten Freundes zu beklagen, würden sie ihren Kampfgeist verlieren.

Bolitho fragte: »Ihre Frau – ist sie in Sicherheit?«

Egmont wies auf ein Schott. »Da drin.«

Bolitho warf sich mit der Schulter dagegen, wobei ihn die Angst, wieder unter Deck eingeklemmt zu werden, packte.

Im schwachen Lampenlicht sah er drei Frauen in einer fenster- und luftlosen Kammer: Aurora Egmont, ihre Zofe und eine füllige Dame, in der er die Frau des Kapitäns vermutete.

Er sagte: »Gott sei Dank, Sie sind unversehrt.«

Aurora kam auf ihn zu, und da ihre Füße in dem Dämmerlicht der Kammer unsichtbar waren, schien es, als ob sie auf ihn zuschwebe. Sie hob eine Hand, strich ihm über das Gesicht und sein nasses Haar und sagte leise: »Ich dachte, Sie wären noch in Rio.« Ihre Hände berührten seine Brust und seine herabhängenden Arme. »Mein armer Leutnant, was hat man Ihnen angetan?«

Bolitho meinte, den Verstand zu verlieren. Selbst hier, in den Ausdünstungen der Bilge und des Todes, roch er ihr Parfüm; er spürte den leichten Druck ihrer Finger auf seinem Gesicht und hätte sie gern umarmt, ihren Körper an sich gepreßt wie in seinem Traum, die Sorgen mit ihr geteilt, ihr sein Verlangen offenbart.

»Bitte . . .« Er versuchte, zurückzutreten. »Ich bin naß und schmutzig. Ich wollte mich nur vergewissern, daß Sie unverletzt sind.«

Sie wischte seinen Protest beiseite und legte ihm die Hände auf die

Schultern. »Mein tapferer Leutnant!« Dann wandte sie sich zu ihrer Zofe um und sagte scharf: »Hör auf zu heulen, du dummes Mädchen. Wo ist dein Stolz?«

In diesen Sekunden fühlte Bolitho, daß sich ihre Brust gegen sein nasses Hemd preßte, als sei kein Stoff mehr zwischen ihren Körpern.

Er murmelte: »Ich muß gehen!«

Sie sah ihn so eindringlich an, als suche sie sich jeden Zug einzuprägen. »Wollen Sie wieder kämpfen? Müssen Sie?«

Bolitho fühlte neue Kraft in seinen Körper strömen. Er vermochte sogar zu lächeln, als er sagte: »Ich habe jetzt jemanden, für den ich kämpfe, Aurora.«

»Sie wissen noch meinen Namen?«

Dann zog sie seinen Kopf herunter und küßte ihn fest auf den Mund. Dabei zitterte sie genau wie er. Die Beschimpfung der Zofe war nur eine Ablenkung gewesen. Sie flüsterte: »Nimm dich in acht, Richard.«

Als Bolitho zurückeilte und die Leiter hochkletterte, hörte er schon von fern Pallisers Stimme.

Palliser beobachtete die beiden großen Schoner durch ein Fernrohr; ohne es zu senken, sagte er trocken: »Darf ich annehmen, daß unten alles wohlauf ist?«

Bolitho wollte an seinen Hut tippen, erinnerte sich aber, daß er ihn schon vor langer Zeit verloren hatte.

»Aye, Sir. Egmont hilft den Verwundeten.«

»Tatsächlich?« Palliser schob das Teleskop mit einem Knall zusammen. »Hören Sie gut zu: Die Teufel werden versuchen, unsere Kräfte zu zersplittern. Einer wird etwas abhalten, während der andere anläuft, um uns zu entern.« Er dachte laut. »Wir haben einen Kampf überlebt, nun wollen sie den völligen Sieg. Sie werden kein Pardon geben.«

Bolitho nickte. »Wir könnten sie uns vom Leibe halten, wenn jede Kanone voll bemannt wäre, Sir.«

Palliser schüttelte den Kopf. »Nein. Wir treiben steuerlos und können nicht verhindern, daß einer oder beide hinter uns vorbeisegeln und unser wehrloses Heck unter Feuer nehmen.« Er beobachtete einige Matrosen der Brigg, die vorbeischlurften. »Diese Leute sind erledigt, haben keinen Kampfgeist mehr. Alles hängt von uns ab.« Er nickte kräftig, sein Entschluß stand fest. »Wir werden einen der Schurken herankommen lassen und sie voneinander trennen. Mal sehen, wie ihnen das gefällt.«

Bolitho musterte die abgebrochenen Masten und herumliegenden Toten, zwischen denen die Männer der *Destiny* sich wie Leichenfledderer auf einem Schlachtfeld bewegten. Er strich sich mit seinen Fingern über den Mund, als könne er die Stelle spüren, wo sie ihn mit solcher Leidenschaft geküßt hatte.

Er sagte: »Ich werde es den anderen ausrichten, Sir.«

Palliser sah ihn düster an. »Ja, tun Sie das. Erklärungen können später gegeben werden, wenn wir gewonnen haben. Wenn nicht, kommt's darauf auch nicht mehr an.«

Palliser senkte sein Teleskop und sagte bitter: »Sie haben mehr Leute, als ich dachte.«

Bolitho beschattete seine Augen und beobachtete die beiden Schoner. Ihre großen Gaffelsegel am vorderen und achteren Mast standen wie Vogelschwingen vor dem hellen Himmel. Langsam arbeiteten sie sich nach Luv von der hilflosen Brigg.

Das größere der beiden Schiffe, dessen Segel von den Kartätschenladungen während des abenteuerlichen Gefechts wie mit Pokkennarben übersät waren, war ein Toppsegelschoner*. Er rief eine Erinnerung in Bolitho wach. »Ich glaube, dies ist das Fahrzeug, das den Hafen verließ, als wir bei Egmont zu Besuch waren, Sir. Ich erinnere mich an das Rigg.«

»Stimmt wahrscheinlich. Es gibt nur wenige davon in diesen Gewässern.«

Palliser beobachtete die methodische Annäherung der Schoner. Einer hielt sich weit in Luv, der andere manövrierte von Backbord aus auf den Bug der *Rosario* zu, wo er von deren übriggebliebenen Kanonen am schlechtesten zu bestreichen war. Immerhin waren es solide Sechspfünder, die unter Littles erfahrener Leitung jedem gefährlich werden konnten, der ihnen zu nahe kam.

Palliser reichte Bolitho das Glas. »Sehen Sie selbst.« Er ging zum Kompaß hinüber und sprach mit Slade und dem Kapitän der Brigg.

Bolitho richtete das Glas mit angehaltenem Atem auf den näherstehenden Schoner. Er wirkte von Wind und Wetter zerzaust und wenig gepflegt. Viele Männer schauten zur trotzigen, wenn auch machtlosen Brigg herüber. Ihre herausfordernden und höhnischen

* Zweimaster, beide Masten mit Gaffelsegeln, am vorderen darüber auch Rahsegel und eine Breitfock, die bei Rückenwind gesetzt werden konnte.

Rufe waren auf die Entfernung schwach zu hören.

Bolitho dachte an die Frau in der Kammer und an das, was diese Kerle mit ihr machen würden, und packte seinen Säbel so fest, daß ihm die Handfläche wehtat. Er hörte den Kapitän der Brigg sagen: »Ich will nicht mit einem Offizier des Königs streiten, aber machen Sie mich nicht für das verantwortlich, was kommt.«

Slade fügte leise hinzu: »Sie können es nicht mit ihnen aufnehmen, Sir. Es ist nicht richtig, es darauf ankommen zu lassen.«

Pallisers Stimme war hart und kompromißlos: »Was empfehlen Sie? Daß wir auf ein Wunder warten? Beten, daß die *Destiny* aus der Weite des Meeres auftaucht und unsere armen Seelen rettet?« Er gab sich keine Mühe, Sarkasmus und Verachtung zu verbergen. »Verdammt, Slade, ich hätte mehr von Ihnen erwartet.«

Er wandte sich um und sah, daß Bolitho die diskutierende kleine Gruppe beobachtete. »In etwa fünfzehn Minuten wird der Halsabschneider versuchen, uns zu entern. Wenn wir ihn zurückschlagen, wird er wieder auf Abstand gehen; beide werden uns dann eine Weile beschießen. Dann werden sie es wieder versuchen. Und später noch einmal.« Er wies mit einer weitausholenden Armbewegung auf das zerfurchte Deck und die müden Matrosen. »Glauben Sie, daß die Leute das durchstehen werden?«

Bolitho schüttelte den Kopf. »Nein, Sir.«

Palliser wandte sich ab. »Gut.«

Aber Bolitho hatte den Ausdruck in seinem Gesicht gesehen. Er verriet trotz ihrer schrecklichen Lage Erleichterung oder auch Überraschung, daß jemand ihm zustimmte.

Palliser sagte: »Ich gehe nach unten; muß mit den Gefangenen von der *Heloise* sprechen.«

Little sagte leise zu seinem Freund, dem Bootsmannsmaaten: »Die blöden Hunde wissen nicht, auf welcher Seite sie eigentlich stehen, was, Ellis?« Beide brüllten vor Lachen, als ob es ein prächtiger Witz wäre.

Jury fragte: »Was werden wir als nächstes tun?«

Ingrave schlug unsicher vor: »Verhandeln, Sir?«

Bolitho beobachtete den näherkommenden Schoner und die geschickte Art, wie er sein Großsegel bediente, um im gewünschten Winkel auf die Brigg zu stoßen.

»Wenn sie zu entern versuchen, werden wir sie warm empfangen!«

Daß seine Worte auf dem trümmerübersäten Deck von Mund zu Mund weitergegeben wurden, erkannte er an der Art, wie die

Matrosen Entermesser und Beile fester faßten und ihre Muskeln spielen ließen, als stünden sie schon im Kampf. Die Männer der Brigg waren keine disziplinierten Berufsseeleute wie die von der *Destiny,* aber letztere waren erschöpft und viel zu wenige im Vergleich zu der Meute an Bord des Schoners. Bolitho konnte sie jetzt hören: Ihre Schimpfworte und höhnischen Schreie klangen zusammen wie das Gebrüll wilder Tiere.

Wenn es ein einzelnes Schiff gewesen wäre, hätten sie es schaffen können. Vielleicht wäre es besser gewesen, mit der *Heloise* unterzugehen, als den Todeskampf noch einmal hinauszuschieben.

Palliser kam zurück und sagte: »Little, bleiben Sie an den vorderen Geschützen. Wenn ich ›Feuer‹ befehle, feuern Sie nach Gutdünken, aber so, daß die Kugeln keinen großen Schaden anrichten.« Er übersah Littles ungläubige Miene. »Danach laden Sie die Kanonen mit einer doppelten Kartätschenfüllung. In dem Augenblick, wenn die Bastarde längsseits kommen, möchte ich, daß sie damit weggefegt werden.« Er wartete, bis seine Worte einwirkten. »Und wenn Sie alle Leute dabei verlieren: Diese Kanonen müssen abgefeuert werden!«

Little klopfte sich bestätigend an die Stirn, und über seine groben Züge ging ein begreifendes Lächeln. Das Schanzkleid der Brigg bot wenig Schutz; wenn das andere Schiff längsseits kam und sich an seinen Enterhaken heranzog, konnten die Geschützbedienungen wie Schilfrohr umgemäht werden.

Palliser löste seine Säbelscheide und warf sie beiseite. Er machte mit dem Säbel ein paar Schläge durch die Luft und beobachtete, wie das Sonnenlicht die Klinge aufblitzen ließ, als sei sie aus purem Gold.

»Uns wird heute warm werden.«

Bolitho schluckte, sein Mund war schrecklich trocken. Er zog ebenfalls seinen Säbel und entfernte die lederne Scheide, wie er es von Palliser gesehen hatte. Einen Kampf zu verlieren, war schlimm, aber zu sterben, weil man über seine eigene Säbelscheide stolperte, war unausdenkbar.

Musketen feuerten über den schmaler werdenden Wasserstreifen zwischen den beiden Schiffen, und verschiedene Leute duckten sich, als die Kugeln ins Holz des Schanzkleids schlugen oder über ihre Köpfe hinwegzischten.

Palliser ließ seine Waffe auf einen unsichtbaren Gegner niedersausen und befahl laut: »Feuer!«

Die vorderen Geschütze rollten nach dem Abschuß binnenbords, soweit es die Brocktaue zuließen, der Pulverqualm quoll durch die Stückpforten zurück und hüllte die Männer ein, die nun Littles Befehle ausführten, so gut es ging.

Im großen Vorsegel des Schoners erschien ein Loch, aber die anderen Geschosse fielen zu weit und warfen Wasserfontänen auf, die näher beim zweiten Schiff lagen als bei dem, das auf sie zukam.

Bolitho hörte wildes Hohngeschrei und weitere Schüsse. Er biß sich auf die Lippen, als ein Matrose mit zerschmettertem Kiefer vom Schanzkleid zurückgeschleudert wurde.

Palliser rief: »Achtung! Bereithalten zur Abwehr von Enterern!«

Plötzlich lag ihnen der Schoner Seite an Seite gegenüber, und Bolitho konnte seinen und seiner Kameraden Schatten auf dessen Bordwand sehen.

Musketenkugeln peitschten ihm um die Ohren. Er hörte einen seiner Leute aufschreien, als eine Kugel ihn voll traf, und sah, wie Ingrave sein Gesicht mit den Händen bedeckte, als könne er so einem gleichen Schicksal entgehen.

Die Gaffelsegel drüben fielen. Als die erste Welle der Enterer über das Deck des Schoners eilte, flogen Enterhaken an Leinen herüber und bissen sich mit eisernen Zähnen im Schanzkleid der *Rosario* fest.

Doch irgend jemand an Bord des Schoners mußte geahnt haben, daß von Männern, die wie diese kämpften, noch eine letzte Kriegslist zu erwarten war. Mehrere gezielte Schüsse trafen die hinter ihren Kanonen kauernden Engländer, von denen zwei schreiend und zuckend zusammenbrachen, während ihr Blut das Deck rot färbte.

Bolitho warf einen Blick auf Jury. Er hielt seinen Dolch in der einen Hand, eine Pistole in der anderen.

Durch die Zähne sagte Bolitho: »Bleiben Sie bei mir. Verlieren Sie nicht den Halt, und tun Sie, was Sie mir unlängst geraten haben.« Er sah den wilden Ausdruck in Jurys Augen und fügte hinzu: »Halten Sie sich fest!«

Es gab einen heftigen Ruck, als der Schoner – von den Enterhaken herangezogen – breitseits gegen die Bordwand der Brigg stieß.

»Jetzt!« Palliser schwenkte seinen Säbel. »Feuer!«

Eine Kanone spuckte Flammen und Rauch, und ihre volle Ladung explodierte genau in der Mitte der zum Entern bereitstehenden Gegner. Blut spritzte auf, Gliedmaßen flogen in gräßlichem Reigen durch die Luft. Doch das kurze Erschrecken verwandelte sich in wildes Wutgeheul, als die Angreifer sich erneut formierten und auf breiter Front aufs Deck der Brigg sprangen.

Stahl traf auf Stahl. Während einige Männer versuchten, ihre Musketen neu zu laden und abzufeuern, stießen andere mit Bajonetten und Pieken nach laut aufschreienden Gegnern im Augenblick ihres Absprungs, sodaß sie als blutige Fender zwischen die beiden Bordwände fielen.

Palliser schrie: »Noch eine Ladung!«

Aber Little und seine Männer waren auf der Back von den anderen Kanonen durch eine wilde Horde Kämpfender abgeschnitten. Die eigene Bedienung lag tot oder sterbend an Deck. Und ohne die letzte Salve aus Schrapnells und Eisenstücken waren sie verloren.

Ein Matrose kroch zur Kanone, eine brennende Lunte in der Faust, aber er sackte sterbend auf das Gesicht, als ein Angreifer über das Schanzkleid sprang und ihm sein Enterbeil in den Nacken schlug. Durch die Wucht seines Schlags verlor er selber das Gleichgewicht und rutschte im Blut seines Opfers aus. Dutchy Verbink schob Jury mit der Schulter zur Seite und stürzte – einen tonlosen Fluch auf dem weit aufgerissenen Mund – nach vorn und schlug dem sich mühsam aufrichtenden Gegner sein Entermesser über den Kopf. Die Klinge glitt vom Schädelknochen ab und durchtrennte ein Ohr, während Verbink schon mit einem zweiten, sorgsam gezielten Schlag den Mann erledigte.

Als Bolitho wieder hochschaute, stand Stockdale an der verlassenen Kanone. Seine Schulter blutete aus einer tiefen Wunde, aber ohne darauf zu achten, schwenkte er die Lunte und hielt sie ans Zündloch.

Die Explosion war so gewaltig, daß Bolitho glaubte, das Rohr sei geplatzt. Ein breites Stück vom Schanzkleid des Schoners war verschwunden, und inmitten der zertrümmerten Holzplanken und abgerissenen Takelage wanden sich Männer, die auf die nächste Gelegenheit zum Sprung gewartet hatten, in einem unentwirrbaren, blutigen Knäuel.

Palliser schrie: »Auf sie, Jungs!« Er schlug einen anstürmenden Kerl nieder und feuerte seine Pistole in die Menge derer, die schon auf dem Deck der *Rosario* waren und denen sich nun die dünne Linie der Verteidiger mit neuem Mut entgegenstellte.

Bolitho wurde mitgerissen, sein Säbel traf auf ein Entermesser, er parierte einen Schlag und traf einen wild blickenden Mann mit einem Hieb quer über die Brust. Eine Pistole explodierte fast an seinem

Ohr, und er hörte Jury jemandem zurufen, er solle ihnen den Rücken decken, wo zwei um sich schlagende und schießende Enterer durch die erschöpften Matrosen drängten.

Eine Pieke stieß an Bolithos Hüfte vorbei und spießte einen Mann auf, der versucht hatte, seinen beiden Kameraden durch die Gasse zu folgen. Er schrie auf und versuchte, sich die Pieke mit blutenden Fingern aus dem Leib zu ziehen, bis Stockdale aus dem Gedränge auftauchte und ihm mit seinem Entermesser den Garaus machte.

Midshipman Ingrave war zu Boden gegangen und hielt sich mit beiden Händen den Kopf, während die kampfbesessenen Männer haßerfüllt über ihn hinwegtorkelten.

Über allem Kampfeslärm hörte Bolitho Pallisers Stimme: »Zu mir, Jungs!« Dem folgte wildes Geschrei, und mit Staunen sah Bolitho eine dichte Menge den Niedergang und das vordere Luk hochquellen, um mittschiffs zu Palliser zu stoßen. Auf dem Weg dorthin klatschten ihre nackten Klingen bereits auf die überraschten Enterer nieder.

»Treibt sie zurück!« Palliser bahnte sich einen Weg durch seine Leute und schien sie zu neuer Anstrengung zu beflügeln.

Bolitho sah schattenhaft eine Gestalt auf sich zuspringen und schlug mit aller Kraft zu. Der Mann stöhnte auf, als die Säbelklinge ihn quer über dem Leib traf. Er fiel auf die Knie und preßte beide Hände auf die schreckliche Wunde, während jubelnde Matrosen über ihn hinwegstolperten.

Es konnte nicht wahr sein und stimmte doch: Aus der sicheren Niederlage war ein Gegenangriff geworden, und die Feinde zogen sich bereits unter den Schlägen von Pallisers Leuten in wilder Flucht zurück.

Bolitho hatte erkannt, daß es die Gefangenen waren, die ursprüngliche Besatzung der *Heloise,* die Palliser freigelassen und für seine Ziele gewonnen hatte. In seinem Kopf wirbelte es jedoch wild durcheinander, als er mit den übrigen weiterkämpfte, mit schmerzender Schulter und einem bleischweren säbelführenden Arm. Palliser mußte ihnen eine Gegenleistung für ihre Hilfe versprochen haben. Einige von ihnen waren schon gefallen, aber ihr plötzliches Eingreifen hatte die Männer von der *Destiny* mit neuem Mut erfüllt.

Außerdem bemerkte Bolitho, daß einige Piraten auf ihr Schiff zurückgeklettert waren. Als er sich zum erstenmal wieder umschauen konnte, sah er, daß die Leinen mit den Enterhaken durchtrennt waren und der Schoner sich bereits von ihnen gelöst hatte.

Bolitho ließ den Arm sinken und blickte zum zweiten Schoner, der seine Segel dichtholte und den Wind nutzte, um sich von der entmasteten, blutüberströmten, aber siegreichen Brigg freizuhalten.

Männer jubelten und klopften einander auf die Schultern. Andere halfen ihren verwundeten Kameraden oder rannten herum und riefen die Namen von Freunden, die nicht mehr antworten konnten.

Ein Pirat, der sich totgestellt hatte, rannte plötzlich zum Schanzkleid, als er begriff, daß sein eigenes Schiff den Kampf abgebrochen hatte. Das war Olssons Augenblick: Sorgsam zog er ein Messer aus dem Gürtel und warf es. Es zuckte auf wie ein Lichtblitz. Bolitho sah den Mann sich in vollem Lauf um seine Achse drehen, die Augen staunend aufgerissen, während das Heft des Messers zwischen seinen Schultern hervorragte.

Little zog das Messer heraus und warf es dem Schweden wieder zu: »Fang!« Dann hob er den Leichnam auf und warf ihn über Bord.

Palliser schritt die ganze Länge des Decks entlang, den Säbel über der Schulter, von dem es rot auf seinen Rock heruntertropfte.

Bolitho fing seinen Blick auf und sagte heiser: »Wir haben's geschafft, Sir. Ich hätte nie geglaubt, daß es klappt.«

Palliser beobachtete, wie die freigelassenen Gefangenen ihre Waffen zurückgaben und dann einander anstarrten, als seien sie von dem, was sie getan hatten, selbst überwältigt.

»Ich auch nicht, ehrlich gesagt.«

Bolitho wandte sich um und sah, wie Jury sich bemühte, Ingraves Kopf zu verbinden. Beide hatten also überlebt.

Er fragte: »Glauben Sie, daß sie nochmals angreifen?«

Palliser lächelte. »Wir haben zwar keine Masten mehr, aber sie haben noch welche. Ihre Ausguckposten können weiter sehen als wir. Ich bezweifle, daß wir den Sieg nur einer Kriegslist verdanken.«

Palliser hatte recht wie immer. Innerhalb einer Stunde zeichnete sich die vertraute, sonnenbeschienene Segelpyramide der *Destiny* am Horizont ab. Sie waren nicht mehr allein.

X Eines Mannes Verlangen

Die Kajüte der *Destiny* kam Bolitho nach der Enge auf der Brigg *Rosario* unnatürlich groß und leer vor. Ungeachtet dessen, was er durchgemacht hatte, fühlte er sich hellwach und fragte sich selber, woher diese frische Energie kam.

Den ganzen Tag über hatte die Fregatte in Luv der *Rosario* beigedreht gelegen. Während der Rest von Pallisers Gruppe und die Verwundeten zur *Destiny* gebracht wurden, hatten andere Boote frische Leute und allerlei Material zur Brigg gepullt, um deren Besatzung beim Aufrichten eines Notmastes und den notwendigsten Ausbesserungsarbeiten zu helfen, damit sie den nächsten Hafen erreichen konnte.

Dumaresq saß am Tisch, vor sich einen unordentlichen Haufen Seekarten und Papiere, die Palliser von der *Rosario* mitgebracht hatte. Er war ohne Uniformrock, und wie er so in Hemdsärmeln und mit lose geschlungenem Halstuch dasaß, sah er keineswegs aus wie der Kommandant einer Fregatte.

Er sagte: »Sie haben Ihre Sache gut gemacht, Mr. Palliser.« Er schaute hoch, der Blick seiner weit auseinanderstehenden Augen wanderte zu Bolitho. »Und Sie auch.«

Bolitho dachte an ihr letztes Beisammensein, als er und Palliser von Dumaresq scharf zurechtgewiesen worden waren.

Dumaresq schob die Papiere beiseite und lehnte sich in seinem Sessel zurück. »Zu viele Tote. Und die *Heloise* auch verloren.« Er wischte den Gedanken weg. »Aber Sie haben die richtige Entscheidung getroffen, Mr. Palliser, und haben sie tapfer ausgeführt.« Er schenkte ihm ein Lächeln. »Ich werde die Leute der *Heloise* mit der *Rosario* zurückschicken. Soweit wir erfuhren, scheint ihr Anteil an den Geschehnissen gering gewesen zu sein. Sie waren von der Brigg angeheuert oder sogar gepreßt worden, und als sie erkannten, daß es nicht um eine kurze Fahrt entlang der Küste ging, waren sie schon zu weit draußen auf dem Atlantik. Ihr Kapitän Triscott und seine Maaten sorgten dafür, daß sie in Unwissenheit blieben. Darum werden wir sie alle der Fürsorge der *Rosario* überlassen.« Er deutete auf seinen Ersten Offizier. »Aber erst, nachdem Sie einige gute Leute, die Sie brauchen, um unsere Verluste zu ersetzen, ausgewählt und verpflichtet haben. Der Dienst des Königs wird eine eindrucksvolle Abwechslung für sie sein.«

Palliser fischte sich mit langem Arm ein Glas Wein vom Tablett des Kommandantenstewards, der sich diskret hinter ihnen bewegte.

»Was geschieht mit Egmont, Sir?«

Dumaresq seufzte. »Ich habe befohlen, ihn und seine Frau noch vor Sonnenuntergang an Bord zu bringen. Sie befinden sich unter Aufsicht von Leutnant Colpoys. Ich wollte, daß Egmont bis zum letzten Augenblick drüben bleibt, damit er sieht, was er mit seiner Habgier und Verräterei sowohl der Besatzung der Brigg wie meiner eigenen angetan hat.« Dumaresq sah Bolitho an. »Unser Arzt hat mir bereits von dem Schiff berichtet, das Sie beide in solcher Heimlichkeit aus Rio auslaufen sahen. Egmont war in Sicherheit, so lange er unentdeckt blieb. Aber wer die *Rosario* kapern ließ, der wollte auch, daß Egmont getötet wurde. Aus den Seekarten der Brigg ist zu schließen, daß ihr Ziel die Insel Saint Christopher war. Egmont war bereit, dem Kapitän jede Summe zu zahlen, damit er ihn hinbrachte, und zwar unverzüglich, ohne unterwegs andere Häfen anzulaufen.« Ein Lächeln überzog langsam sein Gesicht. »Also ist das der Ort, an dem sich Sir Garrick aufhält.«

Er nickte, um seine Behauptung zu bekräftigen. »Die Jagd ist also fast beendet. Mit Egmonts beschworener Aussage – und er hat jetzt keine andere Wahl – werden wir das Piratennest ein für allemal dem Erdboden gleichmachen.« Er bemerkte Bolithos fragenden Blick und fügte hinzu: »Die Karibik hat schon viele märchenhafte Reichtümer entstehen sehen, nämlich die von Piraten, ehrlichen Kaufleuten, Sklavenhändlern und Glücksrittern aller Art. Und wo gäbe es einen geeigneteren Platz, an dem alte Feinde ungestört ihr Süppchen kochen könnten?«

Er wurde wieder sachlich. »Beenden Sie dieses Kommen und Gehen so bald wie möglich, Mr. Palliser. Ich habe der *Rosario* geraten, nach Rio zurückzusegeln. Ihr Kapitän wird seine Version der Geschichte dem Vizekönig mitteilen können, während es mir nicht möglich ist, ihm meine Version zu erzählen. Er weiß jetzt, daß er den Anschein der Neutralität in Zukunft nicht so einseitig auslegen kann.« Als Palliser und Bolitho aufstanden, sagte er: »Ich fürchte, wir sind durch unser plötzliches Auslaufen mit dem Trinkwasser knapp dran. Mr. Codd konnte zwar Gemüse, Yamwurzeln und Fleisch in Mengen kaufen, aber Wasser müssen wir woanders finden.«

Außerhalb der Kajüte sagte Palliser: »Sie sind vorübergehend vom Dienst befreit, Mr. Bolitho. Auch was junge Menschen aushalten können, hat seine Grenzen. Gehen Sie in Ihre Kammer, und ruhen Sie sich aus, so gut Sie können.« Er sah, daß Bolitho zögerte. »Nun?«

»Ich – ich überlege. Was wird aus Egmont?« Bolitho versuchte, seiner Stimme nichts anmerken zu lassen. »Und aus seiner Frau?«

»Egmont war ein Narr. Durch sein Schweigen unterstützte er Garrick. Garrick versuchte, den Franzosen auf Martinique gegen uns zu helfen, und dadurch wird Egmonts Schweigen noch belastender. Wenn er einen Rest Verstand hat, wird er dem Kommandanten alles sagen, was er weiß. Ohne unser Dazwischentreten wäre er jetzt tot. Auch das wird er sich hoffentlich überlegen.«

Palliser wandte sich zum Gehen, und seinen Bewegungen war wenig von den Strapazen anzumerken, denen auch er ausgesetzt gewesen war. Er trug noch immer sein altes Bordjackett, das jetzt durch einige Blutflecken auf der rechten Schulter dort, wo sein Säbel geruht hatte, zusätzlich gezeichnet war.

Bolitho sagte: »Ich möchte Stockdale zur Beförderung vorschlagen, Sir.«

Palliser kam zurück und zog den Kopf unter einem Decksbalken ein, um Bolitho ins Gesicht zu sehen. »So, das möchten Sie wohl?«

Bolitho holte tief Luft. Das klang wieder nach dem alten sarkastischen Palliser. Doch der sagte: »Da bin ich Ihnen bereits zuvorgekommen. Wirklich, Mr. Bolitho, Sie sollten etwas schneller schalten.«

Bolitho lächelte trotz der Schmerzen in seinen Gliedern und des Durcheinanders in seinem Herzen, das eine Dame namens Aurora mit einem Kuß verursacht hatte.

Er begab sich zur Messe, wo Poad ihn wie einen Helden begrüßte.

»Nehmen Sie Platz, Sir. Ich hole Ihnen etwas zu essen und zu trinken.« Er trat zurück und sah ihn strahlend an. »Wir sind froh, Sie wiederzusehen, Sir, und das ist die reine Wahrheit.«

Bolitho lehnte sich im Sessel zurück und erlaubte es, daß ihn die Müdigkeit nun übermannte. Über ihm und um ihn herum lief das Bordleben auf vollen Touren, er hörte geschäftig eilende Füße und das Knarren durchgeholter Taljen.

Eine Aufgabe war erledigt, die nächste stand bevor. Matrosen und Seesoldaten waren es gewohnt, Befehle auszuführen und ihre Gedanken für sich zu behalten. Drüben, einige Kabellängen auf dem dunkler werdenden Wasser entfernt, waren auf der Brigg ebenfals Seeleute eifrig bei der Arbeit. Morgen sollte die *Rosario* einen sicheren Hafen ansteuern, wo ihre Geschichte von Mund zu Mund gehen würde. Man würde auch über den schweigsamen Engländer und seine schöne junge Frau reden, die so viele Jahre unauffällig unter ihnen gelebt hatten und nach außen hin mit ihrem selbstgewählten Exil zufrieden schienen. Auch von der Fregatte mit ihrem wunderlichen Kommandanten, der nach Rio gekommen war und sich bei Nacht wie ein Meuchelmörder davongeschlichen hatte, würde die Rede gehen.

Bolitho blickte zu den Decksbalken empor und horchte auf die Geräusche des Schiffes und der See, die gegen die Bordwand klatschte. Er fühlte sich vom Schicksal begünstigt, denn er hatte Kampf, Verschwörung und Verrat überlebt, und bald würde auch sie an Bord sein.

Als Poad mit einem Teller Fleisch und einem Krug Madeirawein zurückkam, fand er den Leutnant fest eingeschlafen. Er hatte die Beine weit von sich gestreckt, Kniehose und Strümpfe wiesen Löcher auf und dunkle Flecken, die wie geronnenes Blut aussahen. Die Haare hingen ihm wirr in die Stirn, und die Hand, mit der er am Morgen den Säbel so fest gepackt hatte, war wund.

Im Schlaf wirkte der Dritte Offizier noch jünger, dachte Poad. Jung und – in diesem friedvollen Augenblick – wehrlos.

Bolitho ging ruhelos auf dem Achterdeck auf und ab, wobei er aufgeschossenem Tauwerk und Belegklampen ohne sonderliche Mühe auswich. Es war kurz vor Sonnenuntergang und nun einen vollen Tag her, seit sie sich von der schwer mitgenommenen *Rosario* getrennt hatten. Jetzt lag sie schon weit achteraus und wirkte mit ihrem mühsam aufgerichteten Notmast erbärmlich und mißgestaltet wie ein Krüppel. Mit diesem ärmlichen Aufgebot an Segeln würde sie einige Tage bis zum nächsten Hafen benötigen.

Bolitho warf einen Blick auf das Skylight der Kajüte und sah den Widerschein des von unten kommenden Lichtes auf dem Besanbaum. Er versuchte, sich den Speiseraum der Kajüte mit Aurora vorzustellen, und wie der Kommandant den Tisch mit seinen beiden Gästen teilte. Wie fühlte sie sich jetzt? Wieviel mochte sie von Anfang an gewußt haben?

Bolitho hatte sie nur kurz gesehen, als sie mit ihrem Mann und einigen Gepäckstücken von der Brigg herübergebracht worden war. Sie hatte bemerkt, daß er von der Laufbrücke aus zusah, und hatte ihm wohl mit ihrer behandschuhten Rechten zuwinken wollen, doch die Geste war in einem kurzen Zucken erstorben: ein Zeichen der Ergebung, ja der Verzweiflung.

Er schaute zu den angebraßten Rahen hinauf. Die obersten Segel standen schon dunkler als die unteren gegen die hellen Schäfchenwolken, die sie den ganzen Tag begleitet hatten. Sie steuerten

Nordnordost-Kurs und hielten sich gut frei vom Land, um neugierige Blicke oder einen weiteren Verfolger zu meiden.

Die Deckswache erledigte ihre üblichen Aufgaben, prüfte den Trimm der Rahen und ob stehendes und laufendes Gut richtig durchgesetzt war. Von unten hörte er das klägliche Kratzen der Fidel des Shantyvorsängers und die Stimmen der Männer, die auf ihr Abendessen warteten.

Bolitho hielt in seinem ruhelosen Spaziergang inne und griff in die Hängemattsnetze, um sich gegen die Schlinger- und Stampfbewegungen des Schiffes zu wappnen. An Backbord war die See schon viel schwärzer, und die Dünung, die von schräg achtern anrollte, sie hob und dann unter ihrem Kiel weiterlief, lag schon im Halbdunkel.

Er blickte das Oberdeck entlang, auf die in regelmäßigen Abständen festgezurrten Kanonen hinter ihren geschlossenen Stückpforten, durch die schwarzen Wanten und das sonstige Tauwerk bis hin zur bleichen Schulter ihrer Galionsfigur. Er zitterte, als er sich vorstellte, daß es Aurora sei, die so in die Ferne griff; aber nach ihm und nicht nach dem Horizont.

Irgendwo lachte jemand, und er hörte Midshipman Lovelace einen Mann der Wache anfahren, der alt genug war, um sein Vater zu sein. Weil Lovelace eine sehr hohe Stimme hatte, klang es besonders komisch. Lovelace hatte von Palliser Strafdienst zudiktiert bekommen, weil er während der Hundewachen allerlei Unsinn angestellt hatte, statt sich mit seinen navigatorischen Aufgaben zu beschäftigen.

Bolitho erinnerte sich an seine eigenen frühen Versuche, all das zu lernen, was der Steuermann ihm in mühsamen Lektionen eingetrichtert hatte. Das lag nun alles weit zurück: die Dunkelheit im muffigen Orlopdeck und der Versuch, die Zahlen und Berechnungen beim flackernden Licht eines Kerzenstummels, der in einer alten Austernschale stand, zu lesen.

Und doch war seitdem erst wenig Zeit vergangen. Er warf einen Blick auf die vibrierende Leinwand, und dabei wurde ihm wieder einmal bewußt, wie schnell er diesen großen Schritt getan hatte. Wie lange war es her, daß er noch fast vor Angst erstarrt war, weil man ihm das erstemal die Wache anvertraut hatte? Jetzt fühlte er sich völlig sicher, aber er wußte auch, wann es an der Zeit war, den Kommandanten zu rufen. Aber niemanden sonst. Er konnte sich nicht mehr einem Wachführer oder treuen Steuermannsmaaten zuwenden und ihn um Rat oder Hilfe bitten. Diese Zeiten waren vorüber, es sei denn, er machte etwas fürchterlich falsch. Das würde ihn aber all den Respekt kosten, den er seither errungen hatte.

Bolitho fuhr fort, seine Gefühle einer genaueren Prüfung zu unterziehen. Er hatte Angst gehabt, als er glaubte, eingeklemmt unter Deck mit der *Heloise* untergehen zu müssen. Noch nie war er so kurz vor dem Verzweifeln gewesen. Und doch hatte er auch schon davor Kämpfe mitgemacht, sogar viele Male; bereits als zwölfjähriger Kadett hatte er auf seinem ersten Schiff die Zähne zusammenbeißen müssen, als der Donner einer vollen Breitseite der *Manxman* über das Wasser rollte.

In seiner Koje, nur durch die dünne Tür seiner Kammer von der übrigen Welt getrennt, hatte er über seine Angst nachgedacht und sich gefragt, wie seine Kameraden ihn wohl sahen und beurteilten.

Sie selber schienen sich kaum über den Augenblick hinaus Gedanken zu machen: Colpoys wirkte hochmütig und gelangweilt, Palliser unerschütterlich und immer auf dem Sprung, Rhodes recht sorglos. Aber vielleicht hatte Bolithos Erlebnisse auf der *Heloise* und dann auf der Brigg doch einen stärkeren Eindruck auf ihn gemacht, als er geglaubt hatte. Er hatte mehrere Menschen getötet oder verwundet und mit angesehen, wie andere ihre Feinde mit offensichtlicher Wollust niedergehauen hatten. Ob er sich jemals daran würde gewöhnen können? An den Geruch des fremden Atems dicht vor dem eigenen, an die Ausstrahlung seiner Körperwärme, wenn er versuchte, einen im Nahkampf zu überlisten. An seine Freude, wenn er glaubte, daß man fiel, und an sein Entsetzen, wenn die eigene Klinge in sein Fleisch und auf sein Knochengerüst stieß . . .

Einer der beiden Rudergänger meldete: »Kurs Nordnordost liegt an, Sir.«

Als Bolitho sich umdrehte, sah er die untersetzte Gestalt des Kommandanten aus dem Niedergang auftauchen.

Dumaresq war ein schwergewichtiger Mann, aber er bewegte sich so geschmeidig wie eine Katze.

»Alles ruhig, Mr. Bolitho?«

»Aye, Sir.« Er roch nach Brandy, und Bolitho schloß daraus, daß der Kommandant gerade seine Abendmahlzeit beendet hatte.

»Ein tüchtiges Stück haben wir da vor uns.« Dumaresq wippte auf seinen Fersen und sah hoch, um den Stand der Segel und die ersten blassen Sterne zu beobachten. Er wechselte das Thema. »Haben Sie sich von Ihrer kleinen Schlacht erholt?«

Bolitho kam sich entblößt vor. Es war, als hätte Dumaresq seine geheimsten Gedanken erraten.

»Ich glaube schon, Sir.«

Dumaresq blieb beharrlich dabei. »Haben Sie Angst gehabt?«

»Zeitweise.« Er nickte in Erinnerung an das Gewicht der Trümmer auf seinem Rücken und an das Gurgeln des steigenden Wassers.

»Gutes Zeichen.« Dumaresq nickte. »Werden Sie nie zu hart – wie schlechter Stahl. Sonst würden Sie eines Tages brechen.«

Bolitho fragte vorsichtig: »Nehmen wir die Passagiere die ganze Strecke mit, Sir?«

»Zumindest bis nach Saint Christopher. Dort werde ich die Hilfe des Gouverneurs in Anspruch nehmen, um eine Nachricht an unseren Befehlshaber dort oder auf Antigua zu schicken.«

»Und der Schatz, Sir? Besteht noch Aussicht, ihn wiederzufinden?«

»Einige Aussicht, ja. Aber ich vermute, daß wir ihn auf ganz andere Weise entdecken, als ursprünglich vorgesehen. Der Geruch von Aufruhr hängt in der Luft. Er schmort seit dem Ende des Krieges und breitet sich immer weiter aus. Früher oder später werden unsere alten Feinde wieder zuschlagen.« Dumaresq wandte sich um und sah Bolitho an, als ringe er um einen Entschluß. »Als wir noch in Plymouth waren, habe ich von den jüngsten Erfolgen Ihres Bruders gelesen. Er stellte und tötete einen Rebell, der nach Amerika fliehen wollte, einen Mann von hohem Ansehen, der sich aber als ebenso verderbt erwies wie der gemeinste Verräter.«*

Bolitho erwiderte ruhig: »Aye, Sir. Ich war dabei.«

»Tatsächlich?« Dumaresq kicherte in sich hinein. »Davon war in der Gazette aber nichts erwähnt. Ihr Bruder wollte wohl den ganzen Ruhm für sich allein?«

Er wandte sich ab, bevor Bolitho fragen konnte, was für eine Verbindung – wenn überhaupt – es gab zwischen ihrem Scharmützel im englischen Kanal und dem mysteriösen Piers Garrick.

Dumaresq verkündete: »Ich werde jetzt mit Mr. Egmont Karten spielen. Der Doktor hat ihn als seinen Partner akzeptiert, und ich werde unseren tapferen Mr. Colpoys als meinen wählen.« Er schüttelte sich vor Lachen. »Wir könnten ja eine von Egmonts Geldkassetten leeren, bevor wir vor Basseterre ankern.«

Bolitho seufzte und ging langsam an die Querreling. In einer halben Stunde war Wachwechsel: ein paar Worte mit Rhodes und

* Siehe Kent: *Strandwölfe*

dann hinunter in die Messe.

Er hörte Yeames, den Steuermannsmaat der Wache, ungewöhnlich höflich murmeln: »Hallo, guten Abend, meine Damen!«

Bolitho fuhr herum, und sein Herz begann zu pochen, als er Aurora vorsichtig und bei ihrer Zofe eingehakt an die Leereling des Achterdecks treten sah.

Er bemerkte, daß sie zögerte, und wußte nicht, was er tun sollte.

»Lassen Sie mich Ihnen helfen«, sagte er schließlich, überquerte das Deck und ergriff ihre ausgestreckte Hand. Durch den Handschuh fühlte er die Wärme ihrer Finger, das zarte Gelenk.

»Kommen Sie auf die Luvseite, Madam. Da spritzt es nicht so, und der Ausblick ist besser.«

Sie leistete keinen Widerstand, als er sie das schräge Deck hinauf zur anderen Seite geleitete. Dann zog er sein Taschentuch und wickelte es um das Hängemattsnetz. So gelassen wie möglich erklärte er ihr, daß dies zum Schutz ihres Handschuhs vor Teer und anderen Verunreinigungen geschehe.

Sie stand nahe an den Netzen und blickte über das dunkle Wasser in die Ferne. Bolitho roch ihr Parfüm und spürte ihre verwirrende Nähe.

Schließlich sagte sie: »Eine lange Reise bis zur Insel Saint Christopher, nicht wahr?« Sie wandte sich um und schaute ihn an, aber ihre Augen lagen im Dunkeln.

»Wir werden über zwei Wochen brauchen, meint Mr. Gulliver, Madam. Es sind gut dreitausend Meilen.«

Er sah ihre Zähne in der Dunkelheit leuchten, wußte aber nicht, ob das Lächeln Bestürzung oder Ungeduld mit einschloß.

»Über dreitausend Meilen, Leutnant?« Dann nickte sie. »Ich verstehe.«

Durch das offene Skylight hörte Bolitho Dumaresqs kehliges Lachen und Colpoys Erwiderung. Sie waren zweifellos beim Kartenausteilen. Auch Aurora hatte es gehört und sagte schnell zu ihrer Zofe: »Du kannst uns verlassen. Das war ein schwerer Tag für dich.«

Sie folgte dem Mädchen mit den Blicken, als es sich zum Niedergang tastete, und fügte für Bolitho hinzu: »Sie war ihr Leben lang nur auf festem Boden. Das Schiff muß ihr sehr fremd sein.«

Bolitho fragte: »Was haben Sie vor? Wo werden Sie nach allem, was geschah, Sicherheit finden?«

Sie neigte den Kopf, als Dumaresq wieder laut lachte. »Das hängt von *ihm* ab.« Sie sah an Bolitho vorbei, und ihre Augen schimmerten wie die Gischt, als sie fragte: »Ist es Ihnen denn so wichtig?«

»Das wissen Sie doch. Ich mache mir schreckliche Sorgen.«

»Wirklich?« Mit der freien Hand ergriff sie seinen Arm. »Sie sind ein lieber Junge.« Als sie fühlte, daß er erstarrte, setzte sie sanft hinzu: »Ich bitte um Entschuldigung. Sie sind kein Junge, sondern ein Mann, das haben Ihre Taten bewiesen, als ich dachte, daß ich sterben müßte.«

Bolitho lächelte. »Ich bin es, der um Entschuldigung bitten muß. Weil ich so gern möchte, daß Sie mich mögen, benehme ich mich wie ein Narr.«

Sie drehte sich um und trat näher, um ihn anzuschauen. »Sie meinen es ehrlich, das weiß ich.«

»Wären Sie nur in Rio geblieben!« Bolitho marterte sich das Hirn, wie er ihr helfen könnte. »Mr. Egmont hätte Ihr Leben nicht aufs Spiel setzen dürfen.«

Sie schüttelte den Kopf, und die Bewegung ihrer tanzenden Haare stach Bolitho wie ein Dolch ins Herz.

»Er war immer gut zu mir. Ohne ihn wäre ich schon vor langer Zeit verloren gewesen. Ich habe spanisches Blut. Als meine Eltern starben, wollte man mich einem portugiesischen Händler als Ehefrau verkaufen.« Sie schüttelte sich. »Ich war erst dreizehn. Und er war ein fettes Schwein.«

Bolitho fühlte sich seltsamerweise enttäuscht. »Haben Sie Mr. Egmont denn nicht aus Liebe geheiratet?«

»Aus Liebe?« Sie schüttelte den Kopf. »Ich finde Männer nicht sehr anziehend, müssen Sie wissen. Darum war ich mit allem, was er für mich arrangierte, einverstanden. Ich glaube, er braucht mich ebenso als Dekoration wie seine anderen schönen Besitztümer.« Sie öffnete den Schal, den sie an Deck trug. »Wie diesen Vogel, verstehen Sie?«

Bolitho sah den zweiköpfigen Vogel mit den rubinbesetzten Schwanzfedern, den sie bei dem Fest in Rio getragen hatte.

Leidenschaftlich und unvermittelt stieß er hervor: »Ich liebe Sie!«

Sie versuchte zu lachen, aber es gelang ihr nicht. Stattdessen seufzte sie: »Ich habe den Verdacht, daß Sie sogar noch weniger über die Liebe wissen als ich.« Sie hob die Hand und strich über sein Gesicht. »Aber Sie meinen es ernst. Tut mir leid, wenn ich Sie verletzt habe.«

Bolitho ergriff ihre Hand und preßte sie fest an seine Wange. Sie hatte ihn nicht verlacht oder wegen seines plumpen Geständnisses verhöhnt. Er sagte: »Man wird Sie bald in Frieden lassen.«

Wieder seufzte sie. »Damit Sie als wackerer Ritter auf Ihrem Schlachtroß kommen und mich retten können? Solche Dinge träumte ich als Kind. Aber nun denke ich als Frau.« Sie zog seine Hand hinab und drückte sie gegen ihre Brust, sodaß ihm die Wärme des edelsteinbesetzten Vogels vorkam wie ein Stück von ihr selbst.

»Fühlen Sie etwas?« Sie beobachtete ihn gespannt.

Er spürte den heftigen Schlag ihres Herzens, der dem seinen gleichkam, fühlte ihre weiche Haut und die feste Wölbung ihrer Brust.

»Ich bin kein Kind mehr.« Sie wollte sich abwenden, doch als er sie festhielt, sagte sie: »Was soll daraus werden? Wir sind nicht allein auf der Welt. Wenn mein Mann argwöhnt, daß ich ihn betrüge, wird er sich weigern, Ihrem Kommandanten zu helfen.« Sie legte die Fingerspitzen auf seine Lippen. »Hören Sie mir gut zu, Richard. Wissen Sie, was das bedeutet? Mein Mann würde in ein englisches Gefängnis geworfen und abgeurteilt, wenn nicht gar hingerichtet. Ich als seine Frau würde vielleicht ebenfalls eingesperrt oder mittellos mir selber überlassen, um auf einen weiteren portugiesischen Händler oder auf Schlimmeres zu warten.« Sie zögerte, bis er sie losließ, und flüsterte dann: »Aber glauben Sie nicht, ich wollte oder könnte Sie nicht lieben!«

Stimmen waren an Deck zu hören, ein Bootsmannsmaat verlas die Namen der neuen Wache, die gleich nach achtern kommen und Bolithos Leute ablösen würde.

In diesen wenigen Sekunden haßte Bolitho seinen Dienst aus vollem Herzen. Er stieß hervor: »Ich muß Sie wiedersehen!«

Sie ging schon zur anderen Seite, ihre schlanke Gestalt hob sich wie ein Geist von dem dunklen Wasser ab.

»Dreitausend Meilen sagten Sie, Leutnant? Das ist eine sehr lange Fahrt. Jeder Tag wird eine Qual werden.« Sie zögerte und schaute zu ihm zurück. »Für uns beide.«

Rhodes kam den Niedergang herauf und trat beiseite, um Mrs. Egmont vorbeizulassen. Er nickte Bolitho zu und sagte: »Eine wirkliche Schönheit.« Er bemerkte Bolithos Stimmung und ahnte, daß es eine scharfe Erwiderung geben würde, wenn er weitere Bemerkungen über sie machte. Entschuldigend sagte er: »Das war blöd von mir.«

Bolitho zog ihn zur Seite, ungeachtet der Wache, die an der Achterdecksreling antrat.

»Ich bin verzweifelt, Stephen, und kann es sonst niemandem

sagen. Es macht mich noch verrückt.«

Rhodes war von Bolithos Offenheit und der Tatsache, daß er sein Geheimnis mit ihm teilte, tief bewegt.

Er sagte: »Wir werden uns etwas ausdenken.« Das klang angesichts der Verzweiflung seines Freundes so wenig überzeugend, daß er hinzufügte: »Bevor wir Saint Christopher erreichen, kann eine Menge passieren.«

Der Steuermannsmaat tippte an seinen Hut: »Wache hat gewechselt, Sir.«

Bolitho ging zum Niedergang. Auf der ersten Stufe hielt er an. Auroras Parfüm hing noch in der Luft. Oder haftete es an seinem Uniformrock? Laut sagte er vor sich hin: »Was kann ich bloß tun?«

Doch die einzige Antwort kam von der See und dem Rumpeln des Ruders unter Dumaresqs Kajüte.

Die erste Woche Fahrt verging recht schnell mit einigen heftigen Böen, welche die Männer in Bewegung hielten und die brennende Hitze vertrieben.

Es ging hinauf zum Kap Branco und dann mit Kurs Nordwest zu den Westindischen Inseln. Längere Perioden leichter Winde wechselten mit Flauten, in denen die Boote ausgesetzt wurden und das anstrengende Pullen des Schiffes begann.

Trinkwasser wurde immer knapper, und da keine Aussicht auf Regen oder baldige Landberührung bestand, wurde es rationiert. Nach einer weiteren Woche wurden die Rationen sogar auf einen knappen Liter pro Mann und Tag verringert.

Während seiner Tageswachen unter der brennenden Sonne sah Bolitho sehr wenig von Egmonts Frau. Er sagte sich, daß dies nur zu ihrem und auch seinem Besten sei. Es gab ohnedies Aufregungen genug: Ausbrüche von Ungehorsam, die von den Maaten mit Faustschlägen und Tritten oder dem Gebrauch des Tauendes unterdrückt wurden. Aber Dumaresq verzichtete auf Auspeitschungen, und Bolitho fragte sich nach dem Grund: War er nur darauf aus, möglichst Frieden zu wahren, oder geschah es der Passagiere wegen?

Auch Bulkley zeigte sich besorgt: Drei Mann waren mit Skorbut zusammengebrochen. Trotz seiner Vorsorge und der täglichen Ausgabe von Fruchtsaft hatte er es nicht verhindern können.

Einmal, als sich Bolitho im Schatten des großen Besansegels aufhielt, hatte er Dumaresqs Stimme durch das Skylight der Kajüte gehört. Er wies Bulkleys dringende Bitte zurück und beschuldigte ihn, keine besseren Vorsichtsmaßnahmen für seine kranken Matrosen getroffen zu haben.

Bulkley hatte offensichtlich die Seekarte studiert, denn er protestierte: »Warum laufen wir nicht Barbados an, Sir? Wir könnten draußen vor Bridgetown ankern und dafür sorgen, daß uns Trinkwasser gebracht wird. Was wir jetzt noch haben, ist voll ekligem Getier, und wenn Sie darauf bestehen, so weiterzusegeln, kann ich die Verantwortung für die Gesundheit der Männer nicht länger tragen.«

»Verflucht noch mal, Sir! Ich werde Ihnen sagen, wer hier Verantwortung trägt: ich! Und ich werde nicht nach Barbados segeln und vor aller Welt ausposaunen, was wir vorhaben. Halten Sie sich an Ihre Aufgabe, ich halte mich an meine!«

Damit war die Unterredung beendet.

Siebzehn Tage, nachdem sie sich von der *Rosario* getrennt hatten, fand der Wind sie wieder. Unter vollen Segeln – sogar die Leesegel wurden ausgebracht – kam die *Destiny* wieder so in Fahrt, wie es sich für das Vollschiff, das sie war, gehörte.

Aber vielleicht war es schon zu spät, um eine Explosion an Bord zu verhindern. Slade, der Steuermannsmaat, der immer noch spürte, daß Palliser ihn verachtete, und wußte, daß der Erste Offizier ihm bei jeder Aussicht auf Beförderung im Wege stehen, wenn nicht gar sie zunichte machen würde, beschimpfte Midshipman Merrett, weil er die Mittagsposition des Schiffes falsch berechnet hatte. Merrett hatte seine anfängliche Ängstlichkeit überwunden, aber er war erst zwölf Jahre alt; vor allen Leuten, die beiden Rudergänger eingeschlossen, derart heruntergeputzt zu werden, war zu viel für ihn. Er brach in Tränen aus.

Rhodes war wachhabender Offizier und hätte eingreifen können. Statt dessen blieb er auf der Luvseite des Achterdecks, den Hut gegen die Sonne schief auf dem Kopf und taub gegen Merretts Ausbruch. Bolitho beaufsichtigte unten am Großmast seine Toppsgasten, die einen neuen Block an der Obermarsrah einschoren. Er hörte das meiste mit an.

Stockdale neben ihm murmelte: »Es ist wie in einem überfüllten Wagen, Sir. Irgendwas muß passieren.«

Merrett ließ den Hut fallen und wischte sich die Augen mit dem Handrücken. Ein Matrose hob den Hut auf und gab ihn zurück, wobei er Slade einen wütenden Blick zuwarf.

Slade schrie ihn an: »Wie können Sie es wagen, sich in eine Angelegenheit zwischen Vorgesetzten einzumischen?«

Der Matrose, ein Mann der Wache auf dem Achterdeck, erwiderte heftig: »Verdammt, Mr. Slade, er tut sein Bestes. Es ist schon schlimm genug für die Älteren von uns, erst recht für ihn.«

Slade lief dunkelrot an und brüllte: »Wachtmeister! Nehmen Sie den Mann fest!« Er wandte sich an das gesamte Achterdeck: »Ich will ihn auf der Strafgräting sehen!«

Poynter und der Schiffskorporal ergriffen den beschuldigten Matrosen. Dieser zeigte keine Spur von Angst. »Wie bei Murray, wie? Ein guter und loyaler Kamerad, den wolltet ihr ebenfalls auspeitschen!«

Bolitho hörte ein Gemurmel der Zustimmung.

Rhodes raffte sich endlich aus seiner Teilnahmslosigkeit auf und rief: »Ruhe da! Was ist denn los?«

Slade sagte: »Dieser Mann forderte mich heraus und beschimpfte mich.« Gefährlich ruhig schaute er den Matrosen an, als wolle er ihn totschlagen.

Rhodes sagte unsicher: »In dem Fall . . .«

»In dem Fall, Mr. Rhodes, lassen Sie den Mann in Eisen legen. Ich dulde keine Unbotmäßigkeiten auf meinem Schiff.«

Dumaresq war wie durch Zauberei erschienen.

Slade schluckte und sagte: »Dieser Mann hat sich eingemischt, Sir.«

»Ich habe Sie gehört!« Dumaresq verschränkte die Hände auf dem Rücken. »Wie das ganze Schiff, möchte ich annehmen.« Er warf einen Blick auf Merret und fuhr ihn an: »Hör auf zu flennen, Junge!«

Der Midshipman hörte wie eine angehaltene Uhr auf und sah sich entgeistert um.

Dumaresq faßte den Matrosen ins Auge und sagte: »Das war eine kostspielige Geste, Adams. Ein Dutzend gibt's dafür!«

Bolitho wußte, daß Dumaresq nicht anders handeln konnte, um die Autorität seiner Unterführer zu stützen; aber ob zu Recht oder zu Unrecht: zwölf Schläge waren die Mindeststrafe. Ein kleines Kopfweh, würden die älteren Seeleute dazu sagen.

Aber eine Stunde später, als die Peitsche sich hob und mit schrecklicher Gewalt auf den nackten Rücken des Matrosen niederklatschte, erkannte Bolitho, wie schwach ihre Position gegenüber der Schiffsbesatzung war.

Die Gräting war weggestaut, der Mann namens Adams stöhnend vor Schmerzen nach unten getragen, wo er mit einem Guß Salzwasser und einer großen Portion Rum wieder auf die Beine gebracht wurde. Die Blutflecken an Deck waren weggewaschen, und allem Anschein nach lief alles wieder wie zuvor.

Bolitho hatte Rhodes als Wachhabenden abgelöst und hörte Dumaresq zum Steuermannsmaaten sagen: »Der Disziplin ist Genüge getan, in unser aller Interesse.« Er sah Slade mit durchdringendem Blick an. »Zu Ihrem eigenen Besten rate ich Ihnen aber, mir möglichst aus dem Weg zu gehen.«

Bolitho wandte sich ab, damit Slade nicht sehen konnte, daß er die Szene beobachtet hatte. Aber er hatte Slades Gesicht bemerkt. Sein Ausdruck war der eines Mannes, der eine Begnadigung erwartet hatte und nun feststellte, daß seine Arme vom Henker gebunden wurden.

Die ganze Nacht dachte Bolitho an Aurora. Es war unmöglich, sich ihr zu nähern. Dumaresq hatte ihr den hinteren Teil der Kajüte überlassen, während Egmont sich mit einer Notkoje im vorderen Teil, dem Eßraum, begnügen mußte. Dumaresq selber schlief im Kartenraum nebenan. Und dann gab es noch den Steward und den Posten Kajüte, die jedem ungebetenen Besucher den Eintritt verwehren konnten.

Als Bolitho nackt und trotzdem schweißtriefend in der stickigen Luft auf seiner Koje lag, malte er sich aus, wie er Auroras Kajüte betreten und sie in seine Arme schließen würde. Er stöhnte vor Qual und versuchte, seinen Durst zu vergessen, obwohl sein Mund völlig ausgedörrt war. Das Trinkwasser war faulig und knapp. Aber statt dessen Wein zu trinken hieß, eine Katastrophe heraufbeschwören.

Er hörte unsichere Schritte in der Messe und dann ein leichtes Klopfen an seiner Tür.

Bolitho rollte sich von der Koje, hielt sich sein Hemd vor und fragte: »Wer ist da?«

Es war Spillane, der neue Schreiber des Kommandanten. Trotz der späten Stunde sah er sauber und adrett aus; sogar sein Hemd schien frisch gewaschen zu sein.

Spillane sagte höflich: »Ich habe eine Botschaft für Sie, Sir.« Er musterte Bolithos wirres Haar und seine halbe Nacktheit, bevor er fortfuhr: »Von der Dame.«

Bolitho warf einen schnellen Blick in die Messe. Nur das regelmäßige Knarren von Holz und das gelegentliche Schlagen der Segel oben durchbrach die Stille.

Er flüsterte: »Geben Sie her!«

Spillane antwortete: »Nur mündlich, Sir. Sie hat nichts aufgeschrieben.«

Bolitho schaute starr vor sich hin. Spillane war nun ein Mitwisser, ob ihm das paßte oder nicht. »Also?«

Spillane senkte die Stimme noch mehr. »Sie übernehmen doch die Morgenwache um vier Uhr, Sir.«

»Aye.«

»Die Dame wird versuchen, an Deck zu kommen. Um frische Luft zu schnappen, falls jemand nach dem Grund fragen sollte.«

»Ist das alles?«

»Alles, Sir.« Spillane beobachtete ihn im trüben Licht einer mit einer kleinen Flamme brennenden Laterne. »Hatten Sie mehr erwartet?«

Bolitho sah ihn prüfend an. War die letzte Bemerkung ein Zeichen plumper Vertraulichkeit? Aber vielleicht war Spillane auch nur nervös und wollte seinen Auftrag schnell hinter sich bringen.

Er sagte: »Nein. Vielen Dank für die Nachricht.«

Danach stand er noch lange vor seiner Koje, wobei er die Schiffsbewegungen ausbalancierte und über das nachdachte, was Spillane gesagt hatte.

Später saß er in der Messe, ließ das Hemd unschlüssig von einem Finger baumeln und starrte in die Dunkelheit.

Ein Bootsmannsmaat fand ihn so und flüsterte: »Also brauche ich Sie nicht erst zu wecken, Sir. Die Wache wird gerade gemustert. Es weht eine frische Brise, aber der nächste Tag wird wieder heiß, nehme ich an.«

Er trat zurück, als Bolitho seine Kniehose anzog und nach einem neuen Hemd suchte. Der Leutnant war offenbar noch halb im Schlaf, entschied der Maat. Es war doch glatte Verschwendung, wenn jemand saubere Wäsche für die Morgenwache anzog. Sie würde bis sechs Glasen* zum Auswringen naß sein.

Bolitho folgte dem Mann an Deck und löste Midshipman Henderson mit der geringstmöglichen Verzögerung ab. Henderson stand als nächster zur Offiziersprüfung an. Palliser hatte ihm erstmals erlaubt, die Mittelwache allein zu gehen.

Der Midshipman rannte fast unter Deck; Bolitho konnte sich

* sieben Uhr

gut an seine Stelle versetzen und wußte, mit welcher Genugtuung er sich jetzt in seine Hängematte im Orlopdeck schwingen würde. Seine erste Wache allein lag hinter ihm. Es wäre fast schiefgegangen, weil er drauf und dran gewesen war, Palliser oder den Master zu wecken.
Dann das Triumphgefühl, als Bolitho erschien und er begriff, daß die Wache ohne Zwischenfall vorüber war.

Bolithos Leute ließen sich im Dunkeln an Deck nieder; nachdem er Kompaß und Segelstand überprüft hatte, schlenderte er zum Niedergang.

Midshipman Jury ging auf die Luvseite und fragte sich, wann *er* wohl die Chance für eine selbständige Wache bekäme. Er wandte sich um und sah Bolitho weiter nach achtern zum Besanmast gehen – und dann den Schimmer einer zweiten Gestalt, die lautlos heranglitt.

Er hörte die Rudergänger miteinander flüstern und bemerkte, daß der Bootsmannsmaat der Wache sich diskret auf die Luv-Laufbrücke begeben hatte.

»Achtung auf das Ruder!« Jury sah, daß die Matrosen an dem großen Doppelrad sich strafften. Die beiden Gestalten hinter ihnen schienen zu einer einzigen verschmolzen zu sein.

Jury schlenderte zur Querreling und packte sie mit beiden Händen. Allem Anschein nach ging er jetzt doch seine erste Wache allein, dachte er glücklich.

XI Mit knapper Not

Nur unter Klüver, Breitfock und Marssegeln steuerte die *Destiny* die Insel mit dem grünen Buckel an. Es wehte eine so leichte Brise, daß sie nur im Schneckentempo vorankamen – ein Eindruck, der sich noch verstärkte, als sie sich dem schmalen Vorland näherten.

Der Ausguck hatte die Insel am Abend vorher bei Anbruch der Dunkelheit entdeckt; bis zur Morgendämmerung überschlugen sich auf den nächtlichen Wachen, in der Messe wie in den Quartieren der Mannschaften die Vermutungen.

Jetzt lag das Inselchen im hellen Licht des Vormittags genau vor ihrem Bug und flimmerte im leichten Dunst, als könne es jeden Augenblick wieder wie ein Trugbild verschwinden. Zur Mitte hin stieg das Terrain an und war mit Palmenwald und sonstigem Grün bedeckt, während die Abhänge und der kleine, halbmondförmige

Strand keinerlei Deckung boten.

»Gerade sechs Faden!«

Der Ruf des Lotgasten in den Rüsten machte Bolitho auf die nahen Untiefen aufmerksam. An Steuerbord gab es offenbar ein vorgelagertes Riff. Einige Seevögel schaukelten auf dem Wasser oder umkreisten neugierig die Mastspitzen.

Bolitho sah Dumaresq mit Palliser und dem Master beraten. Die Insel war auf der Seekarte eingetragen, aber ohne Hinweis auf den Besitzanspruch einer Nation. Die nautischen Angaben waren nur spärlich, und Dumaresq bedauerte wohl schon seinen impulsiven Entschluß, sie anzusteuern, um nach Wasser suchen zu lassen.

Aber sie waren bei den allerletzten Wasserfässern angekommen, und auch deren Inhalt war so ekelhaft, daß Bulkley und der Zahlmeister sich zu einem gemeinsamen Vorstoß beim Kommandanten entschlossen hatten; er möge für baldigen Ersatz sorgen, und sei es auch nur so viel, daß es gerade bis zu ihrem Bestimmungsort reichte.

»Sieben Faden!«

Gulliver erlaubte sich ein leichtes Aufatmen, da der Kiel wieder über tieferes Wasser glitt. Doch das Schiff stand immer noch zwei Kabellängen vom Strand entfernt. Wenn der Wind zunahm und gleichzeitig die Richtung änderte, konnte die *Destiny* bei dieser geringen Wassertiefe und bei so wenig Platz für ein Freisegeln von dem ausgedehnten Riff noch immer in Schwierigkeiten geraten.

»Fünf Faden!«

Dumaresq gab Palliser ein Zeichen. »Aufschießen und klar zum Ankern!«

Mit Segeln, die in der großen Hitze kaum killten, drehte die *Destiny* träge im tiefblauen Wasser, bis der Befehl: »Fallen Anker!« über Deck gellte. Das Eisen klatschte hinab, und um seine Einschlagstelle im glatten Wasser bildeten sich Wellenkreise, die immer weiter vom Bug wegliefen, während heller Sand vom Grund aufwirbelte.

Vom Augenblick des Ankerns an schien die Hitze noch zuzunehmen; als Bolitho aufs Achterdeck ging, sah er Egmont und seine Frau nahe der Heckreling unter einem Sonnensegel stehen, das George Durham, der Segelmacher, für sie aufgeriggt hatte.

Dumaresq studierte die Insel sorgfältig durch das große Fernrohr des Signalfähnrichs. »Kein Rauch oder Zeichen von menschlichem Leben«, stellte er fest. »Auch am Strand kann ich keine Spuren entdecken, zumindest auf dieser Seite der Insel gibt es keine Boote.« Er reichte Palliser das Glas. »Der Hügel sieht vielversprechend aus, eh?«

Gulliver meinte vorsichtig: »Da könnte es Wasser geben, Sir.«

Dumaresq beachtete ihn nicht, sondern wandte sich an seine beiden Passagiere. »Das wäre vielleicht eine Gelegenheit, sich die Beine an Land zu vertreten, bis wir wieder ankerauf gehen.« Er hatte beide angesprochen, doch Bolitho spürte, daß seine Worte an die Frau gerichtet waren.

Er dachte an den Augenblick, als sie zu ihm an Deck gekommen war. Er war so kurz, aber kostbar gewesen. Und gefährlich, aber gerade darum besonders erregend.

Sie hatten nur wenige Worte gewechselt. Den ganzen folgenden Tag hatte Bolitho daran gedacht, es noch einmal durchlebt und sich jeden Augenblick in Erinnerung gerufen, um nichts davon zu vergessen.

Er hatte sie an sich gezogen, während das Schiff ins erste matte Licht des frühen Tages hineinpflügte, hatte ihr Herz an dem seinen schlagen gespürt und sie noch enger an sich pressen wollen, aber gleichzeitig befürchtet, daß seine Kühnheit alles zerstören könnte. Sie hatte sich aus seinen Armen befreit und ihn leicht auf den Mund geküßt, bevor sie mit den letzten Schatten auf dem Achterdeck verschmolz und ihn allein ließ.

Als Dumaresq jetzt so vertraulich von »Beine vertreten« mit ihr sprach, durchschoß es Bolitho wie ein Pfeil der Eifersucht, die er bisher nicht gekannt hatte.

Dumaresq weckte ihn aus seinen Gedanken auf. »Sie werden ein Landekommando führen, Mr. Bolitho. Stellen Sie fest, ob es einen Bach oder brauchbaren Tümpel in den Felsen gibt. Ich warte auf Ihr Signal.«

Er ging nach achtern, und Bolitho hörte ihn wieder mit Egmont und Aurora sprechen.

Bolitho zitterte. Er merkte, daß Jury ihn beobachtete, und glaubte einen Augenblick, er habe Auroras Namen wieder laut vor sich hin gesprochen.

Palliser fuhr ihn an: »Setzen Sie sich endlich in Bewegung! Wenn es kein Wasser gibt, wüßten wir es gern möglichst bald.«

Colpoys lehnte lässig am Besanmast. »Ich kann ein paar meiner Leute zum Schutz mitschicken, wenn Sie wollen.«

Aber Palliser bellte: »Zum Teufel, wir bereiten uns auf keine

Feldschlacht vor!«

Der Kutter wurde ausgeschwungen und längsseits zu Wasser gebracht. Stockdale, der zum Geschützführer befördert worden war, hatte bereits einige Leute abgeteilt, während der Bootssteurer ein paar Taljen zur Übernahme der Wasserfässer verstauen ließ.

Bolitho wartete, bis alle Leute im Boot waren, und meldete es Palliser. Er sah, daß Aurora ihn beobachtete. Die Art, wie ihre Hand auf dem Halsschmuck ruhte, sollte ihn vielleicht daran erinnern, daß seine Hand vor gar nicht langer Zeit dort geruht hatte.

Palliser sagte: »Nehmen Sie eine Pistole mit und feuern Sie einen Schuß ab, wenn Sie Wasser finden.« Er kniff die Augen gegen das starke Sonnenlicht zusammen. »Und wenn die Fässer endlich gefüllt sind, können sich die Leute etwas anderes zum Nörgeln suchen!«

Der Kutter stieß von der Bordwand ab. Als sie den Schatten der *Destiny* verließen, spürte Bolitho die stechende Sonne im Nacken.

»Rudert an!«

Bolitho ließ einen Arm außenbords hängen, fühlte die angenehme Kühle des Wassers und bildete sich ein, Aurora wäre bei ihm, schwämme neben ihm und laufe dann Hand in Hand mit ihm den weißen Strand hinauf, um einander das erstemal zu entdecken.

Als er über das Dollbord schaute, sah er unter sich ganz klar den Meeresgrund: weiße Steine oder Muscheln, dazwischen einzelne Korallenstöcke, die in dem schimmernden Licht trügerisch harmlos aussahen.

Stockdale sagte zum Bootssteurer: »Sieht aus, als wäre hier noch nie jemand gewesen, Jim.«

Der Mann ließ die Pinne los und nickte ihm zu, und diese Bewegung genügte, um ein Rinnsal von Schweiß unter seinem geteerten Hut herabfließen zu lassen.

»Auf Riemen! Bugmann, Riemen ein!«

Bolitho beobachtete, wie der Schatten des Kutters unter ihnen anstieg und mit dem Rumpf zusammenfloß, als der Bugmann über Bord sprang und das Boot auf den Sand zog. Die Kuttergäste holten ihre Riemen ein und hockten einige Zeit keuchend wie alte Männer auf ihren Duchten.

Dann herrschte völlige Stille. Weit weg schlug leichte Brandung gegen ein Riff, und um den Kutter gurgelte das Wasser in stetem Auf und Ab. Kein Vogel stieg von den Palmenhainen auf, nicht einmal ein Insekt.

Bolitho kletterte über das Dollbord und watete zum Strand. Er trug offenes Hemd und Kniehose, aber ihm war, als sei er in einen dicken Pelz gehüllt. Der Wunsch, seine ramponierte Kleidung abzuwerfen und sich nackt in die See zu stürzen, mischte sich mit seinen Phantasien über Aurora. Er fragte sich, ob sie ihn wohl vom Schiff aus durch ein Fernrohr beobachtete.

Doch dann fiel Bolitho plötzlich ein, daß die Männer auf einen Befehl von ihm warteten.

Er sagte zum Bootssteurer: »Sie bleiben mit den Kuttergästen beim Boot. Vielleicht müssen Sie noch mehrmals hin und zurück pullen.« Und zu Stockdale sagte er: »Wir klettern mit den übrigen Männern den Hang hinauf. Das ist der kürzeste Weg und wohl auch der kühlste.«

Er ließ den Blick über das kleine Landekommando wandern. Zwei Leute stammten von der Besatzung der *Heloise* und hatten inzwischen ihren Eid für den Dienst in der Marine Seiner Majestät geleistet. Noch etwas benommen von dem plötzlichen Wechsel in ihrem Leben, waren sie doch so gute Seeleute, daß sie bisher nicht mit den härteren Seiten des Bootsmanns Bekanntschaft geschlossen hatten.

Außer Stockdale war kein Mann von Bolithos eigener Division in der Gruppe, und er schloß daraus, daß an Bord wenig Begeisterung für den Ausflug auf eine unbewohnte Insel vorhanden gewesen war. Falls sie Wasser fanden, würde sich das schnell ändern.

Stockdale befahl: »Mir nach!«

Bolitho arbeitete sich den Hang hinauf. Seine Füße versanken in losem Sand, die Pistole im Gürtel brannte ihm auf der Haut wie glühendes Eisen. Seltsam, dachte er, wie sie hier auf diesem unbekannten Stückchen Erde herummarschierten. Sie konnten auf alles mögliche stoßen, auch auf die Knochen von schiffbrüchigen Seeleuten oder von Piraten Ausgesetzten, die ohne Hoffnung auf Rettung umgekommen waren.

Wie einladend ihnen die Palmwedel zuwinkten! Sie bewegten sich ganz leicht, und beim Näherkommen konnte man sie rauschen hören. Einmal hielt Bolitho an und schaute zum Schiff zurück. Es schien sich sehr weit weg über seinem Spiegelbild zu wiegen. Auf diese Entfernung hatte es seine kühnen Linien verloren. Seine Rahen und lose aufgebundenen Segel schwangen leicht hin und her und schienen im Dunst zu verschmelzen.

Die kleine Gruppe Seeleute war dankbar, als sie endlich in den Schatten einiger Palmen gelangte. Allerlei Laubwerk hakte sich mit scharfen Rändern in ihre zerlumpten Hosen, und sie atmeten den intensiven Duft von faulendem Unterholz und grell gefärbten Blüten.

Bolitho sah hoch über sich einen Fregattvogel kreisen. Seine wie Türkensäbel geschwungenen Flügel machten keine Bewegung, da er vom heißen Aufwind über der Insel getragen wurde. Also waren sie doch nicht völlig allein hier.

Ein Mann rief plötzlich aufgeregt: »Sehen Sie da drüben, Sir! Wasser!«

Jetzt drängten sie vorwärts, alle Müdigkeit war vergessen.

Bolitho starrte ungläubig in den Tümpel. Er schien leicht bewegt, also mußte es irgendwo einen unterirdischen Zufluß geben. Palmen spiegelten sich in seiner Oberfläche, und Bolitho sah auch seine Männer, die auf das Wasser hinunterblickten, nur als Spiegelbilder.

Er sagte: »Ich werd's mal probieren.«

Er kletterte das sandige Ufer hinunter und tauchte eine Hand ins Wasser. Sicher täuschte ihn der Eindruck, aber es fühlte sich an wie ein kühler Gebirgsbach. Er führte etwas in der hohlen Hand an die Lippen und probierte nach kurzem Zögern einen Schluck. Dann sagte er erleichtert: »Es ist trinkbar!«

Bolitho sah, wie seine Seeleute sich niederwarfen, das Wasser über Gesichter und Schultern schöpften und immer wieder gierig davon tranken. Auch Stockdale wischte sich befriedigt den Mund.

»Wir wollen uns einen Augenblick ausruhen und dann dem Schiff Signal geben«, entschied Bolitho.

Die Seeleute zogen ihre breiten Entermesser aus dem Gürtel und steckten sie in den Sand, bevor sie sich unter den Palmen ausstreckten oder sich erneut über das schimmernde Wasser beugten.

Bolitho hielt sich etwas abseits; als er seine Pistole untersuchte, ob auch kein Sand oder Wasser hineingeraten war, dachte er an den Augenblick, als Aurora zu ihm aufs Achterdeck gekommen war. Es durfte damit nicht zu Ende sein!

»Stimmt etwas nicht, Sir?« Stockdale kam schwerfällig den Abhang hoch.

Bolitho nahm an, daß er recht finster vor sich hingeblickt hatte. »Alles in Ordnung.«

Es war unheimlich, wie Stockdale immer zu wissen schien, wann er gebraucht wurde. Bolitho sprach gern mit dem riesigen rauhen Preisboxer, und dem ging es ebenso, aber es geschah ohne jeden

Anflug von Unterwürfigkeit oder um sich Vorteile zu verschaffen.

Bolitho sagte: »Gehen Sie zum Boot und geben Sie Signal.« Er sah die Pistole fast in Stockdales großer Faust verschwinden. »Ich muß noch über etwas nachdenken.«

Stockdale sah ihn ruhig an. »Sie sind noch jung, Sir. Ich bitte um Vergebung, aber Sie sollten so lange jung bleiben, wie Sie können.«

Bolitho wußte nie so ganz, was Stockdale mit seinen kurzen, zögernden Sätzen meinte. Wollte er andeuten, daß er sich von einer Frau fernhalten solle, die zehn Jahre älter war? Darüber wollte Bolitho nicht nachdenken. Sie lebten heute und verlangten nach einander. Über die Konsequenzen konnten sie sich später Sorgen machen.

Er sagte: »Nun machen Sie, daß Sie wegkommen. Ich wünschte, es wäre alles so einfach, wie Sie glauben.«

Stockdale zuckte die Schultern und machte sich auf den Weg zum Strand hinunter, doch an seiner Haltung konnte Bolitho ablesen, daß der Fall für ihn noch nicht erledigt war.

Seufzend ging Bolitho zurück zum Tümpel, um seine Leute auf Stockdales Signalschuß vorzubereiten. Seeleute, die gewohnt waren, an Bord an allem teilzuhaben, wurden an Land bei solchen Gelegenheiten leicht nervös.

Ein Matrose, der vornübergebeugt mit dem Gesicht halb unter Wasser am Ufer lag, stand auf, als Bolitho sich näherte. Er lachte fröhlich, als ihm kleine Rinnsale über den Hals rannen.

Bolitho sagte: »Macht euch fertig, Leute . . .« Aber mitten im Satz brach er ab, als jemand einen schrecklichen Schrei ausstieß und der Matrose, der ihn eben noch angelacht hatte, vornüber in den Tümpel stürzte.

Urplötzlich war die Hölle los. Die meisten Seeleute krochen im Sand und suchten ihre Waffen, während andere entsetzt auf den im Tümpel Treibenden starrten, um den sich das Wasser rot färbte. Zwischen seinen Schulterblättern stak ein Speer.

Bolitho fuhr herum und sah, geblendet vom Sonnenlicht, schattenhafte Gestalten mit blitzenden Waffen auf sich zustürmen, hörte furchteinflößendes Geschrei aus vielen Kehlen, bis sich ihm vor Entsetzen die Nackenhaare sträubten.

»Männer – Achtung!«

Er griff nach seinem Säbel, zuckte aber zusammen, als ein weiterer Matrose Blut spuckend den Abhang hinunterrutschte und dabei versuchte, sich einen primitiv gefertigten Pfeil aus dem Leib zu ziehen.

»O Gott!« Bolitho mußte die Augen vor der Sonne beschatten. Ihre Angreifer hatten sie im Rücken. Sie kamen den in wilder Flucht davonrennenden Matrosen immer näher, wobei ihr schrecklicher Kriegsruf es ihm unmöglich machte, klar zu denken oder zu handeln.

Bolitho erkannte, daß es Neger waren. Ihre Augen und Münder waren im Triumph weit aufgerissen, als sie einen weiteren Matrosen niederschlugen und sein Gesicht mit einem Korallenbrocken zu blutigem Brei zerstampften.

Bolitho warf sich den Angreifern entgegen, wobei ihm mehr im Unterbewußtsein klar wurde, daß sich weitere Eingeborene hinter ihn drängten, um ihn von seinen Leuten zu trennen. Er hörte jemand aufschreien und um Gnade flehen, dann das widerliche Geräusch, mit dem ein Schädel gespalten wurde wie eine Kokosnuß.

Mit dem Rücken an einen Baum gelehnt, schlug er verzweifelt um sich, vergeudete dabei seine Kräfte und vernachlässigte die Deckung gegen diese im Feuer gehärteten Wurfspeere.

Drei seiner Leute, von denen einer am Bein verwundet war, hielten noch stand, waren von heulenden, erbarmungslos auf sie einschlagenden Gestalten umzingelt.

Er stieß sich vom Baum ab, hackte in eine schwarze Schulter und rannte über den zerstampften Sand, um zu den Eingekreisten zu stoßen.

Einer schrie ihm zu: »Hat keinen Zweck! Wir können die Schurken nicht aufhalten!«

Bolitho fühlte, daß ihm der Säbel aus der Hand geschlagen wurde, und merkte mit Schrecken, daß er die Halteschnur nicht um sein Handgelenk geschlungen hatte.

Verzweifelt suchte er nach einer anderen Waffe, wobei er aus dem Augenwinkel sah, daß seine Leute das ungleiche Gefecht abbrachen und zum Strand rannten. Der Verwundete humpelte einige Schritte hinter ihnen her, bevor er eingeholt und niedergemacht wurde.

Bolitho hatte den schrecklichen Eindruck zweier starrer Augen und gefletschter Zähne, die einem der Wilden gehörten, die auf ihn eindrangen; er schwang ein Entermesser, das er aufgehoben hatte.

Bolitho duckte sich und versuchte, seitwärts auszuweichen. Dann kam der Schlag – zu stark, um zu schmerzen, zu mächtig, um seine Wirkung abzuschätzen.

Er wußte nur noch, daß er fiel, seine Stirn schien in Flammen zu stehen, und wie aus einer anderen Welt hörte er sich verzweifelt aufschreien.

Und dann, gnädigerweise, fühlte er gar nichts mehr.

Als sein Bewußtsein schließlich zurückkehrte, war der Schmerz, der sich gleichzeitig einstellte, kaum zu ertragen.

Bolitho bemühte sich, die Augen zu öffnen, als könne er damit die Qual vertreiben, aber sie war so stark, daß sich sein ganzer Körper krümmte. Stimmen murmelten über seinem Kopf, doch durch seine halb zugequollenen Augen konnte er nur sehr wenig sehen: ein paar nebelhafte Gestalten und dunkle Decksbalken über ihm.

Ihm war, als würde sein Kopf langsam und methodisch zwischen zwei heiße Eisen gepreßt und sein mürbes Hirn mit spitzen Nadeln und Lichtblitzen gemartert.

Jemand wischte ihm Gesicht, Nacken und Körper mit kühlen Tüchern ab. Er war nackt, nicht gefesselt, wurde aber von Händen, die seine Hand- und Fußgelenke umspannten, festgehalten, damit er sich nicht bewegte.

Ein schrecklicher Gedanke ließ ihn plötzlich entsetzt aufschreien: außer am Kopf war er vielleicht noch an anderer Stelle verwundet, und sie trafen jetzt Vorbereitungen zur Amputation. Er hatte so etwas schon einmal mit angesehen: das Messer, das im schwachen Licht der Hängelampe aufblitzte und zu einem schnellen Rundumschnitt niederfuhr. Und dann die Säge.

»Ruhig, Junge!«

Das war Bulkley, und die Tatsache, daß er da war, beruhigte Bolitho irgendwie. Bolitho bildete sich ein, den Arzt zu riechen: seinen typischen Duft nach Branntwein und Tabak.

Er versuchte zu sprechen, doch seine Stimme war nur ein heiseres Wispern. »Was ist passiert?«

Bulkley schaute über die Schulter, wobei sein eulenhaftes Gesicht mit den kleinen Brillengläsern wie eine Blase in der Luft zu hängen schien.

»Sparen Sie Ihre Kräfte. Atmen Sie ruhig.« Bulkley nickte. »Schon besser.«

Bolitho knirschte mit den Zähnen, als sich der Schmerz erneut verstärkte. Am schlimmsten war es über dem rechten Auge, wo ein Verband saß. Seine Haare lagen fest an, waren wohl blutverklebt. Ein Bild formte sich undeutlich in seiner Erinnerung: zwei starre Augen, ein Entermesser, das auf ihn niedersauste. Versinken.

»Meine Männer – sind sie gerettet?« stammelte er.

Er spürte Uniformstoff an seinem nackten Arm und sah Dumaresq auf sich herabschauen, der aus diesem Blickwinkel noch grotesker wirkte. Seine Augen waren nicht mehr zwingend, sondern ernst.

»Die Bootscrew ist in Sicherheit. Zwei Leute aus Ihrer Gruppe haben sie gerade noch erreicht.«

Bolitho versuchte, den Kopf zu bewegen, doch irgend jemand hielt ihn fest.

»Und Stockdale, ist er . . .?«

Dumaresq lächelte. »Er hat Sie zum Strand getragen. Ohne ihn wären alle verloren gewesen. Das alles erzähle ich Ihnen aber später. Jetzt müssen Sie ruhen. Sie haben eine Menge Blut verloren.«

Bolitho fühlte, wie sich die Dunkelheit wieder über ihm schloß. Er hatte den kurzen Blickaustausch zwischen Dumaresq und dem Arzt bemerkt. Also war es noch nicht geschafft. Er konnte noch sterben. Diese Erkenntnis war fast zuviel für ihn, und er spürte, wie sich seine Augen mit Tränen füllten. Er stöhnte: »Ich möchte . . . *Destiny* . . . nicht . . . verlassen. So . . . nicht.«

Dumaresq sagte: »Sie werden wieder gesund.« Er legte die Hand auf Bolithos Schulter, als wolle er etwas von seiner Kraft auf ihn hinüberfließen lassen.

Dann ging er, und Bolitho bemerkte zum erstenmal, daß er sich in der Heckkajüte befand und daß es hinter den hohen Fenstern stockdunkel war.

Bulkley beobachtete ihn. »Sie waren den ganzen Tag ohne Bewußtsein, Richard.« Dann drohte er ihm mit dem Finger. »Sie haben mir Sorgen gemacht, das muß ich schon sagen.«

»Dann sind Sie jetzt nicht länger in Sorge um mich?« Wieder versuchte er, sich zu bewegen, und wurde abermals von den Händen daran gehindert.

Bulkley machte sich noch einmal an dem Verband zu schaffen. »Ein Hieb mit dem Entermesser auf den Kopf ist kein Spaß. Ich habe getan, was ich konnte, alles übrige müssen wir der Zeit und guter Pflege überlassen. Es war ein Kampf auf Biegen und Brechen. Ohne Stockdales Mut und seine Entschlossenheit, Sie zu retten, wären Sie tot.« Er schaute sich um, ob der Kommandant gegangen war. »Stockdale sammelte die restlichen Seeleute um sich, die mit dem Boot flüchten wollten. Er war wie ein wilder Stier, aber als er Sie an Bord trug, machte er das so zart wie eine Frau.« Er seufzte. »Dies war wohl die kostspieligste Trinkwasserergänzung in der Geschichte der Seefahrt.«

Bolitho fühlte, wie ihn Schläfrigkeit überkam, die selbst den Schmerz in seinem Schädel verdrängte. Bulkley hatte ihm wohl etwas eingegeben.

Er flüsterte: »Sie würden es mir sagen, wenn . . .«

Bulkley wischte sich die Hände ab. »Sicherlich.« Er blickte auf und fügte hinzu: »Sie sind in guten Händen. Wir werden gleich ankerauf gehen, also bemühen Sie sich zu schlafen.«

Bolitho versuchte, seine Gedanken zu ordnen. Gleich ankerauf gehen? Dann waren sie den ganzen Tag hier gewesen. Und sie mußten Wasser bekommen haben. Dafür waren Männer gefallen. Auch hinterher, als Colpoys Seesoldaten die erschlagenen Matrosen gerächt hatten, dachte er.

Er sprach sehr langsam, da er wußte, daß die Worte nur undeutlich aus seinem Mund kamen. »Sagen Sie Auro . . . Sagen Sie Mrs. Egmont, daß . . .«

Bulkley beugte sich über ihn und zog seine Augenlider hoch. »Sagen Sie es ihr doch selber. Sie ist bei Ihnen, seit Sie an Bord gebracht wurden. Ich sage doch: Sie sind in guten Händen.«

Bolitho begriff endlich, daß sie neben ihm stand. Ihr schwarzes Haar hing ihr über die Schultern und glänzte im Lampenlicht.

Sie berührte sein Gesicht und streichelte seine Lippen, als sie mit weicher Stimme sagte: »Sie können jetzt schlafen, Leutnant. Ich bin hier.«

Bolitho fühlte, daß die Hände nachgaben, die seine Hand- und Fußgelenke gehalten hatten, und schloß daraus, daß der Arzt und seine Helfer sich zurückziehen wollten.

Er flüsterte matt: »Ich . . . wollte nicht, daß Sie mich so sehen, Aurora.«

Sie lächelte und sah dabei doch unendlich traurig aus. »Sie sind schön«, sagte sie.

Bolitho schloß die Augen; seine Kräfte schienen ihn endgültig zu verlassen.

Bulkley drehte sich an der Tür noch einmal um. Er hatte eigentlich geglaubt, an Schmerz oder Freude am Krankenbett gewöhnt zu sein, doch er war es offenbar noch nicht. Denn was er hier sah, bewegte ihn. Es glich einer Allegorie zum Thema ›Die liebliche Frau beweint ihren gefallenen Helden‹, dachte er.

Er hatte Bolitho nicht belogen. Es war sehr knapp gewesen, denn das Entermesser hatte nicht nur eine tiefe Wunde über dem Auge in die Kopfhaut geschlagen, sondern auch die Schädeldecke darunter eingekerbt. Wäre Bolitho ein alter Mann gewesen oder das Entermesser von einer geübten Hand geführt worden, hätte es das Ende bedeutet.

Aurora sagte: »Er ist eingeschlafen.« Aber sie sprach nicht zu Bulkley, sondern zu sich selbst. Sie nahm ihren weißen Schal ab und deckte ihn über Bolitho, als ob seine Nacktheit ebenso wie ihre Worte ihr ganz persönlicher Besitz wären.

In der anderen und wie gewohnt disziplinierten Welt der *Destiny* brüllte eine Stimme: »Anker ist los, Sir!«

Bulkley streckte eine Hand aus, um sich festzuhalten, als sich das Deck unter dem plötzlichen Druck von Wind und Ruder schräg legte. Er wollte in sein Krankenrevier gehen und einige Drinks zu sich nehmen. Er hatte keine Lust, die Insel in der Dunkelheit zurückbleiben zu sehen. Sie hatte ihnen frisches Wasser gewährt, aber als Gegenleistung einige Menschenleben genommen. Bolithos Gruppe am Tümpel war bis auf Stockdale und zwei andere Leute niedergemetzelt worden. Colpoys hatte gemeldet, daß die Wilden, die sie überfallen hatten, ehemalige Sklaven waren, die wahrscheinlich beim Transport geflüchtet waren.

Als sie Bolitho und seine Männer kommen sahen, hatten sie sicher geglaubt, er wolle Jagd auf sie machen. Sobald die Boote der *Destiny* auf den Pistolenschuß und die plötzliche Panik der Kutterbesatzung hin ans Ufer kamen, waren die Sklaven auch auf sie losgegangen. Colpoys hatte die Schwenkgeschütze und die Musketen auf sie gerichtet. Als der Pulverqualm sich verzogen hatte, war niemand mehr am Leben.

Bulkley machte auf der obersten Stufe des Niedergangs halt und lauschte dem Quietschen der Blöcke und dem Getrappel der nackten Füße, als die Matrosen an Schoten und Brassen holten, um ihr Schiff auf den richtigen Kurs zu bringen.

Für ein Kriegsschiff war dies nur ein kleines Zwischenspiel. Etwas, das man im Logbuch eintrug – bis zur nächsten Herausforderung, dem nächsten Kampf. Er warf einen Blick auf die hin und her pendelnde Hängelaterne und den rotröckigen Posten darunter.

Und doch, entschied er, gab es einige Dinge, für die es sich zu leben lohnte.

XII Geheimnisse

Die Tage von Bolithos Genesung vergingen ihm wie ein Traum. Von seinem zwölften Lebensjahr an, seit er als Kadett zur See gegangen war, war er an die ständigen Anforderungen des Bordlebens gewöhnt. Bei Tag und bei Nacht, jederzeit und unter allen Bedingungen, war er bereit gewesen, mit seinen Kameraden zusammen jeden Befehl zu erfüllen, und war sich gleichzeitig stets der Folgen bewußt gewesen, wenn er seine Pflichten vernachlässigte.

Als aber die *Destiny* jetzt langsam durch die Karibik nordwärts segelte, war er gezwungen, sich mit seiner Tatenlosigkeit abzufinden, stillzuliegen und auf die vertrauten Geräusche vor der Kajüte oder über seinem Kopf zu lauschen.

Dieser Traum wurde ihm erträglich durch die Gegenwart Auroras. Selbst die schrecklichen Schmerzen, die ihn plötzlich und erbarmungslos überfielen, wurden durch sie irgendwie gemildert, gerade weil sie seine kümmerlichen Versuche, sie vor ihr zu verbergen, durchschaute.

Sie hielt dann seine Hand oder legte ihm ein feuchtes Tuch auf die Augen. Manchmal, wenn der Schmerz seinen Schädel wie ein glühendes Eisen zu durchbohren schien, umschlang sie seine Schultern und drückte das Gesicht an seine Brust, wobei sie leise Worte murmelte, als könne sie damit den Anfall besänftigen.

Wenn er sie von seinem Lager aus sehen konnte, beobachtete er jede ihrer Bewegungen. So lange seine Kräfte reichten, erklärte er ihr die Schiffsgeräusche, nannte ihr die Namen der Seeleute, soweit er sie selber kannte, und machte ihr deutlich, wie sie alle Hand in Hand arbeiten mußten, um das Schiff in Bewegung zu halten. Er erzählte ihr von seinem Zuhause in Falmouth, von seinem Bruder, den beiden Schwestern und der langen Reihe seiner Vorfahren, die zu einem Teil der See selber geworden waren.

Aurora war immer sorgsam darauf bedacht, ihn nicht mit Fragen zu beunruhigen, und ließ ihn erzählen, so lange ihm danach war. Sie fütterte ihn auch, aber so, daß er sich nicht gedemütigt oder wie ein hilfloses Kind vorkam.

Nur wenn es ums Rasieren ging, war es ihr unmöglich, ernst zu bleiben.

»Aber lieber Richard, Sie brauchen doch noch gar keine Rasur!«

Bolitho bekam einen roten Kopf, weil er wußte, daß sie recht hatte. Er rasierte sich ja auch sonst nur einmal in der Woche.

Schließlich sagte sie: »Ich tue es nur Ihnen zuliebe.«

Sie führte das Rasiermesser mit größter Vorsicht, achtete auf jeden Strich und warf gelegentlich einen Blick aus dem Heckfenster, um abzuwarten, bis das Schiff wieder auf ebenem Kiel lag.

Bolitho versuchte, sich zu entspannen, und war froh darüber, daß sie seine Verkrampfung der Angst vor dem Messer zuschrieb. In Wirklichkeit war ihre aufregende Nähe daran schuld, die Berührung ihrer Brust, als sie sich über ihn neigte, und ihrer Hände auf seinem Gesicht und Hals.

»Fertig.« Sie trat zurück und musterte ihn beifällig. »Sie sehen sehr . . .« Sie suchte nach einem passenden Wort ihres Vokabulars, ». . . sehr vornehm aus.«

Bolitho fragte: »Darf ich sehen?« Er bemerkte ihr Zögern. »Bitte.«

Sie nahm einen Handspiegel vom Kajütbord und sagte: »Sie sind sehr kräftig. Sie werden wieder ganz gesund.«

Er starrte das Gesicht im Spiegel an. Es schien einem Fremden zu gehören. Der Arzt hatte das Haar über der rechten Schläfe wegrasiert und zwischen Haaransatz und Augenbrauen war seine Stirn rot und schwarz angelaufen. Bulkley schien zwar zufrieden, als er den Verband abgenommen hatte, aber für Bolithos Augen wirkte die noch nicht verheilte Wunde, die noch durch die kreuz und quer laufenden Stiche der zusammenziehenden Naht vergrößert war, abstoßend.

Er sagte leise: »Ich muß dich anwidern.«

Sie legte den Spiegel weg und sagte: »Nein, ich bin stolz auf dich. Nichts kann dich aus meinem Herzen vertreiben. Seit dem Augenblick, als du hereingetragen wurdest, war ich bei dir. Ich habe über dich gewacht und kenne deinen Körper wie meinen eigenen.« Sie begegnete seinem fragenden Blick. »Diese Narbe wird bleiben, aber sie ist ein Ehrenzeichen und keine Schande.«

Etwas später verließ sie ihn, da Dumaresq sie zu sich gebeten hatte.

Der Kommandantensteward Macmillan erzählte Bolitho, daß die *Destiny* am kommenden Tag die Insel Saint Christopher sichten würde. Es war daher wahrscheinlich, daß der Kommandant die Angaben Egmonts noch einmal überprüfen und sich vergewissern wollte, daß er auch jetzt dabei blieb.

Die Jagd nach dem verschwundenen Gold war Bolitho unwichtig. Während der Schmerzanfälle und als er dann in Auroras Armen der

Genesung entgegenging, hatte er viel Zeit gehabt, über seine Zukunft nachzudenken. Vielleicht zu viel Zeit.

Der Fortschritt in seinem Befinden zeigte sich auch darin, daß verschiedene Besucher kamen. Rhodes, der vor Freude, ihn wiederzusehen, über das ganze Gesicht strahlte, war unverfroren wie immer, als er meinte: »Jetzt sehen Sie wirklich wie ein Schreckgespenst aus, Richard. Da werden sämtliche Dirnen Reißaus nehmen, wenn wir in den nächsten Hafen einlaufen.« Im übrigen war Rhodes sorgsam darauf bedacht, Aurora nicht zu erwähnen.

Auch Palliser erschien, und seine Worte kamen fast einer Entschuldigung nahe: »Wenn ich – wie Colpoys vorschlug – Seesoldaten mitgeschickt hätte, wäre das Ganze nicht passiert.« Er zuckte mit den Schultern und sah sich in der Kajüte um. Sein Blick blieb auf den weiblichen Kleidungsstücken ruhen, die von der Zofe vor den Heckfenstern zum Trocknen aufgehängt waren. »Aber offenbar hat Ihr Krankenlager auch angenehme Seiten.«

Bulkley und der Schreiber des Kommandanten beaufsichtigten Bolithos erste Schritte aus der Kajüte. Bolitho genoß es, wie das Schiff unter seinen nackten Füßen lebte, aber er wußte auch, daß er noch sehr schwach und schwindlig war, so sehr er das auch zu verbergen suchte.

»Dürfte eine schwere Fraktur sein«, sagte Spillane, und Bulkley wünschte ihn und seine medizinischen Kenntnisse dafür zum Teufel. Er antwortete barsch: »Unsinn! Aber immerhin ist es erst ein paar Tage her.«

Bolitho hatte mit dem Tod gerechnet; je weiter seine Genesung fortschritt, desto undenkbarer schien es ihm, einen anderen Weg einschlagen zu müssen: daß er mit dem nächsten Schiff nach Hause geschickt, aus der Marine entlassen und nicht einmal auf Halbsold »zur späteren Verwendung« gesetzt werden würde.

Gerne hätte er sich bei Stockdale bedankt, aber dem war es trotz seiner guten Beziehungen an Bord bisher nicht gelungen, am Posten Kajüte vorbeizukommen.

Alle Midshipmen mit der bemerkenswerten Ausnahme von Coldroy hatten ihn besucht und seine schreckliche Narbe mit einem Gemisch aus Mitleid und Ehrfurcht angestarrt. Jury war es unmöglich gewesen, seine Gefühle zurückzuhalten. »Und ich habe wegen eines Nadelstichs geheult wie ein Baby!« rief er aus.

Es war schon später Abend, als Aurora in die Kajüte zurückkehrte. Er spürte eine Veränderung an ihr, bemerkte die Geistesabwesenheit, mit der sie sein Kopfkissen glattstrich und nachschaute, ob seine Wasserkaraffe gefüllt war.

Sie sagte leise: »Morgen muß ich dich verlassen, Richard. Mein Mann hat die Dokumente unterschrieben, damit ist alles erledigt. Der Kommandant hat versprochen, daß er uns gehen läßt, wohin wir wollen, sobald er den Gouverneur von Saint Christopher gesprochen hat. Was danach kommt, weiß ich nicht.«

Bolitho ergriff ihre Hand und versuchte, nicht an das andere Versprechen zu denken, das Dumaresq dem Kapitän der *Heloise* gegeben hatte, kurz bevor er starb. An einem Hieb von Bolithos Klinge.

Er sagte: »Auch ich werde das Schiff vielleicht verlassen müssen.«

Sie schien ihre eigenen Sorgen zu vergessen und beugte sich bekümmert über ihn. »Was heißt das? Wer hat gesagt, daß du gehen mußt?«

Er griff vorsichtig nach oben und berührte ihr Haar. Es fühlte sich an wie Seide.

»Das ist jetzt nicht mehr wichtig, Aurora.«

Sie zeichnete mit ihrem Finger ein Muster auf seine Schulter. »Wie kannst du so etwas sagen? Natürlich ist es wichtig. Die See ist dein Leben. Du hast zwar schon viel erlebt und noch mehr geleistet, aber dein wirkliches Leben liegt immer noch vor dir.«

Er spürte ihr Haar an seinem Kinn und zitterte innerlich. »Ich habe beschlossen, die Marine zu verlassen.«

»Nach allem, was du mir über die Tradition deiner Familie erzählt hast? Das willst du alles wegwerfen?«

»Für dich, ja.«

Sie schüttelte den Kopf, wobei ihn ihr langes schwarzes Haar streichelte. »So etwas darfst du nicht sagen!«

»Mein älterer Bruder ist der Lieblingssohn meines Vaters, ist es immer gewesen.« Es war eigenartig, daß er dies jetzt ohne jede Bitterkeit sagen konnte. »Er kann die Tradition aufrechterhalten. Ich wünsche mir nur dich, weil ich dich liebe.«

Er sagte es so heftig, daß sie sichtlich erschrak. Sie griff sich an die Brust, und ihr heftiger Atem strafte ihre äußere Gelassenheit Lügen.

»Das ist doch Wahnsinn! Ich weiß alles über dich, aber du weißt überhaupt nichts von mir. Was wäre das für ein Leben für dich, zuzusehen, wie ich immer älter werde und du dich zurücksehnst nach der See, nach den Chancen, auf die du meinetwegen so unüberlegt verzichtet hättest.« Sie legte ihm eine Hand auf die Stirn. »Es ist wie ein Fieber, Richard. Kämpfe dagegen an, sonst verzehrt es uns beide.«

Bolitho wandte das Gesicht ab; seine Augen brannten, als er sagte: »Ich könnte dich glücklich machen, Aurora!«

Sie streichelte seine Arme in dem Versuch, seine Verzweiflung zu lindern.

»Daran habe ich nie gezweifelt. Aber zum Leben gehört mehr als das, glaub mir.« Sie rückte etwas von ihm ab, und ihr Körper wiegte sich dabei im Einklang mit den sanften Bewegungen des Schiffes. »Ich habe dir schon einmal gesagt, daß ich dich lieben könnte. In den vergangenen Tagen und Nächten habe ich dich beobachtet, dich berührt. Meine Gedanken waren oft sündhaft, mein Verlangen war größer, als ich zuzugeben wage.« Sie schüttelte den Kopf. »Bitte schau mich nicht so an. Vielleicht war diese Reise nach allem, was geschehen ist, zu lang, und die Trennung morgen kommt zu spät. Ich weiß selber nicht mehr aus noch ein.«

Sie wandte sich ab; ihr Gesicht lag im Schatten, als sie, von den salzüberkrusteten Heckfenstern umrahmt, mit hängenden Armen dastand.

»Ich werde dich nie vergessen, Richard, und mir später wahrscheinlich Vorwürfe machen, daß ich dein Angebot ausschlug. Aber ich bitte dich um deine Hilfe dabei, allein schaffe ich es nicht.«

Macmillan brachte das Abendessen für Bolitho; er sagte: »Verzeihung, Madam, aber der Kommandant und seine Offiziere lassen höflich sagen, ob Sie ihnen die Ehre geben würden, mit ihnen zu speisen. Es wäre heute das letzte Mal, sozusagen.«

Macmillan war eigentlich schon zu alt für seine Arbeit. Er diente seinem Kapitän wie ein angesehenes Faktotum der Familie. Von der Spannung im Raum schien er nichts zu merken, auch nicht die Gezwungenheit, mit der sie heiser erwiderte: »Es wird mir eine Ehre sein.« Noch sah er die Verzweiflung im Gesicht des Leutnants, als Aurora zum abgetrennten Teil der Kajüte ging, in dem sich ihre Zofe die meiste Zeit des Tages aufhielt.

Unterwegs sagte sie: »Dem Leutnant geht es schon besser. Er wird es schaffen.« Sie wandte sich endgültig ab, und ihre Worte waren kaum noch zu verstehen: »Aus eigener Kraft.«

Mit Hilfe von Bulkley, der ihn am Ellbogen stützte, wagte sich Bolitho aufs Achterdeck und schaute von dort über die ganze Länge des Schiffes nach vorn zum Land.

Die brennende Mittagssonne brachte ihm zu Bewußtsein, wie schwach er noch war. Er sah die Matrosen mit nacktem Oberkörper geschäftig an Deck hin und her eilen; andere standen breitbeinig auf den Fußpferden der Rahen und machten Segel fest, die kurz vor dem Ankern nicht mehr benötigt wurden. Er fühlte sich verloren, nicht mehr dazugehörig in einer Weise, wie er es noch nie erlebt hatte.

Bulkley sagte: »Ich bin schon einmal in Saint Christopher gewesen.« Er zeigte auf die nächstgelegene Landzunge mit ihrem weiten weißen Strandbogen. »Das ist Bluff Point. Dahinter liegt Basseterre mit dem Hauptankerplatz, dort wird es eine Menge englischer Kriegsschiffe geben. Und bestimmt irgendeinen unbedarften Flaggoffizier, der darauf bestehen wird, unserem Kommandanten zu sagen, was er tun soll.«

Einige Seesoldaten marschierten heftig schnaufend nach achtern.

Bolitho hielt sich an den Netzen fest und betrachtete das Land. Es war nur eine kleine Insel, aber ein wichtiges Glied in der Kette des britischen Herrschaftsbereichs. Zu anderer Zeit wäre er über seinen ersten Besuch hier begeistert gewesen, aber jetzt starrte er auf die nickenden Palmen, auf die Eingeborenenboote, und sah nur das darin, was es für ihn bedeutete: daß sie sich hier trennen mußten. Was ihm die Zukunft auch bringen würde, hier endete die Beziehung zwischen Aurora und ihm. An der Art, wie Rhodes und die anderen das Thema gemieden hatten, erkannte er, daß sie meinten, er habe dankbar zu sein. Dankbar dafür, daß er den mörderischen Angriff überlebt hatte und danach von einer so schönen Frau gepflegt worden war. Mehr dürfe ein Mann nicht verlangen. Aber er tat es dennoch.

Dumaresq kam an Deck und warf einen kurzen Blick auf Kompaß und Segelstand.

Gulliver grüßte durch Handbewegung zum Hut. »Befohlener Kurs Nordnordost liegt an, Sir.«

»Gut. Mr. Palliser, bereiten Sie den Salut vor. Wir werden in einer Stunde querab von Fort Londonderry stehen.« Er bemerkte Bolitho und hob die Hand. »Bleiben Sie da, wenn Sie mögen.« Er überquerte das Deck und trat zu ihm. Mit einem Blick erfaßte er den schmerzgetrübten Ausdruck von Bolithos Augen und sagte: »Sie leben. Seien Sie dankbar.«

Er nickte dem Fähnrich der Wache zu. »Entern Sie auf, Mr. Lovelace, und kundschaften Sie Fleet Anchorage aus. Melden Sie mir die Anzahl der Schiffe.« Er beobachtete den Jungen, wie er die

Webeleinen hinaufkletterte, und sagte: »Er ist erwachsener geworden auf dieser Reise, wie auch unsere übrigen jungen Herren.« Er warf Bolitho einen Blick zu. »Auf Sie trifft das noch mehr zu als auf alle anderen.«

Bolitho sagte: »Ich komme mir vor, als wäre ich hundert Jahre, Sir.«

»Das kann ich mir denken.« Dumaresq grinste. »Wenn Sie erst selbst ein Schiff führen, werden Sie sich auch der Rückschläge erinnern, hoffe ich. Aber ich bezweifle, daß Sie Ihre jungen Leutnants mehr bemitleiden werden, als ich es tue.«

Der Kommandant wandte den Kopf nach achtern, und Bolitho sah seine Augen interessiert aufleuchten. Ohne hinzuschauen, wußte er, daß sie an Deck gekommen war, um das Eiland zu betrachten. Als was sah sie es an – als zeitweisen Zufluchtsort oder als Gefängnis?

Egmont schien trotz seiner Niederlage unverändert. Er trat an die Reling und bemerkte: »Die Insel hat sich wenig verändert.«

Dumaresq fragte sachlich: »Sind Sie sicher, daß Garrick hier sein wird?«

»So sicher, wie man nur sein kann.« Er bemerkte Bolitho und nickte ihm kurz zu. »Ich sehe, Sie sind wieder genesen, Leutnant.«

Bolitho zwang sich zu einem Lächeln. »Vielen Dank, Sir. Es tut zwar noch weh, aber ich bin ganz geblieben.«

Aurora trat zu ihrem Mann und sagte ruhig: »Wir beide danken Ihnen, Leutnant. Sie haben uns das Leben gerettet, und das ist mehr, als wir Ihnen vergelten können.«

Dumaresq beobachtete beide abwechselnd wie ein Jäger. »Das ist unsere Aufgabe. Aber einige Dienstleistungen sind lohnender als andere.« Er wandte sich ab. »Ich erwarte, daß Garrick gefangengesetzt wird. Zu viele Männer sind seiner Habgier wegen gestorben, zu viele Frauen sind für seine ehrgeizigen Ziele zu Witwen geworden.«

Palliser formte einen Trichter mit seinen Händen: »Breitfock bergen!«

Dumaresqs Ruhe war plötzlich verflogen, als er rief: »Verdammt noch eins, Mr. Palliser, was macht Lovelace da oben?«

Palliser blinzelte zur Saling des Großmasts hinauf, wo Midshipman Lovelace wie ein Affe auf einem Baumast schaukelte.

Egmont vergaß Bolitho und seine Frau, als er Dumaresqs Stimmungsumschlag auszunutzen suchte. »Was beunruhigt Sie?«

Dumaresq verschränkte die kräftigen Finger hinter den Rockschößen und öffnete sie wieder.

»Ich bin nicht beunruhigt, Sir. Nur interessiert.«

Midshipman Lovelace glitt an einem Backstag hinunter und landete mit einem Plumps an Deck. Unter ihren vereinten Blicken schrumpfte er sichtlich zusammen und schluckte heftig.

Dumaresq fragte milde: »Müssen wir noch lange warten, Mr. Lovelace? Oder ist es so ungeheuerlich, was Sie sahen, daß Sie es nicht herunterrufen konnten?«

Lovelace stotterte: »Aber, Sir, Sie hatten mir befohlen, die Schiffe dort drüben zu zählen.« Er versuchte es noch einmal. »Da . . . da ist nur ein Kriegsschiff, Sir, eine große Fregatte.«

Dumaresq ging ein paar Schritte auf und ab, um nachzudenken. »Nur eines, sagen Sie?« Er blickte Palliser an. »Das Geschwader muß anderswohin gerufen worden sein. Ostwärts nach Antigua vielleicht, als Verstärkung für den Admiral.«

Palliser sagte: »Es könnte ein höherer Offizier hier sein, Sir. Auf der Fregatte vielleicht.« Sein Gesicht blieb unbewegt. Dumaresq war bestimmt nicht entzückt, wenn es hier einen ranghöheren Offizier gab.

Bolitho war es gleichgültig. Er näherte sich der Achterdecksreling und sah, daß sie die Hand daraufgelegt hatte.

Dumaresq schimpfte: »Wo ist dieser verdammte Federfuchser? Lassen Sie Spillane holen. Sofort!«

Zu Egmont sagte er: »Bevor wir ankern, muß ich noch einige weniger wichtige Dinge mit Ihnen besprechen. Bitte kommen Sie mit hinunter.«

Bolitho stand neben Aurora und berührte kurz ihre Hand. Er spürte ihre innere Spannung und sagte leise: »Meine Geliebte. Es ist die Hölle für uns.«

Sie wandte sich nicht um, sah ihn auch nicht an, sagte aber: »Sie haben versprochen, mir zu helfen. Bitte . . . Ich werde uns beiden noch Schande machen, wenn Sie weiterhin so reden.« Dann sah sie ihn gerade, aber mit verschwimmendem Blick an. »Was soll das alles? Sie werden unglücklich werden und zerstören Ihr Leben für etwas, das wir beide hochschätzen.«

Palliser schrie: »Mr. Vallance! Klar zum Salutschießen!«

Männer rannten auf ihre Stationen, während das Schiff ungerührt seine Fahrt in die Bucht fortsetzte.

Bolitho nahm ihren Arm und geleitete sie zum Niedergang. »Hier gibt es gleich eine Menge Qualm und Dreck. Sie gehen besser nach unten, bis wir näher am Land sind.« Wie war es möglich, daß er so ruhig über banale Dinge sprechen konnte? Er fügte hinzu: »Ich muß Sie unbedingt noch sprechen.«

Aber sie war schon gegangen.

Bolitho wandte sich ab und sah, daß Stockdale ihn von der Steuerbord-Laufbrücke aus beobachtete. Seine Kanone wurde für den Salut nicht gebraucht, aber er war wachsam wie stets.

Bolitho sagte: »Ich bin immer etwas ungeschickt, wenn es darauf ankommt, das richtige Wort zu finden, Stockdale. Wie kann ich Ihnen für das danken, was Sie für mich getan haben? Wenn ich Ihnen eine Belohnung anbiete, fürchte ich, Sie zu kränken. Aber Worte allein können nun einmal nicht ausdrücken, was ich empfinde.«

Stockdale lächelte. »Sie wieder an Deck zu sehen, ist uns allen eine Freude. Eines Tages weden Sie selbst Kommandant sein, Sir, und einen guten Bootssteurer brauchen. Für den Posten wäre ich dankbar.« Er machte eine Kopfbewegung zu Johns, dem Bootssteurer ihres Kommandanten, der sich in seinem blauen Jackett mit den blanken Knöpfen und der gestreiften Hose von allen anderen deutlich abhob. »Wie der alte Dick da drüben: ein Mann mit viel Freizeit.« Stockdale schien sich köstlich zu amüsieren, aber seine übrigen Worte gingen im Krachen der Salutschüsse unter.

Palliser wartete, bis das Fort ihren Salut erwidert hatte, und sagte dann: »Mr. Lovelace hatte recht: nur eine Fregatte.« Er setzte sein Teleskop ab und sah Bolitho grimmig an. »Aber er übersah, daß sie die spanische Flagge führt. Ich befürchte, darüber wird der Kommandant wenig entzückt sein.«

Bulkley mahnte fürsorglich: »Sie sollten sich ausruhen, Richard. Schon seit Stunden sind Sie an Deck. Wollen Sie sich umbringen?«

Bolitho beobachtete die um den Ankerplatz verstreuten Gebäude und die Forts, beiderseits der Einfahrt wie stämmige Wächter postiert.

»Verzeihung, aber ich habe nachgedacht.« Er hob die Hand und berührte seine Wunde. Vielleicht würde sie völlig zugeheilt oder wenigstens zum Teil von Haar bedeckt sein, bevor seine Mutter ihn wiedersah. Zuerst war ihr Mann mit nur einem Arm zurückgekommen und dann ihr Sohn derart verunstaltet. Daran hatte sie mehr als genug zu tragen.

Er sagte: »Auch Sie haben viel für mich getan.«

»Auch?« Die Augen des Arztes zwinkerten hinter den Gläsern. »Ich verstehe.«

»Mr. Bolitho!« Palliser tauchte im Niedergang auf. »Sind Sie kräftig genug für einen Landgang?«

»Da muß ich Einspruch erheben!« Bulkley schob sich vor. »Er kann sich kaum aufrecht halten.«

Palliser stand, die Hände in die Hüften gestemmt, vor ihm. Seit sie vor Anker lagen und die Boote ausgesetzt waren, hatte es für ihn keine ruhige Minute gegeben. Immer wieder war er hierhin und dorthin gerufen worden, um schwierige Situationen zu klären. Und immer wieder in die Kajüte. Dumaresq war, der Lautstärke seiner Stimme nach zu urteilen, sehr übler Laune. Palliser war daher nicht in der Stimmung für Diskussionen.

»Lassen Sie ihn selber entscheiden, verdammt noch mal!« Er sah Bolitho an. »Ich bin zwar knapp an Leuten, aber aus irgendeinem Grund will der Kommandant, daß Sie ihn an Land begleiten. Erinnern Sie sich an unser erstes Gespräch? Ich erwarte, daß jeder Offizier und jeder Mann sich auf meinem Schiff voll einsetzt. Egal, wie Sie sich fühlen: Bleiben Sie in Bewegung. Bis Sie umfallen oder sich nicht mehr rühren können, sind Sie einer meiner Offiziere. Ist das klar?«

Bolitho nickte, irgendwie froh über Pallisers Ausbruch. »Ich bin bereit!«

»Gut. Dann ziehen Sie sich um.« Ihm fiel noch etwas ein: »Sie können Ihren Hut ja unter dem Arm tragen.«

Bulkley sah ihm nach und explodierte: »Den soll einer verstehen! Bei Gott, Richard, falls Sie sich noch nicht kräftig genug dafür fühlen, werde ich verlangen, daß Sie an Bord bleiben. Der junge Stephen kann an Ihrer Stelle gehen.«

Bolitho wollte mit einem Kopfschütteln antworten, doch bei der Bewegung durchzuckte ihn Schmerz.

»Es geht schon. Aber vielen Dank.« Er ging zum Niedergang und setzte noch hinzu: »Es gibt wohl einen besonderen Grund, weshalb er gerade mich mitnehmen will.«

Bulkley nickte. »Sie lernen unseren Kommandanten langsam kennen, Richard. Er tut nie etwas absichtslos, bietet nie eine Guinee, wenn sie ihm nicht zwei wieder einbringt.« Er seufzte. »Aber der Gedanke, den Dienst unter ihm zu quittieren, ist noch schlimmer, als seine Absonderlichkeiten zu ertragen. Das Leben wird einen langweilig anmuten, nachdem man unter Dumaresq gedient hat.«

Es wurde fast Abend, bevor Dumaresq beschloß, an Land zu gehen. Er hatte Colpoys mit einem Brief, der seinen Besuch ankündigte, ins Haus des Gouverneurs geschickt, doch als der Leutnant der Seesoldaten zurückkam, hatte er gemeldet, daß nur der stellvertretende Gouverneur anwesend sei.

»Hoffentlich wird das nicht ein zweites Rio«, hatte Dumaresq ärgerlich bemerkt.

Jetzt saß er in der Kommandantengig, den Blick fest aufs Ufer gerichtet, den Säbel zwischen die Knie geklemmt. Die kühlere Abendluft machte die Fahrt einigermaßen erträglich.

Bolitho saß neben ihm. Sein Bemühen, Schmerz und Schwindelanfälle zu unterdrücken, trieb ihm den Schweiß aus den Poren. Er konzentrierte sich auf die vor Anker liegenden Schiffe und das Kommen und Gehen der Boote der *Destiny*, die Verwundete und Kranke an Land brachten und mit Vorräten für den Zahlmeister beladen zurückkehrten.

Plötzlich sagte Dumaresq: »Etwas mehr nach Steuerbord, Johns.«

Der Bootssteurer blinzelte nicht einmal, sondern legte die Pinne in die entsprechende Richtung. Aus dem Mundwinkel murmelte er: »Jetzt sehen Sie ihn besser, Sir.«

Dumaresq stieß Bolitho mit dem Ellenbogen an. »Er ist ein Schelm, nicht wahr? Kennt meine Gedanken früher als ich.«

Bolitho beobachtete den vor Anker liegenden Spanier, der sich turmhoch über ihnen erhob. Er sah mehr nach einem Linienschiff vierten Grades aus als nach einer Fregatte: zwar alt, mit sorgsam geschnitztem und vergoldetem Zierrat um Heck und Kajütfenster, aber gut in Schuß und gefechtsklar gehalten, was selten war bei einem spanischen Schiff.

Dumaresq dachte wohl ebenso; er murmelte: »Die *San Augustin*. Das ist kein Lokalheiliger von La Guaira oder Porto Bello. Sie kommt aus Cadiz oder Algeciras, vermute ich.«

»Macht das einen Unterschied, Sir?«

Dumaresq drehte sich ärgerlich zu Bolitho um, unterdrückte die Aufwallung aber ebenso schnell wieder.

»Ich bin kein guter Kamerad. Nach dem, was Sie gelitten haben, schulde ich Ihnen zumindest Höflichkeit.« Er betrachtete das fremde Schiff mit so fachlichem Interesse, wie Stockdale seine Geschützbedienungen studiert hatte. »Vierundvierzig Kanonen, mindestens.« Dann schien er sich an Bolithos Frage zu erinnern. »Könnte möglich sein. Vor einigen Monaten gab es noch ein

Geheimnis; die Dons hatten lediglich einen Verdacht, daß Spuren vom verlorenen Schatz der *Asturias* aufgetaucht seien. Jetzt scheinen sie mehr als nur einen Verdacht zu haben. Die *San Augustin* ist hier, um die *Destiny* zu bespitzeln und zu verhüten, daß Seine Katholische Majestät ungnädig wird, weil wir unsere Erkenntnisse nicht teilen.« Er lächelte grimmig. »Aber genau dafür werden wir sorgen. Ich bezweifle nicht, daß wir von einem Dutzend Teleskopen beobachtet werden, schauen Sie also nicht mehr hin. Sollen sie sich doch über uns die Köpfe zerbrechen.«

Als der Landungssteg nur noch fünzig Yards entfernt war, sagte Dumaresq: »Ich habe Sie mitgenommen, damit der Gouverneur Ihre Verwundung sieht. Sie beweist am besten, daß wir uns für die Lords der Admiralität voll einsetzen. Niemand hier braucht zu wissen, daß Sie eine solch ehrenvolle Wunde davontrugen, als Sie nach Wasser suchten.«

Eine kleine Gruppe, darunter einige Rotröcke, erwartete das Boot, um es an den Landesteg zu dirigieren. Es war immer das gleiche: Alle warteten auf Neuigkeiten aus England, auf ein Wort aus dem Land, das sie so weit in die Ferne geschickt hatte, damit sie den kostbaren Kontakt zur Heimat aufrechterhalten konnten.

Bolitho fragte: »Werden die Egmonts Erlaubnis bekommen, an Land zu gehen, Sir?« Er hob das Kinn, selber überrascht von seiner Kühnheit. »Ich wüßte es gern, Sir.«

Dumaresq betrachtete ihn einige Sekunden ernst. »Es ist Ihnen wichtig, wie ich sehe.« Er klarierte sein Degengehänge, damit es ihm nicht beim Aussteigen zwischen die Beine geriet. Dann sagte er unverblümt: »Sie ist eine sehr begehrenswerte Frau. Das will ich nicht bestreiten.« Er stand auf und glättete seinen Hut mit besonderer Sorgfalt. »Sie brauchen mich nicht so anzustarren. Ich bin weder blind noch unempfänglich gegenüber weiblichen Vorzügen. Höchstens bin ich eifersüchtig.« Er klopfte ihm auf die Schulter. »Nun wollen wir uns mit dem Stellvertretenden Gouverneur, Sir Jason Fitzpatrick, in seinem Herrschaftssitz befassen. Danach werden wir über Ihr Problem nachdenken.«

Den Hut in der einen, den Degen in der anderen Hand, stieg Bolitho hinter dem Kommandanten aus dem Boot. Dumaresqs beiläufige Billigung seiner Gefühle für die Frau eines anderen hatte ihm völlig den Wind aus den Segeln genommen. Kein Wunder, daß der Schiffsarzt wenig Wert darauf legte, diesen Vorgesetzten mit einem ruhigeren und leichter durchschaubaren zu vertauschen.

Ein jugendlich wirkender Hauptmann der Garnison grüßte durch Handanlegen an den Hut und rief dann: »Mein Gott, Sir, ist das eine böse Wunde!«

Dumaresq weidete sich an Bolithos Unbehagen und hätte ihm beinahe zugezwinkert. »Der Preis für Pflichterfüllung.« Er stieß einen würdevollen Seufzer aus. »Sie äußert sich auf verschiedene Weise.«

XIII An sicherem Ort

Sir Jason Fitzpatrick, der Stellvertretende Gouverneur von St. Christopher, sah aus wie ein Mann, der das Leben bis zum Übermaß genoß. Er war etwa vierzig, ungewöhnlich dick, und sein Gesicht, das der Sonne über viele Jahre Trotz geboten hatte, leuchtete ziegelrot.

Als Bolitho seinem Kommandanten durch eine wunderschön gekachelte Eingangshalle in einen Raum mit niedrigerer Decke folgte, sah er viele Zeugen von Fitzpatricks Lieblingsbeschäftigung: überall standen Tabletts mit Flaschen und schön geschliffenen Gläsern, damit der Stellvertretende Gouverneur seinen Durst stets ohne Verzug stillen konnte.

Fitzpatrick sagte: »Nehmen Sie Platz, meine Herren. Wir wollen erst einmal meinen Rotwein kosten. Er müßte jetzt richtig sein, obwohl man in diesem schrecklichen Klima nie weiß . . .«

Er hatte eine kehlige Stimme und unglaublich kleine Augen, die zwischen Falten fast verschwanden.

Bolitho fielen diese winzigen Augen mehr auf als alles andere. Sie bewegten sich so flink, als wären sie unabhänigig von dem schweren Fleisch, das sie umgab. Dumaresq hatte ihm unterwegs erzählt, daß Fitzpatrick ein reicher Plantagenbesitzer war, der auch auf der Nachbarinsel Nevis Güter besaß.

»Bitte, Master!«

Bolitho wandte sich um und spürte, daß sich sein Magen zusammenzog: Ein großer Neger in roter Jacke und weißer, weiter Hose hielt ihm ein Tablett hin. Bolitho sah weder das Tablett noch die Gläser, sondern in seiner Phantasie nur das andere schwarze Gesicht, hörte wieder den schrecklichen Triumphschrei, als das Entermesser zuschlug. Endlich nahm er ein Glas und nickte dem

Diener zu, während sein Puls sich wieder beruhigte.

Dumersq sagte: »Kraft der mir übertragenen Vollmacht habe ich die Untersuchung ohne Verzug zu führen, Sir Jason. Ich habe die erforderlichen Zeugenerklärungen und wäre Ihnen dankbar, wenn Sie mir mitteilten, wo Garrick sich aufhält.«

Fitzpatrick spielte mit dem Stiel des Glases, während seine Blicke durch den Raum huschten.

»Aha, Kapitän, Sie sind also in großer Eile. Aber sehen Sie, der Gouverneur ist abwesend. Er wurde vor ein paar Monaten vom Fieber gepackt und kehrte auf einem Handelsschiff nach England zurück. Jetzt mag er schon auf dem Rückweg sein. Unsere Nachrichtenverbindung ist sehr schlecht. Wir haben angesichts der überall herumstreunenden Piraten große Mühe, unsere Post rechtzeitig zu bekommen. Anständige Schiffer bangen bei jeder Fahrt um ihr Leben. Es ist ein Jammer, Ihre Lordschaften sollten sich endlich einmal darum kümmern.«

Dumaresq blieb unbeeindruckt. »Ich hatte gehofft, daß ein Flaggoffizier hier wäre.«

»Wie ich schon sagte, Kapitän, der Gouverneur ist abwesend. Andernfalls . . .«

»Andernfalls würde hier kein verdammter Spanier vor Anker liegen, da bin ich ganz sicher.«

Fitzpatrick zwang sich zu einem Lächeln. »Wir sind nicht im Krieg mit Spanien. Die *San Augustin* kam in friedlicher Absicht. Sie wird befehligt von Capitán de Navio Don Carlos Quintana: ein älterer und sehr angesehener Offizier, ebenfalls mit Vollmachten von seiner Regierung.« Er lehnte sich offenbar zufrieden zurück. »Außerdem: Welche Beweise haben Sie wirklich? Die Erklärung eines Mannes, der starb, bevor er vor Gericht gebracht werden konnte; ferner die beschworene Aussage eines Renegaten, der so darauf bedacht ist, seine Haut zu retten, daß er alles beschwören würde.«

Dumaresq bemühte sich, seine Verbitterung zu unterdrücken, als er antwortete: »Mein Schreiber hatte weitere schriftliche Beweise bei sich, als er auf Madeira ermordet wurde.«

»Darüber bin ich wirklich sehr betrübt, Kapitän. Aber es wäre kriminell, einen Mann von der Bedeutung Sir Piers Garricks ohne eindeutige Beweise derart zu verunglimpfen.« Fitzpatrick lächelte selbstgefällig. »Darf ich vorschlagen, daß wir auf Anweisung aus London warten? Wir können Ihren Bericht mit dem nächsten Schiff expedieren, das – wahrscheinlich von Barbados aus – nach Hause segelt. Sie könnten dort warten und sofort handeln, wenn die Anweisung eintrifft. In der Zwischenzeit werden auch der Gouverneur und das Geschwader zurückgekehrt sein, so daß Sie dann höhere Instanzen hätten, die Ihre Maßnahmen autorisieren könnten.«

Dumaresq erwiderte ärgerlich: »Das kann Monate dauern. Bis dahin ist der Vogel ausgeflogen.«

»Entschuldigen Sie meinen Mangel an Begeisterung. Wie ich schon Don Carlos gesagt habe, geschah das alles vor dreißg Jahren. Woher auf einmal dieses Interesse?«

»Garrick war ein Schurke und Verräter. Sie klagen über Piraten, die diese Gewässer verunsichern, Städte plündern und Schiffe reicher Handelsherren kapern. Aber haben Sie sich noch nie gefragt, woher die Piraten ihre Schiffe bekommen? Schiffe wie die *Heloise*, die funkelnagelneu aus einer britischen Werft kam und von einer Besatzung überführt wurde, die nur für diese eine Fahrt angeheuert worden war. Also?«

Bolitho hörte fasziniert zu. Er hatte erwartet, daß Fitzpatrick aufspringen und den Kommandeur der Garnison rufen lassen würde, um dann gemeinsam mit Dumaresq zu überlegen, wie sie Garrick aufspüren und verhaften konnten.

Aber Fitzpatrick spreizte entschuldigend die roten Hände. »Es liegt nicht in meiner Macht, Gegenmaßnahmen zu befehlen, Kapitän. Ich habe nur vorübergehende Kommandogewalt und würde wenig Dank ernten, wenn ich die Lunte ans Pulverpaß legte. Sie müssen selbstverständlich tun, wozu Sie sich in der Lage fühlen. Sie sagten, Sie hätten hier einen Flaggoffizier erwartet. Sicherlich, damit er Ihnen die Last der Verantwortung von den Schultern nimmt?« Als Dumaresq schwieg, fuhr er leise fort: »Darum verachten Sie mich nicht, wenn auch ich nicht ohne Rückendeckung handeln möchte.«

Bolitho wunderte sich. Die Admiralität in London, eine ganze Reihe höherer Offiziere der Flotte, sogar die Regierung König Georgs hatten sich darum bemüht, die *Destiny* hierherzuschicken. Dumaresq hatte von dem Augenblick an, als er den Auftrag erhalten hatte, ohne Ruhepause dafür gearbeitet und viele Stunden in der Einsamkeit seiner Kajüte über die Schlußfolgerungen aus der dürftigen Beweiskette nachgegrübelt. Und jetzt sollte er, da keine höhere Autorität der Marine da war, sich gedulden und warten, bis weitere Befehle von irgendwoher einliefen – oder alles auf seine eigene

Kappe nehmen. Mit seinen achtundzwanzig Jahren war Dumaresq der dienstälteste Seeoffizier in St.Christopher. Bolitho konnte sich nicht vorstellen, wie er weitermachen sollte, ohne seine Karriere zu gefährden.

Dumaresq sagte matt: »Erzählen Sie mir, was Sie von Garrick wissen.«

»Im Grunde nichts. Es stimmt, daß er an der Schiffahrt interessiert ist und mehrere kleine Schiffe im Lauf der letzten Monate erhielt. Er ist sehr reich. Soviel ich weiß, beabsichtigt er, den Handel mit den Franzosen in Martinique auszudehnen.«

Dumaresq stand auf. »Ich muß zurück an Bord.« Er sah Bolitho nicht an. »Ich würde es dankbar begrüßen, wenn Sie meinen Dritten Offizier, der verwundet wurde – und zwar, wie es jetzt scheint, völlig umsonst – bei sich aufnehmen würden.«

Fitzpatrick erhob mühsam seine Fleischmassen. »Darüber würde ich mich glücklich schätzen.« Er versuchte, seine Erleichterung zu verbergen. Also wollte Dumaresq offenbar den leichteren Weg einschlagen . . .

Der Kommandant brachte Bolithos unausgesprochenen Protest zum Schweigen. »Ich schicke ein paar Leute zu Ihrer Bedienung.« Er nickte dem Stellvertretenden Gouverneur zu. »Ich komme zurück, wenn ich mit dem Kommandanten der *San Augustin* gesprochen habe.«

Im Dunkeln, außerhalb des Gebäudes, gab Dumaresq seinen wahren Gefühlen Ausdruck: »Dieser verdammte Hund steckt selber bis zum Hals mit drin! Und denkt, ich bleibe hier wie ein braver Junge vor Anker liegen. Gott strafe sein pockennarbiges Gesicht, bevor er in die Hölle fährt!«

»Muß ich wirklich bleiben, Sir?«

»Einstweilen. Ich werde ein paar kräftige Leute abstellen, scheinbar als Ihre Burschen. Ich traue diesem Fitzpatrick nicht. Er ist ortsansässiger Grundbesitzer und wahrscheinlich gut Freund mit allen Schmugglern und Sklavenhändlern der Karibik. Wollte mir den Unschuldsengel vorspielen! Bei Gott, er weiß bestimmt, wie viele neue Schiffe hier versammelt sind, um Garricks Befehle zu erwarten.«

Bolitho fragte: »Ist Garrick denn immer noch ein Pirat, Sir?«

Dumaresq grinste in der Dunkelheit. »Schlimmeres. Ich glaube, daß er bei den Waffenlieferungen in die amerikanischen Kolonien mitmischt – Waffen, die dort gegen uns eingesetzt werden.«

»Von den Rebellen, Sir?«

»Ja, und noch von anderen, wenn es nach diesem verdammten Renegaten ginge. Glauben Sie, daß die Franzosen ruhen werden? Wir haben sie immerhin aus Kanada und aus ihren karibischen Besitzungen hinausgeworfen. Glauben Sie, daß sie die Worte ›vergeben und vergessen‹ an die Spitze ihrer politischen Vorhaben setzen?«

Bolitho hatte oft von Unruhen in den amerikanischen Kolonien nach dem Siebenjährigen Krieg gehört. Es hatte mehrere ernste Zwischenfälle gegeben, aber die Möglichkeit eines offenen Aufstands war selbst von der einflußreichsten Zeitung als Übertreibung beurteilt worden.

»In all diesen Jahren hat Garrick ungestört gewirkt und Pläne geschmiedet und dabei die gestohlene Beute zu seinem Vorteil verwendet. Er sieht sich selber als Führer in einem kommenden Aufstand, und diejenigen, die jetzt an der Spitze sind und das nicht wahrhaben wollen, belügen sich nur selber. Ich habe viel Zeit gehabt, über Garrick und das grausame Unrecht nachzudenken, das ihn reich und mächtig machte – und meinen Vater zu einem verarmten Krüppel.«

Bolitho beobachtete, wie die Gig, von der zunächst nur die weißen Ruderblätter zu sehen waren, in der Dunkelheit näher kam. Dumaresq hatte sich also entschieden. Das hätte er sich denken können nach allem, was er von dem Mann gesehen und erlebt hatte.

Dumaresq sagte plötzlich: »Auch Egmont und seine Frau werden in Kürze ausgeschifft werden. Sie stehen offiziell unter Fitzpatricks Schutz, aber stellen Sie zu Ihrer eigenen Beruhigung einen Posten auf. Ich möchte Fitzpatrick begreiflich machen, daß er in die Angelegenheit direkt verwickelt ist, wenn es zu irgendeiner Verräterei kommen sollte.«

»Sie glauben, daß Egmont noch in Gefahr ist, Sir?«

Dumaresq machte eine Handbewegung zu der kleinen Residenz. »Hier ist er an sicherem Ort. Ich möchte aber nicht, daß er wieder davonrennt. Es gibt zu viele Leute, die ihn lieber tot wüßten. Sobald ich mit Garrick abgerechnet habe, kann er tun und lassen, was ihm gefällt. Je eher, desto besser.«

»Ich verstehe, Sir.«

Duaresq gab seinem Bootssteurer ein Zeichen und kicherte dann. »Das bezweifle ich. Aber halten Sie Augen und Ohren offen. Ich nehme an, daß die Dinge sehr bald in Fluß kommen werden.«

Bolitho sah zu, wie Dumaresq in die Gig kletterte, und lenkte seine Schritte dann zurück zur Residenz.

Machte sich Dumaresq überhaupt Sorgen, was aus Egmont und seiner Frau wurde? Oder benutzte er sie nur als Lockvögel für seine Falle?

Abseits der Residenz gab es zwei oder drei kleine Bungalows, die normalerweise höheren Beamten oder Offizieren, die zur Inspektion herkamen, zur Verfügung standen.

Bolitho nahm an, daß solche Besucher selten waren; wenn sie kamen, brachten sie sicher alles zu ihrer Bequemlichkeit Erforderliche selbst mit. Das Haus, das ihm zugewiesen worden war, bestand praktisch nur aus einem Raum. Die Moskitofenster waren voller Löcher, die eine nie ermüdende Armee von Insekten gebohrt hatte. Palmenwedel streiften Dach und Wände, und er vermutete, daß bei einem heftigen Gewitter das Wasser wie durch ein Sieb eindringen würde.

Er hatte sich vorsichtig auf das große, handgeschnitzte Bett gesetzt und putzte eine Lampe. Insekten schwirrten herbei und flogen gegen das heiße Glas. Ihm taten die weniger begünstigten Menschen auf der Insel leid, wenn selbst der Gouverneur vom Fieber gepackt werden konnte.

Vor der nur lose schließenden Tür knarrten die Bodenbretter, und Stockdale schaute herein. Er war mit sechs weiteren Männern an Land gekommen, um ein »wachsames Auge auf Wind und Wetter« zu haben, wie er es ausdrückte.

Mit seiner keuchenden Stimme meldete er: »Alles eingeteilt, Sir. Wir gehen abwechselnd Wache. Josh Little übernimmt die erste.« Er lehnte sich gegen den Türrahmen, und Bolitho hörte, wie das Holz protestierend knarrte. »Ich habe zwei Leute an dem anderen Haus postiert. Es ist ganz ruhig dort.«

Bolitho dachte daran, wie Aurora ihn angesehen hatte, als sie und ihr Mann von Bedienten des Gouverneurs eilig in den Nachbarbungalow geleitet wurden. Sie schien beunruhigt, verängstigt durch den plötzlichen Wechsel der Ereignisse. Es hatte geheißen, Egmont besäße Freunde in Basseterre, aber man hatte ihm nicht erlaubt, sich zu ihnen zu begeben; statt dessen war er immer noch ihr Gast. Oder besser: ihr Gefangener.

Bolitho sagte: »Gehen Sie schlafen.« Er berührte seine Narbe und zog eine Grimasse. »Mir ist, als wäre das erst heute geschehen.«

Stockdale grinste. »Saubere Arbeit, Sir. Ein Glück, daß wir den alten Knochensäger hatten.«

Er trollte sich nach draußen, und Bolitho hörte ihn leise vor sich hin pfeifen, als er einen Platz fand, an dem er sich ausstrecken konnte. Seeleute vermochten überall zu schlafen.

Bolitho legte sich zurück, die Hände hinter dem Kopf verschränkt, und starrte in die Schatten jenseits der nur schwach brennenden Flamme.

Es war alles vergebens gewesen. Garrick hatte die Insel bestimmt schon verlassen. Er mußte besser unterrichtet gewesen sein, als Dumaresq vermutete. Nun konnte er sich ins Fäustchen lachen, wenn er an die britische Fregatte und ihre spanische Begleiterin dachte, die da unschlüssig vor Anker lagen, während er . . .

Bolitho fuhr mit einem Ruck hoch und griff nach seiner Pistole, als die Planken vor der Tür wieder knarrten. Er beobachtete, wie sich der Türgriff senkte, und fühlte sein Herz gegen die Rippen schlagen, als er die Entfernung schätzte und überlegte, ob er schnell genug auf die Füße kommen konnte, um sich zu verteidigen.

Die Tür öffnete sich einige Zentimeter, und er sah ihre schmale Hand am Rand.

In Sekunden war er aus dem Bett. Als er die Tür ganz aufzog, hörte er sie flüstern: »Bitte, mach das Licht aus!«

Einen verwirrenden Augenblick lang hielten sie einander hinter der wieder geschlossenen Tür umschlungen. Außer Auroras heftigen Atemzügen gab es keinen Laut. Bolitho wagte nichts zu sagen, aus Angst, damit den unglaublichen Traum zu vertreiben.

Sie flüsterte: »Ich mußte kommen. Es war schon schlimm genug auf dem Schiff. Aber zu wissen, daß du hier bist, während . . .« Mit leuchtenden Augen schaute sie zu ihm auf. »Verachte mich nicht, weil ich schwach geworden bin.«

Bolitho hielt sie fest an sich gedrückt, fühlte ihren Körper durch das lange dünne Gewand und wußte, daß sie verloren waren. Mochte die Welt jetzt in Stücke fallen – nichts konnte ihnen diesen Augenblick nehmen.

Wie Aurora an den Posten vorbeigekommen war, schien ihm unbegreiflich, aber es kümmerte ihn nicht. Doch dann fiel ihm Stockdale ein. Daran hätte er gleich denken sollen.

Seine Hände zitterten heftig, als er sie an den Schultern hielt und ihr Haar, ihr Gesicht, ihren Hals küßte.

»Ich helfe dir.« Sie löste sich etwas von ihm und ließ ihr Gewand zu Boden fallen. »Nimm mich in deine Arme . . .«

In der Dunkelheit zwischen den beiden kleinen Bungalows lehnte Stockdale sein Entermesser gegen einen Baum und setzte sich daneben. Er beobachtete, wie das Mondlicht die Schwelle der Tür beleuchtete, die er vor einer Stunde sich hatte öffnen und wieder schließen gesehen, und dachte an die beiden, die jetzt beisammen waren. Für den Leutnant war es wahrscheinlich das erstemal, dachte Stockdale wohlwollend. Er hätte keine bessere Lehrerin finden können, das war gewiß.

Lange vor Anbruch der Morgendämmerung schlüpfte Aurora leise aus dem Bett und zog sich an. Einen Augenblick noch schaute sie auf die blasse, in tiefem Schlaf liegende Gestalt nieder und strich dabei über ihre Brust, wie er es getan hatte. Dann bückte sie sich und küßte ihn leicht auf den Mund. Seine Lippen schmeckten salzig, vielleicht von ihren Tränen. Ohne noch einmal zurückzublicken, verließ sie den Raum und lief an Stockdale vorbei, ohne ihn zu sehen.

Bolitho trat langsam aus der Tür und auf den sonnengehärteten Weg hinunter. Es kam ihm vor, als schritte er über dünnes Glas. Obwohl er seine Uniform trug, fühlte er sich immer noch nackt, glaubte nach wie vor, ihre Umarmung zu spüren, ihr atemberaubendes Verlangen, das ihn völlig erschöpft hatte.

Im frühen Sonnenlicht erkannte er einen der Wachposten, der ihn, auf seine Muskete gestützt, neugierig betrachtete.

Wenn er nur wach gewesen wäre, als sie ihn verließ! Dann hätten sie sich nie mehr getrennt.

Stockdale kam auf ihn zu und meldete: »Keine Vorkommnisse, Sir.«

Befriedigt registrierte er Bolithos Unsicherheit. Der Leutnant war verändert: verwirrt, aber wohlauf. Noch etwas durcheinander, aber mit der Zeit würde er die neue Kraft spüren, die sie ihm geschenkt hatte.

Bolitho nickte. »Lassen Sie die Leute antreten!« Er hob den Arm, um seinen Hut aufzusetzen, erinnerte sich aber noch rechtzeitig an die Wunde, die bei der leisesten Berührung pochte und brannte. Aurora hatte ihn sogar das vergessen lassen.

Stockdale bückte sich und hob ein kleines Stück Papier auf, das aus dem Hut gefallen war. Er übergab es mit ausdruckslosem Gesicht.

»Ich kann nicht lesen, Sir.«

Bolitho entfaltete den Zettel und las mit verschwimmendem Blick ihre wenigen Worte: »Liebster, ich konnte nicht warten. Denke manchmal an mich und daran, wie schön es war.«

Darunter hatte sie geschrieben: »Der Ort, den dein Kommandant sucht, ist die Insel Fougeaux.«

Sie hatte nicht mit Namen unterzeichnet, aber er konnte beinahe ihre Stimme hören.

»Fühlen Sie sich nicht wohl, Sir?«

»Doch.«

Noch einmal las er die kurze Botschaft. Aurora mußte sie schon mitgebracht und vorher gewußt haben, daß sie sich ihm hingeben würde. Und daß es damit enden würde.

Er hörte Schritte auf dem Sand knirschen und sah Palliser den Weg heraufkommen, hinter sich Midshipman Merrett, dem es schwerfiel, mit dem langen Leutnant Schritt zu halten.

Palliser sagte barsch zu Bolitho: »Alles erledigt.« Er wartete mit lauerndem Blick.

Bolitho fragte: »Mit Egmont und seiner Frau? Was ist geschehen?«

»Ach, wußten Sie das noch nicht? Sie sind gerade an Bord gegangen. Wir haben ihr Gepäck in der Nacht auf eines der kleinen, hier ankernden Schiffe geschafft. Ich hatte angenommen, Sie wären besser informiert.«

Bolitho zögerte. Dann faltete er den Zettel, riß den unteren Teil mit dem Namen der Insel vorsichtig ab und reichte ihn Palliser.

Palliser las und sagte: »Das kann stimmen.«

Er übergab den gefalteten Zettel an Merrett. »Zurück damit zum Schiff, Kleiner, und bringen Sie dies mit ergebenstem Gruß dem Kommandanten. Wenn Sie's verlieren, prophezeie ich Ihnen einen qualvollen Tod.«

Der Junge eilte davon, während Palliser fortfuhr: »Der Kommandant hat mal wieder recht gehabt.« Er lächelte über Bolithos ernstes Gesicht. »Kommen Sie, wir gehen zusammen zurück.«

»Sie sagten, die Egmonts hätten sich bereits eingeschifft, Sir?« Er wollte es noch nicht wahrhaben. »Wohin?«

»Habe ich vergessen. Ist es wichtig?«

Bolitho nahm gleichen Schritt mit ihm auf. Aurora hatte ihm die

Information als Dank zukommen lassen, vielleicht weil er ihr das Leben gerettet hatte, vielleicht um ihrer Liebe willen. Dumaresq hatte sie also beide für seine Zwecke benutzt. Bolitho fühlte, wie Zorn darüber in ihm hochstieg. Einen »sicheren Ort« hatte er den Platz genannt. Aber es war eher ein Ort der Täuschung gewesen.

Als Bolitho das Schiff erreichte, fand er die Besatzung klar zum Ankermanöver und die Segel schon so weit losgemacht, daß sie kurzfristig gesetzt werden konnten. Wie befohlen meldete er sich in der Kajüte, wo Dumaresq und Gulliver Seekarten studierten. Dumaresq bat den Master, draußen zu warten, und sagte dann barsch: »Damit ich Sie nicht wegen Insubordination bestrafen muß, lassen Sie mich als ersten sprechen. Unsere Mission in diesen Gewässern ist für eine so leichte Fregatte wie die *Destiny* ein Wagnis. Ich habe das immer geahnt, aber dank dieser kleinen Information weiß ich jetzt, wo Garrick sein Hauptquartier hat, sein Lager für Waffen und sonstige ungesetzliche Handelswaren, und auch, wo die Schiffe liegen, mit denen er das alles verteilt. Das war sehr wichtig.«

Bolitho hielt seinem Blick stand. »Man hätte es mir sagen sollen, Sir.«

»Sie haben es aber genossen, oder?« Dumaresqs Ton wurde weicher. »Ich weiß, wie es ist, wenn man sich in einen Traum verrennt. Mehr konnte es nicht sein. Sie sind Offizier des Königs und mögen sich sogar zu einem guten Offizier entwickeln, wenn mit der Zeit etwas Verstand hinzukommt.«

Bolitho schaute über Dumaresq hinweg auf die draußen vor Anker liegenden Schiffe; er überlegte, auf welchem Aurora sein mochte.

Er fragte: »Ist das alles, Sir?«

»Ja. Übernehmen Sie wieder Ihre Division. Ich will Anker lichten, sobald dieser Federfuchser Kopien meines Berichts für die örtlichen Autoritäten und für London fertiggestellt hat.« In Gedanken war er schon wieder bei den hundert anderen Dingen, die er noch erledigen mußte.

Bolitho stolperte aus der Kajüte in die Messe. Es war ihm zu schmerzlich, sich vorzustellen, wie diese Kajüte noch vor kurzem ausgesehen hatte: mit ihren Kleidern, die ordentlich zum Trocknen aufgehängt waren, mit der jungen Zofe, die sich immer in der Nähe hielt für den Fall, daß sie gebraucht wurde. Vielleicht war die Methode, die Dumaresq anwandte, richtig, aber mußte er so brutal und gefühllos sein?

Rhodes und Colpoys erhoben sich, um ihn zu begrüßen, und sie schüttelten einander feierlich die Hände.

Bolitho berührte das Stückchen Papier in seiner Tasche und fühlte sich stärker. Was Dumaresq und die anderen auch denken mochten, sie konnten nicht wissen, wie schön es wirklich gewesen war.

Bulkley trat in die Messe, sah Bolitho und wollte ihn gerade fragen, welche Fortschritte seine Wunde machte; doch Rhodes schüttelte leicht den Kopf, und so rief der Arzt nur nach Poad und bat um eine Tasse Kaffee.

Bolitho würde darüber hinwegkommen. Aber es mochte einige Zeit dauern.

»Anker ist los, Sir!«

Dumaresq trat an die Reling und schaute hinüber zum Spanier, während die *Destiny* mit von der frischen Brise geblähten Segeln der offenen See zustrebte.

Er sagte: »Das wird den Don ärgern. Seine halbe Besatzung ist an Land, um Vorräte zu ergänzen, also kann er uns erst in einigen Stunden folgen.« Er warf den Kopf zurück und lachte. »Hol dich der Teufel, Garrick! Genieße noch dein bißchen Freiheit!«

Bolitho beobachtete, wie seine Leute das Broßbramsegel setzten und einander derbe Scherzworte zuriefen, als wären auch sie von Dumaresqs Erregung angesteckt. Aussicht auf Tod, Prisengeld, ein neues Land – alles war für sie Anlaß zur Fröhlichkeit.

Palliser rief vom Achterdeck: »Bringen Sie die Leute auf Trab, Mr. Bolitho, die haben heute ja Blei in den Knochen.«

Bolitho wandte sich nach achtern und hatte schon eine ärgerliche Antwort auf der Zunge. Aber dann zuckte er die Schultern. Palliser wollte ihm auf die einzige Art helfen, die er beherrschte.

Nachdem sie die gefährlichen Untiefen von Bluff Point umfahren hatten, setzte die *Destiny* weitere Segel und nahm Kurs nach Westen. Später, als Bolitho die Nachmittagswache übernahm, studierte er die Karte und Gullivers sorgfältig eingetragene Berechnungen.

Fougeaux Island war sehr klein und gehörte zu einer weitverstreuten Inselgruppe, gut 150 Meilen westnordwestlich von St. Christopher. Es war nacheinander von Frankreich, Spanien und England beansprucht worden, selbst die Holländer hatten sich eine Zeitlang dafür interessiert.

Jetzt war es keinem Land untertan, denn allem Anschein nach gab es da nichts zu holen. Es fehlte an Bäumen für Bau- und Brennholz, und es mangelte laut Seehandbuch sogar an Trinkwasser. Ein kahles, feindliches Stück Land mit einer sichelförmigen Lagune als einzigem Vorzug. Sie konnte Schutz bei Sturm bieten, aber kaum mehr. Doch, wie Dumaresq bemerkt hatte, was verlangte Garrick auch sonst?

Bolitho beobachtete den Kommandanten, der so ruhelos an Deck auf und ab ging, als hielte er es in seinen Räumen nicht mehr aus, seit das Ziel so nahe lag. Gegenwind erschwerte ihr Vorwärtskommen und zwang das Schiff zu langen Kreuzschlägen, bei denen sie der Insel nur wenig näher kamen.

Aber die Aussicht, zumindest einen Teil des verlorenen Goldes zu finden, ließ sie die knochenbrechende Arbeit bei den dauernden Wendemanövern, das Durchholen der Brassen und das immer wieder neue Trimmen der Segel vergessen.

Wenn die Insel nun leer war oder gar nicht die richtige? Bolitho glaubte es nicht. Aurora mußte gewußt haben, daß nur Garricks Gefangennahme sie und ihren Mann vor seiner Rache schützen konnte. Und auch, daß Dumaresq sie ohne diese Information nie freigelassen hätte.

Am nächsten Tag dümpelte die *Destiny* mit schlappen Segeln bewegungslos in einer Flaute.

Weit weg an Steuerbord sah man den vagen Umriß einer Insel, aber sonst hatten sie den Ozean allein für sich. Es war so heiß, daß die Füße an den Decksnähten klebenblieben und die Kanonenrohre sich anfühlten, als hätten sie eine Schlacht hinter sich.

Gulliver sagte: »Bei einem nördlicheren Kurs hätten wir mehr Glück mit dem Wind gehabt, Sir.«

»Das weiß ich selbst, verdammt noch mal.« Dumaresq wandte sich ihm erbost zu. »Aber wir wären vielleicht auf ein Korallenriff gelaufen. Wollten Sie das riskieren? Wir sind eine Fregatte und kein flaches Fischerboot.«

Den ganzen Tag über und auch noch den halben nächsten rollte das Schiff unbehaglich in der schwachen Dünung. Ein Haifisch glitt vorsichtig um ihr Heck, und einige Matrosen versuchten ihr Glück mit einem großen Angelhaken.

Dumaresq schien das Deck überhaupt nicht mehr verlassen zu wollen. Als er an Bolitho während dessen Wache vorbeiging, sah er, daß sein Hemd schweißgetränkt war; auf seiner Stirn hatte sich eine

Blase gebildet, die er aber nicht zu bemerken schien.

Als die Nachmittagswache zur Hälfte um war, tastete der Wind sich wieder über die glitzernde Wasserfläche an sie heran, aber mit ihm kam eine Überraschung.

»Schiff, Sir! An Backbord achteraus!«

Dumaresq und Palliser beobachteten, wie die bräunliche Segelpyramide über den Horizont stieg. Das große rote Kreuz auf der Breitfock hob sich deutlich ab und beseitigte alle Zweifel.

Palliser rief erbittert: »Der Don, Gott strafe ihn!«

Dumaresq ließ mit versteinertem Blick das Glas sinken.»Fitzpatrick! Er muß es ihnen verraten haben. Sie sind auf Blut aus.« Er sah seinen Ersten Offizier an. »Wenn Don Carlos Quintana sich jetzt einmischt, wird es aber sein eigenes Blut kosten!«

»An die Brassen und Schoten!«

Die *Destiny* erbebte und legte sich kräftig vor die auffrischende Brise. Mit neuerwachter Kraft warf sie Wolken von Gischt an ihrer weißen Galionsfigur hoch.

Dumaresq sagte: »Lassen Sie die Leute an den Geschützen exerzieren, Mr. Palliser.« Er starrte achteraus auf das andere Schiff. Es schien schon viel näher gekommen zu sein.

»Und setzen Sie bitte unsere Flagge. Ich will nicht, daß uns der verdammte Spanier in die Quere kommt.«

Rhodes dämpfte seine Stimme. »Und das meint er ernst, Richard. Dies ist sein großer Augenblick. Er wird lieber sterben, als ihn zu teilen.«

Einige Leute auf dem Achterdeck sahen einander an und machten ängstliche Bemerkungen. Die eingefleischte Verachtung, mit der sie jede andere Marine außer der eigenen beurteilten, war nach dem langen Aufenthalt in Basseterre etwas erschüttert. Die *San Augustin* besaß mindestens vierundvierzig Kanonen, die *Destiny* dagegen nur achtundzwanzig.

Dumaresq schimpfte: »Bringen Sie diese Tölpel auf Trab, Mr. Palliser! Unser Schiff entwickelt sich langsam zu einem Saustall!«

Einer von Bolithos Geschützführern flüsterte: »Ich dachte, wir wären nur hinter einem Piraten her?«

Stockdale zeigte grinsend die Zähne. »Feind ist Feind, Tom. Seit wann macht die Flagge einen Unterschied?«

Bolitho biß sich auf die Lippen. Was jetzt kam, war ein Musterbeispiel für die schwere Verantwortung eines Kommandanten. Wenn Dumaresq nichts unternahm, konnte er wegen Unfähigkeit oder

Feigheit vor ein Kriegsgericht gestellt werden. Wenn er mit dem Spanier ins Gefecht kam, konnte man ihn beschuldigen, einen Krieg provoziert zu haben.

Er sagte: »Macht euch bereit, Leute. Löst die Zurrings.«

Stockdale hatte recht: Ihre einzige Sorge sollte es sein, zu gewinnen.

Bevor die Sonne am nächsten Morgen über den Horizont gestiegen war, wurden die Leute zum Frühstück und dann zum Deckwaschen geschickt.

Der Wind war leicht, aber stetig und hatte über Nacht auf Südwest gedreht.

Dumaresq war ebenso früh an Deck wie alle. Bolitho bemerkte die Ungeduld, mit der er immer wieder über das Achterdeck wanderte, einen Blick auf den Kompaß oder die Schiefertafel mit den Eintragungen des Steuermanns warf. Wahrscheinlich nahm er nichts davon wahr; aus der Art, wie Palliser und Gulliver ihm freie Bahn ließen, entnahm Bolitho, daß sie ihre Erfahrungen mit dieser Stimmung ihres Kommandanten hatten.

Zusammen mit Rhodes beobachtete Bolitho, wie der Oberbootsmann seine Arbeitsgruppen einteilte. Die Tatsache, daß ein weit überlegenes Kriegsschiff ihnen achteraus folgte und daß eine wenig bekannte Insel vor ihnen lag, änderte nichts an Mr. Timbrells Routine.

Pallisers rauhe Stimme schreckte Bolitho auf. »Lassen Sie die Rahen durch Ketten sichern, Mr. Timbrell!«

Einige Matrosen schauten zu den Rahen auf. Palliser gab keine weiteren Erklärungen, was für die dienstälteren Leute auch nicht erforderlich war. Die Ketten würden jede Rahe fester mit dem Mast verbinden als das Tauwerk, das sie normalerweise hielt, in einem Gefecht aber leicht zerschossen werden konnte. Außerdem mußten Netze über das Oberdeck gespannt werden. Ketten und Netze waren der einzige Schutz vor herunterfallenden Spieren und Takelageteilen.

Vielleicht trafen sie auf dem Spanier jetzt genau die gleichen Vorbereitungen, obwohl nichts darauf hinzudeuten schien. Bisher hatte es lediglich den Anschein, als sei die *San Augustin,* seit sie zu ihnen aufgeschlossen hatte, gewillt, ihnen zu folgen und die Entwicklung zu beobachten.

Rhodes drehte sich abrupt um und eilte auf den ihm zugewiesenen

Platz, wobei er leise hervorstieß: »Der ›Herr und Meister‹!«

Als Bolitho sich umwandte, stand er seinem Kommandanten gegenüber. Es war ungewöhnlich, ihm so weit weg von Achterdeck und Hütte zu begegnen, und die Seeleute, die in der Nähe arbeiteten, schienen sich vorsichtig zurückzuziehen, als wären sie durch Dumaresqs Gegenwart eingeschüchtert.

Bolitho grüßte durch eine Handbewegung zum Hut und wartete. Dumaresqs Augen wanderten langsam und ohne Ausdruck über sein Gesicht.

Dann sagte er: »Kommen Sie mit. Aber holen Sie sich vorher ein Fernglas.« Er warf dem Bootssteurer seinen Hut zu und ergänzte: »Eine kleine Kletterpartie gibt klaren Kopf.«

Bolitho sah mit Überraschung, wie Dumaresq sich nach außen in die Wanten schwang. Seine untersetzte Gestalt hing ungelenk in den Webeleinen, als er zu der turmhohen Mastspitze aufsah.

Bolitho haßte Höhen. Von allen Motiven, die ihn getrieben hatten, sich um eine baldige Beförderung zum Offizier zu bemühen, war dies eines der wichtigsten gewesen: nicht mehr mit den anderen in den Mast zu müssen, wo Wind und Kälte den Griff um die vereisten Webeleinen lösen oder den Mann von der Rah in die See unten schleudern konnten.

Vielleicht wollte Dumaresq ihn herausfordern, und sei es nur, um die eigene Spannung zu lösen.

»Kommen Sie, Mr. Bolitho! Sie sind heute an einem Wendepunkt Ihrer Karriere.«

Bolitho folgte ihm die zitternden Wanten hinauf, Hand über Hand, Fuß über Fuß. Er befahl sich, nicht nach unten zu schauen, obwohl er sich nur zu gut vorstellen konnte, wie das helle Deck der *Destiny* unter ihnen krängte, als sich das Schiff in eine weitere Woge wühlte.

Dumaresq mißachtete das Soldatenloch und kletterte außen an den Püttingswanten hoch, wobei sein mißgestalteter Rücken fast parallel zur Wasserfläche hing. Dann ging es über die Marssaling, ohne auf einige verschreckte Seesoldaten zu achten, die an einer der hier oben postierten Drehbassen exerzierten, und weiter hinauf zur Bramsaling.

Dumaresqs Vertrauen verlieh Bolitho den Willlen, schneller als je zuvor zu klettern. Er achtete kaum auf die Höhe und schaute bereits noch weiter hinauf, als Dumaresq anhielt und – ein Bein frei im Raum pendelnd – bemerkte: »Man bekommt das richtige Gefühl fürs Schiff nur von hier oben.«

Bolitho hielt sich mit beiden Händen fest und blickte zu seinem Kommandanten hoch, wobei ihm die Augen im starken Sonnenlicht tränten. Dumaresq sprach mit so viel Überzeugung und mit einer Wärme, die fast an Liebe erinnerte.

»Fühlen Sie es?« Dumaresq packte ein Stag und zog fest daran. »Straff und fest, gleicher Zug auf allen Teilen. Wie es sein muß. Wie jedes Schiff sein sollte, wenn es ordentlich gepflegt wird.« Er schaute in Bolithos ihm zugewandtes Gesicht. »Kopf wieder in Ordnung?«

Bolitho nickte. In dem Durcheinander seiner Gefühle, vor Empörung und Kummer hatte er die Wunde ganz vergessen.

»Gut, dann kommen Sie.«

Sie erreichten die Bramsaling, wo der Ausguck für seine Vorgesetzten Platz machte.

»Ah!« Dumaresq nahm sein Teleskop und richtete es, nachdem er die Linse mit seinem Halstuch abgewischt hatte, nach Steuerbord voraus.

Bolitho folgte seinem Beispiel und fühlte plötzlich, wie es ihm trotz der Sonne und des Windes eiskalt über den Rücken lief.

So etwas hatte er noch nie gesehen. Die Insel schien nur aus Korallen oder Felsen zu bestehen und wirkte fast anstößig nackt – wie etwas, das nicht mehr lebte. In der Mitte gab es eine Erhöhung, die aussah wie ein Berg, dem man die Spitze abgeschnitten hatte. Im Dunst war nichts genauer zu erkennen, es konnte also auch eine gigantische Festung sein.

Er versuchte, den Anblick mit den spärlichen Eintragungen in der Seekarte zu vergleichen, und schloß aus der Peilung, daß die geschützte Lagune direkt unter dem Hügel liegen mußte.

Dumaresq sagte heiser: »Da sind sie.«

Bolitho versuchte es noch einmal. Die Insel schien verlassen, wie durch eine Naturkatastrophe niedergewalzt.

Doch dann entdeckte er etwas, das dunkler als die Umgebung aussah, aber kurz darauf wieder im Dunst verschwand: ein Mast, vielleicht auch mehrere Masten. Die zugehörigen Schiffsrümpfe waren allerdings hinter dem schützenden Wall aus Korallen verborgen.

Er warf Dumaresq einen schnellen Blick zu und fragte sich, wie er das wohl beurteilte.

»Steinchen für ein Puzzlespiel.« Dumaresq hob die Stimme nur wenig über das Summen in Takelage und Leinwand. »Das sind

Garricks Schiffe, seine kleine Armada. Keine Schlachtlinie, Mr. Bolitho, kein Flaggschiff mit dem stolzen Kommandozeichen eines Admirals, aber genauso tödlich.«

Bolitho schaute abermals durchs Fernglas. Kein Wunder, daß Garrick sich sicher fühlte. Er hatte von ihrer Ankunft in Rio erfahren und davor schon von der in Madeira. Und nun hatte er die Oberhand. Er konnte seine Schiffe entweder bei Nacht hinausschikken oder wie ein Einsiedlerkrebs in seinem Gehäuse liegenbleiben und abwarten.

Dumaresq schien mit sich selbst zu sprechen. »Die Dons interessiert allein der verlorengegangene Goldschatz. Garrick kann ungestraft davonkommen, was sie betrifft. Quintana glaubt, daß er diese sorgfältig ausgewählten Schiffe und alles, was von dem Gold noch übrig ist, ohne einen Schuß vereinnahmen kann.«

Bolitho fragte: »Vielleicht weiß Garrick weniger, als wir annehmen, Sir, und versucht nur zu bluffen?«

Dumaresq sah ihn eigenartig an. »Das glaube ich nicht. Jetzt zählen keine Bluffs mehr. Ich habe in Basseterre versucht, dem Spanier Garricks Absichten zu erklären. Aber er wollte nicht hören. Garrick hat den Franzosen geholfen, und in einem künftigen Krieg wird Spanien einen Verbündeten wie Frankreich brauchen. Seien Sie sicher, daß Don Carlos Quintana auch das im Auge haben wird.«

»Sir!« Der Ausguck unter ihnen rief besorgt: »Die Dons setzen mehr Segel!«

Dumaresq sagte: »Es wird Zeit, daß wir absteigen.« Er warf noch einen Blick auf jeden einzelnen Mast drüben und schaute dann nach unten.

Bolitho stellte fest, daß er es ihm nachzumachen vermochte, ohne zu zittern. Er sah die von oben stark verkürzt wirkenden Gestalten der Offiziere und Midshipmen auf dem Achterdeck und die wechselnden Gruppen, die sich um die doppelte Reihe der schwarzen Kanonen scharten.

In diesen Augenblicken bestand eine stillschweigende Übereinstimmung zwischen Bolitho und diesem ungewöhnlichen, ganz seiner Aufgabe verschworenen Mann. Es war sein Schiff, jedes Teil davon, jedes Stück Holz, jeder Zentimeter Tauwerk. Schließlich sagte Dumaresq: »Der Spanier will vielleicht vor mir in die Lagune eindringen. Das wäre eine gefährliche Dummheit, denn die Einfahrt ist eng und das Fahrwasser unbekannt. Da er keine Hoffnung auf den Überraschungseffekt hat, wird es auf die Glaubwürdigkeit seiner Friedfertigkeit ankommen; wenn das fehlschlägt, auf eine Demonstration seiner Stärke.«

Überraschend geschwind kletterte Dumaresq hinunter, und als Bolitho schließlich das Achterdeck erreichte, sprach der Kommandant schon mit Palliser und dem Master. Bolitho hörte Palliser sagen: »Der Don hält aufs Land zu, Sir.«

Dumaresq hantierte mit seinem Fernrohr. »Und auf die Gefahr. Signalisieren Sie ihm, er soll abdrehen.«

Bolitho blickte in die Gesichter ringsum, die er inzwischen so gut kannte. In wenigen Augenblicken konnte alles entschieden sein, denn Dumaresq hatte keine Wahl.

Palliser rief: »Er beachtet unsere Warnung nicht, Sir.«

»Gut so. Schlagen Sie ›Alle Mann‹ und ›Klar Schiff zum Gefecht‹ an!« Dumaresq verschränkte die Hände hinter dem Rücken. »Mal sehen, wie ihm *das* gefällt.«

Rhodes packte Bolitho am Arm. »Er muß wahnsinnig sein! Er kann doch nicht mit Garrick *und* den Dons kämpfen!«

Die Trommelbuben in Seesoldatenuniform begannen mit ihren dumpfen Schlägen. Der Augenblick der Ungewißheit war vorüber.

XIV Die letzte Chance

»Der Don nimmt Segel weg, Sir!«

»Das werden auch wir tun.« Dumaresq stand wie ein Fels mitten auf dem Achterdeck, direkt vor dem Besanmast. »Bramsegel bergen!«

Bolitho beschattete seine Augen und sah durch das Gewirr der Takelage und Netze, wie seine Leute die widerspenstige Leinwand aufholten und festbanden. In weniger als einer Stunde war die Spannung an Bord ebenso gestiegen wie die Sonne; jetzt, da die *San Augustin* sich an Steuerbord voraus postiert hatte, merkte er, daß jeder Mann in seiner Nähe davon betroffen war. Die *Destiny* hatte zwar noch die Luvposition, aber der spanische Kapitän hatte sich zwischen sie und die Einfahrt zur Lagune geschoben.

Rhodes kam nach achtern geschlendert und traf zwischen zwei Zwölfpfündern auf Bolitho.

»Der Kommandant läßt dem Spanier den Vortritt.« Er zog eine Grimasse. »Ich muß sagen, da stimme ich ihm zu. Ich mag keinen einseitigen Kampf, es sei denn, die Vorteile wären auf meiner Seite.« Er warf einen schnellen Blick zum Achterdeck und senkte die

Stimme. »Was halten Sie jetzt von unserem ›Herrn und Meister‹?«

Bolitho zuckte die Schultern. »Ich schwanke zwischen Bewunderung und Verachtung. Ich verachte die Art, wie er mich benutzt hat. Er muß gewußt haben, daß Egmont selbst Garricks Insel niemals verraten hätte.«

Rhodes spitzte die Lippen. »Also war es seine Frau.« Er stockte. »Sind Sie über die Affäre hinweg, Dick?«

Bolitho schaute hinüber zur *San Augustin,* auf ihre weit auswehenden Wimpel und die weiße Kriegsflagge Spaniens, und schwieg.

Rhodes blieb hartnäckig. »Bei all diesem Wahnsinn, in dem wir wahrscheinlich wegen einer weit zurückliegenden Sache aufgerieben werden, können Sie sich noch in Liebe zu einer Frau verzehren?«

Bolitho sah ihn an. »Darüber werde ich nie hinwegkommen. Wenn Sie Aurora so gesehen hätten . . .«

Rhodes lächelte resignierend: »Mein Gott, Dick, ich verschwende meine Zeit. Wenn wir nach England zurückkehren, werde ich sehen, was ich anstellen kann, um Sie aufzumuntern.«

Beide fuhren herum, als ein Schuß über das Wasser dröhnte. Die Kugel warf eine dünne Wassersäule in direkter Verlängerung des Bugspriets des Spaniers auf.

Dumaresq schimpfte: »Gott im Himmel, die Lumpen schießen als erste!«

Mehrere Teleskope richteten sich auf die Insel, aber niemand entdeckte die versteckte Kanone.

Palliser sagte säuerlich: »Das war nur eine Warnung. Ich hoffe, der Don hat genug Verstand, um sie zu beachten. Diese Angelegenheit verlangt listiges Vorgehen und schnelles Handeln, keinen direkten Angriff.«

Dumaresq lächelte. »So, tut sie das? Sie fangen an, wie ein Admiral zu reden, Mr. Palliser. Ich muß mich wohl in acht nehmen.«

Bolitho beobachtete scharf das spanische Schiff. Es verhielt sich, als wäre nichts geschehen, und steuerte immer noch auf die nächste Landspitze zu, wo die Lagune begann.

Einige Kormorane erhoben sich von der See, als die beiden Schiffe an ihnen vorbeisegelten, und kreisten dann über ihnen. Wie Adler, dachte Bolitho.

»An Deck: Rauch über dem Hügel, Sir!«

Die Teleskope schwenkten herum wie leichte Geschützrohre.

Bolitho hörte Clow, einen der Stückmeistersmaaten, sagen: »Der kommt von einem verdammten Ofen. Die Teufel wollen den Dons mit glühenden Kanonenkugeln einheizen.«

Bolitho feuchtete sich die Lippen an. Sein Vater hatte ihn oft gewarnt, wie töricht es sei, ein Schiff gegen eine befestigte Landbatterie anrennen zu lassen. Wenn die an Land glühende Kugeln benutzten, konnten sie jedes Schiff binnen kurzem in einen Scheiterhaufen verwandeln. Von der Sonne ausgetrocknetes Holz, Teer, Farbe und Leinwand fingen schnell Feuer, und wenn nicht sofort gelöscht werden konnte, tat der Wind das übrige.

Etwas wie ein Seufzer lief das Deck entlang, als sich die Stückpforten der *San Augustin* gleichzeitig öffneten und ihre Kanonen auf ein Trompetensignal hin ausgerannt wurden. Auf die Entfernung sahen sie aus wie schwarze Zähne im makellosen Gebiß ihrer Bordwand: schwarz und tödlich.

Der Schiffsarzt trat zu Bolitho an den Zwölfpfünder; seine Brillengläser glitzerten im Sonnenlicht. Mit Rücksicht auf die Männer, die vielleicht schon bald seine Dienste benötigten, hatte er darauf verzichtet, seine Schürze anzulegen.

»Es macht mich nervös wie eine Katze, wenn sich dies weiter so in die Länge zieht.«

Bolitho verstand ihn. Unten im Orlopdeck, wo es nur künstliches Licht gab und keine frische Luft, wirkten alle Geräusche vom Oberdeck verzerrt. Er sagte: »Ich glaube, der Spanier will sich die Einfahrt mit Gewalt erzwingen.«

Während er noch sprach, setzte das andere Schiff Bramsegel und fiel etwas ab, um den südwestlichen Wind voll zu nutzen. Sein vergoldetes Schnitzwerk leuchtete prachtvoll im Sonnenlicht, majestätisch blähten sich die stolzen Wimpel und die roten Kreuze auf Fock und Großsegel. So sahen Kriegsschiffe auf alten Bildern aus, dachte Bolitho. Im Vergleich dazu wirkte die schlanke und anmutige *Destiny* spartanisch.

Bolitho ging nach hinten, bis er direkt unter der Querreling des Achterdecks stand. Er hörte Dumaresq sagen: »Noch eine halbe Kabellänge, und dann werden wir's wissen.«

Danach Pallisers Stimme, weniger sicher: »Er kann die Einfahrt erzwingen, Sir. Wenn er erst drinnen ist, wird er halsen, die dort vor Anker liegenden Schiffe zusammenschießen und sie sogar noch als Deckung gegen Beschuß von Land benutzen. Ohne Schiff sitzt Garrick in der Falle.«

Dumaresq schien es zu erwägen. »Letzteres stimmt. Ich habe bisher nur von einem einzigen Menschen gehört, der über das Meer wandeln konnte; aber wir brauchen heute eine andere Art Wunder.«

Einige der neben ihren Neunpfündern knienden Matrosen stießen sich lachend gegenseitig an.

Bolitho staunte, daß es Dumaresq so leicht fiel. Er wußte genau, was nötig war, um seine Leute bei guter Laune und kampfesmutig zu halten.

Gulliver sagte, ohne jemanden direkt anzusprechen: »Wenn der Don Erfolg hat, dann ade Prisengeld!«

Dumaresq sah ihn grimmig lächelnd an. »Gott, sind Sie ein armseliger Gefährte, Mr. Gulliver. Wie Sie sich mit solcher Hoffnungslosigkeit auf dem Ozean zurechtfinden, kann ich gar nicht begreifen.«

Midshipman Henderson rief: »Der Spanier hat die Landspitze passiert, Sir!«

Dumaresq brummte: »Sie haben gute Augen.« Für Palliser fügte er hinzu: »Er steht vor einer Leeküste. Jetzt oder nie muß etwas geschehen.«

Bolitho preßte die Hände fester zusammen, um sich zu beruhigen. Er sah reflektierte Blitze aus den abgewandten Stückpforten der *San Augustin* schießen und aus den Geschützmündungen Rauchpilze aufsteigen und hörte Sekunden später auch das donnernde Krachen der Breitseite. Am Hang des Hügels stiegen Staubwolken wie Federbüsche empor, und einige eindrucksvolle Steinlawinen polterten zum Wasser hinunter.

Palliser sagte ärgerlich: »Wir müssen bald wenden, Sir.«

Bolitho schaute zu ihm hinauf. Palliser hoffte, daß er nach der *Destiny* ein eigenes Kommando bekommen würde, und machte auch kein Geheimnis daraus. Aber so lange Hunderte von Seeoffizieren bei halbem Lohn an Land warteten, bedurfte es schon mehr als nur einer freien Stelle, um ihm diese Beförderung zu bringen. Die *Heloise* hätte für ihn ein Schritt in diese Richtung sein können. Aber Beförderungsausschüsse hatten ein kurzes Gedächtnis, und die *Heloise* befand sich jetzt auf dem Meeresgrund und nicht in der Hand des Prisengerichts.

Wenn Don Carlos Quintana Garricks Verteidigungsanlagen bezwang, würde ihm der ganze Ruhm zufallen und die Admiralität eine Beförderung Pallisers siche nicht befürworten.

Ein einzelner Knall war zu hören, und wieder stieg eine Wassersäule in einiger Entfernung vom Rumpf des Spaniers auf.

Palliser sagte: »Garricks angebliche Stärke war also nur ein

Bluff. Die Dons werden sich über uns totlachen. Wir haben den Schatz für sie aufgespürt und dürfen nun zusehen, wie sie ihn zurückholen.«

Bolitho sah die Rahen des Spaniers langsam und schwerfällig herumschwingen; gleichzeitig wurde sein Großsegel aufgegeit, als er hinter einer weiteren Korallenbank vorbeiglitt. Für die in der Lagune vor Anker liegenden Schiffe mußte es ein bedrohlicher Anblick sein.

Er hörte jemanden murmeln: »Sie setzen Boote aus.«

Bolitho sah, wie zwei Boote vom Oberdeck der *San Augustin* ausgeschwenkt und dann längsseit zu Wasser gebracht wurden. Das wurde nicht besonders geschickt gemacht, und als die Männer in die Boote kletterten und vom Schiff absetzten, begriff Bolitho, daß ihr Kommandant es nicht wagen durfte, vor einer Leeküste und angesichts der zusätzlichen Bedrohung durch schwere Kanonen beizudrehen.

Die Boote nahmen weder Kurs auf die Korallenbank noch auf das Vorland der Küste, sondern setzten sich vor ihr großes Mutterschiff und kamen damit schnell außer Sicht. Aber nicht für den Ausguck im Mast, der kurz darauf meldete, daß die Boote das Fahrwasser mit Blei und Schnur ausloteten, um zu verhüten, daß die *San Augustin* auf Grund lief.

Bolitho beschloß, die bitteren Bemerkungen Pallisers zu ignorieren und statt dessen die Geschicklichkeit und Kühnheit des Spaniers zu bewundern. Don Carlos hatte sicherlich schon gegen Briten gekämpft und ließ sich die Gelegenheit, sie zu beschämen, nicht entgehen.

Als er aber einen Blick nach achtern warf, sah er, daß Dumaresq das andere Schiff eher wie ein uninteressierter Zuschauer betrachtete.

Er wartete ab. Die Erkenntnis traf Bolitho wie ein Faustschlag. Dumaresq hatte ihnen allen etwas vorgemacht; er hatte den Spanier angestachelt – nicht umgekehrt.

Auch Bulkley sah Dumaresqs Gesichtsausdruck und sagte heiser: »Ich glaube, jetzt begreife ich!«

Der Spanier feuerte wieder nach Steuerbord, und der Pulverqualm trieb in einer dichten Bank nach Lee. Weitere Felsbrocken und Staubwolken wurden von den Kugeln emporgejagt, aber keine erschreckten Gestalten rannten aus ihrer Deckung; auch feuerte keine einzige Kanone auf das prächtig beflaggte Schiff.

Dumaresq befahl: »Lassen Sie zwei Strich nach Steuerbord abfallen.«

»An die Leebrassen!«

Die Rahen quietschten unter dem Gewicht der Männer an den Brassen, und der Klüverbaum der *Destiny* zeigte nun, leicht schräg geneigt, auf den flachen Hügel.

Bolitho wartete, bis seine Leute auf ihre Stationen zurückkamen. Er mußte sich geirrt haben. Dumaresq holte wahrscheinlich aus, um anschließend zu wenden und – nachdem er einen großen Kreis geschlagen hatte – auf ihren ursprünglichen Kurs zurückzukehren.

In diesem Augenblick hörte er eine doppelte Explosion, als schlüge ein Fels durch eine Hauswand. Als er auf die andere Seite rannte und über das Wasser blickte, sah er vor dem spanischen Schiff etwas in die Luft fliegen und dann ebenso schnell herabfallen und außer Sicht kommen.

Der Ausguck schrie von oben: »Eines der Boote ist getroffen, Sir! Glatt mittendurch gehauen!«

Bevor sich die Männer an Deck von ihrer Überraschung erholt hatten, spie die ganze Hügelkuppe aus vielen Kratern Feuer. Da oben mußten sieben oder acht großkalibrige Kanonen stehen.

Bolitho sah das Wasser um den Spanier wie kochend aufwallen, in seinem backgebraßten Großmarssegel zeigte sich ein gezacktes Loch.

Auch ohne Teleskop sah das recht gefährlich aus; außerdem schrie Palliser: »Das Segel glimmt! Glühende Kugeln!«

Die anderen Kugeln waren auf der abgewandten Seite des Spaniers eingeschlagen. Bolitho sah einen kurzen Sonnenreflex auf einem Fernglas blitzen, als einer der spanischen Offiziere den Hügel nach der verborgenen Batterie absuchte.

Als dann die *San Augustin* abermals feuerte, antwortete sofort die geschickt postierte Landbatterie. Im Gegensatz zur geschlossenen Breitseite des Spaniers schoß die Landbatterie geschützweise, und jede Kugel war sorgfältig gezielt.

Rauch stieg vom Oberdeck des Schiffes auf; Bolitho beobachtete, daß Gegenstände über Bord geworfen wurden und daß aus der Hütte starker Qualm drang, da sich dort die Flammen festgefressen hatten.

Dumaresq sagte: »Garrick hat den richtigen Augenblick abgewartet, Mr. Palliser. Er ist kein solcher Narr, daß er sich sein Fahrwasser durch ein versenktes Schiff versperren würde.« Mit ausgestrecktem

Arm zeigte er hinüber, als Fockbramstenge und -rah des Spaniers herunterflogen und ins Wasser fielen. »Schauen Sie gut hin. Da wäre die *Destiny* jetzt, wenn ich der Versuchung nachgegeben hätte: Futter für ihre Kanonen.«

Das Geschützfeuer des Spaniers wurde jetzt unregelmäßig und unkontrolliert; die Kugeln schlugen harmlos in soliden Fels oder rikoschettierten über das Wasser wie fliegende Fische. Vom Deck der *Destiny* sah es aus, als sei die *San Augustin* überall von Korallenbänken eingeschlossen, als sie mit durchlöcherten Segeln, Qualm hinter sich herziehend, langsam in die Lagune hineintrieb.

Palliser sagte: »Warum macht er jetzt nicht kehrt?«

Sein Zorn auf den Spanier war offenbar der Sorge um das schwer mitgenommene Schiff gewichen. Es hatte so stolz und majestätisch ausgesehen. Jetzt trieb es, von dem gnadenlosen Bombardement gezeichnet, hilflos der Unterwerfung entgegen.

Bolitho wandte sich um, als er den Arzt murmeln hörte: »Ein Anblick, den ich nie vergessen werde.« Bulkley nahm seinen Kneifer ab und putzte ihn gründlich. »Wie die Verse, die ich einmal lernen mußte: ›Dort, wo das Meer in den Himmel verrinnt'/zieht majestätisch ein Schiff seine Bahn./Ein Freibrief des Königs treibt es voran,/ kühn flattern die Wimpel im Wind.‹« Er lächelte traurig. »Nun klingt es wie eine Grabinschrift.«

Eine neue Explosion dröhnte über das Wasser und brach sich an der Bordwand der *Destiny*. Sie sahen schwarze Rauchwolken über die Lagune treiben und die vor Anker liegenden Schiffe ihren Blicken entziehen.

Dumaresq sagte leise: »Er muß kapitulieren.« Pallisers Einspruch ignorierend, setzte er hinzu: »Der Kommandant hat gar keine andere Wahl.« Er schaute über sein eigenes Schiff und sah, daß Bolitho ihn beobachtete. »Was würden Sie tun? Die Flagge streichen oder Ihre Leute verbrennen lassen?«

Bolitho hörte weitere Explosionen, die entweder von der Landbatterie oder aus dem Rumpf des Spaniers kamen. Solch ein herrliches Schiff, so schön anzusehen in all seiner hochmütigen Pracht, und jetzt lediglich Kanonenfutter! Er konnte es wie Bulkley kaum glauben. Wenn das ihnen passiert wäre, dachte er, ihm und seinen Kameraden auf der *Destiny!* Der Gefahr sahen sie mutig ins Auge, das gehörte zu ihrem Beruf. Aber im Nu aus einer disziplinierten Einheit in einen hilflosen Menschenhaufen verwandelt zu werden, umzingelt von Renegaten und Piraten, die einen Mann auch für einen Schnaps getötet hätten – das war ein Alptraum.

»Klar zum Wenden, Mr. Palliser. Wir wollen auf Kurs Ost gehen.«

Palliser sagte nichts. Er malte sich wahrscheinlich aus, und das mit größerer Sachkenntnis als Bolitho, welche Verzweiflung jetzt an Bord des Spaniers Platz gegriffen hatte. Sie würden sehen, wie sich die Masten der *Destiny* nach der Wende von der Insel entfernten, und damit ihre Niederlage als besiegelt betrachten.

Dumaresq fügte hinzu: »Nachher will ich Ihnen meine weiteren Absichten erklären.«

Bolitho und Rhodes sahen einander an. Ihre Aufgabe war also noch nicht beendet. Sie hatte noch nicht einmal angefangen.

Palliser schloß schnell die Lamellentür, als befürchte er, daß ein Feind mithören könnte.

»Alle versammelt, Sir. Das Schiff ist – wie befohlen – völlig verdunkelt.«

Bolitho wartete mit den anderen Offizieren und Deckoffizieren in Dumaresqs Kajüte; er fühlte ihre Zweifel und Sorgen und teilte ihre Erregung.

Den ganzen Tag hatte die *Destiny* in der sengenden Sonnenglut auf- und abgestanden, die Insel Fougeaux immer nahe querab, wenn auch nicht so nahe, daß sie von den Landbatterien erreicht werden konnte. Einige Stunden hatten sie noch gewartet, und einige von ihnen hatten sogar noch bis zuletzt gehofft, daß die *San Augustin* wieder auftauchen würde, daß sie sich irgendwie aus der Lagune freigesegelt hätte, um zu ihnen zu stoßen. Aber es geschah nichts dergleichen. Doch hatte es auch keine schreckliche Explosion mit herumfliegenden Wrackteilen gegeben, die von der endgültigen Vernichtung des Spaniers gekündet hätte. Wäre er in die Luft geflogen, so hätten die meisten der vor Anker liegenden Schiffe in Mitleidenschaft gezogen oder gar vernichtet werden können. Daß a les still blieb, wirkte also noch bedrückender.

Dumaresq schaute in die gespannten Gesichter. Es war sehr heiß in der geschlossenen Kajüte, und die Männer trugen alle nur Hemd und Hose. So sahen sie eher wie Verschwörer aus als wie Offiziere des Königs, dachte Bolitho.

Dumaresq sagte: »Wir haben einen ganzen Tag abgewartet, meine Herren. Damit hat Garrick sicherlich gerechnet. Er hat jede unserer Bewegungen vorausgesehen, glauben Sie mir.«

Midshipman Merrett schnüffelte und wischte sich die Nase mit dem Ärmel, aber Dumaresqs Blick ließ ihn erstarren.

»Garrick wird seine Pläne sorgfältig abgewogen haben. Er sollte wissen, daß ich in Antigua um Hilfe nachgesucht habe. Welche Chance wir auch hatten, ihn in seinem Schlupfwinkel festzunageln, bis Unterstützung eintraf, sie zerrann, als die *San Augustin* ihre Vorstellung gab.« Er beugte sich über den Tisch und legte beide Hände auf die Karte vor sich. »Nichts steht zwischen Garrick und seinen Zielen als dieses unser Schiff.« Er ließ seine Worte eine Zeitlang einwirken. »Ich hatte in dieser Hinsicht bislang keine Befürchtungen, meine Herren. Wir können es mit Garricks Flottille aufnehmen, wenn sie ausbricht, können alle Schiffe auf einmal bekämpfen oder eins nach dem anderen überwältigen. Aber die Lage hat sich geändert. Diese Stille heute beweist es.«

Palliser fragte: »Sie meinen, er wird die *San Augustin* gegen uns einsetzen, Sir?«

Dumaresq funkelte ihn wegen der Unterbrechung ärgerlich an, doch sagte er fast milde: »Wie es jetzt aussieht, ja.«

Füße scharrten, und Bolitho hörte mehrere Stimmen in plötzlicher Erregung miteinander flüstern.

Dumaresq sagte: »Don Carlos Quintana wird sich ergeben haben, falls er nicht vorher gefallen ist. Für ihn erhoffe ich letzteres. Denn er hätte von dieser Mörderbande kaum Gnade erwarten können. Was bitte auch Sie nicht aus den Augen verlieren sollten. Habe ich mich klar genug ausgedrückt?«

Bolitho bemerkte, daß er unbewußt die Hände zusammenpreßte und wieder lockerte. Seine Wunde begann wieder zu pochen, und er mußte zu Boden schauen, bis sein Kopf endlich klar wurde.

Dumaresq sagte: »Sie werden sich an die ersten Schüsse auf den Spanier erinnern – aus einer einzelnen Kanone auf der Westseite des Hügels. Die Schüsse waren absichtlich schlecht gezielt, um die Eindringlinge in die Falle hineinzulocken. Als der Spanier dann an dem entscheidenden Punkt vorbei war, setzten sie ihre versteckte Batterie auf dem Hügel ein und verwendeten glühende Kugeln, um Panik und anschließende Kapitulation zu erzwingen. Dies gibt Ihnen eine Vorstellung von Garricks Schläue. Er riskierte lieber, das Schiff in Brand zu schießen, als es in seine sorgfältig zusammengekaufte Flottille einbrechen zu lassen. Don Carlos wäre bei einer normalen Beschießung wirklich weiter vorgedrungen, wenn ich auch bezweifle, daß er am Ende siegreich geblieben wäre.«

Über ihren Köpfen waren Schritte zu hören, und Bolitho konnte sich denken, daß sich die von ihren Offizieren alleingelassenen Leute der Wache neugierig fragten, welche Pläne dort unten ausgeheckt wurden und wer dafür später mit seinem Leben bezahlen mußte. Außerdem sah Bolitho das abgedunkelte Schiff vor sich, wie es unter wenigen Segeln durch die finstere Nacht geisterte.

»Morgen wird Garrick uns immer noch beobachten und überlegen, was wir vorhaben. Wir werden tagsüber weiter auf- und abpatrouillieren und nichts sonst. Das wird zweierlei bewirken: Garrick zeigt es, daß wir Verstärkung erwarten und außerdem nicht die Absicht haben zu verschwinden. Er wird wissen, daß seine Uhr abläuft, und daher versuchen, die Entscheidung voranzutreiben.«

Gulliver fragte besorgt: »Wäre das nicht der falsche Weg, Sir? Warum lassen wir ihn nicht in Ruhe und warten auf das Geschwader?«

»Weil ich nicht glaube, daß das Geschwader kommt.« Dumaresq hielt dem erstaunten Blick des Masters gelassen stand. »Es ist gut möglich, daß Fitzpatrick, der stellvertretende Gouverneur, meinen Bericht zurückhält, bis er seiner Verantwortung enthoben ist. Dann aber wäre es zu spät.« Er schenkte ihm ein kleines Lächeln. »Es hat keinen Zweck, Mr. Gulliver, Sie müssen Ihr Schicksal auf sich nehmen, wie auch ich es tue.«

Palliser fragte: »Wir gegen einen Vierundvierziger, Sir? Und ich zweifle nicht, daß auch Garricks übrige Fahrzeuge gut armiert und in Gefechtstaktik erfahren sind.«

Dumaresq schien der Diskussion mehr und mehr überdrüssig zu werden. »Morgen nacht werde ich dicht an die Insel herangehen und vier Boote aussetzen. Ich kann es nicht wagen, selber die Einfahrt zu erzwingen, und das weiß Garrick. Seine Kanonen sind auf das Fahrwasser gerichtet, sodaß ich auf jeden Fall im Nachteil wäre.«

Bolitho fühlte, daß sich sein Magen zusammenzog. Eine Landeaktion also. So etwas war immer schwierig und weitgehend Glückssache, selbst mit den erfahrensten Leuten.

Dumaresq fuhr fort: »Einzelheiten werde ich mit Ihnen besprechen, wenn wir sehen, wie der Wind uns unterstützt. Vorweg kann ich schon sagen: Mr. Palliser übernimmt den Kutter und die Jolle und landet an der Südostspitze der Insel. Das ist der am besten geschützte Teil, und niemand wird hier einen Angriff erwarten. Mr. Palliser wird unterstützt von Mr. Rhodes, Fähnrich Henderson und . . .« Seine Augen wanderten langsam zu Slade, ». . . von unserem ältesten Steuermannsmaaten.«

Bolitho sah mit schnellem Blick, daß Rhodes blaß geworden war. Auf seiner Stirn standen kleine Schweißtropfen.

Der älteste Fähnrich, Henderson, sah im Vergleich dazu ruhig und unternehmungslustig aus. Es war seine erste Bewährungsprobe, und bald würde er sich wie Palliser um eine Beförderung bemühen wollen. Das stand in seinen Überlegungen obenan, wenigstens so lange, bis es zur tatsächlichen Begegnung kam.

»Wir erwarten eine mondlose Nacht, und soweit ich aus den Anzeichen schließen kann, wird die See uns freundlich gesonnen sein.« Dumaresqs Gestalt schien mit seinen Ideen zu wachsen. »Als nächste wird die Pinasse ausgesetzt und auf die Riffe am nordöstlichen Ende der Insel zuhalten.«

Bolitho bemühte sich, nicht den Atem anzuhalten. Er wußte schon, was kommen würde.

So war es fast eine Erlösung, als Dumaresq sagte: »Mr. Bolitho, Sie übernehmen das Kommando auf der Pinasse. Sie werden unterstützt von den Midshipmen Cowdroy und Jury, außerdem von einem erfahrenen Geschützführer mit vollständiger Crew. Sie werden diese einzelne Kanone am Hügelabhang aufspüren, erobern und anschließend selber benutzen.« Er lächelte, aber in seinen Augen war keine Wärme. »Leutnant Colpoys kann eine Korporalschaft ausgesuchter Scharfschützen einteilen und mit ihnen Mr. Bolithos Aktion decken. Sie werden bitte dafür sorgen, daß Ihre Seesoldaten die Uniformröcke ablegen und sich so lässig kleiden wie Matrosen.«

Colpoys war sichtlich entsetzt – nicht über die Aussicht, daß er sein Leben verlieren könnte, sondern über den Gedanken, seine Seesoldaten in etwas anderes gekleidet zu wissen als in ihre roten Waffenröcke.

Dumaresq musterte prüfend ihre Gesichter. Vielleicht um die Erleichterung bei denen abzulesen, die an Bord bleiben würden, und die Sorgen bei denen, die für den gewagten Angriffsplan eingeteilt waren.

Er sagte langsam: »In der Zwischenzeit werde ich das Schiff gefechtsklar machen. Denn Garrick wird herauskommen, meine Herren. Er hat zu viel zu verlieren, wenn er drinnen bleibt, und da die *Destiny* der einzige Zeuge gegen ihn ist, wird er alles daransetzen, uns zu vernichten.«

Sie waren jetzt ganz Ohr.

»Und dazu wäre er gezwungen, weil ich ihn keinesfalls freiwillig vorbeilasse.«

Palliser stand auf. »Wir sind entlassen.«

Sie bewegten sich in Richtung Tür, grübelten über Dumaresqs Worte nach und hatten vielleicht noch ein Fünkchen Hoffnung, daß der offene Kampf vermieden werden könnte.

Rhodes sagte leise: »Nun, Dick, ich glaube, ich brauche einen tüchtigen Schluck, bevor ich heute nacht die Wache übernehme. Mir liegt es nicht, über Kommendem lange zu brüten.«

Bolitho warf einen Blick auf die Midshipmen, als sie an ihnen vorbeigingen. Für sie mußte es noch viel schlimmer sein. Er sagte: »Solch eine Unternehmung habe ich schon mitgemacht. Ich nehme an, daß Sie und der Erste Offizier eines der vor Anker liegenden Schiffe herausholen sollen.« Er zitterte trotz aller Selbstbeherrschung. »Ich bin nicht begeistert von der Aussicht, daß ich ihnen diese Kanone unter der Nase wegnehmen soll.«

Sie sahen einander an, und schließlich sagte Rhodes: »Wer als erster von uns zurückkommt, spendiert Wein für die ganze Messe.«

Bolitho wußte darauf nichts zu antworten. Er tastete sich seinen Weg zum Niedergang und hinauf aufs Achterdeck, um seine Wache wieder zu übernehmen.

Ein großer Schatten löste sich vom Fuß des Besanmastes; Stockdale sagte in heiserem Flüsterton: »Morgen nacht also, Sir?« Er wartete nicht auf eine Antwort. »Das fühle ich in meinen Knochen.« Er rieb sich die Hände in der Dunkelheit. »Sie beabsichtigen doch wohl nicht, jemand anderen als Geschützführer mitzunehmen?«

Sein schlichtes Vertrauen half Bolitho mehr, seine Sorgen zu zerstreuen, als er für möglich gehalten hätte.

»Wir bleiben beisammen.« Impulsiv berührte er Stockdales Arm. »Aber danach werden Sie den Tag verfluchen, an dem Sie zur See gegangen sind.«

Stockdale schüttelte sich vor unterdrücktem Gelächter. »Niemals. Hier hat ein Mann Platz zum Atmen.«

Yeames, der Steuermannsmaat der Wache, grinste. »Ich vermute, dieser verdammte Pirat weiß nicht, was ihm bevorsteht. Der alte Stockdale wird ihm schon den Bart stutzen.«

Bolitho wechselte auf die Luvseite und marschierte dort langsam auf und ab. Wo mochte Aurora jetzt sein? Auf irgendeinem Schiff mit Kurs auf ein fremdes Land und ein Leben, das er nie mit ihr teilen konnte?

Wenn sie jetzt nur hätte zu ihm kommen können wie in jener unvergeßlichen Nacht. Sie hätte ihn verstanden, hätte ihn umarmt und die Furcht vertrieben, die ihn zu zerreißen drohte. Und es war noch ein ganzer langer Tag zu überstehen, bevor der nächste Akt begann. Eigentlich konnte er nicht noch einmal überleben. Er nahm an, das Schicksal habe es nie anders vorgesehen.

Midshipman Jury hielt die Hände über das Kompaßlicht, um die schwankende Scheibe abzulesen, und schaute dann hinüber auf die langsam dahinschreitende Gestalt. So wie Bolitho zu werden, war der einzige Lohn, den er sich jemals wünschte. So fest und zuversichtlich und nie ungeduldig oder schnell mit einem Anschnauzer bei der Hand wie Palliser oder mit einer bissigen Bemerkung wie Slade. Vielleicht war sein Vater in dem Alter so gewesen wie Richard Bolitho, dachte er. Er hoffte es wenigstens.

Yeames räusperte sich und sagte: »Sie sollten jetzt besser die Morgenwache herauspfeifen, Sir, obwohl ich fürchte, daß es heute noch ein langer Tag wird.«

Jury eilte davon, dachte dabei an das, was vor ihm lag, und überlegte, warum er sich eigentlich nicht mehr fürchtete. Er begleitete den Dritten Offizier, und das war für Jan Jury, vierzehn Jahre alt, eine Auszeichnung.

Bolitho hatte vorausgesehen, daß das Warten schlimm werden würde, aber als die Besatzung der *Destiny* im Lauf des Tages Ausrüstung und Waffen für die Landekommandos bereitlegte, merkte er, daß er mit seinen Nerven an einem kritischen Punkt angelangt war. Sooft er von seiner Arbeit aufblickte oder aus der kühlen Dunkelheit einer Last an Deck kam, lag die kahle, feindselige Insel vor ihm. Obwohl er wußte, daß die *Destiny* während des Tages immer wieder auf Gegenkurs ging, schien es, als hätten sie sich überhaupt nicht bewegt und als ob die Insel mit ihrem Festungshügel auf etwas wartete. Auf ihn wartete.

Gegen Abend legte Gulliver das Schiff auf einen neuen Kurs, der es gut frei von der Insel hielt. Die Ausgucks im Mast hatten keinerlei Bewegung in der Lagune beobachtet, doch Dumaresq bezweifelte nicht, daß Garrick jede ihrer Bewegungen beobachtete. Die Tatsache, daß die *Destiny* nie näher herangekommen war, mochte seine Zuversicht erschüttern und ihn in der Annahme bestärken, daß Hilfe für die einsame Fregatte unterwegs war.

Schließlich rief Dumaresq seine Offiziere nach achtern und in die

Kajüte. Es war beinahe so heiß und stickig wie das letztemal, jeder Luftzug wurde durch die geschlossenen Fenster unterbunden, so daß sie alle binnen kurzem in Schweiß gebadet waren.

Sie gingen alle Punkte wieder und wieder durch. Von daher konnte eigentlich nichts schiefgehen. Sogar der Wind begünstigte sie. Er kam weiter aus Südwesten, und obwohl er etwas frischer als bisher wehte, gab es keine Anzeichen, daß er gegen sie drehen könnte.

Dumaresq beugte sich über den Tisch und sagte sehr ernst: »Es ist soweit, meine Herren. Wenn wir jetzt auseinandergehen, werden Sie Ihre Boote klarmachen. Ich kann Ihnen nur den verdienten Erfolg wünschen. Ihnen lediglich Glück zu wünschen, käme einer Beleidigung nahe.«

Bolitho versuchte, sich Glied für Glied zu entspannen, denn er konnte die Unternehmung nicht so verkrampft wie jetzt beginnen. Jeder kleinste Fehler würde ihn sonst zerbrechen, das wußte er.

Er zupfte an seinem naßgeschwitzten Hemd und dachte daran, wie er damals ein neues Hemd angezogen hatte, nur weil er sich mit Aurora an Deck treffen wollte. Vielleicht war dies jetzt eine ebenso sinnlose Geste. Anders als der Brauch, vor einem Gefecht auf See saubere Wäsche anzuziehen, damit bei einer Verwundung eine Infektion vermieden wurde. Aber auf der schrecklichen Insel würde es keinen Bulkley geben.

Dumaresq sagte: »Ich beabsichtige, den Kutter und die Jolle in einer Stunde auszusetzen. Um Mitternacht sollten wir dann auf der richtigen Position sein, um auch Pinasse und Barkasse zu fieren.« Sein Blick ruhte auf Bolitho. »Ihre Leute werden hart zu pullen haben, aber dafür wird die Deckung besser sein.« Er zählte die einzelnen Punkte noch einmal an den Fingern ab. »Vergewissern Sie sich, daß Musketen und Pistolen ungeladen bleiben, bis keine Panne mehr passieren kann. Prüfen Sie alle Geräte, die Sie brauchen, bevor Sie ins Boot steigen. Und sprechen Sie mit Ihren Leuten.« Er sagte es freundlich, beinahe herzlich. »Sprechen Sie mit ihnen. Die Leute sind Ihre Stärke und werden Sie beobachten, ob Sie allem gerecht werden.«

Füße trampelten über ihren Köpfen, und Taljen wurden geräuschvoll über Deck geschleift. Die *Destiny* drehte bei.

Dumaresq schloß seine Ansprache: »Morgen ist Ihr schwerster Tag, Mr. Bolitho. Sie liegen im Versteck und tun gar nichts. Wenn Sie entdeckt werden, kann ich Ihnen nicht helfen.«

Midshipman Merrett klopfte an und rief: »Meldung von Mr. Yeames, Sir: wir haben beigedreht.«

Die Meldung schien überflüssig, da sie es längst an den unruhigen Bewegungen der Kajüte gemerkt hatten; darum grinsten einige der Anwesenden und stießen einander an. Sogar Rhodes, von dem Bolitho wußte, daß er sich vor dem Kommenden schrecklich fürchtete, lächelte breit. Die gleiche verrückte Stimmung schien zurückzukehren. Vielleicht war es besser so.

Sie verließen die Kajüte und waren bald darauf in ihren jeweiligen Gruppen untergetaucht.

Bootsmann Timbrells Heißkommando hatte schon die Jolle ausgesetzt, und kurz darauf folgte ihr der Kutter über die Hängemattsnetze in das gegen die Bordwand klatschende Wasser. Plötzlich war für nichts anderes mehr Zeit. In der alle umhüllenden Dunkelheit stießen ein paar Hände vor für einen kurzen Klaps auf die Schulter, und einige Stimmen flüsterten Freunden oder Kameraden »viel Glück« oder »zeigt es ihnen« zu. Und dann lag auch das hinter ihnen, und die Boote, die bis dahin längsseits in der Dünung gedümpelt hatten, machten sich auf den Weg zur Insel.

»Bringen Sie das Schiff wieder in Fahrt, Mr. Gulliver.« Dumaresq drehte der See den Rücken zu, als hätte er sich Palliser und die beiden Boote schon aus dem Kopf geschlagen.

Bolitho sah Jury mit dem jungen Merrett sprechen und fragte sich, ob Merrett froh war, daß er an Bord bleiben durfte. Es war unglaublich, wieviel sich in diesen wenigen Monaten ereignet hatte, seit sie als Besatzung erstmals zusammengekommen waren.

Dumaresq trat leise heran. »Sie müssen noch warten, Mr. Bolitho. Ich wollte, ich könnte das Schiff für Sie beschleunigen.« Er lachte in sich hinein. »Aber es gab noch nie einen bequemen Weg zum Erfolg.«

Bolitho berührte seine Narbe mit einem Finger. Bulkley hatte die Nähte entfernt, und trotzdem war er noch immer nicht sicher, ob ihn nicht wieder die heftigen Schmerzen packen würden und das gleiche Gefühl der Verzweiflung, das ihn ergriffen hatte, als er niedergehauen worden war.

Dumaresq sagte plötzlich: »Mr. Palliser und seine wackeren Leute sind jetzt auf halbem Wege. Aber ich darf nicht länger an sie denken, weder an sie als Untergebene, noch als Freunde, bis alles vorüber ist.« Er wandte sich ab und setzte nur noch kurz hinzu: »Eines Tages werden Sie mich verstehen.«

XV Mut im rechten Augenblick

Bolitho versuchte, sich in der auf und ab tanzenden Pinasse zu erheben, und griff als Halt nach Stockdales Schulter. Trotz der nächtlichen Kühle und der Spritzer, die bei dem Seegang unaufhörlich über das Setzbord schlugen, war ihm heiß wie im Fieber. Je näher das Boot der kaum sichtbaren Insel kam, desto schwieriger wurde es. Und dabei hatten die Männer geglaubt, der erste Teil ihrer Fahrt, als sie vom Mutterschiff abgesetzt hatten und mit Einsatz aller Kräfte dem Ufer entgegengepullt waren, wäre der schlimmere Teil gewesen. Jetzt wußten sie es besser, nicht zuletzt der Dritte Offizier.

Anfangs nur gelegentlich, dann immer häufiger, rauschten sie an gischtübersprühten, gezackten Felsspitzen oder Korallenbänken vorbei, wobei es oft den Anschein hatte, als ob diese und nicht das Boot sich bewegten.

Keuchend und fluchend mühten sich die Ruderer, gleichen Schlag zu halten, aber das wurde immer wieder unmöglich gemacht, wenn einer von ihnen seinen Riemen aus der Rundsel ziehen mußte, um zu verhindern, daß das Blatt an einer Felsspitze zersplitterte.

Das ständige Herumgeschleudertwerden machte das Nachdenken schwierig; Bolitho mußte sich sehr anstrengen, um sich Dumaresqs Anweisungen und Gullivers düstere Voraussagen für ihre letzte Wegstrecke in Erinnerung zu rufen. Kein Wunder, daß Garrick sich hier sicher fühlte. Kein größeres Schiff konnte es wagen, sich durch diesen Irrgarten von Korallen- und Felsblöcken der Insel zu nähern. Für die Pinasse war es schon schwierig genug. Bolitho wagte gar nicht, an die vierunddreißig Fuß* lange Barkasse der *Destiny* zu denken, die ihnen irgendwo achteraus folgte. In dem Boot befanden sich Colpoys und seine Scharfschützen, ferner eine zusätzliche Ladung Schießpulver. Wie mochte es jetzt Pallisers großer Gruppe gehen, die an der Südwestseite der Insel abgesetzt worden war? Und was machten Bolithos eigene Männer an Bord? Dumaresq war nun knapp an Leuten. Wenn er angegriffen wurde, mußte er ausweichen. Der Gedanke, Dumaresq auf der Flucht zu wissen, war so absurd, daß er Bolitho irgendwie Kraft gab.

»Wahrschau! Direkt voraus!« Das war Bootsmannsmaat Ellis

* ca. 10 m

Pearse im Bug. Er war ein erfahrener Seemann und hatte den letzten Teil ihres Weges immer wieder mit Bleigewicht und Leine gelotet. Jetzt betätigte er sich auch als Ausguck, weil immer neue Felsen aus der Finsternis vor ihnen auftauchten.

Der Lärm, den sie im Boot machten, schien so groß zu sein, daß man sie vom Ufer aus hören mußte. Doch Bolitho wußte aus Erfahrung, daß das Getöse der Brandung das Geklapper der Riemen und ihre verzweifelten Anstrengungen, sich mit Bootshaken und Fäusten einen Weg durch die mörderischen Felsen zu erkämpfen, übertönte. Bei Mondlicht, und wenn es noch so schwach gewesen wäre, hätte es anders ausgesehen. Seltsamerweise hob sich für einen aufmerksamen Wächter an Land ein kleines Boot besser ab als ein vollgetakeltes Schiff. Das hatte schon mancher Schmuggler an der Küste von Cornwall zu seinem Leidwesen erfahren.

Pearse rief heiser: »Land voraus!«

Bolitho hob eine Hand zum Zeichen, daß er verstanden hatte, und fiel fast der Länge nach hin.

Noch sah es so aus, als wolle der mahlende Strom zwischen den Felsen niemals enden. Doch dann sah auch er es: die schwache Andeutung von Land, das sich über der wehenden Gischt erhob. Und es kam schnell näher.

Er grub die Finger in Stockdales Schulter. Sie fühlte sich unter dem durchnäßten Hemd an wie Eichenholz.

»Vorsicht jetzt, Stockdale! Etwas mehr nach Steuerbord!«

Josh Little, der Stückmeistersmaat, knurrte: »Zwei Mann fertigmachen zum Außenbordsgehen!«

Bolitho sah zwei Matrosen über dem schäumenden Wasser hokken und hoffte, daß er die Tiefe nicht falsch eingeschätzt hatte.

Irgendwo hinter sich hörte er ein Knirschen und dann das heftige Schlagen von Riemen, die sich mühten, die Barkasse wieder ins Gleichgewicht zu bringen. Sie hatte wohl den letzten großen Felsbrocken gestreift, dachte Bolitho.

Little lachte in sich hinein. »Ich wette, da haben die Ochsen vor Angst gezittert.« Dann stieß er den ihm am nächsten hockenden Mann an. »Los!«

Der Matrose glitt nackt, wie er auf die Welt gekommen war, über das Rundselbord, hing einen Augenblick strampelnd und Wasser spuckend daran und keuchte dann: »Sandiger Grund!«

»Auf Riemen!« Stockdale legte hart Ruder. »Streich Steuerbord, Ruder an Backbord!«

Es gelang ihnen, die Pinasse zu drehen und mit Hilfe der beiden ins Wasser gesprungenen Männer mit dem Heck voran auf den Strand zu setzen.

Stockdale hatte das Ruder ausgehakt und hob es so mühelos ins Boot wie jemand, der einen Stock von der Straße aufsammelt. Eine Welle hob die Pinasse noch einmal an und setzte sie geräuschvoll höher auf den Sand.

»Ausladen!«

Bolitho kämpfte sich gegen die zurückflutenden Wellen, die ihm die Beine wegziehen wollten, den Strand hinauf. Hinter ihm stolperten Männer, die ihre Waffen an Land trugen, während andere ins tiefere Wasser wateten, um die Barkasse auf einen sicheren Streifen Sand zu lenken.

Der erste Matrose, der abgeteilt worden war, ins Wasser zu gehen, zog mühsam Hose und Hemd wieder über den nassen Körper, aber Little sagte: »Später, Kamerad! Jetzt enter erst mal selber auf!«

Jemand lachte, als der triefende Matrose vorbeihüpfte, und wieder einmal staunte Bolitho, daß die Männer auch in dieser Lage noch Sinn für Humor hatten.

»Hier kommt die Barkasse!«

Little stöhnte: »Himmel und Hölle, die sehen aus wie ein Haufen verdammter Kirchendiener!« Er gab seinem Bauch einen Schwung nach oben, stampfte wieder hinunter in die Brandung und ließ seine Stimme wie einen Peitschenhieb auf das Durcheinander von Männern und Riemen niedersausen.

Midshipman Cowdroy kletterte bereits mit einigen Männern einen steilen Abhang an der linken Seite des Strandes hinauf. Jury war beim Boot geblieben und überwachte das Ausladen der letzten Waffen, des Pulvers und der Kanonenkugeln sowie ihres knappen Proviants; von Hand zu Hand wurden sie bis zu einem geschützten Platz den Hügel hinaufgereicht.

Leutnant Colpoys kam durch den Sand gestapft und rief verzweifelt: »Mein Gott, Richard, gibt es denn keine einfachere Art, eine Schlacht zu schlagen?« Er hielt an und beobachtete seine Seesoldaten, die vorbeischlurften und dabei ihre langen Musketen über die Köpfe hielten, um sie vor Gischt und Sandkörnern zu schützen. »Zehn ausgesuchte Scharfschützen«, bemerkte er mehr zu sich selber, »und verdammt überflüssig, wenn Sie mich fragen.«

Bolitho blickte den Hügel hinauf. Es war knapp zu erkennen, wo sich sein Gipfel vom Himmel abhob. Sie mußten ohne Verzug hinüber und in ein Versteck kommen. Knapp vier Stunden hatten sie dafür noch.

»Los!« Er wandte sich um und winkte den beiden Booten zu. »Sie können zurückfahren. Viel Glück.«

Er hatte sich bemüht, seine Stimme zu dämpfen, aber trotzdem hielten die nächststehenden Leute an, um noch einen Blick zurück auf die Boote zu werfen. In ein oder zwei Stunden würden diese Boote wieder sicher auf ihren Klampen an Bord stehen, ihre Besatzungen konnten sich ausruhen und die Spannung und Gefahr vergessen, in der sie sich befunden hatten.

Wie schnell sie sich entfernten, dachte Bolitho. Ohne das Gewicht von Passagieren und Waffen verschwanden sie binnen kurzem in der Dunkelheit und waren nur noch einen Augenblick an den Spritzern zu erkennen, die ihre Riemenblätter aufwarfen.

Colpoys sagte leise: »Weg sind sie.« Er musterte sein Seeoffiziershemd und die flauschige Kniehose. »Dieses Räuberzivil werde ich nie verwinden.« Doch dann grinste er plötzlich. »Andererseits, wenn der Oberst mich bei unserer nächsten Begegnung so sieht, wird er wenigstens mal Notiz von mir nehmen. Meinen Sie nicht auch?«

Midshipman Cowdroy kam den Abhang heruntergeschliddert. »Soll ich Späher vorschicken, Sir?«

Colpoys sah ihn kühl an. »Ich schicke zwei meiner Leute.« Er gab einen knappen Befehl, und schon verschmolzen zwei Seesoldaten wie Geister mit der Finsternis.

Bolitho sagte: »Diese Aufgabe paßt besser zu Ihnen, John.« Er wischte sich die Stirn mit dem Hemdsärmel. »Sagen Sie's mir, wenn ich etwas falsch mache.«

Colpoys zuckte die Schultern. »Ich ziehe meine Aufgabe auch der Ihrigen vor.« Er klopfte Bolitho auf den Arm. »Aber wir stehen oder fallen zusammen.« Er schaute sich nach seinem Burschen um. »Laden Sie meine Pistolen und halten Sie sich in meiner Nähe, Thomas.«

Bolitho schaute nach Jury aus, aber der stand bereits neben ihm. »Fertig?«

Jury nickte entschlossen. »Aye, Sir, fertig.«

Bolitho zögerte noch und blickte hinunter auf den schmalen Sandstreifen, auf dem sie gelandet waren. Die Brandung schäumte wie eh und je zwischen den Riffen, und die Spuren der Bootskiele im Sand waren bereits fortgespült. Kaum zu glauben, daß dies die gleiche kleine Insel war. Vier Meilen lang und knapp zwei Meilen von Nord nach Süd breit. Jetzt sah sie aus wie Festland, aber bei Tage würde man ihre engen Grenzen merken.

Colpoys verstand sein Metier. Bulkley hatte erwähnt, daß der adrette Seesoldat früher in einem Linienregiment gedient hatte, und das zeigte sich jetzt. Er wählte seine Wachtposten gut aus, schickte seine besten Späher vorweg und überließ den weniger leichtfüßigen Matrosen den Transport von Proviant, Pulver und Eisenkugeln. Insgesamt waren sie dreißig Mann, und Palliser hatte etwa die gleiche Zahl. Dumaresq würde dankbar sein, daß er wenigstens die Bootsbesatzungen zurückbekam, dachte Bolitho.

Und doch: Trotz der sicheren Art, wie Colpoys die Männer in kleine Gruppen einteilte und sonstige Anordnungen traf, hatte Bolitho der Tatsache ins Auge zu sehen, daß *er* die Verantwortung trug. Als die Männer zu beiden Seiten ausschwärmten, über lose Steine stolperten oder im Sand ausrutschten, war er zufrieden, daß er die Sorge um ihre Sicherheit zunächst Colpoys scharfäugigen Spähern überlassen konnte.

Bolitho zwang sich, eine plötzliche Unruhe zu unterdrücken. Es war genau wie damals, als er seine erste selbstständige Wache angetreten hatte, als das Schiff durch die finstere Nacht brauste und er der einzige war, der durch einen Befehl oder einen Schrei um Hilfe etwas daran hätte ändern könnnen.

Er hörte schwere Schritte neben sich und sah Stockdale vorbeigehen, sein breites Entermesser über der Schulter. Es fiel Bolitho leicht, sich vorzustellen, wie Stockdale ihn damals zum Boot getragen hatte. Ohne diesen seltsamen Mann mit der rauhen Stimme wäre er jetzt tot gewesen. Es war beruhigend, ihn wieder neben sich zu haben.

Colpoys sagte: »Nicht mehr weit«, und spuckte Sandkörner aus. »Wenn dieser Narr Gulliver sich geirrt hat, spalte ich ihn wie ein Schwein in zwei Hälften.« Er lachte leise. »Aber wenn er wirklich unrecht hatte, wird mir dieses Vergnügen kaum noch gegönnt sein.«

Ein Mann rutschte in der Dunkelheit aus und fiel hin, wobei sein Entermesser und die Kartätschenkugel, die er trug, heftig klapperten. Einen Augenblick erstarrten sie, bis ein Seesoldat rief: »Alles ruhig, Sir.«

Bolitho hörte ein lautes Klatschen und wußte, daß Cowdroy den unaufmerksamen Seemann mit der flachen Seite seines Säbels geschlagen hatte. Falls Cowdroy den Leuten im Gefecht je den Rücken wandte, würde er seine Beförderung zum Leutnant kaum erleben, so unbeliebt war er.

Bolitho schickte Jury voraus; als dieser keuchend und außer Atem zurückkam, meldete er: »Wir sind da, Sir.« Er machte eine Handbewegung zur Kuppe des Hügels. »Ich konnte die See hören.«

Colpoys schickte seinen Burschen aus, die Späher anzuhalten. »Soweit ging's gut. Wir müssen jetzt in der Mitte der Insel sein. Wenn es hell genug ist, werde ich unsere genaue Position bestimmen.«

Seesoldaten und Matrosen, die beide den scharfen Marsch über unebenen Boden nicht gewohnt waren, hockten sich zusammen unter eine überhängende Felsnase. Es war dort kühl und roch faulig, als seien Höhlen in der Nähe.

In wenigen Stunden mußte es hier sein wie in einem Ofen.

»Stellen Sie Posten auf. Dann wollen wir Lebensmittel und Wasser ausgeben. Es kann lange dauern, bis wir dazu wieder Gelegenheit haben.« Bolitho schnallte seinen Säbel ab und lehnte sich mit dem Rücken an den nackten Fels. Er dachte an seine Kletterpartie mit dem Kommandanten, bei der er vom Großmast aus diese kahle, bedrohliche Insel zum erstenmal gesehen hatte. Nun war er hier.

Jury beugte sich über ihn. »Ich weiß nicht recht, wo ich die Posten auf dem Steilhang aufstellen soll, Sir.«

Bolitho schaffte es irgendwie, auf die Füße zu kommen.

»Kommen Sie, ich zeige es Ihnen. Das nächste Mal wissen Sie's dann.«

Colpoys, der gerade eine Feldflasche mit warmem Wein an die Lippen hielt, setzte sie ab und beobachtete, wie sie in der Dunkelheit verschwanden. Der Dritte Offizier hatte sich seit Plymouth sehr herausgemacht, dachte er. Er mochte noch sehr jung sein, aber er handelte mit der Autorität eines Veteranen.

Bolitho wischte den Staub von seinem Fernrohr und versuchte, seinen bäuchlings ausgestreckten Körper in eine einigermaßen bequeme Lage zu bringen. Es war noch früher Morgen, aber der Sand und die Felsen waren schon heiß, und seine Haut juckte so, daß er gern sein Hemd heruntergerissen und sich überall gekratzt hätte.

Colpoys rutschte heran und hielt ihm eine Handvoll trockenes Gras hin. »Beschatten Sie die Linse damit. Es braucht nur ein Sonnenstrahl reflektiert zu werden, und schon wird Alarm geschlagen.«

Bolitho nickte nur, um Stimme und Atem zu schonen. Er hob das Fernglas sehr vorsichtig und schwenkte es langsam von der einen Seite zur anderen. Es gab mehrere kleine Kuppen wie die, hinter der sie sich vor dem Feind und der Sonne versteckt hatten, aber alle wurden überragt von dem kahlen Hügel. Er verbarg die offene See, die direkt dahinter liegen mußte, aber an seiner rechten Seite sah Bolitho das Ende der Lagune und einige der sechs dort ankernden Schiffe. Alles Schoner, soweit er erkennen konnte, und alle wie festgenagelt im blendenden Sonnenlicht. Nur ein kleines Beiboot zeichnete Muster auf die glitzernde Wasserfläche. Dahinter und sie umfassend lief der gebogene Arm aus Fels und Korallen nach links weiter, doch die schmale Fahrrinne zur offenen See war ebenfalls durch den Hügel verdeckt.

Bolitho schwenkte das Glas abermals und konzentrierte sich auf das Land am entfernten Ende der Lagune. Nichts bewegte sich, und doch mußten Palliser und seine Leute dort, wo sie gelandet waren, im Versteck liegen, mit der See im Rücken. Er schätzte, daß die *San Augustin,* wenn sie noch schwamm, auf der anderen Seite des Hügels unterhalb der Batterie lag, von der sie bezwungen worden war.

Colpoys hatte sein Teleskop auf das Westende der Insel gerichtet. »Da, Richard – Hütten. Eine ganze Reihe.«

Bolitho stellte sein Fernglas darauf ein und setzte es kurz ab, um sich den Schweiß aus den Augen zu wischen. Die Hütten waren klein, roh gebaut und besaßen keine Fenster. Wahrscheinlich dienten sie nur als Lager für Waffen und Beutegut, dachte er. Das Glas beschlug, und als es wieder klar war, sah er eine kleine Gestalt auf der Spitze einer niedrigen Kuppe erscheinen: ein Mann in weißem Hemd, der seine Arme reckte und anscheinend gähnte. Er wanderte gemütlich zum Abhang, und was Bolitho für eine Muskete gehalten hatte, erwies sich als langes Fernrohr. Dies zog er ohne Hast auseinander und begann damit die See abzusuchen, von links nach rechts und vom Ufer bis zur harten blauen Linie des Horizonts. Mehrmals kehrte sein prüfender Blick auf einen Punkt zurück, der für Bolitho durch den Hügel verdeckt war. Aber er nahm an, daß der Ausguck die *Destiny* gesichtet hatte, die – scheinbar wartend wie bisher – vor der Insel kreuzte. Der Gedanke an das Schiff erfüllte sein Herz mit Sehnsucht und Verlassenheit.

Colpoys sagte leise: »Das ist der Platz, wo die Kanone stehen muß. Unsere Kanone«, setzte er betont hinzu.

Bolitho versuchte es noch einmal, doch im zunehmenden Dunst

schienen die Kuppen vor seinen Augen abwechselnd zu verschmelzen und sich dann wieder zu trennen. Aber der Seesoldat hatte recht. Direkt hinter dem einsamen Ausguck erhob sich ein mit Segeltuch zugedeckter Höcker. Die einzelne Kanone, die den Spanier durch ihre schlechte Schießleistung über den entscheidenden Punkt hinausgelockt hatte, war wahrscheinlich darunter versteckt.

Colpoys flüsterte: »Die haben sie sicher dort aufgestellt, um die unten ankernden Prisenschiffe zu decken.«

Sie sahen einander an, denn auf einmal war ihnen die Bedeutung ihrer Aufgabe klargeworden. Die Kanone mußte genommen werden, bevor Palliser es wagen konnte, aus seinem Versteck zu kommen. Wenn er vorher entdeckt wurde, konnte ihn die geschickt postierte Kanone an seinem Platz festnageln und in Ruhe abschlachten. Wie um diesen Gedanken zu unterstreichen, kamen einige Leute über die Seite des Hügels und marschierten auf die Hütten zu.

Colpoys sagte: »Großer Gott, schauen Sie sich das an! Es müssen mindestens hundert Mann sein!«

Und es waren bestimmt keine Gefangenen. Sie gingen zu zweien oder zu dreien und wirbelten Staub auf wie eine ganze Armee. Auf der Lagune zeigten sich einige Boote, und an ihrem Ufer waren weitere Leute mit langen Stangen und Taurollen zu sehen. Es hatte den Anschein, als richteten sie einen Behelfskran auf, um Lasten in die Boote hinunterzulassen.

Dumaresq hatte recht gehabt, wieder einmal: Garricks Männer bereiteten alles zum Verlassen der Insel vor.

Bolitho sah Colpoys an. »Nehmen wir mal an, wir hätten uns geirrt, was die *San Augustin* betrifft. Aber daß wir sie nicht sehen, heißt noch nicht, daß sie unbenutzbar ist.«

Colpoys schaute immer zu den Männern bei den Hütten hinüber. »Ich stimme Ihnen zu. Es gibt nur einen Weg, das herauszufinden.« Er drehte den Kopf, als Jury atemlos den Hang hochkam. »Bleiben Sie in Deckung!«

Jury bekam einen roten Kopf und warf sich neben Bolitho zu Boden. »Mr. Cowdroy möchte wissen, ob er noch Wasser ausgeben darf, Sir.« Sein Blick wanderte über Bolitho hinweg zu dem geschäftigen Treiben am Ufer.

»Noch nicht. Sagen Sie ihm, er soll die Leute gut versteckt halten. Wenn sich einer sehen oder hören läßt, sind wir alle erledigt.« Er machte eine Kopfbewegung zur Lagune hin.»Danach kommen Sie zurück. Haben Sie Lust auf einen kleinen Spaziergang?« Er sah, daß die Augen des Jungen sich weiteten und gleich wieder zusammenzogen.

»Ja, Sir.«

Als Jury außer Sicht war, fragte Colpoys: »Warum Jury? Er ist doch noch ein Junge!«

Bolitho hob sein Glas wieder ans Auge. »Morgen im ersten Tageslicht wird die *Destiny* einen Scheinangriff auf die Einfahrt machen. Das ist schon Wagnis genug. Aber wenn sie außer von der Batterie auf dem Hügel auch noch von der Artillerie der *San Augustin* aufs Korn genommen wird, könnte sie schwer beschädigt, ja zum Wrack geschossen werden. Wir müssen also wissen, was uns bevorsteht.« Er machte eine Kopfbewegung zum anderen Ende der Lagune. »Der Erste Offizier hat seine Befehle. Er wird in dem Augenblick angreifen, in dem die Verteidiger der Insel durch die *Destiny* abgelenkt sind.« Er begegnete dem beunruhigten Blick des Seesoldaten und hoffte, daß er überzeugender wirkte, als ihm zumute war. »Und wir müssen Palliser helfen. Wenn ich die Lage nüchtern betrachte, komme ich zu dem Schluß, daß Sie bei dieser Unternehmung der wichtigere von uns beiden sind. Darum werde ich gehen und Mr. Jury als Melder mitnehmen.« Er sah zur Seite. »Wenn ich heute falle . . .«

Colpoys drückte seinen Arm. »Sie – fallen? Dann werden wir Ihnen so schnell folgen, daß Petrus Mühe bei der Einlaßkontrolle hat.«

Gemeinsam schätzten sie die Entfernung zum niedrigen Nachbarhügel. Jemand hatte ein Stück des Segeltuchs hochgerollt, und darunter war jetzt deutlich ein Rad zu erkennen, das Rad einer Landkanone.

Colpoys sagte bitter: »Französisches Fabrikat, darauf halte ich jede Wette.«

Jury kam zurück und wartete, daß Bolitho ihn ansprach. Bolitho löste seinen Säbelgurt und gab ihn dem Seesoldaten. Dann sagte er zu Jury: »Lassen Sie alles hier, außer Ihrem Dolch.« Er versuchte ein Lächeln. »Wir wandern wie Landstreicher mit leichtem Gepäck.«

Colpoys schüttelte den Kopf. »Sie werden auffallen wie weiße Meilensteine!« Er hielt ihnen seine Feldflasche hin. »Begießen Sie sich damit, und wälzen Sie sich anschließend im Staub. Das nützt, wenn auch nicht viel.«

Schließlich waren sie – schmutzig und zerknittert – fertig zum Gehen.

Colpoys sagte: »Vergessen Sie nicht: kein Pardon! Es ist besser zu sterben, als von diesen Barbaren gefangen zu werden.«

Einen steilen Abhang hinab und dann in eine enge Schlucht. Bolitho hatte den Eindruck, daß jeder fallende Stein so viel Lärm machte wie ein Felsrutsch. Und doch war es hier seltsam friedlich. Wie Colpoys schon festgestellt hatte, gab es keine Vogelexkremente, woraus zu schließen war, daß Vögel nur selten in diese öde Gegend kamen. Nichts hätte ihren heimlichen Vormarsch eher verraten als der kreischende Protest von aus ihren Nestern aufgescheuchten Seevögeln.

Die Sonne stieg höher, und die Felsen glühten vor Hitze. Sie zogen sich die Hemden aus und wickelten sie wie Turbane um ihre Köpfe; da jeder seine blanke Waffe in der Faust trug, sahen sie mindestens so sehr nach Piraten aus wie die Männer, auf die sie Jagd machten.

Jury packte Bolithos Arm. »Da oben! Ein Posten!«

Bolitho riß Jury mit sich zu Boden. Er fühlte, wie die Spannung des Kadetten nacktem Entsetzen wich, denn der »Posten« war einer von Don Carlos' Offizieren. Seine Leiche war an einen in der Sonne stehenden Pfahl genagelt, und seine einst schmucke Uniform war blutdurchtränkt.

Jury flüsterte: »Seine Augen! Sie haben ihm die Augen ausgestochen!«

Bolitho schluckte krampfhaft. »Kommen Sie, wir haben noch ein langes Stück vor uns.«

Schließlich erreichten sie einen Haufen loser Steinblöcke, von denen einige frische Bruchkanten und auch Schwärzungen aufwiesen. Bolitho schloß daraus, daß sie von der einleitenden Breitseite der *San Augustin* weiter oben ausgebrochen worden und heruntergerollt waren.

Er warf sich zwischen zwei Blöcke, fühlte ihre Hitze auf seiner Haut brennen und gleichzeitig ein schmerzendes Pochen in der Narbe überm Auge, als er sich tiefer in einen Spalt preßte, wo man ihn nicht sehen konnte. Jury quetschte sich daneben, und Bolithos Schweiß tropfte auf ihn, als er langsam den Kopf hob und auf die Lagune hinunterschaute.

Er hatte erwartet, daß der eroberte Spanier auf Grund lag oder von den siegreichen Piraten abgetakelt und ausgeplündert wurde, doch was er sah, war ein Bild bester Effektivität und Disziplin. Die *San Augustin* lag sauber vor Anker, auf ihrem Oberdeck und auf den Masten und Rahen wimmelte es von Menschen. Sie hämmerten, sägten, spleißten und schoren neues Tauwerk ein. Es war das gleiche Bild wie auf jedem Kriegsschiff der Welt.

Die vordere Bramstenge, die in dem kurzen Gefecht weggeschossen worden war, war bereits durch eine fachmännisch aufgeriggte Reservestenge ersetzt. Aus der Art, wie die Leute arbeiteten, entnahm Bolitho, daß sie zur ursprünglichen Besatzung gehörten. Hier und da standen Gestalten an Deck, die sich nicht an der rastlosen Arbeit beteiligten. Sie hockten hinter leichten Schwenkgeschützen oder hielten schußbereite Musketen. Bolitho mußte an die gemarterte, augenlose Leiche auf dem Abhang denken und spürte einen Kloß im Hals. Kein Wunder, daß die Spanier für die Sieger arbeiteten. Man hatte ihnen eine schreckliche Lehre erteilt und sicher noch Schrecklicheres vor Augen geführt, um jeden Gedanken an Widerstand zu brechen, bevor er aufkam.

Boote legten am verankerten Schiff an, Heißtakel wurden zu ihnen hinuntergelassen und mit großen Netzen, die mit allerlei Kisten und Kästen gefüllt waren, wieder geheißt, über das Schanzkleid geschwenkt und an Deck abgesetzt.

Ein Boot pullte, von den übrigen getrennt, langsam um das Heck der *San Augustin* herum. Ein kleiner Mann mit sorgfältig gestutztem Bart, der sich sehr gerade hielt, stand im Heck und zeigte mit einem schwarzen Stock mal hierhin, mal dorthin. Sogar auf die Entfernung wirkte der Mann selbstbewußt und so arrogant wie jemand, der sich durch Untaten Macht und Respekt errungen hatte. Es mußte Sir Piers Garrick sein.

Jetzt beugte er sich über das Dollbord des Bootes und zeigte mit seinem Stock wieder auf irgend etwas. Bolitho folgte der Richtung und sah, daß der Schiffsboden zum Teil aus dem Wasser ragte. Garrick ordnete sicherlich an, daß Teile der Ladung oder Munition umgestaut wurden, um seiner neuen Prise besseren Trimm und damit bessere Segeleigenschaften zu geben.

Jury flüsterte: »Was tun sie, Sir?«

»Die *San Augustin* macht klar zum Auslaufen.« Er rollte sich trotz der spitzen Steine auf den Rücken, um nachzudenken. »Die *Destiny* kann es nicht mit allen gleichzeitig aufnehmen. Wir müssen sofort handeln.«

Er sah Entschlossenheit auf Jurys Gesicht. Dieser hatte offenbar das gleiche gedacht, mit einer vertrauensvollen Siegesgewißheit, die auch Bolitho einmal gekannt hatte.

Er sagte: »Sehen Sie? Da legen weitere Boote an der *San Augustin* an, mit Garricks Schatz. Um ihn allein geht es. Deshalb die eigene Flottille. Und nun hat er auch noch ein Vierundvierzig-Kanonen-Schiff, mit dem er machen kann, was er will. Kapitän Dumaresq hatte recht: Nichts kann ihn mehr aufhalten.« Er lächelte matt. »Außer der *Destiny*.«

Bolitho sah es vor sich, als wäre es schon geschehen: die *Destiny* dicht unter Land, um eine Ablenkung zugunsten Pallisers zu inszenieren, während die gekaperte *San Augustin* dalag wie ein zum Sprung bereiter Tiger. In diesen begrenzten Gewässern würde die *Destiny* keine Chance haben.

»Wir müssen zurück.«

Bolitho kroch zwischen den Felsblöcken davon, während er sich innerlich noch gegen das sträubte, was getan werden mußte.

Colpoys konnte seine Erleichterung kaum verbergen, als sie den Abhang zu ihm hochkletterten. Er berichtete: »Sie haben die ganze Zeit geschuftet und die Hütten ausgeräumt. Mit Sklaven, lauter armen Teufeln. Ich sah mehr als einen, der mit einer Kette niedergeschlagen wurde.«

Danach schwieg Colpoys, bis Bolitho mit seinem Bericht fertig war. Schließlich sagte er: »Ich weiß, was Sie denken. Weil dies eine verdammt nutzlose und verrottete Insel ist, für die sich niemand interessiert und von der verflucht wenige Menschen bisher überhaupt gehört haben, fühlen Sie sich betrogen und sind nicht bereit, Menschenleben – Ihr eigenes eingeschlossen – dafür aufs Spiel zu setzen. Aber die großen Seeschlachten unter wehenden Fahnen sind eben selten. Dies wird einmal als Scharmützel, als ›Zwischenfall‹, bezeichnet werden. Wichtig ist allein, was wir davon halten.« Er legte sich zurück und betrachtete Bolitho ruhig. »Ich sage daher: zum Teufel mit aller übertriebenen Vorsicht. Wir werden uns zu ihrer Kanone aufmachen, ohne auf die morgige Dämmerung zu warten. Sie haben keine weitere Kanone, welche die Lagune bestreicht. Alle anderen sind auf dem Hügel mit einer anderen Zielrichtung eingegraben. Es wird Stunden dauern, sie herumzuschwenken.« Er grinste. »In der Zeit kann eine ganze Schlacht gewonnen oder verloren werden.«

Bolitho nahm wieder das Fernrohr. Seine Hände bebten, als er es auf die Hügelkuppe mit der teilweise verdeckten Kanone richtete. Es war sogar noch derselbe Ausguck wie vorhin.

Jury sagte heiser vor Erregung: »Sie haben die Arbeit eingestellt.«

»Kein Wunder.« Colpoys beschattete seine Augen. »Schauen Sie mal etwas weiter hinaus, junger Freund. Ist das nicht Anlaß genug?«

Langsam kam die *Destiny* in Sicht. Ihre Mars- und Bramsegel hoben sich sehr hell von dem tiefblauen Himmel ab.

Bolitho hing gebannt an dem Bild, meinte, die Schiffsgeräusche zu hören, die vertrauten Düfte zu riechen, die Geborgenheit des Bordlebens zu spüren. Er kam sich vor wie ein Mann, der in der Wüste vor Durst umkommt und dem ein Krug Wein als Fata Morgana vorschwebt. Oder wie jemand, der auf dem Weg zum Galgen stehenbleibt, um einem Sperling zuzuhören. Beide wissen, daß es für sie morgen keinen Wein mehr geben wird und auch nicht mehr den Laut der Vögel.

Er sagte entschlossen: »Auf denn! Ich sage es den anderen. Wenn wir nur eine Möglichkeit hätten, Palliser zu unterrichten!«

Colpoys rutschte den Abhang hinunter, dabei blickte er Bolitho an. Seine Augen wirkten gelb im Sonnenlicht.

»Er wird's schon merken, Richard. Die ganze verdammte Insel wird's merken.«

Colpoys wischte sich Gesicht und Nacken mit dem Taschentuch. Es war Nachmittag, und die glühende Hitze, die von den Felsen abgestrahlt wurde, war eine Qual.

Aber das Warten hatte sich gelohnt. Um die Hütten herum hatte alle Tätigkeit aufgehört. Von mehreren Feuern trieb Rauch zu den versteckten Matrosen und Seesoldaten herüber und bescherte ihnen den Duft von geröstetem Fleisch als zusätzliche Tortur.

Colpoys sagte: »Nach dem werden sie sich ausruhen.« Er warf einen Blick auf seinen Korporal. »Geben Sie die Essensrationen und Wasser aus, Dyer.« Für Bolitho setzte er leise hinzu: »Ich schätze, daß die Kanone noch eine Kabellänge entfernt ist.« Er kniff die Augen zusammen, als er den Abhang und den steilen Aufstieg zur nächsten Kuppe abschätzte. »Wenn wir loslaufen, gibt es kein Halten mehr. Ich denke, es werden einige Leute bei der Kanone sein, wahrscheinlich in einer unterirdischen Munitionskammer.« Er nahm einen Becher Wasser von seinem Burschen und trank ihn langsam aus. »Nun?«

Bolitho senkte das Fernrohr und legte die Stirn auf die Arme. »Wir müssen es wagen.«

Er versuchte, nicht lange darüber nachzudenken. Zweihundert

Yards über offenes Gelände, und was dann?

Entschlossen sagte er: »Little und seine Mannschaft kümmern sich um die Kanone. Wir greifen die Kuppe von beiden Seiten an. Mr. Cowdroy übernimmt die zweite Gruppe.« Er sah Colpoys eine Grimasse ziehen und fügte hinzu: »Er ist der ältere von beiden und hat Erfahrung.«

Colpoys nickte. »Ich postiere meine Scharfschützen dort, wo sie am wirkungsvollsten sind. Wenn Sie die Kuppe genommen haben, helfe ich Ihnen bei ihrer Verteidigung.« Er streckte die Hand aus. »Und wenn Sie keinen Erfolg haben, führe ich den kürzesten Bajonettangriff in der Geschichte der Seesoldaten.«

Und dann war es auf einmal soweit. Die anfängliche Ungewißheit und Aufregung waren wie weggewischt, die Männer sammelten sich in den Gruppen, zu denen sie eingeteilt waren, mit ernsten, aber entschlossenen Gesichtern, unter ihnen auch Josh Little mit seiner Geschützbedienung, die mit dem notwendigen Gerät und zusätzlich mit Pulver und einigen Kanonenkugeln bepackt war.

Midshipman Cowdroy hatte schon den Säbel gezogen und überprüfte seine Pistole. Sein verdrießliches Gesicht wirkte noch finsterer als sonst. Bootsmannsmaat Ellis Pearse trug seine Privatwaffe, ein furchterregendes, doppelseitig geschliffenes Entermesser, das er sich von einem Schmied hatte anfertigen lassen. Die Seesoldaten hatten sich zwischen den Felsbrocken verteilt und ihre langen Musketen auf das offene Gelände vor sich und die flache Hügelkuppe dahinter gerichtet.

Bolitho stand auf und musterte die Männer seiner eigenen Gruppe. Dutchy Vorbinck war dabei, Olsson, der verrückte Schwede, Bill Bunce, ein ehemaliger Wilderer, Kennedy, ein Mann, der dem Gefängnis nur durch seine Meldung zur Marine entgangen war, und einige andere, die Bolitho inzwischen gut kannte.

Stockdale schnaufte: »Ich komme mit Ihnen, Sir.«

Ihre Blicke trafen sich.

»Diesmal nicht. Sie gehen mit Little. Diese Kanone muß erobert werden, Stockdale. Ohne sie könnten wir ebensogut gleich hier sterben.« Er berührte Stockdales kräftigen Arm. »Glauben Sie mir: heute hängt alles von Ihnen ab.«

Er wandte sich ab, da er die Enttäuschung des riesigen Mannes nicht mit ansehen konnte. Zu Jury sagte er: »Sie können bei Leutnant Colpoys bleiben.«

»Ist das ein Befehl, Sir?«

Bolitho sah, wie sich das Kinn des Jungen trotzig hob. Was würden sie wohl mit ihm machen? Er antwortete: »Nein.«

Ein Mann flüsterte: »Der Ausguck ist hinuntergeklettert, ich sehe ihn nicht mehr.«

Little kicherte. »Wohl auf einen Schluck verschwunden?«

Bolitho schritt schon über den Abhang, sein gezogener Säbel blitzte im Sonnenlicht, als er auf die gegenüberliegende Kuppe zeigte.

»Los denn! Auf sie, Jungs!«

Ohne auf Lärm oder Deckung zu achten, stürmten sie den Abhang hinunter, wirbelten Staub und Steine auf und hielten den Blick fest auf den Nachbarhügel gerichtet. Sie erreichten die Talsohle und rannten keuchend über das freie Gelände, blind gegen alles außer der verborgenen Kanone.

Irgendwo, eine Million Meilen weg, schrie jemand, und ein Schuß pfiff den Hügel herab. Stimmen schwollen an und verklangen wieder. Sie kamen von den Männern an der Lagune, die zu ihren Waffen eilten, weil sie annahmen, sie würden von See aus angegriffen.

Drei Köpfe erschienen plötzlich auf dem Hügelkamm, als der erste von Bolithos Männern gerade seinen Fuß erreicht hatte. Colpoys Musketen schienen ziemlich wirkungslos zu knallen, aber zwei der Männer verschwanden immerhin, und der dritte machte einen Satz, bevor er den Hang hinunter mitten zwischen die britischen Matrosen rollte.

»Weiter!« Bolitho schwang seinen Säbel. »Schneller!«

Von der einen Seite schoß eine Muskete, ein Seeman fiel, umfaßte mit beiden Händen seinen Schenkel und blieb dann stöhnend liegen, während seine Kameraden weiterstürmten.

Bolitho kam es vor, als ob seine Lunge heißen Sand eingeatmet hätte, während er über eine roh aus Steinen aufgetürmte Brustwehr sprang. Weitere Schüsse fielen, und er begriff, daß noch einige seiner Leute getroffen waren.

Er sah Metall schimmern, neben einem Rad der Kanone unter ihrer Persenning, und schrie: »Achtung!«

Aus der Deckung unter der Leinwand schoß jemand ein Stutzrohr* auf die vorstürmenden Seeleute ab. Einen von ihnen warf es

* alte Handfeuerwaffe

auf den Rücken, sein Gesicht und der größte Teil des Schädels waren weggeschoßen. Drei weitere Männer lagen zuckend in ihrem Blut.

Mit einem Gebrüll wie ein wütendes Raubtier warf sich Pearse von der anderen Seite des Geschützstandes auf die Persenning und schlug sie mit seiner doppelseitig geschliffenen Klinge in Stücke. Eine Gestalt rannte, die Hände über dem Kopf, aus der Deckung und schrie: »Pardon! Pardon!«

Pearse holte aus und schrie: »Pardon, du Lump? Nein – das!« Die breite Klinge traf den Mann quer im Nacken, so daß sein Kopf nach vorn auf die Brust kippte.

Midshipman Cowdroys Gruppe erschien von der anderen Seite der Kuppe, und als Pearse seine Leute in die Stellung schickte, um den blutigen Sieg zu vollenden, machten sich Little und Stockdale an der Kanone zu schaffen, während andere nachschauten, ob noch Glut in der nahen Feuerstelle war.

Die Seeleute führten sich auf wie Verrückte. Sie unterbrachen ihr Jubelgeschrei nur, um ihre verwundeten Gefährten in Deckung zu ziehen, lärmten dann aber um so lauter, als Pearse mit einer großen Kanne Wein aus der Geschützstellung auftauchte.

Bolitho rief: »Zu den Musketen! Die Seesoldaten kommen, gebt ihnen Deckung!« Wieder einmal warfen sich seine Leute zu Boden und richteten ihre Waffen auf die Lagune. Colpoys und seine zehn Scharfschützen, die trotz ihrer schlecht sitzenden geborgten Kleidung irgendwie flott aussahen, eilten schußbereit den Abhang herauf; aber es schien, als sei der Angriff so blitzschnell und wild gewesen, daß die ganze Insel wie gelähmt war.

Colpoys erschien und wartete, bis seine Männer in Stellung gegangen waren. Dann sagte er: »Es scheint, daß wir nur fünf Mann verloren haben. Sehr befriedigend.« Er wandte sich verächtlich ab, als einige blutüberströmte Leiber aus der Geschützstellung hochgereicht und über die Brustwehr den Abhang hinuntergeworfen wurden. »Tiere!«

Little kletterte aus der Grube und wischte sich die Hände an seinem Bauch ab. »Reichlich Kugeln, Sir, aber nicht genug Pulver. Gut, daß wir eigenes mitgebracht haben.«

Bolitho war von ihrem Taumel angesteckt, aber er wußte, daß er klaren Kopf behalten mußte. Jeden Augenblick war der Gegenangriff auf ihre Stellung zu erwarten. Aber sie hatten sich prächtig gehalten; besser, als man erwarten durfte.

Er sagte: »Geben Sie Wein aus.«

Colpoys setzte scharf hinzu: »Aber behaltet klaren Kopf und ein scharfes Auge, Leute. Die Kanone wird bald feuern müssen.« Er warf Bolitho einen Blick zu. »Habe ich recht?«

Bolitho stieg Rauch in die Nase: seine Leute hatten Feuer angefacht.

Sie waren im rechten Augenblick ungeheuer mutig gewesen, einige Minuten lang wie von einer tollkühnen Raserei besessen. Er nahm eine Becher Wein von Jury an und trank. Es war ein Augenblick gewesen, den er bis zu seinem Tode nicht vergessen würde.

Sogar der Wein, warm und trübe, wie er war, schmeckte ihm fast wie Bordeaux.

»Da kommen sie, Sir! Da kommen die Lumpen!«

Bolitho warf den Becher beiseite und hob seinen Säbel auf.

»Alle Mann – Achtung!«

Er warf einen Blick nach hinten, ob Little und seine Leute zurechtkamen. Die Kanone hatte sich noch nicht bewegt. Wenn sie die gewünschte Panik hervorrufen sollte, mußte sie recht bald feuern.

Auf einmal hörte er vielstimmiges Geschrei, und als er an die Brustwehr trat, sah er eine Menge Männer den Hügel heraufstürmen. Die Sonne spiegelte sich in ihren Säbeln und Entermessern, und die Luft hallte wider vom Peitschenknall zahlreicher Musketen- und Pistolenschüsse.

Bolitho schaute zu Colpoys hinüber. »Seid ihr bereit, Seesoldaten?«

»Feuer!«

XVI Nur ein Traum

»Feuer einstellen!«

Bolitho übergab seine Pistole einem Verwundeten zum Nachladen. Es kam ihm vor, als ob jede Faser seines Körpers unkontrollierbar zitterte, und er konnte es kaum glauben, daß der erste Angriff zurückgeschlagen war. Einige Gegner, welche die Spitze des Hügels fast erreicht hatten, lagen da, wo sie gefallen waren; andere versuchten noch, sich unter Schmerzen nach unten in Sicherheit zu bringen.

Colpoys kam zu ihm herüber, sein Hemd klebte ihm wie eine zweite Haut am Körper. »Großer Gott!« Er wischte sich den Schweiß aus den Augen. »Da hört die Gemütlichkeit auf!«

Drei weitere Matrosen hatte es erwischt, aber sie lebten noch. Pearse war schon dabei, sie mit überzähligen Musketen und Pulverhörnern zu versorgen, damit sie bei einem neuen Angriff Schnellfeuer geben konnten. Und danach . . .? Bolitho musterte seine keuchend beieinandersitzenden Leute. Die Luft war schwer von ätzendem Pulverqualm und dem süßlichen Geruch nach Blut.

Little rief: »Noch fünf Minuten, Sir!«

Der Angriff war so heftig gewesen, daß Bolitho Leute von der Geschützbedienung hatte zu Hilfe holen müssen, um die schreiend anstürmenden Feinde zurückzuschlagen. Jetzt warfen Little und Stockdale mit ausgesuchten Männern ihr ganzes Gewicht auf die hölzernen Spaken, um die Kanone so weit herumzudrehen, daß sie auf den Ankerplatz gerichtet war.

Bolitho hab das Teleskop und studierte die sechs bewegungslos daliegenden Schiffe. Das eine, ein Toppsegelschoner, sah sehr ähnlich aus wie der, mit dem die *Heloise* Bekanntschaft gemacht hatte. Keines traf Anstalten zum Ankerlichten. Er schloß daraus, daß ihre Kapitäne damit rechneten, die Hügelbatterie würde die unverschämten Eindringlinge zerschmettern, bevor sie weiteres Unheil anrichten konnten.

Er nahm einen Becher Wein von Pearse entgegen, ohne zu sehen, was er tat. Wo, zum Teufel, blieb Palliser? Er mußte doch bemerkt haben, was sie vorhatten. Verzweiflung wollte Bolitho packen. Angenommen, der Erste Offizier glaubte, das Geschützfeuer und der ganze Höllenlärm bedeuteten, daß Bolithos Gruppe entdeckt und systematisch vernichtet worden war? Er rief sich Dumaresqs eigene Worte in Erinnerung, bevor sie das Schiff verlassen hatten: »Dann kann ich Ihnen nicht helfen.« Es war anzunehmen, daß Palliser den gleichen Standpunkt vertrat.

Bolitho wandte sich um und versuchte, seine plötzliche Verzagtheit zu verbergen, während er fragte: »Wie lange noch, Little?« Es fiel ihm ein, daß der Stückmeistersmaat ihm das gerade zugerufen hatte und daß Colpoys und Cowdroy ihn besorgt beobachteten.

Little richtete sich auf. »Fertig!« Er bückte sich wieder und schielte am langen schwarzen Geschützrohr entlang. »Jetzt das Pulver, Jungs! Rammt die Ladung ein!« Er kroch wie eine riesige Spinne um das Bodenstück der Kanone, man sah nur noch Arme und Beine von ihm. »Dies muß behutsam und genau erledigt werden!«

Bolitho leckte sich die Lippen. Er sah zwei Seeleute mit einer Trage zur Feuerstelle gehen, wo ein anderer mit einer Zange in den

Fäusten darauf wartete, ihnen die glühend heiße Kugel zu übergeben. Was dann kam, hing stets vom guten Timing und vom Glück ab. Die Kugel mußte in die Rohrmündung eingeführt und fest auf den doppelten Ladepropfen über dem Pulver gestoßen werden. Wenn die Kanone losging, bevor der Mann mit dem Ansetzer fertig war, wurde er von der Kugel zerfetzt. Andererseits konnte es passieren, daß das Geschützrohr platzte. Kein Wunder, daß Schiffsführer sich fürchteten, an Bord glühende Kugeln zu verwenden.

Stockdale nickte beifällig.

Colpoys sagte plötzlich: »Ich sehe Leute drüben auf dem Hügel. Sie nehmen uns gleich unter Feuer.«

Ein Mann rief: »Sie sammeln sich zu einem neuen Angriff!«

Bolitho lief an die Brustwehr und ließ sich auf ein Knie nieder. Er konnte kleine Gestalten sehen, die sich zwischen den Felsbrocken bewegten, und andere, die Stellungen am Abhang bezogen. Das war kein ungeordneter Pöbelhaufen. Garrick hatte seine Leute wie eine Privatarmee gedrillt.

»Legt an!«

Die Musketenläufe wurden gehoben und flimmerten im blendenden Sonnenlicht, als jeder Mann sich ein Ziel zwischen den Felsbrokken suchte. Die erste Salve rollte über die Brustwehr, aber Bolitho wußte, daß weitere Angreifer sich unter dem Schutz des eigenen Deckungsfeuers zur anderen Seite des Abhangs vorarbeiteten.

Er warf einen kurzen Blick auf Little, der die Hände wie zum Segen ausgebreitet hielt.

»Jetzt die Kugel!«

Bolitho riß den Blick von ihm los und feuerte seine Pistole auf drei Männer ab, die fast den Gipfel erreicht hatten. Andere schwärmten seitlich aus und boten ein schlechtes Ziel. Die Luft vibrierte von markerschütterndem Geschrei und von Flüchen, viele davon in Englisch.

Zwei Gestalten sprangen über die Brustwehr und warfen sich auf einen Matrosen, der sich verzweifelt bemühte, seine Muskete neu zu laden. Bolitho sah, wie sich sein Mund zu einem lautlosen Schrei öffnete, als der eine Angreifer ihn mit seinem Säbel aufspießte und sein Gefährte ihn mit einem schrecklichen Schlag für immer zum Schweigen brachte.

Bolitho machte einen Ausfall, schlug eine Klinge beiseite und hieb den Fechtarm des Mannes mit einer schnellen Bewegung nieder, bevor der wußte, was ihm geschah. Er spürte es im Handgelenk, wie sein Säbel Fleisch und Knochen durchschnitt, vergaß aber den schreienden Mann, als er mit einer Wildheit, die er bisher nicht gekannt hatte, auf dessen Gefährten eindrang.

Ihre Klingen schlugen zusammen, aber Bolitho stand auf losem Gestein und konnte das Gleichgewicht kaum halten.

Der ohrenbetäubende Knall von Littles Kanone ließ den anderen Mann stolpern, und als er die Folgen begriff, stieg plötzliches Entsetzen in seine Augen. Bolitho stieß zu und war schneller über die Brustwehr zurückgesprungen, als der entseelte Körper seines Gegners zu Boden sinken konnte.

Little schrie: »Seht euch das an!«

Bolitho sah eine in sich zusammenfallende, mit Dampf gemischte Wassersäule an der Stelle, wo die Kugel zwischen zwei Schiffen eingeschlagen hatte. Kein Treffer, aber die Wirkung würde zweifellos Panik auslösen.

»Auswischen, Jungs!« Little hüpfte vor Begeisterung auf dem Rand des Geschützstandes, während die Männer mit der Trage zur Feuerstelle rannten, um eine neue Kugel zu holen. »Mehr Pulver hinein!«

Colpoys kam über den blutbespritzten Felsgrund heran und meldete: »Wir haben drei weitere Männer verloren. Auch einer von meinen Scharfschützen ist dabei.« Er wischte sich die Stirn mit dem Arm, wobei ihm der goldverzierte Säbel vom Handgelenk baumelte. Bolitho sah, daß die gebogene Klinge fast schwarz war von geronnenem Blut.

Noch einem Angriff wie dem letzten konnten sie nicht standhalten. Obwohl der Abhang und der Rand der Brustwehr mit Leichen bedeckt war, wußte Bolitho, daß da unten noch viele Leute warteten, die sich zu einem neuen Angriff sammeln konnten. Und sie hatten mehr Angst vor Garrick als vor der Handvoll zerlumpter Seeleute, die sie oben erwarteten.

»Jetzt!« Little senkte die Lunte zum Zündloch, und die Kanone rollte abermals mit einem gleichzeitigen Donnerschlag zurück.

Bolitho sah blitzartig, wie die Kugel stieg und dann im Bogen auf die unbeweglichen Schiffe herabfiel. Er bemerkte eine kleine Rauchwolke und daß sich etwas Kompaktes von dem nächstliegenden Schoner löste und durch die Luft segelte, bevor es seitlich ins Wasser platschte.

»Treffer! Ein Treffer!« Die Männer der Geschützbedienung sprangen schweißtriefend und mit geschwärzten Gesichtern wie

Verrückte um ihre Kanone herum.

Stockdale nutzte schon seine Kräfte, um die Mündung mit einer Handspake ein kleines Stück zu verschieben.

»Er brennt!« Pearse hielt die Hände als Sonnenschutz über die Augen. »Gott strafe sie! Sie versuchen, das Feuer zu löschen.«

Aber Bolitho beobachtete den Schoner am fernen Ende der Lagune. Er hatte von allen Schiffen den sichersten Ankerplatz; noch während er ihn beobachtete, sah er, wie sein Klüver gesetzt wurde und ein Mann dabei war, die Ankertrosse zu kappen.

Bolitho streckte den Arm aus, da er nicht wagte, den Blick von dem Schoner abzuwenden, und rief: »Ein Glas! Schnell!«

Jury eilte herbei und legte ihm ein Fernglas in die Hand.

Dann trat er etwas zurück und beobachtete ihn gebannt.

Bolitho spürte den Luftzug einer Musketenkugel, die dicht an seinem Kopf vorbeistrich, zuckte aber nicht mit der Wimper. Er durfte das kleine Bild nicht aus den Augen verlieren, selbst wenn er sich dabei der Gefahr aussetzte, erschossen zu werden.

Was er sah, war für andere auf diese Entfernung kaum zu erkennen; doch für ihn sprach es eine deutliche Sprache, weil er die Akteure kannte: Pallisers lange Gestalt, den Säbel in der Hand. Slade und ein paar Matrosen an der Pinne und Rhodes, der mit den übrigen Leuten Fallen und Schoten bediente, als der Schoner sich von seinem Ankerplatz löste und zunächst schwerfällig vor den Wind drehte. Dabei spritzte an seiner Bordwand Wasser hoch, und einen Augenblick glaubte Bolitho, Palliser würde beschossen. Doch dann erkannte er, daß seine Leute die Schiffsbesatzung einfach über Bord warfen, statt kostbare Zeit mit ihrer Bewachung zu verschwenden.

Colpoys rief aufgeregt: »Sie müssen zum Schiff hinausgeschwommen sein! Ein schlauer Fuchs, dieser Palliser! Hat unseren Angriff als Ablenkung genutzt.«

Bolitho nickte. Seine Ohren dröhnten vom ständigen Krachen des Musketenfeuers und dem gelegentlichen Bellen der Schwenkgeschütze. Statt die Mitte der Lagune anzusteuern, hielt Palliser direkt auf den Schoner zu, der von Littles glühender Kugel getroffen worden war.

Als er dem brennenden Schiff näherkam, sah Bolitho Mündungsfeuer und schloß daraus, daß Palliser auf die Männer zielen ließ, die sich bemühten, das Feuer unter Kontrolle zu bekommen. Immer stärkere Rauchwolken stiegen vom Rumpf des Getroffenen auf und trieben aufs Ufer und die verlassenen Hütten zu.

Bolitho rief: »Little! Zielwechsel auf den nächsten Schoner!«

Minuten später donnerte die glühende Kugel durch die dünne Bordwand eines weiteren Schoners und löste mehrere Explosionen im Schiffsinnern aus, worauf ein Mast von oben kam und der Großteil der Takelage in Brand geriet.

Als sie sahen, daß zwei ihrer Schiffe lichterloh brannten, bedurfte es für die übrigen Besatzungen keiner Überlegung mehr, die Ankertrossen zu kappen, um der Feuerhölle zu entrinnen. Pallisers Schoner war nun unter Kontrolle, seine großen Segel blähten sich und ragten über den dicken Qualm wie die Flügel eines Racheengels.

Bolitho sagte plötzlich: »Zeit, daß wir aufbrechen.« Er wußte nicht, woher ihm der Gedanke kam. Er spürte es einfach.

Colpoys schwang seinen Säbel. »Hebt die Verwundeten auf! Korporal, legen Sie einen Zünder an das Pulvermagazin!«

Littles Lunte senkte sich wieder zum Zündloch, und eine weitere Feuerkugel sauste über das Wasser und traf das Schiff, das schon in Flammen stand. Man sah Leute über Bord springen und im Wasser strampeln wie sterbende Fische, bis die große Rauchwolke sie erreichte und vor allen Blicken verbarg.

Pearse warf sich einen verwundeten Seesoldaten über die Schulter, behielt aber sein großes Entermesser in der anderen Hand.

Er sagte: »Der Wind hält sich, Sir. Der Qualm wird der verdammten Batterie die Sicht nehmen.«

Keuchend wie Tiere kletterten Matrosen und Seesoldaten den Abhang hinunter, wobei sie sich bemühten, die Bodenwelle zwischen sich und der Hügelbatterie zu halten.

Colpoys wies aufs Wasser: »Das ist am nächsten!« Plötzlich brach er in die Knie und preßte die Hände an die Brust. »O Gott, jetzt hat's mich erwischt!«

Bolitho befahl zwei Seesoldaten, ihn vorsichtig aufzuheben. Trotz des Krachens der Musketen und des Prasselns der Flammen, die hinter der Rauchwolke ein Schiff verzehrten, arbeiteten seine Gedanken fieberhaft. Er hörte auch Geschrei von Besatzungsmitgliedern der Schoner, die an Land gewesen waren, als der Angriff begann, und nun zum Hügel rannten in der Hoffnung, daß sie im Bereich der Batterie Schutz finden konnten.

Bolitho hielt erst an, als seine Füße fast im Wasser standen. Er konnte kaum atmen, und seine Augen tränten so stark, daß er nicht übers Ufer hinaussehen konnte.

Sie hatten das scheinbar Unmögliche geschafft, aber während Palliser ihren Angriff zur Ablenkung genutzt hatte, gab es für ihn selbst jetzt kein Weiterkommen mehr.

Er kniete hin, um seine Pistole neu zu laden, und seine Hände zitterten, als er sie für einen letzten Schuß spannte.

Jury war bei ihm, auch Stockdale. Aber sonst war es wohl nur noch die Hälfte der Truppe, die den Hügel erstürmt und die Kanone erobert hatte.

Bolitho sah Stockdales Augen aufleuchten, als das Magazin explodierte und dabei die Kanone herausriß, die mit einer Lawine von Leichen und zerborstenen Felsen den Abhang hinunterrollte.

Fähnrich Cowdroy wies plötzlich mit seinem Säbel in den Qualm. »Ein Boot! Schauen Sie!«

Pearse ließ den verletzten Seesoldaten zu Boden gleiten und watete ins Wasser, wobei er sein schreckliches Entermesser über dem Kopf schwang.

»Wir nehmen es ihnen ab, Jungs!«

Bolitho spürte ihre verzweifelte Entschlossenheit wie eine lebenspendende Kraft. Seeleute waren sich in einem Punkt alle gleich: Man gebe ihnen ein Boot, auch noch so klein, und sie waren ihrer Sache sicher.

Little zog sein Entermesser heraus und fletschte die Zähne. »Schlagt sie nieder, bevor sie uns entwischen!«

Jury lehnte sich an Bolitho, der einen Augenblick annahm, er sei von einer Kugel getroffen, doch der Junge deutete nur ungläubig in den Qualm und auf das schattenhaft hervorkommende Boot.

Bolitho nickte nur, denn er konnte es selbst nicht fassen.

Er sah Rhodes im Bug des Langbootes stehen und dahinter die karierten Hemden der Matrosen von der *Destiny* an den Riemen.

»Nun aber lebhaft!« Rhodes reichte herunter und faßte Bolitho am Handgelenk. »Noch ganz?« Er sah den verwundeten Colpoys und rief: »Faßt mal mit an!«

Das Boot war binnen kurzem so voll mit zum Teil verwundeten Menschen, daß es nur noch knapp fünf Zoll Freibord hatte, als es wie trunken rückwärts rudernd im Qualm untertauchte.

Hustend und fluchend erklärte Rhodes: »Wir wußten, daß ihr versuchen würdet, uns zu erreichen. Einzige Chance. Mein Gott, habt ihr ein Tohuwabohu angerichtet, ihr Halunken!«

Ein brennender Schoner trieb querab vorbei. Bolitho spürte die Hitze wie Höllenfeuer im Gesicht. Explosionen dröhnten durch den

Rauch, und er nahm an, daß ein weiteres Pulvermagazin in die Luft flog oder daß die Batterie auf dem Hügel blindlings über die Lagune feuerte.

»Was jetzt?«

Rhodes stand auf und gestikulierte heftig zum Bootssteurer. »Hart Steuerbord!«

Bolitho sah die Zwillingsmasten eines Schoners direkt über sich, und schon griffen die Männer nach den Leinen, die ihnen aus dem Qualm wie Schlangen entgegenflogen.

Stöhnend und manchmal vor Schmerzen schreiend, wurden die Verwundeten die Bordwand hinaufgezogen oder -geschoben, und als sie das Boot mit einem Kameraden darin, der noch angesichts der sicheren Rettung gestorben war, treiben ließen, hörte Bolitho Pallisers vertraute Stimme.

Bolitho tastete sich durch den Rauch zu Palliser und Slade an der Pinne.

Palliser rief: »Mann, Sie sehen aus wie ein entsprungener Sträfling!« Er schenkte ihm ein kurzes Lächeln, und Bolitho erkannte darin ebenso Erschöpfung wie Erleichterung.

Rhodes kniete neben dem Offizier der Seesoldaten. »Er wird überleben, wenn wir ihn bald zum alten Bulkley schaffen.«

Palliser hob eine Hand, und das Ruder wurde leicht gelegt. Ein anderer Schoner stand unter vollen Segeln genau querab von ihnen und hielt von den brennenden Wracks weg auf die Einfahrt zu.

Er sagte: »Bis sie entdeckt haben, daß wir eines ihrer Schiffe geschnappt haben, sind wir klar von ihnen.«

Er wandte sich abrupt um, als die gewaltigen Masten der *San Augustin* plötzlich über dem Rauch emporstiegen. Sie lag noch vor Anker, und sicherlich stand jeder Mann an Bord bereit, die treibenden Branderschiffe fernzuhalten und jeden überspringenden Funken zu ersticken.

Palliser setzte hinzu: »Was danach kommt, ist zum Glück nicht mehr mein Problem.«

Eine Kugel platschte neben dem Backbordbug ins Wasser. Bolitho schloß daraus, daß Garricks Kanoniere endlich erkannt hatten, was vor sich ging. Doch als der Qualm dünner wurde und Teile der Insel bleich, aber klar im Sonnenlicht hervortraten, waren sie schon hinter dem kritischen Punkt.

Pearse flüsterte: »Schau, Bob, da ist sie!« Er hob den Kopf eines verwundeten Matrosen so an, daß er die hart angebraßten Marssegel der *Destiny* sehen konnte, die von Dumaresq so nahe an die Riffe herangeführt worden war, wie er es wagen konnte. Dann sagte Bootsmannsmaat Pearse, der wie ein Teufel gekämpft hatte und auf Befehl seines Kommandanten den Rücken manches Delinquenten mit der neunschwänzigen Meerkatze blutig geschlagen hatte, leise zu Palliser: »Der arme Bob ist tot, Sir.« Er schloß die Augen des jungen Matrosen mit seinen teerigen Händen und setzte hinzu: »Noch ein paar Minuten, und er wäre gerettet worden.«

Bolitho beobachtete, wie die Fregatte Segel wegnahm und viele Leute auf ihren Laufbrücken hin und her rannten, als beide Schiffe einander näherkamen. Die Galionsfigur der *Destiny* hob, unverändert nackt und bleich, den Siegeskranz wie zum Hohn der rauchgeschwärzten Insel entgegen.

Bolitho dachte an den toten Seemann namens Bob und an den einsamen Leichnam, der im Langboot zurückgelassen worden war. Er dachte auch an Stockdales Sorge, daß er abkommandiert werden könnte, als er gebraucht wurde. Und er dachte an Colpoys, an den Korporal mit dem Spitznamen ›Dipper‹, an Jury und Cowdroy und an die vielen, die sie tot hatten zurücklassen müssen.

»Vorsegel bergen!« Palliser beobachtete die langsame Annäherung der *Destiny* mit grimmiger Genugtuung. »Es gab Augenblicke, in denen ich dachte, ich würde diese Lady nie wiedersehen.«

Josh Little trat an Pearses Seite und brummte: »Darauf genehmigen wir uns einen Schluck, wenn wir wieder an Bord sind, eh?«

Pearse schaute noch immer auf den Toten nieder. »Aye, Josh. Und einen auf ihn.«

Rhodes sagte: »Der ›Herr und Meister‹ wird auf seinem Willen bestehen: Kampf bis zur Entscheidung.« Er duckte sich, als eine Wurfleine neben ihm landete. »Ich für meine Person wünschte, die Chancen wären ausgeglichener.« Er blickte hinüber auf den großen Mantel aus Rauch, der den abgeflachten Hügel einhüllte, als wolle er ihn wegtragen. »Sie waren großartig, Dick. Wirklich.«

Sie sahen einander so prüfend an wie zwei Fremde. Dann sagte Bolitho: »Ich fürchtete, ihr würdet euch zurückhalten in der Annahme, daß wir gefangen wurden.«

Rhodes winkte einem Mann auf der Laufbrücke der *Destiny* zu. »Oh, habe ich das noch nicht erzählt? Wir wußten, wo Sie waren und was Sie machten, alles.«

Bolitho starrte ihn ungläubig an. »Wieso?«

»Erinnern Sie sich an Ihren Toppsgasten Murray, den Deserteur?

Er war Garricks Ausguck. Er sah Sie und den jungen Jury, wie Sie aus der Deckung kamen.« Rhodes packte den Arm seines Freundes. »Es ist die Wahrheit. Er liegt jetzt unter Deck, mit einem Splitter im Bein. Hat eine tolle Geschichte zu erzählen. Glück für Sie und den jungen Jury, nicht wahr?«

Bolitho schüttelte den Kopf und schaute, gegen das Schanzkleid des Schoners gelehnt, der Annäherung der beiden Schiffe in der langen Dünung zu.

Der Tod war ihnen so nahe gewesen, und er hatte nichts davon bemerkt. Murray mußte mit dem ersten verfügbaren Schiff Rio verlassen haben, und das hatte ihn zu Garricks Insel gebracht. Er hätte Alarm schlagen oder sie beide niederschießen können, dann wäre er von Garricks Leuten als Held gefeiert worden. Statt dessen hatte ihn irgend etwas, das sie einst verbunden hatte, zurückgehalten und ihm klargemacht, wohin er gehörte.

Dumaresqs Stimme dröhnte durch ein Megaphon zu ihnen: »Etwas Bewegung da drüben! Ich sitze gleich auf Grund, wenn ihr nicht an Bord kommt!«

Rhodes grinste. »Endlich wieder zu Hause!«

Kapitän Dumaresq stand, die Hände auf dem Rücken, an den Heckfenstern seiner Kajüte und lauschte Pallisers Bericht über die regelrechte Schlacht und ihre Flucht aus der Lagune.

Er gab Macmillan ein Zeichen, seinen arg mitgenommenen und todmüden Offizieren noch ein Glas einzuschenken, und sagte dann: »Ich hatte ein Landungskorps ausgesetzt, um Garrick ein wenig am Bart zu zupfen. Ich hatte nicht erwartet, daß Sie gleich eine ganze Invasion auf eigene Faust unternehmen würden!« Er lächelte dabei, sah dadurch aber erst recht traurig und übermüdet aus. »Ich werde morgen bei Sonnenaufgang zu Ihnen und Ihren Leuten sprechen. Ohne Ihre Tat wäre die *Destiny* auf so starken Widerstand gestoßen, daß ich bezweifle, ob ich sie heil wieder herausbekommen hätte. Die Dinge stehen noch immer schlecht, meine Herren, aber zumindest wissen wir jetzt, woran wir sind.«

Palliser fragte: »Haben Sie immer noch die Absicht, den Schoner nach Antigua zu schicken, Sir?«

Dumaresq sah ihn nachdenklich an. »Ihren Schoner, meinen Sie?« Er ging zu den Fenstern und starrte in das Spiegelbild der untergehenden Sonne auf dem Wasser. Es war wie rotes Gold. »Ja. Tut mir leid, daß ich Ihnen abermals eine Prise wegnehmen muß.«

Bolitho beobachtete sie, alle Sinne trotz der Anspannung und der bitteren Erinnerungen dieses Tages hellwach. Er erkannte, daß es zwischen dem Kommandanten und seinem Ersten Offizier ein Band gab, das unzerreißbar war.

Dumaresq fügte hinzu: »Wenn die *San Augustin* nur wenig beschädigt ist, müssen wir sie schnellstens besiegen. Sobald Garricks Ausguckposten melden, daß der Schoner uns verläßt, wird er wissen, daß die Zeit gegen ihn arbeitet. Daß ich Hilfe herbeirufe.« Er nickte grimmig. »Morgen wird er herauskommen, ganz sicher.«

Palliser blieb hartnäckig. »Er wird dabei von den restlichen Schonern unterstützt werden. Zwei könnten das Feuer überstanden haben.«

»Ich weiß. Aber besser so, als darauf warten, bis Garrick uns mit einem völlig überholten Kriegsschiff entgegentritt. Auch ich hätte gern bessere Bedingungen, aber nur wenige Kommandanten haben das Glück, sich ihre Bedingungen selbst aussuchen zu können.«

Bolitho dachte an die Männer, die auf den Schoner geschickt worden waren. Mit ganz wenigen Ausnahmen waren sie alle verwundet, aber dennoch so stolz und herausfordernd gewesen, daß sie beim Ablegen mit Hochrufen von der *Destiny* verabschiedet worden waren.

Aus Gründen, die nur er selber kannte, hatte Dumaresq dem Steuermannsmaaten Yeames das Kommando über die Prise gegeben. Das mußte ein harter Schlag für Slade gewesen sein.

Bolitho war sehr bewegt, als Yeames vorm Ablegen des letzten Bootes an ihn herangetreten war. Er hatte den Steuermannsmaaten immer gemocht, aber nie über ihn nachgedacht.

Yeames streckte ihm die Hand hin. »Sie werden morgen siegen, Sir, ich zweifle nicht daran. Aber es könnte sein, daß wir einander nicht wieder begegnen. Wenn es aber doch der Fall sein sollte, möchte ich, daß Sie sich an mich erinnern. Ich wäre froh, unter Ihnen dienen zu dürfen, wenn Sie einmal ein eigenes Schiff bekommen.«

Er war gegangen und hatte Bolitho verwirrt und ein wenig stolz zurückgelassen.

Dumaresqs sonore Stimme unterbrach seine Gedanken. »Wir werden morgen bei Anbruch der Dämmerung das Schiff klar zum Gefecht machen. Ich werde mit den Männern sprechen, bevor wir auf den Feind stoßen, aber Ihnen möchte ich schon jetzt meinen besonderen Dank sagen.«

Macmillan drückte sich an der Lamellentür herum, bis das Auge des Kommandanten auf ihn fiel.

»Mr. Timbrell läßt gehorsamst fragen, Sir, ob Sie das Schiff abdunkeln wollen?«

Dumaresq schüttelte langsam den Kopf. »Diesmal nicht. Ich möchte, daß Garrick uns sieht. Seine große Schwäche ist – abgesehen von seiner Habgier – sein Jähzorn. Ich habe vor, ihn noch zorniger zu machen, bevor es tagt.«

Macmillan öffnete die Tür, und die Offiziere und Fähnriche zogen sich dankbar zurück. Nur Palliser blieb; Bolitho nahm an, daß er die technischen Einzelheiten lieber allein und ohne Störung mit dem Kommandanten besprechen wollte.

Als die Tür sich schloß, wandte Dumaresq sich seinem Ersten Offizier zu und wies auf einen Sessel. »Es gibt noch etwas, habe ich recht?«

Palliser setzte sich und streckte die langen Beine aus. Einen Augenblick rieb er sich die Augen mit den Handknöcheln, ehe er sagte: »Sie hatten recht, was Egmont betrifft, Sir. Selbst als Sie ihn auf ein Schiff mit Kurs Basseterre gesetzt hatten, versuchte er noch, Garrick zu warnen oder mit ihm in Verbindung zu treten. Wie das geschah, werden wir wohl nie erfahren. Er wechselte offenbar auf ein kleines, schnelleres Schiff über und nahm nördlichen Kurs durch die Inselgruppe, um vor uns da zu sein. Doch wie es auch war, seine Warnung an Garrick war verschwendet.«

Er faßte in seine Tasche und zog einen goldenen Halsschmuck mit dem doppelköpfigen Vogel und den rubinschimmernden Schwanzfedern heraus.

»Garrick hat beide Egmonts ermorden lassen. Diesen Schmuck habe ich einem unserer Gefangenen abgenommen. Der Matrose, von dem ich Ihnen berichtete, erzählte mir den Rest.«

Dumaresq nahm das schwere Schmuckstück in die Hand und betrachtete es traurig.

»Murray hat es gesehen?«

Palliser nickte. »Er ist verwundet worden. Ich habe ihn auf den Schoner geschickt, bevor er mit Mr. Bolitho sprechen konnte.«

Dumaresq trat wieder an die Heckfenster und sah zu, wie der Schoner abdrehte und ihnen das Heck zeigte. Seine Segel schimmerten so golden wie der Halsschmuck in seiner Hand.

»Das war sehr überlegt gehandelt. Für das, was er gesagt und getan hat, wird Murray in England aus der Marine entlassen werden.

Ich bezweifle, daß sein Weg sich jemals wieder mit dem Bolithos kreuzen wird.«

»Dann wollen Sie ihm also nichts davon sagen, Sir? Ihn nicht wissen lassen, daß Aurora Egmont tot ist?«

Dumaresq beobachtete die Schatten, die den Rumpf des davonsegelnden Schoners bereits verhüllten.

»Von mir wird er nichts erfahren. Morgen müssen wir kämpfen, und da muß jeder Offizier und jeder Mann alles geben, was er hat. Richard Bolitho hat bewiesen, daß er ein guter Offizier ist. Wenn er den morgigen Tag überlebt, wird er ein noch besserer sein.« Dumaresq klappte ein Fenster auf und warf den Schmuck ohne Zögern ins Kielwasser der *Destiny*. »Ich lasse ihm seinen Traum. Es ist das mindeste, was ich für ihn tun kann.«

In der Messe saß Bolitho in einem Sessel und ließ die Arme hängen, während die Spannung in ihm wie feiner Sand in einem Stundenglas verrann. Rhodes saß ihm gegenüber und starrte in ein leeres Weinglas, ohne etwas zu erkennen.

Immer wieder stand ein neuer Morgen mit seinen Anforderungen vor ihnen. Es war wie der Horizont: sie erreichten ihn nie.

Bulkley trat ein und ließ sich schwerfällig zwischen ihnen nieder. »Ich habe mich gerade mit unserem starrköpfigen Seesoldaten abgegeben.«

Bolitho nickte trübsinnig. Colpoys hatte darauf bestanden, bei seinen Leuten auf der Fregatte zu bleiben. Gut versorgt und so bandagiert, daß er nur einen Arm bewegen konnte, hatte er kaum Kraft genug, sich auf den Beinen zu halten.

Palliser trat ein und warf seinen Hut auf eine Kanone. Kurz schaute er sie an und sah dabei wahrscheinlich den Raum schon so vor sich, wie er morgen früh aussehen würde: ohne Möbel, die leichten Wände herausgenommen, die kleinen persönlichen Dinge vor Rauch und Feuer in Sicherheit gebracht.

Dann sagte er scharf: »Es ist Ihre Wache, scheint mir, Mr. Rhodes. Der Master sollte nicht alles allein machen müssen, wie Sie wissen.«

Rhodes erhob sich mühsam und grinste. »Aye, aye, Sir.« Wie ein Schlafwandler wankte er aus der Messe.

Bolitho hatte nichts davon gehört. Er dachte an Aurora. Er benutzte die Erinnerung an sie wie ein Schild, mit dem er die Bilder und Ereignisse dieses Tages von seinem Innern fernhielt.

Dann stand er abrupt auf und entschuldigte sich bei den anderen, als er sich in die private Sphäre seiner Kammer zurückzog. Er wollte nicht, daß sie seine Niedergeschlagenheit bemerkten. Denn als er sich bemüht hatte, im Geiste Auroras Gesicht zu sehen, war nur ein verschwommenes Trugbild erschienen. Nicht mehr.

Bulkley schob eine Flasche über den Tisch. »War's schlimm?«

Palliser überlegte. »Es wird noch schlimmer.« Aber eigentlich dachte er an den juwelenbesetzten Halschmuck, der jetzt achteraus auf dem Meeresgrund lag: eine private Beisetzung.

Der Arzt stieß nach: »Ich freue mich über Murray. Das ist ein kleiner Lichtblick in all dem Elend. Gut zu wissen, daß er frei von Schuld ist.«

Palliser schaute weg. »Ich mache jetzt meine Runde und lege mich dann ein paar Stunden aufs Ohr.«

Bulkley seufzte. »Ich auch. Ich wollte aber darum bitten, daß ich Spillane, den provisorischen Schreiber, ausgeliehen bekomme. Auch ich bin knapp an Leuten.«

Palliser hielt an der Tür inne und sah Bulkley mit leerem Blick an. »Da müssen Sie sich aber beeilen. Morgen früh wird er vielleicht schon hängen, um Garricks Zorn weiter anzuheizen. Er war nämlich sein Spion. Murray hat gesehen, wie Spillane den Leichnam des alten Lockyer durchsuchte, als er an Bord gebracht wurde.« Die Müdigkeit verwischte Pallisers Worte. »Spillane versuchte, Murray mit Jurys Uhr zu kompromittieren und einen Keil zwischen Vor- und Achterdeck zu treiben. So etwas hat es schon öfter gegeben.« Mit plötzlich aufsteigender Bitterkeit setzte er hinzu: »Spillane ist genauso ein Mörder wie Garrick.«

Ohne ein weiteres Wort marschierte er aus der Messe; als Bulkley sich umwandte, sah er, daß Pallisers Hut noch immer auf der Kanone lag.

Was morgen auch geschah, nichts würde je wieder so sein wie bisher, dachte der Arzt, und diese Einsicht machte ihn sehr traurig.

Als die Dunkelheit schließlich den Horizont verwischte und der flache Hügel über der Insel Fougeaux verschwunden war, spiegelten sich die Lichter der *Destiny* immer noch wie wachsame Augen im Wasser.

XVII Die Schlacht

Über Nacht schien die Insel Fougeaux geschrumpft zu sein, denn als das erste schwache Licht den Horizont erhellte, sah sie nicht viel größer aus als eine Sandbank, Steuerbord voraus von der *Destiny*.

Bolitho setzte sein Fernglas ab und ließ damit die Insel in den Schatten zurücksinken. Binnen einer Stunde würde er strahlendem Sonnenschein weichen. Er wandte dem Land den Rücken und marschierte langsam auf und ab. Das Schiff hatten sie schon während der Nachtwachen fast gefechtsklar gemacht. Die Seeleute kannten sich an Deck und rund um die Masten so gut aus, daß wenig übrigblieb, was sie erst bei Tageslicht erledigen konnten. Dumaresq hatte das mit der gleichen peinlichen Genauigkeit geplant wie alles, was er anpackte. Seine Männer sollten einsehen, daß der Kampf ebenso unvermeidbar war wie die Tatsache, daß einige von ihnen, wenn nicht gar alle, niemals wieder eine Fahrt mit der *Destiny* antreten würden. Es gab nur einen anderen Weg, und der war auf der Seekarte des Masters mit zweitausend Faden* eingezeichnet und führte senkrecht nach unten.

Dumaresq sorgte aber auch dafür, daß seine Leute so ausgeruht wie möglich waren, wenn sich der Feind zeigte, und nicht erschöpft von aufreibenden Gefechtsvorbereitungen.

Palliser erschien auf dem Achterdeck und sagte nach einem flüchtigen Blick auf Kompaß und Segel: »Ich hoffe, die Freiwache ist gleich fertig mit dem Frühstück?«

Bolitho antwortete: »Aye, Sir. Ich habe befohlen, daß die Köche das Kombüsenfeuer löschen, sobald sie fertig sind.«

Palliser ließ sich von Fähnrich Henderson ein Fernglas geben und unterzog die Insel einer sorgfältigen Prüfung. »Schreckliche Gegend!« Dann gab er Henderson das Glas zurück und sagte: »Hinauf mit Ihnen! Ich möchte unverzüglich Meldung, wenn Garrick sich anschickt, die Lagune zu verlassen.«

Bolitho sah zu, wie der Fähnrich die Webeleinen hochkletterte. Es wurde sehr schnell heller. Er konnte sogar schon die Ketten erkennen, mit denen der Bootsmann die Rahen gesichert hatte, und auch die Taljen und zusätzlichen Tampen, die an den Masten angeschlagen oder durch Blöcke geschoren waren, um später notwendige

* ca. 3700 m

Reparaturen zu erleichtern.

Er fragte: »Glauben Sie, daß es heute zur Schlacht kommt, Sir?«

Palliser lächelte grimmig. »Der Kommandant ist sich dessen sicher, das genügt mir. Und Garrick wird wissen, daß er kämpfen und siegen muß, um dann zu verschwinden, bevor das Geschwader Verstärkung schickt.«

Undeutlich bewegten sich Gestalten auf dem Oberdeck und zwischen den Kanonen. Die schwarzen Rohre, die jetzt feucht von Spritzwasser und nächtlichem Dunst waren, würden bald zu heiß zum Anfassen sein.

Unteroffiziere besprachen letzte Änderungen mit ihren Geschützbedienungen, die durch Abkommandierungen auf den eroberten Schoner oder durch Tod dezimiert waren.

Leutnant Colpoys stand mit seinem Sergeanten achtern an der Heckreling, während Matrosen über die Laufbrücken eilten und ihre Hängematten in den Finknetzen verstauten, als Kugelfang für diejenigen, die sich während des Gefechts auf dem Achterdeck aufhalten mußten. Das war ein besonders exponierter und gefährlicher Platz, aber lebenswichtig für jedes Schiff.

Midshipman Jury kam aufs Achterdeck und meldete: »Kombüsenfeuer ist gelöscht, Sir.«

Er sieht sehr jung und adrett aus, dachte Bolitho, als ob er sich extra fein gemacht hätte. Er lächelte. »Ein schöner Tag.«

Jury schaute den Mast hinauf und suchte Henderson. »Wir haben wenigstens den Vorteil der größeren Beweglichkeit, Sir.«

Bolitho warf ihm einen Blick zu und sah sich selber, wie er noch vor einem Jahr gewesen war. »Das ist richtig.« Es lohnte nicht hinzusetzen, daß der Wind nur noch eine schwache Brise war. Um wenden und halsen zu können, mußten die Segel gut ziehen. Wind und Leinwand waren das Lebenselement einer Fregatte.

Rhodes kam zum Achterdeck hoch und studierte neugierig den schmutzigen kleinen Fleck Land vor ihrem Steuerbordbug. Er trug seinen besten Säbel, den er von seinem Vater geerbt hatte. Bolitho dachte an den alten Säbel, den sein Vater immer trug. Er war auf allen Familienporträts in Falmouth zu sehen und würde eines Tages seinem Bruder Hugh gehören, sogar sehr bald schon, wenn sein Vater endgültig heimkehren würde.

Er wandte Jury und Rhodes den Rücken zu. Irgendwie hatte er das Gefühl, daß er Falmouth nie wiedersehen würde. Und zu seiner Verwunderung stellte er fest, daß er es widerspruchslos hinnahm.

Palliser kam zurück und befahl: »Sagen Sie Mr. Timbrell, daß er ein Jolltau an der Nock der Großrah anschlagen soll, Mr. Bolitho.« Er fing ihre erstaunten Blicke auf. »Nun?«

Rhodes zuckte verlegen mit den Schultern. »Tut mir leid, Sir, aber ich dachte, in einem Augenblick wie diesem . . .«

Palliser konterte: »In einem Augenblick wie diesem, meinen Sie wohl, kommt es auf eine Leiche mehr oder weniger auch nicht an?«

Bolitho schickte Jury zum Bootsmann und dachte an Spillanes Verrat. Er hatte reichlich Gelegenheit gehabt, Informationen zu sammeln und sie in Rio oder Basseterre an Land zu bringen. Der Schreiber des Kommandanten genoß – wie auch dessen Bootssteurer – mehr Bewegungsfreiheit als alle anderen Leute an Bord.

Garrick mußte überall Agenten und Spione gehabt haben, sogar in der Admiralität, wo jemand jeden Schritt, um die *Destiny* auf den Weg zu bringen, verfolgt hatte. Als das Schiff klar zum Auslaufen in Plymouth lag, war Spillane erschienen. Er hatte es leicht gehabt, die Wege von Dumaresqs Rekrutierungskommandos zu verfolgen. Er brauchte nur ihre Plakate zu lesen.

Jetzt liefen alle Fäden wie die Linien auf der Seekarte hier zusammen, als ob Gulliver diesen Platz eigens dafür markiert hätte. Es schien mehr vorherbestimmt als geplant zu sein.

Die meisten Männer an Deck schauten zur Bootsmannsgruppe auf, die eine Henkersschlinge von der Rahnock zur Laufbrücke fierten. Wie Rhodes hatten sie wenig Verständnis für eine Hinrichtung im Schnellverfahren. Das lag außerhalb ihres Begriffs von Gerechtigkeit.

Bolitho hörte einen der Rudergänger leise sagen: »Der Kommandant kommt, Sir.«

Bolitho wandte sich dem Niedergang zu, als Dumaresq, der ein frisches Hemd trug und seinen goldverbrämten Hut fest auf den Kopf gedrückt hatte, zum Achterdeck hochstieg.

Er nickte jedem seiner Offiziere und den Männern der Wache zu und sagte zu Colpoys, der sich bemühte, trotz seiner Wunde Haltung anzunehmen: »Schonen Sie Ihre Kräfte.«

Gulliver berührte seinen Hut: »Kurs Nord zu Ost, Sir. Wind ist noch immer ziemlich schwach.«

Dumaresq schaute ihn geistesabwesend an. »Das sehe ich.« Er wandte sich an Bolitho: »Lassen Sie die Leute bei sechs Glasen* zur

* sieben Uhr

Teilnahme an einem Strafakt achteraus kommen.« Er beobachtete, wie Bolitho sich bemühte, seine Gefühe zu verbergen. »Sie haben offenbar immer noch nicht gelernt, mich zu täuschen. Was bedrückt Sie – die Hinrichtung?«

»Ja, Sir. Es ist wie eine Vorahnung, ein Aberglaube. Ich – ich kann es nicht genauer ausdrücken.«

»Offensichtlich.« Dumaresq ging an die Querreling und schaute über das Oberdeck. »Dieser Mann versuchte, uns zu verraten, genau wie er sich bemühte, Murray zu vernichten. Murray war ein guter Mann, während . . .« Er brach ab, um einige Seesoldaten zu beobachten, die sich anschickten, im Vor- und Großmast aufzuentern.

»Ich hätte Murray gern noch einmal gesehen, bevor er uns verließ, Sir.«

Dumaresq fragte scharf: »Warum?«

Bolitho war über Dumaresqs Reaktion erstaunt. »Ich hätte ihm gern gedankt.«

»Oh, deswegen.«

Ein Ruf von Henderson ließ alle nach oben schauen. »An Deck! Ein Schiff läuft von der Insel aus, Sir!«

Dumaresq senkte das Kinn auf sein Halstuch. »Endlich.« Er sah Midshipman Merrett am Besanmast. »Laufen Sie hinunter und holen Sie die Kriegsartikel von meinem Steward. Wir wollen diese Angelegenheit hinter uns bringen und uns dann zum Gefecht bereitmachen.«

Er klopfte auf seine scharlachrote Weste und gab einen leisen Rülpser von sich. »Das war ein hübsches Stück Schweinefleisch. Und auch das Glas Wein wird helfen, den Tag richtig zu beginnen.« Er bemerkte Bolithos Unentschlossenheit. »Lassen Sie den Gefangenen holen. Ich möchte, daß er das Schiff seines Brotgebers sieht, bevor er an der Rah baumelt. Gott lasse ihn da verfaulen.«

Sergeant Barmouth stellte eine Reihe Seesoldaten quer auf der Hütte auf, und als die Bootsmannsmaaten »Alle Mann achteraus zum Strafakt« durch die Decks pfiffen, erschien Spillane, begleitet vom Wachtmeister und von Korporal Dyer.

Die Seeleute, die ihre Oberkörper schon zum Gefecht entblößt hatten, machten Platz, um die kleine Gruppe durchzulassen.

Unter der Querreling hielten sie an, und Poynter meldete: »Der Gefangene, Sir!«

Bolitho zwang sich, in Spillanes nach oben gerichtetes Gesicht zu schauen. Es war so völlig leer, als sei der gewöhnlich aufmerksame und gefaßte Mann nicht imstande, das Geschehen zu begreifen.

Bolitho erinnerte sich, wie Spillane mit Auroras Botschaft in seine Kammer gekommen war, und fragte sich, wieviel davon er wohl Garrick berichtet hatte.

Dumaresq wartete, bis seine Offiziere die Hüte abnahmen, und sagte dann mit seiner volltönenden Stimme: »Sie wissen, warum Sie hier stehen, Spillane. Wenn Sie ein gepreßter Mann wären, den man gegen seinen Willen zum Dienst für den Krieg gezwungen hätte, wäre es anders. Aber Sie haben sich freiwillig gemeldet in der klaren Absicht, Ihren Diensteid zu brechen und alles zu tun, Ihr Schiff und Ihre Kameraden ins Verderben zu führen. Es war Verschwörung zum Mord. Schauen Sie da hinüber, Mann.«

Als Spillane sich nicht rührte und ihn nur anstarrte, sagte Dumaresq: »Wachtmeister!«

Poynter faßte das Kinn des Delinquenten und drückte es zum Bug.

»Das Schiff da drüben wird von Ihrem Herrn, Piers Garrick, befehligt. Schauen Sie es sich genau an, und fragen Sie sich selber, ob es den Verrat wert war.«

Doch Spillanes Blick blieb auf die im Wind schwingende Schlinge gerichtet. Es war zweifelhaft, daß er irgend etwas anderes sah.

»An Deck!« Hendersons normalerweise kräftige Stimme klang unsicher, als fürchte er sich, in das Drama unter ihm einzugreifen.

Dumaresq schaute auf. »Sprechen Sie, Mann!«

»Auf der *San Augustin* hängen Leichen an den Rahen, Sir!«

Dumaresq schnappte sich Jurys Fernglas und machte einen Sprung in die Wanten.

Langsam kam er wieder herunter an Deck und sagte: »Es sind die spanischen Offiziere des Schiffes.« Er warf einen kurzen Blick auf Bolitho. »Zur Warnung erhängt, zweifellos.«

Doch Bolitho hatte etwas anderes in Dumaresqs Augen gelesen, nur ganz kurz. Etwas wie Erleichterung, aber worüber? Was hatte er zu sehen erwartet?

Dumaresq kehrte an die Querreling zurück und setzte seinen Hut wieder auf. Dann sagte er: »Entfernen Sie das Jolltau von der Großrah, Mr. Timbrell. Wachtmeister, bringen Sie den Delinquenten nach unten. Er soll auf die gemeinsame Hinrichtung mit den anderen warten.«

Spillanes Beine schienen unter ihm nachzugeben. Er legte die

Handflächen zusammen und sagte zerknirscht: »Ich danke Ihnen, Sir! Gott segne Sie für Ihre Güte!«

»Steh auf, verdammter Kerl!« Dumaresq sah mit Verachtung auf ihn hinab. »Erstaunlich, daß Männer wie Garrick andere Menschen so leicht korrumpieren können. Wenn ich Sie hänge, bin ich nicht viel besser als er. Aber hören Sie zu: Sie werden heute erleben, wie wir siegen, und das wird eine sehr viel härtere Strafe für Sie sein.«

Als Spillane weggeschleppt wurde, sagte Palliser sarkastisch: »Und wenn wir sinken, geht der Lump als erster auf den Meeresgrund.«

Dumaresq tippte ihm auf die Schulter: »Sehr wahr. Aber nun treffen Sie die letzten Vorbereitungen zum Gefecht, und zwar zwei Minuten schneller als üblich!«

»Schiff ist klar zum Gefecht, Sir!« Palliser faßte grüßend an seinen Hut, und seine Augen glänzten. »In genau acht Minuten.«

Dumaresq senkte sein Teleskop und warf ihm einen Blick zu. »Wir mögen knapp an Leuten sein, aber dafür setzt sich jeder doppelt ein.«

Bolitho stand unterhalb des Achterdecks und beobachtete scheinbar gelassen seine Geschützbedienungen an ihren Vorholtaljen. Das Warten war noch lange nicht vorüber.

Das noch fernab stehende Schiff hatte weitere Segel gesetzt und hob sich klar von der Insel ab; aber während die *Destiny* von der leichten Dünung sanft gewiegt wurde, schien die *San Augustin* bewegungslos dazuliegen wie ein Klotz. Würde sie abdrehen und flüchten? Dann bestand immerhin eine Chance für ihre Heckgeschütze, die sie verfolgende *Destiny* mit einem Glückstreffer außer Gefecht zu setzen.

Fähnrich Henderson, von den Vorbereitungen tief unter seinem Ausgucksitz unberührt, hatte gemeldet, daß zwei weitere Segel aus der Lagune gekommen waren. Das eine war der Toppsegelschoner, und Bolitho fragte sich, warum Dumaresq so sicher war, daß Garrick sich auf dem großen Kriegsschiff befand und nicht auf dem Schoner. Vielleicht waren er und Dumaresq am Ende einander doch sehr ähnlich. Keiner wollte nur Zuschauer sein, jeder war darauf aus, einen schnellen und eindeutigen Sieg zu erringen.

Little ging langsam hinter der Steuerbordbatterie von Zwölfpfündern entlang, hielt gelegentlich an, um eine Talje zu kontrollieren oder um sicherzustellen, daß die Schiffsjungen die Decks ausreichend mit Sand bestreut hatten, damit die Bedienungen später, wenn es heiß herging, nicht ausrutschten.

Stockdale stand an seiner Kanone und streichelte eine Zwölfpfundkugel, bevor er sie in das Kugelrack zurücklegte und eine andere herausnahm. Gegen seine mächtige Gestalt wirkten seine Männer wie Zwerge. Er macht das, als ob es ihm angeboren ist, dachte Bolitho, der diese Geste oft bei alten Geschützführern gesehen hatte. Sie wollten damit sicherstellen, daß die ersten Schüsse genau saßen. Nach den einleitenden Breitseiten kämpfte gewöhnlich jede Kanone für sich, und der Teufel sollte die letzten holen.

Er hörte Gulliver sagen: »Wir haben die Luvposition, Sir. Wir können immer noch Segel wegnehmen, wenn der Feind herankommt.«

Er redete wahrscheinlich nur, um seine innere Unruhe zu verbergen oder um einen Tip von seinem Komandanten zu bekommen. Aber Dumaresq blieb stumm, beobachtete seinen Gegner, blickte gelegentlich zum Wimpel im Masttopp auf oder musterte die träge Welle, die vom Bug der *Destiny* aufgeworfen wurde.

Bolitho schaute nach vorn, wo Rhodes mit Cowdroy und einigen seiner Geschützführer sprach. Das Warten nahm kein Ende. Es war so wie immer, aber er würde sich nie daran gewöhnen.

»Die Schoner haben angeluvt, Sir!«

Dumaresq grunzte: »Hängen sich an wie Schakale.«

Bolitho kletterte hoch, um über die Laufbrücke, die Vor- und Achterschiff über die Steuerbordbatterie hinweg miteinander verband, spähen zu können. Selbst hinter den vollgepackten Hängemattskästen und unter den waagrecht über das Batteriedeck gespannten Fangnetzen gab es nur wenig Schutz für die Seeleute, dachte er.

Beinahe am gefährlichsten war es auf den jetzt leeren Bootsständen. Bis auf Gig und Barkasse, die sie hinter sich herschleppten, hatten sie alle Boote treiben lassen. Im Gefecht waren herumfliegende Holzsplitter eine der größten Gefahren, und die Boote gaben ein verlockendes Ziel ab. Doch sie treiben zu lassen, drückte dem, was ihnen bevorstand, das Siegel der Endgültigkeit auf.

Henderson rief: »Die Leichen sind herunterholt worden, Sir.« Seine Stimme klang vor Anstrengung rauh.

Dumaresq sagte zu Palliser: »Gott strafe ihn.«

Palliser antwortete ruhig: »Vielleicht will er Sie nur wütend machen, Sir?«

»Mich provozieren?« Dumaresqs Ärger verflog. »Sie könnten recht haben. Himmel und Hölle, Mr. Palliser, Sie gehören ins Parlament und nicht in die Marine.«

Seekadett Jury stand, die Hände auf dem Rücken, und beobachtete das ferne Schiff. Den Hut hatte er so schief über die Augen gezogen, wie er es bei Bolitho gesehen hatte.

Er fragte plötzlich: »Werden sie versuchen, uns anzugreifen, Sir?«

»Wahrscheinlich. Sie sind uns zahlenmäßig überlegen. Nach dem, was wir auf der Insel gesehen haben, schätze ich, daß es zehn zu eins für sie steht.« Er sah Jurys Bestürzung und setzte leichthin hinzu: »Aber der Kommandant wird sie sich vom Leibe halten und sie langsam zermürben.«

Jury wandte ein: »Die beiden anderen Schiffe könnten gefährlich werden.«

»Der Toppsegelschoner vielleicht. Der andere ist zu leicht gebaut, um ein Nahgefecht mit uns zu riskieren.«

Bolitho überlegte, wie es jetzt ohne ihre verzweifelte Aktion auf der Insel um sie stünde. War das erst gestern gewesen? Es wären sechs Schoner gewesen statt zwei, und die vierundvierzig Kanonen tragende *San Augustin* hätte Zeit gehabt, noch zusätzliche Kanonen an Bord zu montieren, zum Beispiel die von der Hügelbatterie. Aber wie es auch ausging, der gekaperte Schoner würde Dumaresqs Bericht zum Admiral nach Antigua bringen. Für sie vielleicht zu spät, aber Garrick würde für den Rest seines Lebens ein gejagter Mann bleiben.

Wie klar der Himmel war. Und es war noch nicht zu heiß. Die See sah sanft und einladend aus. Bolitho versuchte, nicht an damals zu denken, als er sich ausgemalt hatte, wie er mit Aurora im Wasser herumtollen und sie beide für immer glücklich miteinander leben würden.

Dumaresq sagte sehr laut: »Sie werden versuchen, uns zu entmasten und uns dann zu entern. Außerdem ist anzunehmen, daß der größte Schoner mit einigen schweren Kanonen bestückt ist. Darum muß jede unserer Kugeln sitzen. Denkt daran, daß drüben viele Kanoniere und Matrosen gefangene Spanier sind. Sie sind zwar von Garrick eingeschüchtert, werden aber kaum Lust haben, von uns zu Brei zerstampft zu werden.«

Seine Worte riefen zustimmendes Gemurmel bei den halbnackten Geschützbedienungen hervor.

Plötzlich hörten sie abgehacktes Geschützfeuer. Als Bolitho sich umwandte, sah er, wie die Steuerbordkanonen der *San Augustin* lange, orangefarbene Zungen ausspien, während Pulverqualm über das Schiff hinwegzog und die Insel dahinter teilweise verdeckte.

Die See schäumte und schoß himmelwärts, als ob sie vulkanisch aus der Tiefe hochgetrieben würde und nicht durch die Kanonenkugeln des stolzen Schiffes mit den roten Kreuzen auf seinen Großsegeln.

Stockdale sagte: »Ungenau.«

Einige Seeleute drohten dem Feind mit den Fäusten, obwohl das niemand auf die weite Entfernung sehen konnte.

Rhodes schlenderte nach achtern. Sein schöner Säbel paßte schlecht zu seiner abgetragenen Borduniform. Er meinte: »Er will sie wohl nur beschäftigen, was, Dick?«

Bolitho nickte. Rhodes hatte sicher recht, aber trotzdem ging von dem spanischen Schiff etwas sehr Bedrohliches aus, vielleicht wegen seiner ausgefallenen Schönheit, der Pracht seines vergoldeten Schnitzwerks, das selbst auf diese Entfernung zu erkennen war.

Er sagte: »Wenn bloß Wind aufkommen wollte!«

Rhodes zuckte die Achseln. »Wenn wir bloß in Plymouth wären!«

Der spanische Koloß spie eine weitere Breitseite aus, und einige Kugeln sprangen – scheinbar endlos lange – über die Wasseroberfläche.

Das Hohngeschrei war diesmal noch lauter, aber Bolitho bemerkte, daß einige der älteren Geschützführer besorgt dreinschauten. Das Eisen des Feindes fiel kurz und war auch seitlich nicht gut gerichtet, aber da beide Schiffe sich auf konvergierenden Kursen langsam aufeinander zubewegten, würde jede Salve gefährlicher werden.

Er dachte an Bulkley und seine Gehilfen, wie sie im halbdunklen Orlopdeck standen, die blanken Instrumente vor sich, dazu die Branntweinflasche, die den Schmerz betäuben, und den Lederknebel, der verhindern sollte, daß der Patient sich die Zunge durchbiß, wenn die Säge des Chirurgen ihre Arbeit tat.

Und er dachte an Spillane in der Arrestzelle unterhalb der Wasserlinie. Was mochte er empfinden, wenn der Geschützdonner gegen die Bordwände anrollte?

»Batteriedeck, Achtung!« Palliser blickte auf die doppelte Reihe Kanonen herab. »Zurückholen und laden!«

Das war der große Augenblick. Mit äußerster Konzentration wachte jeder Geschützführer darüber, daß seine Männer ihr volles

Gewicht an die Taljen hängten und ihre Kanone von der Bordwand zurückzogen.

Massige Kartuschen wurden schnell an die Mündung gereicht, von der Ladenummer eingeführt und anschließend vom Ansetzer weiter hineingeschoben.

Bolitho beobachtete den ihm am nächsten stehenden Mann, wie er der Kartusche noch zwei Extrastöße nachschickte, um sie ganz fest gegen das Bodenstück zu pressen. Sein Gesicht war dabei so gespannt, so völlig seiner Aufgabe hingegeben, als wolle er den Feind ganz allein besiegen. Dann kam der Ladepfropfen, gefolgt von einer glänzend schwarzen Kugel, die mit einem weiteren Ladepfropfen festgerammt wurde, damit sie nicht bei einer unerwarteten Schlingerbewegung des Schiffes harmlos wieder vorn heraus und ins Wasser rollte. Schließlich waren sie fertig.

Als Bolitho wieder hochschaute, schien das andere Schiff sehr viel näher gekommen zu sein.

»Fertig an Deck?«

Jeder Geschützführer zeigte mit einer Hand: klar.

Palliser rief: »Stückpforten öffnen!« Er wartete und zählte die Sekunden, als die Pfortendeckel sich an beiden Schiffsseiten wie Augenlider hoben. »Ausrennen!«

Die *San Augustin* feuerte schon wieder, aber da ihr Steuermann wohl gerade etwas abgefallen war, schlug die ganze Breitseite eine gute halbe Meile vor dem Bug der *Destiny* ins Wasser.

Rhodes marschierte hinter seinen Kanonen entlang, gab Anweisungen oder scherzte auch nur mit seinen Leuten; Bolitho konnte es nicht erkennen.

Die *San Augustin* stand nun an Backbord voraus, und ihr Kurs lief mit dem der *Destiny* in einem spitzen Winkel zusammen. Es war schwer, die Geschützbedienungen an ihrem Platz zu halten und zu verhindern, daß sie auf die andere Seite liefen, um nachzuschauen, was drüben los war.

Palliser rief: »Mr. Bolitho! Halten Sie sich bereit, Leute von Ihrer Batterie auf die andere Seite zu Hilfe zu schicken. Nach zwei Breitseiten werden wir nach Backbord halten und auch Ihren Kanonen eine Chance geben.«

Bolitho hob die Hand. »Aye, Sir!«

Dumaresq befahl: »Kursänderung drei Strich nach Steuerbord.« »An die Schoten und Brassen! Ruder nach Luv!«

Die Rahen schwangen herum, die *Destiny* folgte gehorsam dem

Ruder; die *San Augustin* schien achteraus auszuwandern, als sie den geduckt hinter ihren Stückpforten wartenden Geschützführern ins Visier kam.

»Volle Erhöhung! *Feuer*!«

Die Zwölfpfünder rumpelten binnenbords und wurden von Brocktauen abgestoppt. Der Pulverqualm trieb leewärts in einer dichten Wolke auf den Feind zu.

»Stopft die Zündlöcher!« Rhodes bewegte sich jetzt viel schneller. »Wischt aus und ladet neu!«

Die Geschützführer mußten doppelt hart arbeiten, und mancher benutzte beide Fäuste, um die Nervosität seiner Leute zu bändigen. Wenn eine Kartusche in ein unausgewischtes Rohr gesteckt wurde, in dem noch glühende Reste der vorigen Kartusche steckten, bedeutete das einen schnellen und gräßlichen Tod.

Stockdale schlug auf den Verstärkungsring seiner Kanone. »Los, Jungs! Beeilung!«

»Rennt die Kanonen aus!« Palliser hielt sein Teleskop auf die Hängemattsnetze gestützt und beobachtete das andere Schiff. »Ziel auffassen! Geschützweise nach Sicht feuern!«

Diesmal kam die Breitseite unregelmäßig heraus, da jeder Geschützführer den für ihn günstigen Augenblick zum Abschuß abwartete. Aber bevor er den Einschlag seiner Kugel beobachten konnte, rannten schon wieder Matrosen an die Schoten und Brassen, da Gulliver seine Rudergänger zu neuer Kursänderung antrieb. Die *Destiny* lag jetzt so hoch am Wind, wie es ihr möglich war, ohne die Manövrierfähigkeit zu verlieren.

Bolitho hatte einen ganz trockenen Mund. Ohne es zu bemerken, hatte er seinen Säbel gezogen und gegen die Hüfte gedrückt. Das Deck der *Destiny* hatte sich schräg gelegt, und die Geschützführer sahen den goldverzierten Bugspriet der *San Augustin* jetzt langsam, aber stetig ins Blickfeld ihrer Stückpforten einwandern.

»In der Aufwärtsbewegung schießen!«

Aber vor ihnen spie die Bordwand der *San Augustin* erneut Feuer und Eisen mit orangefarbenen Zungen. Bolitho hörte das wilde Kreischen der Ketten- und Stangengeschosse, die über sie hinwegflogen. Er fand noch Zeit, Fähnrich Henderson zu bemitleiden, der oben auf der Bramsaling hockte und sein Fernrohr auf den Feind gerichtet hielt, während die mörderische Verbindung von Ketten und Eisenstangen an ihm vorbeirauschte.

»*Feuer*!«

Bolitho beobachtete, wie die See um das andere Schiff aufbrauste und sein Großsegel flatterte, als ob es von mehr als einer Kugel durchschlagen worden sei.

Während seine Männer sich auf Handspaken und Ansetzer stürzten und nach Pulver und Kugeln schrien, und während das Getöse noch von Pallisers Stimme auf dem Achterdeck übertönt wurde, warf Bolitho einen Blick auf den Kommandanten.

Er stand mit Gulliver und Slade neben dem Kompaß und zeigte auf den Feind, auf seine Segel und den davontreibenden Qualm, als ob das alles von ihm dirigiert würde.

»*Feuer*!«

Kanone für Kanone rollten die Zwölfpfünder an der Steuerbordseite der *Destiny* binnenbords, und die Räder ihrer Lafetten quietschten dabei wie gequälte Schweine.

»Klar zur Kursänderung! Achtung, Mr. Rhodes! Backbordbatterie mit Doppelkugeln laden!«

Bolitho sprang beiseite, um vorbeirennenden Matrosen und Kommandos schreienden Maaten Platz zu machen. Der ständige kräftezehrende Drill auf der langen Überfahrt von Plymouth zahlte sich jetzt aus. Unabhängig davon, was die Kanonen machten, das Schiff mußte gehandhabt und manövrierfähig gehalten werden.

Wieder brüllten die Kanonen auf, diesmal mit einem anderen Ton, der durch Mark und Bein ging, denn die Rohre spien mit doppelter Treibladung je zwei Kanonenkugeln aus.

Bolitho wischte sich das Gesicht mit dem Handrücken. Ihm war, als hätte er stundenlang in der Sonne gestanden. Tatsächlich war es aber kaum acht Uhr früh; erst eine Stunde, nachdem Spillane unter Deck geschickt worden war.

Dumaresq war mit der doppelten Ladung ein Risiko eingegangen, aber Bolitho hatte gesehen, daß sich die beiden Schoner nach Luv vorarbeiteten, um von achtern an die *Destiny* heranzukommen. Sie mußten schnellstens Treffer auf der *San Augustin* erzielen, und zwar entscheidende Treffer, um zumindest deren Bewegungsfähigkeit herabzusetzen.

Dumaresq rief: »Holt den Feuerwerker! Aber schnell!«

Bolitho zuckte zusammen, als Wassersäulen über der Backbord-Laufbrücke zusammenschlugen und er einen heftigen Stoß gegen den Schiffsrumpf spürte. Mindestens zwei Treffer, vielleicht sogar an der Wasserlinie.

Aber der Bootsmann rief schon Befehle, und seine Leute rannten am Posten der Seesoldaten, der den Weg nach unten versperrte, vorbei, um den Schiffsrumpf zu untersuchen und jede Schadenstelle abzudichten.

Er sah den Feuerwerker wie eine Eule ins Tageslicht blinzeln und ärgerlich dreinschauen, daß man ihn aus seiner Pulverkammer geholt hatte, wenn auch auf Befehl des Kommandanten.

»Mr. Vallance!« Dumaresq grinste verschwörerisch. »Sie waren einmal der beste Geschützführer der Kanalflotte. Habe ich recht?«

Vallance rutschte in seinen Filzpantoffeln, die er in der feuerempfindlichen Pulverkammer tragen mußte, um beim Gehen keinen Funken zu erzeugen, hin und her.

»Das ist richtig, Sir.« Trotz des Lärms war er offenbar erfreut, daran erinnert zu werden.

»Gut. Ich möchte, daß Sie persönlich das Kommando über die beiden Buggeschütze übernehmen und es dem Toppsegelschoner richtig geben. Ich werde das Schiff auf den entsprechenden Kurs legen.« Leiser fügte er hinzu: »Sie müssen sich beeilen.«

Vallance schlurfte davon und zeigte im Vorbeigehen mit dem Daumen auf zwei Geschützführer in Bolithos Batterie. Vallance war tatsächlich der Beste in seiner Zunft der Feuerwerker und Stückmeister, auch wenn er gewöhnlich ein schweigsamer Mann war. Er brauchte keine weiteren Erklärungen von Dumaresq. Denn wenn die *Destiny* wendete, um die Schoner anzugreifen, bot sie ihre ganze Länge der feindlichen Breitseite.

Die Buggeschütze der *Destiny* waren Neunpfünder. Obwohl sie nicht so mächtig waren wie andere Marinegeschütze, hatten die Neunpfünder den Ruf, am genauesten zu treffen.

»Feuer!«

Die Männer von Rhodes' Batterie wischten schon wieder die Rohre aus und glänzten vor Schweiß, der in schmalen Streifen über ihre von Pulverqualm geschwärzten Rücken rann.

Die Entfernung betrug weniger als zwei Meilen, und als Bolitho hochschaute, sah er mehrere Löcher im Großmarssegel und einige Matrosen, die schon dabei waren, durchschossenes Tauwerk zu ersetzen, während die Schlacht auf immer kleinerem Abstand weitertobte.

Vallance stand nun auf der Back, und Bolitho konnte sich vorstellen, wie sein ergrautes Haupt sich über den Neunpfünder an Backbord neigte.

Dumaresqs Stimme schnitt durch eine kurze Pause im Kanonendonner. »Wenn Sie soweit sind, Mr. Vallance, gehen wir fünf Strich nach Backbord.« Er ballte die Fäuste. »Wenn bloß mehr Wind aufkäme!« Um seine Unruhe zu bezwingen, verschränkte er die Hände wieder hinter dem Rücken. »Bramsegelschoten los!«

Augenblicke später drehte die *Destiny*, so gut es ihr bei den müde killenden Segeln möglich war, nach Backbord durch den Wind, und Sekunden darauf – so schien es wenigstens –, lagen die Schoner quer vor ihrem Bug.

Bolitho hörte den Abschuß des Backbord-Neunpfünders und dann den der anderen Seite, als Vallance feuerte.

Der Toppsegelschoner schien zu taumeln, als ob er vierkant auf ein Riff aufgelaufen wäre. Der vordere Mast brach mit Rahen, Segeln und Tauwerk zusammen und stürzte auf das Vorschiff und zum Teil über Bord. Unkontrolliert drehte der Schoner ab und schlug quer.

Dumaresq schrie: »Aktion abbrechen! Drehen Sie zurück auf den alten Kurs, Mr. Palliser!«

Bolitho wußte, daß der zweite Schoner es kaum riskieren würde, das gleiche Schicksal wie sein Gefährte zu erleiden. Es war ein artilleristisches Meisterstück gewesen. Er sah seine Männer an den Stagen heruntergleiten, nachdem sie zusätzliche Segel gesetzt hatten, und fragte sich, welchen Eindruck die *Destiny* wohl auf die gegnerischen Geschützbedienungen machen mußte, die nun durch den Pulverqualm erkannten, daß einer der Ihren so leicht erledigt worden war.

Das machte aber kaum den Unterschied in der Bestückung der beiden Schiffe wett. Dagegen konnte es die britischen Seeleute in einem Augenblick ermutigen, in dem sie diese moralische Stütze am dringendsten brauchten.

»Recht so! Kurs Nord zu Ost, Sir.«

Bolitho rief: »Jetzt kommen wir dran!« Er sah, daß einige Matrosen ihm zulächelten, mit Gesichtern wie Masken und glasigen Augen von dem dauernden Geschützfeuer.

Plötzlich schien sich das Deck unter Bolithos Füßen aufzubäumen. Erschreckt sah er einen Zwölfpfünder der Backbord-Batterie umstürzen und zwei schreiende Männer unter sich begraben, während die übrigen sich duckten oder von herumfliegenden Holzsplittern getroffen zu Boden stürzten.

Er hörte Rhodes Befehle geben, die die Ordnung wiederherstellten, und die Antwort mehrerer Kanonen, die erneut feuerten. Doch der Schaden war groß, und als Timbrells Männer herbeieilten, um die umgestürzte Kanone und das zersplitterte Holz wegzuräumen, feuerte der Feind abermals.

Bolitho wußte nicht, wie viele Kugeln der *San Augustin* diesmal ihr Ziel getroffen hatten, aber das Deck bebte so heftig, daß es eine ganze Masse Eisen gewesen sein mußte. Holzteile flogen ihm um die Ohren, und er schützte sein Gesicht mit den Armen, als ein großer Schatten auf das Batteriedeck fiel.

Stockdale riß ihn zu Boden und krächzte: »Der Besan! Sie haben ihn umgeschossen.«

Dann gab es ein Donnergetöse, als der Besanmast mit Stengen und Rahen auf das Achterdeck und die Steuerbord-Laufbrücke herabstürzte, Tauwerk, Segel und Menschen mit sich reißend und unter sich begrabend.

Bolitho rappelte sich wieder auf und spähte nach dem Feind aus. Der schien seine Position verändert zu haben. Nur seine oberen Rahen ragten aus dem Qualm, doch er fuhr fort zu schießen. Die *Destiny* hatte Schlagseite, und die über die Bordwand hängenden Teile der Takelage zogen sie herum, während überall Männer sich aus dem Gewirr von Tauwerk und Leinwand zu befreien suchten. Bei dem ohrenbetäubenden Lärm waren alle ihnen zugerufenen Befehle vergeblich.

Dumaresq kam an die Querreling und ließ sich seinen Hut von seinem Bootssteurer reichen. Er warf einen schnellen Blick über das Oberdeck und befahl dann: »Mehr Leute nach achtern! Kappt den ganzen Plunder!«

Palliser tauchte aus dem Chaos auf wie ein Gespenst. Er hielt seinen Arm, der gebrochen schien, und es sah aus, als ob er jeden Augenblick zusammensinken würde.

Dumaresq brüllte: »Bewegt euch! Und eine neue Flagge an den Großmast, Mr. Lovelace!«

Aber es war ein Bootsmannsmaat, der aufenterte, um die Flagge zu ersetzen, die mit dem Besanmast weggeschossen worden war. Midshipman Lovelace, der in zwei Wochen vierzehn Jahre alt geworden wäre, lag – von einem durch die Luft gesausten Backstag fast mittendurch geschnitten – an den Hängemattsnetzen.

Bolitho stand bewegungslos an seinem Platz, während das Schiff um ihn herum unter den Stößen des Geschützfeuers schwankte und bebte. Dann packte er Jury an der Schulter und sagte: »Nehmen Sie zehn Männer, und helfen Sie dem Bootsmann.« Er schüttelte ihn leicht. »Alles in Ordnung?«

Jury lächelte. »Jawohl, Sir.« Er lief in den Qualm und rief dabei mehrere Namen.

Stockdale murmelte: »Wir haben nur noch sechs Kanonen auf dieser Seite, die zählen.«

Bolitho wußte, daß die *Destiny* so lange außer Kontrolle war, bis der Besan gekappt war. Als er über die Bordwand blickte, sah er unten einen Seesoldaten, der sich noch an der Besanstenge festhielt, und einen anderen, der von dem Gewirr der Takelage unter Wasser gezogen wurde und ertrank. Er wandte sich ab zu Dumaresq, der wie ein Fels dastand und den Feind beobachtete, wobei er offensichtlich darauf bedacht blieb, daß seine Besatzung ihn sah.

Bolitho zwang sich, woanders hinzublicken. Er fühlte sich plötzlich bedrückt und schuldig, da er zufällig Dumaresqs Geheimnis entdeckt hatte. Das also war der Grund, warum er die scharlachrote Weste trug! Damit keiner seiner Leute etwas merken konnte, wenn er verwundet wurde.

Aber Bolitho hatte die frischen nassen Flecken erkannt, von denen Blut auf seine kräftigen Hände getropft war, als sein Bootssteurer John ihn stützend an die Reling geführt hatte.

Midshipman Cowdroy kletterte über die Trümmer und rief: »Ich brauche Hilfe auf dem Vorschiff, Sir!« Er sah aus, als wäre er kurz vorm Durchdrehen.

Bolitho sagte: »Sehen Sie zu, wie Sie allein damit fertig werden.« Das gleiche hatte Dumaresq anläßlich des Uhrendiebstahls zu ihm gesagt.

Er hörte Axtschläge aus dem Rauch und spürte, wie das Schiff sich aufrichtete, als der gebrochene Mast mit seiner Takelage von ihrer Bordwand freikam.

Wie nackt sie aussahen ohne den Besanmast und seine vollstehenden Segel!

Auf einmal bemerkte Bolitho, daß die *San Augustin* quer vor ihrem Bug lag. Sie feuerte immer noch, aber die Kurswechsel der *Destiny*, die von der überhängenden Takelage verursacht worden waren, machten ihr das Zielen im Qualm schwierig. Mehrere Kugeln schlugen dicht vor der Bordwand ein oder klatschten querab zu beiden Seiten ins Wasser. Aber die Kanonen der *Destiny* waren ebenfalls blind, mit Ausnahme der Buggeschütze. Bolitho hörte ihre scharfen Abschüsse, als sie das Feuer mit tödlicher Entschlossenheit erwiderten.

Doch eine weitere schwere Kugel schlug unter ihrer Backbord-

Laufbrücke ein, warf zwei Kanonen um und färbte das Deck blutrot, als sie eine Gruppe von Männern niedermähte, von denen viele bereits verwundet gewesen waren.

Bolitho sah, daß Rhodes hinfiel und versuchte, sich wieder aufzuraffen, aber dann endgültig niedersank.

Er lief hinüber, um ihm zu helfen, ihn vor dem beißenden Pulverqualm zu schützen, während die Welt um ihn herum verrückt zu spielen schien.

Rhodes sah ihm direkt ins Gesicht, und seine Augen waren klar, als er flüsterte: »Der ›Herr und Meister‹ hat seinen Willen, sehen Sie, Dick?« Er schaute am Großmast vorbei in den Himmel. »Der Wind – endlich ist er da. Aber zu spät.« Er hob den Arm, um Bolithos Schulter zu berühren. »Passen Sie auf sich auf, Dick. Ich habe es immer gewußt . . .« Sein Blick wurde plötzlich starr und leblos.

Bolitho erhob sich mühsam und starrte in das Chaos und Elend ringsum. Stephen Rhodes war tot. Rhodes, der ihn als erster an Bord willkommen geheißen und das Leben immer auf die leichte Schulter genommen hatte.

Dann sah er durch die zerrissenen Netze und zerfetzten Hängematten die See. Die vorher so träge Dünung war lebhaft geworden. Er schaute hinauf zu den Segeln. Durchlöchert, wie sie waren, standen sie jetzt doch prall wie Brustharnische und trieben die Fregatte vorwärts in den Kampf. Sie waren noch nicht geschlagen! Rhodes hatte es gesehen. »Der Wind«, hatte er gesagt. Es war das letzte, was er auf Erden erkannt hatte.

Bolitho rannte an die Bordwand und sah die *San Augustin* an Steuerbord voraus erschreckend nahe. Männer schossen von drüben auf ihn, und überall war Qualm und Lärm, aber er spürte nichts. Aus der Nähe sah das feindliche Schiff nicht mehr so stolz und unverletzbar aus. Er konnte erkennen, wo die Kugeln der *Destiny* Spuren hinterlassen hatten.

Er hörte Dumaresqs Stimme, die ihm das Deck entlang folgte und trotz seiner unvermeidlichen Schmerzen immer noch kräftig und beherrrschend klang.

»An die Steuerbordbatterie, Mr. Bolitho!«

Bolitho hob Rhodes schönen Säbel auf und schwenkte ihn wild.

»An die Kanonen, Jungs! Doppelte Ladung!«

Musketenkugeln prasselten wie Kieselsteine an Deck, und hier und da fiel ein Mann um. Aber die übrigen, die sich aus den Trümmern befreit hatten, überließen die Kanonen an der Backbordseite sich selber und gehorchten taumelnd Bolithos Ruf. Sie luden die verbliebenen Zwölfpfünder, kauerten dahinter wie verschreckte Raubtiere und warteten, bis das hohe Achterschiff der *San Augustin* sich Meter für Meter wie ein vergoldeter Fels vor ihnen auftürmte.

»Ziel auffassen!«

Wer gab die Befehle? Dumaresq, Palliser, oder war er so mitgerissen von der Wildheit der Schlacht, daß er sie selber ausgestoßen hatte?

»*Feuer*!«

Er sah die Kanonen im Rückstoß binnenbords rollen und ihre Bedienungen durch die Stückpforten schauen, um den Erfolg ihrer Schüsse zu überprüfen. Denn jede der mörderischen Kugeln pflügte jetzt vom Heck bis zum Bug durch das spanische Schiff und verbreitete überall Tod und Verderben.

Kein Geschützführer, auch Stockdale nicht, machte Anstalten, neu zu laden. Es war, als wisse jeder Bescheid.

Die *San Augustin* trieb nach Lee ab. Vielleicht war ihr Ruder zerschossen oder sämtliche Offiziere waren in der letzten feurigen Umarmung getötet worden.

Bolitho ging langsam nach achtern und stieg den Niedergang hoch aufs Achterdeck. Holzsplitter lagen überall herum, und an den Sechspfündern waren nur noch wenige Männer übrig, die Hurra rufen konnten, als ein Teil der Takelage des Feindes in die Qualmwolken stürzte.

Dumaresq wandte sich mühsam um: »Ich glaube, sie brennt.«

Bolitho sah Gulliver tot neben seinen Rudergängern liegen; Slade stand an seinem Platz, als ob er von Anfang an zum Master bestimmt gewesen sei. Colpoys, der seinen roten Rock wie ein Cape um die bandagierte Brust gehängt hatte, musterte seine Männer, die von ihren Waffen zurückgetreten waren. Palliser saß auf einem Faß, während einer von Bulkleys Leuten seinen Arm untersuchte.

Bolitho hörte sich sagen: »Wir werden den Schatz verlieren, Sir.«

Eine Explosion schüttelte die schwer mitgenommene *San Augustin*. Man sah Gestalten über Bord springen und jeden niedertrampeln, der sie aufzuhalten versuchte.

Dumaresq blickte auf seine rote Weste herunter. »Sie verlieren ihn aber auch.«

Bolitho beobachtete das andere Schiff und sah, wie der Qualm dikker wurde und erste Flammen unterhalb des Großmasts hervorbrachen. Wenn Garrick noch lebte, würde er nicht mehr weit kommen.

Bulkley lief übers Achterdeck. »Sie müssen nach unten gehen, Sir, ich muß Sie untersuchen.«

»Müssen?« Dumaresq lächelte grimmig. »Das ist kein Wort, das ich . . .« Dann fiel er ohnmächtig in die Arme seines Bootssteurers.

Trotz allem, was schon geschehen war, schien Bolitho dieser Anblick unerträglich. Er sah zu, wie Dumaresq aufgehoben und vorsichtig zum Niedergang getragen wurde.

Palliser trat an die Querreling, aschfahl im Gesicht, aber er sagte: »Wir werden uns in sicherer Entfernung halten, bis das verdammte Schiff entweder gesunken oder in die Luft geflogen ist.«

»Was soll ich jetzt tun, Sir?« Das war Midshipman Henderson, der wunderbarerweise oben im Großmast überlebt hatte.

Palliser sah ihn an. »Sie übernehmen Mr. Bolithos Aufgaben.« Er stockte, den Blick auf Rhodes' Leiche am Fockmast gerichtet. »Mr. Bolitho ist jetzt Zweiter Offizier.«

Eine heftigere Explosion als alle bisherigen erschütterte die *San Augustin* so stark, daß ihre Fock- und Großmarsstengen in den Qualm hinabstürzten, das ganze Schiff sich schwer auf die Seite legte und schließlich kenterte.

Jury kam den Niedergang hoch und stellte sich an Bolithos Seite, um die letzten Augenblicke des einst so schönen Schiffes mit anzusehen. »War es das alles wert, Sir?«

Bolitho sah ihn an und schaute sich an Deck um. Schon waren Leute dabei, die Schäden auszubessern und das Schiff wieder flott zu machen. Tausenderlei Dinge gab es zu tun: die Verwundeten mußten betreut werden. Der übriggebliebene Schoner war zu jagen und zu erobern. Überlebende mußten aus dem Wasser gefischt und als Gefangene von den spanischen Seeleuten getrennt werden. Eine Menge Arbeit für eine kleine Fregatte mit reduzierter Besatzung.

Er erwog Jurys Frage und überlegte auch, was Dumaresq sagen würde, wenn er zurückkam. Eigenartig, dieser Dumaresq: Tod war für ihn gleich Niederlage, und beides gab es für ihn nicht.

Bolitho sagte leise: »So dürfen Sie nicht fragen. Ich habe einiges gelernt und lerne immer noch dazu. Das Schiff kommt zuerst. Aber lassen Sie uns an die Arbeit gehen, anderenfalls wird unser ›Herr und Meister‹ einige unfreundliche Worte für uns alle finden.«

Überrascht schaute er auf den Säbel, den er immer noch in der Hand hielt.

Vielleicht hatte da Rhodes Jurys Frage für ihn beantwortet?

Epilog

Bolitho drückte seinen Hut fester und blickte zu dem großen grauen Haus empor. Von See blies ein kräftiger Wind, und der Regen, der ihm ins Gesicht klatschte, fühlte sich an wie Eisnadeln. So viele Monate, so langes Warten, und nun war er wieder zu Hause. Die Fahrt nach Falmouth, nachdem die *Destiny* in Plymouth geankert hatte, war lang und beschwerlich gewesen. Die Straßen waren ausgefahren, und der hochspritzende Matsch hatte die Fenster der Kutsche so verdreckt, daß es Bolitho schwergefallen war, einzelne Orte, die ihm seit seiner Kindheit vertraut waren, wiederzuerkennen.

Und nun, am Ziel, schien ihm alles unwirklich und – aus Gründen, die er selbst nicht erklären konnte – für ihn verloren.

Nur das Haus war unverändert und sah aus wie vor einem Jahr.

Stockdale, der ihn von Plymouth begleitet hatte, trat unruhig von einem Fuß auf den anderen.

»Sind Sie sicher, daß es richtig war, mich mitzunehmen, Sir?«

Bolitho sah ihn an. Es war Dumaresqs letzte Geste gewesen, bevor er die *Destiny* der Schiffswerft zur gründlichen Überholung übergeben hatte und von Bord gegangen war: »Nehmen Sie Stockdale mit. Sie werden bald ein neues Kommando bekommen. Behalten Sie ihn bei sich, er ist ein brauchbarer Kerl.«

Bolitho antwortete ruhig: »Sie sind hier willkommen und werden es bald merken.«

Er schritt die ausgetretenen Stufen hinauf und sah, wie die zweiflüglige Tür sich nach innen öffnete. Es überraschte ihn nicht, denn er hatte schon gespürte, daß das ganze Haus ihn während der letzten Augenblicke schweigend beobachtet hatte.

Aber es war nicht die alte Mrs. Tremayne, ihre langjährige Haushälterin, die ihn begrüßte, sondern ein junges Hausmädchen, das er nicht kannte.

Sie knickste und errötete dabei: »Willkommen, Sir.« Fast im gleichen Atemzug setzte sie hinzu: »Käpt'n James erwartet Sie, Sir.«

Bolitho trat den Schmutz von seinen Schuhen und übergab dem Mädchen Hut und Bootsmantel.

Er schritt durch die getäfelte Eingangshalle in den großen Raum, den er so gut kannte. Da war das Kaminfeuer, munter prasselnd, als wolle es den Winter bezwingen; auf dem Sims schimmerte Zinngeschirr, und über allem hing ein Geruch, der – vermischt mit leichten Küchendüften – Geborgenheit ausstrahlte.

Kapitän James Bolitho löste sich vom Kamin und legte seinem Sohn die Hand auf die Schulter. »Mein Gott, Richard, ich habe dich zuletzt als mageres Bürschchen in Kadettenuniform gesehen, und nun bist du als Mann zurückgekehrt.«

Bolitho war bestürzt über das schlechte Aussehen seines Vaters. Er war zwar darauf vorbereitet, daß ihm ein Arm fehlte, aber sein Vater hatte sich unglaublich verändert. Sein Haar war grau, die Augen lagen tief in den Höhlen. Wegen seines hochgesteckten leeren Ärmels hielt er sich eigenartig. Bolitho hatte diese Haltung auch bei anderen verkrüppelten Seeleuten gesehen. Vielleicht fürchteten sie, daß jemand gegen die Stelle stoßen könnte, wo einmal der Arm gewesen war.

»Setz dich, mein Junge.« Er betrachtete Bolitho so genau, als befürchte er, etwas zu übersehen. »Das ist aber eine schreckliche Narbe da auf deiner Stirn. Du mußt mir davon erzählen.« Aber es lag keine Bewegung in seiner Stimme. »Wer ist der Riese, mit dem ich dich kommen sah?«

Bolitho packte die Armlehnen seines Stuhls. »Ein Mann namens Stockdale.« Er wurde sich plötzlich der Stille im Haus bewußt und fragte: »Vater, ist etwas nicht in Ordnung?«

Sein Vater ging zu einem Fenster und starrte blicklos durch das regennasse Glas.

»Ich habe es dir selbstverständlich geschrieben. Die Briefe werden dich eines Tages erreichen.« Er wandte sich heftig um. »Deine Mutter ist vor einem Monat gestorben, Richard.«

Bolitho sah ihn entsetzt an, unfähig, sich zu bewegen, es zu begreifen. »Gestorben?«

»Sie war nur kurze Zeit krank. Ein heftiges Fieber. Wir taten alles, was wir konnten.«

Bolitho sagte leise: »Ich glaube, ich habe es geahnt. Gerade eben, vor dem Haus. Sie hat ihm immer das Licht gegeben.«

Tot. Er hatte sich überlegt, was er ihr sagen wollte, wie er ihre Sorgen wegen seiner Verwundung zerstreuen konnte.

Wie aus weiter Ferne sagte sein Vater: »Dein Schiff wurde uns schon vor einigen Tagen gemeldet.«

»Ja. Aber dann kam Nebel auf. Wir mußten draußen ankern.«

Er sah plötzlich die Gesichter der *Destiny* vor sich, die er verlassen hatte. Wie sehr er sie in diesem Augenblick gebraucht hätte: Dumaresq, der zur Admiralität gefahren war, um den Verlust des Schatzes zu erklären oder dafür beglückwünscht zu werden, daß er ihn dem Feind entzogen hatte. Palliser, der das Kommando über eine in Spithead liegende Brigg bekommen hatte. Der junge Jury, dessen Stimme übergekippt war, als sie einander zum letztenmal die Hände geschüttelt hatten.

»Ich habe von euren Unternehmungen gehört. Dumaresq scheint sich einen Namen gemacht zu haben. Ich hoffe wenigstens, daß die Admiralität es so sieht. Dein Bruder ist auf See.«

Bolitho versuchte, seine Gefühle zu beherrschen. Worte, nur Worte. Er wußte, daß sein Vater so war: »Haltung.« Es war immer eine Frage der »Haltung« für ihn, zuerst und vor allem.

»Ist Nancy zu Hause?«

Sein Vater sah ihn kühl an. »Auch das kannst du nicht wissen: Deine Schwester hat den jungen Lewis Roxby, den Sohn des Squires, geheiratet. Deine Mutter sagte, das sei die beste Lösung nach der anderen Geschichte.« Er seufzte: »So ist das also.«

Bolitho lehnte sich im Stuhl zurück und preßte die Schultern gegen das geschnitzte Eichenholz, um seinen Schmerz zu bändigen.

Sein Vater hatte die See verloren, und jetzt war er auch noch allein in diesem großen Haus mit der Aussicht auf die Hänge von Pendennis Castle und auf das Kommen und Gehen auf der Reede von Carrick. Alles eine ständige Erinnerung an das, was er verloren hatte, was ihm genommen worden war.

Er sagte vorsichtig: »Die *Destiny* ist außer Dienst gestellt, Vater. Ich kann bleiben.«

Es war, als hätte er einen furchtbaren Fluch ausgestoßen. Captain James marschierte vom Fenster auf ihn zu und blickte auf ihn herab.

»Das will ich nicht hören! Du bist mein Sohn und ein Offizier des Königs. Seit Generationen sind wir von diesem Hause ausgezogen, und einige sind niemals zurückgekommen. Es liegt Krieg in der Luft, da werden alle unsere Söhne gebraucht.« Er machte eine Pause und setzte dann sanft hinzu: »Vor zwei Tagen kam ein Bote: Ein neues Kommando wartet auf dich.«

Bolitho stand auf und ging durch den Raum, berührte dabei vertraute Dinge, ohne es zu spüren.

Sein Vater fuhr fort: »Auf der *Trojan,* einem Linienschiff mit achtzig Kanonen. Wenn sie das Schiff in Dienst stellen, muß Krieg vor der Tür stehen.«

»Sicherlich.«

Keine schlanke Fregatte, sondern ein dickes Linienschiff. Eine neue Welt, die zu erkunden und zu meistern war. Vielleicht war es ganz gut so. Etwas, das ihn ausfüllte, ihn in Bewegung hielt, bis er alles verarbeitet hatte, was geschehen war.

»Nun sollten wir ein Glas zusammen trinken, Richard. Klingle nach dem Mädchen. Du mußt mir alles berichten. Vom Schiff, von den Menschen, alles. Das ist das einzige, was ich noch habe: Erinnerungen.«

Bolitho sagte: »Gut, Vater. Es ist ein Jahr her, daß ich nach Plymouth auf die *Destiny* unter Kapitän Dumaresq kam . . .«

Als das Hausmädchen mit Gläsern und Wein aus dem Keller kam, sah sie den grauköpfigen Captain James seinem jüngsten Sohn gegenübersitzen. Sie sprachen über Schiffe und ferne Länder und ließen sich weder Kummer noch Verzweiflung anmerken.

Aber sie wußte es nicht besser. Es war eben alles nur eine Frage der Haltung.

Bitte beachten Sie
die folgenden Seiten

Ursel und Friedel Klee
. . . und immer mal wieder liegt Land im Wege (20354)

Wolfgang J. Krauss
Seewind (20282)
Seetang (20308)
Weite See (20416)
Kielwasser (20518)
Ihr Hafen ist die See (20540)
Nebel vor Jan Mayen (20579)
Wider den Wind und die Wellen (20708)
Von der Sucht des Segelns (20808)

Bernard Moitessier
Kap Hoorn – der logische Weg (20325)
Der verschenkte Sieg (20369)

Wolfram zu Mondfeld
Das Piratenkochbuch (20869)

Nicholas Monsarrat
Der ewige Seemann, Bd. 1 (20227)
Der ewige Seemann, Bd. 2 (20299)

Hank Searls
Über Bord (20058)

Antony Trew
Regattafieber (20776)

Karl Vettermann
Barawitzka segelt nach Malta (20383)
Die Irrfahrten des Barawitzka (20568)

Hugo Wehner
Tagedieb und Taugenichts (20432)

James Dillon White
7 Romane um Roger Kelso

Richard Woodman
Die Augen der Flotte (20531)
Kutterkorsaren (20557)
Kurier zum Kap der Stürme (20585)
Die Mörserflottille (20666)
Die Korvette (20742)
Die Wracks von Trafalgar (20787)
Der Mann unterm Floß (20881)

Elmo Wortmann
Auf Leben und Tod (20341)

Karl Vettermann

Barawitzka segelt nach Malta

Die Geschichte eines feuchtfröhlichen Mittelmeertörns: Unter neun österreichischen Seebären, die das alte k. u. k. Hausmeer zurückerobern wollen, haben sich einige Landratten geschmuggelt. Kein Wunder, daß es bald hoch hergeht an Bord der Segelyacht Hippodackl, unterwegs von Triest nach Malta. Noch vor dem Ablegen gibt's die erste Katastrophe; später scheint zeitweise der Klabautermann mitzusegeln. Aber Skipper B. A. Barawitzka führt seine Mannen mit fester Hand – und zittert nur, wenn Preußen ihn zu überholen drohen.
»Eine köstliche Unterhaltung für jeden, der segelt.«
(Frankfurter Rundschau)

ein Ullstein Buch

Bill Beavis

Anker mittschiffs!

Heiteres aus dem Bordalltag

Ullstein Buch 20722

Ullstein maritim

Witz auf dem Wasser heißt die Devise! Denn Segler sind keine Trantüten. Hier geht's lustig zu, selbst wenn sich anderen die Haare sträuben: ein Buch voller Karikaturen, Anekdoten und Geschichten, so recht nach dem Herzen der Freizeitkapitäne. Ein ideales Geschenk und der richtige Muntermacher für jedes Fest an Bord und an Land.